W0405225

BASTEI
LÜBBE

Von Julie Garwood erschienen bei BASTEI-LÜBBE:

11726 Auf Befehl des Königs
11755 Die Rache des Marquis
11785 Geliebte Feindin
11988 Geliebter Barbar
12019 Die Braut des Normannen
12195 Erwachende Leidenschaft
12227 Die standhafte Witwe
12386 Prinz Charming
12644 Wie ein Feuer in dunkler Nacht

JULIE GARWOOD

Melodie der Leidenschaft

ROMAN

Aus dem Englischen
von Kerstin Winter

BASTEI
LÜBBE

BASTEI-LÜBBE-TASCHENBUCH
Band 12611

Deutsche Erstveröffentlichung
Titel der amerikanischen Originalausgabe:
Honor's Splendour
Copyright © 1987 by Julie Garwood
Copyright © 1997 für die deutsche Übersetzung by
Bastei Verlag Gustav H. Lübbe GmbH & Co.,
Bergisch Gladbach
Printed in France Januar 1997
Einbandgestaltung: Roland Winkler
Titelfoto: Donald Case/Agentur Schlück
Satz: hanseatenSatz-bremen, Bremen
Druck und Bindung: Brodard & Taupin, La Flèche
ISBN 3-404-12611-4

Der Preis dieses Bandes versteht sich einschließlich
der gesetzlichen Mehrwertsteuer.

Für meinen Mann Gerry, meine Schwestern Sharon, Kathleen, Marilyn, Mary, Cookie, Joanne und Monika und für meinen Bruder Tom.

Allesamt Heldinnen und Helden.

KAPITEL 1

»Was wahrhaftig ist, was ehrbar, was gerecht, was rein, was liebenswert und erfreulich ist, was als Tugend gilt oder Lob verdient – darauf seid bedacht.«

Neues Testament, Philipper, 4.8

England, 1099

Sie wollten ihn umbringen.

Der Krieger stand an einen Pfahl gebunden in der Mitte des öden Innenhofes. Seine Hände waren auf dem Rücken zusammengebunden und von den groben Stricken aufgescheuert. Seine Miene war eine emotionslose Maske, und er starrte, seine Feinde demonstrativ ignorierend, stur geradeaus.

Der Gefangene hatte keinerlei Widerstand geleistet. Er hatte sich die Kleider bis zur Taille vom Leib reißen lassen, ohne auch nur einmal die Faust drohend zu ballen oder ein Wort des Protestes zu äußern. Man hatte ihm seinen dicken, pelzverbrämten Winterumhang, sein schweres Kettenhemd, das Baumwollhemd, seine Strümpfe und die Lederstiefel ausgezogen und alle Kleidungsstücke auf den gefrorenen Boden vor ihm gelegt. Die Absicht des Feindes war klar. Der Krieger würde sterben, und dazu würde man seinem vernarbten, kampfgestählten Körper keine weitere Wunde hinzufügen müssen. Er würde erfrieren, ohne die wärmenden Kleider, die direkt vor seinen Augen lagen, erreichen zu können.

Zwölf Männer warteten auf seinen Tod. Die Messer gezückt, umkreisten sie den Gefangenen, verhöhnten ihn, brüllten ihm Obszönitäten und Beleidigungen zu, während sie mit ihren Stiefeln fest auf die Erde stampften, um die heraufkriechende Kälte zu vertreiben. Doch die Drohgebärden hatten nur eine geringe Wirkung, denn die Soldaten hielten einen sicheren Abstand zu dem Mann an dem Pfahl ein – keiner wagte sich nah heran. Man konnte nicht wissen, ob sich der gefügige Gefangene nicht doch plötzlich losreißen und seine Peiniger angreifen würde. Die Männer zweifelten nicht daran, daß er dazu fähig war. Schließlich hatte jeder schon von seiner sagenhaften Körperkraft gehört. Einige von ihnen hatten sogar bereits in der einen oder anderen Schlacht selbst miterleben müssen, was dieser Mann anrichten konnte. Und wenn er seine Stricke zerreißen sollte, dann würde er gewiß drei oder vier Männer in den Tod schicken, bevor es den Soldaten gelang, ihn zur Strecke zu bringen.

Der Anführer der zwölf konnte sein Glück noch immer nicht fassen. Sie hatten den Wolf gefangen! Er würde bald zusehen dürfen, wie der Wolf starb!

Was für einen lächerlichen Fehler ihr Gefangener gemacht hatte! Aye, Duncan, der mächtige Herr der Wexton-Ländereien, war doch tatsächlich ganz allein und ohne eine einzige Waffe in die Festung des Feindes geritten! Er hatte dummerweise geglaubt, daß Louddon, ein Baron gleichen Ranges, ihren vorläufigen Waffenstillstand einhalten würde.

War es möglich, daß er selbst glaubte, was man über ihn erzählte? Hielt er sich tatsächlich für unbesiegbar, für den Helden jener maßlos übertriebenen Legenden, die aus jeder Schlacht entstanden? Es mußte so sein. Nur so war zu erklären, warum ihn seine momentane mißliche Lage überhaupt nicht zu beunruhigen schien.

Je länger der Anführer seinen Gefangenen betrachtete, desto stärker wurde das unbehagliche Gefühl, das ihn schon vor einer Weile beschlichen hatte. Sie hatten diesem Mann alles genommen, was von Wert war, hatten sein blauweißes Banner zerrissen und zerfetzt, hatten alles vernichtet, was ihn als Adeligen und zivilisierten Menschen kennzeichnete. Baron Louddon wollte, daß sein Gefangener würde- und ehrlos starb. Aber der fast nackte Krieger, der dort in so stolzer Haltung an dem Pfahl stand, entsprach ganz und gar nicht dem, was Louddon sich vorgestellt hatte. Er benahm sich überhaupt nicht wie ein Mann, der bald sterben mußte. Weder bettelte er um Gnade, noch flehte er um ein schnelles Ende. Er sah nicht einmal so aus wie ein dem Erfrierungstod Geweihter auszusehen hatte. Seine Haut war nicht bleich oder mit Gänsehaut überzogen, sondern sonnengebräunt und wettergegerbt. Verdammt, er zitterte nicht einmal! Ja, sie hatten den Edelmann ausgezogen und seiner Würdenzeichen beraubt, doch statt ihn damit zu demütigen, stand ein stolzer Kriegsherr vor ihnen, der genauso barbarisch und furchtlos aussah, wie die Legenden ihn beschrieben. Vor ihren Augen war der Baron tatsächlich zu einem Wolf geworden.

Die Verhönungen verstummten langsam. Schließlich war nur noch das Heulen des Windes, der über den Hof jagte, zu vernehmen. Der Anführer wandte seine Aufmerksamkeit seinen Männern zu, die in ein paar Metern Entfernung stehengeblieben waren und nun betreten zu Boden blickten. Er wußte, daß sie es vermeiden wollten, den Gefangenen anzusehen, und er konnte ihnen ihre Feigheit nicht einmal vorwerfen. Selbst er hatte Schwierigkeiten, dem Krieger direkt in die Augen zu blicken.

Baron Wexton war mindestens einen Kopf größer als die Soldaten, die ihn bewachten. Er war breitschultrig und hatte kräftig ausgebildete Muskeln. Seine Haltung – aufrecht, die Beine ein wenig gespreizt, den Kopf hoch erhoben – schien ihnen zu sagen, daß er sie alle umbringen konnte ... wenn er Lust dazu verspürte.

Langsam senkte sich die Dämmerung über den Hof und brachte leichten Schneefall mit. Die Klagen seiner Männer über die eisige Kälte wurden lauter. »Was hat es für einen Sinn, wenn wir auch hier draußen erfrieren?« murmelte einer.

»Es wird noch Stunden dauern, bis er stirbt«, sagte ein anderer. »Und Baron Louddon ist auch schon eine ganze Weile fort. Er wird es doch gar nicht erfahren, wenn wir ins Warme gehen.«

Das heftige Nicken und das zustimmende Grunzen der anderen brachten den Anführer schließlich zur Einsicht. Auch er konnte sich Besseres vorstellen, als bei solchen Temperaturen stundenlang draußen zu verharren. Zudem wuchs sein Unbehagen stetig. Er war überzeugt gewesen, daß Baron Wexton nicht anders war als andere Männer. Er hatte erwartet, daß der Mann zusammenbrechen, daß er schreien und betteln würde. Doch nichts dergleichen war bisher geschehen. Die Arroganz seines Gefangenen machte ihn wütend. Bei Gott, er sah tatsächlich gelangweilt aus! Der Anführer mußte sich zähneknirschend eingestehen, daß er seinen Feind unterschätzt hatte. *Seine* Füße steckten in dicken Stiefeln, und dennoch spürte er die beißende Kälte, die seine Zehen betäubte. Baron Wexton dagegen hatte sich, seit sie ihn an den Pfahl gefesselt hatten, noch kein einziges Mal gerührt oder auch nur das Gewicht verlagert. Möglicherweise steckte doch mehr Wahrheit in den Legenden über den Wolf, als der Kommandant der Soldaten geglaubt hatte.

Er fluchte leise und gab den Befehl, sich ins Gebäude zurückzuziehen. Als der letzte seiner Männer verschwunden war, vergewisserte Louddons Vasall sich noch einmal, daß die Stricke fest saßen, und stellte sich dann direkt vor den Gefangenen. »Es heißt, du seist so stark und klug wie ein Wolf, aber du bist doch ein Mann, und du wirst bald sterben wie jeder andere Mann. Louddon will nicht, daß man frische Messerstiche in deinem Körper findet. Morgen früh werden wir deine Leiche weit fortbringen. Niemand wird jemals herausfinden, daß Louddon hinter deinem Tod steckt.«

Während der Anführer sprach, war seine Stimme immer beißender geworden. Es machte ihn rasend, daß sein Gefangener sich nicht einmal die Mühe machte, ihn anzusehen. »Wenn es nach mir ginge, dann würde ich dir einfach das Herz herausschneiden«, zischte er. In einem letzten Versuch, eine Reaktion hervorzurufen, spuckte er dem Wolf mitten ins Gesicht.

Und da wandte der Gefangene ganz langsam den Blick. Seine Augen begegneten denen des Feindes. Und was der Anführer darin las, schnürte ihm die Kehle zu. Hastig wandte er sich ab, schlug das Zeichen des Kreuzes und murmelte vor sich hin, daß er nur die Befehle seines Herrn befolge. Dann stürzte er auf die Tür der Festung zu, die Sicherheit versprach.

Aus dem Schatten der hohen Mauern hatte Madelyne alles beobachtet. Sie wartete noch ein paar Augenblicke, um sicherzugehen, daß keiner der Soldaten ihres Bruders zurückkehren würde, und nutzte die Zeit, um die Kraft zu beten, die es ihr ermöglichen würde, ihren Plan in die Tat umzusetzen.

Sie wußte, daß sie alles riskierte. Aber sie hatte keine andere Wahl. Sie war der einzige Mensch, der ihn noch retten konnte. Madelyne hatte lange genug darüber nachgedacht, um sich der Folgen bewußt zu sein. Wenn entdeckt wurde, daß sie für die Tat verantwortlich war, dann bedeutete dies unweigerlich ihren eigenen Tod.

Ihre Hände bebten, aber ihre Schritte waren fest und sicher. Je schneller sie handelte, desto besser. Nachher würde sie immer noch genügend Zeit haben, sich um sich selbst Sorgen zu machen.

Der lange, schwarze Umhang hüllte sie von Kopf bis Fuß ein und verschmolz so perfekt mit der aufkommenden Dunkelheit, daß der Baron sie erst bemerkte, als sie direkt vor ihm stand. Eine heftige Bö riß ihr die Kapuze vom Kopf, und eine wilde Mähne kastanienbraunem Haares ergoß sich über ihre Schultern. Sie strich sich eine Strähne aus dem Gesicht und schaute zu dem Gefangenen auf.

Einen Augenblick lang glaubte er, seine Phantasie spiele ihm einen Streich. Unwillkürlich schüttelte Duncan den Kopf. Doch dann hörte er ihre Stimme und begriff, daß sie tatsächlich existierte. »Gleich seid Ihr frei. Gebt nur kein Geräusch von Euch, bis wir in Sicherheit sind!«

Duncan traute seinen Ohren nicht. Die Stimme seiner Retterin klang so rein wie der Ton einer Harfe und so verlockend wie ein warmer Sommertag. Duncan schloß die Augen und unterdrückte das aufkommende Gelächter. Diese unerwartete Schicksalswendung konnte nur eine gemeine List sein, um ihn endgültig mürbe zu machen. Er überlegte einen Augenblick, ob er seinen Schlachtruf ausstoßen sollte, um der Täuschung ein Ende zu bereiten, doch dann besann er sich anders. Seine Neugier war zu groß. Er wollte noch ein Weilchen warten. Früher oder später würde seine vermeintliche Retterin schon ihre wahren Absichten enthüllen.

Ihre Miene blieb undurchdringlich. Er sah zu, wie sie einen kleinen Dolch aus dem Umhang zog. Sie stand nah genug, daß er sie mit seinen Beinen erreichen konnte, und wenn sie ihm das Messer ins Herz stoßen wollte, dann würde er gezwungen sein, sie zu zerquetschen.

Lady Madelyne ahnte nicht einmal, in welcher Gefahr sie schwebte. Sie trat noch einen Schritt näher an ihn heran und begann, die dicken Stricke durchzuschneiden. Duncan bemerkte, daß ihre Hände bebten, aber er wußte nicht, ob die grimmige Kälte oder Furcht dafür verantwortlich war.

Der Duft von Rosen drang in seine Nase. Er atmete das Aroma fast sehnsüchtig ein und kam gleichzeitig zu dem Schluß, daß die eisige Kälte seinen Geist verwirrt haben mußte. Eine Rose mitten im Winter und ein Engel in dieser Hölle, in die er sich begeben hatte . . . Das alles konnte nicht wirklich sein! Und doch duftete sie nach Frühlingsblumen und sah aus wie eine Vision, die der Himmel ihm geschickt hatte.

Wieder schüttelte er den Kopf. Sein Verstand arbeitete durchaus verläßlich, denn er wußte genau, wer sie war. Die Beschreibung, die man ihm gegeben hatte, stimmte, wenn sie auch irreführend gewesen war. Er hatte gehört, daß Louddons Schwester mittelgroß wäre und rotbraunes Haar und blaue Augen hätte. Sie habe, so hatte man ihm mitgeteilt, ein überaus angenehmes Äußeres. Und das war schlichtweg falsch, wie er nun erkannte. Des Teufels Schwester war weder angenehm anzuschauen noch hübsch. Sie war ein Traum! Eine echte Schönheit!

Der Strick löste sich endlich, und seine Hände waren frei. Er blieb jedoch stehen, ohne sich eine Gefühlsregung anmerken zu lassen. Das Mädchen kam wieder herum und schenkte ihm ein kleines Lächeln, bevor sie sich bückte und seine Habe zusammensammelte.

Die Furcht machte die simple Aufgabe zu einer Tortur. Ihre Hände zitterten, die Sachen glitten ihr aus den Fingern, und sie taumelte, als sie sich wieder aufrichtete. Schließlich wandte sie sich wieder ihm zu. »Bitte folgt mir«, sagte sie.

Er bewegte sich nicht, sondern blieb abwartend stehen.

Madelyne runzelte die Stirn. Wahrscheinlich hatte die Kälte seine Denkfähigkeit eingefroren. Sie drückte seine Kleider mit einem Unterarm an ihre Brust, ließ die schweren Stiefel von zwei Fingern herabbaumeln und schlang ihm den anderen Arm um die Taille. »Stützt Euch auf mich«, flüsterte sie eindringlich. »Ich will Euch nur helfen, bitte glaubt mir doch. Aber wir müssen uns beeilen!« Ihr Blick wanderte ängstlich zu den Burgtoren.

Ihre Furcht und ihre Verzweiflung erweichten sein Herz. Er überlegte, ob er ihr sagen sollte, daß sie sich nicht zu verstecken brauchten, da seine Männer in diesem Augenblick bereits die Mauern hinaufkletterten, doch dann überlegte er es sich anders. Je weniger sie wußte, desto größer sein Vorteil, wenn der Kampf begann.

Sie reichte ihm kaum bis zur Schulter, doch sie gab sich tapfer Mühe, einen Teil seines Gewichts zu tragen. Sie nahm seinen Arm, legte ihn sich über die Schulter und übte leichten Druck auf seine Taille aus. »Kommt. Wir verstekken uns in der Unterkunft hinter der Kapelle, wo der Priester bei seinen Besuchen übernachtet«, flüsterte sie ihm zu. »Da werden sie ganz bestimmt nicht nachsehen.«

Der Krieger achtete kaum auf ihre Worte. Sein Blick war auf die Zinnen der Nordwand gerichtet. Das Licht des Halbmonds verlieh den Schneeflocken ein seltsames Leuchten und hob die Umrisse seiner Männer, die die Zinnen erklommen, deutlich hervor. Nicht das kleinste Geräusch war zu hören, als immer mehr Männer sich auf dem hölzernen Steg duckten, der die Innenseite der Festungsmauer säumte.

Der Krieger nickte zufrieden. Louddons Männer waren so dumm wie ihr Lehnsherr. Die bittere Kälte hatte die Wächter veranlaßt, sich in ihre warmen Kammern zurückzuziehen, so daß die Mauer ungeschützt und angreifbar geworden war. Narren! Und weil sie es waren, würden sie alle sterben.

Er stützte sich schwerer auf die Frau, um ihr Tempo zu verlangsamen, während er seine Hände zu Fäusten ballte und wieder entspannte, um die Taubheit daraus zu vertreiben. Seine Füße spürte er fast gar nicht mehr, was ein schlechtes Zeichen war, doch er konnte im Augenblick ohnehin nichts dagegen tun.

Ein leiser Pfiff erklang, und Duncan hielt augenblicklich die Hand hoch, um seinen Männern zu signalisieren, daß sie noch abwarten sollten. Er blickte auf das Mädchen hinab, bereit, ihr mit der anderen Hand den Mund zuzuhalten, falls sie zu schreien beginnen wollte. Doch sie mühte sich so sehr mit seinem Gewicht ab, daß sie weder seine Geste bemerkt hatte noch sich bewußt war, daß es in der Burg ihres Bruders bereits von feindlichen Soldaten wimmelte.

Sie hatten nun die schmale Tür erreicht. Madelyne, die

immer noch glaubte, daß sich der Gefangene in einem gefährlich geschwächten Zustand befand, versuchte, ihn mit einer Hand an die Wand zu drücken, damit er nicht umfiel, während sie mit der anderen am Riegel herumnestelte.

Der Baron beschloß, es ihr ein wenig zu erleichtern, und lehnte sich gegen die Wand, während er zusah, wie sie mit der eisigen Kette kämpfte, die die Tür verschloß. Seine Kleider hielt sie noch immer mit ihrem Unterarm an ihren Körper gepreßt.

Endlich hatte sie es geschafft. Sie zog die Tür auf, nahm seine Hand und führte ihn in die Dunkelheit. Ein eisiger Lufthauch wehte ihnen entgegen, als sie sich vorsichtig durch den schmalen, modrig riechenden Gang zu der gegenüberliegenden Tür tasteten. Madelyne öffnete auch diese und forderte ihn mit einer Geste auf, einzutreten.

Die Kammer war fensterlos, doch einige Kerzen waren angezündet worden und warfen einen warmen Lichtschein gegen die Mauern. Die Luft roch abgestanden. Eine dicke Staubschicht bedeckte den Holzboden, und Spinnweben hingen von der niedrigen Decke herab. Verschiedene farbenprächtige Roben für die Wanderpriester hingen an den Haken, und in der Mitte der Kammer stand eine strohgedeckte Pritsche, neben die man zwei dicke Decken gelegt hatte.

Madelyne verriegelte die Tür und seufzte erleichtert. Für den Augenblick waren sie in Sicherheit. Sie bedeutete ihm, sich auf die Liege zu setzen. »Als ich sah, was sie Euch antaten, habe ich diese Kammer für Euch hergerichtet«, erklärte sie und reichte ihm seine Sachen. »Mein Name ist Madelyne, und ich bin . . .« Sie hatte ihm erklären wollen, in welchem Verhältnis sie zu Louddon, ihrem Bruder, stand, besann sich dann aber anders. »Ich bleibe bis Tagesanbruch bei Euch. Dann zeige ich Euch einen Fluchtweg durch einen Geheimgang. Nicht einmal Louddon weiß davon.«

Der Baron setzte sich und kreuzte die Beine vor dem

Körper. Während er ihr zuhörte, streifte er sein Hemd über. Ihre mutige Tat hatte die Durchführung seines Plans komplizierter gemacht. Wie würde sie wohl reagieren, wenn sie erführe, was er wirklich vorhatte? Nun, darum durfte er sich nicht kümmern. Nichts würde geändert werden — seine Männer würden tun, was ihnen aufgetragen worden war.

Sobald sein Kettenhemd seine massive Brust bedeckte, legte Madelyne ihm eine der Decken um die Schultern und kniete sich dann vor ihm nieder. Sie setzte sich auf ihre Fersen und bedeutete ihm, seine Beine auszustrecken. Als er gehorcht hatte, untersuchte sie seine Füße mit besorgt gerunzelter Stirn. Er griff nach seinen Stiefeln, aber Madelyne wehrte ab. »Wir müssen Eure Füße zuerst aufwärmen«, erklärte sie.

Sie holte tief Atem, während sie überlegte, wie sie den absterbenden Gliedern am schnellsten wieder Leben einhauchen konnte. Ihr Kopf war gesenkt, so daß der Krieger ihr Gesicht nicht sehen konnte.

Madelyne nahm die zweite Decke, begann damit die Füße einzuwickeln, schüttelte jedoch plötzlich den Kopf und zog sie wieder weg. Ohne ein Wort der Erklärung warf sie die Decke über seine Beine und streifte sich den Umhang von den Schultern. Stück für Stück zog sie ganz langsam ihr bodenlanges Kleid, den crèmefarbenen Chainse, über ihre Knie. Der geflochtene Lederriemen, den sie als Schmuckgürtel und für die Dolchscheide benutzte, verfing sich in ihrem dunkelgrünen Bliaut, dem kurzen Oberkleid, das den Chainse bedeckte. Sie hielt kurz inne, um den Gürtel abzunehmen und ihn zur Seite zu legen.

Duncan war zu verblüfft, um sie zu fragen, was sie da eigentlich tat. Neugierig wartete er ab, doch Madelyne sagte kein Wort. Sie holte erneut tief Atem und packte seine Knöchel. Und bevor sie es sich noch anders überlegen konnte, schob sie seine Füße unter ihr Kleid und drückte sie an ihrem warmen Bauch.

Madelyne schnappte hörbar nach Luft, als die eiskalten

Sohlen ihre warme Haut berührten. Dann zog sie energisch ihr Kleid darüber zurecht und schlang ihre Arme von außen darüber. Ihre Schultern begannen zu beben, während sie ihn an sich drückte. Duncan wußte, daß sie fror — ihm selbst kam es vor, als würde ihr Körper die ganze Kälte, die er empfand, in sich aufnehmen.

Er hatte noch nie eine derart selbstlose Tat miterleben dürfen.

Rasch kehrte das Leben in seine Füße zurück. Es fühlte sich an, als würde man ihm mit tausend feinen Nadeln in die Haut stechen, und es brannte und schmerzte so sehr, daß er Mühe hatte, es zu ignorieren. Er versuchte, seine Position zu verlagern, aber Madelyne ließ es nicht zu, sondern umklammerte seine Unterschenkel nur noch fester. Er hatte ihr gar nicht soviel Kraft zugetraut.

»Es ist ein gutes Zeichen, wenn es weh tut«, sagte sie, ihre Stimme war nicht mehr als ein heiseres Flüstern. »Das ist bald vorbei. Im übrigen dürft Ihr Euch glücklich schätzen, daß Ihr überhaupt noch etwas spürt.«

Ihr tadelnder Tonfall überraschte ihn. Madelyne, die im gleichen Augenblick aufsah, entdeckte seine hochgezogenen Augenbrauen und beeilte sich, ihm eine Erklärung zu geben. »Ihr wäret nicht in diese Misere geraten, wenn Ihr nicht so leichtsinnig gehandelt hättet. Ich kann nur hoffen, daß Ihr heute Eure Lektion gelernt habt! Ich werde Euch wohl kaum ein zweites Mal retten können.«

Madelynes Stimme wurde weicher. Sie versuchte sogar, ihn anzulächeln, doch der Versuch scheiterte kläglich. »Ich weiß, daß Ihr glaubtet, Louddon würde sein Wort ehrenvoll halten. Aber das war wirklich Eure eigene Schuld. Louddon kennt die Bedeutung des Wortes Ehre nicht! Merkt Euch das fürs nächste Mal, vielleicht lebt Ihr dann noch eine ganze Weile.«

Sie senkte den Blick. Wieder dachte sie daran, welche Folgen ihre Tat haben würde. Louddon würde nicht lange brauchen, um sich auszurechnen, wer seinen Feind befreit hatte. Madelyne sprach ein stummes Dankesgebet, daß ihr Bruder die Festung verlassen hatte. Seine Abwesenheit verschaffte ihr genügend Zeit, ihren eigenen Fluchtplan in die Tat umzusetzen.

Aber zunächst mußte sie sich um den Baron kümmern. Wenn dieser erst einmal außerhalb der Mauern in Sicherheit war, konnte sie sich immer noch genug Sorgen über die Durchführbarkeit ihrer Flucht machen. Entschlossen verdrängte sie die aufkommende Furcht. »Was geschehen ist, ist geschehen«, flüsterte sie und konnte selbst die Verzweiflung, die in ihrer Stimme mitschwang, heraushören.

Der Baron sagte nichts zu ihrer Bemerkung, und Madelyne bot ihm keine Erklärung an. Schweigen dehnte sich zwischen ihnen aus wie eine klaffende Schlucht. Madelyne wünschte sich, er hätte etwas gesagt – irgend etwas, das ihr Unbehagen ein wenig gemildert hätte. Es war ihr peinlich, daß sie seine Füße wie in einer Geste der Zärtlichkeit an sich geschmiegt hielt, und sie erkannte plötzlich, daß er die Unterseiten ihrer Brüste berühren würde, wenn er die Zehen bewegte. Der Gedanke jagte ihr heiße Röte in die Wangen. Verstohlen warf sie ihm noch einen raschen Blick zu, um zu sehen, wie er auf ihr merkwürdiges Verhalten reagierte.

Er saß da und starrte sie an. Als sie aufsah, fing er ihren Blick mühelos ein. Ihre Augen, so fand er, waren so blau wie der Himmel an einem klaren Frühlingstag. Zum Glück hatte sie keinerlei Ähnlichkeit mit ihrem Bruder, doch natürlich sagte ihre äußere Erscheinung nichts über ihre Aufrichtigkeit aus. Und doch ... ihr Blick war so bezaubernd, so unschuldig ...

Verärgert bemerkte er, wie sehr er sich von ihren Augen fesseln ließ, und rief sich energisch in Erinnerung, daß sie die Schwester seines ärgsten Feindes war – nicht mehr, nicht weniger. Schön oder nicht – sie war seine Beute, seine Geisel, der Köder, der den teuflischen Louddon in die Falle locken sollte.

Madelyne sah in seine Augen. Sie waren so kalt und grau, daß sie unwillkürlich an die Klinge eines Dolches denken mußte. Sein Gesicht schien aus Stein gemeißelt, denn es war absolut reglos, verriet keinerlei Emotionen.

Sein Haar war dunkelbraun, zu lang und leicht gewellt, doch auch das machte seine Züge nicht weicher. Sein Mund wirkte hart, sein Kinn war eckig und fest, und sie bemerkte, daß er in den Augenwinkeln kaum Fältchen hatte. Nein, dachte sie mit einem Schaudern, er sah gewiß nicht wie ein Mann aus, der gerne lachte. Wahrscheinlich verlangte seine Position von ihm, sich streng und grausam zu geben. Er war in erster Linie Krieger, danach erst Baron, und sie konnte sich vorstellen, daß es in seinem Leben wenig gab, über das man sich freuen oder lachen konnte.

Plötzlich stellte sie fest, daß sie nicht die geringste Ahnung hatte, was in seinem Kopf vorgehen mochte. Es machte sie nervös, nicht zu wissen, was er dachte. Sie hüstelte, um ihre Verlegenheit zu überspielen, und überlegte, was sie sagen sollte. Wenn sie ihn dazu bringen konnte, mit ihr zu reden, dann würde er vielleicht nicht mehr ganz so einschüchternd wirken.

»Hattet Ihr geglaubt, Ihr könntet Louddon allein gegenübertreten?« fragte sie. Eine lange Weile wartete sie auf eine Antwort, doch als er weiterhin schwieg, stieß sie einen resignierten Seufzer aus. Dieser Krieger war nicht nur dumm und leichtsinnig, sondern auch noch stur! Sie hatte ihm sein Leben gerettet, und er hatte sich noch nicht einmal bedankt. Sein Verhalten paßte wahrhaftig zu seinem Ruf!

Er machte ihr Angst. Und als sie sich diese Tatsache einmal eingestanden hatte, spürte sie den Zorn in sich aufkeimen. Was war denn los mit ihr? Der Mann hatte noch kein einziges Wort gesagt, aber sie zitterte wie ein verschüchtertes kleines Kind!

Es mußte an seiner Größe liegen! Aye, dachte sie und nickte zur Bekräftigung. In dieser kleinen Kammer mit der niedrigen Decke schien er überlebensgroß. Es war schließlich kein Wunder, daß man von solch einem Eindruck eingeschüchtert wurde.

»Kommt nicht auf den Gedanken, noch einmal zurückzukehren. Ihr würdet nur denselben Fehler noch einmal begehen. Und diesmal wird er Euch umbringen lassen, glaubt mir!«

Der Krieger gab keine Antwort. Aber er rührte sich endlich. Er zog die Füße langsam unter ihrem Kleid hervor, wobei er sie absichtlich über ihren Bauch und ihre Schenkel gleiten ließ.

Madelyne blieb vor ihm knien und hielt den Blick gesenkt, während er seine Strümpfe und Stiefel wieder anzog. Als er damit fertig war, hob er ihren geflochtenen Gürtel auf und hielt ihn ihr hin.

Madelyne beschloß, seine Geste als eine Art Friedensangebot zu deuten. Sicher würde er sich jetzt gleich bei ihr bedanken.

Instinktiv griff sie mit beiden Händen nach ihrem Gürtel, doch plötzlich bewegte sich der Krieger mit blitzartiger Geschwindigkeit. Er packte ihre linke Hand und schlang den Gürtel fest um ihre Handgelenke.

Madelyne starrte verdattert auf ihre gefesselten Hände. Dann blickte sie verwirrt zu ihm auf.

Der Ausdruck in seinem Gesicht jagte ihr einen kalten Schauder über den Rücken. Sie schüttelte unwillkürlich den Kopf. Das konnte doch nicht wirklich geschehen! Sie hatte ihn doch gerettet . . .

Und endlich sprach der Krieger zum ersten Mal.

»Ich bin nicht wegen Louddon gekommen, Madelyne. Ich bin gekommen, um dich zu holen!«

KAPITEL 2

»Die Rache ist mein, ich will vergelten ...«
Neues Testament, Römer, 12.19

»Seid Ihr verrückt geworden?« flüsterte Madelyne, als sie ihre Stimme wiedergefunden hatte.

Der Baron gab keine Antwort, doch seine gerunzelte Stirn legte die Vermutung nahe, daß ihre Frage ihm nicht gefiel. Er zog Madelyne auf die Füße, und als ihre Knie nachzugeben drohten, packte er sie rasch an den Schultern, um sie festzuhalten. Sein Griff war merkwürdig sanft für einen so großen, kraftstrotzenden Mann, und diese Erkenntnis verwirrte Madelyne nur noch mehr.

Sein Verrat ging über ihr Verständnis hinaus. *Er* war der Gefangene, *sie* hatte ihn befreit – diese Tatsache durfte ihm doch nicht entgangen sein, oder etwa doch? Sie hatte schließlich alles für ihn riskiert. Lieber Himmel, sie hatte ihn angefaßt, seine Füße gewärmt, sie hatte ihm alles gegeben, was sie zu geben gewagt hatte!

Und nun ragte er drohend über ihr auf, dieser Adelige, der zu einem Barbaren geworden war. Seine Miene war finster, und die Aura von Macht, die ihn umgab, war wie glühendes Eisen, dessen Hitze man sich nicht entziehen konnte. Sie gab sich verzweifelt Mühe, sich nicht unter seinem stählernen, eiskalten Blick zu winden, aber ihr Beben würde ihm sicherlich verraten, wie sehr sie sich fürchtete.

Er mißverstand ihr Zittern jedoch und bückte sich, um ihren Mantel aufzuheben. Als er ihn ihr um die Schultern legte, streifte seine Hand ihre Brüste, und obwohl sie annahm, daß dies unbeabsichtigt geschehen war, trat sie instinktiv einen Schritt zurück und zerrte den Umhang mit den gefesselten Händen vor ihrer Brust zusammen.

Seine Miene wurde, sofern das möglich war, noch finsterer. Er packte sie an den Handgelenken, wandte sich um und zog sie durch den dunklen Gang wieder auf den Hof zu.

Madelyne mußte laufen, um mit ihm Schritt halten zu können. »Wieso wollt Ihr Louddons Männern gegenübertreten, wenn es doch gar nicht notwendig ist?«

Natürlich gab er auch jetzt wieder keine Antwort, aber Madelyne dachte nicht daran, den Mund zu halten. Der Krieger lief direkt in seinen Tod! Sie fühlte sich verpflichtet, ihn daran zu hindern. »Bitte, Baron, tut das nicht! Hört mir doch zu! Die Kälte hat Euren Geist verwirrt! Sie werden Euch töten!«

Madelyne zerrte an ihren Händen, versuchte, sich seinem Griff zu entwinden, aber er verlangsamte nicht einmal sein Tempo.

Wie, in Gottes Namen, sollte sie ihn bloß retten?

Sie hatten die schwere Tür erreicht, die zum Hof führte. Der Baron trat sie so heftig auf, daß sie aus den Angel brach. Die Tür krachte gegen die steinerne Mauer und zersplitterte. Ein eisiger Wind schlug Madelyne entgegen, als sie hinausgezerrt wurde, und gleichzeitig traf sie die Erkenntnis wie eine Ohrfeige: Sie hatte sich vollkommen geirrt! Der Mann, den sie vor weniger als einer Stunde befreit hatte, war weder von der Kälte benebelt, noch verrückt geworden. Nein, ganz und gar nicht.

Der Beweis dafür befand sich vor ihren Augen. Über hundert Soldaten standen auf der Mauerbrüstung, die den Hof umgab, und immer mehr kletterten lautlos über die Zinnen. Es wimmelte nur so von Männern, von denen ein jeder die blauweißen Farben des Barons Wexton trug.

Madelyne war so überwältigt von diesem Anblick, daß

sie nicht bemerkte, wie ihr Entführer stehen blieb, um darauf zu warten, daß die Männer sich vor ihm sammelten. Sie prallte gegen ihn, griff instinktiv nach seinem Kettenhemd, um das Gleichgewicht zu halten und stellte mit einem Mal fest, daß er ihre Hände losgelassen hatte.

Duncan zeigte keinerlei Reaktion. Er schien vollkommen zu ignorieren, daß sie hinter seinem Rücken stand und sich an seine Kleider klammerte, als wäre er zu ihrem einzigen Halt in einer Welt geworden, in der sich von einem Moment zum anderen alles verändert hatte. Madelyne schoß plötzlich durch den Sinn, daß es so aussehen könnte, als würde sie sich verstecken oder – schlimmer noch! – sich fürchten! Sie ließ ihn los, trat tapfer neben ihn, damit jeder sie sehen konnte, und straffte die Schultern. Ihr Scheitel reichte ihm gerade bis zur Schulter, aber sie versuchte, eine genauso kämpferische Haltung wie der Krieger einzunehmen, während sie inständig hoffte, niemand würde ihr Entsetzen bemerken.

Himmel, und wie entsetzt sie war! Vor dem Tod hatte sie eigentlich keine besondere Angst – es war das Sterben, das zuvor kam! Aye, das Sterben war das eigentliche Problem, denn sie wußte nicht, wie sie reagieren würde, bis der Tod sie erlösen würde. Wie lange würde sie durchhalten? Würde sie ihre sorgsam ausgebildete Selbstkontrolle schnell verlieren und am Ende wie ein Feigling um Gnade betteln?

Der Gedanke brachte sie derart auf, daß sie die Männer am liebsten angeschrien hätte, sie sollten sie zuerst töten. Aber das Flehen um einen schnellen Tod war schließlich auch kein Zeichen für Tapferkeit. Täte sie es, würde das nur bestätigen, daß ihr Bruder mit seinen Beschimpfungen recht gehabt hatte!

Baron Wexton hatte nicht die geringste Ahnung, welche Gedanken durch den Kopf seiner hübschen Gefangenen rasten. Er blickte auf sie hinunter und nahm ihre gelassene Miene mit leichtem Erstaunen zur Kenntnis. Sie wirkte sehr ruhig, fast heiter, doch er war sich sicher, daß es damit bald zu Ende sein würde. Madelyne würde seine Rache miterleben, würde zusehen müssen, wie ihr Heim vollkommen zerstört wurde. Ganz gewiß würde sie in Tränen ausbrechen und ihn anflehen, doch Erbarmen zu haben.

Einer der Soldaten kam herbeigeeilt und blieb direkt vor seinem Anführer stehen. Madelyne sah sofort, daß er mit dem Baron verwandt sein mußte: Er hatte dasselbe schwarzbraune Haar und die gleiche muskulöse Statur, obwohl er nicht annähernd so groß war. Der Mann sah an Madelyne vorbei und wandte sich direkt an den Baron. »Duncan, gibst du jetzt das Zeichen oder sollen wir die ganze Nacht hier stehen?«

Duncan hieß er also. Es war seltsam, aber die Tatsache, daß sie nun seinen Vornamen kannte, half Madelyne ein wenig, ihr Entsetzen zu unterdrücken. Duncan . . . Ja, der Name machte ihn etwas menschlicher, weniger furchteinflößend.

»Was ist nun, Bruder?« fragte der Soldat ungeduldig.

Bruder, aha. Nun verstand Madelyne auch, warum der Mann sich sein respektloses Verhalten leisten konnte. Er wirkte jünger als der Baron und hatte, gemessen an den wenigen Narben, die sein Gesicht zierten, wohl auch nicht soviel Kampferfahrung wie der Ältere.

Nun wandte der Mann den Blick von dem Baron ab und sah Madelyne an. In seinen braunen Augen war Verachtung zu lesen, und einen Augenblick befürchtete sie, daß er sie schlagen würde. Statt dessen trat er aber nur mit angewiderter Miene einen Schritt zurück, als hätte sie eine ansteckende Krankheit.

»Louddon ist nicht hier, Gilard«, sagte Duncan nun.

Die Stimme des Barons hatte so sanft geklungen, daß Madelyne augenblicklich von neuer Hoffnung erfüllt war. »Dann werdet Ihr abziehen, Milord?« fragte sie.

Duncan gab ihr keine Antwort. Sie hätte stur ihre Frage wiederholt, wenn sein Bruder nicht im gleichen Moment eine Schimpftirade losgelassen hätte. Sein Blick war auf

Madelyne fixiert, als er seinen Zorn ausspie, und obwohl sie die meisten seiner Worte nicht verstand, ließ sein verzerrter Gesichtsausdruck darauf schließen, daß es gotteslästerliche Beleidigungen waren, die er ihr an den Kopf warf.

Duncan wollte seinem Bruder gerade barsch befehlen, daß er aufhören sollte, sich wie ein dummer Junge zu benehmen, als er spürte, daß Madelyne nach seiner Hand griff. Die Berührung überraschte ihn so sehr, daß es ihm einen Moment die Sprache verschlug.

Er spürte, wie sie zitterte, doch als er auf sie hinabsah, wirkte sie noch immer so ruhig wie zuvor. Duncan schüttelte den Kopf. Es war kaum anzunehmen, daß Gilard merkte, wieviel Angst er ihr machte. Allerdings war auch kaum anzunehmen, daß es ihn besonders kümmern würde, *wenn* er es wüßte.

Plötzlich war auch Duncan verärgert. Madelyne war seine Gefangene, nicht seine Feindin, und je eher Gilard begriff, wie er sie zu behandeln hatte, desto besser. »Genug!« fuhr er seinen Bruder an. »Louddon ist nicht hier. Deine Flüche bringen ihn auch nicht schneller zurück.«

Plötzlich entriß Duncan Madelyne die Hand, schlang einen Arm um ihre Schulter und drückte sie mit einer so heftigen Bewegung an seine Seite, daß sie fast das Gleichgewicht verloren hätte. Gilard war dermaßen überrascht von dieser Beschützergeste, daß er verstummte und seinen Bruder mit offenem Mund anstarrte.

»Louddon wird die südliche Straße genommen haben, Gilard, denn sonst hättest du ihn ja sehen müssen«, setzte Duncan hinzu.

Madelyne konnte sich einfach nicht zurückhalten. »Und jetzt zieht Ihr ab?« fragte sie wieder, während sie sich bemühte, nicht ganz so eifrig zu klingen. »Ihr könntet Louddon doch ein anderes Mal herausfordern«, schlug sie vor. Die Männer waren offenbar enttäuscht, vielleicht konnte sie ihnen neue Hoffnung eingeben.

Die Brüder wandten sich beide zu ihr um. Keiner von beiden sagte etwas, aber ihre Mienen verrieten, daß sie an ihrem Verstand zweifelten.

Madelynes Furcht begann wieder zu wachsen. Der Blick des Barons war so furchterregend, daß ihre Knie beinahe nachgaben. Rasch senkte sie die Augen, bis sie auf seine Brust starrte, und spürte, wie heiße Schamesröte in ihre Wangen strömte. Sie hatte dem Baron gerade den Beweis geliefert, daß sie einen furchtbar schwachen Charakter besaß. »Ich meinte ja nur«, murmelte sie, »daß Ihr immer noch entkommen könnt, ohne daß man Euch faßt!«

Duncan ignorierte ihren Kommentar. Er packte wieder ihre gefesselten Hände und zerrte sie zu dem Pfahl hinüber, von dem sie ihn losgebunden hatte. Madelyne stolperte immer wieder, da ihre Knie butterweich vor Angst waren. Als Duncan sie schließlich losließ, lehnte sich Madelyne haltsuchend gegen das rauhe Holz. Was würde nun geschehen?

Der Baron sah sie eine Weile stumm und noch immer finster an. Madelyne kam zu dem Schluß, daß sie es als Befehl zu deuten hatte, dort zu bleiben und sich ja nicht zu rühren. Dann wandte er sich um, so daß seine breiten Schultern ihr die Sicht auf das Geschehen nahmen. Seine kriegerische Haltung forderte die volle Aufmerksamkeit seiner Soldaten, an die er sich nun mit kräftiger, klarer Stimme wandte: »Niemand faßt sie an, habt ihr verstanden? Sie gehört mir!«

Madelyne drehte den Kopf und sah zum Eingang der Burg hinüber. Die schlafenden Soldaten mußten Duncan gehört haben. Doch als nach ein paar Sekunden noch immer keine Männer aus der Tür strömten, kam Madelyne zu dem Schluß, daß der Eiswind die Worte fortgetragen haben mußte.

Duncan setzte sich in Bewegung, um sich von ihr zu entfernen, doch Madelyne streckte rasch die Hand aus und hielt ihn am Kettenhemd fest. Die kreisförmigen Glieder schnitten in ihre Finger, und sie verzog das Gesicht, obwohl sie selbst nicht wußte, ob es an dem Schmerz lag oder aber an Duncans wütendem Blick, den er ihr nun zuwarf. Er stand so dicht vor ihr, daß seine mächtige Brust sie berührte. Madelyne mußte den Kopf in den Nacken legen, um ihm ins Gesicht zu sehen.

»Ihr versteht einfach nicht, Baron!« entfuhr es ihr. »Wenn Ihr doch Vernunft annehmen würdet, dann würdet Ihr auch erkennen, wie närrisch Euer Tun ist!«

»Wie närrisch mein Tun ist?« wiederholte Duncan. Er war selbst erstaunt, daß er überhaupt auf sie einging. Sie war immerhin nur eine Frau, und dann auch noch die Schwester seines Feindes. Er hatte keine Ahnung, warum er wissen wollte, wovon sie redete, aber es interessierte ihn tatsächlich. Und dabei hatte sie ihn soeben beleidigt! Teufel, er hatte schon Männer aus geringerem Grund getötet. Doch ihr unschuldiger Blick und die Aufrichtigkeit ihrer Stimme verrieten ihm, daß sie sich ihres Vergehens nicht einmal bewußt war.

Madelyne hatte den Eindruck, daß Duncan sie am liebsten erwürgt hätte. Sie unterdrückte den Drang, ihre Augen vor seinem beängstigenden Blick zu schließen. »Wenn Ihr wegen mir gekommen seid, dann habt Ihr Eure Zeit verschwendet.«

»Du glaubst, daß du nicht genug wert bist, um meine Aufmerksamkeit zu verdienen?« fragte er.

»Genau. In den Augen meines Bruders bin ich vollkommen wertlos. Das ist eine Tatsache, deren ich mir sehr wohl bewußt bin«, fügte sie nüchtern hinzu. Duncan begriff, daß sie jedes Wort davon glaubte. »Und Ihr werdet in dieser Nacht ganz sicher sterben. Ich weiß, daß Louddons Männer in der Überzahl sind. Es kommen bestimmt vier auf einen von Euch. Es gibt eine zweite Soldatenunterkunft in der unteren Einfriedung. Dort dürften über hundert weitere Soldaten schlafen. Wenn ein Kampf entbrennt, werden sie Euch hören und ihren Kameraden zur Hilfe eilen! Und ... was sagt Ihr nun?« Madelyne hielt den Atem an, während sie auf seine Reaktion wartete. Sie merkte, daß sie die

Hände verzweifelt rang, aber sie konnte einfach nicht damit aufhören.

Duncan stand da und starrte sie einfach nur verdattert an. Madelyne betete innerlich, daß ihn diese Neuigkeit endlich dazu bewegen würde, seine Männer zusammenzurufen und ihnen den Abmarsch zu befehlen.

Ihre Gebete waren vergeblich. Als der Baron endlich reagierte, war es ganz und gar nicht so, wie Madelyne es erwartet – und erhofft – hatte: Er zuckte nur mit den Schultern.

Diese Geste weckte ihren Zorn. Na, fein. Wenn dieser Narr unbedingt sterben *wollte* ...

»Ich vermute, es ist unwichtig, was ich Euch erzähle ... Ihr seid entschlossen, Euren Plan durchzuführen, habe ich recht?« fragte Madelyne resigniert.

»Ja«, erwiderte er. Ein warmes Leuchten erschien in seinen Augen, verschwand jedoch wieder, bevor Madelyne reagieren konnte. Lachte der Baron sie aus?

Sie hatte nicht den Mut, ihn zu fragen. Duncan starrte sie immer noch an. Dann schüttelte er plötzlich den Kopf, wandte sich ab und ging auf Louddons Burg zu. Offenbar war er zu dem Schluß gekommen, daß er genügend Zeit mit ihr verschwendet hatte.

Leider gab er ihr nicht den kleinsten Hinweis darauf, was er als nächstes vorhatte. Lieber Himmel, wenn man nach seinem nun vollkommen gelösten Gang und der aufgeräumten Miene urteilte, hätte er durchaus jemandem einen Höflichkeitsbesuch abstatten können.

Madelyne wußte es natürlich besser. Sie war plötzlich so erfüllt mit Furcht, daß sie glaubte, sich übergeben zu müssen. Schon spürte sie, wie bittere Galle in ihrer Kehle brannte, und sie atmete tief ein und aus, um den Brechreiz niederzukämpfen. Währenddessen rang sie die Hände in dem verzweifelten Versuch, die Fesseln ein wenig zu lokkern, doch es gelang ihr nicht. Als ihr einfiel, daß in den Gebäuden Diener schliefen, steigerte sich ihre Panik noch. Sie konnte sich nicht vorstellen, daß Duncans Männer eine

Sekunde überlegen würden, ob sie bewaffnete oder unbewaffnete Männer töteten. Louddon zumindest hätte in dieser Hinsicht keinen Unterschied gemacht.

Madelyne wußte, daß sie bald sterben würde. Dies war eine Tatsache, denn sie war Louddons Schwester. Aber wenn es ihr gelang, vor ihrem Tod noch einige andere Leben zu retten, würde das nicht eine gute Tat sein, die ihrem Dasein letztendlich noch einen Sinn verlieh? Lieber Gott, wenn sie nur ein einziges Leben retten könnte, hätte ihre Existenz dann nicht wenigstens für diesen einzigen Menschen eine Bedeutung gehabt?

Madelyne kämpfte weiter gegen ihre Fesseln an, ohne jedoch den Baron aus den Augen zu lassen. Dann, als er die Treppe erreicht hatte und sich zu seinen Männern umdrehte, wußte sie, was er vorhatte. Aye, seine Miene war haß- und zornerfüllt.

Langsam reckte Duncan sein Schwert in die Luft. Und dann erklang seine Stimme so laut und so deutlich, daß sie die steinernen Mauern um sie herum durchdringen mußte. Seine Worte waren eindeutig.

»Keine Gnade!«

Die Geräusche der Schlacht und die Schreie waren entsetzlich. Madelyne konnte nicht verhindern, daß ihr Geist sich genau ausmalte, was sie nicht sehen konnte. Sie hatte noch nie einen Kampf miterlebt, hatte nur die übertriebenen Geschichten siegreicher Krieger gehört, die mit ihren Heldentaten prahlten. Doch jene Geschichten handelten niemals von den Schrecken des Tötens, und als die Soldaten durch die Türen in den Hof hinausquollen, verwandelte sich Madelynes mentales Fegefeuer in eine reale Hölle aus gequälten Schreien, vergossenem Blut und verstümmelten Menschen.

Obwohl Louddons Männer tatsächlich in der Überzahl waren, erkannte Madelyne rasch, daß sie viel schlechter ausgebildet waren als Duncans Soldaten. Sie mußte mitansehen, wie einer der Krieger ihres Bruders sein Schwert gegen den Baron erhob und augenblicklich starb, während ein anderer seine Lanze vorwärtsstieß und gleich darauf in betäubtem Staunen zusah, wie sein Arm, der die Lanze gehalten hatte, vor ihm zu Boden fiel. Es dauerte eine Weile, bis der Mann einen ohrenbetäubenden Schrei ausstieß und heulend vornüber auf die von seinem Blut getränkte Erde stürzte.

Madelynes Magen krampfte sich zusammen. Sie schloß die Augen, um die Scheußlichkeiten nicht mitansehen zu müssen, doch die Bilder schienen sich in ihren Geist eingebrannt zu haben.

Ein Junge, der wahrscheinlich Duncans Knappe war, kam zu Madelyne gehastet. Er hatte helles, fast gelbes Haar, war mittelgroß und so muskelbepackt, daß er fast dick wirkte. Er zog einen Dolch und stellte sich vor sie.

Der Bursche würdigte sie keines Blickes, sondern sah unbeirrt zu Duncan hinüber, aber Madelyne nahm an, daß er sie beschützen sollte. Kurz zuvor hatte sie gesehen, wie Duncan dem Jungen mit einer Geste einen Befehl gegeben hatte.

Madelyne versuchte verzweifelt, sich auf das Gesicht des Knappen zu konzentrieren, um die entsetzlichen Bilder des Kampfes zu verdrängen. Der Junge kaute nervös auf seiner Unterlippe, aber sie hätte nicht sagen können, ob es aus Furcht oder Erregung geschah. Und dann stob er plötzlich los und ließ sie schutzlos zurück.

Madelyne blickte rasch zu Duncan und sah, daß er seinen Schild hatte fallen lassen. Der Knappe war bereits dort und hob ihn auf, doch in seiner Eile hatte er seinen Dolch verloren.

Madelyne stürzte ohne nachzudenken los, nahm den Dolch vom Boden auf und lief zurück zu ihrem Pfahl, für den Fall, daß Duncan nach ihr sehen sollte. Dann ging sie in die Knie, so daß ihr Umhang ihre Hände verbarg, und begann, die Stricke durchzuschneiden. Der beißende Geruch von Rauch wehte zu ihr herüber. Sie blickte gerade noch rechtzeitig auf, um zu sehen, wie ein Feuerschwall aus der offenen Tür herausquoll. Diener stürzten aus dem Gebäude und versuchten, die Burgtore zu erreichen. Das Feuer jagte donnernd hinter ihnen her und erfüllte die Luft mit Hitze und einem furchtbaren Gestank nach verbranntem Haar und angesengter Haut.

Der alte Simon, der schon ewig in Louddons Diensten stand, bahnte sich seinen Weg zu Madelyne. Tränen strömten über sein wettergegerbtes, faltiges Gesicht, seine massiven Schultern waren zusammengesackt. »Ich dachte schon, sie hätten Euch umgebracht, Mylady«, flüsterte er, als er ihr auf die Füße half.

Der Diener nahm ihr das Messer ab und schnitt rasch die Stricke durch. Madelyne legte ihm die Hände auf die Schultern. »Rette dich, Simon. Lauf davon. Mit dieser Schlacht hast du nichts zu tun! Beeil dich und flieh! Du mußt an deine Familie denken.«

»Aber Ihr . . .«

»Lauf, bevor es zu spät ist«, flehte Madelyne ihn an.

Ihre Stimme war heiser vor Angst. Simon war ein braver, gottesfürchtiger Mann, der immer freundlich zu ihr gewesen war. Stellung und Erbe verlangten von ihm, daß er für Louddon kämpfte; genau wie all die anderen Dienstboten war er per Gesetz an die Ländereien gefesselt. Dies war schon schlimm genug – Gott konnte nicht so grausam sein und auch noch sein Leben einfordern.

»Kommt mit mir, Lady Madelyne«, bettelte Simon. »Ich werde Euch verstecken.«

Madelyne schüttelte den Kopf. »Ohne mich ist deine Chance, heil davonzukommen, weit größer, Simon. Der Baron würde mich verfolgen lassen.« Sie sah, daß er zum Protest ansetzte, und fügte hastig hinzu: »Nein, keine Widerworte mehr.« Immer noch zögerte der alte Mann, so daß Madelyne nur noch einen Ausweg sah. Sie stieß ihn gegen die Schultern und schrie: »Geh jetzt!«

»Möge der Herr Euch beschützen«, murmelte Simon. Er gab ihr den Dolch zurück, machte kehrt und stürmte auf die Tore zu. Er war erst ein paar Schritte weit gekommen, als er von Duncans Bruder umgestoßen wurde. Gilard war so begierig darauf gewesen, einen Soldaten Louddons anzugreifen, daß er versehentlich in den Diener hineingerannt war. Simon rappelte sich gerade wieder auf, als Gilard sich plötzlich wieder zu ihm umwandte, als hätte er erst jetzt erkannt, daß hier ebenfalls ein Feind war.

Gilards Absicht war klar erkennbar. Madelyne schrie Simon eine Warnung zu, rannte jedoch gleichzeitig los. Atemlos stellte sie sich vor Simon, um ihn mit ihrem Körper zu schützen.

»Zur Seite«, brüllte Gilard und riß sein Schwert hoch.

»Nein!« schrie Madelyne ihn an. »Dann müßt Ihr erst mich töten!«

Mit wutverzerrtem Gesicht hob Gilard sein Schwert augenblicklich noch etwas höher. Madelyne zuckte unwillkürlich zusammen. Der Mann würde sie beide töten, ohne auch nur einen Anflug von Reue zu empfinden.

Duncan drehte sich gerade noch rechtzeitig um, um zu sehen, was sich zwischen seinem Bruder und Madelyne abspielte. Sofort setzte er sich in Bewegung. Gilards Jähzorn war allgemein bekannt, aber Duncan wußte, daß er Madelyne nichts antun würde. Bruder oder nicht, Duncan war der Baron Wexton und Gilard sein Vasall. Gilard würde eher sterben, als einen Befehl seines Herrn zu mißachten. Und Duncan hatte sich sehr klar ausgedrückt: Niemand durfte sie anrühren. Sie gehörte ihm!

Die anderen Dienstboten – fast dreißig an der Zahl – hatten die Szene ebenfalls verfolgt. Diejenigen, die keine Chance mehr sahen, durch die Tore in die Freiheit zu entkommen, eilten herbei, um sich hinter Simon zu stellen.

Madelyne begegnete Gilards haßerfülltem Blick mit einer Gelassenheit, die weit von dem entfernt war, was sie wirklich empfand. Sie hatte Angst . . . furchtbare Angst.

Duncan hatte seinen Bruder erreicht und blieb neben ihm stehen. In diesem Augenblick hob seine Gefangene langsam die Hand zu ihrem Haar und schob die dichte Mähne roter Locken zur Seite, bis ihr Hals freilag. Dann schlug sie Gilard mit ruhiger Stimme vor, er möge dort zustoßen, und dies, wenn möglich, rasch.

Gilard starrte ungläubig auf die Frau vor ihm. Langsam senkte er sein Schwert, bis die blutgetränkte Spitze zu Boden zeigte.

Madelynes Miene hatte sich nicht geändert. Langsam wandte sie sich Duncan zu.

»Erstreckt sich Euer Haß auch auf Louddons Dienstboten? Tötet Ihr auch unschuldige Männer und Frauen, nur weil sie durch das Gesetz dazu verpflichtet sind, meinem Bruder zu dienen?«

Bevor Duncan sich eine Antwort überlegen konnte, drehte Madelyne ihm den Rücken zu. Sie ergriff Simons Hand und half ihm auf die Füße. »Ich habe gehört, daß Baron Wexton ein Mann der Ehre ist, Simon. Bleib an meiner Seite. Ich lasse nicht zu, daß er dir etwas antut.«

Sie drehte sich wieder zu Duncan um und fügte hinzu: »Nun wird sich herausstellen, ob das Wort Ehre wirklich eine Bedeutung für ihn hat, oder ob er genauso schlimm wie Louddon ist!«

Plötzlich wurde Madelyne sich gewahr, daß sie den Dolch noch immer in ihrer Hand hielt. Rasch verbarg sie ihn hinter ihrem Rücken, bis sie einen Riß in dem Stoff ertastete. In der Hoffnung, daß der Saum fest genug genäht war, ließ sie den Dolch darin verschwinden. Um von ihren Händen abzulenken, rief sie: »Jeder einzelne dieser braven Leute hier hat versucht, mich vor meinem Bruder zu beschützen, und ich will eher sterben, als daß ich zulasse, daß Ihr einem von ihnen ein Haar krümmt. Ihr habt die Wahl!«

Duncans Stimme troff vor Verachtung, als er auf ihre Herausforderung reagierte. »Ich bin nicht wie Louddon.

Ich kämpfe nicht gegen Schwächere. Geh, alter Mann. Und nimm die anderen mit!«

Die Dienstboten zögerten keine Sekunde. Madelyne sah, wie sie augenblicklich auf die Tore zurannten. Als alle in Sicherheit waren, wandte Madelyne sich wieder zu dem Baron um. Das Mitgefühl, das er bewiesen hatte, überraschte sie. »Ich habe noch eine Bitte, Baron«, begann sie. »Bitte tötet mich jetzt. Ich weiß, daß es feige ist, Euch darum zu bitten, aber das Warten ist unerträglich. Tut, was Ihr müßt!«

Duncan war derart erstaunt, daß ihm im ersten Augenblick die Worte fehlten. Sie glaubte, daß er sie umbringen wollte! Lady Madelyne war in der Tat die verwirrendste Frau, der er je begegnet war. Er schüttelte ungläubig den Kopf. »Ich will dich nicht töten, Madelyne«, sagte er, bevor er sich von ihr abwandte.

Eine Woge der Erleichterung überspülte Madelyne. Sie glaubte ihm! Er hatte so verdattert ausgesehen, als sie ihn um einen raschen Tod gebeten hatte, daß er nur die Wahrheit gesagt haben konnte. Aye, sie durfte am Leben bleiben.

Gleichzeitig hatte sie zum ersten Mal in ihrem Leben das Gefühl, einen Sieg errungen zu haben. Sie hatte nicht nur Duncan vor dem sicheren Tod durch Erfrieren gerettet, sie würde ihre Tat auch noch überleben!

Der Kampf war beendet. Die Pferde waren aus den Ställen befreit worden und wurden nun durch die Tore hinausgetrieben. Kurz darauf ging das trockene Holz der Stallungen ebenfalls in Flammen auf.

Madelyne konnte nicht einmal einen Ansatz der Empörung über die Vernichtung von Louddons Burg verspüren. Dies war nie ihr Zuhause gewesen. Sie hatte keine schönen Erinnerungen daran.

Nein, es tat ihr nicht leid. Duncans Rache war die gerechte Vergeltung für Louddons Sünden. In dieser finsteren Nacht bekam Louddon, was er verdiente, obwohl es in Madelynes Augen ein Barbar im Rittergewand war, der diese Gerechtigkeit übte. Ein Barbar, der es wagte, die starken

Bande zwischen Louddon und dem König von England zu ignorieren . . .

Aber was mochte Louddon getan haben, daß Baron Wexton sich so furchtbar rächte? Und welchen Preis würde Duncan für seine Tat bezahlen müssen? Würde William II den Baron töten lassen, wenn er von dem Kampf erführe? Der König würde sicher Louddons Bitte entsprechen, sollte er Duncans Kopf fordern. Es hieß, daß Louddons Einfluß auf den König höchst ungewöhnlich war; Madelyne hatte mehrmals gehört, daß sie beide eine besondere Freundschaft verband. Und erst letzte Woche hatte sie verstanden, was es mit den geflüsterten Anzüglichkeiten wirklich auf sich hatte. Marta, die Frau des Stallmeisters, die selten ein Blatt vor den Mund nahm, hatte sich nach ein paar Ale-Krügen zuviel genüßlich darüber ausgelassen, wie verdorben die Beziehung zwischen Louddon und dem König tatsächlich war.

Madelyne hatte ihr nicht geglaubt. Sie war rot geworden und hatte die Gerüchte widerlegt, indem sie Marta erzählte, daß Louddon nur deswegen nie geheiratet hatte, weil die Frau seines Herzens gestorben war, bevor er ihr den Hof machen konnte. Marta hatte nur über Madelynes Naivität gelacht. Schließlich war es ihr sogar gelungen, ihrer Herrin das Zugeständnis abzuringen, daß es immerhin im Bereich des Möglichen lag.

Bis zu jenem Abend hatte Madelyne niemals gedacht, daß ein Mann mit einem anderen Mann . . . Nun ja. Und der Gedanke, daß einer von solchen Männern ihr Bruder und der andere der König sein sollte, machte in ihren Augen ein solches Verhältnis nur noch abstoßender. Ihre Abscheu hatte, wie immer, eine körperliche Reaktion hervorgerufen. Sie konnte sich noch gut daran erinnern, wie Marta gelacht hatte, als Madelyne sich übergeben mußte.

»Zündet die Kapelle an«, erklang Duncans Befehl über den Hof. Die Worte holten Madelyne in die Wirklichkeit zurück. Sofort raffte sie ihre Röcke und lief auf die Kirche zu. Sie mußte ihre magere Habe herausholen, bevor es zu spät war und die Kapelle brannte. Niemand schien auf sie zu achten.

Duncan holte sie ein, als sie gerade den Seiteneingang erreicht hatte. Er stemmte seine Hände links und rechts von ihr gegen die Mauer, so daß sie gefangen war. Madelyne keuchte erschreckt auf und versuchte, sich aus seinen Armen zu winden.

»Es gibt keinen Ort, an dem du dich vor mir verstecken kannst, Madelyne.« Seine Stimme war sanft, klang fast ein bißchen gelangweilt.

»Ich will mich vor niemandem verstecken«, antwortete sie, wobei sie versuchte, ihre Verärgerung nicht durchklingen zu lassen.

»Dann möchtest du vielleicht in der Kapelle verbrennen?« fragte Duncan. »Oder wolltest du durch den Geheimgang, von dem du mir erzählt hast?«

»Weder noch«, gab Madelyne zurück. »Alles, was ich besitze, ist in der Kirche versteckt. Ich wollte es nur holen. Ihr habt gesagt, daß Ihr mich nicht töten werdet, und da ich von hier fort muß, brauche ich meine Sachen.«

Als Duncan nicht reagierte, versuchte es Madelyne noch einmal. Es war allerdings schwierig, einen klaren Gedanken zu fassen, denn seine Nähe und sein intensiver Blick störten ihre Konzentration enorm. »Ich bitte Euch auch gar nicht um ein Reittier. Ich möchte wirklich nur meine Kleider holen, die hinter dem Altar liegen.«

»Du bittest mich also nur darum?« flüsterte er mit einem kleinen Lächeln, das Madelyne beunruhigte. Sie hatte keine Ahnung, wie sie darauf reagieren sollte. »Erwartest du ernsthaft, daß ich glaube, du lebtest in der Kirche?«

Madelyne hätte ihm am liebsten gesagt, daß es sie nicht interessierte, was er glaubte oder nicht, doch sie hatte nicht den Mut dazu. Herrgott, ja, sie war entsetzlich feige, aber die vielen schmerzlichen Lektionen, durch die sie gelernt hatte, ihre wahren Gefühle zu maskieren, kamen ihr nun zugute. Sie zwang den aufkommenden Ärger nieder und sah ihn mit gelöster Miene an. Ja, sie schaffte es sogar, gelangweilt mit den Schultern zu zucken.

Duncan sah das kurze Aufblitzen von Zorn in ihren Augen, das ihre Gelassenheit Lügen strafte, doch es war so schnell wieder verschwunden, daß er einen Moment überlegte, ob er sich getäuscht hatte. Wenn man in Betracht zog, daß sie nur eine Frau war, besaß sie ein erstaunliches Ausmaß an Selbstbeherrschung.

»Antworte mir, Madelyne. Soll ich dir wirklich glauben, daß du in der Kirche wohnst?«

»Das habe ich nicht gesagt«, antwortete Madelyne. »Ich habe nur meine Sachen dort versteckt, um in aller Frühe zu fliehen.«

Duncan runzelte die Stirn. Hielt sie ihn für dumm genug, ihr diese Geschichte abzunehmen? Keine Frau würde die Bequemlichkeit eines Hauses aufgeben, um während der kalten Monate eine längere Reise zu unternehmen. Und wo, bitte, hätte sie hingehen wollen? Was würde sie ihm noch alles auftischen?

Nur um sie auf die Probe zu stellen und ihre Lügen zu entlarven, sagte er: »Dann geh und hol deine Sachen.«

Madelyne konnte ihr Glück kaum fassen. Wieder ein kleiner Sieg. Wenn er ihr die Erlaubnis gab, ihre Kleider zu holen, dann war das doch ebenfalls eine Erlaubnis, aus der Festung zu fliehen, oder etwa nicht? Bevor sie sich selbst daran hindern konnte, entfuhr es ihr: »Dann darf ich die Burg verlassen?« O Herr, wie sehr ihre Stimme bebte!

»Aye, Madelyne, du wirst diese Burg verlassen«, sagte Duncan.

Er schenkte ihr sogar ein Lächeln. Wieder war Madelyne beunruhigt über diesen Stimmungswechsel. Sie starrte ihn eine Weile an, weil sie hoffte, wenigstens einen Hinweis darauf zu erhalten, was er wirklich dachte. Schnell mußte sie einsehen, daß dies eine vergebliche Hoffnung war. Duncan maskierte seine Gefühle viel zu gut. Sie konnte einfach nicht feststellen, ob er die Wahrheit sagte oder nicht.

Madelyne duckte sich unter seinem Arm durch und lief durch den Gang in den hinteren Teil der Kirche. Duncan folgte ihr.

Der Rupfenbeutel lag genau dort, wo sie ihn am Tag zuvor versteckt hatte. Madelyne nahm das Bündel auf und wandte sich zu Duncan um. Sie wollte ihm gerade danken, als sie seinen überraschten Blick entdeckte.

»Ihr habt mir nicht geglaubt?« fragte Madelyne. Ihre Stimme klang so ungläubig, wie er wirkte.

Duncan runzelte die Stirn, machte schweigend kehrt und verließ die Kirche. Madelyne folgte ihm. Himmel, die Angewohnheit dieses Mannes, sich ohne ein Wort umzudrehen und zu gehen, wenn es ihm gefiel, war wirklich irritierend. Ihre Hände zitterten nun so heftig, daß sie Mühe hatte, ihren Beutel festzuhalten. Es müssen die Nachwirkungen der scheußlichen Kampfszenen sein, sagte sie sich. Sie hatte soviel Blut, so viele Tote gesehen! Ihr Magen rebellierte, und sie konnte nur hoffen, daß es ihr gelang, ihre Fassung zu bewahren, bis Duncan und seine Männer von der Festung abzogen.

In dem Moment, als sie aus dem Gebäude heraustraten, wurden brennende Fackeln hineingeworfen. Die Flammen verschlangen die Kirche wie hungrige Raubtiere, und Madelyne starrte halb entsetzt, halb fasziniert, auf die Vernichtung, bis sie bemerkte, daß sie sich an Duncans Hand klammerte. Abrupt zog sie ihre Hand zurück.

Sie sah, daß die Soldaten ihre Pferde in den Hof geführt hatten. Die meisten saßen schon im Sattel und schienen nur noch auf einen Befehl zu warten. In der Mitte des Hofes stand ein herrliches Tier, ein riesiger, weißer Hengst, der die anderen um ein gutes Stück überragte. Der blonde Knappe stand vor dem Pferd und versuchte, das nervöse Tier ohne Erfolg ruhigzuhalten. Madelyne hatte keinen Zweifel, daß es das Pferd Duncans war. Es paßte bestens zu seinem Rang und seiner massigen Gestalt.

Duncan machte eine Geste zu dem Pferd hin. Madelyne bedachte ihn mit einem finsteren Blick, begann aber instinktiv, auf das Pferd zuzugehen. Je näher sie kam, desto furchtsamer wurde sie, und in ihrem Hinterkopf begann sich ein schwarzer Gedanke zu formen.

Lieber Gott, sie würden sie nicht zurücklassen!

Madelyne holte tief Atem und versuchte, sich selbst zu beruhigen. Sie konnte einfach im Augenblick nicht klar denken! Es war doch lächerlich, daß der Baron sie mitnehmen wollte. Schließlich war sie für ihn absolut wertlos!

»Ihr habt doch nicht etwa vor, mich mitzunehmen?« entfuhr es ihr, bevor sie sich daran hindern konnte. Ihre Stimme klang angespannt; sie wußte, daß es ihr nicht gelungen war, ihre Furcht zu verbergen.

Duncan nahm ihr den Beutel ab und warf ihn seinem Knappen zu. Das war Antwort genug. Madelyne beobachtete wie betäubt, wie er aufsaß und ihr die Hand entgegenstreckte.

Sie begann, zurückzuweichen. Oh, nein, sie würde nicht aufsteigen! Sie wußte ganz genau, daß sie ohnmächtig oder — schlimmer noch — hysterisch werden würde, wenn sie auch nur versuchte, auf dieses teuflische Tier zu steigen. Sie wollte lieber tot sein, als sich vor all den Soldaten zu demütigen.

Ja, sie hatte Angst vor dem Baron, aber vor diesem Tier hatte sie noch viel mehr Angst! Zudem konnte Madelyne nicht reiten. Immer noch kamen ihr gelegentlich Erinnerungen an ihre frühe Kindheit in den Sinn, als Louddon die ersten Reitlektionen vornehmlich dazu benutzt hatte, ihr klarzumachen, wer der Herr im Haus war. Wenn sie vernünftig darüber nachdachte, wußte sie, daß ihre Angst unbegründet war, aber sie konnte das Kind in ihrem Inneren nicht durch Argumente beruhigen. Ob Louddon nun schuld daran war oder nicht — sie fürchtete sich entsetzlich!

Madelyne trat noch einen Schritt zurück, wobei sie langsam den Kopf schüttelte. Ihr Entschluß stand fest: Sollte er sie umbringen, wenn er wollte, sie würde jedenfalls nicht aufsteigen!

Sie wandte sich um und entfernte sich von Duncan, ohne zu wissen, wohin sie gehen sollte. Sie bebte so sehr, daß sie ein paarmal stolperte, ging aber entschlossen Schritt für Schritt weiter, den Blick auf den Boden gesenkt.

Plötzlich stand sie vor dem verstümmelten Leichnam eines Soldaten, dessen Gesicht entsetzlich verzerrt war. Der Anblick gab Madelyne den Rest. Sie stand dort inmitten der grausam niedergemetzelten Männer und starrte auf den Toten zu ihren Füßen, bis sie aus der Ferne einen gequälten Schrei hörte. Der nicht enden wollende Laut ließ ihr das Blut in den Adern gefrieren. Madelyne preßte sich die Hände auf die Ohren, doch es half nichts. Der Schrei übertönte alle Geräusche, das Feuer, die Pferde, die Männer.

Duncan schlug seinem Pferd die Fersen in die Flanken, als Madelyne zu schreien begann. Er hielt neben ihr an, beugte sich zu ihr hinab und zog sie mühelos in seine Arme.

Sie hörte auf zu schreien, als er sie berührte. Duncan wikkelte seinen schweren Umhang um ihre schmale Gestalt, bis das Mädchen ganz davon eingehüllt war. Ihr Gesicht lag an den eisernen Gliedern seines Kettenhemdes, und er zog einen Zipfel ihres eigenen Mantels so zurecht, daß ihre Wange auf weicher Wolle ruhte.

Duncan stellte seine Bemühungen, mit Madelyne sanft umzugehen, gar nicht erst in Frage. Das Bild von ihr, wie sie vor ihm kniete und seine beinahe erfrorenen Füße unter ihre Kleider schob, tauchte vor seinem inneren Auge auf. Sie hatte ihn freundlich behandelt, und er wollte ihr wenigstens das vergelten. Schließlich war er derjenige, der in erster Linie dafür verantwortlich war, daß Madelyne soviel Schrecken erleben mußte.

Duncan stieß einen Seufzer aus. Er konnte die Tat nicht rückgängig machen. Teufel, eigentlich wäre alles ganz einfach und problemlos gewesen. Typisch, daß eine einzige Frau ausreichte, einen simplen Plan durcheinanderzubringen.

Nun mußte er vieles neu überdenken. Obwohl Madelyne kaum etwas darüber vermuten konnte, hatte sie alles kompliziert gemacht. Sein Plan konnte nicht mehr so ausgeführt werden, wie er es vorgehabt hatte. Denn ob es ihm nun gefiel oder nicht – er wußte, daß er Madelyne niemals wieder gehen lassen würde. Und dieses Wissen verblüffte ihn genauso wie es ihn zornig machte.

Duncan zog seine Gefangene fester an sich, dann gab er endlich den Befehl zum Abzug. Die Soldaten setzten sich in Bewegung und ritten hintereinander aus der Festung hinaus. Als sich außer ihm nur noch Gilard und der Knappe im Hof befanden, sah Duncan sich das Ausmaß der Zerstörung, die er selbst zu verantworten hatte, mit nüchternem Blick.

Madelyne legte den Kopf in den Nacken, um Duncans Gesicht betrachten zu können. Er mußte es gespürt haben, denn nun senkte er langsam den Blick, bis er sie ansah.

»Auge um Auge, Madelyne.«

Sie wartete darauf, daß er ihr mehr sagte, daß er ihr erklärte, weswegen er solch furchtbare Rache geübt hatte, aber Duncan starrte sie nur weiterhin an. Nein, er schien nicht in Erwägung zu ziehen, seine Grausamkeit zu begründen. Natürlich nicht. Er war ja der Sieger. Sieger mußten sich nicht rechtfertigen.

Madelyne wandte sich von ihm ab und ließ ihren Blick über die Ruinen schweifen. Dabei fiel ihr eine Geschichte über die Punischen Kriege ein, die ihr Onkel, Vater Berton, ihr erzählt hatte. Die meisten Legenden und Sagen, die von Generation zu Generation weitergetragen worden waren, wollte die heilige Kirche am liebsten verbieten lassen, aber Vater Berton hatte sie Madelyne dennoch erzählt. Vater Bertons Ansicht von religiöser Unterweisung und Erziehung war immer höchst ungewöhnlich gewesen, und hätten die Kirchenoberen davon gewußt, so wäre er dafür sicher hart bestraft worden. Doch zum Glück hatten sie nicht den Hauch einer Ahnung gehabt . . .

Das Blutbad, das sie hatte miterleben müssen, rief ihr nun wieder die Sage von Karthago in Erinnerung. Im dritten und letzten Krieg zwischen zwei mächtigen Reichen hatte das siegreiche Land die Stadt Karthago, nachdem sie gefallen war, so gründlich vernichtet, daß förmlich nichts mehr übriggeblieben war. Was nicht zu Asche verbrannt worden war, hatte man in dem fruchtbaren Boden vergraben. Kein einziger Stein war auf dem anderen geblieben. Und als wäre das alles noch nicht genug gewesen, hatte man Salz über die Felder gestreut, damit dort lange Zeit nichts mehr gedeihen konnte.

Auch heute war ähnliches geschehen. Louddons Besitz, alles, was ihm gehört hatte, war vernichtet.

»Delenda est Carthago«, wiederholte Madelyne flüsternd den Satz des Cato, dieser antiken Gestalt aus den Erzählungen von Vater Berton.

Duncan war von dieser Frau einmal mehr überrascht. Erstaunlich, daß sie eine solche Bildung besaß. Wer hatte ihr solche Dinge beigebracht? »Aye, Madelyne«, sagte er leise. »Dein Bruder muß wie Karthago vernichtet werden.«

»Und gehöre ich ebenfalls zu Loud- . . . zu Karthago?« fragte Madelyne. Sie wollte den verhaßten Namen ihres Bruders nicht mehr aussprechen.

»Nay, Madelyne«, erwiderte er fast zärtlich. »Du gehörst nicht dazu.«

Sie nickte müde, schloß die Augen und ließ sich gegen Duncans Brust sinken.

Doch er faßte ihr Kinn und hob ihr Gesicht, so daß sie ihn wieder ansehen mußte.

»Du gehörst Louddon nicht. Von diesem Augenblick an gehörst du zu mir, hast du verstanden?«

Madelyne nickte wieder.

Duncan ließ ihr Kinn los, als er sah, daß er ihr Angst

machte. Er betrachtete sie noch eine Weile, dann zog er den Umhang langsam, ja fast zärtlich über ihren Kopf.

Madelyne flüsterte unter dem tröstenden Schutz des Stoffes: »Ich möchte eigentlich keinem Mann gehören.«

Duncan lächelte. Was Lady Madelyne wollte, interessierte ihn überhaupt nicht. Aye, sie gehörte nun ihm, ob sie es wollte oder nicht.

Schließlich hatte sie ihr Schicksal selbst besiegelt.

Sie hatte ihm die Füße gewärmt.

KAPITEL 3

»Unrecht zu tun ist bedauernswürdiger, als Unrecht zu leiden.«

Plato, Gorgias

Sie ritten den Rest der Nacht und den größten Teil des nächsten Tages in Richtung Norden. Der Baron legte ein rasches Tempo vor und gestattete seinen Soldaten nur zweimal eine kurze Rast. Madelyne durfte einige Minuten allein für sich sein, doch ihre schwachen Beine konnten ihr Gewicht kaum tragen, so daß sie Mühe hatte, sich um ihre ganz persönlichen Bedürfnisse zu kümmern. Und bevor sie eine Chance hatte, ihre geplagten Muskeln zu entspannen, wurde sie schon wieder auf Duncans Reittier gehoben.

Da die große Anzahl der Soldaten ihnen eine gewisse Sicherheit gab, hatte Duncan beschlossen, auf der Hauptstraße zu reiten. Die sogenannte Hauptstraße war jedoch ein unebener Pfad, zum großen Teil zerfurcht und unwegsam, so daß die Männer sich ständig durch wildwucherndes Unkraut und in den Weg hängende Äste kämpfen mußten. Die Schilde wurden nur selten gesenkt. Madelyne dagegen lag warm und geborgen in den Armen des Anführers.

Nur wenige Soldaten hatten offene Helme und ritten mit bloßen Händen. Die meisten waren gut ausgerüstet, und das schwierige Gelände konnte ihnen nicht viel anhaben, nur daß es ihr Tempo verlangsamte.

Der anstrengende Ritt dauerte zwei volle Tage. Als Duncan ankündigte, sie würden die Nacht in einem geschützten Tal verbringen, das er entdeckt hatte, war Madelyne bereits zu dem Schluß gekommen, daß er kein Mensch sein konnte. Sie hatte gehört, daß die Soldaten ihrem Anführer den Beinamen Wolf gaben, und es war nicht schwer zu erraten, woher dieser seltsame Vergleich kam: Duncan führte die Umrisse dieses schrecklichen Raubtieres in seinem blauweißen Wappen. Wahrscheinlich war seine Mutter ein weiblicher Dämon und sein Vater ein riesiger, häßlicher Wolf gewesen. Anders konnte sie sich nicht erklären, wie er in der Lage war, dieses unglaubliche, aufreibende Tempo durchzuhalten.

Als sie endlich zur Nacht rasteten, war es Madelyne schlecht vor Hunger. Sie setzte sich auf einen Felsen und sah zu, wie die Soldaten sich um ihre Pferde kümmerten. Wie gewissenhaft, dachte Madelyne, die genau wußte, daß ein Ritter ohne Pferd gar nichts war. Ja, die Tiere kamen immer zuerst.

Anschließend wurden verschiedene Feuer entzündet. Um jedes ließen sich zwischen acht und zehn Männer nieder, so daß schließlich fast dreißig flackernde Lichtscheine das Tal erhellten. Zum Schluß kam das Essen, das aus hartem Brot und gelblichem Käse bestand. Hörner mit salzig schmeckendem Ale machten die Runde. Doch obwohl sie sich vielleicht gerne betrunken hätte, gönnten sich die Männer nur wenige Schlucke. Eine Rast in solch einem Gebiet war immer gefährlich – sie wußten, daß sie wachsam und einsatzbereit bleiben mußten, wenn sie nicht in eine Falle geraten wollten.

Ja, Gefahren gab es genug in diesem Land: räuberische Banden, Ausgestoßene, die sich auf jeden stürzten, der schwächer war als sie, und nicht zuletzt wilde Tiere, die durch den strengen Winter ihre instinktive Vorsicht vor den Menschen verloren hatten.

Duncans Knappe hatte den Befehl erhalten, sich um Madelynes Bedürfnisse zu kümmern. Sein Name war Ansel, und Madelyne las ohne Schwierigkeiten aus seiner Miene, daß ihm die Aufgabe, die ihm zugeteilt worden war, nicht gefiel.

Sie tröstete sich mit dem Gedanken, daß jede Meile, die sie weiter nach Norden ritten, sie auch näher an das Ziel brachte, das sie erreichen wollte. Bevor Duncan und seine Männer alles durcheinandergebracht hatten, war es ihr Plan gewesen, Richtung Norden bis zu ihrer Base Edwythe nach Schottland zu fliehen. Inzwischen hatte sie eingesehen, daß sie es niemals geschafft hätte – sie war eine Närrin gewesen, sich einzubilden, sie könnte ganz allein auf der einzigen Stute, die sie nicht abwerfen würde, solche Strecken bewältigen. Das alte Tier mit dem durchgesessenen Rücken hätte nicht genug Kraft gehabt, um diese lange, anstrengende Reise zu überstehen. Ohne das richtige Pferd und die richtige Kleidung wäre ein solches Unterfangen eine Art Selbstmord gewesen, wie sie jetzt erkannte. Und die hastig hingekritzelte Karte, die Simon ihr aus der Erinnerung erstellt hatte, hätte sie wahrscheinlich nach nirgendwo geführt.

Obwohl sie sich nun eingestand, daß sie sich einem albernen Traum hingegeben hatte, beschloß sie, dennoch an ihrem ursprünglichen Plan festzuhalten. Madelyne klammerte sich an jeden Hoffnungsschimmer – ganz einfach, weil sie nichts anderes hatte, an das sie sich klammern konnte. Duncan lebte bestimmt nahe an der schottischen Grenze. Wie weit mochte es von dort aus noch bis zu dem neuen Zuhause bei ihrer Base sein? Vielleicht konnte sie es sogar zu Fuß erreichen!

Sie durfte nicht einmal daran denken, was für Hindernisse sich vor ihr auftun konnten, denn dann würde sie von vornherein aufgeben. So also verwarf sie alle vernünftigen Überlegungen und konzentrierte sich statt dessen darauf, was sie alles benötigen würde. Zuerst natürlich ein kräftiges, gutes Pferd, als zweites Proviant und als letztes, nicht zu vergessen, Gottes Segen. Dann fiel ihr ein, daß es möglicherweise günstiger wäre, die Reihenfolge zu ändern. Zuerst Gottes Segen, dachte sie, das Pferd zuletzt . . .

In diesem Moment entdeckte sie Duncan, der durch das Lager wanderte. Himmel, war er nicht das gewaltigste Hindernis überhaupt? O ja, wenn sie es genauer bedachte, dann war dieser Halbwolf gewiß ihr größtes Problem.

Duncan hatte kein Wort mit ihr gesprochen, seit sie Louddons Festung verlassen hatten. Madelyne hatte wieder und wieder darüber nachgegrübelt, was er mit seiner Bemerkung gemeint haben konnte, sie würde nun zu ihm gehören. Was genau sollte das nur bedeuten? Sie wünschte, sie hätte den Mut gehabt, ihn danach zu fragen. Doch der Baron wirkte so kalt und distanziert, daß sie sich nicht traute.

Himmel, sie war so erschöpft. Im Augenblick konnte sie sich wirklich keine Gedanken über diesen Mann machen. Wenn sie einmal ausgeruht war, war noch immer Zeit genug, über ihre Flucht nachzudenken. Schließlich war sie als Gefangenen ja förmlich dazu verpflichtet, oder etwa nicht?

Allerdings hatte sie in dieser Hinsicht weder Erfahrung noch besonders große Übung. Was nützte es schon, daß sie lesen und schreiben konnte? Niemand würde je von ihrem ungewöhnlichen Wissen erfahren, da eine derartige Bildung für eine Frau absolut unschicklich war. Schließlich konnten die wenigsten Adeligen ihren eigenen Namen schreiben! Sollte es einmal nötig sein, einen Brief oder eine Botschaft aufzusetzen, überließ man es meistens den Geistlichen.

Madelyne machte ihrem Onkel gewiß keinen Vorwurf daraus, daß er es ihr dennoch beigebracht hatte. Dem Priester hatte es größten Spaß gemacht, ihr Wissen zu vermitteln, und dazu hatten auch die antiken Sagen gehört. Als Madelyne noch ein kleines Mädchen war, das sich die meiste Zeit gefürchtet hatte, waren die Krieger der Mythologie ihre ständigen Begleiter gewesen, die ihr Trost gespendet hatten. In langen, dunklen Nächten hatte sie oft so getan, als säße Odysseus neben ihr und würde sie beschützen, falls Louddon käme, um sie nach Hause zu holen.

Louddon! Allein die Nennung des Namens drehte ihr den Magen um. Und war es nicht überhaupt seine Schuld, daß Madelyne all die Fähigkeiten, die sie zum Überleben brauchte, fehlten? Um Himmels willen, sie konnte nicht einmal richtig reiten! Ihr Bruder hatte sie ein paarmal zu Ausritten mitgenommen, als sie sechs Jahre alt gewesen war. Oh, sie konnte sich an diese Ausflüge noch so gut erinnern, als ob es erst gestern gewesen wäre. Anfangs hatte sie wie ein Sack auf dem Pferderücken gesessen – so hatte es Louddon wenigstens genannt. Als er dann festgestellt hatte, daß sie sich vor Furcht fast hatte übergeben müssen, hatte er sie an den Sattel gebunden und dem Tier einen Schlag auf die Flanke versetzt, so daß es in Panik in den Wald gestürmt war.

Ihr Entsetzen hatte ihren Bruder erregt, das hatte sie schon damals erkannt. Und erst als es ihr gelungen war, ihre Ängste hinter einer Maske der Gleichgültigkeit zu verbergen, hatte Louddon mit seinen sadistischen Spielchen aufgehört.

So lange sie sich erinnern konnte, hatten ihr Vater und ihr Bruder ihr deutlich gemacht, daß sie nichts wert war. Sie hatte alles versucht, um sie dazu zu bringen, sie wenigsten ein kleines bißchen gernzuhaben. Als sie acht war, wurde sie zu Vater Berton, dem jüngeren Bruder ihrer Mutter, geschickt. Das, was eigentlich nur ein kurzer Besuch hätte sein sollen, dehnte sich zu langen, friedlichen Jahren aus. Vater Berton war der letzte lebende Verwandte von der Seite ihrer Mutter, und er gab sein Bestes, um sie zu erziehen. Immer und immer wieder sagte er ihr, daß nicht sie ein wertloses Wesen war, sondern ihr Vater und auch ihr Bruder. Und manchmal gelang es ihr sogar fast, es zu glauben.

Oh, ihr Onkel war ein wundervoller, liebevoller Mensch gewesen, dessen freundliche Natur auf Madelynes Charakter abgefärbt hatte. Vieles von dem, was er ihr beigebracht hatte, war weder zu benennen noch zu erklären, und er hatte sie so geliebt, als wäre sie seine eigene Tochter. Er hatte ihr erklärt, daß Louddon alle Frauen haßte, doch tief in ihrem Herzen konnte sie Berton nicht glauben. Schließlich empfand ihr Bruder durchaus etwas für ihre älteren Schwestern. Clarissa und Sara waren beide in gute Häuser geschickt worden, um die richtige Erziehung zu bekommen. Beide waren auch mit einer attraktiven Aussteuer versehen worden, obwohl bisher nur Clarissa verheiratet war.

Vater Berton hatte ihr auch erklärt, daß ihr Vater deswegen ihren Anblick nicht ertragen konnte, weil sie ihn so sehr an ihre Mutter erinnerte. Sie war eine wundervolle, herzensgute Frau gewesen, und doch hatte sich der alte Baron nur kurze Zeit nach der Eheschließung von ihr abgewandt. Berton wußte auch nicht, warum dies geschehen war, war aber überzeugt, daß Madelynes Mutter nichts Verwerfliches getan haben konnte. Es mußte an der schwarzen Seele des viel älteren Mannes gelegen haben.

Madelyne konnte sich kaum an die frühen Jahre ihrer Kindheit erinnern, obwohl sie immer ein Gefühl der Wärme erfüllte, wenn sie an ihre Mutter dachte. Damals war Louddon nicht so oft dagewesen, um sie zu quälen, und die Liebe ihrer Mutter hatte sie beschützt.

Nur Louddon konnte die Antworten auf ihre Fragen wissen. Vielleicht würde er ihr eines Tages alles erklären, so daß sie es endlich begreifen konnte. Und das Verständnis würde sicher dazu beitragen, daß ihre Wunden heilten . . . War es nicht immer so?

Verärgert sprang Madelyne von ihrem Felsen auf. Sie mußte sich zusammenreißen. Jetzt war nicht der richtige Zeitpunkt, um sich schmerzlichen Erinnerungen hinzugeben. Sie begann im Lager umherzuwandern, wobei sie sich jedoch von den Soldaten, so gut es ging, fernhielt.

Als sie den Waldrand erreicht hatte, blickte sie sich kurz um. Sie atmete erleichtert auf: Niemand war ihr gefolgt! Endlich konnte sie ein paar Augenblicke allein sein und sich im Wald um die profanen Dinge des Lebens kümmern.

Madelyne war schon auf dem Weg zurück zum Lager, als sie einen kleinen Bach entdeckte. Die Oberfläche war vereist, aber Madelyne stieß mit einem Stock durch die Eisschicht, kniete sich nieder und wusch sich Hände und Gesicht. Das Wasser war so eisig, daß ihre Finger augenblicklich taub wurden, doch es schmeckte köstlich wie Nektar.

Plötzlich spürte sie, daß sie nicht mehr allein war. Sie fuhr herum und entdeckte Duncan. »Komm, Madelyne«, sagte er. »Zeit zum Schlafen.«

Bevor sie noch gehorchen konnte, packte er schon ihren Arm und zog sie auf die Füße. Sein Griff war fest, und doch fast zärtlich, und er ließ sie nicht eher los, bis sie an seinem Zelt angelangt waren. Nun ja, Zelt war vielleicht ein wenig übertrieben: Es handelte sich um eine Konstruktion aus verschiedenen Tierhäuten, die über starke Äste gespannt waren, so daß sie den eisigen Wind abhalten würden. Ein weiteres Fell, es war dick und weich, war auf dem Boden ausgebreitet worden und sollte offenbar als Schlafstatt dienen. Das flackernde Licht des nächsten Feuers warf tanzende Schatten auf die Felle und verwandelte die primitive Unterkunft in ein einladendes Nachtlager.

Duncan bedeutete ihr, hineinzukriechen, und sie gehorchte rasch. Dennoch brachte sie es nicht fertig, sich wirklich zur Ruhe zu legen. Die dicken Häute hatten die Feuchtigkeit des Bodens aufgesogen, und Madelyne hatte das Gefühl, als würde sie versuchen, es sich auf einem Eisblock bequem zu machen.

Duncan stand, die Arme vor der Brust gekreuzt, im Eingang und wartete darauf, daß Madelyne ihre endgültige Schlafposition einnahm, was es für sie nicht gerade leichter machte. Mit zusammengebissenen Zähnen warf sie sich auf die Seite und schwor sich innerlich, daß sie lieber sterben würde, als sich bei ihm zu beklagen.

Ganz plötzlich bückte Duncan sich, zog sie wieder auf die Füße und nahm ihr ihren Umhang ab. Dann kniete er sich nieder und breitete den Mantel auf den Fellen aus.

Ungläubig beobachtete Madelyne, wie er sich auf dem Mantel ausstreckte. Sie hatte geglaubt, das Zelt wäre für sie. Doch nun lag er dort, nahm den meisten Platz ein und hatte ihr auch noch ihren Mantel abgenommen. Zornig wandte sie sich um, um das Zelt zu verlassen. Wenn er ihren Erfrierungstod wollte, warum hatte er sie nicht gleich in Louddons Festung zurückgelassen, anstatt sie zuerst durch halb England zu schleifen?

Bevor sie auch nur einen Schritt getan hatte, wurde sie am Knöchel gepackt und zurückgezerrt. Sie keuchte auf, als sie auf Duncans Brust plumpste. Sie setzte gerade zum Protest an, als er sie fest umarmte, sich mit ihr auf die Seite rollte, und ihren Mantel um sie beide wickelte. Madelyne lag gefangen in seinen Armen. Ihr Gesicht war gegen sein Schlüsselbein gepreßt, ihr Scheitel berührte gerade sein Kinn.

Nachdem sie sich von ihrem Schreck erholt hatte, begann Madelyne sich in seinen Armen zu winden. Diese intime Umarmung war unerhört! Mit aller Kraft stemmte sie ihre Hände gegen seine Brust, um ihn wegzudrücken, doch er hielt sie eisern fest.

»Ich kann nicht atmen«, kam es gedämpft unter dem Umhang hervor.

»Doch, kannst du doch«, gab Duncan zurück.

Hatte seine Stimme nach Lachen geklungen? Der Gedanke machte sie noch wütender als sein unverschämtes Benehmen. Wie konnte er es wagen, zu entscheiden, ob sie atmen konnte oder nicht?

Madelynes Zorn überlagerte ihre Furcht. Sie begann, auf seine Schultern einzuschlagen, bis ihre Handflächen brannten. Duncan hatte sein Kettenhemd abgelegt, bevor er ins Zelt gekommen war, und trug nun nur noch ein Baumwollhemd. Das dünne Material schmiegte sich eng an seine breiten Schultern, und sie konnte seine harten Muskeln spüren. Himmel, da war kein Gramm Fett an diesem Mann, das man zu fassen bekommen und kneifen konnte. Sein Körper war genauso hart und unnachgiebig wie sein Charakter.

Nun, mit einem entscheidenden Unterschied. Duncans Brust fühlte sich an ihrer Wange warm, fast heiß an, und es schien fast übermächtig verlockend, sich daranzukuscheln und sanft zu entschlummern. Irgendwie roch er auch gut – nach Leder und Mann, und Madelyne konnte sich einfach nicht gegen ihre Reaktion wehren. Schließlich war sie auch zu Tode erschöpft. Nur das konnte der Grund sein, warum seine Nähe derart seltsame Gefühle in ihr weckte. Ihr verdammtes Herz schlug viel zu schnell.

Sein heißer Atem strich über ihren Hals, was ihr seltsamerweise Trost spendete. Aber wie konnte das sein? Madelyne empfand plötzlich eine überwältigende Verwirrung. Sie begriff nichts mehr. In verzweifelter Verweigerung schüttelte sie den Kopf, entschlossen, die Schläfrigkeit zu vertreiben, die ihre Moral zu zersetzen drohte. Trotzig griff sie nach seinem Hemd und zerrte daran.

Duncan hatte ihr Gezappel offenbar satt. Sie hörte ihn seufzen, dann packte er ihre beiden Hände und schob sie mit einer einzigen Bewegung unter sein Hemd. Die dichten, schwarzen Brusthaare kitzelten an ihrer Haut.

Wie konnte er eine solche Wärme ausstrahlen, wenn es draußen so eisig war? Seine Nähe, das Gefühl seiner Haut weckten in ihr Empfindungen, von deren Existenz sie nicht einmal etwas geahnt hatte. Aye, es fühlte sich herrlich an, so dicht bei ihm zu liegen, aber es war auch etwas entsetzlich Verbotenes, das er ihr aufzwang, denn sie konnte spüren, wie sich seine Männlichkeit an ihren Schritt preßte. Sie spürte etwas Hartes dort, und obwohl sie nicht genau wußte, was es damit auf sich hatte, merkte sie, wie ihr heiße Röte in die Wangen stieg. Ihre Unerfahrenheit schützte sie nicht gegen die merkwürdigen, verwirrenden Gefühle, die sie zu überwältigen drohten. Warum wurde ihr nicht schlecht, wenn er sie berührte? Madelyne verspürte alles andere als Übelkeit . . .

Ein entsetzlicher Gedanke fuhr ihr durch den Sinn, und sie keuchte vor Schreck auf. War das nicht eine Position, die Mann und Frau einnahmen, wenn sie sich paaren wollten? Madelyne grübelte sorgenvoll eine Weile darüber nach, dann verwarf sie den Gedanken. Sie konnte sich erinnern, daß sie gehört hatte, die Frau müsse flach auf dem Rücken liegen, und so konnte sie ja eigentlich nicht in ernster Gefahr sein. Sie hatte oft genug belauscht, wie Marta unverblümt mit anderen Dienerinnen über ihre lustvollen Erlebnisse gesprochen hatte, und die Frau hatte jede Geschichte damit begonnen, daß sie auf dem Rücken gelegen hatte. Ja, hatte sie es nicht immer »flachgelegt« genannt? Madelyne bedauerte es nun, daß sie nie geblieben war, um sich den Rest der Geschichte anzuhören. Vielleicht wäre es lehrreich gewesen!

Wieder ein Bereich, in dem es ihr an Wissen und Erfahrung fehlte. Im gleichen Moment schalt sie sich selbst. Eine anständige Lady durfte natürlich ein solches Wissen gar nicht besitzen. Geschweige denn, es sich wünschen.

Duncan war an allem schuld. Bestimmt hielt er sie nur deswegen so fest in seinen Armen, um sie in Verlegenheit zu bringen. Er lag so dicht neben ihr, daß sie seine starken Schenkel an den ihren spürte. Himmel, er konnte sie zerquetschen, wenn er Lust dazu hatte! Madelyne schauderte bei dem Gedanken und hörte augenblicklich auf, herumzuzappeln. Sie wollte diesen Barbaren schließlich nicht noch provozieren. Nun, wenigstens schützten ihre Hände ihre Brüste, dachte sie dankbar. Doch als hätte Duncan ihre Gedanken gelesen, verlagerte er seine Position, bis ihre Brüste nun auch noch seinen Körper berührten. Madelyne spürte, wie die Spitzen hart wurden, und schämte sich noch mehr.

Plötzlich bewegte Duncan sich wieder. »Was zum Teufel –«, bellte er direkt in ihr Ohr. Madelyne hatte keine Ahnung, was seinen Ausbruch verursacht hatte. Sie wußte nur, daß sie vermutlich den Rest ihres Lebens taub sein würde.

Als Duncan hochfuhr und einen Fluch ausstieß, den Madelyne zu ihrem Mißvergnügen nicht überhören konnte, rückte sie sofort von ihm ab. Duncan stützte sich auf einen Ellenbogen und tastete unter seinem Körper umher.

In diesem Moment erinnerte sich Madelyne siedendheiß

an den Dolch, den der Knappe verloren und den sie in ihrem Umhang verborgen hatte.

Sie konnte das besorgte Stirnrunzeln nicht unterdrücken.

Er konnte das Grinsen nicht unterdrücken.

Madelyne war so verblüfft über sein spontanes Lächeln, daß sie es fast erwidert hätte. Dann fiel ihr auf, daß seine Miene ansonsten nicht besonders vergnügt wirkte, und so beschloß sie, daß es weiser war, gar nicht darauf zu reagieren.

»Für ein eingeschüchtertes, kleines Mädchen bist du erstaunlich einfallsreich, Madelyne.«

Seine Stimme klang so sanft. War dies ein Kompliment gewesen, oder machte er sich über sie lustig? Wie auch immer – sie würde ihm nicht sagen, daß sie den Dolch schon vergessen hatte. Wahrscheinlich würde er sie dann für vollkommen schwachsinnig halten.

»Ihr seid es schließlich, der mich gefangengenommen hat«, rief sie ihm in Erinnerung. »Wenn ich einfallsreich bin, dann nur, weil ich moralisch verpflichtet bin, einen Fluchtplan auszuhecken. Das ist doch die Aufgabe eines jeden Gefangenen.«

Duncan sah verdattert aus.

»Fühlt Ihr Euch durch meine Aufrichtigkeit beleidigt, Mylord?« fragte sie. »Dann ist es vielleicht am besten, wenn ich das Wort überhaupt nicht an Euch richte. Ich würde jetzt auch gerne schlafen«, fügte sie hinzu. »Ich werde mir alle Mühe geben, zu vergessen, daß Ihr anwesend seid.«

Um ihre Worte zu unterstreichen, machte Madelyne die Augen zu.

»Dreh dich um, Madelyne.«

Der sanft ausgesprochene Befehl jagte ihr einen Schauder der Angst über den Rücken. Er tat es schon wieder! Er wollte sie einschüchtern! Und langsam war sie es leid! Sie hatte die ganzen letzten Tage schon soviel Furcht verspürt, daß nicht mehr besonders viel übrig sein konnte.

Sie öffnete die Augen, sah die Spitze der Dolchklinge auf

sich gerichtet und kam zu dem Schluß, daß ihr Reservoir an Angst durchaus noch groß genug war.

Du bist ein schrecklicher Feigling, dachte Madelyne, während sie Stück für Stück näher zu ihn rückte. Dann war sie wieder bei ihm und blickte in angespannter Erwartung zu ihm hoch.

»Nun, seid Ihr zufrieden?« fragte sie.

Offenbar war er es nicht, denn plötzlich stieß er sie auf den Rücken, so daß er drohend über ihr aufragte. Sein Gesicht hing so nah über ihr, daß sie sogar die silbernen Sprenkel in seinen Augen erkennen konnte.

Madelyne hatte einmal gehört, daß Augen die Fenster der Seele waren. Angeblich sollte man darin die innersten Gedanken eines Menschen lesen können, aber das schien auf Duncan nicht zuzutreffen. Und es machte Madelyne nervöser.

Duncan betrachtete Madelyne halb amüsiert, halb verärgert. Er wußte, daß sie Angst vor ihm hatte. Dennoch flehte sie ihn weder um Gnade an noch brach sie in Tränen aus. Und – Herr im Himmel – sie war so schön! Auf ihrem Nasenrücken befanden sich zarte Sommersprossen, die Duncan überaus entzückend fand. Ihr Mund war voll und verlockend. Er fragte sich, wie er wohl schmeckte, und spürte augenblicklich seine Erregung wachsen.

»Wollt Ihr mich die ganze Nacht anstarren?« fragte nun Madelyne.

»Möglich«, erwiderte Duncan unbekümmert. »Wenn mir danach ist.« Als er sah, wie sehr sie sich bemühte, keine Regung zu zeigen, mußte er wieder grinsen.

»Dann werde ich Euch wohl auch die ganze Nacht anstarren müssen«, schloß Madelyne.

»Warum solltest du das tun?« Seine Stimme war nun warm und heiser.

»Wenn Ihr glaubt, Ihr könntet meinen Schlaf ausnutzen, Mylord, dann irrt Ihr Euch gewaltig.«

Das Lächeln, nein, das breite *Grinsen,* das nun sein Gesicht verzog, war echt. Es spiegelte sich in seinen Augen wider.

Madelyne verfluchte sich, daß sie nicht den Mund gehalten hatte. Sie hatte ihm den scheußlichen Gedanken ja förmlich eingegeben!

»Ich . . . ich möchte auf diesen Punkt lieber nicht näher eingehen«, stammelte sie. »Aye, vergeßt einfach, daß ich etwas gesagt habe.«

»Ich mag aber nicht«, antwortete Duncan. »Glaubst du etwa, ich würde meine Lust befriedigen, während du schläfst?«

Duncan senkte den Kopf, bis sie seinen heißen Atem spüren konnte. Mit einem zufriedenen Grunzen nahm er zur Kenntnis, daß sie errötete.

Madelyne lag absolut reglos da, erstarrt vor Furcht.

»Ihr würdet mich nicht anrühren«, entfuhr es ihr plötzlich. »Ihr seid bestimmt viel zu müde, um an solch . . . solch . . . zu denken, und um das Zelt herum sind hundert andere Leute . . . Nein, nein, Ihr denkt gar nicht erst daran.«

»Vielleicht doch.«

Und was sollte das, bitte schön, schon wieder heißen? Sie sah das Leuchten in seinen Augen und begriff, daß es ihm einen Heidenspaß machte, sie derart in Verlegenheit zu bringen.

Sie beschloß, sich heftig zu wehren, wenn er es auch nur versuchen sollte, sie anzufassen. Und bevor sie den Gedanken noch zu Ende gedacht hatte, holte sie schon aus und zielte auf sein rechtes Auge. Zwar traf sie genau doch sie war es, die einen Schmerzenschrei ausstieß. Duncan zuckte nicht einmal zusammen. Herrgott, sie hatte sich möglicherweise das Handgelenk gebrochen . . . und alles für nichts!

»Ihr seid aus Stein«, murmelte Madelyne beleidigt.

»Warum hast du das getan?« fragte Duncan und klang tatsächlich neugierig.

»Um Euch zu verdeutlichen, daß ich bis zum Tod kämpfen werde, wenn Ihr versuchen solltet, mir Gewalt anzutun«, brachte Madelyne hervor. Sie hatte beabsichtigt, dies mit Stolz zu verkünden, doch ihre bebende Stimme schwächte den Effekt gewaltig ab. Sie seufzte resigniert.

Duncan lächelte wieder. »Bis zum Tod?«

Aus seinem Blick schloß Madelyne, daß ihm der Gedanke gefiel.

»Du ziehst voreilig Schlüsse«, stellte Duncan fest. »Das ist eine ärgerliche Angewohnheit.«

»Ihr habt mir gedroht!« sagte Madelyne empört. »Das ist eine *schlimme* Angewohnheit.«

»Nay«, sagte er. »Du hast es nur als Drohung aufgefaßt. Ein falscher Schluß.«

»Ich bin die Schwester Eures Feindes«, rief ihm Madelyne in Erinnerung und freute sich über den düsteren Blick, den sie damit hervorrief. »Die Tatsache könnt Ihr nicht leugnen.« Warum war ihr dieses Argument nur nicht eher eingefallen? Jetzt hatte er bestimmt keine Lust mehr auf ... auf ... nun ja.

Doch Duncan ließ sich nicht beirren. »Wenn ich die Augen schließe, vergesse ich ganz schnell, ob du Louddons Schwester bist oder nicht«, sagte er. »Es heißt, daß du mit einem in Ungnade gefallenen Priester zusammengelebt und für ihn die Hure gespielt hast. Aber das würde mich nicht besonders stören, solange es dunkel ist. Im Bett sind Frauen doch alle gleich!«

Madelyne hätte am liebsten noch einmal zugeschlagen — diesmal noch fester! Sie war so zornig über dieses empörende Gerücht, daß ihr die Tränen in die Augen stiegen. Sie hätte ihm so gerne ins Gesicht geschrien, daß Vater Berton mitnichten in Ungnade gefallen war, daß er mit Kirche und Gott auf gutem Fuß stand und zufällig auch noch ihr Onkel war. Der Priester war in ihrem ganzen Leben der einzige Mensch gewesen, der ihr Zuneigung entgegengebracht hatte. Der einzige, der sie geliebt hatte! Wie konnte jemand es wagen, so schreckliche Dinge über ihn zu sagen?

»Wer hat Euch so etwas erzählt?« preßte Madelyne heiser hervor.

Duncan sah, wie sehr seine Worte sie verletzt hatten. Nun wußte er mit Gewißheit, daß all diese Geschichten genau das waren, was er immer vermutet hatte: Gerüchte eben. Madelyne war nicht in der Lage, ihren Schmerz vor ihm zu verbergen. Im übrigen war es ihm bereits aufgefallen, daß sie ganz und gar unschuldig war.

Als Duncan keine Antwort gab, konnte sich Madelyne nicht länger zurückhalten. »Wollt Ihr mich mit Euren scheußlichen Gerüchten dazu bringen, daß ich Euch beweise, wie unwahr sie sind?« fuhr sie ihn an. »Nun, dann habt Ihr Pech gehabt, Baron. Denkt doch, was Ihr wollt! Wenn Ihr mich für eine Hure haltet – bitte, tut Euch keinen Zwang an.«

Dies war das erste Mal, daß Madelyne ihre Wut offen gezeigt hatte. Duncan stellte fest, daß er sie in diesem Zustand nur noch reizender fand. Es war fasziniert von den tiefen, blauen Augen, die nun Blitze zu schleudern schienen. O ja, sie war empört, entrüstet und tatsächlich unschuldig wie ein Lamm!

Duncan beschloß, dem Mädchen weiteren Kummer zu ersparen. »Schlaf jetzt, Madelyne!« befahl er.

»Wie soll ich einschlafen, wenn ich Angst haben muß, daß Ihr mich in der Nacht ausnutzt, wenn ich nichts bemerke?« fauchte sie.

»Glaubst du denn ernsthaft, du würdest es verschlafen, wenn ich es täte?« fragte Duncan ungläubig. Teufel, sie hatte ihn gerade förmlich beleidigt! Doch dann erkannte er, daß sie zu naiv war, um sich dessen bewußt zu sein. Duncan schüttelte den Kopf. »Wenn ich den Entschluß fassen sollte, dich auszunutzen, wie du es nennst, dann wecke ich dich vorher auf. Versprochen. Und jetzt schließ die Augen und schlaf!«

Er zog Madelyne in die Arme, so daß sie mit dem Rükken an seiner Brust lag. Seine Arme waren um ihren Oberkörper geschlungen und berührten ihre Brüste. Dann deckte Duncan den Umhang über sie beide. Er war entschlossen, sie aus seinen Gedanken zu verbannen.

Dies war jedoch leichter gesagt als getan. Madelyne duftete nach Rosen und fühlte sich in seinen Armen so wunderbar weich und warm an. Ihre Nähe bezauberte ihn. Duncan wußte, daß er noch eine lange Weile wachliegen würde, bevor der Schlaf ihn erlöste.

»Wie würdet Ihr es denn nennen?« fragte Madelyne, deren Stimme unter dem dicken Umhang gedämpft klang. Duncan mußte sich erst einmal ihr Gespräch in Erinnerung zurückrufen, bevor er glaubte, ihre Frage verstanden zu haben.

»Ausnutzen?« fragte er.

Er spürte, wie sie nickte. »Vergewaltigung«, murmelte er.

Madelyne fuhr hoch und rammte dabei versehentlich sein Kinn. Duncans Geduldsfaden wurde langsam immer dünner. Er hätte sich gar nicht erst auf eine Unterhaltung mit ihr einlassen dürfen, doch nun war es zu spät. Er seufzte. »Madelyne, ich habe noch nie eine Frau zu so etwas gezwungen. Deine Tugend ist bei mir nicht gefährdet. Und jetzt schlaf endlich.«

»Noch nie?« flüsterte sie.

»Noch nie!« brüllte Duncan.

Madelyne glaubte ihm. Seltsamerweise fühlte sie sich jetzt tatsächlich sicher. Er würde ihr also nichts antun, während sie schlief. Seine Nähe war nun eher tröstend als beunruhigend.

Bald schon schläferte seine Wärme sie ein. Sie rückte näher und schmiegte ihr Hinterteil an ihn, um es sich noch bequemer zu machen. Dann hörte sie ihn aufstöhnen. Was hatte ihn denn nun schon wieder verärgert? Als er ihre Hüften packte und sie festhielt, nahm sie an, daß ihre Zappelei ihn am Einschlafen hinderte.

Madelyne hatte ihre Schuhe abgestreift und schob die

Füße nun zwischen seine Unterschenkel, um sie warmzuhalten. Diesmal paßte sie aber auf, daß sie sich nicht so sehr bewegte. Sie wollte ihn nicht schon wieder zornig machen.

Sein heißer Atem strich über ihren Nacken. Madelyne schloß die Augen und seufzte. Sie wußte, sie hätte der Verlockung widerstehen müssen, aber seine Wärme war so wunderbar, lullte sie ein. Sie dachte an ihre Lieblingsgeschichte, die von Odysseus und den Sirenen handelte. Ja, Duncans Wärme betörte sie genauso, wie der Gesang der Meeresnymphen Odysseus' tapfere Männer in den sicheren Untergang gelockt hatte. Odysseus hatte die Sirenen überlistet, indem er seine Ohren mit Wachs verschlossen hatte, so daß er ihren behexenden Gesang nicht mehr vernehmen konnte.

Warum war sie nicht auch so einfallsreich wie ihr antiker Lieblingsheld?

Der Wind heulte unheimlich um das Zelt, doch Madelyne fühlte sich sicher und geborgen in den Armen ihres Entführers. Sie schloß erneut die Augen und ergab sich den Tatsachen. Der Gesang der Sirenen hatte sie verzaubert.

Irgendwann in der Nacht wachte sie auf. Ihr Rücken war herrlich warm, doch ihre Arme und ihr gesamter Vorderkörper fühlten sich eisig an. Ganz, ganz langsam, um Duncan nicht zu wecken, drehte sie sich um. Sie schmiegte ihre Wange an seine Schulter und schob die Hände unter sein Hemd.

Sie war nicht vollkommen wach, und als Duncan begann, sein Kinn sanft gegen ihre Stirn zu reiben, seufzte sie nur zufrieden und kuschelte sich noch dichter an ihn. Seine Bartstoppeln kitzelten sie, und sie schlug langsam die Augen auf und schaute zu ihm auf.

Duncan sah sie an. Da er sich unbeobachtet gefühlt hatte, war sein Ausdruck nicht maskiert – seine Augen waren voller Zärtlichkeit. Sein Mund sah jedoch immer noch hart aus. Unwillkürlich überlegte sie, wie es sich wohl anfühlte, wenn er sie küßte.

Keiner von beiden sagte etwas, aber als Madelyne den Kopf langsam hob, kam Duncan ihr auf halben Weg entgegen.

Madelyne schmeckte genauso köstlich, wie er es sich vorgestellt hatte. Sie war noch immer nicht völlig wach und leistete daher keinen Widerstand, obwohl ihre Lippen nicht weit genug geöffnet waren, als daß seine Zunge hätte eindringen können. Duncan löste das Problem, indem er ihr mit dem Daumen das Kinn ein wenig herabdrückte. Bevor Madelyne seine Absicht hätte erraten können, stieß er seine Zunge in ihren Mund.

Sie keuchte auf, während er ein Stöhnen von sich gab.

Als Madelyne sich zögernd mit ihrer eigenen Zunge vorantastete, rollte Duncan sie auf den Rücken und ließ sich zwischen ihren Schenkeln nieder. Seine Hände lagen an ihren Wangen und hielten sie fest.

Madelynes Hände waren noch unter seinem Hemd gefangen, und sie begann nun, schüchtern seine Brust zu streicheln. Duncan konnte es kaum fassen. Am liebsten hätte er sie sofort genommen. Sie war nicht nur weich und einladend – sie reagierte auch noch auf ihn!

Der Kuß wurde immer intensiver, immer verzehrender. Duncan wußte, daß er aufpassen mußte, wenn er nicht die Kontrolle verlieren wollte. Sein Mund ließ nicht von ihren Lippen ab, und seine Zunge stieß wieder und wieder in sie hinein. Er schien nicht genug von ihr bekommen zu können.

Es war der unglaublichste Kuß, den Duncan je erlebt hatte. Er hätte nicht aufgehört, wenn er nicht plötzlich ein leises Wimmern gehört hätte, daß tief aus ihrem Inneren zu dringen schien. Dieser Laut war so sinnlich, daß er in diesem Moment fast alle Selbstbeherrschung verworfen hätte.

Madelyne war zu verblüfft, um zu reagieren, als Duncan sich plötzlich von ihr löste. Er legte sich auf den Rücken, schloß die Augen, und wenn sein Atem nicht kurz und heftig gegangen wäre, so hätte nichts darauf hingewiesen, daß sie sich eben noch geküßt hatten.

Madelyne wußte nicht, was sie tun sollte. Sie schämte sich schrecklich. Was war nur über sie gekommen? Sie hatte sich furchtbar unanständig benommen, und Duncans Stirnrunzeln verriet ihr, daß es ihm mißfallen hatte.

Madelyne hätte am liebsten geweint.

»Duncan?« Klang ihre Stimme nicht auch schon weinerlich?

Er gab keine Antwort, doch sein Seufzen ließ darauf schließen, daß er sie gehört hatte.

»Es tut mir leid.«

Ihre Entschuldigung überraschte ihn derart, daß er sich auf die Seite rollte, um sie anzusehen. Das sehnsuchtsvolle Ziehen in seinen Lenden war fast schmerzhaft, so daß seine Miene noch immer finster wirkte.

»Was tut dir leid?« fragte er und ärgerte sich gleichzeitig, daß seine Stimme barscher klang, als er es beabsichtigt hatte.

Als Madelyne sich augenblicklich umdrehte und ihm den Rücken zuwandte, ahnte er, daß sein Tonfall ihr in der Tat erneut Angst eingejagt hatte. Außerdem bebte sie so sehr, daß Duncan es nicht übersehen konnte. Er wollte sie gerade wieder in seine Arme ziehen, als sie ihm antwortete.

»Daß ich Euch ausgenutzt habe.«

Duncan traute seinen Ohren nicht. Das war wirklich das Albernste, was er je gehört hatte.

Dann überzog ein breites Grinsen sein Gesicht und vertrieb das Stirnrunzeln. Himmel, am liebsten wäre er in lautes Gelächter ausgebrochen. Er hätte es sicher getan, wenn Madelyne sich nicht so verdammt ernst angehört hätte. So aber hielt er sich zurück, um ihre Gefühle nicht zu verletzen. Warum er diesen Wunsch hegte, war ihm schleierhaft, aber er versuchte, nicht darüber nachzudenken. Er empfand das Bedürfnis, diese Frau zu beschützen, und es war ihm lieber, seine eigenen Gefühle in diesem Fall nicht zu hinterfragen.

Statt dessen stieß er ein langgezogenes Stöhnen aus, das Madelyne zu dem Schluß führte, daß er nun wirklich genug hatte. »Es wird nicht wieder geschehen, Duncan. Das verspreche ich Euch«, flüsterte sie.

Duncan schlang die Arme um ihre Taille und zog sie an sich. »Doch, es wird. Und das verspreche ich *dir*!«

Madelyne fand, daß es sich wie ein feierlicher Eid anhörte.

KAPITEL 4

»Ein Schurke der Mann, der Ehre kennt und sie verwirft.«

Baron Louddon war nur einen halben Tagesritt von der Stelle entfernt, an der Duncan und seine Männer lagerten. Das Glück war auf Louddons Seite, denn der helle Vollmond ermöglichte es ihm, auch die Stunden der Nacht durchzureiten. Er hatte genug Männer mitgenommen, um Duncan ebenbürtig zu sein, und sie waren ihm genauso treu ergeben wie Duncans Soldaten ihrem Anführer. Keiner der Krieger hatte sich über die plötzliche Wendung der Ereignisse beklagt.

Ein vollkommen verwirrter Dienstbote war ihnen hinterhergejagt, um Louddon von Duncans furchtbarem Rachefeldzug zu erzählen. Sofort hatte Louddon seinen Männern den Befehl zur Rückkehr gegeben, und bald darauf hatten sie mit eigenen Augen sehen können, was Baron Wexton in der Festung angerichtet hatte. Rußgeschwärzte Ruinen, niedergemetzelte Soldaten, verstümmelte Leichname ... Der Sturm der Empörung und der Haß hatten seine Krieger vereint. Jeder einzelne hatte geschworen, an Duncan bittere Rache zu nehmen.

Die Tatsache, daß sie es gewesen waren, die Baron Wexton einen Grund zu Rache gegeben hatten, war nicht von Bedeutung. Sie alle dachten nur an das Unrecht, das sie erlitten hatten. Und Louddon brannte vor Zorn und Haß.

Seine Entscheidung, Duncan zu verfolgen, war schnell getroffen. Und er hatte zwei Gründe dafür. Durch Duncans

Flucht aus der Gefangenschaft würde der Hof unweigerlich davon erfahren, mit welchen unehrenhaften Mitteln Louddon versucht hatte, Duncan zu vernichten. Duncan würde sich gewiß an William II. wenden, um Genugtuung zu fordern. Und mochte Louddon auch ein Günstling des Königs sein, mochte William die Fehde zwischen Louddon und Baron Wexton auch als alberne Meinungsverschiedenheit betrachten – er würde sich gezwungen sehen, zwischen den beiden Feinden einen Kampf auf Leben und Tod anzusetzen, um eben diese Streitereien ein für alle Male zu beenden. Der König, den man wegen seines hitzigen Temperaments und seiner robusten Gesichtsfarbe auch Rufus – der Rote – nannte, würde bestimmt verärgert sein. Zudem wußte Louddon ganz genau, daß er unterliegen würde, wenn er Baron Wexton allein auf dem Schlachtfeld gegenüberstände. Duncan war ein schier unbesiegbarer Krieger, der sein Kampfgeschick schon unzählige Male unter Beweis gestellt hatte. Aye, Duncan würde ihn töten, sollte er die Chance dazu bekommen.

Auch Louddon hatte seine Qualitäten und gewisse Fähigkeiten, bei denen andere ihm nicht das Wasser reichen konnten, allerdings in Bereichen, die ihm gegen Duncan und seinesgleichen nichts nützten. Am Hofe war er ein wichtiger Mann. Er diente als eine Art Sekretär, obwohl er weder lesen noch schreiben konnte und solche profanen Dinge daher lieber den beiden dortigen Priestern überließ. Wenn der König am Hof eine Audienz abhielt, dann war es Louddons Aufgabe, die Spreu vom Weizen zu trennen: Er hörte sich die Anliegen der Besucher an und suchte diejenigen heraus, die wirklich wichtige Geschäfte mit dem König zu erledigen hatten. Es war eine Stellung, die sehr viel Macht mit sich brachte, und Louddon beherrschte seine Aufgabe meisterhaft. Er setzte geringere Edelleute unter Druck, bis sie willig bezahlten, um den König sprechen zu dürfen. Dann ebnete er ihnen den Weg, und sie füllten ihm im Gegenzug die Taschen mit Gold.

Doch diese Einnahmequelle war in Gefahr, wenn aufgedeckt wurde, was er mit Duncan vorgehabt hatte. Wenn der König von seinem Versuch, den Baron auf derart niederträchtige Weise zu töten, erfuhr, dann konnte er seine hohe Position – das Gold, die Gunst des Herrschers – verlieren!

Madelynes Bruder wurde im allgemeinen als gutaussehender Mann bezeichnet. Er hatte blondes, glattes Haar, dessen makelloser Glanz durch keine einzige Locke verdorben wurde, haselnußbraune Augen mit goldenen Sprenkeln darin, und war von stattlicher Größe, obwohl er gertenschlank, ja fast dünn war. Seine Lippen waren voll und sinnlich, und wenn er lächelte, bekamen die Damen des Hofes weiche Knie vor Entzücken. Louddons Schwestern, Clarissa und Clara, hatten dasselbe weizenblonde Haar, dieselben nußbraunen Augen. Sie waren fast so attraktiv wie Louddon und ebenso begehrt.

Mit seinem Aussehen, seiner Position am Hof und seinem Besitz hätte Louddon so gut wie jede junge Frau in England haben können. Doch er wollte nicht irgendeine. Er wollte Madelyne.

Seine Stiefschwester war der zweite Grund, warum Louddon die Verfolgung aufnahm. Madelyne war erst vor zwei Monaten nach Hause zurückgekehrt, und ihn hatte förmlich der Schlag getroffen, als er sie nach all den Jahren zum erstenmal wiedergesehen hatte. Als Kind hatte er sie kaum beachtet: Sie war häßlich und klapperdürr gewesen. Ihre riesigen blauen Augen schienen das ganze Gesicht einzunehmen, und ihre Unterlippe war zu voll gewesen, so daß man ständig den Eindruck bekam, daß sie schmollte. Aye, als Kind war Madelyne nicht nur häßlich, sondern auch furchtbar ungelenk gewesen. Sie hatte lange, knochige Fohlenbeine gehabt, die sie mehr als einmal hatten stolpern lassen, wenn sie einen Knicks versucht hatte.

Louddon mußte sich eingestehen, daß er übersehen hatte, was in seiner Stiefschwester steckte. Als sie klein gewesen war, hatte er keinerlei Anzeichen dafür finden können, daß sie eines Tages ihrer Mutter so ähnlich sehen würde. Doch nun war Madelyne zu einer solchen Schönheit herangewachsen, daß sogar ihre Stiefschwestern neben ihr verblaßten.

Wer hätte gedacht, daß ein solches Wunder geschehen konnte? Die häßliche Raupe hatte sich in einen wundervollen Schmetterling verwandelt. Ihre Schönheit war so frappierend, daß es auch Louddons Freunden die Sprache verschlagen hatte, als sie sie zum ersten Mal gesehen hatten. Morcar, Louddons engster Vertrauter, hatte ihn sogar um Madelynes Hand angefleht, wobei er seiner Bitte mit viel Gold Nachdruck verliehen hatte.

Louddon war sich nicht sicher, ob er Madelyne einem anderen Mann geben konnte. Sie war ihrer Mutter so ähnlich! Als er sie wiedergesehen hatte, hatte sein ganzer Körper heftig auf ihren Anblick reagiert. So viele Jahre war es keiner Frau mehr gelungen, in ihm eine nennenswerte Reaktion hervorzurufen, und dann hatte Madelyne vor ihm gestanden! Louddon war von der Intensität seiner Empfindungen niedergeschmettert gewesen. Nur Madelynes Mutter war in der Lage gewesen, etwas Derartiges in ihm zu bewirken! Ach, Rachael, die wahre Liebe seines Herzens! Sie hatte ihn für alle anderen Frauen verdorben. Und doch hatte er sie nicht besitzen dürfen – sein aufbrausendes Wesen war schuld daran gewesen, daß sie ihm genommen worden war. Louddon hatte geglaubt, daß ihr Tod ihn von seiner Besessenheit befreit hatte, aber er hatte sich geirrt. Es war nichts als die Hoffnung eines Narren gewesen, wie er jetzt erkennen mußte. Rachael war wieder zurück, um ihn zu quälen. Im Körper ihrer Tochter.

Ja, quälen war der richtige Ausdruck dafür. Louddon war innerlich zerrissen. Er wußte nicht, ob er das Vermögen oder die Lust vorziehen sollte. Er wollte Madelyne zur eigenen Verwendung, aber das Gold, das er für sie bekommen würde, war nicht minder verlockend.

Nun, dachte er, während ein kleines Lächeln um seine Mundwinkel zuckte, wenn ich es richtig anstelle, kann ich vielleicht beides bekommen.

Madelyne erwachte in einer höchst seltsamen Schlafposition. Sie lag auf Duncans Körper. Ihre Wange ruhte auf seinem flachen, harten Bauch, ihre Beine waren mit seinen verschlungen, und ihre Hände schmiegten sich zwischen seine Schenkel.

Da sie noch vom Schlaf benommen war, dauerte es eine Weile, bis sie begriff, wo genau sich ihre Hände befanden. Duncan fühlte sich so herrlich warm an, doch er war auch so . . . so hart! Oh, Herr im Himmel! Was tat sie da?

Madelyne war mit einem Schlag hellwach. Sie riß die Augen auf, während ihr ganzer Körper steif wurde. *O bitte, mach, daß er tief und fest schläft*, betete sie in Gedanken. Dann zog sie langsam, ganz langsam ihre Hände unter ihrem Körper hervor.

»Ah, du bist auch endlich wach.«

Duncan begriff rasch, daß es klüger gewesen wäre, sie nicht so zu erschrecken. Sie zuckte so heftig zusammen, daß ihre Hände sich in seinen Schritt rammten, und er stöhnte gequält auf. Diese Frau würde ihn noch entmannen, wenn er ihr die Chance bot!

Madelyne rollte sich hastig von ihm herab, während sie ihm einen verstohlenen Blick zuwarf. Einen Augenblick überlegte sie, ob sie sich dafür entschuldigen sollte, daß sie ihn so unglücklich getroffen hatte, verwarf den Gedanken aber wieder. Schließlich wüßte er dann, daß sie sich nur allzu bewußt gewesen war, wo ihre Hände sich befunden hatten.

Oh, lieber Himmel, sie spürte, wie sie errötete. Und Duncan hatte schon jetzt, zu so früher Stunde, wieder eine steile Falte zwischen den Augen. Nein, es war gewiß nicht besonders weise, ihn jetzt noch mehr zu verärgern.

Zumal er an diesem Morgen einen erschreckenden Anblick bot. Die dichten Bartstoppeln, die auf seiner unteren Gesichtshälfte sprossen, verliehen ihm mehr denn je das Aussehen eines Wolfes, und er beobachtete sie mit einer solchen Intensität, daß sie sich am liebsten verkrochen hätte. Seine Hände lagen noch immer auf ihrem Rücken. Ihr fiel wieder ein, wie er sie in der Nacht gewärmt hatte. Wie leicht hätte er ihr etwas antun können!

Plötzlich erkannte Madelyne, daß sie unwillkürlich versuchte, ihre Angst vor Duncan zu schüren, doch sie war ehrlich genug, es sich einzugestehen. Ja, dieser Mann jagte ihr in der Tat Angst ein. Aber ganz und gar nicht so, wie es bei Louddon stets der Fall war.

Und das war noch nicht alles. Heute war sie zum ersten Mal seit zwei Monaten – seit sie in die Festung ihres Bruders zurückgekehrt war – aufgewacht, ohne diesen ekelhaften, kalten Klumpen der Furcht in ihren Eingeweiden zu spüren. Und dies lag nur daran, daß Louddon nicht in der Nähe war.

Duncan hatte ganz und gar nichts mit Louddon gemein. Nay, ein Mann, der von Natur aus grausam war, hätte sie gewiß nicht im Schlaf gewärmt. Außerdem hatte er Wort gehalten. Er hatte sie nicht ausgenutzt . . . O Gott, sie hatte ihn ja geküßt! Mit einem Schlag erinnerte sie sich an jede Einzelheit dieses Kusses, und ihr Puls beschleunigte sich augenblicklich.

Nur gut, daß sie gelernt hatte, ihre Gefühle zu verbergen. Madelyne war überzeugt, daß ihre Miene nicht verriet, welche schockierenden Gedanken ihr im Kopf umhergingen. Aye, dachte sie mit einem kleinen Seufzer, Duncan konnte nicht wissen, woran sie dachte.

Duncan betrachtete Madelyne, heimlich amüsiert von den Emotionen, die sich in ihren Augen spiegelten. In den letzten wenigen Minuten hatte er Furcht, Verlegenheit, und, wenn er sich nicht täuschte, Erleichterung darin gelesen.

Duncan war geübt darin, Schwächen anderer Menschen zu erkennen. Als Krieger war das unabdinglich; wenn er ahnen konnte, was im Kopf seines Feindes vorging, konnte er besser reagieren. Er hatte außerdem gelernt, zu erkennen, was sein Feind am höchsten schätzte, denn dies war stets eine Schwachstelle, an der man den Gegner vernichten konnte. Natürlich gehörte das zum Kampf, aber Duncan war sich bewußt, daß er es nicht trennen konnte – längst hatte er diese Angewohnheit, sein Gegenüber zu prüfen, in die normalen Umgangsformen übernommen. Und obwohl sich Madelyne dessen wahrscheinlich nicht bewußt war, hatte sie ihm schon einige wichtige Hinweise auf ihren Charakter geliefert. Sie war eine Frau, für die Selbstkontrolle sehr wichtig war. Aus irgendeinem Grund bemühte sie sich stets, ihre Gefühle zu verbergen, und sie tat es erstaunlich gut. Offenbar, und dies war Duncan neu, wurden Frauen doch nicht zwingend von ihren Gefühlen beherrscht!

Während der ganzen für sie sicher entsetzlichen Zerstörung ihres Heimes hatte sie nur ein einziges Mal eine äußerliche Reaktion gezeigt. Sie hatte geschrien, als sie den verstümmelten Körper von Louddons Vasallen vor ihren Füßen hatte liegen sehen. Doch Duncan glaubte nicht einmal, daß sie sich dessen überhaupt bewußt gewesen war.

Aye, Duncan erfuhr Schritt für Schritt alle Geheimnisse Madelynes. Und was er bisher von ihr kennengelernt hatte, verblüffte ihn sehr. Aber es gefiel ihm auch sehr.

Duncan rückte von ihr ab, als er sich bewußt wurde, daß der Drang, sie in seine Arme zurückzuziehen und sie noch einmal zu küssen, langsam übermächtig wurde. Plötzlich war er ungeduldig, endlich nach Hause zu kommen. Er würde sich erst wieder richtig wohl fühlen, wenn er Madelyne in Sicherheit – in der Sicherheit seiner Festungsmauern – wußte.

Er stand auf, streckte sich und verließ das Zelt. Die Sonne stieg am diesigen Himmel empor, und Duncan erkannte mit einigem Unmut, daß die Wolkendecke zu dicht war, als daß die Sonne ihnen ein wenig Wärme bringen würde.

Madelyne war sich bewußt, daß sie nicht viel Zeit hatte,

bis die Reise fortgesetzt werden würde. Sie zog ihre Schuhe an, klopfte sich den Dreck von ihrem Kleid und warf sich den Umhang über die Schultern. Sie ahnte, daß sie furchtbar aussehen mußte, und sie war entschlossen, sich wenigstens etwas präsentabel zu machen.

Draußen suchte Madelyne nach Ansel und entdeckte ihn bei Duncans Pferd. Madelyne wollte den Knappen nach ihrem Beutel fragen, blieb jedoch in respektvoller Entfernung vor dem Tier stehen und brüllte Ansel ihre Bitte zu. Als er ihr den Rupfensack zuwarf, dankte sie ihm ebenso lautstark.

Eigentlich hatte sie vorgehabt, sich nur den Schlaf aus den Augen zu waschen, aber das Wasser war zu verlockend. Madelyne suchte ihre duftende Seife aus dem Beutel, wusch sich und zog sich dann ein frisches Kleid an.

Es war teuflisch kalt. Als Madelyne endlich fertig war, zitterte sie am ganzen Körper. Sie trug einen knöchellangen blaßgelben Chainse und hatte sich einen sattgoldenen, knielangen Bliaut darübergezogen. Eine Borte königsblauer Stickerei säumte die langen Ärmel der Tunika.

Madelyne packte ihre Sachen wieder ein und kniete sich dann am Bach nieder, um die Knoten aus ihren Haaren zu entwirren. Nun, da sie ausgeruht und nicht mehr von Furcht verzehrt war, hatte sie viel Zeit, sich über ihre Lage Gedanken zu machen. Die wichtigste Frage, die geklärt werden mußte, war die, warum Duncan sie eigentlich mitgenommen hatte. Er hatte ihr gesagt, sie würde nun zu ihm gehören. Madelyne hatte keine Ahnung, wie er das gemeint haben mochte. Ihn danach zu fragen, traute sie sich aber auch nicht.

Gilard kam, um sie zu holen. Sie hörte die Schritte und wandte sich zu ihm um.

»Wir brechen auf!« bellte er sie an. Seine Stimme besaß eine solche Kraft, daß sie fast hintenüber ins Wasser geplumpst wäre. Im letzten Moment streckte Gilard den Arm nach ihr aus und riß sie zurück.

»Ich muß mir nur noch mein Haar flechten, dann komme ich, Gilard. Und Ihr braucht mich wirklich nicht so anzubrüllen.« Den letzten Satz hatte sie absichtlich sehr sanft gesagt. »Mein Gehör funktioniert recht gut!«

»Ihr Haar? Ihr müßt Euch noch ...« Gilard war zu verdattert, um den Satz zu Ende zu bringen. Er warf ihr einen Blick zu, der besagte, daß er sie nun offenbar für ganz und gar verrückt hielt. »Ihr seid eine Gefangene, um Himmels willen«, brachte er schließlich stammelnd heraus.

»Ja, der Gedanke ist mir auch schon gekommen«, antwortete Madelyne. Sie klang so heiter wie ein laues Morgenlüftchen. »Aber hat das eine Auswirkung darauf, ob ich mit offenem oder geflochtenem Haar aufbreche?«

»Wollt Ihr Euch über mich lustig machen, Lady Madelyne?« brüllte er. »Ihr befindet Euch, gelinde gesagt, in einer miserablen Lage! Seid Ihr zu beschränkt, um das zu begreifen?«

Madelyne schüttelte den Kopf. »Warum seid Ihr nur immer so böse auf mich? Ihr brüllt mich ständig an. Geht Ihr mit allen Leuten so um, oder liegt es daran, daß ich Louddons Schwester bin?«

Gilard antwortete nicht sofort, sein Gesicht nahm jedoch eine gefährlich rote Färbung an. Es war Madelyne klar, daß sie ihn zur Weißglut trieb, und es tat ihr leid, aber andererseits konnte es auch Vorteile haben. Gilard hatte sein Temperament offenbar nicht besonders gut unter Kontrolle, und wenn sie ihn weiter anstachelte, dann würde er ihr vielleicht verraten, was mit ihr geschehen sollte. Gilard war viel leichter zu durchschauen als sein Bruder. Und, wenn sie es geschickt anstellte, wahrscheinlich auch leichter zu manipulieren.

»Warum bin ich gefangengenommen worden?« entfuhr es ihr. Im gleichen Moment hätte sie sich am liebsten verflucht. Soviel zum Thema »geschickt anstellen« – unverblümter hätte sie kaum fragen können. Deswegen war sie auch vollkommen überrascht, als ihr Gilard tatsächlich eine Antwort gab.

»Euer Bruder hat diesen Krieg begonnen, Lady Madelyne. Das wißt Ihr sehr gut.«

»Ich weiß überhaupt nichts sehr gut«, widersprach sie anklagend. »Bitte, erklärt es mir doch. Ich möchte gerne verstehen.«

»Warum spielt Ihr die Unschuldige?« fragte Gilard barsch. »Jeder in England weiß schließlich, was im letzten Jahr geschehen ist.«

»Eben nicht jeder, Gilard«, gab sie zurück. »Ich bin erst vor zwei Monaten zu meinem Bruder heimgekehrt. Ich habe viele Jahre lang sehr abgeschieden gelebt.«

»Ach, stimmt ja«, sagte Gilard höhnisch. »Ihr habt ja mit Eurem verstoßenen Priester zusammengelebt.«

Madelyne spürte, wie ihre Selbstbeherrschung in sich zusammenfiel. Sie sollte diesen ignoranten Vasallen anschreien! Glaubte denn jedermann in England dieses scheußliche Gerücht?

»Also gut«, fuhr Gilard fort. Er schien von Madelynes erwachendem Zorn nichts zu bemerken. »Ich werde es Euch erzählen, damit Ihr nachher nicht mehr so tun könnt, als wüßtet Ihr von nichts. Louddons Soldaten haben zwei von Duncans Lehen angegriffen. Bei beiden Attacken wurden nicht nur Krieger, sondern auch Frauen und Kinder getötet. Darüber hinaus bekamen Duncans Vasallen noch nicht einmal eine Warnung. Louddons Männer kamen in Freundschaft . . . bis sie innerhalb der Burgmauern waren.«

»Warum? Warum sollte Louddon denn so etwas Häßliches tun? Was hat er dadurch zu gewinnen versucht?« Madelyne gab sich alle Mühe, ihr Entsetzen über das Gehörte zu verbergen. Sie wußte, daß Louddon zu solchen Taten fähig war, aber sie konnte einfach nicht begreifen, was ihn antrieb. »Louddon muß doch gewußt haben, daß Duncan als Lehnsherr Vergeltung fordern würde.«

»Ja, darauf hat er ja gehofft. Er wollte Duncan töten.«

Gilard stieß ein kaltes Lachen aus. »Euer Bruder ist machtbesessen, Madelyne. Er hat nur einen einzigen Mann in England zu fürchten: Duncan! In ihrer Machtposition sind sie sich ebenbürtig. Es ist wahr, daß Louddon das Vertrauen des Königs besitzt, aber Duncans Krieger sind die besten der Welt. Der König weiß die Loyalität meines Bruders genauso zu schätzen wie Louddons Freundschaft.«

»Und der König hat diesen Verrat zugelassen?« fragte Madelyne.

»William will nicht ohne Beweise handeln.« Gilards Stimme klang angewidert. »Er steht weder zu Louddon noch zu Duncan. Ich kann Euch eins versprechen, Lady Madelyne: Wenn unser König aus der Normandie zurückkehrt, dann wird er sich nicht länger vor diesem Problem drücken können.«

»Dann hat Duncan für den Verlust der Vasallen keine Genugtuung erhalten? Hat er deswegen die Festung meines Bruders zerstört?«

»Ihr seid naiv, wenn Ihr glaubt, daß Duncan sich nicht gerächt hat. Er hat die Schurken augenblicklich von den Ländereien gejagt.«

»Hat er Gleiches mit Gleichem vergolten?« fragte Madelyne flüsternd. »Hat Duncan ebenfalls Frauen und Kinder getötet?«

»Nay«, erwiderte Gilard. »Niemand hat Frauen und Kindern etwas getan. Wir Wextons sind keine Schlächter, Madelyne, was auch immer Euer Bruder Euch gesagt haben mag. Und unsere Männer tragen auch keine falschen Farben, wenn sie angreifen!«

»Louddon hat mir nichts davon erzählt«, sagte Madelyne empört. Sie hoffte, daß dieser Mann ihr endlich glaubte. »Ihr vergeßt, daß ich nur eine Schwester bin. Er vertraut mir seine Gedanken gewiß nicht an.« Ihre Schultern sackten nach vorne. Lieber Gott, sie hatte über soviel nachzudenken, mußte soviel verstehen lernen. »Und was geschieht, wenn der König sich für Louddon entscheidet? Was geschieht dann mit Eurem Bruder?«

Gilard hörte die Furcht aus ihrer Stimme heraus. Seltsam, fast hätte man meinen können, sie empfände etwas für Duncan! Da sie jedoch eine Gefangene war, war das wohl kaum möglich. Diese Frau verwirrte ihn, und das machte ihn wütend. »Duncan ist kein Mensch von unendlicher Geduld. Als Euer Bruder es wagte, Hand an ein Familienmitglied zu legen, hat er sein Schicksal besiegelt. Mein Bruder wird nicht warten, bis William zurückkehrt, um einen Kampf auf Leben und Tod anzusetzen. Nein, er wird Louddon töten – mit oder ohne den Segen des Königs!«

»Was meint Ihr damit . . . Hand an ein Familienmitglied zu legen?« fragte Madelyne. Sie überlegte kurz, dann setzte sie hinzu: »Hattet Ihr noch einen anderen Bruder, den Louddon umgebracht hat?«

Gilards Augen leuchteten zornig auf. »Was für ein Spiel spielt Ihr eigentlich? Wollt Ihr nun auch noch vorgeben, nichts von Adela zu wissen?«

Madelyne stockte der Atem, als sie Gilards Miene sah. »Bitte«, flüsterte sie mit gesenktem Kopf. »Ich muß alles wissen. Wer ist Adela?«

»Unsere Schwester.«

Madelynes Kopf flog hoch.

»Ihr würdet wegen Eurer Schwester einen Krieg anfangen?«

Sie sah ihn an, als könnte sie es nicht fassen! Gilard hatte keine Ahnung, was er von ihrer Reaktion halten sollte. »Unsere Schwester ist an den Hof gegangen. Während sie dort war, hat Louddon sie allein erwischt. Er hat sie geschändet, Madelyne, und so mißhandelt, daß wir nicht geglaubt haben, sie würde es überleben. Ihr Körper ist wieder geheilt, doch ihr Geist ist gebrochen.«

Madelynes Selbstbeherrschung war am Ende. Sie drehte Gilard rasch den Rücken zu, damit er nicht sah, wie ihr die Tränen über das Gesicht liefen. »Es tut mir so leid, Gilard«, flüsterte sie.

»Und Ihr glaubt, was ich Euch erzählt habe?« wollte er in barschem Tonfall von ihr wissen. Sie sollte nicht noch einmal die Wahrheit leugnen!

»Aye, das meiste«, antwortete sie. »Mein Bruder ist fähig, eine Frau zu schlagen, obwohl ich nicht weiß, ob er sie schänden würde, aber wenn Ihr es sagt, wird es wohl die Wahrheit sein. Mein Bruder ist ein bösartiger Mann, und ich werde ihn nicht in Schutz nehmen.«

»Aha. Und was ist es dann, was Ihr mir nicht glaubt?« fragte Gilard, der instinktiv wieder in seine gewohnte Lautsärke zurückgefallen war.

»Ihr verleitet mich zu dem Glauben, daß Ihr Eure Schwester schätzt«, antwortete sie. »Das will mir nicht in den Sinn!«

»Wovon in Gottes Namen redet Ihr da?«

»Haßt Ihr mich, weil Louddon den Namen der Wextons entehrt hat, oder weil Ihr Eure Schwester tatsächlich liebt?«

Gilard begriff nichts – nur, daß er immer zorniger wurde. Er packte Madelyne, riß sie herum und zwang sie, ihn anzusehen. Seine Finger gruben sich schmerzhaft in ihre Schultern. »Natürlich liebe ich meine Schwester!« brüllte er. »Auge um Auge! Wir haben Eurem Bruder das weggenommen, was ihm am meisten wert ist. Euch! Er wird Euch zurückholen wollen, und wenn er es tut, dann ist er tot!«

»Also macht Ihr mich für die Sünden meines Bruders verantwortlich?«

»Ihr seid der Köder, der den Teufel aus seinem Versteck lockt!«

»Euer Plan hat eine Schwachstelle«, flüsterte Madelyne. »Louddon wird mich nicht zurückholen. Ich bin nicht wichtig genug für ihn!«

»Louddon ist kein Narr«, fauchte Gilard, der plötzlich erkannte, daß Madelyne wirklich an das glaubte, was sie gesagt hatte.

Weder Madelyne noch Gilard hatten gehört, daß Duncan sich ihnen genähert hatte. »Nimm sofort deine Hände von ihr«, bellte er Gilard an. »Sofort!«

Gilard beeilte sich, zu gehorchen, und wich rasch einen Schritt zurück.

Erst jetzt entdeckte Duncan, daß Madelyne weinte. Zornig machte er Anstalten, sich auf seinen Bruder zu stürzen, doch Madelyne trat rasch zwischen die beiden Brüder.

Sie sah Duncan in die Augen. »Gilard hat mir nichts getan. Er hat mir nur erklärt, zu welchem Zweck Ihr mich gefangengenommen habt.«

Duncan sah den Schmerz in ihren Augen, aber bevor er ihr eine Frage stellen konnte, wirbelte sie herum, nahm ihren Beutel und sagte: »Wir müssen aufbrechen!«

Dummerweise hatte sie nicht bedacht, daß Gilard ihr im Weg stand, und wäre fast in ihn hineingerannt, wenn der jüngere Bruder nicht noch rechtzeitig zur Seite gesprungen wäre.

Duncan musterte Gilard kritisch. Er sah verstört aus. »Sie wollte mich Glauben machen, daß sie schuldlos sei«, murmelte er.

»Hat sie dir das gesagt?« fragte Duncan.

»Nay«, gab Gilard mit einem Schulterzucken zu. »Sie hat sich überhaupt nicht verteidigt, aber sie hat sich so verflucht unwissend gegeben. Teufel, ich begreife diese Frau nicht. Sie tat so, als wäre sie überrascht darüber, daß wir unsere Schwester lieben. Und komischerweise glaube ich, daß diese Reaktion echt war. Ja, sie fragte mich sogar, ob uns Adela tatsächlich etwas wert ist!«

»Und als du ihr geantwortet hast?« fragte Duncan weiter.

»Da schien sie nur noch verstörter. Ich begreife sie wirklich nicht«, murmelte er. »Je eher unser Plan durchgeführt ist, desto besser. Lady Madelyne ist ganz bestimmt nicht so, wie wir sie uns vorgestellt haben.«

»Ja, sie ist ein einziger Widerspruch«, stimmte Duncan

zu. »Sie kennt ihren eigenen Wert wirklich nicht.« Er seufzte und fügte dann hinzu. »Komm, es wird spät. Wenn wir uns beeilen, sind wir noch vor Einbruch der Nacht zu Hause.«

Gilard nickte und ging neben seinem Bruder zurück ins Lager.

Madelyne hatte beschlossen, daß sie nirgendwo mehr hingehen würde. Sie stand in der Mitte der Lichtung und zog sich schützend den Umhang um die Schultern. Ansel hatte ihr den Beutel abgenommen, und sie hatte sich nicht dagegen gewehrt. Es war ihr im Augenblick vollkommen egal, ob ihre Sachen mit Duncan verschwanden. Himmel, im Augenblick war ihr alles vollkommen egal. Sie wollte nur allein gelassen werden.

Duncan bewegte sich auf seinen Knappen zu, der ihm beim Anlegen der restlichen Kleidung helfen sollte. Auf dem Weg bedeutete er Madelyne mit einer knappen Geste, auf das Pferd zu steigen, und ging dann weiter.

Es dauerte eine Weile, bis in sein Bewußtsein drang, daß Madelyne auf seinen wortlosen Befehl mit einem Kopfschütteln reagiert hatte. Doch als er es begriff, blieb er wie angenagelt stehen und wandte sich ungläubig um.

Tatsächlich! Sie verweigerte sich ihm schon wieder. Duncan war so verblüfft von ihrer trotzigen Haltung, daß er zunächst wie gelähmt dastand. Dann schüttelte sie wieder den Kopf, machte auf dem Absatz kehrt und ging auf den Waldrand zu.

»Madelyne!«

Duncans Gebrüll ließ sie innehalten. Instinktiv drehte sie sich zu ihm um, betete aber im stillen, daß sie genug Kraft finden würde, ihm noch einmal zu trotzen.

»Steig jetzt auf! Sofort!«

Einen langen, schweigenden Moment starrten sie einander an. Plötzlich bemerkte Madelyne, daß alle anderen bei ihren Aufgaben innegehalten hatten und zu ihnen herübersahen. Duncan würde vor den Augen seiner Männer nicht nachgeben. Der Blick, mit dem er sie bedachte, machte das überaus deutlich.

Madelyne raffte ihre Röcke und hastete zu ihm, bis sie vor ihm stand. Mochten die Männer auch zusehen; wenn sie leise genug sprach, würden sie nicht hören können, was sie ihrem Anführer zu sagen hatte.

»Ich gehe nicht mehr mit Euch, Duncan. Und wenn Ihr nicht so stur wäret, dann würde Ihr begreifen, daß Louddon mich nicht zurückholen wird. Ihr verschwendet Eure Zeit. Laßt mich hier.«

»Damit du dich durch die Wildnis schlägst?« fragte Duncan genauso leise wie sie. »Du würdest keine Stunde überleben.«

»Ich habe schon schlimmere Situationen überlebt, Mylord«, erwiderte Madelyne würdevoll und straffte ihre Schultern. »Ich habe mich entschieden, Baron. Ich gehe nicht mehr mit.«

»Madelyne, wenn ein Mann sich meinen Befehlen widersetzen würde, wie du es gerade tust, dann würde er nicht lange genug leben, um damit zu prahlen. Wenn ich einen Befehl gebe, erwarte ich, daß er ausgeführt wird. Und wenn du es noch einmal wagst, einfach den Kopf zu schütteln, dann, das verspreche ich dir, schlage ich dich zu Boden, hast du verstanden?«

Das war eine billige Drohung, die er niemals wahr machen würde, und er bereute seine Worte, sobald er sie ausgesprochen hatte. Er hatte ihren Arm gepackt, und als sie das Gesicht verzog, begriff er, daß er ihr weh tat. In der Erwartung, daß sie nun alles daransetzen würde, seinen Befehl so schnell wie möglich auszuführen, ließ er sie los.

Aber Madelyne regte sich nicht. Sie hatte ihre Fassung wiedergefunden und blickte nun ruhig zu ihm auf. »Ich bin daran gewöhnt, zu Boden geschlagen zu werden, also tut, was Ihr wollt. Und wenn ich wieder aufstehe, und Ihr wollt mich erneut niederschlagen, dann bitte! Wenn es Euch beliebt!«

Die Erkenntnis, daß sie die Wahrheit sagte, war wie ein Schlag in die Magengrube. Plötzlich verspürte er entsetzlichen Zorn, daß jemand es gewagt hatte, sie zu mißhandeln. Es konnte nur Louddon gewesen sein. »Warum hat dein Bruder –«

»Das ist nicht von Bedeutung«, unterbrach Madelyne ihn, bevor er seine Frage zu Ende bringen konnte. Es tat ihr schon leid, daß sie überhaupt davon angefangen hatte. Madelyne wollte kein Mitleid. Sie wollte nur in Frieden gelassen werden.

Duncan seufzte. »Steig jetzt aufs Pferd, Madelyne.«

Ihr Mut verließ sie, als sie sah, wie sich ein Muskel in seinem Kiefer anspannte. Er schien kurz davor zu sein, seine Geduld zu verlieren, und sie war sich nicht sicher, ob sie es wirklich so gelassen würde hinnehmen können, wenn er sie schlug.

Dennoch rührte sie sich noch immer nicht. Duncan knurrte ungeduldig und drehte sie in die Richtung, in der Ansel mit dem Hengst wartete, dann gab er ihr einen sanften Stups. »Du hast mir noch einen weiteren Grund gegeben, warum ich Louddon umbringen will«, flüsterte er.

Madelyne wollte ihn gerade bitten, ihr zu erklären, was er meinte, als sie sich eines Besseren besann. Sein Blick verriet ihr, daß seine Geduld nun endgültig am Ende war. Sie mußte sich wohl oder übel eingestehen, daß sie diese Auseinandersetzung verloren hatte. Duncan war wild entschlossen, sie mitzunehmen – da konnte sie sagen oder tun, was sie wollte.

Resigniert setzte sie sich in Bewegung. Die meisten Soldaten sahen immer noch zu ihr herüber, und sie gab sich alle Mühe, eine würdevolle Miene zu machen. Ihr Herz schlug jedoch so heftig, daß sie Mühe hatte zu atmen. Obwohl sie sich vor Duncans Zorn fürchtete, stand sie nun vor einem ungleich beängstigenderen Problem. Duncans Pferd.

Es war eine Sache, gepackt und auf den Rücken geworfen zu werden, eine ganz andere aber, die Zügel des Monsters zu nehmen, und sich ohne Hilfe in den Sattel zu schwingen.

»Meine Güte, was bin ich nur für ein Feigling«, murmelte sie vor sich hin. Vater Berton hatte auch immer Selbstgespräche geführt, und als sie ihn einmal danach gefragt hatte, hatte er ihr erklärt, daß wohl niemand mehr Interesse an seiner Meinung haben könnte, als er selbst. Madelyne mußte bei der Erinnerung unwillkürlich lächeln.

»O Vater, wenn du mich jetzt sehen könntest, würdest du dich sicher für mich schämen. Ich muß ein Teufelswesen besteigen, und ich werde mich bestimmt entsetzlich blamieren.«

Dann drang die Ironie dieser Situation durch ihre Angst. »Warum mache ich mir eigentlich Sorgen darüber, ob ich mich blamiere oder nicht?« brummte sie trotzig. »Wenn das Ungeheuer mich zu Tode trampelt, dann kann es mich doch nicht mehr kümmern, ob die Männer mich für feige halten!«

Dieses Argument dämpfte ihre Furcht. Madelyne begann, sich ein wenig zu beruhigen ... bis sie bemerkte, daß das Pferd sie beobachtete! Und offenbar gefiel ihm auch nicht, was es zu sehen bekam, denn plötzlich begann es, mit den Hufen auf den Boden zu stampfen. Es schnaubte sie sogar mürrisch an! Nun, wie sagte man immer noch? Mensch und Tier paßten sich aneinander an, und dieses Vieh hatte offenbar all die haßenswerten Charakterzüge seines Herrn angenommen.

Madelyne nahm allen Mut zusammen und trat an die Seite des Hengstes. Das schien ihm nicht zu passen, denn er versuchte, sie mit der Flanke wegzudrücken. Madelyne streckte den Arm aus, um den Sattelknauf zu packen, aber der Hengst stieß ein so schrilles Wiehern aus, daß sie einen Satz zurück machte.

In ärgerlicher Verzweiflung stemmte Madelyne ihre Hände in die Hüften. »Bild' dir bloß nichts darauf ein, daß du größer bist als ich! Dafür bist du nämlich dümmer.« Zufrieden sah sie, daß das Auge des Pferdes sich auf sie richtete. Sie konnte sich zwar denken, daß es sie nicht verstand, aber immerhin hatte sie seine Aufmerksamkeit. Das war doch ein Anfang.

Mit einem zaghaften Lächeln bewegte sie sich langsam auf den Kopf des Pferdes zu.

Als sie vor dem Tier stand, nahm sie die Zügel und zwang seinen Kopf langsam zu sich herab. Dann begann sie mit leisen beruhigenden Worten auf es einzureden. »Du mußt wissen, daß ich nie richtig reiten gelernt habe. Deswegen fürchte ich mich vor dir. Du bist so groß, und du könntest mich einfach niedertrampeln, begreifst du? Ich weiß nicht, wie du heißt, aber wenn du mir gehören würdest, dann würde ich dich Silenus nennen. Das ist der Name eines meiner Lieblingsgötter aus der Antike, weißt du? Silenus war ein mächtiger Naturgeist, genauso wild und ungezähmt wie du. Aye, Silenus ist der passende Name für dich.«

Madelyne beendete ihre etwas einseitige Unterhaltung und ließ die Zügel los. »Dein Herr hat mir befohlen, auf deinen Rücken zu klettern. Also bitte halt still, Silenus, ich habe nämlich immer noch Angst vor dir.«

Duncan war mit dem Ankleiden fertig. Er hob den Kopf, sah zu Madelyne herüber und entdeckte erstaunt, daß sie mit dem Pferd sprach. Plötzlich erstarrte er. Sie versuchte an der falschen Seite aufzusteigen! Er wollte ihr gerade eine Warnung zubrüllen, da er sicher war, daß der Hengst bokken würde, aber die Worte blieben ihm im Hals stecken, als er beobachtete, wie sie sich in den Sattel zog und schließlich saß.

Was war nur los mit dieser Frau? Dann, auf einmal dämmerte es ihm: Sie hatte Angst vor seinem Pferd! Deswegen benahm sie sich ständig so seltsam, wenn sie aufsteigen sollte! Er seufzte. Fürchtete sie sich vor allen Pferden oder nur vor seinem Hengst?

Das große Tier, sonst immer nervös und unwillig, hatte keinen Muskel bewegt, während Madelyne auf seinen Rükken geklettert war. Und er hätte schwören können, daß sie sich gerade schon wieder hinuntergebeugt und ihm etwas ins Ohr geflüstert hatte. Was war mit seinem Pferd geschehen? War es krank?

»Hast du auch gesehen, was ich gerade gesehen habe?« fragte Gilard, der hinter ihm herangekommen war.

Duncan nickte, wandte sich aber nicht um. Er starrte Madelyne unverwandt an, und plötzlich verzog sich sein Mund zu einem Lächeln.

»Wer, glaubst du, hat ihr Reiten beigebracht?« fragte Gilard und schüttelte amüsiert den Kopf. »Sie weiß ja nicht einmal, wie man aufsteigt!«

»Niemand hat es ihr beigebracht«, bemerkte Duncan. »Das jedenfalls steht fest. Viel seltsamer finde ich, daß mein Pferd sich nicht über ihr mangelndes Talent ärgert.« Mit diesen Worten ließ er Gilard stehen und ging auf Madelyne zu.

Ansel, der Knappe, näherte sich gerade aus der anderen Richtung. Er grinste verächtlich, als er er zu Madelyne aufschaute. »Meine Güte, wißt Ihr denn nicht, daß man immer von links aufsteigt?« fragte er herablassend. Er ergriff Madelynes Hand und schien sie vom Pferd ziehen zu wollen, damit sie es erneut versuchte. Doch bevor Ansel sich versah, war er es, der zu Boden flog.

»Faß sie ja nie wieder an«, knurrte Duncan, der drohend über ihm stand. Ansel kam hastig wieder auf die Füße, wich einen Schritt zurück und nickte. Der arme Kerl sah so erschrocken aus, daß Madelyne sich verpflichtet fühlte, ihm beizustehen.

»Euer Knappe war so rücksichtsvoll, mir nützliche Hinweise zum Aufsteigen zu geben«, sagte sie rasch. »Er wollte mir gerade wieder zu Boden helfen, da ich in meiner Eile, aufzubrechen, ungeschickterweise vergessen habe, welches die richtige Seite ist.«

Ansel warf Madelyne rasch einen dankbaren Blick zu, bevor er sich vor seinem Herrn verbeugte. Duncan war offenbar zufrieden mit der Antwort, denn er nickte nur. Er packte den Sattelknauf, schwang sich auf den Rücken des Hengstes und hob Madelyne auf seinen Schoß.

Als Madelyne in seinen dicken Mantel gehüllt an seiner Brust lehnte, hatte sie endlich Zeit, um über all das Gehörte nachzudenken. »Ihr seid auch nicht besser als Louddon«, murmelte sie. »Ihr glaubt wohl, ich hätte nicht bemerkt, daß Ihr Euch nicht mal die Zeit genommen habt, Eure Toten zu begraben, bevor Ihr die Festung meines Bruders verlassen habt? Oh, doch, ich habe es bemerkt. Ihr seid genauso skrupellos. Ihr tötet, ohne Reue zu empfinden.«

Es kostete Duncan jedes bißchen Selbstdiszplin, diese Frau nicht zu packen und durchzuschütteln. »Madelyne, wir haben unsere Toten nicht begraben, weil keiner meiner Männer umgekommen ist.«

Madelyne überraschte die Antwort so sehr, daß sie es wagte, ihn anzusehen. Ihr Scheitel stieß gegen sein Kinn, aber sie machte sich nicht die Mühe, sich zu entschuldigen. »Aber es lagen überall Leichen herum, Duncan.«

»Louddons Krieger, Madelyne, nicht meine«, bemerkte Duncan.

»Erwartet Ihr im Ernst, daß ich Euch glaube, Eure Männer seien derart überlegen, daß –«

»Ich erwarte, daß du aufhörst, mich ständig zu reizen«, unterbrach Duncan sie.

Sie begriff, daß er es ernst meinte. Resigniert schlug sie sich den Mantel wieder über den Kopf.

Dieser Mann war einfach furchtbar. Und ein Herz schien er auch nicht zu haben. Aye, er würde bestimmt nicht so mühelos töten, wenn er mit Menschlichkeit und Gefühl gesegnet wäre.

Madelyne konnte sich überhaupt nicht vorstellen, daß man einen anderen Menschen töten konnte. Ihr Leben in Abgeschiedenheit mit Vater Berton und seinen zwei Gefährten hatte sie nur schlecht auf Männer wie Duncan oder Louddon vorbereitet.

Madelyne hatte gelernt, daß Demut eine nützliche Verhaltensweise sein konnte. In Gegenwart ihres Bruders gab sie sich stets unterwürfig, doch in ihrem Inneren brodelte es meistens. Sie konnte nur beten, daß sie nicht dieselbe schwarze Seele wie Louddon besaß, denn immerhin hatten sie denselben Vater. Madelyne hoffte inbrünstig, daß sie nur die Güte ihrer Mutter geerbt hatte. War denn das zuviel verlangt?

Bald war sie zu erschöpft, um noch länger über ihr Wesen nachzugrübeln. Dieser Tag war noch schlimmer und anstrengender als die Tage zuvor. Ihre Nerven waren bis zum Zerreißen angespannt. Sie hatte einen Krieger sagen hören, daß sie fast am Ziel wären, und vielleicht kam ihr jede Stunde deswegen so lang vor, weil sie wußte, daß ein Ende in Sicht war.

Plötzlich verkündete ein Soldat, daß sie sich auf Wexton-Boden befanden. Die Männer brachen in Jubel aus. Madelyne seufzte erleichtert. Sie ließ sich gegen Duncans Brust sinken und spürte, wie die Spannung aus ihren Gliedern wich. Sie war zu müde, sich darüber zu sorgen, was mit ihr geschehen würde, wenn sie Duncans Zuhause erreicht hatten. Sie hätte schon einiges dafür hergegeben, um endlich von Silenus' Rücken klettern zu können.

Doch der Besitz der Wextons war offenbar riesig. Während sie Stunde um Stunde über Duncans Land ritten, wuchs Madelynes Bereitschaft, sich einfach vom Pferd fallen zu lassen. Wie hatte sie auch nur annehmen können, sie hätten ihr Ziel bald erreicht? Sie ritten endlos dahin, und noch immer war nirgendwo die Spur einer Burg zu entdecken.

Die Dämmerung brach herein, als Duncan schließlich eine kurze Rast befahl. Es war Gilard, der ihn zum Halten drängte. Aus dem kurzen, heftigen Austausch von Worten zwischen den beiden Brüdern entnahm Madelyne, daß Duncan lieber weitergeritten wäre.

»Du bist ja schwächlicher als unsere Gefangene«, bemerkte Duncan verächtlich, als sie hielten.

»Ich habe kein Gefühl mehr in den Beinen«, erwiderte Gilard mit einem Schulterzucken.

»Lady Madelyne hat sich ja auch noch nicht beschwert«, sagte Duncan, nachdem er den Männern Halt signalisiert hatte.

»Deine Gefangene ist zu verängstigt, um sich zu beschweren«, schnaubte Gilard. »Sie versteckt sich unter deinem Mantel und weint im stillen.«

»Ich denke nicht«, antwortete Duncan, zog die Kapuze von Madelynes Kopf. »Siehst du irgendwelche Tränen, Gilard?« fragte er mit amüsiertem Unterton.

Gilard schüttelte den Kopf. Sein Bruder versuchte ihn aufzuziehen. Er tat so, als sei er, Gilard, minderwertiger als die schöne Frau. Gilard war nicht böse über Duncans Frozzeln. Er gluckste sogar fröhlich vor sich hin. Im Augenblick war es ihm nur wichtig, seine tauben Muskeln zu bewegen und seine übervolle Blase zu entleeren.

»Vielleicht ist deine Gefangene ja nur zu einfältig, um Angst zu kennen« sagte Gilard mit einem Grinsen.

Duncan warf Gilard einen Blick zu, der ihn veranlaßte, sich hastig ins Gebüsch zu schlagen.

Duncan stieg ab und wandte sich dann zu Madelyne um. Sie legte die Arme auf seine breiten Schultern und wartete darauf, daß er ihr herabhalf. Sie brachte sogar ein Lächeln zustande.

Duncan lächelte nicht. Allerdings brauchte er eine ungewöhnlich lange Zeit, sie vom Pferd zu heben. Seine Hände umfaßten ihre schmale Taille, und er zog sie zu sich, aber als sie beide sich auf gleicher Augenhöhe befanden, hielt er inne.

Madelyne hing in der Luft und streckte die Beine. Ein

Stöhnen entrang sich ihrer Kehle. Ihr Hinterteil schmerzte so sehr, daß sie glaubte, nie wieder sitzen zu können.

Duncan besaß die Frechheit, sie anzugrinsen.

Das war zuviel. Madelyne hätte ihn am liebsten angeschrien. Und wie kam es nur, daß sie in letzter Zeit ständig so aufbrausend war? Er war schuld, jawohl. Er war schuld, daß ihre schlechtesten Seiten zum Vorschein kamen. Sie hatte noch nie jemanden angeschrien. Sie war schließlich eine wohlerzogene Edelfrau mit einem liebreizenden, sanften Wesen. Zumindest hatte Vater Berton ihr das oft genug gesagt.

Aber dieser gemeine, hinterhältige Krieger versuchte mit allen Mitteln, jegliche Sanftheit aus ihrem Charakter zu vertreiben.

Nun, das würde sie nicht zulassen. Dieser Schuft würde sie nicht dazu bringen, ihre Beherrschung zu verlieren – da mochte er grinsen, bis er einen Krampf in den Kiefer bekam.

Sie starrte trotzig in seine Augen. Duncans intensiver Blick war enervierend, aber sie war entschlossen, diesmal nicht als erste wegzusehen.

Das brauchte sie auch nicht. Duncans Blick wanderte langsam abwärts, bis er an ihren Lippen hängenblieb. Sie fragte sich, was er damit bezweckte, bis sie feststellte, daß auch sie auf seinen Mund starrte.

Sie errötete, ohne zu wissen, warum. »Gilard irrt sich. Ich bin nicht einfältig«, murmelte sie.

Sein Grinsen wurde noch breiter.

»Ihr könnt mich jetzt runterlassen«, sagte sie und sah ihn, wie sie hoffte, hochmütig an.

»Du fällst um, wenn ich das tue«, bemerkte Duncan.

»Ah, und das würde Euch gefallen?« zischte sie.

Duncan zuckte die Achseln und ließ sie plötzlich los.

Oh, er war wirklich ein widerwärtiger Kerl. Madelyne konnte gerade noch nach seinem Arm greifen, sonst wäre sie zu Boden gestürzt. Ihre Beine schienen sich nicht mehr daran erinnern zu können, wozu sie eigentlich gedacht waren. »Ich ... ich bin es nicht gewohnt, so viele Stunden zu reiten.«

Sie war überhaupt nicht gewohnt, zu reiten, präzisierte Duncan in Gedanken. Diese Frau war wirklich ein einziger Widerspruch. Sie bewegte sich so anmutig, wenn sie ging, konnte aber gleichzeitig unglaublich ungeschickt und tapsig sein. Sie war mit dem Kopf schon so oft gegen sein Kinn gestoßen, daß ihr Schädel eigentlich voller Beulen hätte sein müssen.

Madelyne war endlich wieder in der Lage, allein zu stehen. Sie ließ seinen Arm los und ging auf den Waldrand zu, um sich im Schutz der Bäume um ihre Bedürfnisse zu kümmern. Sie wußte, daß sie sich wie eine alte Frau bewegte und hoffte inständig, daß Duncan nicht hinter ihr hersah.

Als sie aus dem Wald zurückkehrte, ging sie um die Ansammlung der Soldaten herum, um ihre schmerzenden, gequälten Muskeln so lange wie möglich zu bewegen, bevor sie wieder auf Silenus steigen mußte. Sie hielt am Rand der dreieckigen Lichtung an und sah ins Tal hinab, das sie eben durchquert hatten.

Duncan schien es nicht eilig zu haben, wieder aufzubrechen, was Madelyne nicht verstand, da er zuvor so unwillig gewesen war, überhaupt eine Rast einzulegen. Doch nun tat er ganz so, als hätten sie alle Zeit der Welt. Madelyne schüttelte den Kopf. Dieser Mann war einfach nicht zu begreifen, aber wahrscheinlich sollte sie über jede Minute froh sein, die sie noch rasten konnte.

Der Tag war fast vorbei, die Sonne ging bereits unter. Leuchtende Streifen von hellem Orange und verblassendem Rot überzogen den Himmel und tauchten die Landschaft darunter in ein weiches, anheimelndes Licht. Madelyne versuchte, die Geräusche und den Lärm hinter sich auszuschließen, und sich nur auf die Schönheit der Natur zu konzentrieren, die ihren Geist mit einem angenehmen Frieden erfüllte.

Ein Aufblitzen von Licht zwischen den Bäumen zog ihre Aufmerksamkeit auf sich. Neugierig ging Madelyne ein Stück nach rechts und blickte konzentriert ins Tal hinab. Da war wieder ein Blitzen. Doch seltsamerweise kam es von einer anderen Stelle in den Bäumen.

Dann, plötzlich, blitzte überall etwas auf, bis es aussah, als hätte man Hunderte von Kerzen dort unten angezündet.

Merkwürdig, dachte Madelyne. Entweder brannte etwas zwischen den Bäumen oder irgend etwas reflektierte die Sonne.

So wie Metall.

In diesem Moment begriff sie! Sonnenstrahlen wurden hundertfach zurückgeworfen. Von Metall. Metallenen Rüstungen.

Dort unten waren Krieger. Hunderte von Kriegern!

KAPITEL 5

»Der Gottlose flieht, auch wenn niemand ihn jagt; der Gerechte aber ist furchtlos wie ein junger Löwe.«

Altes Testament, Sprüche, 28.1

Lieber Gott, sie wurden angegriffen!

Madelyne stand da wie vom Schlag getroffen. Eine ganze Weile konnte sie keinen klaren Gedanken fassen. Statt dessen begann sie hilflos zu zittern. Dann fiel ihr auf, daß sie kurz davor war, ihre Selbstbehrrschung zu verlieren, und das machte sie augenblicklich zornig. Sie straffte die Schultern und warf den Kopf zurück. Dann holte sie ein paarmal tief Atem und zwang sich, vernünftig zu denken. Na bitte, jetzt konnte sie entscheiden, was zu tun war.

Oh, wie gerne wäre sie furchtlos gewesen. Davon konnte aber wohl keine Rede sein. Sie bemerkte, daß ihre Hände so fest den Stoff ihres Umhangs umklammerten, daß sie zu schmerzen begannen. Wütend ließ sie los und lockerte die Finger.

Was sollte sie tun? Es war wohl kaum die Pflicht einer Gefangenen, ihren Entführer zu warnen. Sie könnte also schweigen – und fliehen, sobald im Kampfgetümmel keiner mehr auf sie achtete.

Nein. Das brachte sie nicht fertig. Wenn es zu einem Kampf kam, dann würde es auch Tote geben. Wenn sie aber Duncan warnte, dann würde er vielleicht so rasch aufbrechen, daß sie noch einmal mit heiler Haut davonkamen. War Leben zu bewahren nicht wichtiger als ihre eigene Flucht?

Madelyne raffte den Saum ihres Rockes und begann zu laufen.

Duncan und Gilard standen nebeneinander im Kreis mehrerer Soldaten auf der Lichtung. Madelyne umrundete die Männer und blieb hinter Duncan stehen. »Baron, ich muß mit Euch sprechen«, unterbrach sie. Ihre Stimme klang brüchig, was wahrscheinlich der Grund war, warum er nicht reagierte. Er hatte sie wohl einfach nicht gehört!

»Ich sagte, ich muß mit Euch sprechen«, wiederholte sie lauter. Dann wagte sie es, ihn auf die Schulter zu tippen.

Duncan ignorierte sie.

Madyline tippte wieder, dann stieß sie, und schließlich boxte sie ihn ins Kreuz.

Nichts. Duncan sprach lauter. Obwohl Madelyne nicht hinhörte, konnte sie sich kaum vorstellen, daß das, was er seinen Soldaten zu sagen hatte, wichtiger als ihre Neuigkeiten sein sollte.

Himmel, wenn er doch bloß nicht immer so stur wäre! Madelyne rang die Hände. Ihre Furcht wuchs mit jeder Sekunde, denn sie stellte sich vor, wie die fremden Soldaten gerade den Hügel hinaufstiegen.

Schließlich hielt sie es nicht mehr aus. Sie konnte einfach nicht mehr höflich warten, bis er die Lust verlor, mit seinen Männern zu plaudern. Ihr Zorn nahm überhand. Sie nahm alle Kraft, die sie besaß, zusammen und trat zu. Wie geplant, landete ihr Fuß in seiner Kniekehle.

Madelyne begriff, daß sie eine Dummheit begangen hatte, als ein stechender Schmerz ihr Bein hochjagte. Da! Jetzt hatte sie sich gewiß die Zehen gebrochen! Ihr einziger Trost war, daß sie tatsächlich seine Aufmerksamkeit geweckt hatte. Und höchst effektiv darüber hinaus. Duncan wirbelte mit blitzartiger Geschwindigkeit zu ihr herum.

Seine Miene verriet eher Erstaunen als Zorn. Madelynes Gesicht war noch immer schmerzverzerrt, aber als sie nun seine in die Hüften gestemmten Fäuste bemerkte, gesellte sich noch ein ganz anderes Unbehagen dazu. Rasch blicke sie zu Gilard hinüber, und sein Anblick linderte ihre Furcht tatsächlich ein wenig, denn der Ausdruck in seinem Gesicht war so komisch, daß sie am liebsten in lautes Gelächter ausgebrochen wäre.

Sie besann sich jedoch, denn ganz gewiß hätte keiner mit ihr gelacht. Sie holte tief Luft und blickte ängstlich zu Duncan auf. »Ich müßte dringend mit Euch reden«, brachte sie hervor.

Duncan hörte die Sorge aus ihrer Stimme heraus. Was mochte sie nun wieder haben? Er nickte, nahm ihren Arm und zog sie von den Männern weg zum Rand der Lichtung.

Madelyne stolperte zweimal, was Duncan mit einem langen Seufzer kommentierte.

Er regte sich schon wieder über sie auf!

Madelyne unterdrückte nur mühsam ihre neu entflammte Wut. Sollte er doch! Er wollte ihr um jeden Preis das Gefühl geben, sie sei unwichtig und nicht mehr als ein lästiges Ungeziefer, aber wenn sie ihm sagte, was sie gesehen hatte, würde er bestimmt seine Meinung ändern. Ja, vielleicht war er ihr sogar richtig dankbar und würde sie freilassen. Andererseits hatte sie tief in ihrem Herzen den Verdacht, daß er so etwas wie Dankbarkeit gar nicht kannte.

Dennoch: Sie mußte verhindern, daß es wieder Tote gab. Dieser Gedanke gab ihr den Mut, ihm direkt in die Augen zu sehen. »Im Tal halten sich Soldaten versteckt.«

Sie hatte eine prompte Reaktion erwartet, doch statt dessen rührte er sich nicht. Er starrte sie nur an.

Vielleicht war er schwer von Begriff? »Soldaten kommen den Hügel herauf!« wiederholte sie. »Ich habe sie gesehen, weil die Sonne sich auf ihren Schilden spiegelte. Findet Ihr nicht, Ihr solltet etwas unternehmen?«

Immer noch nichts. Duncan starrte sie weiterhin an. Was sie seltsam fand, war der Ausdruck der Verwirrung auf seinem Gesicht. Aber sie konnte auch einen Anflug von Zynismus entdecken, und nach einer Weile kam sie zu dem Schluß, daß er überlegte, ob sie die Wahrheit sagte.

»Ich habe noch nie in meinem Leben gelogen, Baron«, sagte sie also hastig. »Wenn Ihr mit mir kommt, zeige ich Euch, daß ich die Wahrheit gesagt habe.«

Duncan betrachtete die wunderschöne Frau, die so stolz vor ihm stand. Ihre großen blauen Augen blickten vertrauensvoll zu ihm auf. Zarte Löckchen flatterten ihr ins Gesicht. Sein Blick wurde magisch von einem Schmutzstreifen auf ihrer Wange angezogen.

»Warum diese Warnung?«

»Warum?« fragte Madelyne. Himmel, er war in der Tat schwer von Begriff. »Nun, damit Ihr schnell genug von hier fort könnt. Sonst gibt es noch mehr Tote.«

Duncan nickte und winkte Gilard. Sein jüngerer Bruder hatte etwas abseits gestanden und sein Ohr demonstrativ in ihre Richtung gehalten.

»Lady Madelyne hat gerade festgestellt, daß wir verfolgt werden«, sagte Duncan.

Gilard sah erst ihn überrascht an, dann Madelyne. »Wir werden verfolgt? Wann hast du es gemerkt, Duncan?«

»Heute mittag«, antwortete Duncan mit einem Schulterzucken.

»Vagabunden?« fragte Gilard. Er versuchte, seine Stimme beiläufig klingen zu lassen, um sich vor Duncan, der vollkommen ruhig gesprochen hatte, keine Blöße zu geben. Innerlich ärgerte er sich jedoch, daß Duncan den ganzen Nachmittag über keine einzige Bemerkung über die Verfolger hatte fallen lassen. Zudem war er erstaunt darüber, daß Madelyne sie gewarnt hatte.

»Nein, keine Vagabunden, Gilard!«

Einen Augenblick schwiegen die beiden Brüder, bis Gilards Miene sich erhellte. »Die Ratte jagt den Wolf?« fragte er schließlich.

»So Gott will, führt er diesmal seine Männer an«, gab Duncan zurück. »Ich wollte ihnen eigentlich etwas später gegenübertreten, aber hier oben haben wir den gleichen Vorteil. Sag den Männern, daß sie sich bereitmachen sollen.«

Gilard wandte sich um, lief über die Lichtung und brüllte den Männern zu, aufzusitzen.

Madelyne hatte die ganze Zeit kein Wort gesagt. Sie war zu entsetzt, um etwas hervorzubringen. Auch die letzte Hoffnung darauf, daß sie alle fliehen und so mit heiler Haut davonkommen würden, schwand, als Gilards fröhliches Lachen an ihr Ohr drang. Sie wußte, daß es zum Kampf kommen würde, auch wenn sie wenig von dem verstanden hatte, worüber die Brüder sich unterhalten hatten. Ratten, die Wölfe jagten? Also wirklich . . .

»Ich hatte recht«, entfuhr es ihr plötzlich. »Ihr seid nicht besser als Louddon!«

Duncan ignorierte ihre Bemerkung. »Steig wieder auf, Madelyne. Wir werden deinen Bruder gemeinsam stellen.«

Madelyne war zu wütend, um sich zu streiten. Sie hätte wissen müssen, daß Duncan keiner Schlacht aus dem Weg ging. Sie stampfte zornig zu Silenus hinüber, und bevor sie wußte, was sie tat, saß sie auch schon auf seinem Rücken. Ihre Wut hatte sie ihre Angst vergessen lassen. Ja, sie konnte sich nicht einmal erinnern, von welcher Seite sie aufgestiegen war.

Duncan kam hinter ihr her, packte die Zügel und begann, das Tier über die Lichtung zu führen.

Madelyne mußte sich ganz darauf konzentrieren, im Sattel zu bleiben, so daß ihre Wut sich ein wenig legte. Die Steigbügel waren viel zu lang für sie, und bei jedem Schritt, den das Tier tat, plumpste sie schmerzhaft in den Sattel. Sie war froh, daß Duncan sie nicht beobachtete. »Wie nennt Ihr Euer Pferd?« fragte sie.

»Pferd«, antwortete Duncan über die Schulter. »Das Tier ist ein Pferd, und so nenne ich es auch.«

»Das habe ich mir gedacht. Ihr seid so kalt und herzlos, daß Ihr Euch nicht einmal die Mühe macht, Eurem treuen Tier einen Namen zu geben. Ich habe es getan. Er heißt jetzt Silenus. Was haltet Ihr davon?«

Duncan ersparte sich eine Antwort. Er konnte sich jetzt

nicht mit solch einem kindischen Unsinn abgeben. Seine Gedanken waren ganz bei der bevorstehenden Schlacht.

Madelyne lächelte in sich hinein. Ha, sie hatte ihm eine Lektion erteilt! In diesem Augenblick tauchte Ansel mit einem anderen Pferd an ihrer Seite auf. Es war ein Grauer, der einen weit ruhigeren Eindruck machte als Silenus. Duncan drehte sich um, warf ihr die Zügel zu und bestieg den Grauen.

Das Lächeln gefror auf Madelynes Gesicht. Fassungslos fing sie die Zügel ein, während ihr langsam dämmerte, daß sie dieses Tier alleine reiten sollte. Der Hengst mußte ihre Verunsicherung gespürt haben, denn er begann augenblicklich seitlich zu tänzeln. Madelyne rutschte halb aus dem Sattel, klammerte sich am Knauf fest und versuchte, sich wieder hochzuziehen.

Gilard schob seinen Braunen neben sie, so daß Silenus gezwungen war, sein Getänzel einzustellen.

»Sie sind noch ein gutes Stück entfernt«, bemerkte er über Madelynes Kopf hinweg zu Duncan. »Warten wir auf sie?«

»Nein. Wir reiten ihnen entgegen.«

Die Soldaten formierten sich unter viel Lärm hinter dem Dreiergrüppchen. Duncan schien darauf zu warten, daß das Getöse sich legte, bevor er sein Signal gab.

Madelyne fand, sie mußte die Gnadenfrist nutzen. »Ich bleibe am besten hier, bis Ihr zurückkommt«, sagte sie zu Duncan. Ihre Stimme hatte so verzweifelt geklungen, daß Duncan ihr einen Blick zuwarf. Dann schüttelte er den Kopf und richtete seine Aufmerksamkeit wieder auf das Tal unter sich.

»Ich sagte, ich bleibe hier«, wiederholte Madelyne.

»Nein, tust du nicht«, erwiderte Duncan ruhig, ohne sie noch einmal anzusehen.

»Ihr könntet mich ja an einem Baum festbinden«, schlug sie vor.

»Aber, Lady Madelyne«, mischte sich Gilard mit einem

Grinsen ein. »Ihr wollt Louddon doch nicht den Anblick Eures liebreizenden Gesichts verwehren?« Er lachte kurz auf und fügte dann hinzu: »Ich verspreche Euch, das wird das letzte sein, das er vor seinem Tod sieht.«

»Das macht Euch Spaß, nicht wahr?« fragte Madelyne voller Entsetzen. »Ihr freut Euch auf die Schlacht?«

»Aber ja«, antwortete Gilard mit einem Schulterzucken.

»Ich glaube, Ihr seid genauso verrückt wie Euer Bruder, Gilard!«

»Ihr wißt genau, daß wir einen guten Grund haben, Euren Bruder umzubringen«, meinte Gilard ein wenig gereizt. Das Lächeln war aus seinem Gesicht verschwunden. »So wie Ihr uns wahrscheinlich umbringen wollt!«

Madelyne sah zu Duncan hinüber, doch der Baron schien nicht zugehört zu haben. Sie wandte sich wieder zu Gilard um. »Ich kann ja verstehen, warum Ihr Louddon töten wollt. Aber wie kommt Ihr darauf, daß ich *Euch* umbrigen will?«

Gilard runzelte verwirrt die Stirn. »Für welch einen Narren haltet Ihr mich, Lady Madelyne? Wollt Ihr etwa behaupten, daß Ihr nicht auf Louddons Seite steht? Er ist Euer Bruder!«

»Ich stehe auf gar keiner Seite«, erwiderte Madelyne. »Ich will nur nicht, daß jemand getötet wird.«

»Ah, jetzt verstehe ich!« Gilard brüllte schon wieder. »Ihr wollt abwarten, wer der Sieger ist und Euch dann auf dessen Seite schlagen. Wirklich sehr gerissen, Mylady!«

»Ach, glaubt doch, was Ihr wollt«, fauchte Madelyne. »Ihr seid in der Tat genau wie Euer Bruder!«

Als Gilard grinste, begriff sie, daß sie ihm eben ein Kompliment gemacht hatte.

»Das war kein Lob, Gilard«, klärte sie ihn auf. »Ganz im Gegenteil. Ich meinte, daß Ihr genauso stur und skrupellos wie Duncan seid. Und offenbar habt Ihr genausoviel Spaß am Töten«, setzte sie hinzu.

Innerlich versuchte Madelyne sich zu bremsen. Es erschreckte sie selbst, daß sie versuchte, Gilard zu reizen, aber sie konnte nichts dafür. Dieser Mann regte sie fast noch mehr auf als Duncan.

Gilard kochte jetzt in der Tat. »Könnt Ihr mir in die Augen sehen und mir sagen, daß Ihr mich nicht haßt? Nun, könnt Ihr das?« bellte er.

»Ich hasse Euch nicht«, erwiderte Madelyne so hochmütig, wie sie konnte. »Obwohl ich es gerne täte!«

»Und warum nicht?«

»Weil Ihr Eure Schwester liebt!«

Gilard setzte gerade an, Madelyne zu sagen, daß er sie für die einfältigste Frau hielt, die er je getroffen hatte, als Duncan die Hand hob. Augenblicklich vergaß Gilard Madelyne und griff nach seinem Schwert.

Dann gab Duncan das Signal. Madelyne überkam plötzlich eine so große Angst, daß sie sich nicht einmal mehr an ein Gebet erinnern konnte.

Wie viele würden sterben müssen? Sie versuchte, die Zahl der Soldaten zu schätzen, die den Hügel heraufkamen, aber sie konnte es nicht. Sie schienen das ganze Tal zu füllen.

Es würde ein Massaker geben, und das nur, weil Duncan ehrenvoll kämpfen würde und Louddon nicht. Louddon würde keine Gnade, keine Ehre kennen, sobald er den Sieg witterte.

Aber was sollte es sie kümmern? Wenn diese Verrückten sich gegenseitig niedermetzeln wollten, dann sollten sie es tun. Schließlich brannten sie ja darauf, auf dem Schlachtfeld zu fallen. Sie hätte alles gegeben, um sie daran zu hindern.

»Es kümmert mich nicht«, flüsterte sie. Sie wiederholte die Worte, bis sie zu einem verzweifelten Singsang wurden.

Doch wie oft sie die Worte auch vor sich hersagen mochte – es gelang ihr nicht, sie wahr zu machen.

KAPITEL 6

»Die Weisheit der Welt ist die Torheit bei Gott.«
Neues Testament, 1. Korinther, 3.19

Baron Wexton gab sich keine Mühe, den Überraschungseffekt zu nutzen. Sein Kampfgebrüll hallte durch das ganze Tal und schien die Erde zum Erzittern zu bringen. Dann ertönte ein Horn, und als wäre das alles noch nicht genug, folgte einen Herzschlag darauf das Donnern der Pferdehufe, die über die gefrorene Erde den Hang hinabstürmten.

Madelyne war zwischen Duncan und Gilard eingeklemmt. Soldaten mit erhobenen Schilden umringten sie. Da Madelyne keinen solchen Schutz besaß, hielten die beiden Brüder ihre Schilde schräg über ihre Köpfe, so daß die knorrigen Äste, die Madelyne sicher aus dem Sattel gerissen hätten, daran abglitten.

Dann hatten sie den schmalen Kamm oberhalb der Stelle erreicht, die Duncan für die Konfrontation ausgesucht hatte. Duncan riß an den Zügeln seines weißen Hengstes und brüllte ihm einen Befehl zu. Der Hengst blieb augenblicklich stehen. Duncan beugte sich zu Madelyne hinüber, packte ihr Kinn und zwang sie, ihn anzusehen.

Seine grauen Augen blickten in ihre blauen. »Wag es nicht, dich von der Stelle zu bewegen.«

Er wollte die Hand wieder wegnehmen, doch Madelyne hielt sie fest, ohne den Blick von ihm zu lassen. »Wenn Ihr sterbt, werde ich Euch keine Träne nachweinen«, flüsterte sie.

Zu ihrer Verblüffung lächelte er. »O doch, das würdest du doch«, sagte er.

Madelyne hatte keine Zeit mehr, auf seine Arroganz zu reagieren. Er trieb seinem Pferd die Sporen in die Flanken und stürmte den Hang hinab. Die Krieger rasten an ihr vorbei, und Madelyne war plötzlich allein.

Der Lärm unter ihr war unglaublich. Metall krachte auf Metall, und triumphierendes Gellen mischte sich mit den Schreien Verletzter und Sterbender. Madelyne war zu weit entfernt, um einzelne Gesichter auszumachen, aber sie behielt Duncans Rücken im Auge. Der Graue, den er ritt, war selbst in dem wirren Kampfgetümmel leicht auszumachen. Sie beobachtete, wie sein Schwert umherwirbelte, sah, wie er die Gegner aus dem Sattel hob und dabei sein Pferd weiter und weiter trieb. Er muß unter Gottes Schutz stehen, dachte sie. Während Männer links und rechts von ihm aus ihren Sätteln rutschten, blieb er unverletzt.

Madelyne schloß einen Moment die Augen. Als sie sie wieder öffnete, war der Graue verschwunden. Panisch suchte sie das Schlachtfeld ab, konnte aber weder Duncan noch Gilard entdecken. Inzwischen bewegte sich das Feld langsam auf sie zu.

Madelyne hatte sich nicht die Mühe gemacht, die Gestalt ihres Bruders herauszufinden. Sie wußte sehr gut, daß er sich nicht mitten in der Schlacht befinden würde. Louddon wäre der letzte, der sein Schwert erhob, denn ihm war das Risiko zu groß – ganz im Gegensatz zu Duncan. Während Loddon sein eigenes Leben viel zu lieb war, um es aufs Spiel zu setzen, schien Duncan keinen einzigen Gedanken daran zu verschwenden. Louddon hatte stets seinen Männern das Kämpfen überlassen. Und wenn sich das Schicksal gegen ihn wenden sollte, dann wäre er der erste, der fliehen würde.

»Das hat nichts mit mir zu tun!« schrie Madelyne so laut sie konnte. Sie zerrte an den Zügeln, entschlossen, sich so schnell wie möglich davonzumachen. Sie wolte keinen Moment mehr zusehen. Aye, sie würde verschwinden und diese Narren sich selbst überlassen.

»Komm, Silenus, wir gehen«, sagte sie und drückte ihre Schenkel an die Flanken, wie sie es Duncan hatte tun sehen. Der Hengst rührte sich nicht. Madelyne riß fest am Zügel, um das Tier dazu zu bewegen, kehrtzumachen, aber nichts geschah. Herrgott! Die Soldaten kamen rasch den Hügel herauf, und sie hatte nicht mehr viel Zeit!

Duncan kochte vor Wut. Er hatte nach Louddon Ausschau gehalten, aber keine Spur von ihm entdecken können. Der Sieg über den Feind wäre kein echter, wenn der Anführer erneut entkommen würde. Er warf einen raschen Blick zu Madelyne hinauf und entdeckte schockiert, daß sie sich mitten in der Schlacht befand. Er hatte sich so sehr auf Louddon konzentriert, daß er Madelynes Sicherheit vergessen hatte. Innerlich fluchend, daß er ihr keine Krieger zum Schutz dagelassen hatte, warf er seinen Schild zu Boden und stieß einen schrillen Pfiff aus. Hoffentlich hörte der Hengst ihn über all den Lärm.

Erst jetzt wurde sich Duncan bewußt, daß er bereits den Hügel hinaufstürmte. Eine ganz logische Reaktion, beruhigte er sich. Schließlich war er für die Sicherheit seiner Gefangenen verantwortlich. Es war seine Pflicht, sie zu schützen. Aye, das allein war der Grund, warum er nun mit wilden Gebrüll auf sie zuraste.

Der Hengst hörte den Pfiff und reagierte sofort mit einem Satz nach vorne. Madelyne wurden die Zügel aus der Hand gerissen. Silenus setzte über zwei Soldaten hinweg, die den Hügel heraufkamen, und traf beide mit seinem schweren Hufen an den Köpfen. Ihre Schreie folgten ihnen ins Schlachtgetümmel.

Kurz darauf befand sich Madelyne mitten im Geschehen. Berittene Krieger drängten sich um sie herum, noch mehr kämpften zu Fuß um ihr Leben. Duncans Hengst kam weder vor noch zurück, und Madelyne klammerte sich an seine Mähne und betete um ein schnelles Ende.

Dann, plötzlich, machte sie Gilard aus, der sich einen

Weg zu ihr bahnte. Er war zu Fuß, wehrte mit dem Schild einen Angriff von links ab, während er den Schwertarm nach vorne stieß. Die Klinge seiner Waffe triefte vor Blut.

Auf einmal sprang einer von Louddons Soldaten mit erhobenem Schwert auf sie zu. Seine Augen blickten irr, als wüßte er nicht mehr, was er tat. Und in diesem Augenblick begriff Madelyne, daß dieser Mann sie töten würde.

Verzweifelt schrie sie nach Duncan und wußte doch, daß es nun auf sie selbst ankam. Der einzige Fluchtweg war die Erde, und Madelyne warf sich rasch zur Seite. Doch sie war nicht schnell genug gewesen. Sie spürte einen grellen Schmerz, als die Schwertklinge ihren linken Schenkel aufschlitzte. Madelyne schrie auf. Dann raubte der Aufprall auf die gefrorene Erde ihr den Atem.

Der schwere Umhang glitt nach ihr vom Pferderücken und fiel ihr über die Schultern. Wie betäubt vor Schmerz und Schock nahm sie plötzlich nur noch den Umhang wahr, und es schien ihr immens wichtig, ihn um ihren Körper zu ziehen. Es war eine schwierige Aufgabe, und sie brauchte lange dafür, aber sie war entschlossen, es zu schaffen. Der Schmerz in ihrem Bein war so heftig, daß sie zuerst glaubte, sterben zu müssen. Dann setzte jedoch eine wunderbare Taubheit ein, die sowohl ihren Körper, als auch ihren Geist durchdrang. Wie in Trance stand sie auf, hielt den Umhang um ihren Körper fest und blickte verwirrt auf das Gemetzel um sie herum.

Duncans Hengst stieß sie mit der Nase zwischen die Schulterblätter, so daß sie fast wieder zu Boden gestürzt wäre. Sie fing sich jedoch wieder, drehte sich zu Silenus um und lehnte sich an seine Flanke. Der brave Kerl hatte nicht gebockt, als sie gefallen war! Und nun schützte er ihren Rücken vor hinterhältigen Attacken.

Tränen strömten ihr über die Wangen, ohne daß sie es verhindern konnte. Die Luft stank nach Blut und Tod. Gilard schrie ihr etwas zu, aber sie verstand nicht, was er sagte. Sie konnte nur zusehen, wie er sich immer näher an sie herankämpfte. Wieder brüllte er etwas, aber seine Worte wurden von dem metallischen Krachen und den Schreien der anderen Männer übertönt.

Endlich löste sich Madelynes Betäubung. Sie starrte auf das Blutbad zu ihren Füßen und war mit einem Schlag wieder hellwach. Wieder hörte sie Gilards Brüllen und kam zu dem Schluß, daß sie zu ihm kommen sollte. Langsam setzte sie sich in Bewegung. Zweimal stolperte sie über abgetrennte Glieder von niedergemetzelten Soldaten, die wie Unrat überall auf dem Boden verstreut waren. Madelyne zwang sich, nur an ihre Aufgabe zu denken. Sie mußte zu Gilard! Bestimmt würde er sie zu Duncan bringen. Dann war sie in Sicherheit.

Madelyne war nur noch ein paar Schritte von ihm entfernt, als ein Krieger ihn von hinten angriff. Gilard wirbelte herum, um sich zu verteidigen. Dann sah Madelyne, wie ein anderer von Louddons Männern sein Schwert hochriß und auf Gilards ungeschützten Rücken losstürmte.

Sie wollte schreien, doch aus ihrer Kehle drang nur ein leises Wimmern. Lieber Gott, sie war die einzige, die sich nah genug befand, um ihm zu helfen. Sie war die einzige, die sein Leben retten konnte. Madelyne zögerte nicht. Sie bückte sich und riß einem gesichtslosen Toten die Waffe aus den steifen Fingern. Es war eine dicke, schwere, mit Dornen versehene Keule, die über und über mit getrocknetem Blut verklebt war.

Madelyne mußte die Keule mit beiden Hände fassen. Sie hastete, unter dem Gewicht taumelnd, die letzten Schritte zu Gilard hinüber, stellte sich mit ihrem Rücken gegen seinen und wartete auf den Feind.

Der heranstürmende Krieger verringerte nicht einmal seine Geschwindigkeit. Was sollte eine Frau schon gegen Schild und Rüstung ausrichten? Ein höhnisches Grinsen verzog seinen Mund, während er mit schwingendem Schwert die Distanz zwischen sich und Madelyne immer mehr verringerte.

Madelyne wartete bis zur allerletzten Sekunde. Dann riß sie die Keule in einem weiten Bogen von unten hoch. Die Furcht verlieh ihr Kraft. Sie hatte nur vorgehabt, den Angriff des Kriegers abzuwehren, doch die Dornen der Waffe drangen durch die Kettenglieder seines Umhangs. Der Mann stieß einen entsetzlichen Schrei aus, als die metallenen Spitzen in seine Weichteile drangen.

Gilard verpaßte seinem Angreifer einen letzten Streich. Er wirbelte nun herum, um endlich zu Madelyne zu gelangen, und stieß sie fast um. Er sah gerade noch, wie der feindliche Soldat sich zusammenkrümmte, als Madelyne ihn mit der Keule traf, sah, wie der Mann wie ein gefällter Baum zu Boden stürzte. Gilard war so überrascht, daß er einen Moment wie erstarrt stehenblieb.

Madelyne stieß ein entsetztes Stöhnen aus. Sie legte ihre Arme um ihren Körper und klappte vornüber, ganz, als wäre sie es gewesen, die die Keule getroffen hatte. Gilard, der nicht recht wußte, was er tun sollte, berührte sanft ihre Schulter.

Madelyne war so in ihrem Entsetzen gefangen, daß sie es nicht bemerkte. Sie nahm Gilard nicht mehr wahr. Für sie existierte die Schlacht nicht mehr.

Auch Duncan hatte die Szene beobachtet. Mit einem Satz war er auf dem Rücken seines Pferdes und trieb es auf Gilard zu. Sein Bruder konnte gerade noch aus dem Weg springen, als Duncan sich auch schon herabbeugte, Madelyne packte und sie vor sich in den Sattel zerrte.

Die Schlacht war fast vorbei. Duncans Männer jagten die sich zurückziehenden feindlichen Krieger zurück ins Tal.

»Mach du den Rest«, brüllte Duncan Gilard zu, riß die Zügel herum und trieb sein Pferd auf den Hügel zu. Mit donnernden Hufen stürmte das edle Tier aus dem Schlachtgetümmel und stob mit ausgreifenden Schritten das schwierige Gelände hinauf.

Duncan hatte sich während des Kampfes auch noch seines Umhangs entledigt, und schützte Madelyne nun mit den Unterarmen vor den herabhängenden Ästen.

Doch Madelyne wollte seine Rücksichtnahme nicht. Sie wand sich in seinen Armen, versuchte von ihm loskommen, wollte nichts als weg von diesem Mann. Von diesem Mann, der sie dazu gebracht hatte, einen Menschen zu töten.

Sie haßte ihn.

Duncan versuchte gar nicht erst, sie zu beruhigen. Ihre Sicherheit kam an erster Stelle. Er verringerte das Tempo erst, als sie ein großes Stück vom Schlachtfeld entfernt waren. Sie trabten in ein kleines Wäldchen, wo er das Pferd zügelte.

Dann endlich sah er auf Madelyne herab. Als er entdeckte, daß ihr die Tränen über das Gesicht strömten, stöhnte er auf. Er mußte sie irgendwie beruhigen.

»Du kannst jetzt mit dem Heulen aufhören, Madelyne. Dein Bruder befand sich nicht unter den Toten. Spar dir deine Tränen für Wichtigeres auf!«

Sie hatte nicht einmal bemerkt, daß sie weinte. Als in ihr Bewußtsein drang, was er eben gesagt hatte, wurde sie so zornig, daß sie kaum eine Antwort formulieren konnte.

»Ich wußte bis heute nicht, was wahrer Haß ist, Baron. Aber Ihr habt diesem abscheulichen Wort eine neue Bedeutung verliehen. Gott sei mein Zeuge, ich hasse Euch bis zu dem Tag, an dem ich sterbe. Und meinetwegen könnte das bald sein« – sie hielt inne, um Luft zu holen – »denn ich bin ohnehin verdammt, in der Hölle zu schmoren. Und das alles nur wegen Euch!«

Duncan begriff gar nichts.

»Hast du mir nicht zugehört?« fragte er. Er spürte ihr Zittern und hatte das Bedürfnis, sie zu trösten. Seltsam, denn diese Gefühlsregung war ihm bisher fremd gewesen. Rasch beruhigte er sich mit dem Argument, daß er sich eben für seine Gefangene verantwortlich fühlte. Natürlich war es das – nichts weiter. »Ich habe dir doch eben gerade gesagt, daß deinem Bruder nichts geschehen ist, Madelyne. Zumindest noch nicht«, fügte er der Aufrichtigkeit halber hinzu.

»Ihr seid derjenige, der nicht zuhört«, erwiderte Madelyne. Wieder begannen die Tränen zu strömen, und sie wischte sie mit einer ungeduldigen Handbewegung fort. »Nur wegen Euch habe ich einen Mann umgebracht. Dies ist eine Todsünde, und Ihr seid genauso schuldig daran wie ich. Wenn Ihr mich nicht mitgeschleift hättet, dann wäre ich nicht gezwungen gewesen, jemanden zu töten!«

»Du bist so aufgebracht, weil du jemanden getötet hast?« fragte Duncan, ohne sein Erstaunen verbergen zu können. Duncan mußte sich in Erinnerung zurückrufen, daß Madelyne eine Frau war, und daß das schwache Geschlecht sich stets über die merkwürdigsten Dinge aufregte. Man mußte auch in Betracht ziehen, daß Madelyne in den vergangenen Tagen viel durchgemacht hatte. »Hör zu, ich habe noch viel mehr umgebracht«, sagte er, um ihr Gewissen zu beruhigen.

Was ein glatter Fehlschlag war. »Es kümmert mich nicht, ob ihr ganze Legionen niedergemetzelt habt«, fauchte Madelyne. »Ihr habt keine Seele, daher ist es nicht wichtig!«

Darauf wußte Duncan keine Antwort. Aber es hatte ohnehin keinen Sinn, mit der Frau zu streiten. Sie war ja völlig durcheinander.

Also zog er sie wieder in seine Arme und hielt fest, bis sie aufhörte, gegen ihn anzukämpfen. Mit einem müden Seufzer murmelte er: »Was soll ich nur mit dir machen?«

Madelyne hatte ihn durchaus gehört. »Mir ist vollkommen egal, was Ihr mit mir macht.« Sie warf den Kopf in den Nacken und sah ihn an. Jetzt entdeckte sie die klaffende Wunde unter seinem rechten Auge. Instinktiv streckte sie den Arm aus und tupfte mit dem Ärmel das Blut von seiner Wange. »Ihr könnt mich hier aussetzen oder töten, ganz wie es Euch beliebt«, sagte sie wütend, während sie die Wundränder abtupfte. »Was auch immer Ihr tut – es kümmert mich nicht! Ihr hättet mich niemals mitnehmen dürfen!«

»Dein Bruder ist dir aber gefolgt!« protestierte er.

»Nein, ist er nicht!« gab Madelyne hitzig zurück. »Er ist *Euch* gefolgt, weil Ihr seine Festung vernichtet habt. Er interessiert sich überhaupt nicht für mich. Wenn Ihr nur einmal Vernunft annehmen würdet! Aber nein, Ihr seid ja zu stur, um auf irgend jemanden zu hören. Es ist schlichtweg sinnlos, mit Euch zu reden. Jawohl, sinnlos ist es! Ich schwöre, ich werde nie wieder ein Wort an Euch richten!«

Die Schimpftirade hatte Madelyne den Rest Ihrer Kraft gekostet. Sie hatte die Wunde unter seinem Auge so gut, wie sie konnte, gesäubert, und ließ sich nun gegen ihn sinken.

Duncan wußte nicht, ob er lachen oder stöhnen sollte. Die überaus zärtliche Berührung brachte ihn vollkommen aus dem Konzept, aber er glaubte nicht, daß Lady Madelyne sich bewußt war, was sie tat. Er erinnerte sich daran, wie Lady Madelyne in Louddons Festung gegen Gilard gewettert hatte. Ihre Miene war gelöst, ja fast heiter gewesen, doch sie hatte ihm ihren ganzen Zorn entgegengebrüllt, während sie sich an seine, Duncans Hand, geklammert hatte. Lieber Himmel, diese Frau war wirklich ein einziger Widerspruch.

Nun hatte sie ihn verteufelt, während sie gleichzeitig mit sanften Händen seine Verletzung versorgt hatte. Duncan seufzte wieder, zog sie fester in seine Arme und legte sein Kinn auf ihren Scheitel. Wie konnte es nur möglich sein, daß solch eine liebreizende Frau mit einem Dämonen verwandt war?

Die Taubheit, die Madelynes Glieder die ganze Zeit über beherrscht hatte, ließ langsam nach. Nun, da ihr zorniger Ausbruch ihr endgültig alle Energie geraubt hatte, begann ihr Bein schmerzhaft zu pochen. Der Umhang verbarg die Verletzung vor Duncan. Er schien nichts von dem tiefen Schnitt bemerkt zu haben, und diese Tatsache verschaffte ihr eine perverse Befriedigung. Sie war sich bewußt, daß das eine alberne Reaktion war, aber sie konnte nicht anders.

Der Schmerz in ihrem Bein schien immer stärker zu werden, und sie war plötzlich so müde und so hungrig, daß sie keinen klaren Gedanken mehr fassen konnte.

Mann für Mann waren die Soldaten den Hügel heraufgekommen, und bald darauf setzten sie sich wieder in Richtung Wexton-Festung in Bewegung. Die Tortur war also noch nicht zu Ende.

Eine Stunde später mußte Madelyne die Zähne zusammenbeißen, um nicht laut zu jammern.

Einmal strich Duncans Hand über ihren verletzten Schenkel. Der Umhang und das Kleid boten wenig Schutz, und Madelyne konnte nur mit größter Anstrengung einen Schrei unterdrücken. Sie schlug seine Hand weg, aber seine Berührung schien eine Spur aus Feuer auf ihrem Bein zurückgelassen zu haben, und Madelyne wußte, daß sie es nicht mehr lange aushalten konnte.

Und sie wußte, daß ihr übel werden würde. »Wir müssen einen Augenblick halten«, sagte sie, so ruhig sie konnte. Am liebsten hätte sie ihn angeschrien, aber sie war entschlossen, den Rest der Würde, der ihr geblieben war, zu wahren — koste es, was es wolle.

Auf ihre Bitte hin hatte Duncan genickt, doch er machte keine Anstalten weiterzureiten. Offenbar hatte er beschlossen, ihren Wunsch zu ignorieren. Was für ein unmenschliches Ungeheuer er doch war!

In Gedanken listete sie alle Schimpfworte auf, die sie ihm entgegenschreien wollte. Sie rief sich jede Beleidigung, die sie kannte, in die Erinnerung zurück, und obwohl ihr Wortschatz in dieser Hinsicht recht begrenzt war, kam sie dennoch auf ein befriedigendes Ergebnis. Dann plötzlich fuhr ihr durch den Sinn, daß sie sich damit auf Duncans Niveau begab. Verdammt, sie war schließlich eine Edelfrau mit guter Erziehung!

Ihr Magen wollte sich nicht beruhigen. Madelyne war zwar fest entschlossen gewesen, nie wieder ein Wort an ihn zu richten, aber dies mußte als Ausnahmesituation gelten.

»Wenn Ihr nicht sofort anhaltet, übergebe ich mich über Euer Bein.«

Ihre Drohung erzielte augenblickliche Wirkung. Duncan signalisierte seinen Männern mit erhobener Hand, zu halten. Er sprang vom Pferd und hob Madelyne herab, bevor sie sich vor dem kommenden Schmerz wappnen konnte.

»Warum halten wir?« fragte Gilard, der ebenfalls abgestiegen und zu ihnen herübergehastet war. »Wir sind doch fast zu Hause.«

»Lady Madelyne«, sagte Duncan knapp.

Madelyne bewegte sich bereits unter Schmerzen auf ein paar Bäume zu, zwischen denen sie vor den Blicken der Männer geschützt sein würde. Als sie Gilards Frage hörte, hielt sie inne. »Ihr könnt dort bleiben und auf mich warten, Gilard!«

Es hatte sich wie ein Befehl angehört. Gilard zog überrascht eine Augenbraue hoch und wandte sich mit fragendem Blick an seinen Bruder, der Madelyne mit gerunzelter Stirn hinterhersah. Gilard kam zu dem Schluß, daß sein Bruder über den Tonfall der Frau verärgert war, und beeilte sich, sie zu verteidigen. »Sie hat einiges durchgemacht«, sagte er.

Duncan schüttelte nur den Kopf, ohne Madelyne aus den Augen zu lassen, bis sie zwischen den Bäumen verschwunden war. »Da stimmt etwas nicht«, murmelte er.

Gilard seufzte. »Ist ihr schlecht?«

»Aye, und sie hat gedroht, mir . . .« Duncan brach plötzlich ab und setzte sich in Bewegung.

Gilard wollte ihn aufhalten. »Laß sie doch eine Weile allein«, sagte er beschwichtigend. »Sie wird schon zurückkommen. Sie kann ja nicht fortlaufen.«

Duncan schüttelte die Hand seines Bruders ab und marschierte wortlos hinter Madelyne her. Das Mädchen hatte einen seltsamen Gang gehabt . . . irgendwie steif und ungelenk. Wenn ihr nur schlecht gewesen wäre, dann wäre sie gewiß in den Wald gerannt, um rechtzeitig den Blicken der

Männer zu entkommen. Nein, da war noch irgend etwas anderes, und Duncan wollte herausfinden, was es war.

Er entdeckte sie an den Stamm eines knorrigen Baumes gelehnt. Sie weinte. Duncan blieb stehen, um sie nicht zu stören. Er beobachtete, wie Madelyne langsam ihren Umhang löste und ihn zu Boden fallen ließ. Dann sah er den wahren Grund für ihre Übelkeit: Die linke Seite ihres Kleides war vom Saum bis zur Hüfte aufgerissen und mit Blut durchtränkt.

Duncan bemerkte erst, daß er sie anbrüllte, als er sie ein verschrecktes Wimmern ausstoßen hörte. Doch sie hatte keine Kraft mehr, vor ihm zurückzuweichen oder zu protestieren, als er sich vor ihr niederkniete, um die Wunde zu untersuchen.

Duncan war so von Zorn erfüllt, daß seine Hände bebten, als er ihr Kleid vorsichtig von der Haut löste. Er versuchte, so sanft wie möglich zu sein, während er denjenigen verfluchte, der das getan haben mochte.

Die Wunde war tief, fast so lang wie sein Unterarm und vollkommen verdreckt. Man würde sie reinigen und nähen müssen.

»Madelyne«, flüsterte Duncan heiser. »Wer hat dir das angetan?«

Seine Stimme war voller Mitgefühl, warm und zärtlich wie eine Liebkosung. Madelyne wußte, daß sie erneut in Tränen ausbrechen würde, wenn er weiterhin so zärtlich zu ihr war. Aber das wollte sie nicht. Sie wollte nicht, daß er Zeuge ihres Zusammenbruchs wurde. »Spart Euch Euer Mitleid, Duncan«, brachte sie mühsam hervor. Sie straffte die Schultern und versuchte, ihm einen verächtlichen Blick zuzuwerfen. »Nehmt Eure Hände von meinem Bein. Das schickt sich nicht.«

Duncan war so verdattert über ihren Befehlston, daß er fast gehorcht hätte. Er schaute zu ihr auf und sah das Feuer in ihren Augen funkeln. Sie hatte nur noch ihren Stolz, und den wollte sie um jeden Preis wahren. Duncan konnte nicht anders, als sie zu bewundern.

Im Augenblick konnte er ohnehin wenig für sie tun. Die Wunde mußte versorgt werden, aber hier im Wald hatte er keine Mittel dazu. Also sollte sie ihren Willen bekommen – fürs erste zumindest.

Er richtete sich auf und sagte mit absichtlich barscher Stimme: »Von mir gibt es kein Mitleid, Madelyne. Du hast doch selbst gesagt, daß ich keine Menschlichkeit besitze. Ich bin wie ein Wolf!«

Madelyne antwortete nicht, doch ihre Augen weiteten sich. Duncan kniete erneut nieder, wobei er rasch sein Lächeln verbarg.

»Laßt mich zufrieden!«

»Nay«, erwiderte Duncan sanft. Er zog seinen Dolch heraus und begann, einen Streifen Stoff aus ihrem Kleid zu schneiden.

»Ihr ruiniert mein Kleid«, murmelte Madelyne.

»Um Himmels willen, Madelyne, dein Kleid ist bereits ruiniert.«

So behutsam wie möglich wand Duncan den Streifen um ihren Schenkel. Er wollte gerade einen Knoten machen, als sie ihn mit beiden Händen fortzustoßen versuchte.

»Ihr tut mir weh!« Sie haßte es, es zuzugeben, aber sie befürchtete, daß sie gleich wieder weinen würde, wenn er nicht aufhörte.

»Nein, tu ich nicht.«

Plötzlich waren die Schmerzen vergessen, und Madelyne keuchte empört auf. Bildete der Kerl sich etwa ein, er wüßte, was sie empfand? Wie konnte er es wagen, zu bestimmen, ob sie Schmerzen hatte oder nicht?

»Die Wunde wird genäht werden müssen!«

»Niemand bohrt mir eine Nadel in die Haut!«

»Du sollst mir nicht immer widersprechen, Madelyne.« Duncan bückte sich, um ihren Umhang aufzuheben. Er legte ihn ihr um die Schultern, dann hob er sie auf seine Arme.

Instinktiv legte Madelyne ihm die Arme um den Hals, überlegte aber gleichzeitig, ob sie die Chance nutzen sollte, ihm die Augen auszukratzen. »Das tu ich ja gar nicht. Ich widerspreche nie! Ich bin eine wohlerzogene Edelfrau, die Ihr zu vernichten versucht. Und ich schwöre bei Gott, dies war das letzte Mal, daß ich mit Euch gesprochen habe.«

»Ah, ja. Und natürlich brichst du niemals dein Wort. Du besitzt schließlich Ehre, ist es nicht so, Madelyne?« fragte er, während er den Rückweg einschlug.

»Genau«, antwortete Madelyne augenblicklich. Sie schloß die Augen und legte die Wange an seine Brust. »Ihr habt den Verstand eines Wolfes, wußtet Ihr das? Und Wölfe haben ziemlich wenig Verstand!«

Madelyne war zu müde, um nachzusehen, wie er auf ihre Beleidigung reagierte. Dann jedoch fuhr ihr durch den Sinn, daß sie über seine Gefühlskälte froh sein sollte. Ja, er hatte sie immerhin so wütend gemacht, daß sie ihre Schmerzen vergessen hatte. Und noch wichtiger: Sein Mangel an Menschlichkeit hatte ihr geholfen, ihre Selbstbeherrschung zu behalten und die Würde zu bewahren. Wie schrecklich wäre es gewesen, wie ein Kind zu heulen und zu jammern. Würde und Stolz waren das Wichtigste, das sie besaß, und Duncan war ein ausgemachter Narr. Er hatte ihr beides zurückgegeben und wußte es nicht einmal!

Duncan biß sich auf die Lippe, um sein Grinsen zu unterdrücken. Madelyne schien nicht bemerkt zu haben, daß sie ihren Schwur sofort wieder gebrochen hatte. Sie war vollkommen erschöpft, und dies war auch der Grund, warum er seine Fragen für sich behielt. Er hätte zu gerne von ihr gewußt, wer sie verwundet hatte. Er konnte sich nicht vorstellen, daß es einer seiner Männer gewesen war, aber war es nicht nur logisch, daß auch Louddons Männer sie zu beschützen versucht hätten?

Nun, er würde auf seine Antworten warten müssen. Madelyne brauchte jetzt Ruhe, und es hatte keinen Sinn, sie im Moment damit zu belasten.

Als sie ihre Reise fortsetzten, schmiegte Madelyne sich

an Duncans Brust. Sie fühlte sich sicher und geborgen, und der Schmerz in ihrem Bein ließ ein wenig nach.

Sie begriff selbst nicht, warum sie so seltsam auf Duncan reagierte. Sie wußte sehr gut, daß er ganz und gar nicht wie Louddon war, obwohl sie lieber gestorben wäre, als ihm das zu sagen. Schließlich war sie seine Gefangene. Dennoch: Sie haßte ihn nicht. Duncan versuchte nur, sich an Louddon zu rächen, und sie war zwischen den beiden Parteien gefangen.

»Ich werde fliehen, wißt Ihr?«

Sie hatte nicht bemerkt, daß sie ihren Gedanken laut ausgesprochen hatte, bis er antwortete. »Nein. Das wirst du nicht.«

In diesem Moment ertönte ein lauter Ruf. »Wir sind zu Hause!« brüllte Gilard. Er warf Madelyne einen raschen Blick zu, konnte aber durch die Kapuze nicht viel von ihrem Gesicht sehen. Wahrscheinlich schlief sie, und das war nur gut so.

Gilard befand sich in einer echten Zwickmühle, die ihm größtes Unbehagen bereitete. Er hatte Madelyne nur Verachtung entgegengebracht, und wie hatte sie es ihm vergolten? Sie hatte ihm das Leben gerettet! Nur . . . wieso? Warum war sie ihm zur Hilfe gekommen und hatte seinen Feind getötet? Er hätte sie zu gerne gefragt, aber er tat es nicht. Er hatte die dumpfe Ahnung, daß ihre Antwort ihm nicht gefallen würde.

Als Gilard endlich die Mauern aufragen sah, trieb er sein Pferd an, damit er als erster die untere Einfriedung betreten würde. Es war eine Tradition, daß Duncan der letzte war, der durch das Tor in die schützenden Mauern seiner Festung ritt. Die Krieger mochten dieses Ritual, denn es bestätigte ihnen, daß ihr Herr ihr Leben über sein eigenes stellte. Obwohl jeder einzelne dem Baron Treue geschworen hatte und willig in die Schlacht zog, sobald er es forderte, wußte auch jeder, daß auf den Herrn der Festung ebenso Verlaß war. Er würde seine

Leute beschützen, auch wenn es ihn sein eigenes Leben kosten würde.

Das Bündnis war freiwillig, und der Stolz schweißte sie zusammen. Duncans Männer waren die bestausgebildeten in England. Duncan suchte seine Männer aus, indem er Wettkämpfe und Prüfungen veranstaltete, vor denen die meisten zurückschreckten, da sie sie als nicht zu bewältigen einstuften. Nur einige wenige, besonders fähige und tapfere Männer wagten es, und so verfügte Duncan über eine Elitetruppe, die sich ihres Wertes durchaus bewußt war. Ihre Stärke war legendär, und man sprach im Flüsterton über ihre Taten, doch meistens war die Wahrheit schon so unglaublich, daß selten dazugedichtet werden mußte.

Duncans Männer spiegelten die Fähigkeiten ihres Anführers wider. Duncan war ein gefürchteter Mann, aber seine Gegner hatten längst aufgegeben, seine Schwachstelle finden zu wollen. Duncan war ein Krieger, der sich niemals eine Blöße gab. Auch mit weltlichen Dingen schien er nicht zu fassen zu sein. Nein, Duncan schien sich nicht für Gold und Reichtum zu interessieren, war nicht zu bestechen, nicht zu korrumpieren. Duncan schien keine Achillesferse zu besitzen, und das hatte ihm den Ruf eingebracht, unmenschlich zu sein. Er habe kein Herz, kein Gewissen, so hieß es, er sei ein Mann aus Stahl, von dem man weder Gnade noch Güte zu erwarten hatte.

Madelyne wußte nicht viel von Duncan, noch weniger über seinen Ruf. Sie fühlte sich in seinen Armen sicher und geborgen, während sie beobachtete, wie die Soldaten in einer langen Reihe an ihnen vorbeizogen.

Neugierig betrachtete sie die Festung vor ihnen. Sie stand auf einem kahlen Hügel, auf dem kein einziger Baum wuchs, der die Kargheit des Gebäudes hätte mildern können. Eine graue Steinmauer von gewaltigen Ausmaßen umgab die Festung. Madelyne hatte noch nie etwas derartig Monströses gesehen. Die Mauer war so hoch, daß sie den Mond zu berühren schien, und dahinter konnte Madelyne ein Stück eines runden Turmes hervorragen sehen, dessen Spitze in den tiefhängenden Wolken verborgen war.

Die Straße zur Zugbrücke wand sich wie eine Schlange den felsigen Berg hinauf. Duncan trieb sein Pferd an, als der letzte Soldat über die Brücke geritten und durch das Tor verschwunden war. Der Hengst, ungeduldig, in seinen Stall zu kommen, tänzelte nervös, so daß Madelynes Bein gegen den Sattelknauf gedrückt wurde. Sie verzog das Gesicht vor Schmerz und drückte, ohne es zu bemerken, Duncans Arm.

»Du kannst dich bald ausruhen, Madelyne«, flüsterte er. »Halt noch eine kleine Weile durch.«

Madelyne nickte und schloß die Augen. Als sie den Innenhof erreicht hatten, ließ sich Duncan rasch aus dem Sattel gleiten und hob Madelyne herunter. Dann wandte er sich um und ging, sie in den Armen haltend, schnellen Schrittes auf den Eingang des Haupthauses zu.

Gilard stand mit zwei anderen Männern am Eingang. Als Madelyne die Augen öffnete, sah sie seinen verstörten Blick und fragte sich nach dem Grund dafür. Dann, als sie näher kamen, begriff Madelyne, daß er auf ihr Bein starrte. Sie folgte seinem Blick und entdeckte, daß der Umhang verrutscht war. Nichts verbarg mehr die Wunde, denn das Kleid flatterte wie ein zerrissenes Banner hinter ihr her. Mit seltsamer Distanz betrachtete Madelyne die Wunde. Sie sah scheußlich aus.

Gilard beeilte sich, die Türen aufzustoßen. Ein warmer Luftstrom schlug Madelyne entgegen, als Duncan sie hineintrug. Sie befanden sich offenbar in den Unterkünften der Krieger. Der Eingang war schmal, der Boden aus Holz. Die Quartiere der Männer befanden sich zur Rechten, während eine gewaltige Treppe die ganze linke Wand einnahm. Madelyne fand irgend etwas störend, aber sie kam erst darauf, was es war, als Duncan sie schon die Hälfte der Stufen hinaufgetragen hatte.

»Die Treppe ist auf der falschen Seite«, bemerkte sie.

»Nay, Madelyne. Sie ist auf der richtigen Seite«, antwortete Duncan.

»Ist sie nicht«, widersprach sie. »Eine Treppe wird immer rechts gebaut. Das weiß schließlich jeder!« Dieser Mann wollte offenbar einfach nicht zugeben, daß in seinem Haus etwas nicht stimmte.

»Eine Treppe wird immer rechts gebaut, es sei denn, man gibt dem Baumeister den Befehl, sie auf der linken Seite zu errichten«, antwortete Duncan. Er hatte jedes Wort langsam und deutlich ausgesprochen, als würde er einem einfältigen Kind etwas zu erklären versuchen.

Warum es Madelyne so wichtig war, recht zu behalten, war ihr selbst ein Rätsel, aber es war nun einmal so. Sie wollte bei diesem Thema unbedingt das letzte Wort behalten. »Dann ist es ein dummer Befehl, der Unwissenheit verrät«, stellte sie fest und schaute hochmütig zu ihm auf. Leider sah er sie im Augenblick nicht an. »Ihr seid wirklich ein dickköpfiger Mann.«

»Und du bist eine dickköpfige Frau«, erwiderte er mit einem Grinsen.

Gilard trottete langsam hinter seinem Bruder her und lauschte mit halbem Ohr dem Gespräch, das er ausnehmend albern fand. Dennoch war er zu sehr in Gedanken versunken, um darüber zu grinsen. Bestimmt würde sein Bruder Edmond, der mittlere von ihnen, oben in der Halle warten. Wahrscheinlich war auch Adela da. Plötzlich durchfuhr Gilard die Erkenntnis, daß er wegen Lady Madelyne besorgt war. Seine Geschwister würden bestimmt nicht sehr zartfühlend mit ihr umgeben. Er konnte nur hoffen, daß ihm die Zeit blieb, den beiden zu erklären, daß Madelyne nicht so war, wie sie geglaubt hatten.

Sie hatten nun den ersten Stock erreicht, und Gilard sah überrascht, daß Duncan sich mitnichten der Großen Halle zuwandte. Statt dessen schlug er die andere Richtung ein und stieg die Treppe zum Turm hinauf. Die Stufen waren schmaler, und wanden sich eng um die Mittelsäule, so daß sie nur langsam vorankamen.

In der Kammer oben war es eiskalt. Ein Kamin war in die halbrunde Wand eingebaut, daneben befand sich ein großes Fenster, dessen Läden weit offenstanden. Duncan legte Madelyne auf das Bett, das an der Wand stand, dann begann er Holz in die Feuerstelle zu schichten. Als Gilard unschlüssig stehenblieb, sagte Duncan: »Sag Gerty, sie soll etwas zu essen heraufbringen, und gib Edmond Bescheid, daß wir seine Medizin brauchen. Außerdem muß die Wunde genäht werden.«

»Das wird ihm nicht gefallen«, bemerkte Gilard.

»Er wird es trotzdem tun.«

»Wer ist Edmond?«

Die leise Frage kam von Madelyne. Gilard und Duncan wandten sich zu ihr um. Sie versuchte vergeblich, sich hinzusetzen, und ihre gerunzelte Stirn verriet, wie sehr sie sich über ihre Unfähigkeit ärgerte. Ihre Zähne begannen vor Kälte und Anstrengung zu klappern, bis sie schließlich entkräftet auf das Bett zurückfiel.

»Edmond ist Duncans jüngerer und mein älterer Bruder«, erklärte Gilard.

»Wie viele Wextons gibt es denn?« fragte Madelyne.

»Fünf insgesamt«, gab Gilard zurück. »Catherine ist die Älteste, dann kommen Duncan, Edmond, Adela und zuletzt ich.« Er lächelte. »Edmond wird sich um Eure Wunde kümmern. Er kennt sich in der Heilkunst aus. Bevor Ihr Euch verseht, seid Ihr wieder gesund und munter!«

»Warum?«

Gilard sah sie verwirrt an. »Warum was?«

»Warum wollt Ihr, daß ich wieder gesund und munter werde?« fragte Madelyne deutlich verwirrt.

Darauf hatte Gilard selbst keine Antwort. Verlegen drehte er sich zu Duncan um in der Hoffnung, sein Bruder würde für ihn antworten. Duncan war jedoch damit beschäftigt, das Feuer zu entzünden und die Fensterläden zu schließen. »Tu, was ich dir gesagt habe, Gilard«, befahl er.

Sein Befehl duldete keinen Widerspruch, und Gilard war klug genug, zu gehorchen. Er war schon an der Tür, als ihn Madelynes Stimme zurückhielt. »Ihr braucht Euren Bruder nicht zu belangen. Ich kümmere mich schon selbst um mein Bein.«

»Gilard! Geh!«

Die Tür schlug krachend zu.

Duncan wandte sich zu Madelyne um. »Solange du hier bist, wirst du meine Befehle nicht mehr mißachten, hast du das verstanden?« Mit langsamen Schritten kam er auf das Bett zu.

»Wie soll ich überhaupt etwas verstehen, Mylord?« flüsterte Madelyne. »Ich bin doch nur ein Köder, ist es nicht so?«

Bevor Duncan ihr wieder Angst einjagen konnte, schloß Madelyne rasch die Augen. Eher wegen der Kälte, denn als trotzige Geste verschränkte sie die Arme vor der Brust und seufzte.

»Laßt mich in Frieden sterben«, flüsterte sie theatralisch. Gott, wie sehr wünschte sie sich, sie hätte die Kraft und den Mut besessen, ihn anzubrüllen. Sie fühlte sich so elend. Und wenn Duncans Bruder sie berührte, würde alles nur noch schlimmer werden. »Ich kann es bestimmt nicht aushalten, wenn Euer Bruder mich behandelt.«

»Doch, du kannst, Madelyne.«

Seine Stimme klang weich, aber Madelynes Zorn flammte dennoch auf. »Warum müßt Ihr jedem Wort von mir widersprechen? Das ist wirklich eine schreckliche Angewohnheit von Euch«, murmelte sie.

Ein Klopfen erklang an der Tür. Duncan brüllte »Herein«, während er durch die Kammer zur Feuerstelle hinüberging. Dort lehnte er sich an den Kamin, während er Madelyne im Auge behielt.

Madelynes Neugier überwand ihre Furcht, und sie öffnete die Augen, als die Tür knarrend aufging. Eine ältere, recht stämmige Frau mit einem Holzbrett in der einen und einem Krug in der anderen Hand trat ein. Unter einem Arm klemmten zwei Tierfelle. Die Dienerin warf einen hastigen Blick auf Madelyne, dann wandte sie sich zu ihrem Herrn, um ihn mit einem Knicks zu begrüßen.

Madelyne hatte den Eindruck, als würde sich die Frau vor Duncan fürchten. Mitleid durchströmte sie, während sie zusah, wie sie versuchte, möglichst anmutig mit den schweren Gegenständen in ihren Händen einen Kniefall zu machen.

Duncan nickte nur knapp und deutete dann auf Madelyne. Kein freundliches Wort kam über seine Lippen.

Offenbar wußte die Dienerin, daß man dem Baron zu gehorchen hatte, denn sobald Duncan seinen stummen Befehl gegeben hatte, hastete sie schon zu Madelynes Bett.

Sie stellte das Brett neben Madelyne ab und hielt ihr den Krug hin. Leise, so daß Duncan es nicht hörte, fragte Madelyne: »Wie heißt du?«

»Gerty«, antwortete die Frau.

Nun fielen ihr augenscheinlich wieder die Decken ein, die sie unter dem Arm getragen hatte, und sie stellte das Holzbrett rasch auf die Truhe hinter dem Bett und deckte Madelyne anschließend zu.

Madelyne lächelte dankbar. Dies ermutigte Gerty, die Dekken um Madelynes Körper festzustecken. »Ihr friert Euch ja zu Tode«, flüsterte sie, während sie sich zu Madelynes Beinen vorarbeitete.

Natürlich wußte Gerty nichts von der Wunde. Als sie das Fell gegen Madelynes verletztes Bein drückte, schoß ein greller Schmerz durch Madelynes Körper. Sie kniff die Augen zusammen, verzog das Gesicht, sagte aber nichts.

Duncan hatte es ebenfalls gesehen. Er wollte die Dienerin gerade anbrüllen, als der Moment auch schon vorbei war. Gerty hielt Madelyne nun das Brett mit dem Essen hin.

»Vielen Dank, Gerty. Du bist sehr freundlich.«

Madelynes Dank überraschte Duncan. Er sah seine Gefangene an, bemerkte ihre ruhige Miene und schüttelte den Kopf. Sie war wirklich eine seltsame Edelfrau. Anstatt nach Gerty zu schlagen, weil diese ihr Schmerzen bereitet hatte, lobte sie sie auch noch!

Plötzlich flog die Tür auf und krachte zweimal gegen die steinerne Wand, bevor sie langsam auspendelte. Madelynes Kopf fuhr herum, ihre Augen weiteten sich vor Schreck. Ein Riese von einem Mann stand im Türrahmen. Er hatte die Fäuste in die Hüften gestemmt, und zwischen seinen Augen bildete sich eine steile Zornesfalte. Mit einem müden Seufzer sagte Madelyne sich, daß dies wohl Edmond sein mußte.

Gerty stob um den großen Mann herum und floh aus der Kammer, als Edmond auch schon eintrat. Hinter ihm folgten eine Reihe von Dienstboten mit Schüsseln voller Wasser und Tabletts, auf denen verschiedene Tiegel und Töpfchen standen. Die Diener stellten ihre Last neben dem Bett ab, drehten sich um, verbeugten sich vor Duncan und gingen anschließend wieder. Madelyne fand, daß sie sich alle benahmen wie verschreckte Wiesel. Aber war das ein Wunder? Immerhin befanden sich zwei Wölfe in dieser Kammer, und das hätte jeden in die Flucht geschlagen.

Edmond hatte noch kein Wort an Duncan gerichtet, doch Duncan wollte sich nicht vor Madelyne mit ihm streiten. Das hätte das Mädchen nur wieder verschreckt. Andererseits konnte er ein solches Verhalten auch nicht hinnehmen.

»Kein Wort der Begrüßung zu deinem Bruder, Edmond?«

Es klappte. Edmond, der zweifellos eine heftige Reaktion über seine Unhöflichkeit erwartet, ja, dies wahrscheinlich bezweckt hatte, sah ihn überrascht an. Aus seiner Miene verschwand der Zorn. »Warum bin ich nicht darüber informiert worden, daß du Louddons Schwester mit herbringen wolltest? Ich habe gerade erst erfahren, daß Gilard es von Anfang an gewußt hat.«

»Wahrscheinlich hat er dir gegenüber damit geprahlt«, bemerkte Duncan kopfschüttelnd.

»Allerdings.«

»Gilard redet Unsinn. Er hatte keine Ahnung von dem, was ich vorhatte.«

»Und welchen Grund hattest du, deine Pläne für dich zu behalten?« fragte Duncan.

»Du hättest versucht, sie mir auszureden«, erwiderte Duncan und grinste.

Madelyne beobachtete Duncan und war einmal mehr erstaunt von seinem plötzlichen Stimmungswechsel. Und er sah so unwerfend aus, wenn er grinste! Richtig menschlich! Und das, schalt sie sich, sollte das einzige sein, worauf sie sich zu konzentrieren hatte, wenn sie ihn anblickte. Umwerfendes Aussehen . . . bah.

»Seit wann weichst du denn einem Streit aus?« brüllte Edmond plötzlich.

Madelyne zuckte zusammen. Ihr kam es vor, als würden die Mauern erzittern. Konnte es sein, daß sowohl Edmond als auch Gilard unter einer gewissen Schwerhörigkeit litten?

Edmond war nicht ganz so groß wie Duncan, obwohl er ihm sonst ähnlicher sah als Gilard. Um es genau zu sagen, sah er genauso gemeingefährlich aus, wenn er die Stirn runzelte. Die Gesichtszüge waren ähnlich, doch Edmond hatte nicht schwarzes, sondern braunes, dickes Haar. Und als er sich nun zu ihr umwandte, glaubte Madelyne in seinen Augen ein Lächeln gesehen zu haben, bevor sein Blick hart und kalt wurde.

»Wenn Ihr vorhabt, mich anzuschreien, Edmond, dann muß ich Euch mitteilen, daß ich nicht in der Stimmung bin, Euch anzuhören«, sagte Madelyne.

Edmond gab keine Antwort. Er starrte sie nur lange und frostig an, bis Duncan ihm sagte, er soll nach der Wunde sehen.

Als der Mann auf das Bett zuging, begann Madelyne wieder am ganzen Körper zu beben. »Ich würde es vorziehen, wenn Ihr mich in Ruhe laßt«, sagte sie mit zittriger Stimme.

»Was Ihr vorzieht, interessiert mich nicht«, sagte Edmond knapp.

Madelyne sah ein, daß sie keine Chance hatte. Sie brauchte ihre ganze Kraft für das, was vor ihr lag. Gehorsam zeigte sie ihm auf seinen Befehl das verwundete Bein.

Edmonds Miene veränderte sich nicht, als er die Decke von ihrem Bein zog. Madelyne bemühte sich, so wenig von ihrem restlichen Körper zu zeigen, wie es möglich war. Sie war schließlich eine anständige Frau, und es war gut, wenn Edmond das von Anfang an begriff.

Duncan trat an Madelynes andere Seite und warf seinem Bruder einen finsteren Blick zu, als dieser Madelynes Bein berührte.

»Du hältst sie am besten fest, Duncan«, sagte Edmond. Seine Stimme war nun sanft – er konzentrierte sich voll und ganz auf die Aufgabe, die vor ihm lag.

»Nein! Duncan?« Sie schaute angstvoll zu ihm auf.

»Das wird nicht nötig sein«, sagte Duncan an seinen Bruder gewandt. »Ich halte sie fest, *falls* es nötig wird.«

Madelyne entspannte sich wieder ein wenig und nickte zufrieden. Duncan war sich sicher, daß er sie würde festhalten müssen. Wenn Edmond begann, die Wunde zu reinigen und die Ränder zusammenzunähen, dann würde sie wohl kaum an sich halten können. Schließlich war es keine Schande für eine Frau, vor Schmerzen zu schreien und sich zu winden.

Edmond sortierte die benötigten Utensilien. Dann sah er seinen Bruder an, der ihm auffordernd zunickte, und wandte seine Aufmerksamkeit schließlich Lady Madelyne zu. Und was er sah, überraschte ihn so sehr, daß er mitten in der Bewegung innehielt. In ihren Augen war Vertrauen zu lesen, doch keine Spur mehr von Furcht. Und diese Frau war sehr schön, wie Edmond zugeben mußte. Genau wie Gilard es gesagt hatte.

»Ihr könnt anfangen, Edmond«, unterbrach Madelyne flüsternd Edmonds Gedankengänge. Ihr würdevoller Befehl brachte ihn fast zum Lächeln.

»Wäre es nicht besser, wenn Ihr ein glühendes Messer nähmet, um die Wunde zu schließen?« fragte sie. Bevor er noch antworten konnte, setzte sie hastig hinzu: »Ich wollte Euch nicht in Eure Arbeit hineinreden, Edmond, versteht mich nicht falsch. Aber mir kommt es einfach so barbarisch vor, mit Nadel und Faden ans Werk zu gehen.«

»Barbarisch?«

Edmond schien Mühe zu haben, ihren Worten zu folgen.

Madelyne seufzte. Sie war zu müde, es ihm zu erklären. »Ihr dürft anfangen«, wiederholte sie. »Ich bin bereit.«

»Ich darf?« Edmond warf Duncan einen Blick zu, doch dieser war zu besorgt, um sich über Madelynes Bemerkung zu amüsieren.

»Ihr seid ein ziemlich rechthaberisches, freches Ding«, sagte Edmond, lächelte aber dabei.

»Nun mach schon«, murmelte Duncan. »Das Warten ist schlimmer als die Tat.«

Edmond nickte. Er konzentrierte sich wieder ganz auf seine Arbeit. Innerlich wappnete er sich gegen die Schreie, die ganz gewiß kommen würden. Er begann, die Wunde zu reinigen.

Sie gab keinen einzigen Laut von sich. Irgendwann setzte Duncan sich aufs Bett, und sie drehte ihm augenblicklich den Kopf zu und verbarg das Gesicht an seiner Seite. Ihre Finger bohrten sich in seinen Schenkel, aber wahrscheinlich war sie sich dessen gar nicht bewußt.

Madelyne wußte, sie würde die Schmerzen nicht mehr lange ertragen können. Sie war unglaublich froh über Duncans Anwesenheit, obwohl sie nicht hätte sagen können, warum sie so empfand. Aber das kümmerte sie im Augenblick auch nicht: Duncan war ihr Rettungsanker, der sie vor dem Untergang bewahrte. Ohne ihn würde sie zusammenbrechen!

In dem Moment, als sie glaubte, schreien zu müssen, spürte sie die Nadel in ihr zartes Fleisch stechen. Dann, wundersamerweise, spürte sie gar nichts mehr. Sie versank in ein tiefes, friedvolles Nichts.

Als Duncan sah, daß sie bewußtlos war, löste er vorsichtig ihre Hand von seinem Schenkel. Er drehte ihren Kopf, so daß er ihr Gesicht sehen konnte. Es war naß von Tränen, und er wischte sie ihr zärtlich fort.

»Ich glaube, mir wäre es lieber gewesen, wenn sie geschrien hätte«, brummte Edmond, während er mit Nadel und Faden die klaffende Wunde zusammennähte.

»Das hätte es auch nicht leichter gemacht«, erwiderte Duncan. Er stand auf, um Edmond Platz zu machen, der nun fertig war und breite Baumwollstreifen um Madelynes Bein wickelte.

»Teufel, Duncan, sie stirbt wahrscheinlich sowieso am Fieber«, sagte Edmond düster.

»Nay! Das lasse ich nicht zu!«

Edmond sah seinen Bruder schockiert an. »Das würde dir etwas ausmachen, Bruder?«

»Ja, würde es«, knurrte Duncan.

Edmond fiel die Kinnlade herab. Ihm fiel nichts ein, was er darauf hätte sagen können. Mit offenem Mund stand er da und beobachtete, wie sein Bruder aus der Kammer marschierte. Mit einem Seufzen folgte er ihm schließlich.

Duncan verließ die Burg und wanderte zu dem See, der sich hinter der Schlachthütte befand. Die bittere Kälte war ihm willkommen, denn sie klärte seinen Kopf und befreite seinen Geist von den Fragen, die in seinem Innneren nagten.

Das nächtliche Schwimmen war ebenfalls eine Art Ritual, etwas, das er seinem Geist und seinem Körper abverlangte, um sich abzuhärten. Weder freute er sich darauf noch würde er sich davor drücken. Ob Sommer oder Winter, Duncan hielt an seiner Angewohnheit fest.

Er streifte seine Kleider ab und tauchte mit einem Kopfsprung in das eisige Wasser. Vielleicht würde es ja der Kälte gelingen, Madelyne aus seinen Gedanken zu verbannen.

Kurze Zeit später setzte sich Duncan zum Abendessen nieder. Edmond und Gilard leisteten ihm Gesellschaft, was sehr selten vorkam, da Duncan es stets vorzog, sein Essen allein einzunehmen. Diesmal saßen seine beiden jüngeren Brüder jedoch mit am Tisch und redeten über dieses und jenes, doch keiner der beiden wagte es, das Thema Madelyne anzuschneiden. Duncans beharrliches Schweigen und seine finstere Miene trugen wenig dazu bei, ein lockeres Gespräch in Gang zu bringen.

Duncan hatte keine Ahnung, was er gegessen hatte. Er beschloß, früh schlafen zu gehen, aber als er im Bett lag, tauchte immer wieder das Bild von Madelyne vor seinem inneren Auge auf. Nachdem er sich eine Weile herumgewälzt hatte, kam er zu dem Schluß, daß er nur deswegen nicht einschlafen konnte, weil er sich inzwischen an ihre Nähe gewöhnt hatte. Aber die Erklärung allein reichte nicht aus – eine Stunde verging, dann noch eine, und immer noch warf sich Duncan unruhig auf seinem Bett hin und her.

Irgendwann in den frühen Morgenstunden gab Duncan den Kampf auf. Den ganzen Weg hinauf zum Turm beschimpfte und verfluchte er sich selbst. Schließlich beruhigte er sich damit, daß er ja nur nachsehen wollte, wie es seiner Gefangenen ging, für deren Wunde er verantwortlich war. Wehe ihr, wenn sie sich schon wieder seinen Befehlen widersetzte und starb!

Duncan stand schon eine ganze Weile im Türrahmen, als Madelyne im Schlaf aufschrie. Der Laut tat ihm in der Seele weh. Er schloß die Tür, legte mehr Holz aufs Feuer und trat zu ihr ans Bett.

Madelyne schlief auf der nicht verwundeten Seite. Ihr Kleid hatte sich um die Schenkel gewunden. Duncan versuchte, das Kleid glattzuziehen, aber es wollte ihm nicht zu seiner Zufriedenheit gelingen. Schließlich griff er zu seinem Dolch und schnitt ihr zuerst Bliaut, dann Chainse auf. Gewiß würde sie sich viel wohler ohne den störenden Stoff fühlen.

Nun trug sie nur noch das Unterhemd, unter dem sich ihre Brüste wölbten. Das Kleidungsstück war um den Halsausschnitt mit zarter Stickerei versehen; Fäden aus rotem, gelbem und grünem Garn waren kunstvoll zu einer Borte von Frühlingsblumen verarbeitet worden. Duncan sah es mit gewisser Befriedigung, denn er wußte, daß sie bestimmt Stunden an dieser ausgesprochen weiblichen Arbeit gesessen hatte.

Madelyne war so zart und weiblich wie die Blumen auf ihrem Hemd. Sie sah so zerbrechlich aus, wie sie dort im goldenen Schein des Feuers vor ihm lag, so wunderbar weich und vollkommen makellos.

Teufel, sie war wunderschön. Madelyne war wirklich ohne Kleider noch ansehnlicher als mit.

Als sie zu frieren begann, schlüpfte Duncan neben ihr ins Bett. Langsam löste sich die Spannung aus seinem Körper. Ja, er war wirklich daran gewöhnt, sie in ihrer Nähe zu haben. Plötzlich fühlte er sich viel ruhiger, viel zufriedener.

Er wollte ihr gerade einen Arm um die Taille legen und sie näher an sich ziehen, als Madelyne ihm zuvorkam. Sie rutschte an ihn heran, bis sich ihr Hinterteil an seine Schenkel schmiegte, und seufzte leise.

Ein breites Grinsen breitete sich auf Duncans Gesicht aus. Lady Madelyne hatte sich offenbar ebenfalls an seine Nähe gewöhnt, sie wußte es nur nicht . . . noch nicht!

KAPITEL 7

»Eine linde Antwort stillt den Zorn«.
Altes Testament, Sprüche, 15.1

Madelyne schlief fast vierundzwanzig Stunden. Als sie schließlich die Augen öffnete, drangen nur wenige Sonnenstrahlen durch die geschlossenen Läden. Es schien später Nachmittag zu sein, und sie war so desorientiert, daß sie sich nicht erinnern konnte, wo sie sich befand.

Sie versuchte, sich im Bett aufzusetzen, und als sie ihr Bein spürte und schmerzvoll das Gesicht verzog, kam die Erinnerung in allen Einzelheiten zurück.

Sie fühlte sich elend. Jeder Muskel in ihrem Körper schmerzte, und ihr Bein brannte wie Feuer. In ihrem Bauch grummelte es, aber sie konnte keinen Appetit verspüren. Nein, sie war nur entsetzlich durstig, und außerdem war ihr furchtbar heiß. Alles, wonach es ihr im Augenblick gelüstete, war, sich die Kleider vom Leib zu reißen und sich vor das offene Fenster zu stellen.

Die Idee allein war schon herrlich. Sie versuchte, aus dem Bett zu klettern, war aber zu schwach, um auch nur die Decken von sich zu strampeln. Plötzlich fiel ihr auf, daß sie Kleider trug, die ihr nicht gehörten. Jemand hatte sie offenbar ausgezogen und ihr neue Kleider übergestreift. Und obwohl es sie schockierte, daß jemand sie nackt gesehen haben mußte, war dies noch nichts im Vergleich zu der Tatsache, daß sie sich nicht im geringsten daran erinnern konnte!

Madelyne trug nun ein weißes Baumwollhemd, und es war wahrlich eine unzüchtige Bekleidung, denn es reichte kaum an ihre Knie heran. Dafür waren die Ärmel viel zu lang. Als sie begann, sie aufzukrempeln, erinnerte sie sich plötzlich daran, wo sie ein solches Hemd schon einmal gesehen hatte. Es war ein Männerhemd, und wenn sie die Spannweite der Schultern in Betracht zog, schien es Duncan zu gehören. Ja, jetzt wußte sie es wieder: Duncan hatte ein solches Hemd getragen, als sie die Nacht zuvor gemeinsam in dem Zelt geschlafen hatten . . . oder war es schon zwei Nächte her? Madelyne beschloß, ihre müden Augen einen Moment zu schließen, um darüber nachzudenken.

Sie hatte einen wunderbaren Traum. Sie war wieder elf Jahre alt und bei ihrem geliebten Onkel, Vater Berton. Vater Robert und Vater Samuel waren nach Grinsteade Manor gekommen, um Vater Berton zu besuchen und dem alten Morton, dem Herrn von Grinsteade Manor, ihren Respekt zu erweisen. Abgesehen von den Kindern der Bauernfamilien, die das kleine Landstück bearbeiteten, war Madelyne der einzige junge Mensch auf dem Anwesen. Sie war umgeben von freundlichen, sanftmütigen Menschen, die alle alt genug waren, um ihre Großeltern zu sein. Vater Robert und Vater Samuel kamen aus dem überfüllten Kloster von Claremont. Lord Morton hatte ihnen einen Platz zum Wohnen angeboten, denn er mochte die beiden Freunde von Vater Berton sehr gerne. Beide waren exzellente Schachspieler und hervorragende Zuhörer, wenn der alte Lord seine Geschichten aus der Vergangenheit zum besten gab.

Madelyne liebte die Gesellschaft der alten, weisen Männer, die sie für ein intelligentes, talentiertes Mädchen hielten, und sich darin abwechselten, ihr Lesen und Schreiben beizubringen. Madelynes Traum konzentrierte sich auf einen ganz besonders friedlichen Abend, an dem sie an einem Tisch gesessen und ihren »Onkeln« vorgelesen hatte.

Ein warmes Feuer brannte im Ofen und verbreitete eine

anheimelnde Atmosphäre in der Kammer. Madelyne erzählte eine Geschichte ihres Lieblingshelden, Odysseus, nach. Der mächtige Krieger beschloß in ihrem Traum, sich schützend hinter sie zu stellen und ihr zu lauschen, während sie die Abenteuer seiner vielen Reisen erzählte.

Als Madelyne das nächste Mal erwachte – und sicher waren nur ein paar Minuten vergangen, seit sie beschlossen hatte, sich ein wenig auszuruhen –, bemerkte sie sofort, daß jemand ihr die Augen verbunden hatte. »Wer wagt es, mich so behandeln?« murmelte sie laut, ohne sich jedoch an jemand Bestimmten zu wenden.

Die Augenbinde war auch noch naß! Madelyne riß das störende Ding von ihren Augen, wobei sie einen Fluch ausstieß, der eines Gassenjungen aus der Stadt würdig gewesen wäre. Seltsam, aber sie glaubte, jemanden lachen zu hören! Sie versuchte, sich darauf zu konzentrieren, als sie wieder abgelenkt wurde. Da klatschte man ihr doch tatsächlich eine neue Binde auf die Stirn. Was sollte das? Hatte sie den lästigen Streifen nicht soeben entfernt?

Jemand sprach zu ihr, aber sie konnte die Worte nicht richtig verstehen. Wenn diese Person nur nicht so flüstern und nuscheln, sondern vernünftig reden würde! Wirklich, solch ein Verhalten war entsetzlich unhöflich, und Madelyne verkündete ihren Unmut lautstark.

Als man eine weitere Decke über sie legte, wurde ihr wieder bewußt, wie sehr sie schwitzte. Sie mußte unbedingt zum Fenster gelangen, um etwas frische Luft zu schnappen. Das war ihre einzige Rettung. Wenn sie es nicht besser gewußt hätte, dann hätte sie glatt geglaubt, daß sie sich im Fegefeuer befände. Aber sie war doch ein braves Mädchen, und deswegen konnte das nicht stimmen. Nein, sie würde in den Himmel kommen, ja, verdammt, dafür würde sie schon sorgen!

Warum konnte sie bloß ihre Augen nicht öffnen? Sie spürte, wie jemand sie an die Schulter stupste, dann hielt man ihr einen Krug mit kühlem Wasser an die gesprungenen Lippen. Madelyne wollte gierig trinken, doch schon nach einem winzigen Schluck wurde ihr das Wasser wieder weggenommen. Da wollte sie doch jemand ärgern! Madelyne gab sich Mühe, ihre finsterste Miene aufzusetzen und hoffte, daß es die entsprechende Wirkung erzielte.

Und ganz plötzlich begriff sie. Sie war im Hades, nicht im Fegefeuer. O ja, sie war in den Händen all der Ungeheuer und Dämonen, die versucht hatten, Odysseus den Garaus zu machen. Jetzt versuchten sie es bei ihr! *Nun*, sagte sie sich, *das sollen sie mal versuchen!*

Der Gedanke an die Dämonen beunruhigte Madelyne keinesfalls. Ganz im Gegenteil. Sie spürte, wie ein unbändiger Zorn in ihr aufkam. Ihre Onkel hatten sie angelogen! Die Geschichten von Odysseus waren keine Legenden, die von Generation zu Generation weitergetragen worden waren. Die Ungeheuer existierten tatsächlich. Sie spürte ihre Anwesenheit, wußte, daß diese Schufte nur darauf warteten, daß sie ihre Augen öffnete.

Und wo war überhaupt Odysseus? Wie konnte er es wagen, sie ausgerechnet jetzt im Stich zu lassen? Wußte er denn nicht, was von einem Helden erwartet wurde? Hatte niemand ihm die Geschichten über seine Heldentaten erzählt?

Madelyne spürte, daß jemand ihren Schenkel berührte. Sie riß sich die Binde von den Augen und drehte den Kopf. Als sie sah, wer da neben ihr saß, stieß sie einen entsetzten Schrei aus. Es war ein riesiger, häßlicher einäugiger Zyklop, der sie mit einem schmierigen Grinsen bedachte! Als sie erneut schreien wollte, fiel ihr wieder ein, daß sie ja verärgert war – und nicht verängstigt. Dieser Zyklop war bestimmt Polyphemus, der scheußlichste Zyklop von allen Zyklopen, und er war hier, um sie zu holen, wenn sie es zuließ.

Madelyne ballte die Faust und zielte auf die Nase. Der Schlag ging ein wenig daneben, aber sie war dennoch zufrieden mit dem Ergebnis, denn sie hörte Polyphemus aufheulen. Nichtsdestoweniger kostete der Hieb sie Kraft, und schwach wie ein Kätzchen fiel sie ins Bett zurück.

Polyphemus ließ leider immer noch nicht von ihrem Bein ab, und so wandte sie den Kopf ab, entschlossen, das Ungeheuer einfach zu ignorieren. Sie schaute zum Kamin hinüber. Und da sah sie ihn! Odysseus! Er stand direkt vor dem Feuer, das seinen herrlichen Körper mit goldenem Licht umgab. Er war viel größer, als sie ihn sich vorgestellt hatte – und noch viel hübscher. Aber schließlich war er ja auch unsterblich, also etwas ganz Besonderes, was allerdings keine Entschuldigung dafür war, daß er sie so lange hatte warten lassen. »Wo zum Teufel bist du gewesen?« brüllte sie ihn an.

Madelyne wußte nicht, ob mythologische Krieger gewöhnlich mit normalen Sterblichen sprachen, stellte aber fest, daß dieser dort es wohl nicht tat, denn er blieb einfach vor dem Feuer stehen und zeigte keine Reaktion.

Sie hätte es gerne noch einmal probiert, wenn es nur nicht so anstrengend gewesen wäre! Andererseits: Sah er denn nicht, daß ein Zyklop neben ihr hockte? Ja, verdammt, selbst wenn er zu fein war, um mit ihr zu reden, dann mußte er doch sehen, daß es etwas für ihn zu tun gab! »Jetzt mach doch endlich, Odysseus!« schimpfte sie und zeigte auf das Monster neben ihr.

Ja, verflixt, was sollte denn jetzt die Verwirrung in seiner Miene? Bei all seiner Größe und seiner Kraft schien das Hirn ein wenig zu kurz gekommen zu sein. »Muß ich denn jeden Kampf allein ausfechten?« fragte sie, wobei sie ihre Stimme erhob, bis ihr die Halsmuskeln von der Anstrengung schmerzten. Tränen der Verzweiflung rannen ihr über das Gesicht, aber sie konnte es nicht ändern. Odysseus versuchte, im Licht zu verschwinden, und sie fand, daß das noch unhöflicher als sein Schweigen war.

Sie durfte nicht zulassen, daß er ging. Einfältig oder nicht – er war alles, was sie hatte. Madelyne verlegte sich aufs Handeln. »Ich verspreche dir, dir für all die Male zu vergeben, bei denen du mich nicht vor Louddon beschützt hast. Aber wenn du jetzt gehst, dann verzeihe ich dir das nie!«

Odysseus schien darüber nicht sehr betroffen. Sie konnte ihn nun kaum noch sehen, wußte, daß er bald fort sein würde und begriff, daß sie stärkeres Geschütz auffahren mußte, wenn sie ihn zurückhalten wollte.

»Wenn du mich jetzt allein läßt, Odysseus, dann schicke ich dir jemanden hinterher, der dir Manieren beibringt. Aye«, fuhr sie fort, »ich schicke dir den schrecklichsten aller Krieger hinterher. Geh nur, und du wirst sehen, was du davon hast. Wenn du den da nicht endlich vertreibst«, sie hielt inne, um mit theatralischer Geste auf den Zyklopen zu zeigen, »dann schicke ich dir Duncan hinterher!«

Madelyne war so zufrieden mit sich selbst, daß sie die Augen mit einem Seufzen schloß und aufs Bett zurücksank. Jetzt hatte sie es ihm aber gegeben! Der große, mächtige Odysseus würde sich mit Duncan auseinandersetzen müssen. Ihre Drohung schien ihr eine so gerissene List, daß sie ein wenig elegantes Grunzen der Befriedigung von sich gab.

Sie öffnete ein Auge einen Spalt weit und warf Odysseus einen raschen Blick zu. Triumphiernd nahm sie seinen besorgten Gesichtsausdruck in sich auf. Dann jedoch fiel ihr ein, daß er nicht nur besorgt sein durfte, wenn er den Zyklopen vertreiben wollte. Er mußte wütend werden. »Duncan ist ein echter Wolf, weißt du, und er reißt dich in Stücke, wenn ich ihn darum bitte«, prahlte sie. »Er tut alles, was ich will«, fügte sie hinzu. »Einfach nur so.« Sie versuchte, mit den Fingern zu schnipsen, aber es wollte ihr nicht recht gelingen.

Wieder schloß sie Augen. Sie hatte auf ganzer Linie gesiegt. Und das nur mit freundlichen Worten. Jawohl, sie hatte nicht einmal Gewalt anwenden müssen. »Ich bin eine sanftmütige Edelfrau«, brüllte sie. »Jawohl, verdammt!«

Drei lange Tage und Nächte kämpfte Madelyne mit den Ungeheuern aus der Sagenwelt, die sie unbedingt in die

Unterwelt schleifen wollten. Odysseus war die ganze Zeit an ihrer Seite und half ihr, die heftigen Angriffe abzuwehren, wenn sie ihn darum bat.

Gelegentlich unterhielt sich dieser dickköpfige Riese sogar mit ihr. Er fragte sie meistens nach ihrer Vergangenheit, und wenn sie erst einmal verstanden hatte, was er gesagt hatte, antwortete sie ihm sofort. Am meisten schien ihn die Zeit zu interessieren, nachdem ihre Mutter gestorben war und Louddon die Vormundschaft übernommen hatte.

Sie haßte es, diese Fragen zu beantworten. Am liebsten sprach sie nur über die Zeit mit Vater Berton, aber sie wollte auch nicht, daß Odysseus sich ärgerte und sie verließ. Also gab sie seinem sanften Drängen nach, wann immer es sich nicht vermeiden ließ.

»Aber ich will nicht über *ihn* sprechen!«

Madelynes plötzlicher Ausbruch riß Duncan aus dem Schlaf. Rasch ging er zu ihrem Bett, setzte sich neben sie und zog sie in die Arme. »Schsch, Madelyne«, flüsterte er. »Schlaf wieder ein.«

»Seit er mich wieder nach Hause geholt hat, ist er einfach schrecklich. Er ist jede Nacht in meine Kammer geschlichen. Er stand immer nur da und hat mich angestarrt. Ich konnte es fühlen. Ich habe mich nicht getraut, die Augen zu öffnen, weil . . . ich hatte furchtbare Angst!«

»Denk jetzt nicht an Louddon«, flüsterte Duncan. Doch sie begann nun zu weinen, und er streckte sich rasch neben ihr aus und schaukelte sie sanft in seinen Armen. Innerlich jedoch brodelte er vor Wut. Es war klar, daß Madelyne nicht wußte, was sie ihm erzählte. Er jedoch wußte es nur allzu gut. Dieser verdammte Louddon!

Getröstet schlief Madelyne wieder ein. Doch bald erwachte sie wieder, um Odysseus noch immer an ihrer Seite zu finden. Es störte sie absolut nicht, daß er neben ihr lag. Vielleicht war er ein bißchen arrogant, aber er war ein Held, ein Krieger mit gutem Herzen und gutem Charakter.

Und er spielte ihr ständig Streiche. Am meisten Spaß

schien es ihm zu bereiten, ständig die Gestalt zu wechseln. Dies geschah so schnell, daß Madelyne kaum Zeit hatte, nach Luft zu schnappen. Im einen Moment gab er vor, Duncan zu sein, im nächsten war er wieder Odysseus. Und einmal, in einer Stunde der Nacht, als Madelyne so furchtsam wie nie zuvor war, verwandelte er sich sogar in Achill, nur um sie zu unterhalten. Er saß neben dem Bett in einem Stuhl, der für seine Größe entschieden zu klein wirkte, und sah sie auf höchst merkwürdige Art und Weise an.

Achill trug seine Stiefel nicht. Das fand sie bedenklich, und sie riet ihm sofort, seine Fersen zu schützen. Achill sah sie befremdlich an, so daß Madelyne sich genötigt fühlte, ihn daran zu erinnern, daß seine Mama ihn als Kind kopfüber in den Fluß Styx getaucht hatte. Deswegen war er unbesiegbar, bis auf die Stelle an seinen Fersen, an denen seine Mama ihn festgehalten hatte, damit er nicht von der Strömung mitgerissen wurde.

»Das Wasser ist nicht an deine Ferse gekommen, und deswegen bist du dort verletzbar«, erklärte sie ihm. »Verstehst du, was ich meine?«

Nein, er verstand es ganz und gar nicht, wie sein dümmlicher Gesichtsausdruck verriet. Vielleicht hatte seine Mutter es ihm nie erzählt. Madelyne seufzte und warf ihm einen mitleidigen Blick zu. Sie wußte ja genau, was Achill zustoßen würde, hatte aber nicht das Herz, ihn vor verirrten Pfeilen zu warnen. Er würde es schon früh genug herausfinden.

Das machte sie so traurig, daß sie wieder zu weinen begann. Achill stand auf und kam zu ihr herüber. Und dann war es plötzlich wieder Duncan, der sie in die Arme zog, obwohl er sich seltsamerweise wie Odysseus anfühlte.

Madelyne quengelte, bis er ins Bett kam, dann rollte sie sich auf ihn drauf und legte das Kinn auf seine Brust, um ihn anzusehen. »Mein Haar ist wie ein Vorhang«, sagte sie. »Er versteckt dein Gesicht, so daß nur ich es ansehen kann. Was sagst du dazu, Duncan?«

»Also bin ich jetzt wieder Duncan, hm?« stellte er fest.

»Du weißt nicht, was du redest, Madelyne, du glühst vor Fieber. Das ist es, was ich dazu sage!«

»Wirst du einen Priester rufen?« fragte sie. Die Frage verstörte sie selbst, und sie brach wieder in Tränen aus.

»Möchtest du das?« fragte Duncan.

»Nein!« brüllte sie ihm direkt ins Gesicht. Dann setzte sie etwas leiser hinzu: »Wenn du einen Priester rufst, weiß ich, daß ich sterbe. Und ich will noch nicht. Es gibt noch soviel zu tun.«

»Was denn zum Beispiel?« fragte Duncan lächelnd.

Madelyne beugte sich plötzlich zu ihm und rieb ihre Nase an seinem Kinn. »Ich würde dich gerne küssen, Duncan. Wärst du böse darüber?«

»Madelyne, du mußt schlafen.« Er versuchte, sie auf die Seite zu rollen, aber sie klammerte sich wie eine Klette fest. Also gab er es auf, um ihr nicht versehentlich weh zu tun. Und wenn er ehrlich war, mußte er sich eingestehen, daß er es gerne mochte, wenn sie auf seinem Bauch lag.

»Wenn du mich nur einmal küßt, dann schlafe ich danach auch. Versprochen«, sagte sie. Sie ließ ihm keine Zeit für eine Antwort, sondern packte sein Gesicht mit beiden Händen und drückte ihren Mund auf seinen.

Himmel, und dann küßte sie ihn. Ihr Mund war heiß, offen und unglaublich verlockend. Sie küßte ihn so lustvoll und leidenschaftlich, daß Duncan nur reagieren konnte. Seine Arme schlangen sich um ihre Taille. Als er warme Haut spürte, bemerkte er, daß ihr Hemd sich hochgeschoben hatte. Seine Hand glitt über ihre runden Hinterbakken, und es dauerte nicht lange, bis er selbst von einem ganz besonderen Fieber erfaßt war.

Madelyne benahm sich wild und ungezügelt. Das Delirium hatte ihr jede Hemmung genommen. Ihr Mund preßte sich wieder und wieder auf seinen, ihre Zunge drang ein, und ihre Hände wühlten sich in sein Haar.

Sie hielt kurz inne, um Atem zu holen. »Ich kann einfach nicht aufhören, wenn ich dich küsse«, sagte sie. »Das ist schändlich, nicht wahr?«

Er fand, daß sie nicht besonders reuig aussah.

»Ich könnte dich flachlegen, Duncan. Ich könnte dich ausnutzen, wenn ich wollte.«

Duncan stieß einen Seufzer aus, der sich jedoch in ein Stöhnen verwandelte, als Madelyne seine Hand nahm und sie auf ihre Brust legte.

»Nay, Madelyne«, murmelte Duncan, machte aber keine Anstalten, die Hand wegzuziehen. Sein Daumen rieb instinktiv über ihre Brustspitzen, die sich sofort aufrichteten. Er stöhnte wieder. »Madelyne, das ist nicht der richtige Zeitpunkt, sich zu lieben. Du weißt gar nicht, was du mit mir anstellst, nicht wahr?« Er verfluchte sich, als er hörte, wie rauh seine Stimme klang.

Madelyne brach erneut in Tränen aus. »Duncan? Sag mir, daß ich dir was bedeute! Selbst wenn es eine Lüge ist. Sag's mir trotzdem.«

»Aye, Madelyne, du bedeutest mir etwas«, sagte er. Er schlang die Arme wieder um ihre Taille und rollte sich mit ihr auf die Seite. »Und das ist die Wahrheit!«

Er wußte, daß er sich schnellstens von ihr losmachen mußte, wenn er den Kampf um seine Selbstbeherrschung nicht verlieren wollte. Er wollte sie nur noch ein einziges Mal küssen . . .

Der Kuß schien Madelyne zu beruhigen. Als Duncan sie losließ, fiel sie sofort in Schlaf.

Das Fieber beherrschte Madelynes Geist und Duncans Leben. Er wagte es nicht, sie mit Gilard oder Edmond allein zu lassen. Madelyne besaß offenbar eine leidenschaftliche Natur, die durch das Fieber immer wieder hervorbrach. Falls in einem solchen Moment einer seiner Brüder anwesend war, würde keiner von beiden ihr beistehen, sie zurückhalten oder sie wieder beruhigen.

Die Dämonen verließen Madelyne erst in der dritten Nacht.

Am Morgen des vierten Tages erwachte sie mit Kopfschmerzen und fühlte sich wie einer der ausgewrungenen Lappen, die den Boden übersäten. Duncan saß in dem Sessel neben dem Kamin. Er sah vollkommen erschöpft aus, so daß Madelyne sich fragte, ob er wohl krank geworden war. Sie wollte ihn gerade danach fragen, als er plötzlich bemerkte, daß sie ihn anstarrte. So rasch wie ein Raubtier sprang er auf die Füße und trat zu ihr ans Bett. Seltsam, aber er wirkte irgendwie erleichtert.

»Du hattest Fieber«, sagte er schroff.

»Ah, deswegen tut mir der Hals so weh«, bemerkte Madelyne und erschrak über den Klang ihrer Stimme. Sie hatte sich mehr wie ein Krächzen angehört.

Madelyne blickte sich in der Kammer um. Es herrschte ein heilloses Chaos. Madelyne schüttelte verwirrt den Kopf. Was war geschehen, während sie geschlafen hatte? Hatte ein Kampf stattgefunden?

Als sie wieder zu Duncan blickte, sah sie ein amüsiertes Funkeln in seinen Augen.

»Dein Hals tut dir weh?« fragte er.

»Findet Ihr das etwa lustig?« fragte sie gereizt.

Duncan schüttelte den Kopf, aber Madelyne war nicht überzeugt. Er grinste immer noch.

Sie betrachtete ihn genauer. Duncan war ganz in Schwarz gekleidet, eine strenge Farbe, gewiß, aber sein Lächeln ließ die übliche Kälte in seinen Augen verschwinden. Sie fand ihn auf einmal gar nicht mehr einschüchternd. Er erinnerte sie an jemanden, aber sie kam nicht darauf, an wen. Madelyne war sich sicher, daß sie vor kurzem jemanden getroffen hatte, der dem Baron Wexton irgendwie ähnlich gesehen hatte. Hm, da war der flüchtige Gedanke an ...

Duncan unterbrach ihren Versuch, sich zu erinnern. »Jetzt, da du wach bist, schicke ich dir eine Dienerin hinauf. Du wirst diese Kammer nicht verlassen, bis du wieder gesund bist, hast du verstanden?«

»War ich denn sehr krank?«

»Ja, das kann man wohl sagen.« Duncan drehte sich um und ging auf die Tür zu.

Madelyne fand, daß er es ziemlich eilig zu haben schien, von ihr fortzukommen. Sie schob ihr verfilztes Haar aus dem Gesicht. »Himmel, ich muß ja so furchtbar aussehen wie ein Staubwedel«, murmelte sie.

»Stimmt«, sagte Duncan.

Sie hörte, daß er dabei lächelte. Dennoch fand sie die Bemerkung unverschämt. Sie beschloß, gnädig darüber hinwegzusehen. »Wie lange hatte ich denn Fieber, Duncan?« fragte sie.

»Mehr als drei Tage«, sagte er und wandte sich zu ihr, um ihre Reaktion auf seine Worte zu sehen.

Sie starrte ihn erstaunt an.

»Du kannst dich an nichts erinnern?« fragte er.

Sie verneinte, und als er erneut grinste, wuchs ihre Verwirrung. Er war wirklich merkwürdig. Er schien sich über die seltsamsten Dinge zu amüsieren.

»Duncan?«

»Aye?«

»Wart Ihr die ganzen drei Tage hier? Hier bei mir in der Kammer?«

Duncan zog die Tür auf und trat hinaus. Madelyne glaubte schon, daß er ihr nicht antworten würde, als sie seine klare, feste Stimme vernahm. »Nein, war ich nicht!«

Die Tür krachte hinter ihm zu.

Madelyne hatte das dumpfe Gefühl, daß er gelogen hatte. Sie konnte sich zwar nicht erinnern, was alles passiert war, aber sie wußte instinktiv, daß Duncan ihr nicht von der Seite gewichen war.

Warum hatte er es geleugnet?

»Du bist ein einziger Widerspruch«, flüsterte Madelyne.

Ein kleines Lächeln huschte über ihre Lippen.

KAPITEL 8

»Prüft aber alles, und das Gute behaltet.«
Neues Testament, 1.Thessalonicher, 5.21

Madelyne saß auf der Bettkante und versuchte, durch pure Willenskraft ihre Beine dazu zu bringen, wieder normal zu funktionieren. Duncan war erst ein paar Minuten fort, doch schon war ein schüchternes Klopfen an der Tür zu vernehmen. Madelyne bat, einzutreten, und eine Dienerin erschien. Sie war klapperdürr und wirkte ausgezehrt. Ihre Schultern waren nach vorne gebeugt, und ihre Stirn war voller Sorgenfalten. Als sie auf das Bett zukam, wurden ihre Schritte immer langsamer.

Als die Dienerin immer wieder sehnsuchtsvolle Blick zur Tür zurückwarf, dämmerte es Madelyne, daß die Frau Angst hatte, obwohl sie keine Ahnung hatte, warum. Dennoch lächelte sie aufmunternd.

Die Frau hielt irgend etwas hinter ihrem Rücken verborgen. Als Madelyne neugierig versuchte, zu erkennen, was es war, ließ die Dienerin sie ein bißchen sehen. »Ich hab' Euer Gepäck gebracht!« platzte sie plötzlich heraus.

»Das ist sehr freundlich von dir«, antwortete Madelyne liebenswürdig.

Die Frau entspannte sich sichtlich. Zwar wirkte sie nun ein wenig verdutzt, aber wenigstens nicht mehr so furchtsam.

Madelyne beschloß, daß Problem direkt anzusprechen. »Ich verstehe nicht, warum du Angst vor mir haben solltest. Ich tue dir nichts, bestimmt nicht. Haben dir die Wexton-Brüder irgend etwas erzählt, daß du so ängstlich bist?«

Die unverblümte Frage nahm der Frau den Rest der Furcht. »Nein, nein, die haben mir nix gesagt, Mylady. Aber ich bin ja nich' taub. Ich hab' doch die Schreie gehört. Ihr wart so laut, daß ich's bis runter in die Küche gehört hab'!«

»Ich habe geschrien?« fragte Madelyne entsetzt. Die Frau mußte sich irren.

»Aber ja«, antwortete die Frau und nickte dabei zur Bestätigung heftig mit dem Kopf. »Aber ich weiß ja, daß Ihr Fieber hattet, Ihr könnt wohl nix dafür. Gerty bringt Euch gleich was zu essen, und ich soll Euch beim Umziehen helfen, falls Ihr Hilfe braucht.«

»O ja, ich habe wirklich Hunger«, bemerkte Madelyne und streckte die Beine. »Aber ich fühle mich so furchtbar schwach. Wie heißt du übrigens?«

»Ich heiß' Maude wie die Königin«, erzählte sie stolz. »Natürlich die tote. William hat ja noch nich' wieder geheiratet.«

Madelyne lächelte. »Maude, meinst du, ich könnte ein Bad bekommen? Ich fühle mich schrecklich klebrig.«

»Ein Bad, Milady?« Madelyne sah sie entsetzt an. »Mitten im Winter?«

»Ich bin es gewohnt, jeden Tag ein Bad zu nehmen, Maude, und es kommt mir wie eine Ewigkeit vor, seit ich das letzte Mal –«

»Täglich ein Bad? Ja aber . . . wozu denn das?«

»Ich fühle mich einfach gerne sauber«, antwortete Madelyne. Sie betrachtete die Frau genau und stellte fest, daß sie selbst auch ein Bad nötig gehabt hätte. Sie behielt diesen Gedanken jedoch lieber für sich, um sie nicht zu beleidigen. »Meinst du, dein Herr würde mir diese Eitelkeit zugestehen?«

Maude zuckte die Achseln. »Man hat mir aufgetragen, ich soll Euch alles bringen, was Ihr wollt, solange wie Ihr in der Kammer bleibt. Der Baron will nich', daß Ihr wieder krank werdet, weil Ihr Euch übernehmt. Also, ich werd' mal sehen, ob ich einen Zuber finde. Mein Mann kann ihn hochschleppen.«

»Du hast Familie?«

»Aye, 'n braven Mann und einen Jungen. Der ist jetzt fast fünf. Und ziemlich wild.«

Maude half Madelyne beim Aufstehen und führte sie zum Sessel am Kamin. »Der Knabe heißt William«, plapperte sie gelöst. »Aber wir ham ihn nach dem toten König genannt, und nich' nach dem, der jetzt herrscht.«

Während Maude erzählte, öffnete sich die Tür, und Gerty kam mit einem Tablett herein. Sofort rief Maude: »Keine Angst, Gerty. Die Lady ist doch nicht so verrückt, wie wir gedacht haben!«

Gerty lächelte. Sie war eine stämmige Frau mit rosiger Haut und sanften braunen Augen. »Ich bin die Köchin«, erklärte sie Madelyne. »Man hat mir gesagt, daß Ihr 'n hübsches Ding seid, aber zu dünn, viel zu dünn. Am besten, Ihr eßt jeden Bissen von dem Essen hier. Nicht, daß Ihr mir nachher vom ersten Windstoß davongetragen werdet!«

»Sie will ein Bad, Gerty!« sagte Maude mit fast vorwurfsvoller Stimme.

Gerty zog erwartungsgemäß eine Augenbraue hoch. »Na ja, dann soll sie eins haben. Uns kann sie keine Vorwürfe machen, wenn sie davon krank wird.«

Die zwei Frauen plauschten weiter, während sie sich nun daranmachten, die Kammer aufzuräumen. Madelyne genoß es, ihrem Klatsch zuzuhören.

Die beiden Frauen halfen ihr auch mit dem Bad. Als der Zuber wieder hinausgetragen wurde, war Madelyne vollkommen erschöpft. Ihr Haar schien eine Ewigkeit zu brauchen, um zu trocknen. Sie setzte sich auf ein weiches Fell vor den Kamin und teilte Strähnchen ab, um sie ans Feuer zu halten, damit sie schneller trockneten. Als ihre Arme zu schmerzen begannen, gähnte Madelyne laut und undamenhaft und streckte sich auf dem Fell aus. Sie würde sich nur eine kleine Weile ausruhen. Sie trug zwar nur das Unterhemd, wollte sich aber erst richtig anziehen, wenn ihr Haar getrocknet und geflochten war.

Duncan fand Madelyne fest schlafend auf dem Fell vor dem Kamin; sie bot ein entzückendes Bild: Sie lag auf der Seite, ihre Beine waren bis an die Brust gezogen, und ihr schimmerndes Haar lag halb auf dem Fell, halb über ihrem Gesicht ausgebreitet. Duncan mußte lächeln. Sie sah aus wie ein zufriedenes Kätzchen. Ja, der Anblick war wundervoll, aber wahrscheinlich würde sie erfrieren, wenn er nichts unternahm.

Madelyne öffnete nicht einmal die Augen, als Duncan sie hochhob und zum Bett trug. Er mußte wieder lächeln, als sie sich instinktiv an seine Brust kuschelte und zufrieden seufzte. Sie duftete wieder nach Rosen.

Duncan legte sie aufs Bett und deckte sie zu. Er bemühte sich, auf Distanz zu bleiben, aber irgendwie strich seine Hand immer wieder über ihre Wange, ohne daß er es verhindern konnte.

Madelyne wirkte unglaublich verletzlich, wenn sie schlief. Bestimmt war das der Grund, warum er so ungern aufstehen und gehen wollte. Das Bedürfnis, sie zu beschützen, war überwältigend. Sie war so unschuldig, und wenn sie ihn mit ihren großen blauen Augen ansah, lag stets so ein vollkommenes Vertrauen darin, daß wohl niemand es gewagt hätte, sie zu enttäuschen. Tief in seinem Herzen wußte er, daß er sie nie wieder zu Louddon zurückkehren lassen konnte. Sie war ein Engel, und er würde nicht erlauben, daß der Teufel Louddon sie holte.

Plötzlich stöhnte Duncan auf. Diese Frau hatte alles durcheinandergebracht. Er stand auf und ging zur Tür. Er konnte seine eigenen Gedanken nicht mehr ertragen.

Es war ihre Schuld, ihre Schuld ganz allein. Natürlich tat sie es nicht mit Absicht, aber sie brachte ihn durcheinander und lenkte ihn von den wichtigen Dingen ab. Wenn sie in seiner Nähe war, schien er überhaupt nicht mehr klar denken zu können.

Duncan kam zu dem Schluß, daß er Abstand zu ihr gewinnen mußte. Doch sobald er sich dazu entschlossen hatte, Madelyne in Zukunft aus dem Weg zu gehen, spürte er, wie seine Laune sich verschlechterte. Duncan murmelte einen unanständigen Fluch, ging hinaus und schloß leise die Tür hinter sich.

Madelyne war immer noch so schwach, daß die erzwungene Isolation sie nicht weiter störte. Doch nach zwei Tagen, in denen nur Gerty und Maude gelegentlich vorbeischauten, begann sie unruhig zu werden. Sie ging in der Kammer auf und ab, bis sie jede Holzbohle und jeden Stein in der Mauer mit geschlossenen Augen erkannte. Anschließend trieb sie die Dienerinnen in den Wahnsinn, indem sie darauf bestand, die Arbeiten zu tun, die den beiden älteren Frauen zufielen. Madelyne schrubbte den Boden und die Wände. Doch die körperliche Arbeit half nicht viel. Sie begann sich wie ein eingesperrtes Tier zu fühlen. Und Stunde um Stunde wartete sie darauf, daß Duncan zu ihr kommen würde.

Madelyne versuchte sich einzureden, daß sie froh sein sollte, daß Duncan sie vergessen zu haben schien. Tja, um Himmels willen, war sie es nicht ohnehin gewohnt, daß man sie vergaß?

Als zwei weitere Tage verstrichen waren, war Madelyne an dem Punkt angelangt, an dem sie sich am liebsten aus dem Fenster gestürzt hätte, nur um etwas Abwechslung in ihr Dasein zu bringen. Sie war zu Tode gelangweilt.

Irgendwann stand sie am Fenster und starrte in die aufkommende Dämmerung hinaus. Sie dachte intensiv an Duncan. Und als hätten ihre Gedanken genug Kraft, um ihn herzuführen, tauchte er in diesem Moment auf. Die Tür öffnete sich, schlug einmal mehr gegen die Steinmauer, und da stand er! Groß, mächtig und mit mürrischer Miene, aber viel zu gutaussehend, als daß es sich ignorieren ließ. Ja, bei Gott, sie hätte den Rest des Abends damit verbringen können, ihn nur anzusehen.

»Edmond wird dir die Fäden entfernen«, verkündete er. Er trat zum Kamin und lehnte sich mit verschränkten Armen dagegen, als wollte er Madelyne verdeutlichen, wie sehr ihn dies alles langweilte.

Madelyne war verletzt über sein kaltes Verhalten, schwor sich aber, es ihm nicht zu zeigen. Sie schenkte ihm einen Blick, der, wie sie hoffte, vollkommene Gleichgültigkeit ausdrückte.

Duncan mußte sich anstrengen, seine gelangweilte Miene aufrechtzuhalten. Teufel auch, die Frau sah so umwerfend aus. Sie trug ein crèmefarbenes Kleid und eine blaue Tunika darüber. Ein geflochtenes Band raffte das Kleid in ihrer Taille zusammen und betonte ihre weiblichen Rundungen.

Ihr Haar war diesmal nicht streng aus der Stirn gezogen, sondern fiel offen über ihre Brüste. Wallende, dicke Locken — das Haar einer Königin, dachte er. Er wußte, wie es sich anfühlte. Weich und seidig.

Da. Sie brachte ihn schon wieder durcheinander. Duncans Stirn zog sich in Falten. Dennoch konnte er nicht aufhören sie anzusehen, und er mußte sich eingestehen, daß sie ihm gefehlt hatte. Es war eine Erkenntnis, die ihn ärgerte und die er niemals offen zugegeben hätte, doch das Gefühl war da, nagte an ihm und öffnete ihn für weitere Erkenntnisse.

Plötzlich fiel ihm auf, daß Madelyne seine Farben trug, und er mußte grinsen. Wahrscheinlich war sie sich dessen nicht bewußt, und wenn sie im Augenblick nicht so entzükkend ausgesehen hätte, dann hätte er es ihr gerne gesagt, nur um ihre — sicherlich wütende — Reaktion zu erleben.

Madelyne konnte Duncan nicht lange ansehen. Sie befürchtete, er würde vielleicht bemerken, wie sehr sie ihn vermißt hatte. Ja, das wäre bestimmt etwas für ihn! Ganz sicher würde er sich über sie lustig machen!

»Ich würde gerne bald wissen, was Ihr mit mir vorhabt, Duncan«, sagte sie. Sie blickte dabei zu Boden, um nicht abgelenkt zu werden, denn es war schrecklich, wie sehr er ihre Konzentration störte, wenn er nur in der Nähe war. Sie begriff nicht, warum sie so reagierte, nahm es aber inzwischen als gegeben hin. Der Baron war in der Lage, sie zu verunsichern, ohne daß er ein Wort sagte. Er störte ihren Seelenfrieden und brachte sie in Verlegenheit. Wenn er in ihrer Nähe war, wollte sie, daß er ging. Wenn er fort war, vermißte sie ihn.

Madelyne wandte ihm den Rücken zu und sah wieder aus dem Fenster. »Wollt Ihr mich für den Rest meines Lebens in dieser Kammer eingesperrt halten?«

Duncan lächelte in sich hinein. »Die Tür war nicht verriegelt, Madelyne!«

»Macht Ihr Witze?« Madelyne wirbelte herum und sah ihn empört an. »Wollt Ihr damit sagen, ich war *nicht* die ganze Woche hier oben eingesperrt?« Gott, am liebsten hätte sie laut geschrien. »Ich hätte also weglaufen können?«

»Nein, weglaufen nicht, aber du hättest die Kammer verlassen können, ja.«

»Das glaube ich nicht«, sagte Madelyne. Sie verschränkte die Arme vor der Brust, um seine Haltung nachzuahmen. »Ihr würdet lügen, nur damit ich mir wie eine Närrin vorkomme. Und das ist unfair mir gegenüber, denn ich lüge nie.« Sie brach ab und hob die Nase ein Stück höher. »Ich kann Euch nicht Gleiches mit Gleichem vergelten.«

In diesem Augenblick tauchte Edmond im Türrahmen auf. Er trug seine übliche, finstere Miene zur Schau, wirkte jedoch auch wachsam. Er sah Madelyne eine ganze Weile nachdenklich an, bevor er endlich eintrat.

»Diesmal hältst du sie fest«, sagte er zu Duncan.

Madelyne warf Duncan einen beunruhigten Blick zu, den er mit einem Lächeln erwiderte. »Edmond, Madelyne hat kein Fieber mehr und ist sehr gehorsam.« Er wies Madelyne an, sich aufs Bett zu setzen, damit Edmond den Verband abnehmen konnte.

Madelyne nickte. Sie wußte, daß es notwendig war, aber die anerzogene Schamhaftigkeit überwand ihren gesunden

Menschenverstand. »Wenn Ihr beide hinausgehen würdet, dann könnte ich mich darauf vorbereiten«, sagte sie leise.

»Wieso vorbereiten?« fragte Duncan.

»Na ja, ich bin eine Edelfrau«, stammelte Madelyne. »Ich darf nicht zulassen, daß einer von Euch mehr als nur die Wunde sieht. Deswegen will ich mich darauf vorbereiten.«

Die Röte, die in ihre Wangen stieg, verriet Duncan, daß sie es ernst meinte. Edmond begann zu hüsteln, aber Duncans Seufzen war lauter. »Madelyne, dies ist nicht der richtige Zeitpunkt für Schicklichkeiten. Im übrigen habe ich deine . . . deine Beine bereits gesehen.«

Madelyne straffte die Schultern, warf ihm einen bösen Blick zu und hastete zum Bett hinüber. Sie raffte eins der Felle, das zu Boden gefallen war, auf, legte sich aufs Bett, deckte sich zu und nestelte dann unter der Decke an ihrem Rock, bis sie ihn über die Schenkel gezogen hatte. Dann begann sie, langsam den Verband abzuwickeln.

Als dies erledigt war, kniete sich Edmond neben das Bett. Madelyne bemerkte einen dunklen Schatten unter seinem linken Auge. Sie überlegte, woher er das blaue Auge haben mochte, kam dann aber rasch zu dem Schluß, daß einer seiner Brüder dafür verantwortlich sein mußte. *Was für schreckliche Menschen*, dachte sie, während sie versuchte, die Tatsache zu ignorieren, daß Edmond die verklebten Fäden sehr behutsam und mit größter Sanftheit aus ihrem Bein zog. Sie spürte kaum etwas.

Duncan war ebenfalls ans Bett getreten, und Madelyne fand es mehr als unangenehm, daß beide Männer auf ihren Oberschenkel starrten. Peinlich berührt versuchte sie, Duncans Aufmerksamkeit von dem sichtbaren Stück Haut abzulenken, und sprach das erste, was ihr durch den Kopf ging, aus. »Warum sind auf beiden Seiten der Tür Riegel?«

»Wie bitte?« fragte er verdutzt.

»Der Balken da, der in die Schlingen geschoben wird, um die Tür zu verriegeln«, fuhr Madelyne hastig fort. »Es gibt auf beiden Seiten Schlaufen. Warum ist das so?« Sie tat, als hätte sie größtes Interesse an diesem Thema.

Das wichtigste war jedoch, daß ihre Strategie funktionierte. Duncan warf einen Blick zur Tür, dann wandte er sich wieder zu ihr um und sah ihr ins Gesicht – nicht auf den Schenkel.

»Und?« drängte sie herausfordernd. »Wart Ihr so durcheinander, als Ihr die Tür gebaut habt, daß Ihr Euch nicht entscheiden konntet, auf welcher Seite Ihr was anbringen wolltet?«

»Madelyne, ich habe das aus demselben Grund gemacht, aus dem auch die Treppe auf der linken Seite gebaut worden ist«, erwiderte er mit neckendem Unterton. Madelyne war froh über die Veränderung in seiner Laune. Sie mochte ihn lieber, wenn er lächelte.

»Und was für ein Grund soll das sein?« Unwillkürlich mußte auch sie lächeln.

»Weil ich es so wollte.«

»Das ist doch albern«, verkündete Madelyne.

Edmond war fertig mit seiner Aufgabe. Er schaute zu Duncan auf. »Es ist gut verheilt«, bemerkte er und stand auf.

Madelyne blickte auf ihr Bein und verzog das Gesicht, als sie die häßliche Narbe sah. Rasch maskierte sie ihre Reaktion jedoch wieder und tadelte sich im stillen. Sie war doch keine eitle Frau. »Vielen Dank, Edmond«, sagte sie und zog hastig die Decke über ihr Bein.

Duncan hatte die Wunde nicht gesehen und beugte sich jetzt vor, um das Fell fortzuziehen, doch Madelyne schob rasch seine Hand weg und drückte die Decke fest an sich. »Er hat gesagt, es ist gut verheilt, Duncan«, sagte sie vorwurfsvoll.

Dieser Sturkopf schien es dennoch mit eigenen Augen sehen zu wollen. Madelyne stieß einen kleinen Schrei aus, als Duncan mit einem Ruck die Decke fortzog. Sie versuchte, ihr Kleid über die Schenkel zu schieben, aber Duncan hielt ihre Hände fest und zog den Saum des Kleides wieder höher, bis viel zu viel Haut zu sehen war.

»Keine Entzündung«, bemerkte Edmond ungerührt.

»Aye, du hast recht. Es ist wirklich gut verheilt«, erwiderte Duncan.

Als er sie endlich losließ, beeilte sich Madelyne, das Kleid zu glätten. Innerlich kochte sie über seine Unverschämtheit. »Warum glaubt Ihr denn Eurem Bruder nicht?« fragte sie aufgebracht.

Duncan und Edmond tauschten einen Blick aus, den Madelyne beim besten Willen nicht deuten konnte. »Ja, natürlich, was für eine Frage«, murmelte sie. »Wahrscheinlich habt Ihr ihm auch das blaue Auge gehauen!« Plötzlich brach ihr ganzer Ärger durch. »Was soll man schon anderes von den Wexton-Brüdern erwarten!«

Duncan reagierte, indem er laut seufzte, sich umdrehte und zur Tür ging. Nachdem Edmond sie noch eine Weile angesehen hatte, machte auch er kehrt und folgte Duncan.

Madelyne hatte ein schlechtes Gewissen. »Ich weiß, daß Ihr den Befehl hattet, Euch um meine Verletzung zu kümmern, aber ich danke Euch trotzdem, Edmond«, rief sie ihm hinterher.

Zwar war sie überzeugt, daß der knurrige Mann ihren Dank mit Beleidigungen vergelten würde, aber sie war entschlossen, nun auch noch die andere Wange hinzuhalten, falls es so kommen würde.

Aber Edmond würdigte sie keiner Antwort. Madelyne war enttäuscht. Wie sollte sie den Wexton-Brüdern beweisen, daß sie eine wohlerzogene Edelfrau war, wenn sie ihr keine Chance ließen?

»Es gibt in einer Stunde Essen, Madelyne. Du kannst herunterkommen, wenn du willst. Gilard wird dich holen.«

Mit diesen Worten verließ Duncan das Zimmer. Edmond blieb jedoch noch eine Weile im Türrahmen stehen und betrachtete sie nachdenklich, als müßte er sich über etwas schlüssig werden.

»Wer ist Polyphemus?«

Madelyne riß verdattert die Augen auf. Was für eine seltsame Frage! »Nun, er war ein Riese, der Anführer der Zyklopen aus Homers antiker Erzählung«, antwortete sie, noch immer irritiert. »Polyphemus war entsetzlich entstellt und hatte nur ein Auge mitten auf der Stirn. Er hat Odysseus' Krieger zum Mittagessen verspeist.« Sie zuckte schwach die Schultern.

Edmond schien die Antwort nicht zu gefallen. »Um Gottes willen«, murmelte er und ging.

»Man soll den Namen des Herrn nicht mißbrauchen«, brüllte Madelyne ihm hinterher. »Und warum interessiert Ihr Euch plötzlich für Polyphemus?«

Sie hörte nur noch die verklingenden Schritte.

Doch selbst die Grobheit der Wexton-Brüder konnte Madelyne die gute Laune nicht verderben. Sie sprang vom Bett und stieß ein glückliches Lachen aus. Endlich konnte sie aus dieser elenden Kammer heraus. Sie glaubte keine einzige Sekunde daran, daß die Tür tatsächlich nicht verriegelt gewesen war. Duncan hatte ihr das sicher nur versucht weiszumachen, um sie zu ärgern. Man mußte ja schon sehr einfältig sein, um ihm das abzunehmen.

Madelyne griff nach ihrem Beutel und wühlte darin herum. Sie wünschte, sie hätte ein hübsches Kleid dabeigehabt, erkannte dann aber, wie lächerlich ihr Wunsch war. Sie war hier eine Gefangene, um Himmels willen, kein geschätzter Gast!

Sie brauchte nur fünf Minuten, um sich fertigzumachen. Dann wanderte sie unruhig in der Kammer auf und ab. Schließlich trat sie zur Tür, um nachzusehen, wie gründlich sie verschlossen war. Sie zog versuchsweise am Riegel, der sich so leicht zurückschieben ließ, daß sie fast hintenüber gefallen wäre.

Aha. Duncan hatte die Tür bestimmt offengelassen, um seine dumme Lüge von zuvor zu unterstützen. Sie war zufrieden mit der Erklärung, bis ihr einfiel, daß Edmond nach ihm gegangen war.

Sie steckte den Kopf aus der Tür und lauschte den Geräuschen, die von unten zu ihr heraufdrangen. Langsam trat sie zum Treppenabsatz und beugte sich, angestrengend lauschend, über das Geländer. Doch die Entfernung war zu groß, als daß sie etwas hätte verstehen können. Unschlüssig wandte Madelyne sich wieder zu der Kammer um. Sie sah den schweren Balken neben der Tür an der Wand lehnen. Sie griff danach und zerrte ihn mit in die Kammer. Nachdem sie den Balken unter ihrem Bett versteckt hatte, ließ sie sich auf der Matratze nieder und grinste zufrieden. *Tja, vielleicht sperre ich dich ja aus, Duncan,* dachte sie triumphierend.

Gilard schien eine Ewigkeit zu brauchen, um sie abzuholen. Madelyne kam langsam zu dem Schluß, daß Duncan sie angelogen hatte. Niemand würde kommen, um sie zum Essen zu holen.

Als sie Schritte auf der Treppe hörte, lächelte Madelyne erleichtert und stürzte zum Fenster. Hastig glättete sie Kleid und Haar und zwang sich zu einer ungerührten Miene.

Gilard runzelte diesmal nicht die Stirn. Das war wirklich überraschend. Er wirkte gelöst und fast freundlich, und das Hellgrün seiner Kleider stand ihm sehr gut.

Seine Stimme klang tatsächlich warm, als er sie ansprach. »Lady Madelyne? Ich würde gerne mit Euch reden, bevor wir hinuntergehen«, sagte er statt einer Begrüßung.

Als sie ihn nur ansah, verschränkte Gilard nervös die Hände hinter dem Rücken und begann, in der Kammer auf und ab zu gehen.

»Adela wird wahrscheinlich auch zum Essen erscheinen. Sie weiß, daß Ihr hier seid, und sie –«

»Ist darüber nicht glücklich?«

»Genau. Oder besser, sie kommt mir todunglücklich vor. Sie sieht einen so merkwürdig an, daß es mir kalt den Rükken herabläuft.«

»Warum sagt Ihr mir das?« fragte Madelyne.

»Na ja, ich dachte ... ich dachte, ich sollte Euch das erklären, damit Ihr Euch darauf vorbereiten könnt.«

»Warum seid Ihr so beunruhigt? Ihr habt offenbar Eure Meinung über mich geändert. Ist es, weil ich Euch in der Schlacht geholfen habe?«

»Also ... natürlich.«

»Das ist ein trauriger Grund.«

»Ihr findet es traurig, daß Ihr mir mein Leben gerettet habt?« fragte Gilard.

»Ihr versteht mich falsch, Gilard. Es tut mir leid, daß ich jemand anderen töten mußte, um Euer Leben zu retten«, erklärte sie. »Es tut mir selbstverständlich nicht leid, daß ich Euch helfen konnte.«

»Lady Madelyne, Ihr widersprecht Euch selbst«, sagte Gilard verwirrt.

Natürlich, wie sollte er sie auch verstehen — schließlich war er seinem Bruder viel zu ähnlich. Aye, wie Duncan war er es gewöhnt, zu töten, und er würde niemals begreifen, wie sehr ihr ihre eigene Tat zusetzte. »Mir wäre es lieber gewesen, wenn Ihr etwas in mir entdeckt hättet, was Euch so gut gefällt, daß Ihr mich nun besser leiden mögt.«

»Ich ... ich verstehe Euch einfach nicht«, sagte Gilard mit einem Hauch von Verzweiflung.

»Ich weiß.« Sie hatte so traurig geklungen, daß Gilard das Bedürfnis hatte, sie zu trösten.

»Ihr seid eine höchst ungewöhnliche Frau.«

»Ich gebe mir Mühe, es nicht zu sein. Allerdings ist es nicht ganz einfach, wißt Ihr. Es liegt wohl an meiner Vergangenheit.«

»Ich wollte Euch ein Kompliment machen«, protestierte Gilard. Offenbar glaubte sie, ungewöhnlich zu sein wäre ein bedauerlicher Wesenszug.

Er bedeutete ihr, mit hinauszukommen und erklärte ihr auf dem Weg, daß sie sich an ihm festhalten könne, falls sie auf der Treppe ausrutschen sollte. Die Stufen wären an manchen Stellen glitschig, und sie müsse aufpassen.

Gilard redete die ganze Zeit, aber Madelyne war zu nervös, um ihm zuzuhören. Sie dachte an das bevorstehende Treffen mit Adela, und sie konnte das Ziehen in ihren Eingeweiden einfach nicht verdrängen.

Als sie den Eingang der Großen Halle erreicht hatten, bot Gilard ihr den Arm, doch Madelyne lehnte ab. Sie wußte nicht, wie seine Brüder seine neue Haltung ihr gegenüber auffassen würden.

Madelyne faltete die Hände vor sich und wandte ihre Aufmerksamkeit dem Saal vor ihr zu. Er hatte gewaltige Ausmaße, und der Kamin nahm einen großen Teil der gegenüberliegenden Wand ein. Ein Stück weiter rechts davon stand ein Tisch, der lang genug war, um mindestens zwanzig Männern Platz zu bieten. Er befand sich auf einer hölzernen Plattform, und zerkratzte Stühle standen oder lagen drumherum. Die meisten lagen.

Ein merkwürdige Geruch drang zu ihr herüber, und sie zog angewidert die Nase kraus. Sie schaute sich um und entdeckte wenig später die Quelle des Geruchs. Die Binsen, die den Boden bedeckten, waren alt und faulten vor sich hin. Das Feuer im Kamin verstärkte den Gestank noch, und als wäre das alles noch nicht genug, um einem den Magen umzudrehen, döste ein ganzes Rudel Hunde aneinandergeschmiegt in der Mitte des Saales.

Madelyne war entsetzt, doch ebenso entschlossen, ihren Abscheu für sich zu behalten. Wenn die Wextons wie Tiere leben wollten, dann sollten sie es eben tun. Sie würde sich nicht darüber aufregen.

Gilard stieß sie sanft an, und Madelyne bewegte sich auf die Plattform zu. Edmond saß bereits mit dem Rücken zur Wand am Tisch und starrte sie an. Oder besser: er schien sie gar nicht richtig wahrzunehmen, sondern durch sie hindurchzusehen. Madelyne hatte den Eindruck, er grübelte über etwas nach, das sie betraf.

Gilard und Madelyne nahmen am Tisch Platz. Kurz darauf kamen Krieger unterschiedlichen Ranges herein und belegten die verbliebenen Stühle. Der einzige, der frei blieb, war der am Kopf des Tisches, neben Madelyne. Es war nicht schwer zu erraten, daß dieser für Duncan reserviert war, denn er war ja das Oberhaupt des Clans.

Madelyne wollte Edmond gerade fragen, wann sich Duncan zu ihnen gesellen würde, als Edmond losbrüllte: »Gerty!«

Augenblicklich ertönte eine lautstarke Antwort aus der Speisekammer, die neben dem Saal lag. »Wir hören Euch gut!«

Kurz darauf tauchte Gerty auf. Sie balancierte auf einem Arm einen Stapel leerer Holzbretter, auf dem anderen eine gewaltige Platte voller Fleisch. Hinter ihr erschienen zwei Mädchen, die ebenfalls Platten mit Eßbarem heranschleppten. Eine vierte Dienerin brachte ganze Laibe knusprigen Brotes, die sie sich zum Teil unter den Arm geklemmt hatte.

Was dann geschah, war so unfaßbar, daß es Madelyne die Sprache verschlug. Gerty knallte die Platten auf den Tisch und wies die Mädchen an, es ihr gleichzutun. Dann flogen die Bretter wie Diskusse bei den antiken Athleten durch die Luft, krachten auf die Tische nieder, wurden eingefangen oder landeten polternd auf dem Holzboden. Große Bierküge folgten. Wer das notwendige Gerät besaß, stürzte sich sofort auf das Essen.

Anscheinend war das eine Art Signal für die Hunde gewesen, denn diese waren auf einmal hellwach, sprangen auf die Pfoten und stürmten zum Tisch, um den sie sich, gierig hechelnd und freudig wedelnd, scharten. Madelyne fragte sich noch, was dieses merkwüdige Verhalten zu bedeuten hatte, als schon der erste Knochen über die Schulter eines Kriegers flog. Einer der größeren Hunde schnappte ihn sich sofort, woraufhin andere Hunde versuchten, ihn ihm wegzunehmen. Ein wildes Knurren setzte ein, bis der nächste Knochen geflogen kam, dann der nächste und der nächste, bis alle Hunde genauso schmatzten und knurpsten wie die Krieger am Tisch.

Madelyne starrte ungläubig auf die Szene, die sich vor ihren Augen abspielte. Ihr Appetit war dahin, und sie versuchte nicht einmal, ihren Ekel zu verbergen.

Kein einziges anständiges Wort fiel während der Mahlzeit. Die Männer stießen gegelegentlich zufriedene Grunzlaute aus, zu denen sich das Knurren und Winseln der Hunde in ihrem Rücken gesellte.

Anfangs dachte Madelyne noch, die Männer wollten sie absichtlich ärgern, damit sie den Appetit verlor, aber als die Schlacht um das Fleisch bis zum bitteren Ende anhielt und die Männer gesättigt rülpsten, mußte sie einsehen, daß dies ihre normale Art zu essen zu sein schien.

»Madelyne, Ihr eßt ja gar nichts«, bemerkte Gilard. Er war schwer zu verstehen, da er den Mund voll hatte. »Habt Ihr keinen Hunger?«

»Nicht mehr«, flüsterte Madelyne.

Gilard griff nach seinem Krug, trank einen Schluck Ale und wischte sich die Lippen mit seinem Ärmel ab. Madelyne schloß die Augen. »Sagt mir eins, Gilard«, brachte sie schließlich hervor. »Warum haben die Männer nicht auf Duncan gewartet? Wird er nicht böse?«

»Oh, Duncan ißt nie mit uns«, antwortete Gilard. Er riß ein Stück Brot vom Laib und bot es Madelyne an. Sie schüttelte den Kopf.

»Duncan ißt nie mit Euch?«

»Nicht, seit unser Vater gestorben ist und Mary krank wurde«, sagte Gilard einschränkend.

»Wer ist denn Mary?«

»War«, korregierte Gilard sie. »Sie ist gestorben.« Er rülpste genüßlich, dann fuhr er fort. »Sie war unsere Haushälterin. Sie war schon Jahre über ihre Zeit hinaus.« Madelyne fand diese Bemerkung ziemlich gefühllos, doch bevor sie dazu etwas sagen konnte, sprach Gilard schon weiter. »Ich dachte, die Frau würde uns alle überleben. Adela hat sich geweigert, sie durch eine andere zu ersetzen. Sie meinte, es würde die alte Frau verletzen. Als es dem Ende zuging ließ Marys Augenlicht mächtig nach, und meistens fand sie den Tisch nicht mehr.«

Gilard stopfte sich einen Fleischstreifen in den Mund und warf den Knochen lässig, aber so ungeschickt über die Schulter, daß Madelyne ausweichen mußte. Eine Woge der Verärgerung durchspülte sie.

»Wie auch immer«, fuhr Gilard fort, »Duncan hält sich von der Familie fern, wann immer es geht. Scheint lieber allein zu essen.«

»Das wundert mich nicht«, murmelte Madelyne.

Sie wünschte sich, daß sie hätte aufstehen und gehen können. »Essen die Krieger immer mit einer solchen ... Begeisterung?« fragte sie schließlich.

Gilard zuckte die Schultern. »Gott, nach einem anstrengenden Tag sicher.«

Madelyne glaubte schon, es keinen Moment länger ertragen zu können, als der Spuk ganz plötzlich ein Ende hatte. Ein Soldat nach dem anderen stand auf, rülpste und ging. Es wäre zum Lachen gewesen, wenn ihr Magen nicht rebelliert hätte.

Auch die Hunde hatten genug. Sie schlenderten müßig zum Kamin zurück, wo sie sich erneut zu einem Haufen übereinanderlegten. Madelyne fand, daß die Hunde entschieden besser erzogen waren: Keiner hatte zum Abschied gerülpst.

»Ihr habt keinen Bissen zu Euch genommen«, bemerkte Gilard. »Mochtet Ihr die Mahlzeit denn nicht?« Er hatte leise gesprochen. Madelyne nahm an, daß Edmond nichts mitbekommen sollte.

»Sollte das eine Mahlzeit sein?« fragte Madelyne gar nicht leise.

»Wie würdet Ihr es denn nennen?« mischte sich Edmond ein. Die Knitterfalten auf seiner Stirn waren beeindruckend.

»Fütterung!«

»Ich verstehe nicht, was Ihr meint«, sagte Edmond mit drohendem Unterton.

»Dann will ich es Euch nur allzu gerne erklären«, antwortete Madelyne ausgesprochen liebenswürdig. »Ich habe Tiere schon appetitlicher essen sehen. Menschen von guter Herkunft *essen* ihre Mahlzeit, Edmond. Was ich gerade miterlebt habe, war keine Mahlzeit. Es war, als hätte man ein Rudel Tiere, die sich als Menschen verkleidet haben, abgefüttert. Sie haben *gefressen.* Reicht Euch das zur Erklärung?«

Edmonds Gesicht hatte eine hochrote Färbung angenommen, während Madelyne gesprochen hatte. Madelyne war zu wütend, um sich daran zu stören. Es tat gut, sich ein wenig abzureagieren.

»Mir scheint, du hast dich sehr klar ausgedrückt. Was meinst du, Edmond?«

O Gott, das war Duncans Stimme, und offenbar stand er direkt hinter ihr. Wie hatte er sich einfach so anschleichen können? Sie sollte diesen Schuft von der Plattform stoßen.

Madelyne stand abrupt auf, drehte sich um und prallte gegen seine Brust. Er war keinen Zentimeter zurückgewichen, und Madelyne mußte um ihn herumgehen. Sie raffte ihren Rock, stieg von der Plattform und wandte sich dann wieder um. Sie hatte die Absicht, ihm laut und deutlich zu sagen, was sie von diesem Abendessen hielt. Dann machte sie den Fehler, ihm in die Augen zu sehen, und ihr Mut verließ sie.

Er besaß Macht über sie. Eine unheimliche Zauberkraft, die er nun erneut gegen sie einsetzte, so daß sie nicht mehr klar denken konnte. Sie wußte nicht einmal mehr, was sie ihm hatte sagen wollen.

Gott helfe mir. Ohne ein weiteres Wort wandte sie sich um und ging langsam fort. Und sie betrachtete das schon als einen gewissen Sieg, denn am liebsten wäre sie gerannt!

Madelyne hatte die Hälfte der Distanz bis zur Tür zurückgelegt, als Duncans Befehl sie aufhielt. »Madelyne, ich habe dir nicht die Erlaubnis gegeben, zu gehen!« Jedes Wort war überaus deutlich ausgesprochen.

Madelyne versteifte sich, wandte sich um, lächelte gezwungen und antwortete ihm mit derselben übertriebenen Sorgfalt. »Ich habe auch nicht um Erlaubnis gebeten.«

Noch im Umdrehen sah sie seine verdatterte Miene, die ihr eine gewisse Befriedigung verschaffte. Sie setzte sich wieder in Bewegung, wobei sie vor sich hinmurmelte, daß sie nur ein Köder war. Und Köder mußten schließlich nicht alles tun, was ihre Entführer sagten. Aye, man behandelte sie hier schlichtweg unfair. Schließlich war sie eine wohlerzogene Edelfrau mit sanftem Wesen.

Da sie mit ihrem gemurmelten Selbstgespräch beschäftigt war, hörte sie nicht, wie Duncan hinter ihr herschoß. Als seine großen Hände sich auf ihre Schultern legten, zuckte sie vor Schreck zusammen.

Duncan übte leichten Druck auf ihre Schultern aus, aber das wäre gar nicht nötig gewesen. Sobald er sie berührte, ließ sie sich gegen ihn sinken und begann am ganzen Körper zu beben.

Es dauerte eine Weile, bis Duncan begriff, daß das Zittern nichts, aber auch gar nichts mit ihm zu tun hatte. Ja, sie schien seine Anwesenheit nicht einmal bemerkt zu haben.

Madelyne starrte auf die Eingangstür zur Halle. Dort stand Adela.

KAPITEL 9

»Haßt das Böse, haltet fest am Guten.«
Neues Testament, Römer, 12.9

Madelyne war entsetzt über den Anblick, den das Mädchen bot. Sie wußte augenblicklich, daß es sich nur um Adela handeln konnte, denn das Mädchen sah ihrem Bruder Gilard bemerkenswert ähnlich. Sie hatte dasselbe braune Haar und dieselben braunen Augen. Sie war jedoch nicht annähernd so groß wie Gilard, viel zu dünn, und die fahle Blässe ihres Gesichts verriet Madelyne, daß es ihr nicht gutgehen konnte.

Adela trug ein Kleid, das früher einmal vielleicht eine zarte Farbe gehabt hatte. Nun jedoch war es so schmutzig, daß man diese nicht mehr erkennen konnte. Ihr Haar, das lang und strähnig über ihre Schultern herabfiel, sah genauso verdreckt aus. Unwillkürlich schoß Madelyne durch den Sinn, daß wohl nicht nur Dreck für das verfilzte Durcheinander verantwortlich war.

Als Madelyne sich von dem anfänglichen Schock erholt hatte, konnte sie keinen Abscheu mehr empfinden. Die Augen des Mädchens blickten so gequält, so verzweifelt, daß Madelyne nur mit Mühe die Tränen zurückhalten konnte. Lieber Gott, ihr eigener Bruder war an Adelas Zustand schuld! Und dafür, das wußte sie, würde Louddon für alle Ewigkeit in der Hölle schmoren.

Duncan legte den Arm um Madelynes Schulter und zog sie grob an seine Seite. Sie verstand den Grund dafür nicht, hörte jedoch augenblicklich auf zu zittern.

»Ich bringe sie um!« schrie Adela plötzlich.

Mit einem Mal war Edmond da. Er hastete zu seiner Schwester und nahm ihren Arm.

Langsam ließ Adela sich zum Tisch führen. Edmond redete auf sie ein, aber er sprach zu leise, als daß Madelyne etwas hätte verstehen können. Zumindest schienen seine Worte eine beruhigende Wirkung auf sie zu haben, denn ihr Gang wurde etwas entspannter, und sie nickte ein paarmal, während ihr Bruder sprach.

Als Adela an der Seite ihres Bruders saß, stieß sie plötzlich erneut einen Schrei aus. »Es ist mein Recht, sie zu töten, Duncan!«

Soviel Haß lag in ihren Worten, daß Madelyne einen Schritt zurückgewichen wäre, wenn Duncan sie nicht festgehalten hätte.

Sie wußte nicht, wie sie auf die Drohung reagieren sollte. Schließlich sah sie Adela direkt in die Augen und nickte langsam, um ihr zu bedeuten, daß sie den Wunsch verstehen konnte. »Du kannst es versuchen, Adela«, sagte sie leise.

Ihre Antwort brachte Adela erst recht in Rage. Sie stand so rasch auf, daß der Stuhl nach hinten kippte und krachend zu Boden fiel.

»Wenn du mir den Rücken zukehrst, dann –«

»Das reicht!« Duncans lauter Befehl hatte eine sofortige Wirkung auf seine Schwester. Sie sackte augenblicklich in sich zusammen.

Edmond war deutlich verärgert über Duncans Befehl. Mit einem zornigen Blick zu seinem Bruder hob er Adelas Stuhl wieder auf und nötigte sie, sich zu setzen.

Duncan stieß einen gemurmelten Fluch aus. Er ließ den Arm von Madelynes Schultern gleiten, ergriff statt dessen jedoch ihre Hand. Dann setzte er sich in Bewegung und zerrte sie mit sich. Madelyne mußte laufen, um mit ihm Schritt zu halten.

Duncan verringerte weder sein Tempo noch ließ er sie

los, bis sie oben am Treppenabsatz zu ihrer Turmkammer waren.

»Wie könnt Ihr sie nur so verwahrlosen lassen?« fragte Madelyne.

»Dein Bruder ist dafür verantwortlich«, antwortete Duncan.

Madelyne spürte erneut die Tränen in den Augen brennen. Sie straffte die Schultern und sah zu ihm auf. »Ich bin sehr müde, Duncan. Ich würde jetzt gerne schlafen gehen.«

Er ließ sie los, und sie ging in ihre Kammer, wobei sie darum betete, daß er ihr nicht folgen würde. Erleichtert hörte sie das Geräusch seiner Stiefel auf den steinernen Stufen.

Madelyne schloß die Tür und schaffte es fast bis zum Bett, bis ihr Kummer aus ihr herausbrach.

Duncan kehrte ohne Zögern in die Große Halle zurück. Er mußte dringend mit seinen Brüdern sprechen. Er brauchte ihre Hilfe, was seine Pläne für Madelyne betraf.

Edmond und Gilard saßen noch immer am Tisch und tranken gemeinsam aus einem Bierkrug. Adela war zum Glück nicht mehr anwesend.

Als Duncan sich setzte, reichte Gilard ihm wortlos den Krug Ale. Doch Edmond fuhr ihn sofort an. »Beschützen die Wextons jetzt schon Louddons Schwester vor ihrer eigenen?«

»Madelyne hat Adela nichts getan«, verteidigte Gilard sofort Madelyne. »Sie ist nicht wie ihr Bruder, und das weißt du verdammt genau, Edmond. Wir sind schändlich mit ihr umgegangen, aber sie hat sich kein einziges Mal darüber beklagt!«

»Spiel dich bloß nicht als Madelynes Held auf«, knurrte Edmond. »Ja, sie *ist* tapfer«, fuhr er mit einem Schulterzukken fort. »Und du hast mir auch schon mehrmals erzählt, wie sie dich in der Schlacht vor dem Tod bewahrt hat, Gilard. Himmel, ich kenne die Geschichte ja schon auswendig!« Er wandte den Kopf, um Duncan einen scharfen Blick zuzuwerfen. »Aber hier geht es nicht um Madelynes Charakter, sondern um ihre Anwesenheit in der Festung. Das ist es, was Adela so aufbringt.«

»Aye«, stimmte Duncan zu. »Und genau das gefällt mir!«

»Was sagst du da?« fragte Edmond entrüstet.

»Edmond, bevor du einen Wutausbruch bekommst, sag mir eines: Wann hat Adela das letzte Mal mit dir gesprochen?«

»In London. Als wir sie gefunden haben«, antwortete Edmond. Seine Stimme klang immer noch verärgert, aber Duncan ließ sich nicht beirren.

»Gilard, und du? Wann hat sie das letzte Mal ein Wort an dich gerichtet?«

»In London, genau wie bei Edmond«, antwortete Gilard mit gerunzelter Stirn. »Sie hat mir erzählt, was geschehen ist, und das war alles. Seitdem hat sie mit niemandem mehr geredet.«

»Bis heute«, schloß Duncan. »Adela hat mit Madelyne gesprochen.«

»Und das betrachtest du als gutes Zeichen?« fragte Edmond ungläubig. »Adela spricht endlich wieder, ja, aber nur von Mord. Lieber Gott, unsere einst so liebreizende Schwester hat geschworen, Madelyne umzubringen! Das kann ich wahrhaftig nicht als Zeichen der Genesung werten!«

»Adela kommt wieder zu uns zurück«, sagte Duncan beharrlich. »Im Augenblick ist sie von Haß und Zorn erfüllt – so sehr, daß es sie fast auffrißt. Aber ich denke, mit Madelynes Hilfe kann Adela wieder genesen.«

Edmond schüttelte den Kopf. »Als unsere Schwester Catherine zu Besuch kam, hat Adela sie nicht einmal angesehen. Wie kommst du darauf, daß Madelyne da etwas erreichen kann, wo Catherine nichts zustande gebracht hat?«

Duncan hatte Mühe, seine Gefühle in Worte zu kleiden.

Er war es nicht gewohnt, etwas von Bedeutung mit seinen Brüdern zu besprechen. Seine normale Vorgehensweise war es, Befehle zu geben, von denen er erwartete, daß sie unverzüglich ausgeführt wurden. Duncan herrschte über das Haus wie über seine Männer – so wie es sein Vater auch getan hatte. Die einzige Ausnahme machte er, wenn er seine Männer ausbildetete, denn da war er nicht nur ihr Lehrer, sondern oft auch Gleichgestellter; er verlangte nichts von seinen Kriegern, was er nicht auch selbst tun konnte.

Doch dies waren gewiß keine normalen Umstände. Bei diesem Thema stand es seinen Brüdern zu, zu erfahren, was Duncan dachte. Schließlich war Adela auch ihre Schwester, und sie hatten das Recht, ihre Meinung zu sagen.

»Ich schlage vor, wir holen Catherine wieder her«, warf Edmond ein. Sein Kinn war trotzig nach vorn geschoben.

»Das ist nicht nötig«, widersprach Duncan. »Madelyne wird Adela helfen. Sie braucht nur ein wenig Anleitung von unserer Seite.« Die Andeutung eines Lächelns erschien auf seinen Lippen. »Ich glaube, daß Madelyne die einzige ist, die unsere Schwester verstehen kann. Und irgendwann wird Adela auf sie zugehen.«

»Aye, Duncan, Adela wird auf deine Madelyne zugehen. Aber mit einem Dolch in der Hand und mit Mord im Sinn. Wir müssen vorsichtig sein.«

»Ich will nicht, daß Madelyne dieser Gefahr ausgesetzt wird«, meldete sich Gilard zu Wort. »Wir hätten sie im Wald zurücklassen sollen. Louddon hätte sie schon gefunden. Und, Edmond, sie ist nicht Duncans Madelyne. Wir sind alle verantwortlich für sie.«

»Madelyne ist mein, Gilard«, sagte Duncan. Seine Stimme hatte ruhig geklungen, doch es lag eine Spur Drohung darin, und sein Blick war ebenso herausfordernd.

Edmond sah von einem Bruder zum anderen. Was war da los? Vor allem . . . was war mit Duncan los? Seit wann beanspruchte er das Besitzrecht auf eine Frau?

Dies war einer der höchst seltenen Momente, wo Edmond mit Gilard einer Meinung war. Normalerweise hatten die beiden zu praktisch jeder Sache von Bedeutung eine ganz und gar unterschiedliche Ansicht. »Ja, ich denke, ihr hättet das Mädchen tatsächlich zurücklassen sollen«, sagte er nun langsam, während er in Gedanken schon den Vorschlag formulierte, sie so bald als möglich zurückzubringen.

Duncans Faust krachte so heftig auf den Tisch, daß das Ale aus dem Krug schwappte. Der Krug wäre umgekippt, wenn Gilard nicht blitzschnell zugegriffen hätte.

»Madelyne geht nirgendwo hin, Edmond. Ich bitte dich kein zweites Mal um deine Zustimmung. Stehst du hinter meiner Entscheidung, oder tust du es nicht?«

Ein langes Schweigen legte sich über die Brüder.

»So ist das also«, murmelte Edmond schließlich.

Duncan nickte. Gilard betrachtete seine beiden älteren Brüder verwirrt. Offenbar war ihm etwas entgangen, aber er verstand nicht, was.

»Aye, genau so ist es«, bestätigte Duncan nun. »Willst du mir Schwierigkeiten machen?«

Edmond seufzte und schüttelte den Kopf. »Nein. Ich stehe hinter dir, Duncan, obwohl ich hoffe, daß du dir der Folgen deiner Entscheidung bewußt bist.«

»Ja, aber es bringt mich nicht davon ab.«

Gilard blickte von einem zum anderen und wunderte sich. Da aber Duncan nicht so aussah, als würde er ihm eine Erklärung geben, beschloß er, zu warten, bis er mit Edmond allein war. Im übrigen ging ihm eine Frage im Kopf herum, auf die er endlich eine Antwort wollte. »Duncan? Was meintest du eben damit, daß Madelyne nur ein wenig Anweisung von uns bräuchte, um Adela zu helfen? Wieso denn ausgerechnet sie?«

Duncan wandte sich zu seinem jüngsten Bruder. »Madelyne hat gewisse Erfahrungen gemacht, die unserer Schwester helfen werden. Mein Vorschlag ist, die beiden so oft wie möglich zusammenkommen zu lassen. Edmond, du wirst unsere Schwester jeden Abend zum Essen begleiten. Gilard, du kümmerst dich um Madelyne. Sie hat vor dir nicht ganz soviel Angst.«

»Soll das heißen, vor *mir* schon?« fragte Edmond ungläubig.

Duncan ignorierte die Frage, warf aber Edmond einen verärgerten Blick zu, um ihm klarzumachen, wie ungern er sich unterbrechen ließ. »Es kümmert mich nicht, ob eine der beiden Frauen sich weigert. Zerrt sie her, wenn es sein muß. Hauptsache, sie essen zusammen.«

»Adela wird unsere sanftmütige Madelyne vernichten«, brach es plötzlich aus Gilard heraus. »Dieses zarte Kind kann sich niemals gegen unsere Schwester behaupten –«

»Dieses zarte Kind hat ein Temperament wie eine Wildkatze, Gilard.« Duncans Stimme klang ungeduldig. »Wir müssen sie nur dazu bringen, ihre Fassung zu verlieren.«

»Was sagst du da?« rief Gilard, als könnte er es nicht fassen. »Madelyne ist eine liebreizende Edelfrau. Wieso . . .?«

Edmond gab seine gewohnte mürrische Miene auf. Das, was aus seiner Kehle kam, klang sogar fast wie ein Kichern. »Sie hat auch einen ganz liebreizenden rechten Haken, Gilard. Und wir wissen durchaus, was für eine wohlerzogene Edelfrau sie ist. Sie hat es schließlich so laut rausgebrüllt, daß nun ganz England Bescheid wissen müßte!«

»Das lag doch nur am Fieber. Duncan, du hättest auf mich hören sollen, als ich gesagt habe, es ist notwendig, ihr das Haar abzuschneiden, um die Dämonen herauszulassen. Madelyne war doch nicht sie selbst, glaubt mir. Sie weiß ja nicht einmal, daß sie Edmond ein blaues Auge gehauen hat.«

Duncan schüttelte amüsiert den Kopf. »Du brauchst Madelyne mir gegenüber nicht zu verteidigen, Gilard.«

»Und was hast du nun mit ihr vor?« fragte Gilard barscher, als es ihm, wie er sehr gut wußte, eigentlich zustand.

»Sie wird hier bei uns in Sicherheit sein« sagte Duncan statt einer direkten Antwort. Er stand auf und war schon fast an der Tür, als Edmonds Stimme ihn zurückhielt.

»Sie wird nicht eher in Sicherheit sein, bis Adela wieder Vernunft angenommen hat. Es wird eine schwere Prüfung für Madelyne werden.«

»Für uns alle«, rief Duncan über die Schulter zurück. »So Gott will, ist es rasch durchgestanden.«

Mit diesen Worten verließ Duncan die Halle und begab sich zum See.

Seine Gedanken kehrten immer wieder zu Madelyne zurück. Er konnte sich der Wahrheit nicht verschließen. Durch eine glückliche Fügung des Schicksals hatte Madelyne von ihrem Vater weder die schwarze Seele geerbt, die Louddon besaß, noch war sie an den Grausamkeiten ihres Bruders zerbrochen. Sie war eine Frau, wie es keine zweite gab, und sie würde sich nicht unterkriegen lassen. *Sie verbirgt ihre wahre Natur vor sich selbst,* dachte Duncan mit einem amüsierten Lächeln. Doch ihm waren Einblicke in Madelynes wahre Natur gestattet worden. Es hatte eines starken Fiebers bedurft, um ihr leidenschaftliches Wesen zu Tage treten zu lassen. Aye, sie war leidenschaftlich, sinnlich und mit einer Gier nach Leben versehen, die ihm größtes Vergnügen bereitete.

Vielleicht kann Adela auch Madelyne helfen. Vielleicht gelingt es meiner Schwester, Madelyne von ein paar Einschränkungen, die sie sich selbst auferlegt hat, zu befreien.

Das eiskalte Wasser schaffte es endlich, Duncans Gedanken von Madelyne abzulenken. Er würde seine Runde schwimmen und dann zu Madelyne zurückkehren. Dieser Gedanke machte das unangenehme Ritual plötzlich weit erträglicher.

Madelyne hatte die Fensterläden geöffnet und blickte hinaus. Plötzlich sah sie Duncan, der sich auf den See zubewegte. Als er am Ufer angekommen war, zog er sich mit dem Rücken zu ihr aus und sprang kopfüber ins Wasser.

Madelyne empfand es absolut nicht als unschicklich, ihn zu beobachten. Seine Nacktheit brachte sie auch nicht in

Verlegenheit. Sie war viel zu überrascht von dem, was dieser Wahnsinnige da unten tat. Im übrigen sah sie ihn ja nur von hinten, so daß das Schlimmste vor ihr verborgen blieb.

Sie konnte nicht fassen, daß er tatsächlich baden ging. Der volle Mond ergoß sein Licht über den See, so daß sie ihm mit ihrem Blick folgen konnte. Als er wendete und aufs Ufer zuschwamm, fiel ihr endlich wieder ein, was eine anständige Frau tat und was nicht, und sie schloß hastig die Augen. Nachdem sie eine Weile abgewartet hatte, öffnete sie sie wieder. Duncan stand am Ufer, seine untere Körperhälfte war wieder bedeckt, und er warf sich gerade seine Tunika über die Schulter, um zurück ins Haus zu gehen.

Ja, spürte er die Kälte denn nicht? Madelyne fror schon in der leichten Brise, die durch das Fenster hereindrang. Doch Duncan tat, als wäre es ein warmer Frühlingstag, ja, er schlenderte sogar so gemütlich auf das Haus zu, als hätte er alle Zeit der Welt.

Madelynes Herzschlag beschleunigte sich, als er näherkam. Duncan besaß wirklich einen stattlichen Körper. Er war groß, hatte breite Schultern und schmale Hüften. Die Muskeln seiner Oberarme und seiner Brust waren in dem hellen Mondlicht deutlich zu sehen. Von diesem Mann gingen eine Kraft und eine Macht aus, die Madelyne gleichzeitig anzogen und verunsicherten.

In diesem Augenblick blieb Duncan stehen und sah zum Turm hinauf. Madelyne hob zögernd die Hand zum Gruß, ließ sie dann aber auf halbem Weg wieder sinken. Sie konnte sein Gesicht nicht erkennen, aber gewiß trug er eine mürrische Miene zur Schau. Das war ja schließlich sein üblicher Gesichtsausdruck.

Madelyne wandte sich ab und legte sich aufs Bett, ohne die Fensterläden zu schließen. Sie war erschüttert, aber sie war auch furchtbar zornig. Und der Grund für beides war Adela.

Jedesmal, wenn Adelas Gestalt vor ihrem inneren Augen erschien, hätte sie am liebsten geschrien. Statt dessen fing sie erneut an zu weinen. Sie weinte, bis ihre Wangen sich wund anfühlten und ihre Kehle schmerzte.

Das arme Kind hatte soviel durchmachen müssen. Madelyne wußte, wie es war, jemandem ausgeliefert zu sein. Sie wußte, welch einen Haß Adela empfinden mußte, und es tat ihr entsetzlich leid.

Aber sie war auch wütend auf die Wexton-Brüder. Wie hatten sie Adela so behandeln können? Sie hatten alles nur noch schlimmer gemacht, indem sie sie verkommen ließen.

Plötzlich faßte Madelyne einen Entschluß. Sie wollte die Verantwortung für Adela übernehmen. Aber nicht deswegen, weil sie Louddons Schwester war. Sie wollte sich nicht schuldig fühlen, nur weil sie mit diesem Schuft verwandt war. Nay, dachte Madelyne. Sie wollte Adela helfen, weil das Mädchen dringend Hilfe nötig hatte.

Wieder brachen die Tränen aus Madelyne heraus. Sie fühlte sich plötzlich wie in einer Falle. Sie befand sich hier so nah an der Grenze, und doch mußte sie noch warten, bis sie fliehen und bei ihrer Base Unterschlupf suchen konnte. Adela brauchte Liebe und Verständnis, und ihre barbarischen Brüder schienen keine Ahnung zu haben, wie sie ihr diese vermitteln sollten. Ja, sie wurde hier gebraucht, und sie würde dafür sorgen, daß Duncans Schwester wieder zu leben begann.

Die Luft in der Kammer war eisig geworden. Madelyne kuschelte sich bebend unter ihre Decke, bis ihr einfiel, daß sie die Fensterläden offengelassen hatte. Sie stand wieder auf, schlang sich ein Fell um den Oberkörper und hastete zum Fenster hinüber.

Es hatte zu regnen begonnen, und Madelyne fand, daß das Wetter bestens zu ihrer Stimmungslage paßte. Sie blickte zum See hinüber, um sicherzustellen, daß Duncan nicht mehr da war, dann schaute sie zu dem Gipfel des Hügels hinauf, der oberhalb der Mauer zu sehen war.

In diesem Moment sah sie das Tier. Wie vom Donner gerührt stand Madelyne da und starrte es an. Sie traute sich nicht, einen Augenblick wegzusehen, weil sie befürchtete, das gewaltige Raubtier könnte in der Zwischenzeit verschwinden.

Es schien zu ihr heraufzusehen. Madelyne begriff auf einmal, daß sie verrückt geworden war. Der Wolf sah sie an, sie sah den Wolf an, und sie spürte einen Schauder ihren Rücken herablaufen.

Sie war wie gelähmt von dem Anblick. Der Wolf setzte sich und legte den Kopf in den Nacken, als wollte er heulen. Doch wenn dem so war, dann erreichte der Laut ihre Ohren nicht. Vielleicht trug der Wind ihn fort, vielleicht bildete sie sich alles auch nur ein.

Madelyne hatte keine Ahnung, wie lange sie dort am Fenster stand. Einmal schloß sie langsam und mit Bedacht die Augen, aber als sie sie wieder aufschlug, war der Wolf noch immer da.

»Das ist nur ein Hund«, murmelte sie zu sich selbst. Ja, genau, es war ein Hund, kein Wolf. »Allerdings ein sehr großer Hund«, setzte sie hinzu.

Madelyne wußte, daß abergläubische Menschen darin ein Omen gesehen hätten. Das würde sie nicht tun, o nein, sie nicht!

Entschlossen klappte sie die Läden zu und ging ins Bett zurück. Doch das Bild des großen Wolfes wollte ihr nicht aus dem Sinn gehen, und sie brauchte lange, um einzuschlafen. Kurz bevor der Schlaf sie dann doch übermannte, fiel ihr ein, daß sie ja gar keinen Wolf gesehen hatte.

Es war nur ein Hund. Ein großer Hund.

Irgendwann in der Nacht erwachte Madelyne, weil ihr kalt war. Sie spürte, wie Duncan seinen Arm um sie schlang und sie an seine warme Brust zog.

Sie lächelte und kuschelte sich an ihn. Manche Träume waren so wundervoll wirklich.

KAPITEL 10

»Zu der Zeit und auch später noch (. . .) wurden daraus die Riesen auf Erden.«
Altes Testament, 1. Mose, 6.4

Madelyne schwor sich, daß sie die Woche, die ihrem Entschluß, Adela zu helfen, folgte, nicht bis zu ihrem dreißigsten Lebensjahr vergessen würde, sollte sie jemals dieses hohe Alter erreichen.

Es war eine Zeit, die sich mit nichts vergleichen ließ. Nun, vielleicht war Williams Schlacht bei Hastings ähnlich aufreibend gewesen, doch da sie damals noch nicht geboren war, zählte dieses Ereignis wohl nicht. Die Woche drohte sowohl ihre Sanftmut als auch ihre geistige Gesundheit zu vernichten, und da Madelyne sich nicht entscheiden konnte, was ihr mehr bedeutete, beschloß sie, an beidem festzuhalten.

Die Belastung war groß genug, um einen Märtyrer zum Zähneknirschen zu bringen. Und selbstverständlich war diese verflixte Wexton-Familie an allem schuld.

Madelyne hatte die Erlaubnis bekommen, sich frei auf dem Burggrundstück zu bewegen. Nur ein einziger Soldat folgte ihr ständig wie ein lautstarker Schatten. Duncan hatte ihr ebenfalls gestattet, die überflüssigen Essensreste zur Fütterung der Tiere zu benutzen. Und da der Soldat gehört hatte, daß sein Herr der Bitte der Lady entsprochen hatte, legte er bei den Männern an der Zugbrücke ein gutes Wort für sie ein, so daß sie die Umgrenzung der Mauern verlassen konnte.

Und so wanderte Madelyne mit einem schweren Rupfensack voller Rind- und Hühnerfleisch und Brotkanten den Pfad zur Hügelkuppe hinauf. Sie hatte keine Ahnung, was ihr großer wilder Hund fressen würde, also hatte sie ihm vorsichtshalber eine Auswahl mitgebracht, von der ihm sicher etwas schmecken würde.

Ihr Schatten, ein gutaussehender Soldat namens Anthony, murrte über die weite Strecke. Er hatte vorgeschlagen, den Weg zu Pferd zu bewältigen, aber Madelyne hatte abgelehnt, so daß der Mann nun neben ihr hergehen mußte. Als Argument hatte Madelyne angebracht, daß der Marsch ihnen guttun würde, aber natürlich fürchtete sie sich davor, daß sie sich auf dem Pferderücken lächerlich machen könnte.

Als sie zurückkehrten, wartete Duncan bereits auf sie. »Du hattest keine Erlaubnis, die Festungsmauern zu verlassen«, fuhr er sie aufgebracht an.

Anthony eilte zu ihrer Verteidigung. »Ihr habt ihr aber erlaubt, die Tiere zu füttern«, rief er seinem Herrn in Erinnerung.

»Aye, das habt Ihr«, bekräftigte Madelyne mit einem reizenden Lächeln und sehr süßer Stimme.

Duncan nickte, aber seine Miene war furchteinflößend.

Dennoch hatte Madelyne keine Angst mehr vor ihm. Leider mußte sie sich diese Tatsache mehrmals am Tag vergegenwärtigen. Noch immer hatte sie nicht den Mut, ihn zu fragen, was er gemeint hatte, als er sagte, sie gehöre nun zu ihm. Immer wieder schob sie diese notwendige Konfrontation auf, da sie sich insgeheim vor der Antwort fürchtete.

Im übrigen war immer noch Zeit genug dafür, wenn Adela sich erst einmal ein wenig besser fühlte, um ihr Schicksal selbst in die Hände zu nehmen. *Eins nach dem anderen,* dachte Madelyne. Man mußte die Schlachten schlagen, wie sie kamen.

»Ich bin nur auf den Hügel gestiegen«, erklärte Madelyne endlich. »Habt Ihr Sorge, daß ich bis nach London wandere?«

»Warum wanderst du überhaupt draußen herum?« fragte Duncan gereizt.

»Um meinen Wolf zu füttern.«

Seine Reaktion war überaus befriedigend. Zum ersten Mal sah sie, daß es ihm nicht gelang, seine Gefühle zu beherrschen. Er sah sie derart verwirrt an, daß Madelyne ihr Grinsen nicht verbergen konnte.

»Vielleicht haltet Ihr mich für albern, aber ich habe einen Wolf oder einen großen Hund gesehen, und ich empfand es als meine Pflicht, ihn zu verpflegen, bis die Witterung es wieder zuläßt, daß er alleine jagt. Das würde natürlich bedeuten, daß ich den ganzen Winter über Futter hinaufbringen muß, aber ich bin sicher, daß mein Wolf mit dem ersten lauen Lüftchen wieder für sich selbst sorgt.«

Duncan drehte sich wortlos um und ging davon.

Madelyne grinste breit. Er hatte über sein Erstaunen ganz vergessen, ihr das Verlassen der Festung ausdrücklich zu untersagen, und das war Sieg genug.

Allerdings glaubte Madelyne selbst nicht daran, daß der Wolf noch in der Nähe war. Jeden Abend sah sie aus dem Fenster und suchte nach ihm, aber er ließ sich kein einziges Mal blicken. In manchen Nächten, wenn sie sich tief in ihre Felle kuschelte, fragte sie sich, ob sie ihn wirklich gesehen hatte oder ob es nur eine Einbildung ihrer überreizten Sinne gewesen war.

Dies würde sie Duncan jedoch bestimmt nicht eingestehen. Es bereitete ihr ein höllisches Vergnügen, jeden Tag nach Belieben über die Zugbrücke zu wandern, so daß sie nicht darauf verzichten wollte. Die Essenreste, die sie am Tag zuvor auf dem Hügel gelassen hatte, waren am nächsten stets verschwunden, was bedeutete, daß sich tatsächlich Tiere daran gütlich taten. Sie war zufrieden, daß ihre Mühe nicht verschwendet war und noch zufriedener, Duncan ärgern zu können.

Aye, sie tat es nur, um ihn zu reizen, und wenn man in Betracht zog, wie er ihr aus dem Weg zu gehen versuchte, schien es funktioniert zu haben.

Die Tage hätten angenehm sein können, wenn Madelyne sich nicht jedesmal vor dem Abendessen hätte fürchten müssen. Dies belastete sie enorm und zehrte ganz beträchtlich an ihren Nerven.

Madelyne verbrachte trotz Kälte und Regen soviel Zeit wie möglich draußen. Gerty hatte ihr abgelegte Kleider von Catherine, der ältesten Schwester der Wexton-Brüder, gegeben. Die Kleider waren zu groß, aber Madelyne hatte sie mit Nadel und Faden soweit angepaßt, daß sie für ihre Bedürfnisse mehr als genügten. Ob sie nun der derzeitigen Mode entsprachen, kümmerte sie nicht. Die Stoffe waren ausgebleicht, aber sauber und intakt, und – was am wichtigsten war – sie hielten warm.

Jeden Nachmittag wanderte Madelyne zu den Ställen, um Duncans Hengst, den sie Silenus getauft hatte, etwas Leckeres zu bringen. Sie und das Pferd hatten eine Art Freundschaft geschlossen. Jedesmal, wenn sie den Stall betrat, machte Silenus einen riesigen Aufstand, als wollte er die Stallwände zertreten und ausbrechen, aber er beruhigte sich sofort, sobald sie leise auf ihn einsprach. Madelyne konnte ihn verstehen: Er wollte ihr halt zeigen, was für ein toller Kerl er war, und sie lobte jedesmal sein Temperament, nachdem sie ihm sein Extra-Häppchen gegeben hatte.

Trotz seiner beeindruckenden Größe schien Silenus enorm liebebedürftig zu sein. Er stieß ihre Hand so lange an, bis sie ihn zu streicheln begann, und wenn sie aufhörte und ihre Hand auf dem Törchen liegen ließ, um eine Reaktion zu provozieren, enttäuschte Silenus sie nie, sondern stieß sie wieder an, bis sie mit ihren Liebkosungen fortfuhr.

Der Stallmeister billigte Madelynes regelmäßige Besuche gar nicht und sagte dies auch laut genug, daß sie es hören mußte. Er äußerte ebenfalls sein Mißfallen darüber, daß sie das Tier verwöhnte, und drohte, es seinem Herrn zu sagen. Im Grunde genommen blies er sich jedoch nur kräftig auf. Im stillen bewunderte er Madelynes Talent, mit dem großen Tier fertigzuwerden. Er selbst war noch immer jedesmal ein wenig nervös, wenn er den Hengst satteln sollte, doch dieses Würmchen von einem Mädchen schien nicht im geringsten beeindruckt.

Am dritten Nachmittag sprach der Stallmeister Madelyne an, und am Ende der Woche waren sie dicke Freunde.

Wie Madelyne nun erfuhr, hieß er James und war mit Maude verheiratet. Ihr Sohn William hing noch an Mutters Rockzipfel, aber James freute sich schon auf die Zeit, wenn der Junge alt genug war, sein Lehrling zu werden. Selbstverständlich würde er in Vaters Fußstapfen treten, denn so war es in ihrer Familie Tradition, erklärte James stolz.

An einem Tag führte James Madelyne in seinem Herrschaftsbereich herum. Als sie wieder zu dem Hengst zurückkehrten, bemerkte der Stallmeister: »Silenus würde Euch ohne Sattel auf den Rücken lassen!«

Madelyne lächelte. Der Stallmeister hatte also den Namen, den sie dem Tier gegeben hatte, übernommen. »Ich bin noch nie ohne Sattel geritten«, antwortete sie. »Eigentlich muß ich gestehen, daß ich überhaupt nur sehr wenig geritten bin.«

»Wie wäre es denn«, schlug James mit einem freundlichen Grinsen vor, »wenn Ihr es richtig lernt, sobald sich das Wetter ein wenig gebessert hat?«

Madelyne nickte erfreut.

»Aber ich frage mich, wie Ihr überhaupt von einem Ort zum anderen gekommen seid, wenn Ihr's nie gelernt habt«, sagte James nachdenklich.

»Ich bin zu Fuß gegangen«, erklärte Madelyne ihm. Er sah sie so verdutzt an, daß sie in lautes Gelächeter ausbrach. »James, das ist doch keine Sünde, die ich eben gebeichtet habe.«

»Ich habe eine freundliche Stute, mit der Ihr beginnen könntet«, sagte James nach einer Weile.

»Nein, ich glaube, das wäre gar nicht so gut«, erwiderte Madelyne. »Ich fürchte, Silenus wäre darüber beleidigt, und wir wollen doch seine Gefühle nicht verletzen, nicht wahr?«

»Seine Gefühle verl –?« begann James perplex.

»Ich werde mit Silenus schon zurechtkommen«, versicherte Madelyne ihm rasch.

»Aber . . . aber das ist der Hengst unseres Herrn, den Ihr da reiten wollt, Mylady«, stammelte James.

»Ich weiß, wem er gehört«, gab Madelyne zurück. »Und mach dir keine Gedanken wegen seiner Größe«, setzte sie hinzu, als sie die beunruhigte Miene des Stallmeisters sah. »Ich bin schon auf ihm geritten.«

»Aber wird der Baron das erlauben?«

»Er wird, James.«

Sie lächelte wieder, und alle vernünftigen Argumente, die James in den Sinn kamen, waren vergessen. Aye, wie sie ihn so vertrauensvoll mit ihren großen, blauen Augen ansah, wußte er, daß sie einfach recht haben mußte.

Als Madelyne die Ställe verließ, schloß sich ihr der Soldat wieder an. Er war eine ständige Erinnerung für Madelyne – und für jeden anderen im Haushalt –, daß sie kein geladener Gast war. Doch Anthonys Haltung ihr gegenüber hatte sich im Laufe der Tage, die er ihr folgte, beträchtlich verändert. Anfangs war ihm sein Unmut über die Aufgabe, die ihm übertragen worden war, deutlich anzumerken gewesen, doch inzwischen benahm er sich ihr gegenüber stets freundlich.

Aus der Art und Weise, wie Anthony von den anderen Kriegern begrüßt wurde, schloß sie, daß er allgemein beliebt war. Er hatte ein anziehendes Lächeln, eigentlich ein jungenhaftes Grinsen, das so gar nicht zu seiner Größe und seiner Position passen wollte. Madelyne konnte nicht begreifen, warum man ihm aufgetragen hatte, auf sie aufzupassen. Ihrer Meinung nach wäre ein Knappe wie Ansel für die unsinnige Aufgabe weit geeigneter gewesen.

Sie dachte so lange darüber nach, bis ihre Neugier schließlich siegte und sie ihn danach fragte. »Hast du irgend etwas getan, das deinem Herrn mißfallen hat?«

Er schien ihre Frage nicht zu verstehen.

»Ich sehe doch, wie neidisch du die anderen Soldaten ansiehst, wenn sie ihrer Arbeit nachgehen, Anthony. Du würdest viel lieber mit ihnen Kampftechniken üben, als mit mir im Kreis umherzulaufen.«

»Das ist gar nicht wahr«, protestierte Anthony.

Sie musterte ihn zweifelnd. »Dennoch verstehe ich nicht, warum man dir diese Aufgabe übertragen hat. Da muß doch etwas passiert sein, daß der Baron einen Krieger zu so einer albernen Pflicht abstellt.«

»Ich hatte eine Verletzung, die noch ein wenig Zeit zum Ausheilen braucht«, erwiderte er schließlich zögernd. Sie bemerkte, wie ihm eine schwache Röte in die Wangen stieg.

Madelyne fand es höchst seltsam, daß ihm so etwas peinlich war. In der Absicht, ihm das Unbehagen zu nehmen, sagte sie: »Ich hatte auch eine Verletzung, und keine unbedeutende, das kann ich dir sagen.« Sie wollte nicht damit prahlen, sondern ihm nur bedeuten, daß es nichts war, weswegen man sich schämen mußte. »Es hätte mich fast niedergestreckt, aber Edmond hat sich gut um mich gekümmert. Jetzt habe ich eine scheußliche Narbe über meinen ganzen Oberschenkel.«

Anthony sah keineswegs beruhigt aus, im Gegenteil. Er schien das Thema nicht zu mögen. »Ist es denn nicht so, daß Krieger es als ehrenvoll betrachten, im Kampf verwundet zu werden?« fragte sie.

»Doch, durchaus«, antwortete Anthony. Er verschränkte die Hände hinterm Rücken und beschleunigte seinen Schritt.

Plötzlich dämmerte Madelyne, daß Anthony sich möglichweise wegen der Stelle, an der er verletzt worden war, schämte. Seine Arme und Beine wirkten vollkommen intakt, so daß nur noch die Brust blieb und ...

»Äh ... wir reden einfach nicht mehr davon«, entfuhr es ihr. Sie spürte, wie ihr Gesicht zu glühen begann. Als Anthony augenblicklich wieder langsamer wurde, wußte Madelyne, daß sie richtig geraten hatte. Die Wunde war an einer Stelle, wo man keine zu haben hatte.

Obwohl sie Anthony nicht darauf ansprach, war sie doch verwundert darüber, wie viele Stunden die Soldaten mit ihrer Ausbildung und Übungen verbrachten. Nun, wahrscheinlich war es keine leichte Arbeit, den Baron zu verteidigen, besonders wenn man in Betracht zog, wie viele Feinde er hatte. Und die hatte er, da war sie sich sicher. Duncan war keine liebenswerte Person; er benahm sich weder taktvoll noch diplomatisch. Ja, es war anzunehmen, daß er am Hof von William II. mehr Feinde als Freunde hatte.

Madelyne hatte unglücklicherweise viel Zeit, um über Duncan nachzudenken. Sie war nicht daran gewöhnt, so wenig Beschäftigung zu haben. Wenn sie nicht mit Anthony draußen umherwanderte, dann strapazierte sie Gertys und Maudes Nerven mit Vorschlägen, wie man Duncans Heim gemütlicher gestalten könnte.

Maude war weit weniger zurückhaltend als Gerty. Sie ließ stets gerne ihre Arbeit liegen, um Madelyne zu besuchen. Der kleine Willie, Maudes vierjähriger Sohn, erwies sich als genauso gesprächig wie seine Mutter, als es Madelyne erst einmal gelungen war, ihn dazu zu bringen, seinen Daumen aus dem Mund zu nehmen.

Doch jeden Tag, wenn die Dämmerung sich über das Land legte, zogen sich Madelynes Eingeweide zusammen, und ihr Kopf begann zu pochen. Und das war kein Wunder, wie sie nicht nur einmal ärgerlich dachte, denn die Abendessen mit der Wexton-Familie waren eine Zerreißprobe, vor der sich sogar Odysseus gedrückt hätte.

Madelyne war jedoch nicht gestattet, sich davor zu drükken. Sie hatte Duncan förmlich auf Knien angefleht, in ihrer

Kammer essen zu dürfen, aber es hatte nichts genutzt. Duncan bestand darauf, daß sie die Mahlzeit mit seiner Familie einnahm, und besaß dann auch noch die Frechheit, sich selbst der schweren Prüfung, die er ihr aufzwang, zu entziehen. Der Baron aß immer allein und tauchte nur kurz nach dem Essen im Großen Saal auf, wenn der Tisch schon abgeräumt worden war. Oder besser: wenn man all das vom Tisch entfernt hatte, was die Krieger während der Mahlzeit nicht über die Schulter geworfen hatten.

Adela sorgte für die anregende Unterhaltung. Während die Krieger die Knochen durch die Gegend schleuderten, schleuderte Adela Madelyne eine Beleidigung nach der anderen entgegen.

Madelyne wußte, daß ihre Toleranzgrenze fast erreicht war. Ihr angestrengtes Lächeln verursachte ihr Schmerzen in den Kiefermuskeln.

Am siebten Abend verlor Madelyne die Beherrschung, und dies mit solcher Urgewalt, daß diejenigen, die Zeugen des Ausbruchs wurden, zu erschrocken waren, um zu reagieren.

Duncan hatte ihr soeben die Erlaubnis gegeben, die Große Halle zu verlassen. Madelyne stand auf, entschuldigte sich und bewegte sich auf die Tür zu.

Ihr Kopf pochte wild, als sie sah, daß Adela auf sie zukam. Madelyne machte ihr soviel Platz wie möglich, denn sie war nicht in der Stimmung, sich wieder einmal anbrüllen zu lassen.

Madelyne warf Adela einen wachsamen Blick aus dem Augenwinkel zu und entdeckte Klein-Willie, der aus dem Durchgang zur Küche spähte. Der kleine Junge lächelte, und Madelyne blieb augenblicklich stehen, um sein Lächeln zu erwidern.

Das Kind reagierte sofort. Er schoß aus der Küche auf Madelyne zu und geriet Adela vor die Füße. Adela hatte soeben zu einer ihrer großen Gesten ausgeholt, die stets ihre Beleidigungen und Morddrohungen einleiteten. Ihr Handrücken schlug über Willies Wange, und der Kleine stürzte zu Boden.

Sofort begann Willie wie am Spieß zu brüllen. Gilard brüllte ebenfalls, und dann stieß Madelyne einen ohrenbetäubenden Schrei aus. Es lag soviel Zorn in ihrem Schrei, daß alle Anwesenden im Saal wie vom Donner gerührt erstarrten. Selbst Adela riß entsetzt die Augen auf. Sie wich sogar einen Schritt zurück.

Gilard machte Anstalten, aufzustehen, doch Duncan packte seinen Arm und hielt ihn zurück. Gilard wandte sich protestierend um, doch der Blick, den Duncan ihm zuwarf, ließ ihn augenblicklich verstummen.

Madelyne stürzte zu dem Jungen, nahm ihn in die Arme und redete mit tröstenden Worten auf ihn ein. Sie stellte ihn wieder auf die Füße, gab ihm einen Kuß auf den Scheitel und einen Klaps auf den Po und schob ihn sanft in Richtung Tür, in der eine aufgeregte Maude erschienen war. Auch Gerty kam, um zu sehen, was geschehen war.

Dann richtete Madelyne sich auf und wandte sich Adela zu. Vielleicht wäre es ihr gelungen, ihre Fassung wiederzuerlangen, wenn Duncans Schwester nur einen Hauch von Reue gezeigt hätte. Adela schien aber nicht im geringsten zu bedauern, was sie getan hatte, und als sie auch noch etwas über lästige Kinder murmelte, war es um Madelynes Beherrschung geschehen.

Adela schaffte es gerade noch, kundzutun, daß Willie in ihren Augen ein schlechterzogener Bengel war, als Madelyne ihr mit dem Handrücken über den Mund schlug – die Stelle, die es Madelynes Meinung nach am ehesten verdient hatte. Adela war so verblüfft über die Attacke, daß sie stolperte und auf die Knie fiel.

Madelyne nutzte ihre Chance sofort. Sie griff in Adelas Haar und riß den Kopf zurück, so daß das Mädchen keine Möglichkeit hatte, sich zu wehren. Madelyne zwang sie, ihr in die Augen zu sehen. »Du hast deinen Schmutz zum letzten Mal verbreitet. Hast du mich verstanden?« zischte sie.

Alle Anwesenden starrten die beiden Frauen an. Edmond war der erste, der sich aus seiner Betäubung löste. »Laßt sie sofort los, Madelyne«, brüllte er.

Ohne den Blick von Adela zu nehmen, rief Madelyne: »Haltet Euch da raus, Edmond. Ihr macht mich für das verantwortlich, was Eurer Schwester zugestoßen ist, und ich habe beschlossen, daß es höchste Zeit ist, die Verantwortung dafür auch zu übernehmen. Mit sofortiger Wirkung.«

Duncan sagte kein Wort. Edmond war jedoch noch nicht fertig. »Ich mache Euch nicht dafür verantortlich«, gellte er. »Ihr Verstand ist –«

»Ihr Verstand braucht vor allem eine gründliche Reinigung!«

Madelyne entdeckte, daß Maude und Gerty beide von der Küchentür her zusahen. Ohne Adelas Haar loszulassen, wandte sie sich an die beiden Frauen. »Ich fürchte, wir brauchen zwei Zuber voll Wasser, um diese armselige Kreatur sauber zu kriegen. Gerty, kümmere dich darum. Maude, du suchst anständige Kleidung für deine Herrin.«

»Ihr wollt jetzt ein Bad nehmen, Mylady?« fragte Gerty, die noch nicht begriff.

Madelyne erklärte es ihr gerne. »Adela wird ein Bad nehmen.« Sie blickte mit zornigen Augen auf das Mädchen hinunter. »Und du bekommst Seife in den Mund, wenn du noch ein schmutziges Wort zu mir sagst, verstanden?«

Madelyne ließ Adelas Haar los und half ihr auf die Füße. Duncans Schwester versuchte sofort, sich davonzumachen, aber Madelyne ließ es nicht zu. Ihr Zorn hatte ihr enorme Kraft verliehen. »Du bist zwar größer, Adela, aber ich bin stärker, und vor allen Dingen viel gemeiner, als du dir vorstellen kannst. Ich kriege dich die Treppe in meine Kammer hinauf, und wenn ich dich jede Stufe treten muß!« Sie zerrte Adela am Arm auf die Eingangstür zu und murmelte dabei so laut, daß es für die drei Brüder zu hören war: »Und ich würde mich verdammt noch mal über die Gelegenheit freuen, dich zu treten, glaub es mir!«

Adela brach in Tränen aus, aber Madelyne ließ sich nicht erweichen. Diese Schwester würde kein Mitleid mehr von ihr bekommen. Edmond und Gilard hatten ihr schon mehr als genug davon gegeben, und es hatte nicht geholfen. Adela brauchte eine feste Hand, und Madelynes Hand war im Augenblick wahrlich fest genug. Seltsam, aber ihr Kopf hatte zu pochen aufgehört.

»Heul, soviel du willst, Adela. Das nützt dir überhaupt nichts. Du hast es gewagt, Willie zu beschimpfen, dabei bist du diejenige, die eine Erziehung nötig hätte. Dein Benehmen läßt wahrhaftig zu wünschen übrig, aber das wird sich ab jetzt ändern, das verspreche ich dir.«

Madelyne plapperte unablässig, bis sie ihre Kammer erreicht hatten. Sie mußte Adela nicht ein einziges Mal treten.

Als die hölzernen Zuber bis zum Rand mit heißem Wasser gefüllt waren, hatte Adela keine Energie mehr, um sich zu wehren. Gerty und Maude waren Madelyne dabei behilflich, ihr die verdreckten Kleider auszuziehen. »Verbrennt das Zeug«, befahl Madelyne und reichte Gerty die stinkenden Fetzen.

Als sie Adela in die erste Wanne drückte, mußte Madelyne unwillkürlich an Lots Frau denken. Adela saß wie zur Salzsäule erstarrt im Zuber und blickte reglos in die Ferne. Ihre Augen jedoch erzählten eine andere Geschichte. Duncans Schwester kochte innerlich vor Zorn.

»Warum brauchen wir denn zwei Zuber?« fragte Maude sorgenvoll. Plötzlich schoß Adelas Arm vor und griff nun ihrerseits in Madelynes Haar. Das Mädchen begann so fest daran zu zerren, als wollte sie ihrer Feindin die Kopfhaut abziehen. Madelyne wehrte sich, indem sie die Hand auf Adelas Hinterkopf legte und ihr das Gesicht unter Wasser drückte. Maude rang verzweifelt die Hände. Wollte die Lady, die sie als zartfühlend und liebreizend kennengelernt hatte, die Schwester des Barons ertränken?

»Ich . . . ich glaub', sie kann unter Wasser nicht atmen«, äußerte Maude mit schriller Stimme ihre Bedenken.

»Aye, und anspucken kann sie mich auch nicht«, fauchte Madelyne atemlos.

»Also, das ist doch ...«, keuchte Gerty aufgeregt auf. Dann wandte sie sich plötzlich um und rannte aus der Tür hinaus. Maude sah ihrer Freundin sehnsuchtsvoll hinterher.

Gerty war immer die erste, die Neuigkeiten herumerzählte, und ganz gewiß würde Baron Wexton jeden Moment hier auftauchen, um zu sehen, was es gab.

Maude wäre zu gerne hinterhergerannt. Im Augenblick war ihr Lady Madelyne nicht geheuer – diese Frau hatte sich ja in eine tobende Furie verwandelt! Dennoch durfte man nicht vergessen, daß sie sich für Klein-Willie eingesetzt hatte. Daher hatte Maude beschlossen zu bleiben, so lange die Lady ihre Hilfe benötigte.

»Wir brauchen zwei Zuber, weil Adela so verdreckt ist, daß sie zwei Bäder braucht«, keuchte Madelyne ihre Antwort hervor.

Maude hatte ihre Frage schon fast wieder vergessen. Sie starrte vollkommen entsetzt auf den Kampf, der sich vor ihren Augen abspielte. Adela hatte zu strampeln und zu kratzen begonnen, und das Wasser platschte in Wogen aus dem Zuber, über den Boden und vor allem über Lady Madelyne.

»Gib mir bitte die Seife«, befahl Lady Madelyne barsch.

Die nächste Stunde über fand eine Schlacht statt, die Erzählstoff bis zum nächsten Frühling bieten würde. Immer wieder steckte Gerty ihren Kopf in die Kammer, um kurz darauf wieder davonzustürmen und Gilard und Edmond Bericht zu erstatten.

Als sich die Lage langsam beruhigte, war Gerty fast ein wenig enttäuscht. Schließlich saß Lady Adela ruhig vor der Feuerstelle, während Lady Madelyne ihr Haar kämmte. Die Schwester des Barons schien sich endgültig ausgetobt zu haben, und es war ein gewisser Frieden eingekehrt.

Maude und Gerty verließen den Turm, nachdem die Zuber geleert und fortgetragen worden waren.

Weder Adela noch Madelyne hatten ein Wort an die andere gerichtet. Plötzlich erschien Maude noch einmal im Türrahmen. »Ich hab' Euch noch gar nicht dafür gedankt, daß Ihr Euch um meinen Sohn gekümmert hat«, sagte sie etwas atemlos.

Bevor Madelyne antworten konnte, fuhr die Dienerin fort: »Ich mach' Lady Adela ja gar keine Vorwürfe. Sie kann schließlich nichts dafür. Aber Ihr habt Euch die Mühe gemacht, meinen Jungen zu trösten, und dafür dank' ich Euch.«

»Ich habe ihn nicht mit Absicht geschlagen.«

Es war der erste vernünftige Satz, der aus Adelas Mund kam. Madelyne und Maude lächelten sich verstohlen zu.

Sobald die Tür sich wieder hinter Maude geschlossen hatte, zog Madelyne einen Stuhl vor Adela, setzte sich und sah das Mädchen an.

Adela weigerte sich, aufzublicken. Sie hatte die Hände im Schoß gefaltet und betrachtete sie interessiert.

Madelyne hatte reichlich Gelegenheit, sich Duncans Schwester genau anzusehen. Jetzt, wo der Dreck verschwunden war, konnte man sehen, wie hübsch sie war. Sie besaß sanfte braune Augen und braunes Haar, das mit goldenen Strähnen durchzogen war.

Duncan sah sie nicht besonders ähnlich, aber charakterlich schien sie mit ihrem ältesten Bruder einiges gemein zu haben . . . Sturheit zum Beispiel. Madelyne atmete tief durch und mahnte sich zur Geduld.

Mindestens eine Stunde war verstrichen, bevor Adela endlich den Kopf hob und Madelyne ansah. »Was willst du von mir?«

»Ich will, daß du mir erzählst, was mit dir passiert ist.«

Adelas Gesicht nahm augenblicklich eine hochrote Farbe an. »Willst du alle Einzelheiten hören? Glaubst du, das könnte dir Spaß machen, ja?« Sie begann, an den Ärmeln ihres frischen Nachthemdes zu zerren.

»Nein, das macht mir überhaupt keinen Spaß«, erwiderte Madelyne traurig. »Aber du mußt es erzählen. Es ist wie Gift in deinem Inneren, und du mußt es loswerden. Danach wirst du dich besser fühlen, das verspreche ich dir. Und dann mußt du deinen Brüdern auch kein Theater mehr vorspielen!«

Adelas Augen weiteten sich. »Woher weißt du...« Plötzlich brach sie ab, als sie begriff, daß sie kurz davor stand, sich zu verraten.

Madelyne grinste. »Die einfältigste Person kann spüren, daß du mich nicht haßt. Jeden Tag gehen wir mehrmals aneinander vorbei, ohne daß du mich anschreist. Nay, Adela, du dosierst deinen Haß viel zu gut.«

»Ich hasse dich *doch*!«

»Nein, tust du nicht«, erwiderte Madelyne ruhig. »Du hast keinen Grund, ich habe dir nichts getan. Wir sind beide unschuldig zwischen die Fronten geraten. Beide leiden wir unter dem Krieg zwischen unseren Brüdern. Ja, wir sind beide unschuldig.«

»Ich nicht mehr«, stieß Adela fast trotzig hervor. »Und Duncan kriecht jede Nacht in dein Bett, also wirst du es wohl auch kaum noch sein!«

Madelyne blickte das Mädchen erstaunt an. Wie kam sie auf den Gedanken, daß Duncan die Nächte mit ihr verbrachte? So ein Unsinn! Aber Madelyne mußte sich jetzt auf Adelas Problem konzentrieren – um sich zu verteidigen, war später noch genug Zeit.

»Ich würde deinen Bruder töten, wenn ich es könnte«, sagte Adela. »Warum läßt du mich nicht einfach in Ruhe? Ich will in Frieden sterben!«

»Sag nicht solche schändlichen Dinge«, gab Madelyne zurück. »Adela, wie soll ich dir helfen, wenn du –«

»Warum? Warum willst du mir überhaupt helfen? Du bist Louddons Schwester!«

»Deswegen empfinde ich dennoch keine verwandschaftliche Treue zu ihm. Diese Bande hat er vor langer Zeit schon zerstört. Wann hast du ihn denn kennengelernt?«

fragte sie so beiläufig, als wäre die Sache an sich nicht wichtig.

»Als ich in London war«, antwortete Adela. »Und mehr bekommst du von mir nicht zu hören.«

»Wir *werden* darüber sprechen, egal wie quälend es sein mag. Wir haben nur uns, Adela. Und bei mir sind deine Geheimnisse sicher.«

»Geheimnisse? Es gibt keine Geheimnisse, Madelyne. Jeder weiß, was geschehen ist.«

»Ich will jetzt die Wahrheit von dir hören, Adela«, sagte Madelyne leise. »Aber wenn wir die ganze Nacht hier sitzen und uns anstarren wollen . . . bitte, auch gut!«

Adela musterte Madelyne eine lange Weile und versuchte, einen Entschluß zu fassen. Sie fühlte sich, als stünde sie kurz davor, vollkommen auseinanderfallen. Gott, sie hatte die Täuschung so satt, und sie fühlte sich so entsetzlich einsam.

Als sie schließlich sprach, war ihre Stimme nicht mehr als ein heiseres Flüstern. »Und du wirst Louddon jedes Wort wiederholen, wenn du zu ihm zurückkehrst?«

»Ich werde niemals zu Louddon zurückkehren«, erwiderte Madelyne, und aus ihrer Stimme war der Zorn herauszuhören. »Ich möchte bei meiner Base in Schottland leben, wenn sie mich aufnimmt. Ich weiß noch nicht, wie ich dorthinkommen soll, aber wenn es sein muß, gehe ich zu Fuß!«

»Ich glaube dir merkwürdigerweise. Aber was ist mit Duncan. Wirst du es ihm erzählen?«

»Ich werde es niemandem erzählen, wenn du es nicht willst«, antwortete Madelyne.

Adela schloß kurz die Augen. Dann senkte sie den Kopf und begann leise zu reden. »Ich lernte deinen Bruder kennen, als ich am Königshof war. Er ist ein gutaussehender Mann.« Sie hielt einen Moment inne, dann fuhr sie fort: »Er behauptete, er liebe mich. Er machte mir den Hof.«

Adela brach plötzlich in Tränen aus, und es dauerte einen Moment, bis sie sich soweit wieder gefaßt hatte, daß sie weitersprechen konnte.

»Ich war bereits mit Baron Gerald verlobt. Die Ehe wurde arrangiert, als ich zehn Jahre alt war. Ich war damit zufrieden, bis ich Louddon kennenlernte. Ich habe Gerald doch nicht mehr gesehen, seit ich ein Kind war. Ich weiß nicht einmal, ob ich ihn noch wiedererkennen würde. Duncan erlaubte mir, mit Edmond und Gilard an den Hof zu reisen, denn Gerald sollte ebenfalls anwesend sein, und da wir nächsten Sommer das Ehegelübde ablegen sollten, hielt Duncan es für richtig, daß ich meinen zukünftigen Gemahl kennenlernen sollte. Du mußt wissen, daß Louddon eigentlich mit dem König in der Normandie hätte sein sollen. Wenn Duncan gewußt hätte, daß er statt dessen am Hof weilte, dann hätte er mich nie auch nur in die Nähe gelassen.«

Adela holte tief Luft. »Gerald war nicht gekommen. Er hatte auch einen guten Grund dafür. Einer seiner Vasallen war angegriffen worden, und er mußte sich darum kümmern. Trotzdem war ich erbost und enttäuscht.«

Sie zuckte etwas hilflos die Schultern, und Madelyne nahm ihre Hand in die ihren. »Ich wäre auch enttäuscht gewesen«, sagte sie.

»Alles passierte so unglaublich schnell, Madelyne. Wir waren nur zwei Wochen in London. Ich wußte, daß Duncan Louddon verabscheute, aber ich wußte nicht, warum. Wir trafen uns heimlich, und Louddon war stets freundlich und sehr liebevoll. Seine Aufmerksamkeit gefiel mir. Wir hatten auch kaum Schwierigkeiten, uns zu sehen, denn Duncan war ja nicht anwesend.«

»Selbst dann hätte Louddon es irgendwie geschafft«, sagte Madelyne. »Ich glaube, er hat dich benutzt, um deinen Bruder zu treffen. Du bist sehr hübsch, aber ich fürchte, Louddon hat dich nicht geliebt. Er ist nämlich gar nicht dazu fähig, jemanden zu lieben – außer sich selbst wahrscheinlich.«

»Louddon hat mich nicht angerührt.«

Madelyne glaubte zuerst, sie hätte nicht richtig gehört. Wie vom Donner gerührt, sah sie Adela an, dann zwang sie sich zu einer gleichgültigen Miene. »Bitte fahr fort«, sagte sie schließlich.

»Dann verabredeten wir uns in einer Kammer, die Louddon am Vortag leer vorgefunden hatte. Sie lag ein gutes Stück von den Räumen der anderen Gäste entfernt. Ich wußte, was ich tat, Madelyne. Ich glaubte, deinen Bruder zu lieben. Ich wußte ganz genau, daß es falsch war, aber ich konnte nicht anders. Lieber Gott, Duncan würde mich umbringen, wenn er die Wahrheit wüßte.«

»Quäl dich nicht selbst, Adela. Wenn du nichts sagst, wird er es niemals erfahren.«

»Louddon kam also zu unserer Verabredung. Aber er war nicht allein. Er hatte einen Freund mitgebracht, und er war es, der mich . . . vergewaltigt hat.«

Nun zeigte sich einmal mehr, wie nützlich Madelynes Übung darin war, ihre Gefühle zu verbergen. Ihre Miene ließ nicht erkennen, wie sehr sie Adelas schockierendes Bekenntnis entsetzte.

Duncans Schwester hatte Madelyne aufmerksam angesehen. Sie hatte erwartet, daß ihr Gegenüber mit Abscheu reagieren würde, doch nichts dergleichen passierte. »Das macht dich nicht –?«

»Bring es zu Ende«, flüsterte Madelyne.

Und dann quoll die ganze Geschichte aus dem gequälten Mädchen heraus, zuerst zögernd, dann immer rascher und rascher, und als Adela zu Ende berichtet hatte, schwieg Madelyne eine Weile, um ihrer neuen Freundin die Möglichkeit zu geben, sich zu beruhigen.

»Wer war dieser Mann, den Louddon mitgebracht hat? Sag mir den Namen.«

»Morcar!«

»Ich kennen diesen Bastard«, preßte Madelyne hervor. Es lag soviel Wut in ihrer Stimme, daß Adela sie angstvoll ansah. Madelyne nahm sich zusammen. »Warum hast du Duncan nichts davon erzählt? Du hättest ja weglassen können, daß du ursprünglich freiwillig zu Louddon wolltest.«

»Ich konnte es nicht«, erwiderte Adela. »Ich schämte mich so sehr. Und ich bin so übel verprügelt worden, daß ich wirklich nichts als sterben wollte. Louddon ist genauso ein Schuft wie Morcar . . . Oh, ich weiß auch nicht. Als Louddons Name einmal gefallen war, wollten Edmond und Gilard auch gar nichts mehr wissen.«

Adela fing wieder zu weinen an, aber Madelynes Worte ließen sie schnell wieder verstummen. »Also gut«, sagte sie in resolut. »Hör mir jetzt zu. Deine einzige Sünde war es, dich in den falschen Mann zu verlieben. Dafür kann keiner etwas. Ich wünschte zwar, daß du Duncan von Morcar erzählen würdest, aber die Entscheidung liegt bei dir. Solange du es nicht willst, werde ich niemandem etwas sagen, das schwöre ich dir.«

»Ich . . . ich vertraue dir«, brachte Adela hervor. »Ich habe dich die ganze Woche beobachtet. Du bist nicht wie dein Bruder. Du siehst ihm ja nicht einmal ähnlich.«

»Ja, dem Himmel sei Dank«, murmelte Madelyne mit solcher Inbrunst, daß Adela grinsen mußte. »Noch eine Frage, Adela, wenn du sie beantworten magst. Warum hast du so getan, als hätte dein Verstand gelitten? War es wegen deiner Brüder?«

Adela nickte.

»Aber warum?«

»Als ich wieder zu Hause war, stellte ich schnell fest, daß ich doch nicht sterben würde. Dann fiel mir irgendwann siedenheiß ein, daß ich Morcars Kind unter dem Herzen tragen könnte. Duncan hätte mich zu einer Ehe gezwungen, und –«

»Du glaubst doch nicht ernsthaft, daß Duncan dich an Louddon binden würde!« unterbrach Madelyne.

»Nein, nein, sicher nicht«, stimmte Adela zu. »Aber er

würde schon jemanden finden. Versteh mich richtig, Duncan will ja nur mein Bestes ...«

»Und bist du schwanger?« fragte Madelyne voller Unbehagen.

»Ich weiß es nicht. Ich bin über meine monatliche Zeit, aber ansonsten fühle ich mich nicht irgendwie anders, und es ist bei mir ohnehin nie regelmäßig gekommen.« Adela errötete, nachdem sie dieses Geständnis gemacht hatte.

»Vielleicht ist es einfach noch zu früh, um Gewißheit zu haben«, überlegte Madelyne laut. »Aber wenn du schwanger bist, wie stellst du dir vor, es vor Duncan zu verheimlichen? Er ist ja vielleicht dickköpfig, aber doch nicht blind.«

»Ich habe wohl geglaubt, ich könnte in meiner Kammer bleiben, bis es zu spät wäre. Ich weiß, wie dumm sich das jetzt anhört, aber ich habe nicht besonders vernünftig gedacht oder gehandelt. Ich weiß nur, daß ich mich lieber umbringe, bevor ich mich zu einer Ehe zwingen lasse.«

»Und was ist mit Baron Gerald?« fragte Madelyne.

»Der Vertrag ist aufgehoben«, erwiderte Adela. »Ich bin ja keine Jungfrau mehr.«

Madelyne seufzte. »Hat der Baron das gesagt?«

»Nay, aber Duncan sagt, er müsse das Versprechen jetzt nicht mehr einhalten.«

Madelyne nickte. »Und deine größte Sorge ist, daß Duncan dich zu einer Ehe zwingen könnte?«

»Ja.«

»Also gut, dann kümmern wir uns zuerst darum. Überlegen wir uns, was wir tun können, um dir diese Sorge ein für alle Male zu nehmen.«

»Wirklich?«

Madelyne sah den Funken der Hoffnung, der in Adelas Augen aufglomm, und das bestärkte ihren Entschluß nur noch. Unfähig, länger ruhig sitzen zu bleiben, stand Madelyne auf und begann in der Kammer auf und ab zu gehen. »Ich glaube keinen Moment lang, daß dein Bruder so herzlos sein würde, dich zu einer Ehe zu zwingen, gegen die du dich sträubst.« Sie hob die Hand, als Adela zum Protest ansetzte. »Aber was ich glaube, zählt hierbei auch nicht. Wie wäre es denn, wenn ich Duncan das Versprechen abringen könnte, daß du so lange hier wohnen kannst, wie du es möchtest – unter was für Umständen auch immer? Würde dich das ein wenig beruhigen?«

»Mußt du ihm dazu sagen, daß ich vielleicht in anderen Umständen bin?«

Madelyne antwortete nicht sofort. Sie wanderte eine Weile schweigend weiter im Kreis und fragte sich, wie in Gottes Namen sie Duncan dazu bringen sollte, ihr irgend etwas zu versprechen.

»Nein, muß ich nicht«, antwortete sie schließlich. Sie blieb vor Adela stehen und lächelte auf das Mädchen hinab. »Erst ringe ich ihm das Versprechen ab. Den Rest findet er schon früh genug heraus, was denkst du?«

Adela lächelte ebenfalls. »Wie gerissen du bist! Jetzt verstehe ich, was du vorhast. Wenn Duncan dir erst einmal das Versprechen gegeben hat, dann kann er sein Wort nicht zurücknehmen.« Dann schien ihr etwas einzufallen, denn das Lächeln verschwand, und sie runzelte die Stirn. »Er wird ziemlich wütend auf dich werden, wenn er herausfindet, daß du ihm einen Streich gespielt hast.«

»Er ist immer wütend auf mich«, gab Madelyne mit einem Schulterzucken zurück. »Ich habe keine Angst vor deinem Bruder, Adela. Er macht immer enorm viel Wind, doch er hat ein weiches Herz. Da bin ich mir ganz sicher.« Innerlich betete Madelyne, daß sie recht hatte. »Also. Du versprichst mir jetzt, daß du dich nicht unnötig über die Möglichkeit aufregst, in anderen Umständen zu sein. Du hast Schlimmes durchgemacht, und das kann durchaus der Grund dafür sein, daß dein Monatsfluß ausgesetzt hat. Ich weiß, daß so etwas geschehen kann, weil Frieda, die Frau des Holzfällers, einmal schrecklichen Kummer gehabt hat, als ihr kleiner Junge in einen Brunnen gefallen war. Nach langer Zeit konnte man ihn wieder herausziehen, und er war unverletzt, aber Frieda hatte einen gewaltigen Schrekken bekommen. Danach wartete sie zwei Monate lang vergeblich auf ihre Blutung. Ich hörte sie mit einer Dienerin darüber reden, und diese sagte, es sei ganz natürlich. Ich weiß nicht mehr, wie diese kluge Frau hieß, aber sie hat recht gehabt. Im nächsten Monat war wieder alles in Ordnung.«

Adela nickte, sichtlich erleichtert.

»Und wenn du doch schwanger bist«, fuhr Madelyne fort, »dann werden wir das auch überstehen, nicht wahr? Du wirst das Kind nicht hassen, oder, Adela?« Diesmal schaffte es Madelyne nicht, unbeteiligt zu klingen. »Ein Baby ist nur ein unschuldiges Würmchen, Adela.«

»Nein. Es würde dieselbe schwarze Seele wie sein Vater haben«, sagte Adela. »Sie sind vom gleichen Blut.«

»Aber wenn das so ist, dann müßte ja auch ich zur Hölle verdammt sein, Adela. Ich bin Louddons Schwester.«

»Ja, aber du bist nicht wie er«, protestierte Adela.

»Und das Baby wird nicht wie Morcar sein. Dafür sorgst du selbst.«

»Wie denn das?«

»Indem du es liebst und so erziehst, daß es die richtigen Entscheidungen trifft, wenn es alt genug dazu ist.« Madelyne seufzte und schüttelte den Kopf. »Aber wir wissen ja gar nicht, ob du schwanger bist, deswegen können wir das Thema im Augenblick vergessen. Du siehst schrecklich müde aus. Da deine Kammer bestimmt noch nicht gereinigt ist, kannst du mein Bett nehmen. Ich finde schon ein anderes Plätzchen.«

Adela folgte Madelyne zum Bett und sah zu, wie ihre neue Freundin die Decken aufschlug. »Wann wirst du Duncan um das Versprechen bitten?«

Madelyne wartete, bis Adela im Bett lag, bevor sie antwortete. »Ich rede morgen mit ihm. Ich weiß, wie wichtig es für dich ist. Ich vergesse es nicht, versprochen.«

»Kein Mann soll mich je wieder anrühren.«

Sie hatte das so verbittert hervorgestoßen, daß Madelyne befürchtete, das Mädchen würde sich wieder aufregen.

»Schsch, jetzt«, sagte Madelyne sanft und steckte die Decke um Adela fest. »Du schläfst jetzt. Es wird alles gut.«

Adela mußte über Madelynes Versuche, sie zu bemuttern, grinsen. »Madelyne? Es tut mir furchtbar leid, wie ich dich behandelt habe. Wenn ich glauben würde, daß es helfen könnte, würde ich Edmond bitten, mit Duncan zu reden, daß er dich nach Schottland bringt.«

Überrascht nahm Madelyne zur Kenntnis, was Adela ihr gerade unbewußt verraten hatte. Wenn sie über Edmond an Duncan herantreten wollte, konnte das nur bedeuten, daß sie Angst vor ihrem ältesten Bruder hatte.

Adela seufzte und sagte dann: »Eigentlich möchte ich nicht, daß du im Augenblick fortgehst. Ich war so allein hier . . . Ist es sehr selbstsüchtig, das zuzugeben?«

»Nur die Wahrheit«, erwiderte Madelyne. »Und ich bewundere Menschen, die die Wahrheit sagen.« Sie sah das Mädchen ernst an. »Ich habe noch nie in meinem Leben gelogen.«

»Wirklich nicht?« kicherte Adela.

Madelyne lächelte. »Nicht, daß ich mich erinnern kann«, antwortete sie. »Und ich verspreche dir, so lange zu bleiben, wie du mich brauchst. Ich möchte ohnhin nicht unbedingt bei diesem Wetter reisen.«

»Madelyne, auch du bist entehrt. Jeder wird glauben, daß du . . . daß Duncan . . .«

»Red nicht solch einen Unsinn«, sagte Madelyne. »Keiner von uns beiden ist verantwortlich für das, was geschehen ist. In unseren Herzen sind wir rein. Und das ist alles, was zählt.«

»Manchmal hast du wirklich höchst ungewöhnliche Ansichten«, sagte Adela mit einem Hauch Bewunderung. »Man sollte meinen, daß du uns Wextons hassen müßtest.«

»Nun, es ist eine Tatsache, daß deine Brüder es einem nicht leichtmachen, sie zu mögen«, gab Madelyne zu.

»Aber ich hasse sie gewiß nicht. Weißt du, daß ich mich hier bei euch sicher fühle? Erstaunlich, nicht wahr? Ich bin eine Gefangene, und finde hier Geborgenheit. So, und darüber kannst du dir jetzt Gedanken machen.« Madelyne runzelte die Stirn. Was hatte sie da gerade gesagt? »Nun«, murmelte sie, »ich werde mir wohl auch ein paar Gedanken darüber machen müssen.«

Sie tätschelte Adelas Arm und wandte sich zur Tür.

»Du wirst doch wegen Morcar nichts Unüberlegtes tun, Madelyne?«

Madelyne drehte sich halb verdutzt, halb verärgert wieder um. »Wie kommst du denn auf so eine Idee?«

»Weil du einen so seltsamen Gesichtsausdruck bekommen hast, als ich seinen Namen genannt habe«, antwortete Adsela. Dann fügte sie mit ängstlicher Stimme hinzu: »Du wirst doch keine Dummheit begehen, nicht wahr?«

»Du hast eine blühende Phantasie«, tat Madelyne ihre Sorgen ab. »Da haben wir im übrigen schon wieder etwas gemein.«

Adela merkte gar nicht, daß Madelyne das Thema geschickt umgangen hatte. Sie lächelte. »Ich glaube, heute werde ich keine Alpträume haben. Ich bin viel zu müde. Du solltest auch bald ins Bett gehen, Madelyne. Du mußt dich für das Gespräch mit Duncan ausruhen.«

»Denkst du denn, es würde mich soviel Kraft kosten?«

»Dich nicht«, antwortete Adela. »Duncan würde dir jedes Versprechen geben, daß du von ihm einforderst.«

Himmel, Adela hatte wirklich zuviel Vertrauen in ihre Fähigkeiten. Madelynes Schultern sackten zusammen.

»Ich sehe es an der Art, wie Duncan dich immer anschaut. Und du hast Gilards Leben gerettet. Ich habe gehört, wie er Edmond die Geschichte erzählt hat. Wenn du ihn daran erinnerst, wird er dir keine Bitte abschlagen.«

»Schlaf jetzt, Adela.«

Madelyne wollte gerade die Tür zuziehen, als Adela sie noch einmal zurückhielt. »Duncan sieht Lady Eleanor niemals mit diesem gewissen Blick an, mit dem er dich ansieht.«

Madelyne konnte sich nicht zurückhalten. »Wer ist Lady Eleanor?« fragte sie und versuchte vergeblich, nicht zu interessiert zu klingen. Sie warf Adela einen Blick zu und schloß aus deren Lächeln, daß das Mädchen sie nicht aufziehen wollte.

»Duncan überlegt, ob er sie heiraten soll.«

Madelyne zwang sich, keine Reaktion zu zeigen. Sie nickte nur.

»Dann tut sie mir aber wirklich leid. Sie wird es bestimmt nicht leicht haben mit deinem Bruder. Bitte, sieh es nicht als Beleidigung, aber ich denke, Duncan ist ein wenig zu arrgogant, um sich mit jemandem zu arrangieren.«

»Ich sagte, er überlegt, ob er sie heiraten soll, Madelyne. Aber er wird es nicht tun.«

Madelyne gab keine Antwort. Sie schloß die Tür hinter sich und schaffte es bis zum Treppenabsatz, bis sie in Tränen ausbrach.

KAPITEL 11

»Der ist der Beste, der in den schwersten Disziplinen geübt ist.«

König Archidamus II. von Sparta

Madelyne hatte keinerlei Bedürfnis, sich beim Weinen ertappen zu lassen. Als sie ihre Kammer verließ, wußte sie noch nicht, wohin sie sich wenden sollte. Sie wünschte sich nur, einen ruhigen Ort zu finden, an dem sie ihre konfusen Gefühle und Gedanken ein wenig ordnen konnte.

Ohne nachzudenken war sie auf die Große Halle zugegangen, aber als sie sich dem Eingang näherte, hörte sie Gilard mit jemandem sprechen. Sie ging also an der Tür vorbei und einen anderen Flur entlang, nahm ihren dicken Umhang vom Haken neben dem Zugang zu den Soldatenquartieren und mühte sich, die Eingangstore gerade so weit aufzudrücken, daß sie sich hindurchquetschen konnte.

Draußen war es eisig genug, um einen Bären zum Zittern zu bringen. Madelyne zog ihren Umhang fest um ihre Schultern und hastete vorwärts. Der Mond spendete genügend Licht, um sich ungefährdet bewegen zu können, und als sie um die Hütte des Schlächters herumgegangen war, lehnte sie sich gegen die kalte Steinmauer der Festung und ließ ihrem Kummer freien Lauf. Sie weinte laut wie ein Kind, doch als die Tränen nach langer Zeit endlich versiegten, fühlte sie sich nicht einmal einen Hauch besser. Ihr Kopf schmerzte heftig, ihre Wangen brannten, und ein plötzlich einsetzender Schluckauf machte ihr das Atmen schwer.

Ihr Zorn aber war noch längst nicht besänftigt.

Als Adela erst einmal begonnen hatte zu reden, war die ganze Geschichte in allen Einzelheiten aus ihr herausgeströmt; sie hatte nichts ausgelassen. Madelyne hatte sich kein einziges Mal eine Reaktion anmerken lassen, doch der Schmerz in ihrem Herzen war immer mehr angewachsen, bis sie glaubte, daß es zerspringen würde. Morcar, dieser Bastard! Er war so schuldig wie Louddon, und niemand würde je etwas davon erfahren.

»Was hast du hier draußen zu suchen?«

Madelyne zuckte zusammnen und schnappte hörbar nach Luft. Duncan war scheinbar aus dem Nichts erschienen und baute sich nun vor ihr auf.

Sie versuchte rasch, sich von ihm abzuwenden, doch Duncan hielt sie fest. Er packte ihr Kinn und zwang sie, ihn anzusehen.

Er hätte blind sein müssen, um übersehen zu können, daß sie geweint hatte. Madelyne überlegte, ob sie ihm eine Ausrede auftischen sollte, doch im gleichen Augenblick fing sie wieder an zu weinen.

Duncan schlang die Arme um sie und zog sie an sich. Offenbar war er gerade wieder schwimmen gewesen, denn er war von Kopf bis Fuß tropfnaß. Madelyne trug nichts zu seinem Trocknungsprozeß bei, denn sie weinte, schluchzte und hickste in sein dichtes, weiches Brusthaar, als wäre es das Kissen in ihrem Bett.

»Ihr werdet Euch den Tod holen, wenn Ihr halbnackt und naß bei diesem Wetter durch die Gegend lauft«, brachte sie zwischen Schluchzern hervor. »Und diesmal wärme ich Euch nicht Eure Füße.«

Duncan sagte nichts, sondern hielt sie nur fest. Er hätte gerne gewußt, ob sie bemerkte, daß sie die ganze Zeit seine Brust streichelte, aber er nahm an, daß das nicht der Fall war. Genauso war anzunehmen, daß sie nicht wußte, welchen Effekt das auf ihn hatte.

Plötzlich machte sie sich von ihm los. Sie stieß mit dem

Scheitel gegen sein Kinn, murmelte eine Entschuldigung und machte dann den Fehler, zu ihm aufzuschauen. Sein Mund war entschieden zu nah. Wie hypnotisiert starrte sie auf seine Lippen und dachte daran, wie er sie in jener Nacht im Zelt geküßt hatte.

Sie wollte ihn noch einmal küssen.

Duncan mußte ihre Gedanken erraten haben, denn er senkte langsam den Kopf.

Eigentlich hatte er einen zärtlichen Kuß beabsichtigt. Ja, er wollte sie schließlich nur trösten. Doch Madelyne schlang ihre Arme um seinen Nacken und öffnete die Lippen. Duncans Zunge ließ sich nicht zweimal bitten.

Madelyne schmeckte so wunderbar. Und sie gab ihm nicht die geringste Chance, zärtlich zu sein. Die Laute, die aus ihrer Kehle kamen, erhitzten sein Blut in kürzester Zeit so sehr, daß er sich kaum beherrschen konnte.

Als er spürte, wie sie schauderte, fiel ihm wieder ein, wo sie waren. Widerstrebend machte er sich von ihr los, erwartete jedoch, daß sie sich beschweren würde, sobald sie die Lippen zum Reden frei hatte. Nun, bevor es zu einer Meinungsverschiedenheit kam, mußte er sie eben zum Verstummen bringen. Mit einem Kuß am besten.

Also küßte er sie noch einmal.

Madelyne schien innerlich zu glühen. Sie hatte nicht die Kraft, ihn wegzudrücken oder auch nur schwach zu protestieren. Doch dann glitt seine Hand sanft über ihre Brust. Es fühlte sich wunderbar an, und als sie plötzlich erkannte, daß sie mehr – viel mehr! – wollte, wich sie rasch einen Schritt zurück.

»Ihr solltet besser hineingehen, bevor Ihr Euch in einen Eisklumpen verwandelt«, brachte sie heiser hervor.

Duncan seufzte. Da ging es schon wieder los – Madelyne versuchte, ihn herumzukommandieren. Er hob sie auf die Arme und trug sie, ihre Proteste ignorierend, auf die Burg zu. »Hat Adela mit dir gesprochen?« fragte Duncan, als er sich wieder auf andere Dinge konzentrieren konnte.

»Ja«, antwortete Madelyne. »Aber ich werde kein einziges Wort davon wiederholen, wie sehr Ihr mich auch drängen mögt. Ihr könntet mich foltern, wenn Ihr wolltet, nicht ein –«

»Madelyne!« Sein langgezogenes Seufzen unterbrach ihren Redefluß.

»Ich habe Adela versprochen, zu niemandem ein Wort zu sagen, und Euch schon gar nicht.« Sie warf ihm einen verstohlenen Blick zu, dann setzte sie hinzu: »Eure Schwester hat Angst vor Euch, Duncan. O ja, das könnt Ihr mir glauben.«

Sie hatte erwartet, daß er wütend werden würde, doch zu ihrer Überraschung nickte Duncan nur. »Ja, so soll es auch sein«, erwiderte er und zuckte die Schultern. »Ich bin genauso ihr Herr wie ihr Bruder, und das erste ist wichtiger als das zweite.«

»Nein, so sollte es keinesfalls sein«, widersprach Madelyne. »Eine Familie sollte sich nahestehen. Sie sollte ihre Mahlzeiten gemeinsam einnehmen, nicht streiten, und –«

»Woher zum Teufel willst du wissen, was eine Familie tun sollte oder nicht? Du hast doch bei deinem Onkel gelebt«, sagte Duncan mit einem Hauch Ungeduld.

»Nun, deswegen weiß ich trotzdem, wie es in einer Familie aussehen soll«, sagte Madelyne stur.

»Madelyne, hör auf, meine Methoden zu kritisieren«, knurrte er und beschloß, das Thema zu wechseln. »Warum hast du geweint?« fragte er.

»Wegen dem, was mein Bruder Adela angetan hat«, flüsterte Madelyne. »Dafür wird er ewig in der Hölle schmoren.«

»Aye.«

»Er ist ein Mensch, der es nicht verdient zu leben. Ich kann Euch nicht dafür verdammen, daß Ihr ihn töten wollt.«

Duncan schüttelte den Kopf. »Fühlst du dich besser, wenn du mich nicht verdammen mußt?«

War da ein Lachen in seiner Stimme gewesen? »Ich habe meine Meinung über das Töten geändert, und auch deswegen habe ich geweint«, sagte sie leise. »Und wegen dem, was ich tun muß.«

Duncan wartete auf eine Erklärung. Sie hatten die Eingangstür erreicht, und Duncan zog sie auf, ohne Madelyne loszulassen. Seine Kraft erstaunte sie immer noch. Sie hatte mit beiden Händen gezerrt und gedrückt, sich mit aller Kraft gegen die Tür gestemmt, um sie wenigstens so weit zu öffnen, daß sie sich durch einen Spalt hatte quetschen können, doch ihn schien es nicht im geringsten anzustrengen.

»Was mußt du tun?« fragte Duncan, als sie noch immer nicht geantwortet hatte.

»Ich muß einen Mann töten.«

Die Tür fiel krachend zu. Duncan war sich nicht sicher, ob er sie richtig verstanden hatte. Doch er wollte sich gedulden, bis sie seine Kammer erreicht hatten. Dann war noch genug Zeit, sie erneut danach zu fragen.

Ohne auf ihren Protest zu achten, daß sie durchaus selbst gehen könnte, trug er sie die Treppe hinauf in den ersten Stock, wandte sich jedoch nicht der Stiege zum Turm zu, sondern schlug die andere Richtung ein. Sie betraten einen finsteren Gang, den Madelyne noch nicht kannte. Wohin wollte er sie bringen.

Schließlich kamen sie an eine Tür, die Duncan aufstieß. Madelyne erkannte sofort, daß es sich um sein Schlafzimmer handelte. Wie nett von ihm, ihr sein eigenes Zimmer für diese Nacht zu überlassen.

Drinnen war es warm und behaglich. Ein helles Feuer brannte im Kamin und tauchte den ansonsten karg eingerichteten Raum in ein goldenes Licht. Das einzige Fenster war mit einem Tierfell abgehängt, und ein großes Bett stand an der gegenüberliegenden Wand, an der sich auch eine Truhe befand.

Bett und Truhe waren die einzigen Möbel in der Kammer. Madelyne stellte mit Befriedigung fest, daß Duncan offenbar Durcheinander und überflüssigen Tand genausowenig mochte wie sie. Wie hatte er nur zulassen können, daß die Große Halle so verwahrloste? Sie würde ihn danach fragen, wenn er in guter Stimmung war. Plötzlich mußte sie lächeln. Wenn sie darauf warten wollte, dann konnte sie gut und gerne eine alte, greise Frau sein, bevor sie eine Gelegenheit bekam, ihm ihre Frage zu stellen.

Duncan schien keine besondere Eile zu haben, sie loszulassen. Madelyne schaute zu ihm auf. Himmel, er war so attraktiv. Aber sie wäre beruhigter gewesen, wenn er ein Hemd angehabt hätte. Es war schließlich ziemlich unschicklich, sich in den Armen eines halbnackten Mannes zu befinden. »Wollt Ihr mich die ganze Nacht festhalten?«

Duncan zuckte die Achseln, und die Erschütterung war so stark, daß sie sich an ihn klammern mußte, um nicht zu fallen. Als er sie angrinste, erkannte sie, daß er sie herumgeschleudert hätte, nur damit sie sich an ihm festhielt.

»Ich lasse dich erst los, wenn du meine Frage beantwortet hast.«

»Gut, ich antworte«, sagte sie brav.

»Hast du eben gesagt, du müßtest jemanden töten?«

»Ja«, antwortete sie, ohne ihn anzusehen.

Eine lange Weile wartete sie auf eine Reaktion von ihm. Sie erwartete, daß er ihr vorwerfen würde, daß sie zu schwach für dergleichen war, daß er sie entsetzt ansehen würde . . . nun, etwas in der Art. Aber ganz bestimmt nicht, daß er plötzlich in lautes Gelächter ausbrechen würde.

Madelyne fand seine Reaktion überhaupt nicht komisch. Und dieser Schuft schien gar nicht mehr aufhören zu können. Er stellte Madelyne auf die Füße, hielt sie jedoch an den Schultern fest, so daß sie sich nicht von ihm entfernen konnte. »Und wer ist der Unglückliche, den du töten willst?« preßte er schließlich mühsam hervor. »Einer von uns Wextons vielleicht?«

Madelyne schüttelte verärgert seine Hände ab. »Natürlich nicht, obwohl ich sagen muß, daß Ihr bestimmt meine erste Wahl wäret, wenn ich den Hang dazu besitzen würde, Leute umzubringen!«

»Ah«, machte Duncan, noch immer grinsend. »Und wer, wenn ich fragen darf, meine sanfte, wohlerzogene Edelfrau, ist dann der Mensch, den du gerne von dieser Erde entfernen möchtest?«

»Aye, Mylord, ich bin in der Tat eine sanfte, wohlerzogene Edelfrau, und es ist höchste Zeit, daß Ihr das endlich begreift«, fauchte sie.

Madelyne trat zum Bett und setzte sich auf die Kante. Sie nahm sich Zeit, ihr Kleid zu glätten, dann faltete sie brav die Hände im Schoß. Sie war über sich selbst entsetzt, daß sie so gelassen über das Töten eines Menschen sprechen konnte. Aber der Mann, den sie meinte, hatte es schließlich nicht nur verdient zu sterben – es war förmlich eine Pflicht, ihn zu beseitigen!

»Ich werde Euch den Namen nicht sagen, Mylord. Das ist meine persönliche Angelegenheit!«

Duncan teilte ihre Meinung nicht, beschloß jedoch, das erst einmal nicht zu erwähnen.

»Und wenn du ihn getötet hast, Madelyne, wirst du dann wieder erbrechen müssen?«

Sie sparte sich eine Antwort. Duncan glaubte, sie hätte begriffen, wie albern ihr Plan war, und fügte zur Bekräftigung hinzu: »Und wirst du dann auch wieder weinen?«

»Nun, ich werde eben nichts essen, bevor ich ihn töte. Dann kann mir auch nicht schlecht werden, und wenn ich danach weinen muß, dann suche ich mir bestimmt ein stilles Plätzchen, so daß mich niemand dabei beobachten kann.« Madelyne holte tief Atem. Lieber Gott, sie fühlte sich schon jetzt wie eine Sünderin. Allein der Gedanke ... »Leben und Tod sind keine Aspekte, denen man mit Gleichgültigkeit begegnen darf«, sagte sie dann. »Aber Gerechtigkeit ist ebenfalls eine wichtige Sache.«

Duncan begann wieder zu lachen, was sie augenblicklich

zornig machte. »Ich würde jetzt gerne schlafen«, sagte sie barsch. »Wenn Ihr also bitte gehen wollt!«

»Soll das heißen, du wirfst mich aus meiner eigenen Kammer?«

Sein Lachen verstummte, aber Madelyne traute sich nicht, aufzublicken.

»Ja«, gab sie zu. »Bitte verzeiht, wenn ich es an Respekt fehlen lasse, aber wißt Ihr, ich bin wirklich müde. Es ist sehr freundlich, daß Ihr mir Eure Kammer überlaßt, und ich kehre auch morgen in den Turm zurück. Adelas Kammer wird bis dahin sicherlich gesäubert sein.«

Sein Kommentar überraschte sie. »Deine Aufrichtigkeit ist wirklich erfrischend.«

»Aber sie bringt mich ständig in Schwierigkeiten.« Madelyne seufzte. Sie hielt den Blick noch immer auf ihre gefalteten Hände gesenkt. Warum beeilte er sich nicht und ging endlich?

Ein leises Plumpsen weckte ihre Neugier, und sie blickte endlich auf, um gerade noch zu sehen, wie Duncan seinen zweiten Stiefel auszog und auf den Boden fallen ließ.

»Es schickt sich nicht, ohne Hemd vor einer Dame zu erscheinen. Wollt Ihr jetzt auch noch Eure restlichen Kleider loswerden? Macht Ihr das bei Lady Eleanor auch?«

Madelyne fühlte die Röte in ihre Wangen steigen. Wenn er halbnackt vor ihr herumlaufen wollte, dann würde sie eben die Augen schließen. Und eine gute Nacht würde sie ihm auch nicht wünschen!

Aber da er keine Anstalten machte, zu gehen, beobachtete sie ihn aus dem Augenwinkel. Er kniete sich vor dem Feuer nieder und warf ein paar Scheite nach, so daß sie ihm schon danken wollte, bis ihr einfiel, daß sie ja beschlossen hatte, ihn zu ignorieren.

Duncan stand auf, trat zur Tür und schob den dicken Balken durch die Lederschlaufen.

Ihre Augen weiteten sich erstaunt. Er hatte sie in der Kammer eingesperrt, doch das eigentliche Problem war, daß er sich auf der falschen Seite der Tür befand! Und nicht einmal eine sanfte, wohlerzogene Lady konnte mißdeuten, was er da soeben getan hatte.

Madelyne keuchte empört auf, sprang auf die Füße und stürzte zur Tür. Sie wollte hinaus, weg von Duncan, denn dies war ganz entschieden zuviel.

Duncan beobachtete eine Weile, wie sie sich mit dem Balken abmühte. Als er sicher war, daß sie es nicht schaffen würde, ging er zum Bett. Er hatte beschlossen, seine Hosen anzubehalten, denn Madelyne sah aus, als würde sie jeden Moment ihre Fassung verlieren. Er wollte sie nicht zusätzlich schockieren.

»Komm ins Bett«, sagte er, nicht unfreundlich.

»Ich werde mich nicht neben Euch legen!« fauchte Madelyne.

»Wir haben schon zusammen geschlafen ...«

»Einmal ja, aber das war in diesem Zelt und wegen der Wärme. Es war notwendig.«

»Nay, Madelyne. Ich bin bisher jede Nacht in dein Bett gekommen.«

Madelyne fuhr zu ihm herum und funkelte ihn wütend an. »Das ist nicht wahr!«

»Doch.« Er lächelte jetzt.

»Wie könnt Ihr solche Lügen verbreiten?«

Sie wartete seine Antwort nicht ab, sondern begann wieder, an dem Balken herumzufummeln.

Als Belohnung jagte sie sich einen Splitter in den Daumen. Vor Wut heulte sie auf. »Und jetzt habe ich mich durch Eure Schuld auch noch verletzt!« Leise vor sich hin fluchend, beugte sie sich über ihre Hand, um den Schaden zu begutachten.

Duncan seufzte. Madelyne konnte den übertriebenen Laut bis zur Tür hören, nicht jedoch seine Bewegungen. Als er sie plötzlich von hinten am Handgelenk packte, machte sie einen erschreckten Satz zurück, wodurch sie mit ihrem Scheitel gegen sein Kinn stieß. »Ihr bewegt Euch wie ein

Wolf«, schimpfte sie, während sie sich auf das Feuer zu ziehen ließ. »Das war kein Kompliment, Duncan, also hört gefälligst auf zu grinsen.«

Duncan kümmerte sich nicht um ihr Geschimpfe. Vom Kaminsims nahm er einen dünnen, sehr spitzen Dolch. Madelyne schloß die Augen, bis sie das erste Pieken spürte. Sie schlug sie rasch wieder auf, denn man konnte nie wissen! Vielleicht säbelte er ihr versehentlich den Daumen ab, wenn sie nicht aufpaßte! So beugte sie sich vor, bis sie Duncan, ohne es zu merken, die Sicht versperrte.

Duncan zerrte ihre Hand höher, um besseres Licht zu haben. Dann senkte er den Kopf darüber, Madelyne ebenfalls, und so standen sie Stirn an Stirn da, während Duncan ihren Daumen von dem Splitter zu befreien versuchte.

Er roch gut.

Sie roch nach Rosen.

Dann war es geschafft. Madelyne schaute vertrauensvoll zu ihm auf. Duncan haßte das. Wenn sie ihn derart ansah, dann wollte er sie immer sofort küssen. Teufel, diese Frau brauchte ihn nur anzusehen, und er wünschte sich augenblicklich nichts mehr, als sie zu lieben!

Duncan warf den Dolch zurück auf den Kaminsims und zog sie mit sich zum Bett. »Unglaublich«, brummelte er. »Kriegt nicht mal einen Splitter aus dem Daumen, will aber einen umbringen!«

»Ich schlafe nicht bei Euch!« wiederholte Madelyne empört. »Ihr seid der dickköpfigste Mann, den ich kenne. Meine Geduld geht langsam zu Ende. Ich habe keine Lust mehr, mich mit Euch auseinanderzusetzen.«

Duncan zog einmal kräftig an ihrem Handgelenk, und Madelyne stürzte aufs Bett – direkt auf ihn drauf. Er rollte sie zur Seite, ohne ihr Handgelenk loszulassen, legte sich zurück und schloß die Augen. Madelyne stützte sich auf, um ihn anzusehen.

»Ihr haßt mich doch viel zu sehr, um neben mir zu

schlafen. Und außerdem lügt Ihr doch, nicht wahr? Wir haben noch nicht zusammen geschlafen. Das hätte ich gemerkt.«

»Du nicht. Du schläfst wie ein Stein«, bemerkte Duncan. Seine Augen blieben geschlossen, doch er lächelte. »Und ich hasse dich doch nicht, Madelyne.«

»O doch, das tut Ihr«, sagte Madelyne tadelnd. »Und wagt es ja nicht, Eure Meinung zu ändern.«

Sie wartete eine Weile auf eine Antwort, aber als nichts kam, versuchte sie es erneut. »Ihr seid ein gemeiner Schuft. Ich habe Euer Leben gerettet, und wie habt Ihr es mir vergolten? Ihr habt mich in diese gottverlassene Gegend hier gezerrt und mißbraucht, wie ich hinzufügen darf, ständig meine Gutmütigkeit. Wahrscheinlich habt Ihr vergessen, daß ich auch noch Gilards Leben gerettet habe . . . das würde Euch ähnlich sehen.«

Warum schlug er noch immer nicht die Augen auf? »Und jetzt habe ich mich auch noch um Adela gekümmert. Langsam frage ich mich, ob Ihr das nicht alles von Anfang an so geplant habt!«

Der Gedanke war ihr gerade erst gekommen, und sie runzelte die Stirn. »Ihr solltet endlich zugeben, daß ich ganz und gar unschuldig in Eure Fänge geraten bin. Ihr habt mir Unrecht getan. Oh, wenn ich daran denke, was ich alles Entsetzliches habe durchmachen müssen –«

Sein Schnauben ließ sie verstummen. Madelyne wurde plötzlich so wütend, daß sie ihn am liebsten angeschrien hätte, aber sie traute sich nicht.

»Ich bin diejenige, die Euch hassen müßte«, brummte sie. Sie strich ihr Kleid glatt und legte sich auf den Rücken. »Wenn ich nicht schon zufriedenstellende Pläne hätte, dann wäre ich furchtbar wütend darüber, daß Ihr meinen guten Namen ruiniert habt. Duncan, wißt Ihr eigentlich, daß ich jetzt nicht einmal mehr eine gute Ehe eingehen kann? Ich gebe allerdings zu, daß das nur Louddon stören wird und nicht mich. Er wollte mich nämlich an den Meistbietenden verkaufen – das hat er mir zumindest gesagt. Jetzt wird er mich höchstens noch umbringen, wenn er in meine Nähe gelangen kann.« Sie machte eine Pause und wiederholte dann befriedigt: »Und alles nur wegen Euch!«

Ganz fertig war sie jedoch noch nicht. »Wie soll ich Euch je dazu kriegen, mir etwas zu versprechen? Und ich habe der armen Adela doch schon mein Wort gegeben!« Sie gähnte herzhaft und wollte gerade die Augen schließen, als Duncan endlich reagierte.

Blitzschnell richtete er sich auf und beugte sich über sie. Einer seiner Schenkel legte sich über ihre Beine, und . . . O Gott.

Sie lag flach auf dem Rücken!

»Ich werde einen Weg finden, es Lady Eleanor zu sagen, wenn Ihr mich ausnutzt«, sagte Madelyne hastig.

Duncan verdrehte die Augen zum Himmel. »Madelyne, kannst du mir mal sagen, warum du immer nur an das eine denkst. Wieso sollte ich dich . . .«

Ihre Hand schoß hoch und legte sich auf seinen Mund. »Sagt es ja nicht!« warnte sie. »Und warum sonst legt Ihr Euch über mich wie eine Decke?«

Madelyne stieß im gleichen Moment wie er einen Seufzer aus. »Ihr wollt mich einfach nur verrückt machen«, klagte sie.

»Du bist schon verrückt.«

»Geht runter von mir. Ihr seid zu schwer.«

Duncan verlagerte sein Gewicht, so daß seine Ellenbogen das meiste abfingen, blieb aber mit dem Unterkörper auf ihr liegen.

»Was für ein Versprechen wolltest du von mir?« Sie sah ihn verwirrt an. »Adela«, rief er ihr in Erinnerung.

»Oh.« Machte Madelyne. »Ich wollte eigentlich erst morgen mit Euch darüber reden, aber ich wußte ja nicht, daß ich bei Euch schlafen soll. Ich wollte warten, bis Ihr in besserer Stimmung seid . . .«

»Madelyne!« Er hatte ihren Namen förmlich geknurrt,

und ihr dämmerte, daß er mit seiner Geduld langsam am Ende war.

»Ich wünschte, Ihr würdet mir versprechen, daß Adela, so lange sie will, hier wohnen kann, und daß Ihr sie niemals zu einer Ehe zwingen werdet, wie auch immer die Umstände sich entwickeln mögen. So, reicht Euch das?«

Duncan sah sie finster an. »Ich werde morgen mit Adela reden.«

»Eure Schwester hat Angst vor Euch. Sie wird nicht offen mit Euch reden, aber wenn Ihr mir Euer Wort gebt, dann werdet Ihr sicher bald eine Veränderung bei ihr erleben. Bitte, Duncan, sie hat solche Angst, und wenn Ihr diese eine Last von ihren Schultern nähmet, dann wäre sie weit glücklicher.«

Duncan mußte sein Lächeln unterdrücken. Madelyne hatte tatsächlich eine Art Mutterrolle für Adela angenommen – genau wie er es erhofft hatte. »Also gut. Dann sag Adela, daß ich ihr mein Wort gebe.« Dann setzte er hinzu: »Ich werde mit Gerald reden müssen.«

»Gerald kann sich jemand anderen zum Heiraten suchen. Adela meint, der Vertrag sei ohnehin nicht mehr bindend. Im übrigen wird Gerald eine unbefleckte Frau haben wollen, und daher kann ich ihn nicht besonders leiden.«

»Du kennst ihn doch gar nicht«, warf Duncan ungeduldig ein. »Wie kannst du so einfach über ihn urteilen?«

Madelyne runzelte die Stirn. Duncan hatte recht, und das gefiel ihr nicht. »Weiß Gerald, was Adela zugestoßen ist?«

»Inzwischen weiß es ganz England. Louddon hat schon dafür gesorgt.«

»Mein Bruder ist ein gemeiner Mensch.«

»Denkt dein Onkel Berton eigentlich genauso?« fragte Duncan plötzlich.

»Woher wißt Ihr den Namen meines Onkels?«

»Du hast ihn mir gesagt«, erwiderte Duncan, der über ihre Verblüffung lächeln mußte.

»Wann denn? Ich habe ein gutes Gedächtnis, aber ich kann mich nicht erinnern, den Namen erwähnt zu haben.«

»Als du Fieber hattest, hast du mir alles über Vater Berton erzählt.«

»Wirklich? Aber ich weiß nichts mehr davon. Und es war sehr unhöflich von Euch, mir in einem solchen Zustand zuzuhören.«

»Es war nicht zu verhindern. Du aus jedes Wort herausgebrüllt«, sagte Duncan mit einem breiten Grinsen.

Er übertrieb, um sie zu ärgern. »Was habe ich sonst noch gesagt?« fragte sie mißtrauisch.

»Ach, das würde jetzt zu lange dauern. Du hast mir alles erzählt.«

»Alles?« Sie sah ihn entsetzt an. Hatte sie ihm auch gesagt, wie gerne sie sich von ihm küssen ließ? Allein der Gedanke . . .

Aber nein, Duncan wollte sie bestimmt nur necken. Ein Funke tanzte in seinen Augen, und das gefiel ihr gar nicht. Sie beschloß, ihm sein Grinsen vom Gesicht zu fegen. »Dann habe ich Euch also auch all die Namen der Männer verraten, mit denen ich im Bett war, ja?« Sie seufzte. »Dann ist das Spiel wohl aus!«

»Das Spiel war in dem Augenblick aus, als wir uns zum ersten Mal sahen«, sagte Duncan sanft.

Madelyne empfand seine Stimme wie eine Liebkosung. »Und was soll das schon wieder heißen?«

Duncan lächelte wieder. »Du redest zuviel«, sagte er. »Daran solltest du wirklich arbeiten.«

»Das ist doch lächerlich«, gab Madelyne zurück. »Ich habe die ganze Woche kaum etwas zu Euch gesagt, und Ihr habt mich ohnehin vollkommen ignoriert. Und Ihr behauptet, ich würde zuviel reden?« Sie war so empört, daß sie es sogar wagte, ihm zur Bekräftigung ihrer Worte mit dem Zeigefinger in die Schulter zu pieken.

»Ich behaupte nicht, ich stelle Tatsachen fest«, antwortete Duncan. Das Aufblitzen in ihren Augen entging ihm nicht. Sie war ausgesprochen leicht reizbar, und er wußte genau, daß er aufhören sollte, doch er konnte nicht. Es machte ihm zuviel Spaß, seine 'sanftmütige, wohlerzogene Edelfrau in eine Wildkatze zu verwandeln.

Mühsam beherrscht brachte sie hervor: »Es mißfällt Euch, wenn ich meine Meinung sage?«

Duncan nickte, wobei sich erneut ein Grinsen in sein Gesicht schlich.

Madelyne schäumte innerlich. Dieses verflixte Grinsen in diesem arroganten Gesicht würde sogar einen Heiligen zum Fluchen bringen. »Nun, dann höre ich einfach ganz auf, mit Euch zu reden. Ich schwöre, ich werde nie wieder ein Wort an Euch richten. Und ... gefällt Euch das?«

Er nickte wieder. Madelyne wollte gerade ansetzen, ihm zu sagen, was sie von seiner Unhöflichkeit hielt, als er sie zum Verstummen brachte. Er senkte den Kopf und ließ seine Lippen hauchzart über die ihren gleiten, so daß sie plötzlich nicht mehr wußte, was sie sagen wollte.

Duncan brauchte nicht zu drängen, daß sie ihre Lippen öffnete. Himmel, er spürte das Feuer in ihr! Seine Hände lagen an ihren Schläfen, und seine Finger spielten mit ihrem Haar, während er ihren Mund in einem langsamen Liebesspiel liebkoste.

Er begehrte sie so sehr! Der zärtliche Kuß wurde immer leidenschaftlicher. Duncan wußte, daß er unbedingt aufhören mußte, wenn er nicht die Kontrolle über sich verlieren wollte. Gerade hatte er sich entschlossen, sich von ihr loszumachen, als ihre Hand seinen Rücken berührte. Die Liebkosung war erst leicht und zögernd, so zart wie die Berührung eines Schmetterlings, doch als er stöhnte und seine Zunge tief in ihre Mundhöhle tauchte, wurde ihr Streicheln sicherer, fester.

Madelynes Blick war verschleiert, ihre Lippen waren dunkel und geschwollen. Duncan verfluchte sich, daß er diesen Kuß begonnen hatte. In seinen Lenden pochte es schmerzhaft, und es kostete ihn jedes bißchen Willenskraft, endlich von ihr abzurücken.

Mit einem verzweifelten Aufstöhnen rollte sich Duncan auf die Seite. Er schlang den Arm um Madelynes Taille und zog sie auf seine Brust.

Madelyne hätte am liebsten geweint. Sie konnte nicht verstehen, warum sie ihm erlaubte, sie zu küssen. Und noch schlimmer: Sie schien selbst nicht aufhören zu können, wenn er einmal anfing. Sie war lüstern wie eine Dirne!

Duncan brauchte sie nur zu berühren, und schon hatte sie keinen eigenen Willen mehr. Ihr Herz begann zu rasen, ihre Handflächen wurden feucht, und sie wollte nur noch mehr, immer mehr.

Dann hörte sie Duncan gähnen und schloß daraus, daß der Kuß ihm nicht viel bedeutet hatte. Dieser Mann schaffte es immer wieder, sie zur Weißglut zu treiben. Nun gut, in Zukunft würde sie Abstand zu ihm halten!

Zufrieden mit diesem Entschluß, drehte ihm den Rücken zu und schmiegte sich an seinen Körper. Duncan stieß wieder ein Stöhnen aus, packte ihre Hüften und hielt sie fest.

Aber Madelyne war zu müde, sich darüber auch noch Gedanken zu machen. Sie gähnte, drückte ihre Hüften der Bequemlichkeit halber noch fester an ihn und fiel eine Sekunde später in Schlaf.

Für Duncan war dies die schwerste Prüfung, der er sich je hatte stellen müssen. Er hatte noch nie eine Frau so begehrt wie diese. Er schloß die Augen und sog bebend die Luft ein. Madelyne bewegte wieder ihr süßes Hinterteil, und er zählte in Gedanken bis zehn. Wenn er die magische Zahl erreicht hatte, so würde er gewiß wieder Herr der Lage sein.

Das naive Ding in seinen Armen schnaufte leise im Schlaf. Sie hatte nicht die geringste Ahnung, in welcher Gefahr sie sich befand, dessen war er sich sicher. Ihr Hinterteil hatte ihn schon die ganze Woche nervös gemacht. Er hatte sie beobachtet, wenn sie ging, und ihr sanfter Hüftschwung hatte ihn auch dann beschäftigt, wenn er sie nicht in der Nähe war.

Ob sie auf andere Männer eine ähnliche Wirkung hatte wie auf ihn? Der Gedanke gefiel ihm überhaupt nicht, denn gleichzeitig kam ihm die Erkenntnis, daß es so sein mußte. Aye, er hatte die Blicke seiner Männer gesehen, wenn sie an ihnen vorbeiging. Selbst Anthony, sein treuster Vasall und engster Freund, hatte seine Einstellung Madelyne gegenüber sehr schnell geändert. Am Anfang der Woche war er ein wenig verbittert und schweigsam gewesen, doch nun sah man Anthony ständig mit Madelyne plaudern – ja, plaudern war das richtige Wort. Und er lief auch nicht mehr mürrisch hinter dem Mädchen her. Nein, er befand sich stets an ihrer Seite.

Genau dort, wo Duncan sein wollte.

Und er konnte es Anthony nicht verübeln, daß er sich von Madelyne hatte bezaubern lassen.

Gilard dagegen war ein ganz anderer Fall. Sein jüngster Bruder schien richtig verliebt in Madelyne, und das, dachte Duncan, konnte ein ernsthaftes Problem geben.

Madelyne zappelte schon wieder. Duncan stöhnte erneut auf. Die Lust kam mit aller Macht zurück, und Duncan schwang entschlossen die Beine aus dem Bett. Madelyne zuckte zwar zusammen, wachte aber nicht auf. »Schläft wie ein satter Säugling«, murmelte er fast verärgert. Er mußte hinaus, mußte fort von ihr. Er würde wieder zum See gehen. Ja, eine zweite Runde im eiskalten Wasser würde ihm gewiß guttun.

Duncan war kein geduldiger Mensch. Doch er mußte ein paar Dinge erledigen, bevor er Madelyne für sich beanspruchte. Innerlich seufzend fand er sich mit der Tatsache ab, daß er in nächster Zeit wohl öfter würde schwimmen gehen müssen.

Mit einem verächtlichen Brummen verließ Duncan die Kammer.

KAPITEL 12

Eine Blume unter Dornen, ein Engel unter Dornen . . .

»Und manchmal, wenn ein Kind mit einem sichtbaren Makel geboren wurde, dann warfen die spartanischen Väter das Neugeborene einfach aus dem nächsten Fenster oder eine geeignete Klippe hinab, um es loszuwerden. Ja, ich sehe schon, daß du auch so schockiert bist wie ich damals, Adela, aber mein Onkel Berton, der mir diese Geschichten aus vergangenen Zeiten erzählt hat, hat dies nicht etwa erfunden oder die Tatsachen ausgeschmückt, nur um mir die Zeit zu vertreiben. Er fand, daß es seine Pflicht war, die alten Sagen in allen Einzelheiten wiederzugeben.«

»Und wie waren die spartanischen Frauen? Hat dein Onkel darüber auch etwas erzählt?« fragte Adela neugierig. Duncans kleine Schwester saß auf der Bettkante und gab sich alle Mühe, Madelyne, die ihre Kammer umräumte, nicht im Weg zu sein. Adela hatte es rasch aufgeben, Madelyne darauf hinzuweisen, daß sie als Lady nicht die Arbeiten einer Dienerin verrichten sollte. Ihre neue Freundin hatte ein ziemlich stures Wesen, und Adela hatte bereits begriffen, daß es wenig Sinn hatte, mit ihr zu streiten.

Es waren drei Wochen vergangen, seit Madelyne Adela wachgerüttelt hatte. Nachdem Adela erst einmal die ganze Wahrheit hatte erzählen können, ging es ihr weit besser als zuvor; die Schuldgefühle ließen nach, und die Erinnerung an das Geschehene verblaßte ein wenig. Madelyne schien von ihrer Geschichte nicht im geringsten schockiert gewesen zu sein, und so seltsam es Adela selbst vorkam – diese Tatsache hatte ihr genauso geholfen wie das Erzählen selbst. Madelyne war mitfühlend, jedoch nicht mitleidig.

Nun ließ sich Adela von Madelyne an die Hand nehmen. Sie vertraute dem Urteil ihrer Freundin. Sie hatte akzeptiert, daß man Geschehenes nicht rückgängig machen konnte, sondern es hinnehmen und vergessen mußte. Natürlich war das leichter gesagt als getan, aber Madelynes Freundschaft, die herzlich und so aufrichtig war, trug dazu bei, daß Adela Fortschritte machte. Dann endlich hatte sie vor einer Woche ihre monatliche Blutung bekommen, so daß diese Sorge sie nun auch nicht mehr quälte.

Madelyne hatte Adela eine ganz neue Welt eröffnet. Sie kannte die herrlichsten Geschichten. Adela staunte erfurchtsvoll über den Wissensschatz Madelynes und freute sich jeden Tag aufs neue auf die Erzählstunde.

Adela mußte grinsen, als sie ihre Freundin jetzt betrachtete. Sie bot wirklich einen spaßigen Anblick. Ein Schmutzstreifen zierte den Nasenrücken, und ihr Haar, das sie im Nacken zusammengebunden hatte, löste sich langsam aber sicher zu einer wirren Mähne auf.

Madelyne, die dabei war, den Boden zu fegen, hielt in ihrer Arbeit inne und stützte sich auf den Besenstiel. »Du hast recht, das ist wirklich eine interessante Frage«, antwortete sie und strich sich eine Locke aus dem Gesicht, wobei ein weiterer Schmutzstreifen, diesmal auf ihrer Stirn, erschien. »Ich glaube, daß die Spartanerinnen überaus würdelos gewesen sind. Bei diesen schrecklichen Männern scheint mir das zwingend. Wenn sie sich nicht genauso entsetzlich benommen hätten, wie hätte sie es ertragen sollen?«

Adela kicherte. Ihr Lachen erzeugte ein Glücksgefühl in Madelyne. Duncans Schwester hatte sich auf wunderbare Art und Weise verändert. Manchmal konnte man in ihren Augen ein lustiges Funkeln entdecken, und sie lächelte jetzt öfter.

»Jetzt, wo der Priester hier ist, müssen wir aufpassen,

daß wir derartige Dinge nicht in seiner Hörweite sagen«, flüsterte Adela.

»Ich habe ihn noch gar nicht kennengelernt«, antwortete Madelyne. »Aber ich muß sagen, daß ich über seine Anwesenheit wirklich froh bin. Es wird Zeit, daß die Wexton-Brüder sich mit einem Mann Gottes auseinandersetzen müssen.«

»Früher gab es einen Geistlichen hier«, erklärte Adela. »Aber als Vater John starb und die Kirche abbrannte, tja, da kümmerte sich niemand mehr darum.« Sie zuckte die Achseln und sagte dann: »Erzähl mir mehr von den Spartanern.«

»Nun, die Ladies sind wahrscheinlich schon im Alter von zwölf oder so fett gewesen, obwohl das nur eine Vermutung von mir ist – Vater Berton hat mir davon nichts erzählt. Ich weiß aber, daß sie mehr als einen Mann in ihr Bett eingeladen haben.«

Adela keuchte entsetzt auf, und Madelyne nickte, zufrieden mit er Reaktion ihrer Freundin. »Mehr als einen zur gleichen Zeit?« fragte Adela leise, dann errötete sie.

Madelyne kaute an ihrer Unterlippe, während sie überlegte, ob das möglich war. »Ich denke nicht«, sagte sie schließlich. Sie stand mit dem Rücken zur Tür und konzentrierte sich vollkommen auf Adela, so daß keine der beiden Frauen bemerkte, daß Duncan im Türrahmen stand und lauschte.

Er wollte sich soeben bemerkbar machen, als Madelyne weitersprach. »Ich kann mir nicht vorstellen, daß man mit mehr als einem Mann flach auf dem Rücken liegen kann.«

Adela kicherte, Madelyne hob die Schultern, und Duncan verdrehte die Augen.

Madelyne lehnte den Besen an die Wand und kniete vor Adelas Truhe nieder. »Wir müssen sie leerräumen, wenn wir sie durch die Kammer schieben wollen«, meinte sie.

»Oh, du mußt erst zu Ende erzählen, Madelyne«, protestierte Adela. »Ich finde deine Geschichte doch so spannend.«

Duncan setzte zum zweiten Mal an, auf sich aufmerksam zu machen, verwarf den Gedanken aber erneut. Seine Neugier war geweckt — auch er wollte hören, was Madelyne erzählte.

»In Sparta gab es so etwas wie den Zölibat nicht. Ja, es wurde als Vergehen betrachtet, nicht zu heiraten. Banden unverheirateter Frauen liefen durch die Straßen und suchten ledige Männer. Und wenn sie welche fanden, fielen sie sofort über sie her.«

»Sie fielen über sie her?« fragte Adela mit weit aufgerissen Augen.

»Genau. Sie warfen sich auf den armen Mann und prügelten auf ihn ein«, dröhnte es begeistert — wenn auch ein wenig dumpf — aus der Truhe, in der Madelynes Kopf verschwunden war. »Wirklich, das ist die Wahrheit!«

»Und weiter?« fragte Adela.

»Tja, die jungen Männer wurden mit Frauen, die sie noch nie gesehen hatten, in ein abgedunkeltes Zimmer gesperrt, wo dann von ihnen erwartet wurde, daß . . . nun, du weißt schon, was ich meine.«

Ein Nieser drang aus dem Inneren der Truhe. Madelyne zog kurz den Kopf heraus, um frische Luft zu schnappen. »Manche Frauen bekamen Kinder, ohne den Vater je gesehen zu haben.« Sie richtete sich auf und stieß mit dem Kopf gegen den Deckel der Truhe. Als sie sich die Stelle rieb, rutschte das Band aus ihrem Haar.

»Das hört sich schlimm an, nicht wahr? Aber so war es, laß es dir gesagt sein. Wenn ich an deinen Bruder Duncan denke, dann bin ich sicher, daß Lady Eleanor sich auch eine dunkle Kammer wünscht.«

Madelyne hatte es als Scherz gemeint, doch Adela, die soeben Duncans Anwesenheit bemerkt hatte, stieß einen entsetzten Schrei aus.

Madelyne mißverstand Adelas Reaktion und war augenblicklich zerknirscht.

»Ach, das war nur so dahingesagt«, verkündete sie rasch. »Schließlich ist Duncan dein Herr und Bruder, und ich wollte dich nicht mit ihm ärgern. Tut mir leid.«

»Angenommen.«

Es war Duncan, der antwortete. Madelyne zuckte zusammen, fuhr hoch und stieß sich erneut den Kopf.

»Wie lange steht Ihr schon da?« fragte sie anklagend, konnte jedoch nicht verhindern, daß ihr heiße Röte in die Wangen stieg. Langsam stand sie auf.

Duncan sagte nichts, sondern starrte sie nur an, und das machte sie nervös. Madelyne strich sich das Kleid glatt, bemerkte einen Fleck an ihrer Taille und faltete augenblicklich die Hände darüber. Eine dicke Locke baumelte über ihrem rechten Auge, aber sie traute sich nicht, sie wegzustreichen, denn dann hätte er ja gesehen, was sie mit ihrem Kleid veranstaltet hatte.

Energisch rief sich Madelyne in Erinnerung, daß sie nur die Gefangene war. Es machte ja wohl kaum etwas, wie sie aussah. Also blies sie sich die Locke aus der Stirn und bemühte sich um eine gelassene Miene.

Sie scheiterte kläglich, und Duncan, der sich denken konnte, was in ihrem Kopf vorging, grinste breit. Es fiel ihr immer schwerer, ihre Gefühle vor ihm zu verbergen, und diese Tatsache machte ihm fast genauso viel Spaß wie ihr aufgelöstes Äußeres.

Madelyne glaubte statt dessen, er würde über ihr jämmerlich aussehendes Kleid grinsen. Er bestärkte sie in dem Glauben, indem er sie genüßlich von Kopf bis Fuß musterte. Schließlich sagte er: »Geh auf dein Zimmer, und warte, bis ich zu dir komme.«

»Kann ich zuerst die Arbeit hier erledigen?« fragte Madelyne und gab sich Mühe, devot zu klingen.

»Nein, kannst du nicht.«

»Duncan, Adela möchte ihr Zimmer umräumen, damit

es mehr ...« Himmel, fast hätte sie ihm gesagt, daß Adela ihr Zimmer so gemütlich wie die Turmkammer haben wollte. Dann würde er aber herausfinden, was sie mit ihrer Kammer angestellt hatte ... und wahrscheinlich einen Anfall bekommen!

Madelyne warf Adela einen Blick zu. Das Mädchen hatte die Hände gefaltet und starrte angestrengt auf den Boden. »Adela«, sagte Madelyne mahnend. »Du hast deinen Bruder noch gar nicht begrüßt.«

»Guten Tag, Mylord«, flüsterte Adela sofort, wagte aber nicht, ihren Blick zu heben.

»Er heißt Duncan«, sagte Madelyne. »Lord oder nicht, er ist dein Bruder!« Nach diesen Worten warf Madelyne Duncan einen drohenden Blick zu. Wehe, er brüllte seine Schwester an!

Duncan zog eine Augenbraue hoch. Als sie mit einer heftigen Kopfbewegung auf seine Schwester deutete, zuckte er nur mit den Schultern. Er hatte nicht die leiseste Ahnung, was sie von ihm wollte. »Und?« drängte Madelyne ihn schließlich, als er nach einer Weile noch immer nicht reagiert hatte. »Wollt Ihr Eure Schwester nicht begrüßen?«

Sein Seufzer klang übertrieben laut. »Willst du mich belehren?«

Diesmal hob Madelyne eine Augenbraue. »Ich lasse nicht zu, daß Ihr Eurer Schwester Angst einjagt«, sagte sie, bevor er *ihr* Angst einjagen konnte.

Duncan mußte sich auf die Lippe beißen, um nicht zu lachen. Also stimmte es, was Gilard ihm begeistert und Edmond ihm knurrend erzählt hatte: Madelyne hatte sich zu Adelas Beschützerin aufgeschwungen. *Ein Kätzchen versucht, das andere zu schützen*, dachte er amüsiert. Allerdings mußte er zugeben, daß Madelyne sich im Augenblick eher wie eine Löwin benahm.

Er bedachte Madelyne mit einem Blick, der sie zusammenzucken ließ, dann wandte er sich an seine Schwester.

»Guten Morgen, Adela. Wie geht es dir? Alles in Ordnung?«

Sie nickte, dann hob sie plötzlich den Kopf und lächelte ihren Bruder an. Duncan war überrascht, daß seine simplen Worte eine solche Wirkung erzeugen konnten. Rasch wandte er sich um und verließ das Zimmer, bevor Madelyne bemerken konnte, daß er gerührt war.

»Könnte Madelyne nicht hierbleiben und –«

»Adela, bitte widersprich dem Befehl deines Bruders nicht«, unterbrach Madelyne. Sie befürchtete, daß Duncans Geduldsfaden schon bedenklich dünn war. Sie wollte ihn nicht so provozieren, daß er zu brüllen anfing. »Das gehört sich nicht«, setzte sie mit einem Lächeln hinzu. Dann raffte sie ihre Röcke und hastete hinter Duncan her.

Sie war außer Atem, als sie ihn eingeholt hatte. »Warum muß ich denn in den Turm zurück?« fragte sie ihn.

Sie hatten den Treppenabsatz erreicht, und Duncan blieb stehen und wandte sich zu ihr um. Er sah den Dreck auf ihrer Stirn und rieb mit dem Daumen darüber.

»Dein Gesicht ist voller Schmutz, Madelyne. Das sind wahrhaft sichtbare Makel. Soll ich dich aus dem nächstbesten Fenster werfen?«

Madelyne brauchte einen Augenblick, bis sie begriff, wovon Duncan sprach. »Es waren keine verschmutzten Gefangenen, die die Spartaner aus dem Fenster geworfen haben«, belehrte sie ihn, »sondern nur Babys mit Fehlern. Die Spartaner waren mächtige Krieger mit Herzen aus Stein.«

»Sie haben mit absoluter Kontrolle geherrscht«, sagte Duncan, während sein Daumen langsam zu ihrer Unterlippe wanderte und sie sanft rieb. »Ohne Mitleid.«

Madelyne stand wie betäubt vor ihm. Das Thema ihrer Unterhaltung rückte in den Hintergrund, bis sie nicht mehr so recht wußte, worum es ging. »Ohne Mitleid?«

»Aye. So, wie ein guter Herrscher herrschen sollte.«

»Nein, das stimmt nicht«, flüsterte Madelyne.

Duncan zog eine Augenbraue hoch. »Die Spartaner waren unbesiegbar.«

Madelyne fing sich wieder. »Seht Ihr irgendwo noch Spartaner?« fragte sie.

Er zuckte mit den Schultern, konnte sich das Lächeln aber nicht verkneifen.

Madelyne dachte nicht daran, ihn so einfach davonkommen zu lassen. »Vielleicht waren sie ja einmal unbesiegbar, aber inzwischen existieren sie nicht mehr.«

Duncan betrachtete sie mit einem Blick, der ihre Knie weich werden ließ. Sie hielt den Atem an, als er sie langsam an sich zog.

Er küßte sie nicht. Madelyne seufzte enttäuscht.

»Madelyne«, flüsterte er, »ich lasse mich nicht mehr abweisen.« Er beugte den Kopf, bis seine Lippen nur noch ein winziges Stück von ihren entfernt waren.

»Nicht?« fragte Madelyne atemlos.

»Nein«, murmelte Duncan.

Madelyne schüttelte verwirrt den Kopf. »Duncan, Ihr dürft mich küssen, wenn Ihr wollt«, sagte sie leise. »Ich weise Euch gar nicht ab.«

Als Antwort packte er ihre Hand und zog sie die Treppe zum Turm hinauf.

»Du wirst dann keine Gefangene mehr sein.«

»Ihr gebt also zu, daß es ein Fehler war, mich herzubringen?« fragte sie.

»Ich mache niemals Fehler, Madelyne.«

Er schwieg, bis sie die Tür zur Turmkammer erreicht hatten. Als Duncan nach dem Türknauf griff, stellte sich Madelyne davor und lehnte sich gegen die Holzbohlen. »Ich kann meine Tür selbst aufmachen«, sagte sie, »und Ihr macht wohl Fehler. Ich bin Euer größter Fehler überhaupt.«

Oje, sie hatte das wahrhaftig nicht so ausdrücken wollen. Nun hatte sie sich förmlich selbst beleidigt!

Offenbar war auch Duncan dies nicht entgangen. Er

grinste wieder, schob sie aus dem Weg und stieß die Tür auf. Madelyne stob hinein und versuchte, die Tür vor seiner Nase zuzuknallen.

Doch Duncan ließ es nicht zu. Madelyne seufzte innerlich. Es war zu spät. Sie mußte sich nun Duncans Reaktion stellen – da half nichts.

Duncan traute seinen Augen nicht, als er das Zimmerchen betrachtete. Madelyne hatte aus der kargen Kammer eine einladende Zuflucht gemacht. Die Wände waren weiß getüncht worden, und an einer hing ein großer cremefarbener Wandteppich. Der Behang erzählte die Geschichte der letzte Schlacht von Williams Invasion; die Farben waren lebhaft, die Figuren der Soldaten in Rot und Blau gestickt. Die Arbeit war schlicht, aber hübsch.

Auf dem Bett lag ein blauer Quilt. Vor der Feuerstelle befanden sich zwei rotgepolsterte Stühle, vor die Schemel gerückt worden waren. Über einer Stuhllehne lag ein noch nicht fertiggestellter Wandteppich, von dem braune Fäden herabhingen. Die Umrisse des Bildes waren jedoch schon deutlich genug zu erkennen – Madelyne stickte an ihrem eingebildeten Wolf.

Ein Muskel in seinem Kiefer zuckte. Einmal, zweimal. Madelyne war sich nicht sicher, was das zu bedeuten hatte. Also wartete sie, innerlich gefaßt, auf seinen Wutausbruch, und legte sich die passenden Antworten zurecht.

Duncan sprach kein Wort. Er machte auf dem Absatz kehrt, verließ die Kammer und ließ die Tür krachend hinter sich zufallen.

Der Duft von Rosen folgte ihm die Treppe hinab. Er konnte sich beherrschen, bis er die Große Halle erreicht hatte. Gilard sah ihn und stürmte augenblicklich zu seinem Bruder hinüber. Mit jugendlicher Begeisterung fragte er Duncan: »Empfängt Lady Madelyne heute morgen schon Besucher?«

Duncans Gebrüll war bis hinauf in den Turm zu hören.

Gilards Augen weiteten sich entsetzt. Er hatte Duncan

noch nie derart schreien hören. Als sein ältere Bruder aus der Halle rauschte, schlenderte gerade Edmond herein.

»Was hat den denn so aufgebracht?« fragte Gilard verdattert.

»Nicht was, Gilard. Wer«, bemerkte Edmond.

»Das verstehe ich nicht.«

Edmond grinste, dann gab er seinem Bruder einen Klaps auf die Schulter. »Duncan auch nicht, aber ich schätze, das kommt früher, als ihm lieb sein wird.«

KAPITEL 13

»Des Menschen Herz erdenkt sich seinen Weg, aber der Herr allein lenkt den Schritt.«
Altes Testament, Sprüche, 15.9

Madelyne arbeitete an ihrem Wandteppich, während sie, wie so oft, über Duncans Bemerkungen nachdachte. Was hatte er bloß damit gemeint, als er ihr sagte, sie würde keine Gefangene mehr sein?

Sie wußte sehr gut, daß sie sich bald der unvermeidlichen Auseinandersetzung stellen mußte. Bisher hatte sie sich wie ein Feigling verhalten, aber sie war immerhin ehrlich genug, es sich einzugestehen: Sie hatte Angst vor seinen Antworten.

In diesem Moment flog die Tür auf, und Adela stürzte herein. Duncans kleine Schwester schien entsetzlich aufgebracht und den Tränen nah.

Madelyne sprang auf die Füße. »Was ist passiert?« fragte sie, während sie insgeheim schon Duncan dafür verantwortlich machte.

Nun brach Adela wirklich in Tränen aus. Madelyne eilte zur Tür und machte sie zu. Dann legte sie Adela einen Arm um die Schultern und führte sie zu einem der beiden Stühle. »Setz dich und beruhige dich erstmal«, sagte sie mit sanfter Stimme. »So schlimm kann es doch gar nicht sein.«

Insgeheim betete sie, daß sie recht hatte. »Komm, Adela, sag mir, warum du so weinst. Wir bekommen das schon wieder hin.«

Adela nickte, schaute zu Madelyne auf und brach erneut in Tränen aus. Madelyne setzte sich auf den anderen Stuhl gegenüber und wartete geduldig.

»Dein Bruder hat Männer geschickt, die dich holen sollen, Madelyne. Duncan hat den Boten hereingelassen. Deswegen hat er dir befohlen, in deine Kammer zu gehen. Duncan wollte nicht, daß der Mann dich sieht.«

»Warum denn das? Es weiß doch jeder, daß ich hier gefangen bin. Louddon –«

»Du verstehst mich falsch«, unterbrach Adela sie. »Edmond hat Gilard gesagt, Duncan hätte ihm gesagt, er wolle nicht, daß der Bote sieht, wie gut du hier behandelt wirst.« Sie hielt inne, um sich mit dem Ärmel ihres Kleids über die Augen zu wischen. »Du findest doch auch, daß du hier gut behandelt wirst, oder nicht, Madelyne?«

»Guter Gott, ist das der Grund, warum du weinst?« fragte Madelyne. »Natürlich werde ich gut behandelt. Sieh dich doch nur einmal um, Adela!« Sie lächelte leicht. »Sieht meine Kammer nicht behaglich genug aus?«

Adela nickte und zog schniefend die Nase hoch. »Ich hätte nicht lauschen dürfen, als der Bote mit Duncan sprach, aber ich hab's trotzdem getan. Gilard und Edmond waren auch anwesend, sie haben auch jedes Wort mitbekommen. Duncan hat sie nicht rausgeschickt. Und mich hat niemand bemerkt, Madelyne. Da bin ich sicher.«

Madelyne spürte, wie sich ein kalter Klumpen in ihrem Magen festsetzte. Sie zwang sich, unbeteiligt zu wirken. Sie durfte Adela ihre aufkommende Furcht nicht zeigen, sonst würde das Mädchen ganz zusammenbrechen. »Kam der Bote vom König oder von meinem Bruder?«

»Das weiß ich nicht. Ich habe nicht von Anfang an gelauscht.«

»Sag mir, was du gehört hast.«

»Du sollst augenblicklich an den Königshof gebracht werden. Der Bote sagte, selbst wenn du ... wenn du ... befleckt wärest ...« Adelas Stimme brach, und sie verstummte, um ihre Fassung wiederzuerlangen. Madelyne biß sich auf die Unterlippe, bis sie sie fast nicht mehr spürte. Sie kämpfte gegen den Drang an, Adela an den Schultern zu packen und den Rest der Geschichte aus ihr herauszuschütteln.

»Du sollst verheiratet werden, sobald du London erreicht hast.«

»Aha«, flüsterte Madelyne. »Adela ... wir wußten doch, daß das passieren würde. Wir wußten, daß Louddon etwas unternehmen würde. Hast du gehört, mit wem ich verheiratet werden soll?«

Adela nickte. »Morcar.«

Das Mädchen schlug die Hände vors Gesicht und begann wieder, unkontrolliert zu schluchzen. Madelyne hatte das Gefühl, als müßte sie sich übergeben. »Was ist mit Duncan, Adela?« preßte sie mühsam hervor. »Was hat er gesagt? Hat er eingewilligt?«

»Er hat kein einziges Wort gesagt. Der Soldat hat seine Botschaft nur aufgesagt, dann ist er zu den anderen zurückgekehrt, die vor den Mauern warteten.«

»Wie viele Soldaten hat Louddon geschickt?«

»Ich weiß es nicht«, flüsterte Adela. »Edmond und Gilard haben sich angebrüllt, als der Bote hinausgegangen war. Duncan hat nichts gesagt. Er stand bloß vor dem Feuer, hatte die Hände auf den Rücken verschränkt und schwieg.«

»Er hält Distanz«, murmelte Madelyne.

»Wie bitte?«

»Dein Bruder hat zwei sehr unterschiedliche Positionen in eurem Haushalt inne. Er ist der Lord, und er ist Bruder. Und ich kann mir schon vorstellen, warum Gilard und Edmond sich angeschrien haben. Wahrscheinlich will Edmond mich so schnell wie möglich an Louddon übergeben, während Gilard eine Schlacht in Kauf nehmen würde, damit ich bleiben kann.«

Adela schüttelte schon den Kopf, bevor Madelyne noch

zu Ende gesprochen hatte. »Nay. Edmond will dich nicht an Louddons Männer übergeben.«

»Nicht? Edmond hat für mich gesprochen?«

»Ja«, sagte Adela. »Und er hat vorgeschlagen, daß ich für eine Weile zu meiner Schwester Catherine gehen soll. Er fürchtet, dies alles könnte zuviel für mich werden. Aber ich will nirgendwo hingehen. Catherine ist soviel älter als ich, und ihr Mann ist so merkwürdig . . .«

Madelyne stand auf und ging langsam zum Fenster hinüber. Sie öffnete die Läden und starrte hinaus in die Wildnis. Sie brauchte frische Luft, um ihren aufkommenden Zorn und die Angst unter Kontrolle zu bringen. »Wußtest du, Adela, daß die Spartaner ihre Kinder sehr früh von der Mutter trennten und sie zu den Kriegern gaben? Die kleinen Jungen lernten zu stehlen. Es wurde als Tugend betrachtet, ein geschickter Dieb zu sein.«

»Madelyne, was redest du da? Wie kannst du in solch einem Moment mit deinen Geschichten anfangen?«

Madelyne wandte sich um und zeigte Adela die Tränen auf ihren Wangen. Adela hatte Madelyne noch nie weinen sehen.

»Diese alten Geschichten spenden mir immer Trost, Adela. Sie sind mir so vertaut. Wenn ich mich erst einmal ein wenig beruhigt habe, dann kann ich auch wieder klar denken. Und entscheiden, was getan werden muß.«

Adela, die den Schmerz in den Augen ihrer Freundin kaum ertragen konnte, nickte rasch.

Madelyne wandte sich wieder um und sah aus dem Fenster. Sie blickte zu dem Hügelkamm hinauf. *Wer wird meinen Wolf füttern, wenn ich nicht mehr hier bin?* Seltsam, aber plötzlich erschien das Bild von Duncan vor ihrem inneren Auge. Fast hätte sie darüber gelächelt, daß sie die beiden offenbar gleichsetzte, erkannte jedoch mit einemmal, daß Duncan genauso viel Aufmerksamkeit brauchte wie das wilde Tier. Wahrscheinlich sogar mehr.

Sie verstand es selbst nicht, dieses Bedürfnis, Duncans

trostloses Leben zu verändern, bis sie selbst damit zufrieden war, aber es hatte jetzt auch keinen Sinn, darüber nachzudenken.

»Mein Onkel und ich setzten uns jeden Abend vor das Feuer. Ich lernte das Psalterium zu spielen, und manchmal sangen wir dabei. Es war eine sehr schöne, friedliche Zeit, Adela.«

»Gab es eigentlich gar keine jungen Leute dort, Madelyne? Immer, wenn du von dieser Zeit sprichst, redest du von alten, greisen Männern.«

»Onkel Berton lebte auf den Grinsteade-Ländereien. Baron Morton war sehr alt. Und dann kamen noch Vater Robert und Vater Samuel zu uns. Sie alle verstanden sich sehr gut, aber ich war die einzige, die mit Baron Morton Schach spielen mochte. Er betrog nämlich fürchterlich bei dem Spiel. Onkel Berton meinte, das wäre keine Sünde. Baron Morton sollte ruhig gewinnen dürfen, er war schon so alt und sehr streitlustig.«

Madelyne verstummte und schwieg für eine lange Weile. Adela starrte ins Feuer und Madelyne hinaus in die Dunkelheit. Dieses Mal wollte es nicht funktionieren. Sie spürte, wie ihr ihre Selbstbeherrschung immer mehr entglitt. Wut baute sich in ihr auf.

»Jemand muß dich beschützen«, flüsterte Adela.

»Wenn ich gezwungen werde, zu Louddon zurückzukehren, dann sind all meine Pläne zunichte gemacht. Ich wollte nach Schottland gehen. Meine Base Edwythe hätte mich bestimmt aufgenommen.«

»Madelyne, in Schottland –« Adela wollte ihr sagen, daß Catherine in Schottland lebte und mit einem Vetter des schottischen Königs verheiratet war, aber Madelyne gab ihr keine Chance, den Satz zu Ende zu sprechen.

»Warum in Gottes Namen mache ich mir Gedanken, ob meine Pläne zunichte gemacht werden oder nicht? Louddon bringt mich entweder um oder verkauft mich an Morcar. Dann wird eben Morcar mich umbringen.« Madelyne stieß ein bitteres Lachen aus, das Adela erschaudern ließ. »Ich kann immer noch nicht glauben, daß Louddon sich etwas aus mir macht. Als er Duncan verfolgt hat, dachte ich, er wollte nur Rache, er wollte nur Duncan töten, aber nun hat er Männer geschickt, die mich holen sollen. Ich verstehe das nicht.« Madelyne brach ab und schüttelte den Kopf.

Bevor Adela etwas darauf sagen konnte, wandte Madelyne sich um und ging auf die Tür zu. »Madelyne, du mußt hierbleiben. Duncan hat dir keine Erlaubnis gegeben –«

»Jemand muß mich beschützen, hast du das nicht eben gesagt?« rief Madelyne über die Schulter zurück. »Nun, Duncan ist groß und stark genug für diese Aufgabe.«

»Was hast du vor?«

»Dein Bruder wird Louddons Männer fortschicken. Und genau das werde ich Duncan jetzt sagen!«

Mit diesen Worten verschwand Madelyne durch die Tür. Adela sprang auf die Füße und hastete hinter ihr her. »Madelyne, du willst meinem Bruder einen Befehl geben?« Ihre Stimme war schrill.

»Ganz genau«, brüllte Madelyne.

Adela mußte sich auf die Treppe setzen. Sie war wie vom Donner gerührt. Ihre Freundin mußte den Verstand verloren haben ... und das von einem Augenblick zum anderen. Adela sah Madelyne hinterher, wie sie mit fliegenden Haaren die Wendeltreppe hinabeilte. Erst als sie außer Sicht war, fiel Adela ein, daß sie versuchen sollte, ihr zu helfen. Wie erschreckend der Gedanke auch sein mußte – sie mußte Duncan um Madelynes willen entgegentreten! Entschlossen stand sie auf und straffte die Schultern. Ja, vielleicht gelang es ihr sogar, ein Wort herausbringen.

Madelyne hatte den Eingang zur Halle erreicht und hielt an, um Atem zu holen. Edmond und Gilard saßen am Tisch einander gegenüber. Duncan stand mit dem Rücken zur Tür am knisternden Feuer und starrte in die Flammen.

Edmond und Gilard unterhielten sich. Madelyne hörte

gerade noch den letzten Satz aus Edmonds Mund: »Dann sind wir uns einig, daß Duncan sie zu –« Madelyne war augenblicklich überzeugt, daß alle sich einig waren, sie Loud-dons Männern zu übergeben.

»Ich gehe nirgendwohin!«

Ihr Brüllen zeigte eine sofortige Wirkung. Duncan drehte sich langsam um und sah sie an. Sie hielt seinem Blick eine Weile stand, dann wandte sie sich zu seinen Brüdern um. Gilard hatte die Frechheit zu lächeln, während Edmond wie immer eine finstere Miene machte.

Duncan zeigte keine sichtbare Reaktion. Madelyne raffte ihren Rocksaum und ging gemessenen Schrittes auf ihn zu, bis sie direkt vor ihm stehenblieb. »Ihr habt mich gefangengenommen, Duncan. Das war Eure eigene und ganz einsame Entscheidung«, begann sie würdevoll. »Und nun habe *ich* eine Entscheidung getroffen. Ich bleibe gefangen. Habe ich mich klar genug ausgedrückt?«

Seine Augen sagten ihr, daß er sie verstanden hatte. Nun, er hatte kaum eine andere Wahl gehabt – den letzten Satz hatte sie ihm ja förmlich entgegengeschrien.

Als er sie dennoch nur weiter anstarrte, kam Madelyne zu dem Schluß, daß er sie einmal mehr einschüchtern wollte. Nun, diesmal würde es nicht klappen. »Ihr werdet mich nicht los, Duncan.«

Verdammt. Ihre Stimme bebte!

Edmond stand auf, wobei sein Stuhl umkippte. Das Poltern lenkte Madelynes Aufmerksamkeit ab. Langsam, die Hände in die Hüften gestemmt, ging sie zum Tisch. »Und Ihr könnt Euch Eure finstere Miene sparen, Edmond, oder ich hau' sie Euch direkt aus dem Gesicht!«

Gilard beobachtete Madelyne erstaunt. Er hatte sie noch nie so wütend gesehen. Glaubte sie tatsächlich, Duncan würde sie zu Louddon zurückschicken? Gilard mußte lächeln. Die arme Madelyne. Sie schien Duncan wirklich schlecht zu kennen. Und ganz offensichtlich war sie sich auch nicht ihrer eigenen Bedeutung bewußt. Sie war so ein sanftmütiges, zartes Ding, nun jedoch so zornig, daß sie gar nicht bemerkte, was sich um sie herum abspielte. Zart und sanftmütig, aber soeben hatte sie den mächtigen Baron Wexton angebrüllt. Gilard hätte es nicht für möglich gehalten, wenn er es nicht mit eigenen Ohren gehört hätte. Plötzlich konnte er sich das Lachen nicht mehr verbeißen und prustete los.

Madelynes Kopf schoß herum. »Findet Ihr das etwa lustig?«

Gilard machte den Fehler, zu nicken. Als Madelyne den Alekrug anhob, konnte er sich gerade noch ducken und ihr den Krug mit dem Unterarm aus der Hand schlagen. Madelyne packte sofort den nächsten, doch Edmond griff von hinten über ihre Schulter und nahm ihn ihr ab. Nun stand er neben ihr am Rand der Plattform. Madelyne überlegte nicht lange, sondern stieß ihn heftig mit der Hüfte an. Edmond ruderte mit den Armen, stieß einen erstickten Schrei aus und fiel hintenüber.

Er landete auf seinem Hinterteil und riß mit dem Fuß den umgekippten Stuhl mit. Es krachte und polterte enorm, und Madelyne musterte ihr Opfer zufrieden, bevor sie sich an Gilard wandte. »Lacht mich ja nie wieder aus«, fuhr sie ihn an.

»Madelyne, komm her«, befahl Duncan. Er lehnte mit gekreuzten Armen am Kamin und wirkte zu Tode gelangweilt.

Sie gehorchte augenblicklich und war schon fast bei ihm, bis sie sich bewußt wurde, was sie da tat. Sie blieb stehen und schüttelte den Kopf. »Ich nehme keine Befehle mehr von Euch an, Duncan. Das war einmal. Ich bin doch bloß ein Köder, nicht wahr? Tötet mich, wenn Ihr wollt. Mir ist das jedenfalls lieber, als zu Louddon zurückzumüssen.«

Ihre Fingernägel gruben sich in ihre Handflächen. Sie konnte das Beben nicht unterdrücken.

Duncan sah sie unverwandt an. »Edmond. Gilard. Laßt uns allein.« Seine Stimme war ruhig, fast freundlich, aber der Befehl war unmißverständlich. »Und nehmt eure Schwester mit.«

Adela hatte sich am Eingang versteckt gehalten und um den Türpfosten gespäht. Nun hastete sie in die Halle. »Ich würde gerne hierbleiben, Duncan. Vielleicht braucht Madelyne mich.«

»Du gehst mit deinen Brüdern«, sagte Duncan in einem Ton, der keinen Widerspruch duldete.

Gilard nahm Adelas Arm. »Wenn Ihr wollt, daß ich hierbleibe, Madelyne –«

»Widersprecht dem Befehl Eures Bruders nicht«, unterbrach Madelyne ihn. Erst als Gilard zusammenzuckte, stellte Madelyne fest, daß sie schon wieder gebrüllt hatte.

Adela begann wieder zu weinen, was Madelynes Zorn neu aufflammen ließ. Sie tätschelte Adelas Hand, brachte jedoch kein Lächeln zustande. »Ich werde Morcar nicht heiraten«, sagte sie beruhigend. »Ich werde niemanden heiraten.«

»Doch. Wirst du doch«, sagte Duncan. Ein Lächeln erschien auf seinem Gesicht.

Madelyne hatte das Gefühl, als hätte er sie gerade geohrfeigt. Wild den Kopf schüttelnd, trat sie einen Schritt zurück.

»Ich heirate Morcar *nicht*!«

»Nein, das ist wahr.«

Seine Antwort brachte sie vorübergehend etwas durcheinander.

Duncan sah seinen Geschwistern hinterher, die in aller Gemütsruhe zum Ausgang schlenderten. Es war nicht zu übersehen, daß sie nur widerwillig gingen und hofften, noch soviel von dem folgenden Gespräch mitzubekommen, wie möglich. Duncan gab Madelyne die Schuld an ihrem plötzlichen Ungehorsam, und seine Laune verschlechterte sich augenblicklich. Ja, nur ihr hatte er es zu verdanken, daß plötzlich alles drunter und drüber ging. Von dem Moment, in dem Lady Madelyne sein Haus betreten hatte, war nichts mehr so wie zuvor.

Und es würde noch mehr Veränderungen geben, dessen war er sich sicher. Natürlich würde es darüber Streit geben, ganz besonders mit Gilard, Madelynes größtem Verbündeten. Duncan seufzte. Wie sehr er eine anständige Schlacht doch Familienproblemen vorzog!

»Edmond, such unseren neuen Priester, und bring ihn her«, rief Duncan plötzlich.

Edmond wandte sich mit fragendem Gesichtsausdruck um.

»Sofort!« brüllte Duncan.

Sein Befehl war so schneidend, daß Madelyne angsterfüllt erstarrte. Sie drehte sich zu Edmond um und wollte gerade etwas sagen, als ihr der nächste Befehl die Worte im Hals stecken ließ. »Und du, Madelyne, wagst es nicht, meinem Bruder zu befehlen, er solle meine Befehle ausführen, sonst – das schwöre ich dir! – stopfe ich dir mit deinen verdammten roten Haaren den Mund!«

Madelyne stieß ein empörtes Keuchen aus. Duncan nahm es befriedigt zur Kenntnis. Gewiß war sie jetzt daran erinnert, in welch schwacher Position sie sich hier befand. Sein Ziel war es, sie zum Gehorsam zu zwingen. Für das, was er vorhatte, brauchte er sie demütig.

Als Madelyne mit einem mörderischen Blick auf ihn zustampfte, kam Duncan zu dem Schluß, daß seine Drohung nicht besonders wirksam gewesen war. Sie benahm sich absolut nicht devot. »Wir könnt Ihr es wagen, mich zu beleidigen? Mein Haar ist nicht rot, und das wißt Ihr verdammt gut! Es ist braun!« brüllte sie. »Es bringt Unglück, rotes Haar zu haben, und meins ist es nicht!«

Madelyne blieb nur einen Schritt von ihm entfernt stehen. Nah genug, um nach ihr zu greifen, dachte er.

Diese Frau war tapfer, aber entsetzlich naiv. Das war die einzige Erklärung, die Duncan für ihr Benehmen finden konnte. Draußen, vor der Festung, warteten gut hundert Männer, die Louddon geschickt hatte, hundert Männer, die gedroht hatten, anzugreifen, wenn sie Madelyne nicht bis morgen früh herausgaben. Sie hätte über ihre prekäre Lage schreien und zetern sollen, aber statt dessen stritt sie mit ihm über ihre Haarfarbe. Und, verflucht, er hatte schließlich recht. Ihr Haar war mehr rot als braun, und warum sie das nicht einsehen wollte, ging über sein Verständnis hinaus.

»Ihr seid unmöglich«, schrie sie. Dann brach sie in Tränen aus.

Duncan war mit wenigen Schritten bei ihr und nahm sie in die Arme. »Du mußt nicht zu Louddon zurück«, sagte Duncan leise.

»Dann bleibe ich bis zum Frühling«, erwiderte sie.

Edmond erschien mit dem neuen Priester im Türrahmen. »Vater Laurence ist hier«, verkündete er.

Madelyne machte sich von Duncan los, drehte sich um und betrachtete den Priester. Er sah noch erstaunlich jung aus und kam ihr irgendwie bekannt vor, obwohl sie nicht hätte sagen können, woher. Andererseits waren viele junge Priester zu Vater Berton gekommen. Vielleicht . . . Nein! Sie konnte ihn nicht kennen.

Duncan zog Madelyne plötzlich an seine Seite. Sie standen so nah am Feuer, daß Madelyne unruhig wurde, ihr Kleid könnte Feuer fangen. Als sie ein wenig zur Seite treten wollte, packte Duncan sie fester. Seltsamerweise beruhigte es sie, seinen Arm um die Schultern zu spüren, und nach einem kurzen Moment faltete sie brav die Hände vor sich und sah dem Priester mit gefaßter Miene entgegen.

Der Mann war nicht besonders attraktiv: Pockennarben verunzierten sein Gesicht, und er wirkte ungepflegt. Zudem schien er sich über irgend etwas Sorgen zu machen.

Dann stürmte Gilard in die Halle. Er sah wild zu Duncan hinüber, als ob er bereit sei, sich mit ihm zu schlagen. Es war schon merkwürdig, denn plötzlich schienen Edmond und Gilard ihre Launen vertauscht zu haben. Gilard blickte düster, während Edmond grinste.

»Duncan, ich bin derjenige, der Lady Madelyne heiratet. Ich bin gewillt, dieses Opfer zu bringen«, tönte Gilard. Sein

Kopf war hochrot. »Sie hat mein Leben gerettet«, setzte er hinzu, als Duncan nicht sofort reagierte.

Duncan wußte genau, was in Gilard vorging. Er hatte das Wort »Opfer« benutzt, um zu verbergen, wie tief seine Gefühle für Madelyne wirklich waren. Nun, er *glaubte* vielleicht, Madelyne zu lieben, aber . . . »Spar dir deinen Widerspruch, Gilard. Ich habe meine Entscheidung getroffen, und ich verlange, daß du sie anerkennst. Hast du verstanden, Bruder?«

Duncans Stimme war drohend gewesen. Gilard stieß einen lauten, wütenden Seufzer aus, dann schüttelte er den Kopf. »Ich werde dich nicht herausfordern!«

»Heiraten?« flüsterte Madelyne, als wäre das Wort eine Blasphemie.

Das nächste brüllte sie heraus: »Opfer?«

KAPITEL 14

»... und gebt dem weiblichen Geschlecht als dem schwächeren Geschlecht die Ehre.«
Neues Testament, 1. Petrus, 3.7

»Ich heirate niemanden!«

Diesmal hatte Madelyne brüllen *wollen*, doch die Worte klangen erstickt, ihre Kehle war wie zugeschnürt. Mochte Gilard Duncans Entscheidung, sie zu heiraten, ja widerwillig akzeptieren – Madelyne dachte gar nicht daran, es ihm gleichzutun!

Duncan schien allerdings fest entschlossen. Er ignorierte Madelynes Versuche, sich von ihm loszumachen, und winkte den Priester näher heran, damit er mit der Zeremonie beginnen möge.

Vater Laurence war so durcheinander, daß er die meisten Standardsätze nicht mehr richtig zusammenbekam. Doch Madelyne hörte ohnehin nicht zu. Statt dessen brüllte sie den Mann an, der offenbar versuchte, sie zu Tode zu quetschen, während er dem Priester mit größtem Interesse zu lauschen schien.

Als Madelyne Duncan versprechen hörte, sie zur Frau zu nehmen, schüttelte sie den Kopf. Dann fragte der Priester, ob sie Duncan zum Mann nehmen würde. Madelyne antwortete augenblicklich. »Nay. Will ich *nicht*!«

Duncan schien das nicht zu kümmern. Er drückte sie so fest, daß Madelyne glaubte, ihre Knochen würden brechen. Dann griff er in ihr Haar und drehte den Kopf so, daß sie ihn ansehen mußte. »Ich würde sagen, du antwortest ihm noch einmal.«

»Erst laßt Ihr mich los«, sagte sie tapfer.

Duncan, der annahm, sie würde ihm endlich gehorchen, tat es. Wieder legte sich sein Arm um ihre Schultern. »Fragt sie nochmal, Vater«, sagte er zum dem Priester.

Vater Laurence sah aus, als würde er gleich ohnmächtig werden. Er stammelte seine Frage erneut heraus.

Madelyne schrie diesmal nicht. Sie sagte einfach gar nichts. Sollten sie doch bis zum nächsten Morgen hier herumstehen – sie kümmerte es nicht! Niemand würde sie in diese alberne Ehe drängen.

Leider hatte sie nicht mit Gilards Einmischung gerechnet. Er hatte Duncan die ganze Zeremonie über nicht aus den Augen gelassen, und als Madelyne ihre Weigerung herausgebrüllt hatte, hatte er Duncan einen Blick zugeworfen, der verriet, daß der Jüngere kurz vor dem Brudermord stand.

Und nun, da Madelyne trotzig schwieg, glitt Gilards Hand zu seinem Waffengürtel. Madelyne riß entsetzt die Augen auf, als er das Schwert zog. Guter Gott, er forderte Duncan zum Kampf! »Ich nehme Euch, Duncan«, sagte sie hastig. Sie hatte den Blick nicht von Gilard gewandt, und als sie sein Zögern sah, fügte sie rasch hinzu: »Aus freiem Willen nehme ich Euch zum Mann.«

Gilards Schwerthand fiel an seine Seite. Madelynes Schultern sackten vor Erleichterung zusammen.

Adela stellte sich zwischen Edmond und Gilard. Sie lächelte Madelyne an. Auch Edmond grinste. Madelyne hätte sie am liebsten angeschrien, traute sich aber nicht. Gilard sah immer noch nicht wieder ganz normal aus.

Der Priester stürmte in einem Höllentempo durch die restliche Zeremonie. Nach einem hastigen, verqueren Segen stolperte Vater Laurence aus der Halle. Sein Gesicht hatte eine ungesunde Grüntönung angenommen. Madelyne vermutete, daß er sich vor Duncan fürchtete, und sie konnte ihn gut verstehen.

Endlich ließ Duncan Madelyne los. Sie wandte sich ihm zu und flüsterte, so daß Gilard es nicht hören konnte: »Diese Eheschließlung ist der reine Hohn. Der Priester hat den Segen ja nicht einmal richtig ausgesprochen.«

Duncan besaß die Frechheit, sie anzugrinsen.

»Ihr habt gesagt, Ihr macht nie Fehler, Duncan. Aber dieses Mal habt Ihr ganz sicher einen gemacht. Jetzt habt Ihr Euer Leben ruiniert. Und warum das alles? Nur um Euch an meinem Bruder zu rächen.«

»Madelyne, diese Eheschließung ist kein Hohn und absolut gültig. Geh rauf in meine Kammer und warte auf mich, Frau. Ich komme bald zu dir.«

Er hatte das Wort »Frau« extra betont. Madelyne starrte ihn erstaunt an und sah das warme Leuchten in seinen Augen. Seine Kammer?

Madelyne machte einen Satz, als Adela sie an der Schulter berührte und ihr versicherte, daß nun alles in Ordnung kommen würde. Natürlich, sie hatte gut reden! Sie war ja auch nicht an einen Wolf gebunden.

Sie mußte weg von den Wextons – von allen Wextons. Es gab zuviel, über das sie nachdenken mußte. Madelyne raffte ihren Rock und ging langsam auf den Ausgang zu.

Edmond hielt sie auf, als sie an ihm vorbeiging, indem er ihr eine Hand auf den Arm legte. »Ich möchte Euch gerne in unserer Familie willkommen heißen.«

Duncans Bruder gab sich ganz den Anschein, als würde er tatsächlich meinen, was er gesagt hatte. Das erboste Madelyne fast so sehr wie sein fürchterliches Lächeln. Da war sein finsterer Blick doch viel besser gewesen. »Wagt es ja nicht, mich anzulächeln, Edmond, oder ich verpasse Euch eine Ohrfeige. Ich meine es ernst.«

Er sah sie so überrascht an, daß es ihr eine gewisse Befriedigung verschaffte.

»Ich kann mich erinnern, daß Ihr mich eben noch schlagen wolltet, weil ich genau das Gegenteil gemacht habe!«

Sie hatte nicht die geringste Ahnung, wovon er redete. Aber es war ihr auch egal, denn sie hatte wichtigere Dinge im Kopf. Sie riß ihren Arm unter seiner Hand weg, knurrte, er möge an seinem Abendessen ersticken, und verließ die Große Halle.

Gilard wollte hinter ihr herlaufen, doch Edmond hielt ihn zurück. »Sie ist jetzt deines Bruders Frau, Gilard. Vergiß das nicht.« Er hatte so leise gesprochen, daß Duncan ihn nicht hören konnte. Duncan hatte sich wieder dem Feuer zugewandt und starrte in die Flammen.

»Aber ich hätte sie glücklich machen können, Edmond. Madelyne hat in ihrem Leben schon so vieles durchmachen müssen. Sie hat es verdient, zufrieden und glücklich zu sein.«

»Bist du blind, Bruder? Hast du nicht gesehen, wie Madelyne Duncan ansieht und er sie? Die beiden empfinden sehr viel füreinander.«

»Niemals«, antwortete Gilard. »Madelyne haßt Duncan.«

»Madelyne haßt niemanden. Dazu ist sie gar nicht fähig.« Edmond lächelte. »Du willst die Wahrheit einfach nicht akzeptieren. Was meinst du denn, warum ich so zornig auf Madelyne gewesen bin? Teufel, ich habe von Anfang an erkannt, wie gefährlich ihre Anziehungskraft ist. Als sie krank war, ist Duncan nicht eine Sekunde von ihrer Seite gewichen.«

»Aber doch nur, weil er sich für sie verantwortlich fühlte«, sagte Gilard.

»Duncan hat Madelyne geheiratet, weil er es wollte. Und du weißt ganz genau, Gilard, wie bemerkenswert es ist, daß dein Bruder aus Liebe geheiratet hat. Heutzutage ist das eine wahre Seltenheit. Er bekommt weder Land noch Geld, sondern zieht sich nur den Zorn des Königs zu.«

»Und er liebt sie nicht«, murmelte Gilard.

»Oh, doch«, widersprach Edmond. »Er weiß es nur noch nicht.«

Duncans Gedanken weilten nicht bei seinen Brüdern. Er überlegte, wie er morgen vorgehen sollte. Der Bote hatte durchblicken lassen, daß die Soldaten beim ersten Tageslicht angreifen würden, wenn die Wextons Madelyne nicht herausgeben würden. Natürlich war das nur aufgeblasenes Gerede, und Duncan war über diese Gewißheit fast enttäuscht. Er brannte darauf, Louddon zu schaden. Doch wie auch immer, dieser jämmerliche Haufen frierender Soldaten vor seinen Mauern würde es nicht wagen, eine so starke Festung anzugreifen. Sie wußten, daß sie sowohl zahlenmäßig als auch von der Ausrüstung her unterlegen waren. Louddon hatte die Männer vermutlich nur geschickt, um dem König zu zeigen, daß er zuerst versucht hatte, ohne die Einmischung des Herrschers seine Schwester zurückzubekommen.

Zufrieden mit seiner Schlußfolgerung schob Duncan dieses Problem beiseite und konzentrierte sich auf sein neues Leben. Wie lange würde es dauern, bis sie ihn als ihren Gemahl akzeptierte? Je eher sie sich mit den neuen Bedingungen arrangierte, desto besser für ihren Seelenfrieden.

Er fühlte sich verpflichtet, ihr Sicherheit und Geborgenheit zu geben. Sie hatte ihr ganzes Vertrauen in ihn gelegt. Er durfte sich nicht von ihr abwenden. Aye, es war sein Pflichtbewußtsein, das ihn zu dieser überstürzten Entscheidung getrieben hatte.

»Teufel«, murmelte er. Er hatte von Anfang an gewußt, daß er sie nie gehen lassen würde. »Sie treibt mich noch in den Wahnsinn«, sagte er, ohne sich darum zu kümmern, ob jemand mithörte.

Ach, Madelyne . . . Er hatte gar nicht bemerkt, wie erstarrt seine Lebensgewohnheit, wie karg sein Leben geworden war, bis sie angefangen hatte, alles durcheinanderzubringen. Sie konnte mit einem einzigen unschuldigen Blick Reaktionen in ihm hervorrufen, die er nicht für möglich gehalten hatte. Wenn er nicht gerade überlegte, ob er sie erwürgen sollte, schien er von dem Gedanken besessen, sie zu küssen. Und sie besaß ein Talent, zu lieben, das Duncans zynische Einstellung zum Leben erschütterte.

Duncan lächelte. Er war gespannt darauf, wie er seine frisch angetraute Frau gleich vorfinden würde. Würde sie verschreckt und eingeschüchtert sein, oder würde sie ihm mit aufgesetzter Gelassenheit begegnen? Würde sie Kätzchen oder Löwin sein?

Er verließ die Halle und suchte nach Anthony. Nachdem er die Glückwünsche seines Vasallen entgegengenommen hatte, gab er ihm zusätzliche Anweisungen für die Nachtwache.

Als nächstes ging er zum See, um zu schwimmen. Es konnte nicht schaden, Madelyne ein wenig mehr Zeit zu geben, damit sie sich für ihn vorbereiten konnte.

Schließlich lief Duncan, immer zwei Stufen auf einmal nehmend, hinauf. Es würde nicht leicht werden, ihr klarzumachen, daß er mit ihr die Ehe vollziehen würde, mochte kommen, was wollte. Natürlich würde er keine Gewalt anwenden, wie sehr sie auch seine Geduld strapazieren würde. Er wollte, daß sie willig zu ihm kam.

Sein Beschluß, sich nicht aus der Ruhe bringen zu lassen, wurde ein wenig ins Wanken gebracht, als er seine Kammer leer vorfand. Duncan seufzte ungeduldig, machte auf dem Absatz kehrt und stürmte zum Turm hinauf.

Glaubte sie tatsächlich, sie könnte sich vor ihm verstekken? Der Gedanke amüsierte ihn, und er lächelte. Allerdings nur, bis er ihre Tür aufstoßen wollte, und feststellte, daß sie von innen verriegelt war.

Madelyne war noch immer ein wenig beunruhigt. Sie war in einem fast hysterischen Zustand in ihrem Zimmer angekommen, wo sie auch noch warten mußte, bis ihr Zuber mit Wasser gefüllt war. Zum Glück hatte Maude schon wie jeden Abend damit begonnen. Madelyne versuchte, geduldig zu sein, aber die Dienerin und die zwei Männer, die die Eimer mit heißem Wasser heraufschleppten, schienen diesmal ewig zu brauchen. Madelynes Angst, daß Duncan sie finden würde, bevor sie die Tür verriegeln konnte, wuchs mit jedem Augenblick.

Doch dann endlich war es soweit. Madelyne zog den Balken unter dem Bett hervor, schob ihn in die Schlaufen und stieß einen Seufzer der Erleichterung aus.

Ihre Schultern schmerzten entsetzlich. Ihr ganzer Körper war angespannt, und sie war vollkommen durcheinander. Sie schien keine Problem vernünftig durchdenken zu können. Hatte Duncan sie geheiratet, um Louddon zur Weißglut zu bringen? Aber was war mit Lady Eleanor?

Madelyne ließ sich Zeit im Wasser. Ihr Haar war am Abend zuvor gewaschen worden, also brauchte sie diese lästige Sache heute nicht zu erledigen. Sie hatte die Lokken oben auf dem Kopf zusammengebunden, doch die meisten hatten sich gelöst, bevor sie noch zu Ende gebadet hatte.

Leider fühlte sie sich nach ihrem Bad kein bißchen entspannter oder ruhiger. Zu viele Gedanken gingen ihr im Kopf herum. Sie hätte am liebsten vor Zorn gekreischt, aber gleichzeitig auch über die Demütigung geweint. Der einzige Grund, warum sie weder das eine noch das andere tat, war, daß sie sich nicht entscheiden konnte.

Als sie gerade aus dem Zuber stieg, hörte sie Duncan die Treppe heraufkommen. Ihre Hände zitterten, als sie nach ihrem Morgenmantel griff, aber sie sagte sich energisch, daß sie nur fror.

Die Schritte hielten an. Duncan stand direkt vor der Tür. Madelyne hastete in die gegenüberliegende Ecke und schämte sich gleichzeitig für ihre Furcht. Rasch zurrte sie den Gürtel um ihren Mantel fest und zwang sich zur Ruhe. Um Himmels willen, Duncan konnte sie wohl kaum durch die Tür sehen. Es gab also überhaupt keinen Grund, daß sie sich so albern benahm.

»Madelyne, geh von der Tür weg.«

Seine Stimme hatte so sanft geklungen. Das überraschte Madelyne. Sie runzelte die Stirn und wappnete sich gegen die Drohungen, die bestimmt kommen würden. Aber warum sollte sie nicht an der Tür stehen?

Sie bekam eine prompte Antwort. Das Krachen war so laut, daß Madelyne einen Satz zurück machte und mit dem Hinterkopf gegen die Wand stieß. Sie schrie, als der Balken wie ein Zweig in der Mitte durchbrach. Sie hätte ein Kreuz geschlagen, wenn sie in der Lage gewesen wäre, ihre verschränkten Hände voneinander zu lösen.

Die Tür splitterte, und das, was an Bohlen noch hängenblieb, beseitigte Duncan mit einem gezielten Tritt.

Eigentlich hatte er vorgehabt, Madelyne sofort in seine Kammer zu zerren. Aber als er sah, wie verschreckt sie sich in die Ecke preßte, überlegte er es sich anders . . . zumal er fürchtete, daß sie direkt aus dem Fenster springen könnte.

Aber er wollte ihr keine Angst einjagen. Also stieß er einen seiner Seufzer mit Überlänge aus, lehnte sich an den Türrahmen und lächelte sie freundlich an. Mit Vernunft und sanften Worten würde er sie dazu bewegen, zu ihm zu kommen.

»Ihr hättet wenigstens klopfen können.«

Die Veränderung war einmal mehr unglaublich schnell vonstatten gegangen. Sie sah nun überhaupt nicht verschreckt aus, sondern stand stirnrunzelnd vor ihm. Und ihr Blick besagte, daß sie ganz und gar nicht die Absicht hatte, *sich* aus dem Fenster zu stürzen!

Er versuchte, sich das Lachen zu verbeißen, denn er war sich bewußt, daß ihr Stolz sowohl für sie als auch für ihn wichtig war. Verdammt, er verabscheute es, wenn sie sich vor ihm duckte. »Und dann hättest du mir die Tür geöffnet, Frau?« fragte er in sanftem, spöttischen Tonfall.

»Nennt mich nicht Frau, Duncan. Ich bin gezwungen worden, das Gelübde zu leisten. Seht Euch nur an, was Ihr mit meiner Tür angestellt habt. Jetzt muß ich mitten im schlimmsten Zug schlafen, und all das nur, weil Ihr erst handelt und dann nachdenkt!«

»Aha. Also *hättest* du mir die Tür geöffnet?« fragte Duncan grinsend. Er genoß ihre Empörung in vollen Zügen. Edmond hatte recht. Madelyne war ein rechthaberisches, freches Biest. Ihre Tür . . . also wirklich!

Im übrigen bot sie einen entzückenden Anblick. Ihr Haar fiel offen über ihre Schultern. Das Licht des Feuers ließ ihre Locken in warmem Dunkelrot schimmern. Sie hatte die Hände in die Hüften gestemmt und hielt den Rücken kerzengerade. Ihr Hausmantel klaffte bis zur Taille auf und gestattete ihm einen hübschen Blick auf das Tal zwischen ihren Brüsten.

Wie lange würde es wohl dauern, bis Madelyne bemerkte, daß der übergroße Mantel langsam aber sicher auseinanderfiel? Duncan hatte bereits feststellen können, daß sie nichts daruntertrug, denn ihre Knie lugten unterhalb des Gürtels hervor.

Das Grinsen verschwand aus Duncans Gesicht. Seine Augen verdunkelten sich. Plötzlich fiel es ihm schwer, sich auf irgend etwas anderes zu konzentrieren als auf den Wunsch, sie zu berühren.

Madelyne wußte nicht, wie sie seinen nun so düsteren Gesichtsausdruck deuten sollte. Er wirkte auf einmal so furchterregend, und . . . verdammt! Wenn er nur nicht so attraktiv gewesen wäre!

»Selbstverständlich hätte ich nicht geöffnet, aber Ihr hättet trotzdem klopfen müssen.« Noch bevor sie den Satz hervorgebracht hatte, errötete sie. Meine Güte, was redete sie nur für einen Unsinn! Aber sein intensiver Blick brachte sie um die Fähigkeit, vernünftig zu denken. Er sah sie an, als wollte er sie . . .

»Hast du noch nie gelogen?« fragte Duncan, als er in ihren Augen wieder Furcht zu erkennen glaubte.

Seine Frage traf sie unvorbereitet, und Ablenkung war Duncans Ziel gewesen. Langsam betrat er das Zimmer.

»Ich sage immer die Wahrheit, wie grausam sie auch sein mag«, erwiderte Madelyne. »Und das solltet Ihr inzwischen begriffen haben.« Sie sah ihn grantig an und ging auf ihn zu, damit ihre nächste verbale Attacke die größtmögliche Wirkung erzielen konnte. Sie war fest entschlossen, ihm ihre Meinung zu sagen, und das hätte sie gewiß auch getan, wenn sie nicht vergessen hätte, daß der Hausmantel zu lang und der Badezuber direkt in ihrem Weg stand. Sie wäre kopfüber ins Wasser gestürzt, wenn Duncan sie nicht noch rechtzeitig aufgefangen hätte.

Er hielt Madelyne um die Taille fest, als sie sich bückte, um ihren lädierten Zeh zu reiben. »Immer, wenn ich in Eurer Nähe bin, tut es weh«, murmelte sie trotzig.

»Ich habe dir noch nie etwas getan«, antwortete er.

»Na ja, aber gedroht habt Ihr mir durchaus«, gab Madelyne zurück. Sie richtete sich wieder auf und bemerkte erst jetzt, daß sein Arm um ihre Taille lag. »Laßt mich los«, befahl sie.

»Muß ich dich wie einen Sack Getreide in mein Zimmer schleppen, oder gehst du brav mit mir?«

Madelyne starrte auf seine Brust. Duncan drückte ihr sanft das Kinn hoch. Als ihre Blicke sich trafen, fragte Madelyne leise: »Warum laßt Ihr mich nicht einfach in Ruhe?«

»Das habe ich versucht, Madelyne.«

Seine Stimme war wie eine Liebkosung, so weich wie ein warmer Sommerwind. Sein Daumen strich langsam über ihr Kinn. Wie konnte eine so einfache Berührung nur eine so vernichtende Wirkung haben? »Ihr versucht, mich zu verhexen«, protestierte Madelyne schwach, doch sie drehte den Kopf nicht weg, als sein Daumen nun über ihre empfindliche Unterlippe glitt.

»Nein. *Du* verhext mich.« Duncans Stimme war heiser geworden. Madelynes Herzschlag beschleunigte sich. Sie konnte kaum noch atmen. Ihre Zunge berührte zögernd seinen Daumen, und das Gefühl sandte ihr einen angenehmen Schock durch ihre Glieder. Sie wollte, daß er sie küßte. Nur ein kleiner, harmloser Kuß, dachte sie. Dann würde sie ihn fortschicken.

Duncan schien damit zufrieden zu sein, sie anzustarren. Madelyne verlor nach einer kurzen Weile die Geduld. Sie schob seine Hand vom Kinn, stellte sich auf Zehenspitzen und drückte ihm einen züchtigen Kuß auf das Kinn.

Als Duncan nicht reagierte, wurde sie forscher. Sie legte ihm die Hände auf die Schultern, zögerte jedoch, als sie spürte, wie er sich versteifte. »Ich will Euch bloß einen Gute-Nacht-Kuß geben«, erklärte sie ihm. »Ich küsse Euch wirklich gerne, aber mehr gibt es nicht.«

Er regte sich nicht. Sie wußte nicht, ob ihre Worte ihm gefallen hatten oder nicht, bis ihre Lippen die seinen berührten. Oh, doch, er küßte genauso gerne wie sie!

Madelyne seufzte zufrieden.

Duncan knurrte ungeduldig.

Madelyne schob ihm zaghaft die Zunge zwischen die Lippen. Als er die Liebkosung sofort und ungestüm erwiderte, glaubte Madelyne, ihre Knie würden nachgeben. Sie wollte nie mehr aufhören!

Als sie sich dessen bewußt wurde, machte sie sich rasch von ihm los. Duncan ließ sie, hielt aber seine Hände auf ihren Hüften. Er war gespannt, was sie als nächstes tun würde. Sie war unberechenbar.

Als gar nichts geschah, hob Duncan sie auf seine Arme. Er mußte lächeln, als sie panisch ihren Hausmantel zusammenzerrte. Er hätte ihr gerne gesagt, daß er schon mehr von ihr gesehen hatte, als sie im Fieber gelegen hatte, aber da sie sich in seinen Armen versteifte, beschloß er, das Thema nicht anzusprechen.

Als sie schon die Hälfte der Stufen nach unten zurückgelegt hatten, fiel Madelyne ein, daß sie auf eine Nacht mit Duncan schlecht vorbereitet war. »Ich habe mein Nachtkleid obengelassen«, stammelte sie. »Es macht mir nichts, in einem Tageskleid zu schlafen, aber dieses hier ist so –«

»Du wirst nichts brauchen«, unterbrach Duncan sie.

»Doch«, murmelte Madelyne.

Duncan gab keine Antwort. Madelyne wußte, daß sie diese Auseinandersetzung verloren hatte, als er die Tür seiner Kammer von innen zutrat. Sie war gefangen!

Duncan legte Madelyne auf das Bett und ging zurück zur Tür. Er verriegelte sie und wandte sich dann langsam zu ihr um. Er hatte die Arme vor der Brust verschränkt und lächelte.

Er hatte so eine hübsche Kerbe in seiner Wange, wenn er auf eine bestimmte Art grinste! Madelyne konnte sich nicht dazu durchringen, das Ding »Grübchen« zu nennen. Irgendwie klang es zu niedlich für einen Mann seiner Größe und Breite. Krieger hatten keine »Grübchen«.

Da! Sie konnte mal wieder keinen vernüftigen Gedanken fassen. Das war natürlich allein seine Schuld. Warum mußte er auch einfach nur dastehen und sie anstarren? Sie fühlte sich wie eine Maus in der Falle. Eine Maus, die von einem grinsenden Wolf in die Enge getrieben worden war.

»Versucht Ihr, mich einzuschüchtern?« brachte Madelyne hervor.

Er schüttelte den Kopf. Duncan spürte ihre Angst und ahnte, daß sein gezwungenes Lächeln nicht zu ihrer Beruhigung beigetragen hatte. »Bestimmt nicht. Ich will nicht, daß du Angst vor mir hast.« Er setzte sich in Bewegung und ging langsam auf sie zu. »Natürlich verstehe ich, daß das erste Mal für eine Jungfrau beängstigend sein muß.«

Sein Versuch, ihr die Furcht zu nehmen, scheiterte kläglich. Zu diesem Schluß kam Duncan jedenfalls, als sie mit einem Satz aus dem Bett sprang. »Erstes Mal? Duncan, Ihr werdet nicht mit mir schlafen!« brüllte sie.

»Doch«, antwortete er.

»Ich lege mich neben Euch, einverstanden, aber das ist auch alles, was diese Nacht geschieht.«

»Madelyne, wir sind verheiratet. Es ist eine Art Brauch, daß ein Mann mit seiner Frau in der Hochzeitsnacht schläft.«

»Ist es auch so eine Art Brauch, daß ein Mann eine Lady zur Ehe zwingt?«

Gelassen zuckte er mit den Schultern. Madelyne sah aus, als würde sie gleich in Tränen ausbrechen. Duncan kam zu dem Schluß, daß es ihr am meisten helfen würde, wenn er ihren Zorn weckte. »Das war nötig«, antwortete er also.

»Nötig? Zweckmäßig meint Ihr wohl. Sagt mir eins, Duncan. Ist es auch nötig, mich heute nacht dazu zu zwingen, mich Eurem Willen zu beugen?«

Sie ließ ihm keine Zeit zu einer Antwort. »Ihr habt Euch nicht einmal die Mühe gemacht, mir die Gründe für diese Ehe zu erklären. Das war unverzeihlich.«

»Erwartest du ernsthaft, daß ich dir meine Gründe darlege?« grollte er. Sein Ausbruch tat ihm fast augenblicklich leid, denn Madelyne plumpste auf die Bettkante zurück und rang die Hände.

Duncan gab sich Mühe, seine Ungeduld zu bezwingen. Er trat zum Feuer und begann ganz langsam, die Bänder seiner Tunika aufzuknüpfen. Dabei ließ er keinen Moment seinen Blick von Madelyne.

Sie versuchte, ihn nicht anzusehen, aber es funktionierte nicht. Der Feuerschein verlieh seiner gebräunten Haut einen goldenen Schimmer, und seine Muskeln traten deutlich hervor, als er sich nun bückte, um seine Stiefel abzustreifen.

O ja, wie sehr sie sich wünschte, ihn zu berühren. Der Gedanke war so angenehm, daß sie unwillkürlich den Kopf schüttelte. Ihn berühren . . . also wirklich! Sie wollte allein sein, *das* wollte sie! Doch innerlich seufzend gestand sie sich ein, daß sie sich soeben selbst belogen hatte.

»Ihr haltet mich doch für eine Dirne«, entfuhr es ihr plötzlich. »Aye, ich habe doch mit einem in Ungnade gefallenen Priester gelebt, nicht wahr? Das waren Eure Worte, Duncan«, rief sie ihm in Erinnerung. »Ihr wollt doch nicht bei einer Dirne liegen.«

Sie betete, daß sie recht hatte.

Duncan mußte grinsen. »Dirnen haben gewisse Vorteile Jungfrauen gegenüber, Madelyne«, antwortete er. »Du verstehst sicher, was ich meine.«

Nein, sie verstand ganz sicher nicht, aber das konnte sie ihm jetzt wohl kaum sagen, oder? Fest stand jedenfalls, daß ihre List gescheitert war.

»Die haben keine Vorteile«, murmelte sie.

»Solltest du nicht besser ›wir‹ sagen?«

Sie gab auf. Sie war keine Dirne, und er wußte es genauso wie sie.

Duncan hatte zuviel Spaß an ihrer Verlegenheit. »Eine Dirne weiß genau, wie sie einem Mann zu Gefallen ist, Madelyne.«

»Ich bin keine Dirne, und das wißt Ihr«, erwiderte sie mürrisch.

Duncan lächelte. Er liebte ihre Aufrichtigkeit. Sie konnte tatsächlich nicht lügen, und er, der es gewohnt war, mit Lug und Trug konfrontiert zu werden, fand dies nicht nur erfrischend, sondern auch erleichternd.

Duncan zog seine restlichen Kleider aus und ging zur anderen Seite des Bettes. Nun saß Madelyne mit dem Rücken zu ihm. Er sah, wie sich ihre Schultern verspannten, als er die Decke zurückzog und ins Bett schlüpfte. Er drehte den Kopf, blies die Kerze aus und gähnte absichtlich laut. Er war froh, daß Madelyne ihn nicht angesehen hatte, denn dann hätte sie gewußt, wie aufgesetzt das Gähnen gewesen war. Seine Erektion war nicht zu übersehen, und selbst die naive Madelyne hätte gewußt, was das zu bedeuten hatte.

Es würde eine lange Nacht werden.

»Madelyne.«

Sie verabscheute es, wie er ihren Namen aussprach, wenn er böse auf sie war. Duncan zog das immer die letzte Silbe derart in die Klänge, daß es sich wie »Lene« anhörte.

»Ich heiße nicht Lene«, murmelte sie.

»Komm ins Bett.«

»Ich bin nicht müde.« Es war eine alberne Bemerkung, aber Madelyne war zu verschüchtert, um sich kluge Antworten auszudenken. Sie hätte bei Martas Erzählungen genauer zuhören sollen, aber jetzt war es zu spät. O Gott, sie würde sich übergeben müssen – jetzt sofort! Wie entsetzlich peinlich! Sie konnte doch nicht ihr Abendessen vor seinen Augen wieder hergeben! Allein die Vorstellung drehte ihr den Magen mit solcher Heftigkeit um, daß sie schon glaubte, alles wäre verloren.

»Ich weiß nicht, was ich tun soll.«

Das gequälte Flüstern versetzte Duncan einen Stich. »Madelyne«, sagte er weich. »Weißt du noch, wie wir die erste Nacht zusammen im Zelt verbracht haben?«

Madelyne gab keine Antwort.

»Ich habe dir in dieser Nacht versprochen, daß ich dich niemals zwingen würde. Und habe ich dir gegenüber jemals mein Wort gebrochen?«

»Woher soll ich das wissen?« gab sie zurück. »Ihr habt mir noch nie Euer Wort auf irgend etwas gegeben.« Sie drehte den Kopf, um zu sehen, ob er nach ihr greifen würde, und stellte sofort fest, daß das ein Fehler gewesen war. Duncan hatte sich nicht damit aufgehalten, die Decke über seinen Körper zu ziehen. Er lag splitterfasernackt da. Entsetzt packte Madelyne die Decke und warf sie über ihn. »Bedeckt Euch, Duncan. Es ist nicht schicklich, daß ich . . . Eure Beine sehen kann.«

Sie errötete wieder. Duncan hatte keine Ahnung, wie lange er noch den Gelassenen spielen konnte. »Ich will dich, Madelyne, aber ich will dich nicht zwingen. Du sollst zu mir kommen, sollst mich anbetteln, und wenn es die ganze Nacht dauert.«

»Ich bettele nie.«

»Diesmal wirst du es.«

Madelyne sah ihn verunsichert an und begann, an ihrer Unterlippe zu nagen. »Ihr versprecht es?« fragte sie schließlich. »Ihr werdet mich bestimmt nicht zwingen?«

Duncan nickte, obwohl er sich keine Mühe gab, seine Verärgerung zu verbergen. Morgen würde er ihr klarmachen, daß es beleidigend war, sein Wort anzuzweifeln. In dieser Nacht wollte er es ihr jedoch noch einmal verzeihen.

»Ich vertraue Euch«, flüsterte sie. »Es ist merkwürdig, aber ich habe Euch von Anfang an vertraut.«

»Das weiß ich.«

Sie mußte tatsächlich über seine arrogante Bemerkung lächeln. Dann seufzte sie erleichtert. Jetzt fühlte sie sich viel, viel sicherer. »Nun, da Ihr mir nicht erlaubt habt, mein Nachtkleid mitzunehmen, werde ich eins von Euren Hemden nehmen müssen.«

Madelyne wartete nicht auf seine Erlaubnis. Sie stand auf, ging zur Truhe, öffnete den Deckel und wühlte in dem Möbel herum, bis sie ein Hemd gefunden hatte. Mit dem Rücken zu ihm zog sie ihren Mantel aus und das Hemd über.

Das Kleidungsstück reichte ihr knapp bis zu den Knien. Sie hastete zum Bett zurück und schlüpfte schnell unter die Decke. Dann zupfte sie eine Ewigkeit an der Decke herum, bis sie zu ihrer Zufriedenheit geglättet war. Es war zwar nicht sehr schicklich, Duncan zu berühren, aber sie fand es schön, seine Wärme zu spüren, und so rückte sie näher an ihn heran. Endlich war alles so, wie sie es haben wollte. Sie seufzte. Und wartete.

Wenn sie ehrlich mit sich selbst war, wünschte sie, daß er sie packen und an sich ziehen würde. Weiß Gott – sie war es gewohnt, gepackt und herumgeschleudert zu werden. Und eigentlich mochte sie es sogar ein bißchen. Schließlich lag sie am Ende immer warm und sicher an ihn geschmiegt und fühlte sich geborgen. Und fast geliebt. Natürlich war das eine Illusion, aber sie gestand sie sich trotzdem zu. Es war schließlich keine Sünde, der Phantasie ein wenig freien Lauf zu lassen, nicht wahr?

Duncan hatte keine Ahnung, was in ihrem Kopf vorging. Er hatte weit länger gebraucht, als angenommen, sie überhaupt ins Bett zu bekommen. Sein nächtliches Schwimmritual war lächerlich gegen die Prüfung, die sie ihm offenbar auferlegen wollte. Dennoch: Der Preis war die Mühe wert.

Er rollte sich auf die Seite und stützte den Kopf auf den Ellenbogen, um sie anzusehen. Zu seiner Überraschung blickte sie zu ihm auf – er hatte erwartet, daß sie sich bebend unter der Decke verstecken würde.

»Gute Nacht, Duncan«, sagte sie mit einem Lächeln.

Duncan wollte mehr. »Gib mir einen Gute-Nacht-Kuß, Frau«, befahl er.

»Ihr habt schon einen bekommen«, erwiderte sie freundlich. »War der so unbedeutend, daß Ihr ihn schon vergessen habt?«

Wollte sie ihn necken? Wahrscheinlich ja. Sein Kopf beugte sich langsam herab, während er sich einredete, er würde sich ihr nicht aufzwingen. Er wollte nur einen, kleinen, unschuldigen Kuß, mehr nicht, und dann . . .

Seine Lippen legten sich auf ihre, seine Zunge tauchte in ihren Mund. Er wollte ihr Vergnügen bereiten und wußte, daß er Erfolg hatte, als ihre Zunge seine Liebkosung erwiderte und ihre Hand sich zögernd auf seine Wange legte.

Madelyne wollte nur ein bißchen mehr von seiner Wärme. Ihn zu küssen, schien ihr so natürlich. Ihre Arme schlangen sich um Duncans Nacken, und als er mit einem tiefen Knurren reagierte, lächelte sie vor Freude.

Er hob den Kopf, um sie anzusehen. Madelyne wirkte unglaublich zufrieden. Ihre Lippen waren feucht und geschwollen, und da war ein Funkeln in ihren Augen, das sein Herz wärmte. Er lächelte sie an und wunderte sich darüber. Als er spürte, wie ihre Finger in seinem Nacken zu spielen begannen, konnte er nicht mehr widerstehen. Er mußte sie noch einmal küssen.

Dieser Kuß war wild und heiß. Er hielt ihren Kopf mit beiden Händen fest und ließ sie seine Lust spüren. Madelyne stöhnte und bewegte sich an ihm. Duncan stoppte ihre rastlose Bewegung, indem er ihre Beine zwischen seine Schenkel klemmte. Seine Lippen ließen keinen Augenblick von ihr ab.

Er schien nicht genug von ihr bekommen zu können. Seine Hände begannen undiszipliniert über ihren Körper zu wandern, und ihr wohliges Schaudern trieb ihn nur noch an.

Madelyne reagierte auf jede seiner Berührungen. Sie wußte, daß sie die Kontrolle über sich verlor, aber sie konnte es nicht ändern. Die Empfindungen, so neu und unbekannt, waren so herrlich, daß sie sich einfach nicht dazu durchringen konnte, ihn von sich zu stoßen.

Madelyne wand sich in seinen Armen. Sie drängte sich ihm entgegen, bis sie seine Erektion zwischen ihren Schenkeln spürte. Mit einem Aufkeuchen versuchte sie sich loszumachen, doch Duncans heiße Zunge vertrieb ihre Furcht. Diese Hitze war unglaublich. Ihr Geist rebellierte gegen seine Nähe, doch ihr Körper wußte genau, wie er zu reagieren hatte. Instinktiv schloß sie ihre Schenkel um seine Härte, hielt ihn fest und liebkoste ihn mit ihren Beinen. Duncan begann langsam die Hüften zu bewegen, und in neu erwachter Panik umfaßten ihre Hände die Rückseiten seiner Oberschenkel. Sie hatte ihn festhalten wollen, doch er bewegte sich weiter, und ihr Widerstand schien dahinzuschmelzen wie Schnee in der Sonne. Seine Bewegung entzündete das Feuer der Lust in ihrem Inneren, und es dauerte nicht lange, bis sie sich an ihn klammerte, bis ihre Nägel sich in seine Schultern gruben, damit er sich nur nicht von ihr lösen würde.

Duncan erkannte trotz der schier überwältigenden Begierde, daß ihre eigene Lust ihr Angst machte. Dennoch wollte er, daß sie ihm all ihre Leidenschaft gab. Er packte ihre Hinterbacken fast grob und hob sie an, bis sie sich an ihn preßte und ihn ganz spüren konnte. Als sich ein tiefer Laut, ein sinnliches Knurren, seiner Kehle entrang, kam es Madelyne wie der Gesang der Sirenen vor, der sie verhexte, bezauberte, willenlos machte. Sie konnte nicht widerstehen, hob den Kopf und küßte ihn mit hemmungsloser Hingabe.

Madelynes plötzliche Leidenschaft brachte Duncan fast zum Explodieren. Er nahm seine Lippen widerwillig von ihren Mund und begann ihren Hals zu küssen. Sein Mund wanderte abwärts, während er verzweifelt versuchte, sich wieder unter Kontrolle zu bekommen. Er wünschte sich nichts mehr, als sich in sie zu versenken, ihren Geist, Körper, ihre Seele ganz mit seinem Wesen auszufüllen, aber es war zu früh für sie. Er mußte ihr mehr Zeit geben, er wußte es, aber sein Mund und seine Hände weigerten sich, ihm zu gehorchen. Ihr Duft machte ihn wahnsinnig; Duncan hatte noch nie eine solche Lust verspürt. Der Gedanke, daß sie erst am Anfang waren, gab ihm beinahe den Rest.

Madelyne war sich bewußt, daß sie sich überaus unschicklich benahmem. Sie mußte etwas gegen seine Frechheit unternehmen! Doch ihre Arme und Beine hatten sich um ihn geschlungen und schienen nie wieder loslassen zu wollen. Sie atmete tief durch, versuchte, ihre Fassung wiederzuerringen, aber es war unmöglich: Duncans Zunge glitt über ihren Hals, leckte an ihrem Ohrläppchen, und er flüsterte ihr so unanständige, unaussprechliche Worte ins Ohr, daß sie sich auf nichts anderes konzentrieren konnte.

Er sagte ihr, wie schön sie sei, was er alles mit ihr anstellen wollte. Er sagte, sie würde ihn verrückt machen, und sie schloß aus dem Beben seiner Hände, mit denen er ihr das Haar aus dem Gesicht strich, um sie zu küssen, daß er die Wahrheit sagte.

Sie wußte, daß er alles mit ihr tun konnte – sie hatte ihm nichts entgegenzusetzen. Doch seine Stärke schreckte sie nicht mehr. Sie mußte ihm nur sagen, daß er aufhören sollte. Er würde sie nicht zwingen. Niemals hatte er seine Kraft gegen sie benutzt, aber er brauchte es auch nicht. Er hatte weit stärkere Waffen, die sie dazu brachte, alles zu tun, was er wollte. Es waren seine Zärtlichkeit, die Sanftheit seiner Berührungen und die unanständigen, ach so verlockenden Versprechen, die er ihr machte, die sie zum Aufgeben zwangen.

Wenn sie nur die Kraft hätte finden können, ein wenig von ihm abzurücken! Sicher würde es ihr dann gelingen, wieder vernünftig zu denken. Sie holte noch einmal tief Luft und rollte sich von ihm weg.

Duncan kam ihr hinterher. Madelyne fiel auf, daß die Decke fort war. Duncan legte sich über sie, hüllte sie mit seiner Wärme ein, und sie begriff, daß ihre Jungfräulichkeit nur noch von dem dünnen Stoff des Hemdes geschützt wurde.

Doch auch um diese letzte Barriere war es bald geschehen. Duncan schob das Hemd langsam Stück für Stück hinauf, bis ihre Brüste freilagen. Er war wild entschlossen, sie wußte es, und bevor sie ein Wort des Protestes äußern konnte, war der Stoff fort.

Und plötzlich erkannte sie, daß sie ihm auch geholfen hätte, falls er es nicht schnell genug geschafft hätte.

Als Duncans Brust sanft die ihre berührte, waren alle Gedanken an Rückzug wie weggeblasen. Die rauhen Haare kitzelten ihre Brustspitzen, und sie stöhnte auf. Sein Atem erregte sie fast genauso wie seine Liebkosungen, denn er kam heftig, stoßweise, heiß und unkontrolliert.

»Küßt du mich gerne, Duncan?«

Die Frage kam genauso unerwartet wie die plötzliche Vertrautheit ihrer Anrede. Er hob den Kopf, um sie anzusehen, brauchte aber eine Weile, bis er seine Stimme fand. »Aye«, sagte er heiser, »ich küsse dich gerne. So gerne wie du mich.«

»Das ist wahr«, flüsterte Madelyne. Sie schauderte vor Wonne und leckte sich nervös über die Lippen. Duncan, der sie beobachtete, stöhnte auf und mußte für einen Moment die Augen schließen, bis er sie wieder ansehen konnte.

Sie trieb ihn in den Wahnsinn. Er wollte sie – jetzt sofort. Doch er wußte, daß sie noch immer nicht bereit für ihn war. Er würde also weiter durchhalten müssen, und wenn es ihn umbrachte. Und im Augenblick schien ihm letzteres sehr wahrscheinlich.

Duncan holte tief Luft und küßte ihr fast keusch die Stirn. Dann kam die Nase an die Reihe, und er plazierte seinen Kuß genau auf die Sommersprossen, von denen sie bestimmt behaupten würde, sie existierten nicht.

Mit angehaltenem Atem wartete Madelyne darauf, daß er ihren Mund erreichte. Als Duncan sich jedoch ihrem Hals widmete, versuchte sie, ihn dorthin zurückzubekommen, wo sie ihn haben wollte.

»Ich möchte dich noch einmal küssen«, flüsterte sie. Ja, ja, sie wußte durchaus, wie schrecklich lüstern sie sich benahm, wußte, daß sie mit dem Feuer spielte. Aber was konnte sie dafür? Sie war so unerfahren. Niemand hatte sie darauf vorbereitet, welch herrliche Empfindungen ein Mann mit Liebkosungen und Küssen verursachen konnte! Sie war hilflos, konnte sich nicht wehren, weil . . .

Mit einem Schlag wurde ihr bewußt, was sie da tat. Sie suchte Ausreden! Sie gab sich alle Mühe, Duncan zu zwingen, ihr die Entscheidung abzunehmen. Sie versuchte, sich vor der Verantwortung zu drücken und so zu tun, als wäre sie immer noch naiv – ein Dummerchen, das nichts für seine Taten konnte!

Die Wahrheit beschämte sie. Duncan zwang sie überhaupt nicht. Sie allein war verantwortlich. »Ich bin entsetzlich feige«, flüsterte sie.

»Hab keine Angst«, beruhigte Duncan sie. Seine Stimme war voller Zärtlichkeit.

Madelyne wollte es ihm erklären, wollte ihm nun endlich sagen, wie sehr sie ihn begehrte. Nur für diese eine Nacht wollte sie ihm gehören. Sie konnte nicht wirklich glauben, daß er sie jemals lieben würde, aber nur diese eine Nacht lang wollte sie so tun, als wäre sein Ehegelübde Wahrheit. Wenn Duncan ihr nur ein klein wenig von sich selbst geben würde, dann konnte sie sich einreden, daß es ausreichte . . .

»Leg deine Arme um mich, Madelyne«, sagte Duncan heiser. Seine Hände glitten zu ihren Brüsten, streichelten sie, legten sich über sie. Madelyne bog sich ihm instinktiv entgegen, als eine Schockwelle süßer Empfindungen durch ihren Körper schoß.

Duncan strich mit seinen Daumen neckend über ihre Brustspitzen. Als sie sich aufrichteten und hart waren, senkte er den Kopf und nahm eine in den Mund. Seine Zunge war wie eine süße Folter. Madelyne wand sich unter ihm und stöhnte, während ihre Hände seine Schultern umklammerten.

Als Duncan aufhörte, waren ihre Brüste geschwollen. Sanft legte er sich wieder über sie und bedeckte ihre Lippen mit seinen, bis sie sich mit jedem Nerv ihres Körpers nach mehr sehnte.

Duncan konnte nicht länger warten. Er hob den Kopf, um sie anzusehen und sah die Tränen in ihren Augenwinkeln glitzern. »Willst du, daß ich aufhöre?« Noch bevor er die Frage ausgesprochen hatte, fragte er sich, woher in Gottes Namen er die Kraft genommen hatte, sie zu stellen.

»Madelyne«, sagte er, als sie nicht reagierte. »Warum weinst du?«

Noch immer gab sie keine Antwort. Duncan griff fast grob in ihr Haar und wühlte seine Finger in die seidigen Locken. »Sag mir die Wahrheit, Frau, sei aufrichtig und ehrlich. Ich sehe doch die Leidenschaft in deinen Augen. Sag es, Madelyne.«

Madelyne sah ihn wie durch einen Schleier über sich. »Es ist falsch von mir, aber ich begehre dich«, flüsterte Madelyne. »Ich will dich so sehr, daß es weh tut.«

»Du bist meine Frau, Madelyne«, gab er zurück. »Was wir tun, ist nicht falsch.« Er beugte den Kopf, um sie erneut zu küssen, und er gab ihr alles von seiner Leidenschaft, hielt nichts zurück. Madelyne reagierte mit gleicher Hingabe. Als er spürte, wie sich ihre Nägel in seine Schultern bohrten, machte er sich abrupt los.

»Sag mir, daß du mich in dir spüren willst. Sag es, Madelyne.« Er sah ihr in die Augen, während er langsam mit seinem Bein ihre Schenkel auseinanderschob. Bevor Madelyne ahnen konnte, was er vorhatte, glitt seine Hand hinab zu dem weichen Dreieck aus Löckchen, die ihre empfindlichste Stelle schützte. Seine Finger glitten hinein und streichelten und neckten sie, bis sie naß und heiß vor Lust war. Die ganze Zeit über beobachtete er ihr Gesicht.

Dann drangen seine Finger langsam ihn sie ein. Madelyne bog sich seiner Hand entgegen und reagierte so hemmungslos, daß Duncan fürchtete, er müsse vor Begierde vergehen. Sie war so unglaublich heiß. Und diese Hitze gehörte ihm!

»Hör auf, mich zu quälen, Duncan. Komm zu mir.«

Er stöhnte auf und stieß seine Zunge in ihren Mund. So langsam, wie es ihm möglich war, ließ er sich zwischen ihren weichen Schenkeln nieder, hob ihre Hüften an und begann, einzudringen. Sie wand sich wieder unter ihm, als wollte sie seine Bewegung beschleunigen.

Duncan hielt inne, als er das Hindernis spürte. »Leg

deine Beine um mich«, befahl er heiser und ließ seinen Kopf in ihre Halsbeuge fallen. Als er spürte, daß sie gehorchte, stieß er zu. Madelyne schrie auf und versuchte, ihn wegzustoßen. »Keine Angst, keine Angst«, flüsterte er. »Der Schmerz ist gleich vorbei. Ich verspreche es dir.«

Duncan wollte warten, bis ihr Körper sich an sein Eindringen gewöhnt hatte, aber er konnte nicht mehr. Er begann, sich zu bewegen, erst langsam, dann schneller und heftiger. Seine Hand glitt nach unten zwischen sie und liebkoste sie, bis sich ihre Begierde zu fiebernder Lust steigerte.

Der Schmerz war bald vergessen. Duncan füllte sie vollkommen aus. Madelyne begann, sich mit ihm zu bewegen, drängte ihm ihre Hüften entgegen, damit er tiefer in sie eindringen konnte. Und dann spürte sie die Veränderung, die in ihrem Mann vorging.

Es war wie eine Macht, die sich zügellos entfalten konnte. Sie schwelgte in den Empfindungen, ließ sich fallen, fühlte sich wie ein Teil von ihm, so wie er ein Teil von ihr geworden war.

Ihre Selbstbeherrschung verließ sie. Sie war wild, frei wie ein Raubtier, und sie wollte nichts mehr als die Erfüllung, die immer außerhalb ihrer Reichweite zu liegen schien. Sie ergab sich ganz ihren Gefühlen, ergab sich ganz ihrem Mann, ihrem Geliebten, denn auch er hatte sich ganz ihr ergeben.

Duncan flüsterte heisere Worte in ihr Ohr, doch sie hörte, begriff nichts mehr. Sie konnte nicht mehr denken, war nur noch Körper, nur noch Gefühl.

Der Höhepunkt war so überwältigend, daß sie aufschrie. Seinen Namen ausstieß. Sie war entsetzt, verletzlich, geborgen. Sie wurde geliebt.

Duncan kam kurz nach ihr. Er tiefer Laut entrang sich seiner Kehle, er rief sie, preßte sie an sich und sackte schließlich kraftlos mit einem Seufzer auf ihr zusammen.

Ihre Körper waren verschwitzt und heiß. Der Moschusduft ihres Liebesspiels umgab sie wie ein Nebel. Madelyne berührte seine Schulter mit der Zungenspitzte und schmeckte Salz.

Duncan konnte sich nicht vorstellen, daß er noch die Kraft besaß, sich von ihr zu rollen, und so beschloß er, genau dort liegenzubleiben, wo er war.

Noch nie hatte er solch eine Befriedigung erlebt. Als er endlich wieder in der Lage war, einen vernünftigen Gedanken zu fassen, stützte er sich auf die Ellenbogen und sah sie an. Madelyne hatte die Augen geschlossen. Ihre Wangen waren gerötet, und Duncan lächelte. Offenbar war sie wieder in die Rolle des schüchternen Kätzchens geschlüpft. Himmel, wie konnte sie nach einer solchen Liebesnacht noch peinlich berührt sein? Sie war eine unglaublich leidenschaftliche Frau. Er konnte nur hoffen, daß ihre Kratzer nicht allzu tiefe Narben hinterlassen würden.

»Habe ich dir weh getan?«

»Ja.«

»Sehr?«

»Sehr wenig.«

»Und hat es dir gefallen, Madelyne?« fragte Duncan.

Madelyne wagte einen Blick und sah sein arrogantes Grinsen.

»Ja«, gab sie zu.

»Sehr wenig?«

Lächelnd schüttelte sie den Kopf. Madelyne erkannte plötzlich, daß es ihm sehr wichtig war, zu erfahren, ob er ihr Vergnügen bereitet hatte oder nicht. »Sehr, Duncan.«

Er nickte zufrieden. Obwohl er wußte, daß er ihr die Erfüllung verschafft hatte, war seine Befriedigung durch ihre Ehrlichkeit nun noch wertvoller. »Du bist eine sehr leidenschaftliche Frau, Madelyne. Es gibt nichts, weswegen du dich schämen müßtest.« Er küßte sie lange und hart, und als er sie wieder ansah, stellte er fest, daß ihre Schüchternheit verschwunden war. Ihre Augen waren so unfaßbar blau. Gott, er hätte sich gleich noch einmal in ihnen verlieren können.

Diese Empfindung ärgerte ihn immens. Gott, was war denn mit ihm los? Wenn er sich nicht gegen sie schützte, dann würde sie ihn zu einem Samson machen. Anziehender als Delila war sie ohnehin. Aye, sie würde ihm alle Kraft rauben, wenn er nicht aufpaßte.

Mit einem Stirnrunzeln rollte Duncan sich auf den Rücken, verschränkte die Hände hinter dem Kopf, wobei er sich auf eine dicke Strähne von Madelynes Haar legte. Dann starrte er an die Decke und tat so, als würde er nichts von ihren Befreiungsversuchen bemerken.

Er wußte, daß er sich endlich all den Gefühlen und Gedanken stellen mußte, die er schon so lange zu verdrängen versuchte. Er war bisher kein einziges Mal aufrichtig mit sich selbst gewesen. Erst eben, als er sie berührt hatte, hatte er sich der Wahrheit nicht mehr entziehen können. So sehr er es auch versucht hatte – er hatte sich nicht beherrschen können! Es war an der Zeit, sich endlich einzugestehen, daß Madelyne ihm sehr viel bedeutete. Sie besaß Macht über ihn, und das beunruhigte ihn sehr. Und Duncan war kein Mann, der sich unnötige Sorgen machte.

Madelyne zog die Decke bis zum Kinn. Sie lag auf dem Rücken, warf ihrem Mann aber einen raschen Seitenblick zu. Als sie seine finstere Miene sah, erschrak sie.

Hatte sie irgend etwas falsch gemacht? Sie wußte, wie schüchtern sie war . . . daß sie keinerlei Erfahrung hatte. »Bedauerst du es jetzt?« fragte sie zögernd.

»Nein!«

Er hatte das Wort so heftig ausgestoßen, daß Madelyne zusammenzuckte. Was war mit ihm? Sie fühlte sich plötzlich gedemütigt und eingeschüchert. Der Zauber ihres Liebesspiels war mit einem Mal fort, und an seine Stelle trat das hoffnungslose Gefühl, versagt zu haben. Madelyne konnte es nicht verhindern – sie begann zu weinen.

Duncan achtete kaum auf sie, denn er hatte gerade die ganze Wahrheit erkannt.

Die Erkenntnis drohte ihm den Atem zu rauben. Diese unmögliche, unberechenbare Frau, die laut genug weinte, um Tote zu wecken, war direkt in sein Herz hineingestolpert!

Und plötzlich fühlte er sich genauso verletzlich wie dieser Krieger namens Achill, von dem Madelyne ihm erzählt hatte. Aye, auch Achill war sicher nicht besonders entzückt gewesen, als er herausfunden hatte, wie verwundbar seine Ferse war. Wahrscheinlich hatte ihn dieses Wissen in Zorn versetzt, und genau das geschah jetzt auch mit Duncan.

Duncan hatte nicht die leiseste Ahnung, wie er sich vor ihr schützen sollte. Vielleicht, wenn er sich die Zeit nahm, in Ruhe über alles nachzudenken . . . Ja, er brauchte Zeit und Abstand, denn es schien einfach unmöglich, sämtliche Folgen in Betracht zu ziehen, wenn sie in seiner Nähe war. Teufel, das machte ihn noch wütender!

Neben ihm schluchzte Madelyne leise.

Duncan seufzte. Er wußte genau, was Madelyne wollte. Und sie brauchte es jetzt. Mit einem verzweifelten Aufstöhnen zerrte er die Decke weg und riß sie in die Arme. Er befahl ihr, mit dem Weinen aufzuhören, aber sie war dreist genug, seinen Befehl zu mißachten und weinte weiter und weiter, bis sein Hals pitschnaß war.

Madelyne hatte die Absicht gehabt, ihm mitzuteilen, wie sehr sie ihn verabscheute, daß sie nie wieder ein Wort mit ihm reden wollte, daß er der gefühllosteste und unerträglichste Mensch sei, den sie je kennengelernt hatte. Aber sie mußte erst einmal ihren Tränenfluß eindämmen, denn sonst hätte sie sich bestimmt jämmerlich statt zornig angehört.

»Bedauerst *du* denn etwas, Madelyne?« fragte er, als er ihr Schluchzen nicht mehr ertragen konnte.

Sie nickte und rammte dabei ihren Scheitel gegen sein

Kinn. »O ja«, brachte sie hervor. »Du bist nicht zufrieden mit mir. Du siehst mich finster an, fauchst mich an, aber ich habe so etwas doch noch nie gemacht, Duncan.«

Himmel, was für eine Frau. Sie weinte, weil sie glaubte, ihn nicht befriedigt zu haben! Die Erkenntnis brachte ihm zum Lächeln.

Madelyne machte sich plötzlich aus seinen Armen los, wobei sie wieder gegen sein Kinn stieß. »Du darfst mich nie wieder anfassen!«

In ihrem plötzlichen Zorn vergaß sie, daß sie nackt war. Duncan fand das ganz entzückend, und sein Körper reagierte augenblicklich auf den reizenden Anblick. Ihre Brüste mit den rosigen Spitzen waren einfach zu unwiderstehlich. Duncan streckte die Hand aus und strich mit dem Daumen darüber. Die Spitze richtete sich auf, bevor Madelyne seine Hand wegschlagen konnte.

Rasch zog sie die Decke bis zum Hals hinauf, aber Duncan gewann das spontane Tauziehen spielend. Er riß ihr die Decke aus der Hand und schleuderte sie zu Boden. Madelyne wollte ihr folgen, doch Duncan griff nach ihrem Arm und zog sie mit Schwung auf seine Brust.

Dort hielt er sie fest und grinste breit. Sein Grinsen schwand jedoch, als sie mit ihrem Knie eine empfindliche Stelle zwischen seinen Beinen traf.

Duncan stöhnte auf, fing ihre Beine mit seinen ein und fesselte sie so an sich, bis sie sich nicht mehr bewegen konnte. Dann ließ er ihre Hände los und zog ihren Kopf langsam zu sich herab. Als sie nur ein winziges Stück von seinen Lippen entfernt war, hielt er inne. »Hör mir zu, Frau. Du warst nicht ungeschickt, nur unschuldig. Und du hast mir mehr Vergnügen bereitet, als ich je für möglich gehalten hätte.«

Madelyne starrte ihn eine lange Weile an. Wieder traten Tränen in ihre Augen. »Ist das wahr, Duncan? Hat es dir wirklich gefallen?«

Er nickte ungeduldig. Herrgott, er würde ihr morgen

als erstes erklären, daß sie seine Worte nicht ständig anzweifeln durfte.

Madelyne war jetzt in er Tat beruhigt. »Mir hat es auch gefallen«, flüsterte sie.

»Das weiß ich.« Er wischte ihr die Tränen von den Wangen und seufzte über die grantige Miene, die nun auf ihrem Gesicht erschien. »Sieh mich nicht so böse an«, befahl er.

»Woher willst du wissen, daß es mir Spaß gemacht hat?«

»Weil du meinen Namen geschrien und mich angebettelt hast, ich solle –«

»Ich bettele nie, Duncan«, unterbrach Madelyne. »Du übertreibst furchtbar.«

Er lächelte herablassend. Madelyne öffnete den Mund, um ihm zu sagen, was sie von seiner Arroganz hielt, als er seine Lippen auf die ihren drückte und ihren Protest erstickte.

Wieder spürte sie die aufkommende Hitze. Seine Erektion drückte sich gegen ihre Schenkel. Instinktiv bewegte sie die Hüften, doch sie tat es auch, wie sie erkannte, um *ihn* noch weiter zu erregen.

Duncan schob sie sanft von sich. »Schlaf jetzt, Madelyne. Ein zweites Mal wird dir weh tun.«

Sie brachte ihn mit einem zweiten Kuß zum Verstummen und flüsterte ihm schüchtern zu, daß sie es schön fand, auf ihm zu liegen.

Er lächelte nachsichtig, bestand jedoch darauf, daß sie schlafen solle. »Ich befehle es dir«, sagte er zur Bekräftigung.

»Ich will aber nicht schlafen«, erwiderte Madelyne. Sie senkte den Kopf und begann, an seinem Hals zu nagen. Neue Empfindungen schossen durch ihren Körper. Es war aufregend, mit *ihm* etwas anzustellen. »Du riechst so gut«, sagte sie, biß sanft in sein Ohrläppchen und spielte mit der Zunge daran.

Duncan beschloß, daß er sie dringend bremsen mußte, bevor er *sich* nicht mehr bremsen konnte. Er wollte ihr keine Schmerzen bereiten, aber sie war zu unschuldig, um das zu verstehen.

Er würde ihr eben demonstrieren müssen, wie unangenehm es werden würde.

Mit dieser Absicht im Sinn schob er seine Hand zwischen ihre Körper und drang mit den Fingern in sie ein. Madelyne stöhnte kehlig. Ihre Hände packten seine Schultern. »Jetzt sag mir, daß du mich willst«, forderte Duncan heiser.

Madelyne richtete sich langsam auf. Schmerz und Lust vermischten sich zu Verwirrung. »Ich will dich, Duncan«, flüsterte sie.

Und damit war es um Duncans Selbstbeherrschung geschehen. Er fühlte sich stark genug, die Welt zu erobern. Als Madelyne versuchte, sich auf den Rücken zu rollen, schüttelte er den Kopf und hielt sie fest.

»Willst du mich wirklich zwingen, zu betteln, Duncan?« fragte sie, obwohl es sich mehr wie eine Drohung anhörte.

Er küßte ihr das Stirnrunzeln fort, dann begann er langsam, in sie einzudringen.

Madelyne saß auf ihm und stöhnte voller Wonne. Ihr letzter vernünftiger Gedanke war eine Erkenntnis, die sie überraschte. Sie mußte nicht unbedingt flach auf dem Rücken liegen!

KAPITEL 15

»Denn wo euer Schatz ist, da wird euer Herz sein.«

Neues Testament, Lukas, 12.34

Duncan hatte sich immer für einen praktisch veranlagten Mann gehalten. Er wußte, daß er stur war, zudem stets von der Richtigkeit seiner Meinungen überzeugt, aber er hielt weder das eine noch das andere für eine Charkterschwäche. Er mochte seinen starr geregelten Tagesablauf, denn das Vorhersehbare gab ihm in gewisser Hinsicht Sicherheit und innere Ruhe. Als Anführer so vieler Männer war es unerläßlich, Disziplin und Ordnung aufrechtzuhalten. Ja, ohne einen gutstrukturierten Tagesplan würde auf seinen Ländereien reines Chaos herrschen.

Ha, Chaos! Das Wort erinnerte Duncan an seine sanfte, kleine Frau. Obwohl er seine Meinung besser für sich behielt, fand er, daß Madelyne dem Begriff »Verwirrung« eine neue Bedeutung verlieh. Gott allein wußte, wie chaotisch und wirr sein Leben geworden war, seit er den Entschluß gefaßt hatte, diese Frau zu heiraten. Er mußte zugeben – natürlich nur sich selbst gegenüber –, daß diese Eheschließung das erste in seinem Leben gewesen war, das jeglicher Vernunft entbehrte.

Duncan glaubte fest daran, daß es ihm gelingen würde, seinen gewohnten Alltag weiterzuführen. Er glaubte ebenso, daß er in der Lage sein würde, Madelyne so gründlich zu ignorieren, wie er es vor der Zeremonie getan hatte.

Er irrte sich in beiden Punkten gewaltig.

Madelyne war weit dickköpfiger, als er es für möglich gehalten hatte. Zumindest konnte er keine andere Erklärung für ihren Ungehorsam und ihre Respektlosigkeit finden.

Duncan haßte Veränderungen. Und tief in seinem Inneren war er davon überzeugt, daß Madelyne es wissen mußte. Sie sah ihn immer nur unschuldig an, wenn er verlangte, daß sie sich aus verschiedenen Dingen heraushielt, und machte sich anschließend unbekümmert daran, wieder irgend etwas zu verändern.

Oh, seine hübsche Frau gab sich in seiner Nähe durchaus schüchtern genug. Sie tat wenigstens so, als ob. Duncan mußte sie nur lange und intensiv ansehen, und schon errötete sie. Er hatte keine Ahnung, wieso, aber es war eigentlich auch nicht wichtig. Tatsache war, daß sie, sobald er sich umdrehte, das machte, was sie wollte.

Die Veränderungen, die Madelyne in seinem Haushalt einführte, waren noch nicht einmal subtil. Überaus beeindruckend und ganz sicher nicht beklagenswert war das, was sie mit der Großen Halle anstellte. Ohne sich um seine Erlaubnis zu kümmern, hatte Madelyne befohlen, die zum Stolpern verleitende Plattform zu entfernen. Dann hatte sie den alten zerkratzten Tisch fortschaffen und in die Kriegerunterkünfte bringen lassen und den Zimmermann angewiesen, einen neuen, kleineren Tisch zu bauen – dies natürlich auch, ohne um Erlaubnis zu fragen.

Zudem trieb sie die Dienstboten mit dem, was allgemein nur noch als ihre »Putzanfälle« bezeichnet wurde, in den Wahnsinn. Niemand begriff, warum die Lady unbedingt niedere Arbeiten verrichten wollte, und wahrscheinlich hielt man sie für schwer gestört, obwohl sich niemand getraut hätte, dies vor ihrem Herrn zu äußern. Und Duncan entging nicht, wie alle sich beeilten, um Madelynes Wünschen zu entsprechen. Jeder gab sich alle erdenkliche Mühe, die neue Herrin zufriedenzustellen.

Nun waren die Böden geschrubbt, die Wände bemalt und behängt worden. Neue Läufer, die verdächtig nach Rosen dufteten, lagen auf den Holzbohlen. Über der Feuerstelle hing ein gigantisches königsblaues Banner, auf dem mit wenigen Stichen in Weiß Duncans Wappen nachbildet war, und vor dem Kamin standen zwei Stühle mit hohen Lehnen. Die Ähnlichkeit zu der Turmkammer war nicht zu übersehen. Madelyne hatte außerdem die Dimensionen der Halle verkleinert, indem sie sie in mehrere kleine Sitzbereiche unterteilt hatte. Aber wieso jemand Lust haben könnte, sich in der Halle niederzulassen, lag außerhalb Duncans Begriffsvermögen. Und obwohl er zugeben mußte, daß der Saal nun tatsächlich einladend wirkte, war es doch nur ein Ort, an dem man Mahlzeiten einnahm und vielleicht eine kurze Weile vor dem Feuer stand, um sich aufzuwärmen. Niemand sollte sich hier länger aufhalten. Seine Frau jedoch schien nicht in der Lage, diese Tatsache zu begreifen, und setzte alles daran, die Halle in ein behagliches Zimmer, das zum Müßiggang verleitete, zu verwandeln.

Duncan war ebenfalls aufgefallen, daß die Krieger darauf achteten, sich die Stiefel abzuputzen, bevor sie eintraten. Er war sich nicht sicher, ob ihm das gefiel oder nicht. War es in Ordnung, daß sich sogar *seine* Männer Madelynes Befehlen unterordneten?

Die Hunde waren eine wahre Herausforderung für Madelyne gewesen. Immer wieder hatte sie das Rudel hinausgescheucht; immer wieder waren die Hunde hereingekommen. Doch dann hatte Madelyne herausgefunden, welcher der Hunde Rudelführer war. Sie hatte ihm ein Stück Hammelfleisch vor die Nase gehalten, ihn mit dem Fleisch die Treppe hinuntergelockt, gewartet, bis alle Hunde gefolgt waren, und dann die Barriere, deren Bau sie vorher angeordnet hatte, vor die Treppe stellen lassen. Inzwischen hatten die Hunde begriffen, daß ihr

Futterplatz im Erdgeschoß war, und die Sperre war nicht mehr nötig.

Die Zeiten, in denen man die Knochen über die Schulter geworfen hatte, waren ebenfalls vorbei. Gilard berichtete Duncan ausführlich, wie Madelyne sich an den Kopf des Tisches gestellt und mit zuckersüßer Stimme verkündet hatte, daß nun alle wie zivilisierte Menschen essen würden. Oder überhaupt nicht. Die Männer beklagten sich nicht. Sie schienen genauso begierig darauf, es Madelyne recht zu machen, wie die Dienstboten.

Aye, jetzt war sie mehr Löwin als Kätzchen. Und wenn sie den Eindruck hatte, einer der Diener ließe es auch nur ansatzweise an Respekt für irgendeinen Wexton fehlen, dann hielt sie ihm eine Strafpredigt, die sich gewaschen hatte.

Jetzt, wo er darüber nachdachte, fiel ihm auf, daß Madelyne auch ihn ständig maßregelte. Seine Frau war zwar ihm gegenüber etwas devoter, nahm aber dennoch recht selten ein Blatt vor den Mund.

Stets stellte sie seine Ansichten in Frage. Duncan erinnerte sich an einen Vorfall, der am Tag zuvor stattgefunden hatte. Madelyne hatte zugehört, wie Duncan sich mit Gilard über König William und seine Brüder Robert und Henry unterhielt. Sobald Gilard die Große Halle verlassen hatte, sagte Madelyne zu Duncan, daß sie wegen der beiden Königsbrüder beunruhigt sei. Mit einer Stimme, die höchst besserwisserisch klang, erklärte sie, daß keinem der beiden Männer je wirklich Verantwortung übertragen worden wäre und sie deshalb bestimmt irgendwann unzufrieden werden und dem König Probleme bereiten würden.

Selbstverständlich hatte sie nicht gewußt, wovon sie sprach. Wie sollte eine Frau sich in politischen Dingen auskennnen? Geduldig hatte sich Duncan dazu herabgelassen, Madelyne darauf hinzuweisen, daß dem Ältesten, Robert, immerhin die Normandie – die Normandie, um

Himmels willen! – überantwortet worden war, ein Stück Land, das wohl kaum als unbedeutend bezeichnet werden konnte. Und hatte er nicht bereits seinen *Mangel* an Verantwortungsgefühl bewiesen, als er seinem jüngsten Bruder für ein paar Münzen das Land gab, damit er sich selbst auf Kreuzzüge begeben konnte?

Madelyne hatte sein Argument mit einer Geste fortgewischt und ihn beschuldigt, daß er genau wie König William handelte: Auch er hielt seine Brüder fest am Zaumzeug, ohne ihnen zu erlauben, eigene Entscheidungen zu treffen. Daher, so meinte sie, bestünde die Gefahr, daß sowohl Gilard als auch Edmond irgendwann ebenso rastlos werden würden wie die Brüder des Königs.

Duncan hatte sie schließlich gepackt, an sich gezogen und geküßt. Ihm war einfach nichts anderes eingefallen, um diese lächerliche Diskussion zu beenden. Zudem war es eine sehr angenehme Methode.

Duncan sagte sich mindestens zehnmal am Tag, daß er sich nicht mit den banalen Dingen des Haushalts abgeben konnte. Er hatte wahrhaft wichtigere Dinge zu tun. Aye, es war seine Pflicht, gewöhnliche Männer in mächtige Krieger zu verwandeln.

Und aus diesem Grund versuchte er, zu seinen Brüdern, zu seiner Schwester und ganz besonders zu seiner dickköpfigen, ungehorsamen, kleinen Frau Abstand zu halten.

Doch während es ihm gelang, sich aus den Alltagsproblemen seines Hauses herauszuhalten, schien es einfach unmöglich, sich das Problem Madelyne vom Hals zu halten. Er hatte zuviel damit zu tun, sie zu beschützen.

Tatsächlich wechselten seine Krieger sich damit ab, ihr das Leben zu retten. Sie bedankte sich niemals bei ihren Rettern, aber Duncan wußte sehr gut, daß seine Frau keinesfalls unhöflich war. Mitnichten. Der Grund war noch viel schlimmer. Madelyne bemerkte ganz einfach nicht, wie sie sich durch ihre Impulsivität immer wieder in die gefährlichsten Situationen brachte.

Eines Nachmittags hatte es Madelyne so eilig, zu den Ställen zu gelangen, daß sie direkt vor einer Reihe Soldaten entlanglief, die gerade Bogenschießen übten. Ein Pfeil flog nur knapp an ihrem Hinterkopf vorbei. Der arme Krieger, der ihn abgeschossen hatte, knickte augenblicklich in den Knien ein. Für den Rest des Tages traf er – dank seiner kurzen Begegnung mit Duncans Frau – kein einziges Ziel mehr. Madelyne hatte es gar nicht bemerkt. Sie war einfach weitergelaufen, ohne sich bewußt zu sein, was für ein Durcheinander sie verursacht hatte.

Die Vorfälle, in der sie stets nur knapp einer Katastrophe entging, waren zu zahlreich, als daß Duncan sie sich alle hätte merken können. Bald schon war er an einen Punkt gelangt, an dem er die Stunde fürchtete, in der Anthony seinen abendlichen Bericht erstattete. Sein treuer Vasall wirkte schon recht ausgezehrt und überarbeitet. Obwohl er sich niemals beschwerte, war Duncan davon überzeugt, daß sein Mann eine anständige Schlacht auf Leben und Tod vorgezogen hätte, anstatt hinter der Frau seines Anführers herhetzen zu müssen.

Duncan hatte eine Weile gebraucht, bis er dahintergekommen war, warum Madelyne sich plötzlich so unbekümmert gab. Es hatte einen simplen Grund, der Duncan zutiefst befriedigte. Sie fühlte sich bei ihm sicher und geborgen! Als sie im Fieberwahn gelegen hatte, hatte Duncan alles über ihre Kindheit erfahren. Sie war ein ruhiges Kind gewesen, das so unauffällig wie möglich hatte sein wollen. Madelynes Mutter hatte ihre Tochter vor ihrem Vater und Louddon beschützt, aber die zwei Jahre, die Madelyne nach dem Tod ihrer Mutter mit Louddon hatte leben müssen, waren eine wahrhaft grausame, qualvolle Zeit gewesen. Madelyne hatte rasch gelernt, weder zu lachen noch zu weinen, weder Temperament noch Wut zu zeigen, denn hätte sie das getan, hätte sie Aufmerksamkeit auf sich gezogen.

Dann kamen die Jahre mit Vater Berton, die für das Mädchen eine wundervolle Zeit gewesen sein mußten. Duncan hatte jedoch Zweifel, daß sich Madelyne wenigstens in dieser Periode wie ein normales Kind benommen hatte. Das Leben mit einem Priester erforderte ebenfalls – wenn auch anders geartete – Zurückhaltung und Verzicht. Duncan konnte sich einfach nicht vorstellen, daß sie sich im Umgang mit dem alten, zerbrechlichen Mann, der wahrscheinlich mehr von ihr als sie von ihm abhing, spitzbübisch oder kindlich benommen hatte.

Madelyne hatte ihre Selbstbeherrschung von dem Priester gelernt. Duncan war sich darüber im klaren, daß der Mann Madelyne damit nur helfen wollte, zu überleben. Ihr Onkel hatte ihr beigebracht, wie man Gefühle verbarg, denn er hatte annehmen müssen, daß sie bald zu ihrem Bruder zurückkehren würde. Weder Madelyne noch ihr Onkel hatten geglaubt, daß sich der als relativ kurz geplante Besuch auf Jahre ausdehnen würde. Aus diesem Grund hatte Madelyne mit der permanenten Angst gelebt, Louddon würde plötzlich auf der Türschwelle erscheinen und sie abholen. Mit der Furcht kam die Vorsicht.

Doch nun, da Madelyne keine Angst mehr zu haben brauchte, ließ sie prompt alle Vorsicht fahren.

Duncan verstand Madelyne besser als sie sich selbst. Sie wirkte oft ungeschickt und trottelig, doch in Wahrheit hatte sie es so eilig, Verpaßtes im Leben aufzuholen, daß ihr einfach keine Zeit für Wachsamkeit blieb. Diese Pflicht oblag nun dem Ehemann. Madelyne war wie ein Fohlen, das seine langen Beine erst ausprobieren mußte. Es war eine Freude, sie zu beobachten, und ein Alptraum, sie vor Gefahren zu bewahren.

Was Duncan dagegen nicht begriff, waren seine Gefühle seiner Frau gegenüber. Er war zu Louddons Festung geritten, um Madelyne als Gefangene mit nach Hause zu nehmen. Sein Ziel war Rache gewesen: Auge um Auge. Und das hatte ausgereicht.

Bis sie seine Füße gewärmt hatte.

Von jenem Moment an war alles anders geworden. Duncan hatte mit einer Sicherheit, die er sich selbst nicht erklären konnte, gewußt, daß sie von nun an aneinander gebunden waren. Er würde sie niemals mehr gehen lassen.

Und er hatte sie geheiratet.

Louddons Männer hatten kein weiteres Problem dargestellt. Am Morgen, der der Zeremonie folgte, waren sie abgezogen, ohne auch nur einen Angriff versucht zu haben. Ganz so, wie Duncan es sich gedacht hatte.

Jeden Tag suchte Duncan neue Gründe, warum er den unsinnigen Entschluß, Madelyne zu heiraten, gefaßt hatte. Er fand Gründe, O ja, aber keiner schien befriedigend. Es war nicht leicht, mit Vernunft erklären zu wollen, was das Herz empfand.

Montags sagte er sich, er hätte sie geheiratet, weil er ihr einen sicheren Ort bieten wollte, an dem sie sich nicht mehr fürchten mußte. Damit hatte er sich für ihren selbstlosen Befreiungsversuch in Louddons Festung revanchiert.

Am Dienstag kam er zu dem Schluß, daß er sie geheiratet hatte, weil er mit ihr schlafen wollte. Aye, Lust war ein verdammt guter Grund.

Am Mittwoch änderte er seine Meinung und entschied, daß er sie deswegen genommen hatte, weil er stark und sie so schwach war. Die Jahre der Ausbildung zum Krieger machten eine solche Reaktion logisch. Madelyne war wie ein Vasall, und es war seine Pflicht, sie zu schützen. Also war Mitgefühl der wahre Grund für seine Tat.

Der Donnerstag kam und mit ihm eine neue Erkenntnis. Ja, er hatte Madelyne nicht nur geheiratet, um sie zu beschützen, sondern auch, um ihr klarzumachen, welchen

Wert sie besaß. In ihren Jugendjahren hatte Louddon alles darangesetzt, dem Kind einzureden, es sei wertlos und unnütz. Dann hatte er es zu Onkel Berton geschickt. Aus dem kurzen Besuch waren fast zehn Jahre geworden, so daß es naheliegend war, daß Louddon sie vergessen hatte. Was Madelyne natürlich erst recht bestätigte, wie wenig sich jemand für sie interessierte. Mit der Heirat aber hatte Duncan ihr das Gegenteil bewiesen.

Was für ein Pech, daß dieser Grund nicht einmal den Tag überstand.

Duncan weigerte sich hartnäckig, die Wahrheit anzuerkennen. Er glaubte noch immer, er wäre in der Lage, sie in der Nacht leidenschaftlich zu lieben und am Tag zu ignorieren. Es mußte gehen, er wußte es, denn schließlich war es ihm auch immer gelungen, sich von seinen Geschwistern fernzuhalten. Er war Herr, und er war Bruder. Und diese beiden Funktionen widersprachen einander *nicht.* Ach, es war gewiß ein Kinderspiel. Madelyne hatte sich irgendwie in sein Herz geschlichen, aber das hieß ja nicht, daß sie seinen gewohnten Alltag stören mußte.

Die Wahrheit nagte die ganze Woche in seinem Inneren. Es war wie das hartnäckige und störende Grollen noch fernen Donners, der das Gewitter ankündigte.

Am Freitag nachmittag, nur zwei Wochen nach ihrem Hochzeitstag, brach der Sturm los. Mit aller Kraft.

Duncan kehrte soeben in den oberen Burghof zurück, als Gilards Schrei seine Aufmerksamkeit weckte. Er wandte sich gerade noch rechtzeitig um, um Madelyne auf den Stall zuschlendern zu sehen. Die Tore der Scheune standen weit offen. Und Silenus hatte sich losgerissen! Das Tier galoppierte mit donnernden Hufen und gesenktem Kopf auf Madelyne zu. Der riesige Hengst würde sie zu Tode trampeln!

Der Stallmeister jagte mit dem Zaumzeug in der Hand hinter dem Pferd her. Anthony war direkt hinter ihm.

Beide riefen Madelyne Warnungen zu, aber offenbar machte das Pferd soviel Lärm, daß seine Frau nichts hörte. Sie blickte sich nicht einmal besorgt um.

Duncan war überzeugt, daß Madelyne im nächsten Moment sterben würde.

»Nein!« Sein Gebrüll kam direkt aus den Tiefen seiner Seele. Duncan hatte das Gefühl, als würde ihm jemand bei lebendigem Leib das Herz herausreißen. Er sah und hörte nichts mehr. Er konnte nur noch an Madelyne denken. Er mußte sie retten!

Und das schien jeder der Anwesenden auch zu denken. Aus allen Richtung stürzten Leute herbei, um Madelyne zu retten.

Und es gab nicht einmal einen Grund.

Madelyne bemerkte nichts von dem Durcheinander, das sich um sie herum entwickelte, denn sie war ganz auf Silenus konzentriert. Sie war gerade auf dem Weg gewesen, ihm einen Besuch abzustatten und ihm seine Leckerei zu geben, als er sich losgerissen hatte und auf sie zugestürmt war. Madelyne nahm an, daß sich das Tier so auf sie gefreut hatte, daß es ihr ein Stück entgegenkommen wollte.

Silenus stoppte keine Handbreit vor Madelyne. Staub wirbelte auf, als seine Hufe zum Stehen kamen. Madelyne wedelte mit einer Hand in der Luft, um klare Sicht zu bekommen, und Silenus stupste sofort ihre Hand an. Wahrscheinlich suchte er nach seinem Leckerbissen, dachte Madelyne.

Die Menschen um sie herum blieben wie angenagelt stehen und starrten auf die Szene vor sich. Das riesige Tier stand vor der zarten Madelyne, stampfte ungeduldig mit den Hufen und stupste sie immer wieder an. Madelyne lachte fröhlich und hielt ihm endlich ihre Hand hin, damit er sich den Leckerbissen nehmen konnte.

Als der Hengst seinen Happen knirschend verschlungen hatte, tätschelte Madelyne ihm den Hals. Jetzt erst bemerkte sie Anthony und James, die ein Stück hinter dem Hengst standen. Anthony stützte sich schwer auf den Stallmeister.

Madelyne lächelte den beiden aufmunternd zu. »Macht dir deine Wunde Beschwerden, Anthony? Ich finde, du siehst ein wenig blaß aus!«

Anthony schüttelte müde den Kopf. Madelyne wandte sich an James, entdeckte seinen glasigen Blick und fragte freundlich: »Da hat unser Lämmchen es ja endlich geschafft, die Tür niederzutrampeln. Er hat es lange genug versucht, nicht wahr?«

Als James keine Antwort gab, kam Madelyne zu dem Schluß, daß Silenus ihm einen höllischen Schrecken eingejagt hatte. »Komm, Silenus«, murmelte sie dem Tier zu. »Ich glaube, du hast James verärgert.« Sie wanderte um das Tier herum und schlug die Richtung zu den Ställen ein. Silenus machte ebenfalls kehrt und tänzelte brav hinter ihr her.

Duncan war wild entschlossen, Madelyne umzubringen. Wie konnte sie es wagen, ihn derart zu Tode zu erschrecken? Aber bevor er ihr folgen konnte, würde er wohl oder übel warten müssen, bis er seinen Beinen wieder trauen konnte.

Er mußte sich doch tatsächlich an die Wand lehnen! Duncan fühlte sich wie ein alter Mann mit einem schwachen Herzen. Seine ganze Kraft schien ihn verlassen zu haben. Als Duncan mühsam den Kopf wandte, sah er, daß es Edmond nicht besser ging. Sein Gesicht war grau, und er lag auf seinen Knien.

Anthony dagegen hatte sich wieder gefaßt. Er schlenderte nun auf Duncan zu und stieß dabei einen leisen Pfiff der Erleichterung aus. Duncan hatte das dringende Bedürfnis, ihn zu erwürgen.

Der Vasall legte seine Hand auf Duncans Schulter. Wahrscheinlich sollte die Geste Mitgefühl ausdrücken, aber Duncan war sich nicht ganz sicher, ob sich das Mitgefühl darauf bezog, daß Duncan Madelyne geheiratet hatte oder ob der Krieger ihm Trost für den so eben erlebten Schock bieten wollte. Aber im Endeffekt war es egal: Duncan wollte kein Mitgefühl, aus welchen Gründen auch immer.

»Es gibt etwas, daß ich Euch mitteilen wollte«, sagte Anthony mit sanfter Stimme.

»Was?« fuhr Duncan ihn an.

»Eure Frau ist entschlossen, Silenus zu reiten«, antwortete Anthony.

»Erst wenn ich tot bin und es nicht mitansehen muß«, brüllte Duncan.

Anthony besaß die Frechheit zu lächeln, wandte aber rasch das Gesicht ab, damit Duncan es nicht sah. »Eure Frau zu beschützen, ist eine ungewöhnlich anstrengende Aufgabe. Wenn sie sich erst einmal auf eine Sache versteift hat, ist es unmöglich, sie aufzuhalten.«

»Sie hat mein treues Pferd ruiniert!« brüllte Duncan.

»Aye«, sagte Anthony, ohne das Grinsen unterdrücken zu können. »Das hat sie.«

Duncan schüttelte den Kopf. »Gott, ich dachte, ich würde sie verlieren«, brachte er mit einem heiseren Flüstern hervor. Doch als er auf seine Hände blickte und sah, daß sie noch immer zitterten, wurde er augenblicklich wieder wütend. »Ich bring' sie um. Du darfst zusehen, wenn du willst!«

Die letzten Worte hatte er wieder herausgebrüllt, aber Anthony ließ sich nicht einschüchtern. Der Vasall lehnte sich müßig an die Wand, sah Duncan direkt in die Augen und fragte ruhig: »Warum?«

»Weil es bestimmt zu deiner guten Laune beitragen würde.«

Jetzt mußte Anthony doch laut lachen. »Ich wollte nicht wissen, warum ich zuschauen darf, Mylord, sondern warum Ihr Eure Frau umbringen wollt!«

Anthonys Lachen machte Duncan noch wütender.

»Wie wäre es mit einer neuen Aufgabe, Anthony? Würde es dir gefallen, als Wasserträger eingesetzt zu werden?« knurrte er. »Wie wäre es damit, tagtäglich schwere Wassereimer in die Küche zu schleppen? Ist das Herausforderung genug?«

Duncan hoffte, daß Anthony nun genügend Zerknirschung zeigen würde. Es war eine reine Beleidigung, einem Krieger von solchem Rang eine derartige Aufgabe zu übertragen.

Dummerweise wirkte Anthony ganz und gar nicht zerknirscht. »Ja, das ist eine ziemlich gefährliche Sache, die Ihr da in meine Hände legen wollt. Ihr braucht nur Euren Knappen Ansel zu fragen. Er kennt das Risiko.«

»Was zum Teufel redest du da?«

»Euer Knappe ist neulich fast ertrunken. Er war die Leiter zum Regenwasserbottich hinaufgeklettert und stand gerade ganz oben, als ein Ball ihn genau zwischen die Schultern traf. Natürlich verlor er das Gleichgewicht und –«

Duncan hielt die Hand hoch, um Anthony zum Schweigen zu bringen und schloß die Augen. Er wollte den Rest der Geschichte gar nicht erst hören. *Geduld, Duncan, atme ruhig durch,* sagte er sich. Er hatte das dumpfe Gefühl, daß auch hinter dieser Sache seine reizende kleine Frau steckte. Ihm war nicht entgangen, daß sie gestern nachmittag den Kindern ein neues Ballspiel beigebracht hatte.

Edmond kam mit zittrigen Knien zu Duncan und Anthony herüber. »Was ist denn so witzig, Anthony?« fuhr er den Vasallen an. Edmond war noch zu aufgebracht über das eben Erlebte, als daß er irgend etwas auch nur annährend komisch finden konnte.

»Unser Baron will seine Frau umbringen.«

Edmond verdrehte die Augen. »Um Himmels willen«, murmelte er. Doch als er Duncan ansah, breitete sich ein Grinsen auf seinem Gesicht aus. »Seht euch unseren starken Anführer an«, spottete er. »Duncan könnte doch nicht einmal ein *Lämmchen* umbringen!«

Teufel, es war entwürdigend. Offenbar hatte Edmond gehört, daß Madelyne Silenus ein Lämmchen nannte. Jeder hatte es wahrscheinlich gehört, und wenn nicht, dann würde Edmond schon dafür sorgen, daß der Rest der Burgbewohner es erfuhr.

»Mir scheint, Anthony, unser großer Entführer hat sich gefangennehmen lassen.«

»Hör auf, Edmond. Mir ist nicht nach Scherzen zumute«, murmelte Duncan.

»Nein, natürlich nicht. Dir ist aber auch nicht danach zumute, dir endlich einzugestehen, was mit dir los ist, Bruder. Du liebst das Mädchen. Sieh dich nur einmal an, und die Wahrheit wird dir ins Gesicht schlagen!« Kopfschüttelnd wandte sich Edmond um und schlenderte davon.

»Es ist leicht, Lady Madelyne zu lieben, Baron«, sagte Anthony tröstend, als Edmond außer Hörweite war.

»Leicht? Ja, so leicht, wie eine Streitaxt zu schlucken.«

Sie paßten überhaupt nicht zusammen! Er war so starr und hart wie der Stamm eines alten Baums. Sie war unbeständig wie der Wind.

Aber er hatte keine Chance gehabt . . . Seit dem Moment, in dem sie seine Füße unter ihr Kleid geschoben hatte, war er verloren gewesen. Duncan wußte das jetzt. Es hatte keinen Sinn mehr, es zu leugnen. O Gott, ja, er liebte sie.

»Ich lasse nicht zu, daß sie mein Leben in ein Chaos verwandelt«, brach es plötzlich heftig aus ihm heraus.

»Vielleicht wird sich mit der Zeit alles ein wenig beruhigen . . .«

»Ja, wenn Madelyne zu alt ist, um aus dem Bett zu kommen«, unterbrach Duncan. »Dann werde ich vermutlich wieder Frieden haben.«

»Frieden kann etwas recht Fades sein«, bemerkte Anthony mit einem Lächeln. »Eure Frau hat Eurem Haus neues Leben eingehaucht!«

Anthony hatte beabsichtigt, Duncan damit zu trösten, aber aus der steilen Falte, die auf Duncans Stirn erschien, schloß er, daß er gescheitert war. Offenbar hatte sein Herr gerade erst erkannt, wieviel Madelyne ihm bedeutete. Und wenn das der Fall war, schien der Baron diese Erkenntnis nur schlecht zu verdauen.

Es war wohl besser, den Mann mit seinen Gedanken allein zu lassen. Anthony empfahl sich mit einer Verbeugung und ging fort.

Duncan war tatsächlich dankbar, daß man ihn allein ließ. Immer wieder schoß ihm die Szene durch den Kopf, die er eben erlebt hatte. Er wußte, er würde sein Leben lang den Schrecken nicht mehr vergessen können, den er empfunden hatte, als der riesige Hengst auf seine Frau zugaloppierte.

Sie hatte seinen Hengst verzaubert, genau wie sie ihn verzaubert hatte. Zum ersten Mal huschte ein Lächeln über sein Gesicht, als er begriff, was Madelyne da bewirkt hatte. Edmond hatte recht. Madelyne hatte ihn zu einem Gefangenen gemacht. Sein Herz gehörte ihm nicht mehr allein.

Das Eingeständnis verlieh ihm erstaunlicherweise neue Kraft. Duncan fühlte sich plötzlich, als hätte er eine Fastenzeit beendet. Er würde nicht mehr versuchen, Madelyne zu ignorieren. Nein, er wollte sie genießen. Und außerdem, sagte er sich, war es schon längst an der Zeit, daß er wieder die Kontrolle übernahm.

Langsam setzte er sich in Bewegung. Er würde Madelyne eine gewaltige Strafpredigt halten und sie dann küssen. Er war noch immer wütend, und das war allein ihre Schuld. Sie war diejenige gewesen, die sein Herz zum Rasen gebracht hatte, sie hatte ihm einen tödlichen Schrecken eingejagt. Er mochte das Gefühl überhaupt nicht, und er war es auch nicht gewohnt, jemanden zu lieben. Er brauchte Zeit, über ersteres hinwegzukommen und das zweite zu akzeptieren.

Plötzlich hielt ihn wieder ein lauter Ruf auf. Fergus, der Soldat der an der Südmauer Wache stand, kündigte Besucher an. Das Banner, das im Wind flatterte, verriet, daß es sich um Baron Gerald handelte.

Ausgerechnet. Duncan fluchte. Das fehlte ihm gerade noch. Verdammt, er hatte Gerald einen Boten geschickt, der ihm erklärt hatte, wie es um Adela stand. Er hatte angenommen, daß Gerald den Boten mit seiner Einwilligung zurückschicken würde, den Ehevertrag mit Adela für nichtig zu erklären. Doch wenn Gerald eine so lange Reise persönlich auf sich nahm, schien er noch ein Problem zu haben, das erst einmal geklärt werden mußte.

Teufel. Duncan hatte im Augenblick überhaupt keine Lust, taktisches Geschick an den Tag zu legen. Aber was blieb ihm übrig? Adela würde wahrscheinlich wieder vorgeben, verrückt zu sein, sobald sie hörte, daß ihr Zukünftiger zu einem Besuch gekommen war.

Dann überlegte Duncan, daß er voreilige Schlüsse zog. Gerald war ein alter Freund. Sein Besuch konnte eine ganze Reihe von Gründen haben. Hölle und Teufel, Madelyne beeinflußte ihn mehr, als er befürchtet hatte. Nun eignete er sich schon ihre schlechten Angewohnheiten an.

Zudem besaß sie auch das Talent, seine Konzentration zu stören. Duncan fiel wieder ein, wie er erst vor zwei Tagen vor seinen Männern gestanden hatte, um ihnen wichtige Befehle zu erteilen. Mittendrin war Madelyne durch sein Gesichtsfeld geschlendert, und plötzlich hatte er sich dabei ertappt, daß er ihrem sanften Hüftschwung mit seinem Blick folgte. Seine Männer und die Instruktionen waren vollkommen vergessen.

Er grinste unwillkürlich, als er daran dachte. Seine Männer hatten ihn erwartungsvoll angesehen, doch er hatte nur dagestanden und wahrscheinlich ziemlich dämlich ausgesehen, ohne den leistesten Schimmer zu haben, was er seinen Soldaten gesagt hatte. Schließlich war Gilard aus der Reihe getreten und hatte ihn daran erinnert, was er eigentlich zu tun vorgehabt hatte.

Ein zweiter Ruf von Fergus holte ihn in die Realität zurück. Duncan befahl dem Wachmann, Baron Gerald einzulassen.

Madelyne kam gerade aus dem Stall, als Duncan ihr in den Weg trat. Er hielt sich nicht lange mit Begrüßungsworten auf. »Adela ist im Haus, Madelyne. Geh und sag ihr, daß Baron Gerald gekommen ist. Sie wird ihn beim Essen begrüßen.«

Madelyne riß erstaunt die Augen auf. »Was will er denn hier, Duncan? Hast du nach ihm geschickt?«

»Nein, habe ich nicht.« Es ärgerte ihn, daß sie nicht augenblicklich ihre Röcke raffte und ins Haus eilte, um seinen Befehl auszuführen. Außerdem war er nah genug bei ihr, um sie küssen zu können, und das allein brachte ihn ein wenig aus der Fassung. »Jetzt tu schon, was ich dir gesagt habe, Frau!«

»Ich tue immer, was du sagst«, antwortete Madelyne mit einem Lächeln. Sie wandte sich um und ging auf die Burg zu. »Und ich wünsche dir auch einen schönen Tag, Duncan.«

Duncan atmetete langsam ein paarmal ein und aus. Zu schade, daß er im Moment keine Zeit hatte, sie ein bißchen zu schütteln.

»Madelyne.«

Sie hielt an, drehte sich aber nicht um. »Komm her«, befahl er.

Madelyne gehorchte, doch ihre Miene war düster, denn die Stimme ihres Gemahls hatte überaus sanft geklungen. Dem war nicht zu trauen.

»Ja, Duncan?«

Duncan räusperte sich, räusperte sich noch einmal und sagte dann: »Guten Tag.«

Das hatte er doch nicht wirklich sagen wollen, oder?

Duncan war entsetzt über sein eigenes Verhalten, und Madelynes Lächeln steigerte seine Verachtung auf sich selbst nur noch. Was war nur aus ihm geworden? Fast grob zog er sie an sich, nahm sie in die Arme und küßte sie.

Madelyne war zu überrascht, um zu reagieren. Duncan hatte sie noch niemals am hellichten Tag berührt. Ganz im Gegenteil: Er hatte sich jegliche Mühe gegeben, sie zu ignorieren. Jetzt konnte davon keine Rede mehr sein. Er küßte sie – und wie er sie küßte! Und sämtliche Bewohner der Burg konnten sie sehen!

Als Duncan sich schließlich von ihr löste, lag ein Lächeln auf seinen Lippen. »Wehe, du nennst mein Pferd jemals wieder ›Lämmchen‹! Haben wir uns verstanden?«

Verwirrt und sprachlos sah Madelyne zu ihm auf. Bevor sie sich von ihrer Verblüffung erholt hatte, wandte Duncan sich um und ging davon.

Madelyne raffte ihre Röcke und rannte hinter ihm her. Sie griff nach seiner Hand, und als er die Berührung spürte, hielt er sofort an. Er drehte sich um, und Madelyne stockte der Atem: Er lächelte immer noch.

»Duncan, bist du krank?« In ihrer Stimme schwang Furcht mit.

»Nay.«

»Warum lächelst du dann so?« wollte sie wissen.

Duncan schüttelte den Kopf. »Madelyne, bitte geh jetzt zu Adela, und sag ihr, daß Baron Gerald da ist.«

»Bitte?« fragte Madelyne entsetzt. »Du hast mich gebeten, Adela –«

»Madelyne, tu, was ich dir gesagt habe!« sagte Duncan.

Madelyne nickte, bewegte sich aber nicht. Sie stand nur da und starrte Duncan fassungslos hinterher. Duncan war stets so berechenbar gewesen, doch nun versuchte er offenbar, dies zu ändern. Sie rang nervös und besorgt die Hände. Wäre es ein heißer Sommertag gewesen, hätte sie zweifelsohne geglaubt, daß er zu lange in der Sonne gestanden hatte. Doch da es Januar war und eiskalt, fiel diese Erklärung für sein plötzlich verändertes Verhalten aus. Und eine andere konnte Madelyne nicht finden.

Sie brauchte Zeit, um darüber nachzudenken, und die hatte sie im Augenblick nicht. Madelyne seufzte, dann setzte sie sich in Bewegung. Sie mußte Adela finden.

Das Mädchen saß in ihrer Kammer auf der Bettkante und flocht gerade ihr Haar zu einem Zopf.

»Wir haben Besuch bekommen«, sagte Madelyne fröhlich, als sie eintrat.

Adela lächelte sie ebenso fröhlich an, bis sie hörte, um wen es sich bei dem Besuch handelte. »Ich bleibe in meiner Kammer, bis er wieder fort ist!« sagte sie heftig. »Duncan hat mir sein Wort gegeben! Wie konnte er Gerald bitten, herzukommen!«

»Adela, Duncan hat Gerald nicht gebeten, herzukommen. Jetzt reg dich nicht auf. Dein Bruder würde sein Wort nicht brechen, und das weißt du auch ganz genau, nicht wahr?«

Adela nickte langsam. »Vielleicht sollte ich mich genauso benehmen wie damals, als du herkamst. Dann ist Gerald bestimmt so entsetzt, daß er sofort wieder geht!«

»Hör auf mit diesem Unsinn«, schimpfte Madelyne, woraufhin der Funken der Begeisterung in Adelas Augen verschwand. »Gerald wird dich höchstens mitleiderregend finden und wahrscheinlich glauben, du seist über das Vorgefallene noch nicht hinweg. Wenn du aber so hübsch wie möglich aussiehst und ihn freundlich begrüßt, dann erkennt er bestimmt, daß du ganz einfach entschlossen bist, ihn nicht zu heiraten. Im übrigen, Adela, wird sich Duncan mit Gerald auseinandersetzen, nicht du.«

»Aber, Madelyne, ich kann Gerald nicht gegenübetreten. Das kann ich einfach nicht!« schrie Adela plötzlich. »Er weiß, was mir zugestoßen ist. Ich werde vor Scham sterben!«

»Um Himmels willen.« Madelyne gab sich Mühe, verärgert zu klingen, doch am liebsten hätte sie das Mädchen in die Arme genommen. »Was geschehen ist, war nicht deine Schuld. Das weiß Gerald.«

Da Adela nicht besonders beruhigt aussah, beschloß Madelyne, das Thema ein wenig umzulenken. »Sag mir, was du noch von Baron Gerald weißt. Wie sieht er aus?«

»Er hat schwarze Haare und braune Augen«, erwiderte Adela desinteressiert.

»Sieht er gut aus?« fragte Madelyne.

»Keine Ahnung.«

»Ist er nett?«

»Barone sind nicht nett.«

»Warum das denn nicht?« fragte Madelyne und trat hinter Adela, um ihr mit dem Zopf zu helfen.

»Sie müssen nicht nett sein«, antwortete Adela. »Und wen interessiert es überhaupt, ob er gut aussieht oder nicht?« Adela versuchte, sich umzudrehen und Madelyne anzusehen.

»Halt still, oder dein Zopf löst sich auf«, sagte Madelyne. »Ich bin bloß neugierig, das ist alles.«

»Ich kann nicht hinuntergehen«, sagte Adela starrsinnig.

Dann brach sie in Tränen aus. Madelyne wußte nicht genau, was sie tun sollte. Schließlich sagte sie: »Du mußt nichts tun, was du nicht wirklich willst, Adela. Duncan hat dir etwas versprochen, und er wird es halten. Aber ich finde, du könntest deinem Bruder zumindest Dankbarkeit für seine Unterstützung beweisen, indem du das tust, was er von dir möchte: nämlich hinuntergehen und Baron Gerald höflich begrüßen, wie es sich gehört.«

Es dauerte noch eine ganze Weile, bis Madelyne das Mädchen soweit hatte, daß sie tatsächlich bereit war, zum Abendessen zu erscheinen. »Gehst du mit mir, Madelyne?« fragte Adela schließlich. »Bleibst du an meiner Seite?«

»Natürlich«, versprach Madelyne. »Denk daran, Adela. Gemeinsam können wir uns jeder Herausforderung stellen.«

Adela nickte. Madelyne wandte sich augenblicklich einem anderen Thema zu. »Oje, Adela, dein Zopf hängt vollkommen schief. Du wirst ihn neu flechten müssen. Dann ziehst du dir etwas Hübsches an und kommst herunter. Ich muß mich jetzt selbst umziehen.«

Madelyne tätschtelte noch einmal Adelas Schulter, dann verließ sie das Zimmer. Draußen lehnte sie sich erschöpft gegen die Mauer. Sie fühlte sich ganz und gar nicht so zuversichtlich, wie sie Adela gegenüber getan hatte. Liebe Güte, sie konnte das Mädchen verstehen.

Während Madelyne durch den Flur ging, betete sie darum, daß Adela das Treffen durchstehen würde.

KAPITEL 16

»Alles besiegt die Liebe; beugen auch wir uns der Liebe.«

Vergil, Eklogen, 10.69

Nachdem Madelyne Gerty die letzten Anweisungen für das Abendessen gegeben hatte, stieg sie die Treppe zu ihrem Turmzimmer hinauf.

Es waren zwei Wochen vergangen, seit Duncan die Tür der Kammer eingetreten hatte, eine Woche, seit man eine neue eingesetzt hatte. Die Schlaufen für den Riegel fehlten jedoch, und Madelyne mußte jedesmal lächeln, wenn sie es sah. Duncan schien zu befürchten, daß Madelyne ihn noch einmal aussperren würde.

Madelyne musterte ihre Kleider und entschied sich schließlich für einen königsblauen Chainse. Das neue Kleid paßte hervorragend und stand im hübschen Kontrast zu dem knielagen Bliaut in gebrochenem Weiß, das sie dem Kleid hinzufügte. Madelyne wählte die Wexton-Farben mit Bedacht. Schließlich war sie Duncans Frau und somit auch Gastgeberin. Sie wollte, daß Duncan stolz auf sie war.

Sie nahm die Bürste und ging durch ihr Haar, bis es sich in glänzenden Locken über ihren Brüsten ringelte. Da sie immer noch viel Zeit hatte, setzte sie sich aufs Bett und flocht drei lange Stoffstreifen zu einem hübschen Gürtel, den sie sich locker um die Hüften schlang. Adela, die sich in Sachen Mode weit besser auskannte als sie selbst, hatte ihr erklärt, daß man dies im Moment am Hof so trug.

Schließlich war sie fertig und griff nach ihrem kleinen Dolch, den sie zum Aufspießen von Fleisch benutzte. Sie schob ihn in eine Schlaufe des Gürtels, die sie kunstvoll eingearbeitet hatte.

Sie war schon die halbe Treppe hinabgestiegen, als ihr plötzlich etwas einfiel. Würde Baron Gerald sie als Duncans Frau oder als Louddons Schwester betrachten? Gott allein wußte, daß er genügend Grund hatte, Louddon zu hassen – er hatte Geralds Zukunft mit Adela vernichtet. Würde der Baron seinen Zorn an ihr auslassen?

Madelyne konnte nicht verhindern, daß sie sich die unterschiedlichsten Szenen ausmalte. Eins hatten jedoch alle gemein: Sie waren furchtbar! Als sie sich Baron Gerald vorstellte, wie er gerade nach ihrer Kehle griff und langsam zudrückte, zwang sie sich mit einem barschen, stummen Befehl zur Ruhe. Gut, sie hatte Angst, aber Angst war auch schon immer das Gefühl gewesen, daß es ihr möglich gemacht hatte, die Fassung zu bewahren.

Sie nahm sich zusammen, indem sie sich sagte, daß sie schon weit anstrengendere Begegnungen durchgestanden hatte. Im übrigen würde Duncan nicht zulassen, daß ihr irgend jemand etwas anzutun versuchte.

Adela war fertig, als Madelyne klopfte. Sie trug einen rosenfarbenen Bliaut über einem Chainse in hellerem Rosé. Die Zöpfe waren zu einem Krönchen am Oberkopf gelegt worden. Madelyne lächelte. »Adela, Täubchen, du siehst entzückend aus.«

Adela grinste. »Du und deine Kosenamen. Du tust fast so, als sei ich deine kleine Schwester, dabei weißt du genau, daß ich zwei Jahre älter bin als du.«

»Wirklich, Adela, man muß ein Kompliment würdevoll annehmen«, tadelte Madelyne und ignorierte den Hinweis auf den Altersunterschied. Ob Adela nun an Jahren älter war als sie – Madelyne fand, daß sie selbst weit erfahrener und ausgeglichener war als ihre Freundin. Außerdem war sie eine verheiratete Frau.

»Vielen Dank für das Kompliment«, sagte Adela brav. »Und du, Madelyne, du siehst schön wie immer aus. Duncans Farben stehen dir ungemein gut. Er wird seinen Blick nicht einen Moment von dir nehmen können.«

»Vermutlich wird er nicht einmal bemerken, daß ich in der Halle bin«, gab Madelyne zurück.

»Oh, das glaubst aber nur du«, sagte Adela mit einem Lächeln. »Gehst du denn immer noch so streng mit ihm ins Gericht?«

Adela wollte sich aufs Bett setzen, als hätten sie alle Zeit der Welt, aber Madelyne griff nach ihrer Hand und zog sie auf die Tür zu. »Ich weiß nie, was ich über die Ehe mit deinem Bruder denken soll«, gab sie zu, als Adela schließlich an ihrer Seite ging. »Einen Moment denke ich, es könnte wunderbar funktionieren, doch im nächsten bin ich schon sicher, daß Duncan mich am liebsten los sein möchte. Ich bin nicht dumm, Adela, ich weiß schon, warum er mich geheiratet hat.«

»Um sich an deinem Bruder zu rächen?« fragte Adela stirnrunzelnd.

»Siehst du? Auch du denkst sofort daran.«

Adela wollte protestieren, Madelyne erklären, daß ein solches Motiv zwar für alle anderen naheliegend war, sie aber nicht glauben konnte, daß Duncan so gedacht hatte, als er Madelyne zur Frau genommen hatte. Doch Madelyne sprach bereits weiter, so daß Adela den Mund wieder zuklappte.

»Es ist eine kindische Hoffnung, daß Duncan sich wirklich an mich gewöhnen wird. Zudem wird unsere Ehe ohnehin nur vorübergehend bestehen. Der König wird verlangen, daß die Verbindung für nichtig erklärt wird.«

Adela nickte. Das war leider nicht unwahrscheinlich. »Ich habe von Gilard gehört, daß der König wieder in der Normandie ist, um dort eine Rebellion zu zerschlagen«, sagte sie.

»Ja, das habe ich auch gehört«, bemerkte Madelyne.

»Madelyne, was meintest du eben, als du sagtest, du hofftest, daß Duncan sich an dich gewöhnen würde?«

»Dein Bruder hat schließlich einen Verzicht auf sich genommen, als er mich geheiratet hat. Er hat Lady Eleanor aufgegeben. Ich wünsche mir nur, daß er nicht allzu unglücklich ist . . .«

»Madelyne! Du siehst dich selbst als *Verzicht*?« fragte Adela ungläubig. »Merkst du denn nicht, wie wichtig du für uns alle geworden bist?« Als Madelyne keine Antwort gab, setzte sie hinzu: »Liebst du meinen Bruder?«

»So dumm bin ich nicht«, gab Madelyne zurück. »Niemand, den ich je geliebt habe, ist bei mir geblieben. Ich werde doch nicht einen Wolf lieben! Ich möchte nur friedlich mit ihm zusammenleben, solange unsere Verbindung besteht.«

Adela lächelte. »Duncan ist kein Wolf, Madelyne. Er ist ein Mann. Und ich glaube, du sagst nicht die Wahrheit.«

»Ich sage immer die Wahrheit«, gab Madelyne entrüstet zurück.

»Nun, dann belügst du dich wohl selbst und bemerkst es nicht. Ob du nun versuchst, dich zu schützen, indem du leugnest, etwas für meinen Bruder zu empfinden . . . Ich glaube, du liebst ihn doch, denn sonst würden meine Fragen dich nicht so aufregen!«

»Ich rege mich überhaupt nicht auf«, fauchte Madelyne, bereute es jedoch sofort. »Oh, Adela, das Leben ist nicht so leicht, wie es sein sollte. Ja, mir tut Duncan fast sogar leid. Er hatte all seine Pläne für die Zukunft geändert, nur um seine Rachegelüste zu befriedigen. Ich glaube, daß er seinen überstürzten Entschluß längst bereut. Er ist nur zu dickköpfig, um es zuzugeben.«

»Duncan hat in seinem Leben noch nie etwas getan, das man als überstürzt bezeichnen könnte«, widersprach Adela.

»Irgendwann kommt immer das erste Mal«, erwiderte Madelyne achselzuckend.

»Maude hat gesehen, wie Duncan dich draußen geküßt hat«, flüsterte Adela.

»Und sie hat's dir natürlich sofort brühwarm erzählt.«

»Selbstverständlich.« Adela lachte fröhlich auf. »Maude und Gerty versuchen sich immer gegenseitig auszustechen. Jeder will Neuigkeiten unbedingt als erste verbreiten.«

»Es war wirklich höchst merkwürdig, Adela. Duncan hat mich tatsächlich in der Öffentlichkeit geküßt. Vor den Augen seiner Soldaten.« Madelyne brach ab, um zu seufzen. »Ich glaube, er hat sich eine Erkältung eingefangen.«

Sie hatten nun die Tür zur Großen Halle erreicht, und Adela konnte sich plötzlich nicht mehr auf Madelyne konzentrieren. »Himmel, ich habe solche Angst, Madelyne«, flüsterte sie.

»Ich auch, Adela«, gestand Madelyne.

»Du? Du siehst aber gar nicht so aus.« Adela war so überrascht über Madelynes Geständnis, daß ihre eigene Furcht abebbte. »Wieso überhaupt?«

»Weil Baron Gerald mich sicher bis aufs Blut haßt. Ich bin eben Louddons Schwester. Das Abendessen wird bestimmt eine Tortur.«

»Duncan wird dafür sorgen, daß dich niemand ungebührlich behandelt, Madelyne. Du bist schließlich jetzt seine Frau.«

Madelyne nickte, war aber dennoch nicht beruhigt. Als Adela ihre Hand nahm und sie drückte, lächelte sie ihre Freundin an.

Als sie eintraten, verstärkte sich Adelas Druck auf Madelynes Hand. Sie krallte sich förmlich an ihrer Freundin fest, und der Grund war offensichtlich: Duncan und Gerald standen vor dem Kamin und blickten den beiden Frauen entgegen. Seltsam, beide wirkten ein wenig verwirrt . . . aber keinesfalls zornig.

Madelyne lächelte Baron Gerald höflich an, dann warf sie ihrem Mann einen raschen Blick zu. Er musterte sie intensiv und ernst, und sein Blick ließ ihr die Röte ins Gesicht steigen. Sie kannte diese Miene. Duncan sah immer dann so aus, wenn er sie geküßt hatte und mehr wollte.

Das Schweigen wurde bald angestrengt und peinlich. Madelyne war die erste, die sich an ihre Erziehung erinnerte. Sie machte einen kleinen Knicks, stieß Adela an, damit sie dasselbe tat, dann ging sie langsam durch die Halle. Adela folgte ihr zögernd.

Madelynes Miene war heiter und gelöst. Sie schien vollkommen ruhig, und ihr Gang war königlich und würdevoll. Duncan begriff sofort, daß etwas nicht stimmte. Er ging ihr entgegen und blieb vor ihr stehen. Dann beugte er sich zu ihr herab und sagte sehr leise: »Wovor hast du denn Angst?«

Madelyne sah ihn überrascht an. Wie konnte er wissen, daß sie sich fürchtete? »Weiß Baron Gerald, daß ich Louddons Schwester bin, Duncan?« fragte sie flüsternd.

Nun begriff Duncan. Er nickte als Antwort, legte seiner Frau den Arm um die Schultern, dann drehte er sie zu Gerald, um sie einander vorzustellen.

Gerald machte nicht den Eindruck, als ob er sie haßte. Er lächelte herzlich und verbeugte sich höflich vor der Frau des Baron Wexton.

Er sah sympathisch aus, doch Madelyne hätte ihn nicht als attraktiv bezeichnet – zumindest nicht, wenn Duncan im Raum war. Ihr Mann sah eben einfach zu gut aus! Wahrscheinlich hatte kein Mann in England neben ihm einen Chance.

Madelyne schaute zu Duncan auf. Sie wollte ihn flüsternd bitten, seiner Schwester zu helfen, aber er war so dicht neben ihr, daß er ihre Konzentration erheblich störte. Sie stand nur da, sah ihn an und brachte kein vernünftiges Wort heraus.

»Warum siehst du mich so an?« fragte Duncan und

beugte sich noch ein Stück herab. Seine Nase berührte beinahe ihre.

»Wie sehe ich dich denn an?« fragte Madelyne.

Ihre Stimme klang atemlos, und ihre Wangen waren gerötet, so daß Duncan sich durchaus vorstellen konnte, was gerade in ihrem Kopf vor sich ging. Am liebsten hätte er sie genommen und nach oben getragen. Ja, er wünschte sich plötzlich nichts mehr, als sie die ganze Nacht zu lieben.

Die gelassene Miene Madelynes war inzwischen verschwunden. Duncan grinste.

Edmond betrat die Halle, als Duncan seine Frau gerade küssen wollte. Adela starrte zu Boden, Gerald starrte Adela an, und Madelyne und Duncan blickten einander hypnotisiert in die Augen.

»Guten Abend«, bellte Edmond.

Alle Anwesenden bewegten sich gleichzeitig. Madelyne machte einen Satz und verpaßte Duncan versehentlich einen Nasenstüber. Duncan wich mit schmerzverzerrter Miene einen Schritt zurück und Adela wandte sich mit einem gezwungenen Lächeln zu ihrem Bruder um. Baron Gerald nickte zum Gruß.

»Es ist ein schöner Abend, nicht wahr, Duncan? Gerald, mein Gott, bist du häßlich und alt geworden, seit ich dich das letzte Mal gesehen habe«, brüllte Edmond fröhlich.

Duncans Gedanken klärten sich. Er hatte zwar immer noch Lust auf Madelyne, würde es aber wohl schaffen, den Abend zu überstehen. »Essenzeit!« verkündetet er, griff nach Madelynes Hand und zog sie auf den Tisch zu.

Madelyne wunderte sich über seine Eile. Normalerweise war es angebracht, vor dem Essen noch ein wenig Konversation zu machen. Doch Duncans Gesichtsausdruck sagte ihr, daß sie besser keinen Streit anfangen sollte.

Duncan setzte sich an den Kopf der Tafel, Madelyne ließ sich zu seiner Linken nieder. Es überraschte ihn, als

Ansel sich zu seiner Rechten setzte und damit begann, seinem Herrn vorzulegen. Obwohl es normal war, daß auch solche Pflichten in den Aufgabenbereich eines Knappen fielen, hatte Duncan Ansel bisher nur in der Kunst der Verteidigung unterwiesen.

Das war natürlich wieder eine von Madelynes Neuerungen, und einmal mehr war er nicht um Erlaubnis gefragt worden. Er schüttelte den Kopf über diese Dreistigkeit, nickte Ansel zu und funkelte anschließend seine Frau an.

Sie lächelte lieblich. »Weißt du, Duncan, daß wir zum erstenmal miteinander essen?« flüsterte sie, um ihn von dem Knappen abzulenken.

Duncan schien nicht geneigt, eine Antwort zu geben. Er sprach überhaupt wenig während der Mahlzeit. Gilard kam zu spät, was ihm einen bösen Blick von seinen älteren Brüdern einbrachte, aber Gott sei Dank sparte Duncan es sich, ihn vor ihrem Gast zu tadeln.

Vater Laurence erschien überhaupt nicht. Madelyne war als einzige nicht überrascht über sein Fehlen. Edmond hatte zwar gesagt, der Priester sei krank geworden, aber Madelyne glaubte nicht daran. Sie war überzeugt, daß der junge Bursche sich einfach vor Duncan fürchtete. Das konnte sie ihm nicht verübeln. Er war wirklich viel zu jung und unerfahren für die Aufgabe, ausgerechnet Duncans Seele Gott und der Kirche nahezubringen.

Gilard und Edmond hielten das Gespräch in Gang. Sie plauderten unablässig und stellten Gerald abwechselnd Fragen, denn es war lange her, daß sie ihn gesehen hatten.

Madelyne hörte fasziniert zu. Die drei Männer beleidigten einander, machten sich über mangelnde Fähigkeiten der anderen lustig und stellten sich gegenseitig bloß, aber Madelyne brauchte nicht lange, um herauszufinden, daß dies nichts weiter als ein Beweis der wechselseitigen Zuneigung war. Sie fand diese Beobachtung höchst interessant.

Baron Gerald war ganz offensichtlich ein guter Freund der Wexton-Brüder. Seine Art zu lachen war sehr nett. Als Edmond ihn einen Schwächling nannte und eine Geschichte zum besten gab, wie Gerald während einer Schlacht sein Schwert ständig falsch benutzt hatte, brüllte Gerald vor Lachen, um kurz darauf seinerseits eine Geschichte zu erzählen, die Edmonds Unfähigkeit beweisen sollte.

Adela saß Madelyne gegenüber und hielt den Kopf gesenkt, doch Madelyne entging nicht, wie ein paarmal ein Lächeln über ihre Lippen huschte, wenn einer der Männer etwas Komisches gesagt hatte.

Gerald sprach Adela während des Essens kein einziges Mal an. Edmond saß zwischen den beiden, und Madelyne war überzeugt, daß Gerald inzwischen einen steifen Nakken haben mußte, da er ständig versuchte, um Adelas Bruder herumzusehen und einen Blick auf Adela zu erhaschen.

Endlich hatte Edmond Mitleid mit dem ehemaligen Verlobten seiner Schwester. Er stand auf und ging um den Tisch herum, um, wie er sagte, einen Krug Ale zu holen. Natürlich begriffen alle, was Edmond bezweckte, denn er war nicht sehr geschickt vorgegangen. Ein voller Krug hatte in seiner Reichweite gestanden.

»Und wie geht es Euch, Adela?« fragte Gerald höflich, als die Bahn frei war. »Es tat mir sehr leid, daß ich Euch in London nicht habe . . .«

Geralds Stimme verebbte, und sein Gesicht nahm eine hochrote Farbe an, die jedoch nichts gegen Adelas Röte war.

Ein unbehagliches Schweigen senkte sich über die Anwesenden. Duncan seufzte und sagte dann: »Adela tat es auch leid, daß sie dich nicht getroffen hat, nicht wahr, Adela? Schwester, der Baron hat dich gefragt, wie es dir geht.«

Duncans Stimme war zärtlich und verständnisvoll gewesen. Madelyne sah ihn verwundert an. Gott, wenn er so weitermachte, wäre es ein leichtes, ihn zu lieben. Oder liebte sie ihn schon, und war nur zu stur, um es sich einzugestehen?

Das war ein beunruhigender Gedanke. Madelyne stieß unwillkürlich einen Seufzer aus, der ganz und gar nicht damenhaft war. Rasch schlug sie sich die Hand vor den Mund. Duncan drehte den Kopf und grinste sie breit an. Als er ihr fast unmerklich zuzwinkerte, überlegte Madelyne, ob sie ohnmächtig werden sollte.

»Mir geht es gut, Gerald«, antwortete Adela endlich. »Ihr seht auch sehr gut aus.«

»Ja, mir geht es hervorragend, vielen Dank.«

Madelyne sah, wie ihr Gemahl die Augen zum Himmel verdrehte. Nicht nur er schien das Gerede albern zu finden. Auch Gerald war mehr als verlegen.

»Das Essen war sehr gut, Madelyne, ich danke Euch«, sagte er nun.

»Oh, danke, Gerald.«

»Ich habe viel zuviel gegessen«, bemerkte der Baron, dann wandte er sich in einem neuen Versuch Adela zu. »Hättet Ihr Lust, nach dem Essen ein wenig im Hof spazierenzugehen, Adela?« Er warf Duncan einen Blick zu und fügte hastig hinzu: »Wenn Euer Bruder es erlaubt, natürlich.«

Bevor Adela ablehnen konnte, gab Duncan die Erlaubnis. Adela warf Madelyne einen hilfesuchenden Blick zu.

Madelyne wußte nicht recht, was sie tun sollte. Sie stieß Duncan unter dem Tisch mit dem Fuß an. Als er nicht reagierte, stieß sie noch mal zu, diesmal fester. Immer noch nichts.

Madelyne hatte genug. Sie trat so fest zu, wie sie konnte, bewirkte jedoch nur, daß sie ihren Schuh verlor. Und während Duncan so tat, als würde er nichts bemerken, packte er unter dem Tisch nach ihrem Fuß und zog ihn auf seinen Schoß.

Madelyne dankte Gott, daß niemand sehen konnte, wie würdelos ihre Position geworden war. Duncan begann ihren Fuß zu streicheln. Sie versuchte, ihn ihm zu entziehen und verlor dabei das Gleichgewicht. Im letzten Moment klammerte sie sich an der Tischplatte fest, stieß jedoch mit der Schulter Gilard an, der ihr mit einem verdutzten Blick wieder zu einer aufrechten Sitzhaltung verhalf.

Madelyne spürte, daß sie rot wurde. Adelas intensiver Blick erinnerte sie daran, daß sie endlich etwas unternehmen mußte. Da Duncan ihren Fuß festhielt, so daß sie ihn nicht mehr treten konnte, mußte sie ihn eben mit Worten treten. »Das ist eine wundervolle Idee. Ein kleiner Spaziergang nach dem Essen tut sicher gut«, sagte sie, während sie Duncan ansah.

Dieser runzelte die Stirn. Madelyne lächelte. Der Sieg war nah. »Duncan und ich würden Euch liebend gerne begleiten, nicht wahr, Duncan?«

Ha, er würde ihre Bitte nicht vor dem Gast ablehnen. Sie hatte es in der Tat geschickt angestellt, dachte Madelyne. Adela sah sie dankbar an.

»Nein, das würden wir nicht«, meinte Duncan freundlich.

Sowohl Adela als auch Madelyne runzelten die Stirn. »Und warum nicht?« fragte Madelyne trotzig.

Duncan lächelte sie an. Seine Augen jedoch machten ihr klar, daß er sie in diesem Augenblick gerne aus dem Fenster geworfen hätte. Sie hatte schon festgestellt, daß es ihm nicht gefiel, wenn sie seine Entscheidungen in Frage stellte. Es tat ihr leid, daß es ihn so verärgerte, denn sie wußte ganz genau, daß sie es niemals würde lassen können. Nun, damit mußte er wohl leben. Sie konnte einfach nicht anders.

»Weil ich gerne nach dem Essen mit dir etwas unter vier Augen besprechen möchte, Madelyne«, erklärte Duncan.

»Und worum geht es?« fragte Madelyne gereizt.

»Über Männer und ihre Pferde.«

Edmond schnaubte; Gilard brach direkt in Gelächter aus. Madelyne bedachte beide mit einem bösen Blick, bevor sie sich wieder ihrem Mann zuwandte. Sie glaubte genauso wenig wie seine Brüder an diesen Unsinn. Männer und ihre Pferde, also wirklich! Die wahre Botschaft war deutlich genug. Er würde sie erwürgen, weil sie sich vor einem Gast ihm gegenüber ungebührlich benommen hatte. Madelyne überlegte, ob sie ihm eine saftige Bemerkung an den Kopf werfen sollte, doch ihr fiel keine ein. Außerdem war es wohl besser, ihn nicht noch weiter zu reizen. Vielleicht sagte er sonst etwas, das *sie* in Verlegenheit brachte.

Also beschloß sie, ihn einfach zu ignorieren. Sie wandte sich demonstrativ ab, so daß sie ihm fast den Rücken zukehrte. Das war eine sehr unhöfliche Geste und eine unkluge dazu, denn sie hatte vergessen, daß ihr Fuß noch immer in seinem Schoß gefangen war. Gilard mußte sie ein zweites Mal auffangen.

Duncan hatte durchaus gemerkt, was Madelyne vorhatte. Er grinste breit und warf Baron Gerald einen Blick zu. Sein Freund versuchte verzweifelt, sich das Lachen zu verkneifen.

»Wenn Duncan es erlaubt, möchte ich Euch ein Geschenk überreichen, Adela.«

»Was? Wirklich?« Adela war wirklich überrascht. »Oh, aber ... ich kann nichts von Euch annehmen, Gerald. Dennoch möchte ich Euch danken, daß Ihr mir etwas mitgebracht habt.«

»Was ist es denn?« fragte Gilard neugierig. Baron Gerald grinste nur und schüttelte den Kopf.

»Nun komm schon«, drängte Gilard.

»Ein Musikinstrument«, sagte Gerald schließlich. »Ein Psalterium.«

»Catherine hat so ein Ding«, sagte Gilard. Er wandte

sich an Madelyne. »Allerdings hat unsere älteste Schwester es nie geschafft, vernünftig darauf zu spielen. Dem Himmel sei Dank, daß sie es mitgenommen hat, als sie heiratete.« Mit einem Grinsen setzte er hinzu: »Ein Lied reichte schon aus, daß wir fluchtartig die Halle verließen.«

Er drehte sich wieder zu Gerald um. »Das war nett von dir, Gerald, aber hier wird es nur einstauben. Adela hat keine Ahnung, wie man die Saiten bearbeitet, und möge Gott verhüten, daß Catherine zurückkommt, um es ihr beizubringen.«

»Madelyne kann aber spielen«, entfuhr es Adela. Sie erinnerte sich noch gut an Madelynes Erzählungen, wie sie jeden Abend für Vater Berton gespielt hatte. Und außerdem fand sie es überaus peinlich, wie ihr dämlicher Bruder Geralds Geschenk herabwürdigte. »Und sie wird es mir beibringen, nicht wahr, Madelyne?«

»Ja, natürlich«, antwortete Madelyne. »Es ist sehr freundlich von Euch, ein so schönes Geschenk mitzubringen, Baron.«

»Ja«, beeilte sich Adela zu sagen. »Vielen Dank.«

»Also?« fragte Gerald mit einem Blick zu Duncan.

Duncan nickte, Gerald grinste, Adela lächelte und Madelyne seufzte.

»Ich gehe und hole es sofort«, sagte Gerald. Er stand auf und ging auf die Tür zu, rief aber über die Schulter zurück: »Vielleicht können wir Madelyne ja überreden, uns ein oder zwei Lieder zu singen, bevor wir spazierengehen, Adela. Das heißt, sofern Duncans Gespräch über Männer und ihre Pferde noch eine Weile warten kann.«

Duncan brach in Gelächter aus.

Gilard stand ebenfalls auf. »Wo gehst du denn hin?« fragte Edmond.

»Ich hole Madelyne einen anderen Stuhl«, erklärte der jüngste Bruder. »Dieser scheint mir irgendwie wackelig. Sie fällt dauernd herunter.«

Madelyne drehte sich langsam zu Duncan um und funkelte ihn wütend an. Wenn er nur ein Wort sagte, dann würde sie ihn aus dem Fenster schubsen.

Adela fand die Idee, daß Madelyne musizieren sollte, wundervoll. Sie hätte sich natürlich für alles begeistert, das diesen verflixten Spaziergang hinauszögern würde. Madelyne war weniger entzückt.

»Ich weiß nicht. Ich finde, dieser Abend ist nicht dazu geeignet –«

»Hast du es so eilig, mit deinem Gemahl allein zu sein?« fragte Duncan mit weicher Stimme.

Madelyne warf ihm einen grantigen Blick zu und wurde mit einem atemberaubenden Lächeln belohnt. Die Kerbe war auch wieder zu sehen. Zudem zwinkerte er ihr erneut zu – und das vor allen Leuten!

Duncan riß nun einen Laib Brot in zwei Hälften, und sie starrte ihn dümmlich an, bis ihr dämmerte, daß er ihren Fuß gar nicht mehr festhielt. Wie lange hatte er schon beide Hände über der Tischplatte?

Augenblicklich rupfte sie ihren Fuß von seinem Schoß. »Und wenn ich singe wie ein Frosch und dich beschäme, Duncan?«

»Du könntest mich niemals beschämen«, lautete die Antwort.

Meine Güte, seit wann sagte er so nette Dinge? Madelyne hatte keine Ahnung, wie sie reagieren sollte. Neckte er sie, oder meinte er es tatsächlich so? »Du bist jetzt meine Frau, Madelyne. Nichts, was du tust, könnte mir Schande bereiten.«

»Aber warum nicht?« fragte Madelyne leise und beugte sich vor, damit die anderen nicht mithören konnten.

»Weil ich dich als meine Frau erwählt habe«, antwortete Duncan, der sich ebenfalls vorbeugte. »Das ist eine simple Tatsache, die sogar eine –«

»Wenn du mich jetzt einfältig nennst, dann nehme ich Adelas Geschenk und hau dich damit bewußtlos!«

Madelyne war offenbar entsetzter über ihre Drohung als Duncan. Der nahm nur ihre Hand und zog sie näher an sich heran.

»Hör auf, mich anzufassen«, flüsterte Madelyne.

Sie warf den anderen Wextons einen Blick zu. Gilard erzählte gerade eine Geschichte, und Edmond und Adela lauschten ihm aufmerksam.

»Ich denke nicht daran«, sagte Duncan.

Sie sah wieder ihren Mann an. »Ich mag das aber nicht, Duncan.«

»O doch, und wie du das magst, Madelyne. Wenn du in meinen Armen liegst, magst du alles, was ich tue. Du stöhnst und bettelst und –«

Ihre Hand legte sich über seinen Mund, und sie wurde so rot wie die Glut des Feuers im Kamin. Duncan stieß ein lautes Gelächter aus, das die Halle mit warmer Freundlichkeit erfüllte. Edmond und Gilard fragten beide, was es denn gäbe, doch Duncan zuckte nur die Achseln und wechselte das Thema.

Madelyne bemerkte plötzlich, daß Adela ihr Kleid glättete und sich über ihr Haar strich. Einen Moment lang wunderte sie sich, doch dann dämmerte es ihr. Adela wollte für Gerald hübsch sein! Zumindest schien ihre Gestik ganz darauf hinzuweisen.

Wenn sie jetzt darüber nachdachte, so war auch Gerald offenbar entzückt von Adela. So wie er sie während des Essens angestarrt hatte . . .

Madelyne empfand ein warmes Gefühl bei dem Gedanken, daß der Baron Adela vielleicht doch noch haben wollte. Er schien wirklich ein netter Mann zu sein. Ein liebenswerter dazu . . .

O Schreck. Adela war doch wild entschlossen, bei ihrer Familie zu bleiben! Und Duncan hatte ihr sein Wort gegeben. Immer gab es neue Komplikationen.

»Warum schaust du so trübe aus der Wäsche, Madelyne?« fragte Gilard.

»Ich dachte nur gerade daran, daß das Leben immer schwieriger wird, je älter man ist«, gab Madelyne zurück.

»Man kann eben nicht ewig Kind bleiben«, warf Edmond mit einem Achselzucken ein. Die Geste war so vorhersehbar gewesen, daß Madelyne grinsen mußte.

»Du hast das Erwachsenwerden bestimmt mit einem Stirnrunzeln beschleunigt«, neckte sie ihn.

Edmond sah sie entrüstet an, runzelte die Stirn und versuchte augenblicklich, sie wieder zu glätten. Madelyne lachte.

»Ich kann mich nicht besonders gut an meine Kindheit erinnern«, sagte Edmond. »Allerdings weiß ich noch, wie Gilard als kleiner Junge war. Er hatte nur Unsinn im Kopf.«

»Hast du viele Dummheiten gemacht, als du klein warst?« fragte Gilard hastig Madelyne. Die Frau seines Bruders brauchte nicht unbedingt zu erfahren, *was* er als Junge alles angestellt hatte.

Madelyne schüttelte den Kopf. »Oh, nein. Niemals, Gilard. Ich war ein sehr braves Kind. Ich habe auch nie etwas falsch gemacht.«

Duncan lachte genauso brüllend wie seine Brüder. Madelyne wollte schon böse werden, bis sie erkannte, daß sie sich wirklich als Heilige dargestellt hatte. »Nun ja, ich habe schon ein paar kleine Fehler«, stammelte sie.

»Du? Nie im Leben«, sagte Edmond grinsend.

Madelyne errötete bis zu den Haarwurzeln. Sie wußte nicht ganz genau, wie sie den Kommentar auffassen sollte. Sie traute diesem Wexton immer noch nicht vollkommen, obwohl sie sich langsam an sein Lächeln gewöhnte. Mit fragender Miene wandte sie sich zu Duncan um.

»Bring Madelyne nicht in Verlegenheit, Edmond«, schimpfte Duncan.

Adela versuchte, die Atmosphäre wieder zu lockern. »Erzähl uns doch einmal, was du für Fehler hast, Madelyne.«

»Nun also, ich weiß ja, daß ihr es euch vermutlich nicht vorstellen könnt, aber ich war als Kind ein wenig ungeschickt. Richtig trampelig sogar. Man kann es kaum glauben, nicht wahr?«

Duncan warf Gilard einen warnenden Blick zu, denn sein Bruder schien kurz vor einem Lachanfall zu stehen. Edmond verschluckte sich an seinem Bier, während Adela ihm kichernd auf den Rücken schlug.

Baron Gerald kehrte mit dem Psalterium zurück und legte es vor Adela auf den Tisch, als Edmond sich langsam wieder von seinem Hustenanfall erholte. Das Instrument mit dem dreieckigen Klangkörper war aus hellem Holz gemacht und hatte ein Dutzend Saiten. Neidisch sah Madelyne zu, wie Adela mit dem Daumen über die Sehnen strich.

»Vater Laurance muß es noch segnen«, sagte Adela.

»Aye, morgen bei der Messe«, warf Gilard ein. »Ich habe dem Priester gesagt, er soll die Messe jeden Morgen in der Halle abhalten, bis die Kapelle wieder aufgebaut ist.«

Duncan nickte und stand auf, womit er ohne Worte ankündigte, daß das Abendessen vorbei war.

Madelyne wartete, bis das Grüppchen sich zu den Stühlen am Kamin begab, dann bückte sie sich rasch und suchte unter dem Tisch nach ihrem Schuh. Duncan packte sie an der Taille, hob sie in die Luft und zeigte ihr den Schuh, der von einem seiner Finger herabbaumelte. Madelyne versuchte, danach zu greifen.

»Warum siehst du mich so böse an?« fragte Duncan. Er setzte sie auf die Tischkante und streifte ihr den Schuh über den Fuß.

»Das hätte ich auch selbst gekonnt«, flüsterte Madelyne. »Und ich sehe dich so böse an, weil du mich die ganze Zeit absichtlich neckst. Das mag ich nicht, Duncan.«

»Und warum nicht?« Er hob sie vom Tisch und stellte

sie auf die Füße, ließ sie aber nicht los, was Madelynes Konzentration erneut heftig störte.

»Warum nicht was?« fragte sie und wünschte, sie hätte sich daran erinnern können, was sie hatte sagen wollen. Warum mußte er sie auch so ansehen, so, als wollte er sie küssen?

»Warum magst du es nicht, wenn ich dich necke?« fragte Duncan und senkte den Kopf zu ihren Lippen.

»Weil du dann nicht berechenbar bist«, antwortete sie. »Du bist normalerweise wie ein Grashalm im Winter, Duncan. Kalt und steif, und, ja, starr.« Sie versuchte, einen Schritt zurückzuweichen, aber er hielt sie fest und zog sie nur noch näher an sich heran, bis sie seine Brust berührte. »Aber im Augenblick bist du eher wie ein Grashalm im Sommer. Du biegst dich mal hierhin, mal dorthin und ...«

Sie sah so ernst aus, daß er nicht zu lachen wagte. »Man hat mich noch nie mit einem Grashalm verglichen«, sagte er. »Nun sag schon, was dich stört, und laß das bitte mit den poetischen Vergleichen.«

»Bitte?« Seine Höflichkeit schien sie zu entsetzen. »Duncan, ich mag es nicht, wenn du mich neckst, weil ich dann denke, du willst lieb zu mir sein. Ich möchte dich lieber berechenbar ärgerlich«, murmelte sie. »Und ich werde mir den Hals verrenken, wenn ich weiter so zu dir raufstarren muß.«

Diese Frau redete unverständliches Zeug. Doch Duncan war sich darüber im klaren, daß ihn das nicht überraschen durfte. Frauen waren wirklich schwieriger zu verstehen, als er es gedacht hatte. »Du willst nicht, daß ich nett zu dir bin?« fragte er mit ungläubigem Unterton.

»Nein.« Ihre Stimme wurde lauter.

»Aber warum in Gottes Namen willst du das nicht?« Duncan hatte seine Familie und ihren Gast vergessen. Er begriff überhaupt nichts mehr. Im übrigen wollte er seine seltsame Frau nur in die Arme ziehen und sie ins Bett tragen.

Madelyne gab keine Antwort.

»Wir können hier auch die ganze Nacht stehen, bis du mir antwortest«, drohte Duncan.

»Du wirst mich auslachen.«

»Madelyne, wenn ich schon nicht über deinen Vergleich mit dem Grashalm gelacht habe, dann werde ich wohl auch nicht über das lachen, was du mir gleich sagen wirst.«

»Oh, also gut«, fuhr Madelyne ihn gereizt an. »Wenn du lieb zu mir bist, dann verliebe ich mich in dich. Da, bist du nun zufrieden?«

Und wie er zufrieden war.

Madelyne nicht. Sie hatte ihre Bemerkung nämlich herausgebrüllt und wäre nun am liebsten im Boden versunken. Sie holte tief Luft und flüsterte: »Und wenn ich dich liebe, dann wirst du mir das Herz brechen.«

»Nein, Madelyne. Ich würde dein Herz beschützen.« Er senkte den Kopf noch ein Stück, sah ihren Mund und konnte einfach nicht mehr widerstehen. Heiße Lippen preßten sich auf ihre.

»Um Himmels willen, Duncan«, rief Edmond. »Wir warten alle ungeduldig auf Madelynes Darbietung.«

Duncan seufzte an Madelynes Lippen, bevor er sich von ihr losmachte. Sein Daumen strich über ihre Unterlippe. »Ich habe ganz vergessen, daß wir nicht allein sind«, sagte er grinsend.

»Ich auch«, flüsterte sie, während sich ein zartes Rot über ihre Wangen zog.

Duncan nahm ihren Arm und geleitete sie zu dem freien Stuhl. »Da sollst du eigentlich sitzen«, sagte Madelyne. »Weil er die höchste Lehne hat«, setzte sie erklärend hinzu.

Als Duncan klar wurde, daß Madelyne nicht zu spielen anfangen würde, bevor er sich dort niedergelassen hatte, wo sie es für richtig hielt, tat er es.

Edmond schob Madelyne einen zweiten Stuhl hin. »Hier drauf hast du es bequemer«, meinte er, als sie sich einen Schemel heranziehen wollte.

Madelyne dankte ihm und setzte sich. Gerald reichte ihr das Psalterium. Ihre Hände zitterten, als sie das Instrument in ihren Schoß legte. Meine Güte, wie sehr sie es haßte, Mittelpunkt aller Aufmerksamkeit zu sein. Sie war entsetzlich nervös. Immer hatte sie die Unauffälligkeit vorgezogen.

Doch nun . . . Gerald stand hinter Adelas Stuhl und hatte die Arme locker auf die Rückenlehne gestützt. Gilard und Edmond standen beide links und rechts an den Kamin gelehnt. Alle sahen sie erwartungsvoll an.

»Es . . . es ist schon so lange her«, sagte Madelyne und schaute auf das Instrument hinab. »Und ich habe bisher auch nur für meinen Onkel und seine Freunde gesungen. Ich habe es nicht wirklich gelernt.«

»Bestimmt fanden dein Onkel und seine Freunde dich wundervoll«, sagte Adela. Ihr war nicht entgangen, wie stark Madelynes Hände zitterten. Zu Recht dachte sie, daß ihre Freundin ein wenig Ermutigung brauchte.

»O, ja, das stimmt allerdings«, gab Madelyne lächelnd zu. »Aber sie waren alle schon ziemlich taub!«

Duncan beugte sich augenblicklich vor, so daß alle ihn im Blickfeld hatten. Seine Miene besagte deutlich, daß ein einziger Lacher nun fehl am Platz wäre.

Baron Gerald hüstelte. Gilard wandte den Kopf und starrte ins Feuer. Madelyne nahm sofort an, daß er es satt hatte, zu warten.

»Ich könnte ein lateinisches Lied zum Osterfest singen«, schlug sie vor.

»Kennst du keins über Grashalme?« fragte Duncan.

Madelyne zog die Brauen zusammen. Duncan grinste unschuldig.

»Ein Grashalm im Winter kann abknicken, wenn man darauf herumtrampelt«, erklärte sie ihm schließlich mit einem liebreizenden Lächeln. »Ein Grashalm im Sommer aber kann geglättet werden, wenn man nur lange genug mit dem Stiefel darauf stehenbleibt.«

»Worüber sprecht ihr?« fragte Gilard verwirrt.

»Über eine höchst traurige Weise«, antwortete Duncan.

»Berechenbarkeit«, sagte Madelyne gleichzeitig.

»Mir wäre es lieber, wenn du etwas über Polyphemus singen würdest«, meldete sich Edmond zu Wort.

»Wer oder was ist Polyphemus?« fragte Baron Gerald.

»Ein einäugiger Riese«, gab Edmond zurück. Sein Grinsen war an Madelyne gerichtet.

»Er war der Anführer der Zyklopen«, erklärte Madelyne. Dann wandte sie sich an Edmond. »Kennst du denn die Geschichten von Odysseus?«

»Oh, nur bruchstückhaft«, sagte Edmond. Er sparte sich den Zusatz, daß sein ganzes Wissen von Madelynes Fieberwahn stammte.

»Gerald?« sagte Adela nun. »Madelyne kann wunderbare Geschichten erzählen!« In ihrer Begeisterung streckte sie, ohne es zu merken, den Arm aus und berührte Geralds Hand.

»Ich habe noch nie von diesem Odysseus gehört«, meinte Gerald ein wenig verärgert. Offenbar gefiel es ihm nicht, daß er als einziger keine Ahnung hatte. »Das verstehe ich nicht.«

Madelyne lächelte ihn an. »Es ist keine Schande, dies zuzugeben«, sagte sie. »Habt Ihr vielleicht schon von Gerbert von Aurillac gehört?«

»Der Mönch?«

Madelyne nickte. Sie wandte sich an Adela, da sie sicher war, daß Duncans kleine Schwester nicht wissen konnte, um wen es sich handelte. »Gerbert lebte vor langer Zeit, Adela«, erklärte sie. »Vor fast hundert Jahren. Er verließ sein Kloster, um nach Spanien zu gehen und dort zu studieren. Als er nach Frankreich zurückkehrte, übernahm er die Leitung der Kirchenschule in Reims. Dort gab er die Geschichten der alten Griechen an seine Studenten weiter. Es war ein Dichter namens Homer, der die Geschichten über den mächtigen Krieger Odysseus niedergeschrieben hat. Gerbert hat sie aus dem Griechischen ins Lateinische übersetzt.«

»Meinst du, Gerbert und Homer waren Freunde?« fragte Adela.

»Nein«, sagte Madelyne. »Homer lebte viel, viel früher in einem Land, das Griechenland heißt. Er starb Hunderte von Jahren vor Gerberts Geburt. Homers Geschichten wurden in den Klöstern unter Verschluß gehalten. Manche von den Erzählungen gefallen unserer Kirche nämlich gar nicht, aber ich finde nicht, daß ich eine Sünde begangen habe, als ich sie dir nacherzählt habe. Denn, um ehrlich zu sein, sind viele davon einfach unglaubwürdig.«

Alle Anwesenden lauschten interessiert. Madelyne warf Duncan einen Blick zu, sah sein Nicken, und begann, die Saiten des Psalteriums zu spielen.

Anfangs machte sie ein paar Fehler, die in den Ohren schmerzten, doch dann konzentrierte sie sich vollkommen auf die Sage von Odysseus und den Zyklopen. Sie blickte auf das Instrument und stellte sich vor, daß sie neben ihrem Onkel säße und für ihn sänge. Und kurz darauf hörten ihre Hände auf zu beben. Ihre Stimme gewann an Volumen und an Reinheit, während die Abenteuer des großen Kriegers zum Leben erwachten.

Bald schon waren ihre Zuhörer ganz von der Weise gefangen. Duncan fand die Stimme seiner Frau bezaubernd. So wie sie dasaß und diese urweibliche Aufgabe erfüllte, war sie tatsächlich ganz das Bild der wohlerzogenen, liebreizenden Lady, die zu sein sie so oft behauptet hatte.

Madelyne hüllte sie alle mit einem Zauber ein, dem sich niemand entziehen konnte. Duncan, der sonst kein Mann des Müßiggangs war, lehnte sich in seinem Stuhl zurück und lächelte entspannt.

Sie begann die Geschichte an der Stelle, wo Odysseus und seine Männer von Polyphemus gefangengenommen wurden, da Edmond gerade dies erwähnt hatte. Polyphemus war entschlossen, jeden einzelnen Soldaten aufzufressen. Der einäugige Riese hatte sie in seine Höhle gesperrt, indem er einen riesigen Felsen vor den Eingang gerollt hatte. Doch da Polyphemus nachts auch seine Schafe dort unterbrachte, mußte er jeden Morgen den Stein beiseite schieben, um die Herde zum Grasen hinauszulassen. Odysseus blendete den Giganten und wies dann seine Männer an, unter die Schafe zu kriechen und sich an ihren Bäuchen festzuklammern. Polyphemus ließ die Schafe vorbeilaufen, aber da er nichts mehr sehen konnte, griff er mit seinen Armen über die Schafe, um die Soldaten zu fassen. Odysseus' List rettete den Kriegern das Leben.

Als Madelyne die Geschichte beendete, klatschten die Zuhörer begeistert Beifall. Sofort begann eine angeregte Unterhaltung. Sie unterbrachen sich gegenseitig in ihrem Bestreben, ihre Lieblingspassagen aufzuzählen.

»Ziemlich klug von Odysseus, diesem Polyphemus zu sagen, sein Name sei Niemand«, fand Gilard.

»Aye«, stimmte Gerald zu. »Und als die anderen Zyklopen Polyphemus schreien hörten, weil Odysseus ihn blendete, brüllten sie in die Höhle hinein, ob er Hilfe bräuchte und wer ihn angreifen würde.«

Edmond stimmte in das Lachen der anderen ein. »Und der Dummkopf rief nur, daß niemand ihn angriff. Da mußten seine Freunde ihn ja schulterzuckend in Ruhe lassen.«

Madelyne freute sich über die begeisterte Reaktion auf ihre Geschichte. Sie drehte den Kopf zu ihrem Gemahl. Duncan sah ins Feuer und hatte ein zufriedenes Lächeln auf dem Gesicht.

Er hatte ein anziehendes Profil. Während sie ihn musterte, durchfuhr sie plötzlich ein angenehmes Ziehen.

Und dann begriff sie, an wen Duncan sie erinnerte. An Odysseus. Ja, Duncan war ganz wie der große Krieger, von dem sie als Kind immer geträumt hatte. Odysseus war zu ihrem eingebildeten Freund, ihrem Beschützer, zu ihrem Vertrauten geworden; wenn sie sich einsam und allein gefühlt hatte, hatte sie ihm stets all ihre Ängste und Sorgen anvertraut. Immer hatte sie sich vorgestellt, daß Odysseus eines Tages auftauchen und sie mit sich nehmen würde. Er würde für sie kämpfen und sie beschützen. Und er würde sie lieben.

Als Madelyne zur Frau herangewachsen war, hatte sie die Träume ihrer Kindheit verdrängt und bis zu diesem Zeitpunkt so gut wie vergessen.

Doch in diesem wundervollen Augenblick, jetzt, wo sie nicht aufhören konnte, ihren Mann zu bewundern, erkannte sie, daß ihre Träume wahr geworden waren. Duncan war ihr Odysseus. Er war ihr Geliebter, ihr Beschützer, ihr Retter.

Bei Gott, sie liebte diesen Mann.

KAPITEL 17

»Wer Weisheit erwirbt, hat mehr als Perlen.«
Altes Testament, Hiob, 28.18

»Madelyne, was ist denn los mir dir? Bist du krank?« Adela sprang auf die Füße und hastete zu ihrer Freundin. Madelyne sah aus, als würde sie gleich in Ohnmacht fallen. Sie war leichenblaß geworden, und wenn Adela nicht gerade noch rechtzeitig zugegriffen hätte, wäre das herrliche Psalterium zu Boden gefallen.

Madelyne schüttelte nur den Kopf. Sie machte Anstalten, aufzustehen, fürchtete dann aber, daß ihre Beine sie möglicherweise nicht tragen würden. Sie war noch immer erschüttert von der Erkenntnis, die sie soeben wie ein Blitz getroffen hatte: Sie liebte Duncan. »Mir geht es gut, Adela. Ich bin nur ein wenig müde. Bitte reg dich nicht auf.«

»Fühlst du dich gut genug, um uns noch ein Lied zu singen?« fragte Adela und hätte sich am liebsten auf die Zunge gebissen. Wie konnte sie nur so selbstsüchtig sein? Aber dann entschuldigte sie sich damit, daß sie schließlich verzweifelt war. Sie würde sich später schon irgendwie bei Madelyne revanchieren – wenn sie ihr nur in diesem Moment helfen würde! Vielleicht sollte sie ihrer Freundin morgen früh das Frühstück ans Bett bringen . . .

Madelyne wußte sehr gut, daß Adela versuchte, Zeit zu gewinnen. Zwar hatte sie Mitgefühl mit ihrer Freundin, doch ihr fiel einfach nichts mehr ein, wie sie diese vor dem Spaziergang mit Baron Gerald bewahren sollte.

Als Gerald langsam zu Adela schlenderte und neben ihr stehenblieb, sagte Madelyne: »Ihr habt das Geschenk sorgfältig ausgewählt, Gerald. Es ist ein ganz besonderes Instrument.«

Der Baron lächelte. »Duncan hat auch mit Sorgfalt ausgewählt.«

Madelyne runzelte die Stirn. Was sollte diese seltsame Bemerkung? Nun drückten auch Edmond und Gilard ihre Begeisterung über ihre Darbietung aus, so daß Madelyne bald feuerrot vor Verlegenheit war. Sie war wirklich nicht daran gewöhnt, soviel Lob auf einmal zu bekommen. Die Wextons waren wirklich eine höchst merkwürdige Familie. Wenn sie sich einmal entschlossen hatten, jemanden zu mögen, dann wurde dieser Jemand bei jeder passenden Gelegenheit förmlich mit Komplimenten überschüttet.

Niemand hatte sie je schön genannt, bis sie die Wextons kennengelernt hatte. Doch jeder der Brüder hatte es ihr mehr als einmal gesagt. Madelyne kam es fast vor, als hielten sie sie wirklich für schön. »Ich werde nur eitel, wenn ihr mir weiterhin solche Sachen sagt«, meinte Madelyne schließlich mit einem schüchternen Lächeln.

Allerdings war ihr auch nicht entgangen, daß Duncan kein Wort geäußert hatte. Hatte sie ihn erfreut oder nicht?

Ihr Mann benahm sich immer noch nicht wie er selbst. Er hatte sie in aller Öffentlichkeit geküßt. Er hatte sie das ganze Abendessen über geneckt. Wenn sie es nicht besser gewußt hätte, wäre sie zu dem Schluß gekommen, daß der Mann Sinn für Humor besaß. Das war selbstverständlich eine lächerliche Annahme.

Madelyne sah, wie Gerald nun Adelas Arm nahm und sie aus der Halle geleitete. Duncans kleine Schwester warf mehrmals verzweifelte Blicke über die Schulter. Doch Madelyne wußte einfach nicht, wie sie den Spaziergang noch verhindern sollte. »Bleib nicht zu lange draußen, Adela«, rief sie ihr hinterher. »Du wirst dich erkälten.«

Adela nickte dankbar, doch einen Augenblick später hatte Gerald sie schon hinausgezogen.

Gilard und Edmond empfahlen sich ebenfalls. Plötzlich waren Madelyne und Duncan allein.

Madelyne glättete ihr Kleid, um irgend etwas zu tun. Sie wünschte sich, sie hätte sofort in ihre Turmkammer hinaufgehen können. Es gab soviel, worüber sie nachdenken mußte!

Sie spürte, daß Duncan sie ansah. »Willst du mir jetzt deine Meinung über Männer und ihre Pferde mitteilen, Duncan?« fragte sie. »Dann hast du noch genügend Zeit, schwimmen zu gehen.«

»Was?« fragte er verwirrt.

»Du wolltest mit mir über Männer und ihre Pferde sprechen«, rief ihm Madelyne in Erinnerung. »Weißt du nicht mehr?«

»Ach ja, das«, antwortete Duncan. Er lächelte. »Komm näher, Frau, dann erkläre ich es dir.«

Madelyne fand, daß sie schon viel zu nah bei ihm war. »Duncan, du benimmst dich unglaublich komisch«, sagte sie, während sie langsam auf ihn zuging. »Außerdem wirkst du vollkommen entspannt. Du bist gar nicht mehr du selbst!«

Sie kaute auf ihrer Unterlippe, während sie nachdenklich auf ihn hinunterstarrte. Dann streckte sie den Arm aus und legte ihm die Hand auf die Stirn. »Nein, Fieber hast du nicht«, verkündete sie.

Duncan packte sie und zog sie auf seinen Schoß. Sie setzte sich aufrecht, zupfte ihr Kleid noch einmal glatt und faltete die Hände.

»Was ist, Madelyne? Gibt es etwas, das dir Sorgen bereitet?« fragte Duncan, während seine Finger die Konturen ihres Gesichts nachzeichneten.

Selbstverständlich machte sie sich Sorgen! Duncan benahm sich wie ein Fremder! Reichte das für eine Ehefrau nicht aus? Madelyne seufzte. Sie strich sich eine Locke aus dem Gesicht und rammte dabei versehentlich ihren Ellenbogen gegen Duncans Kinn.

Verlegen entschuldigte sie sich. Himmel, wie ungeschickt sie mal wieder war!

Duncan seufzte resigniert.

»Übrigens singst du nicht wie ein Frosch.«

Madelyne lächelte. Das war wirklich das schönste Kompliment, das sie je bekommen hatte. »Vielen Dank«, sagte sie. »Und jetzt wirst du mir von Männern und ihren Pferden erzählen, ja?«

Duncan nickte. Seine Hand wanderte langsam ihren Rücken hinauf, bis sie zwischen ihren Schulterblättern liegenblieb. Die Bewegung sandte Madelyne einen Schauder über den Rücken. Dann zog er sie nach vorne, so daß sie an seiner Brust lag.

»Wir Männer haben ein bestimmtes Verhältnis zu unseren Reittieren«, begann er. Seine Stimme war warm wie das anheimelnde Feuer im Kamin. Madelyne schmiegte sich an ihn, gähnte und schloß die Augen.

»Aye, wie müssen uns darauf verlassen können, daß unsere Pferde jedem unserer Befehle folgen. Ein Ritter kann nur richtig kämpfen, wenn sein Pferd genau das tut, was er von ihm verlangt. In einer Schlacht kann das Leben des Kriegers davon abhängen!«

Duncan erging sich noch eine Weile in Einzelheiten, wie das Verhältnis Ritter und Tier gelagert sein sollte, und kam dann endlich zu dem Schluß: »Du, Frau, hast meinen Hengst verhext und ihn für mich unbrauchbar gemacht. Ich sollte wütend auf dich sein.« Er dachte einen Moment nach, dann fügte er murmelnd hinzu: »Jetzt, wo ich darüber nachdenke, *bin* ich auch wütend. Aye, du hast Silenus ruiniert! Mein treuer Hengst! Du magst vielleicht protestieren, aber ich habe mich bereits entschieden, dir Silenus zu schenken. Und jetzt bin ich bereit, erst deine Entschuldigung und dann deinen überschwenglichen Dank entgegenzunehmen.«

Duncan bekam weder das eine noch das andere. Er runzelte die Stirn über ihr Schweigen und hob ihren Kopf an, um sie anzusehen.

Sie schlief tief und fest! Wahrscheinlich hatte sie kein einziges Wort von dem, was er gesagt hatte, gehört. Das war, gelinde ausgedrückt, ziemlich unverschämt, und er hätte furchtbar wütend werden müssen. Statt dessen hauchte er ihr einen zarten Kuß auf die Lippen. Madelyne kuschelte sich noch enger an ihn. Ihre Arme glitten um seinen Nacken.

Gerade als er ihr einen zweiten Kuß auf den Scheitel drückte, kam Edmond in die Halle zurück. »Schläft sie?« fragte er.

»Meine Strafpredigt hat sie vor Schreck ohnmächtig werden lassen«, erwiderte Duncan trocken.

Edmond lachte auf, dann fiel ihm wieder ein, daß Madelyne schlief, und seine Hand flog zum Mund.

»Keine Sorge, die weckst du nicht«, sagte Duncan. »Sie schläft wie eine satte Katze.«

»Deine Frau hat einen langen Tag hinter sich. Das Essen heute abend war ausgezeichnet, und das nur, weil Madelyne von ihrer Dienerschaft absolute Perfektion verlangt. Ich habe vier von den Kuchen gegessen«, gestand er. »Hast du gewußt, daß Gerty nach Madelynes Rezept gebacken hat?«

»*Ihre* Dienerschaft?«

»Aye, die Leute sind Madelyne doch vollkommen treu ergeben.«

»Und du, Edmond? Bist du ihr auch treu ergeben?«

»Sie ist jetzt meine Schwester, Duncan. Ich würde sie mit meinem Leben beschützen.«

»Daran zweifle ich nicht«, sagte Duncan, als er den Trotz in der Stimme seines Bruders vernahm.

»Und warum fragst du dann?« Edmond nahm sich einen Stuhl und setzte sich Duncan gegenüber. »Hat Gerald irgendwelche Neuigkeiten berichtet, die Madelyne betreffen?«

Duncan begann zu nicken, doch sobald er den Kopf ein Stück angehoben hatte, schob Madelyne den ihren nach. Duncan grinste. »Ja, Gerald wußte tatsächlich Neuigkeiten. Der König ist zwar noch immer in der Normandie, aber Louddon zieht seine Truppen zusammen. Gerald steht natürlich auf unserer Seite.«

»Eigentlich sollte ich in nur drei Wochen zu Baron Rhinehold zurückkehren«, sagte Edmond. »Aber obwohl ich mich ihm verpflichtet habe, bin ich in erster Linie Vasall des Königs, in zweiter deiner. Rhinehold kommt erst an dritter Stelle. Aus diesem Grund wird der Baron mir gewiß erlauben, hierzubleiben, solange ich gebraucht werde.«

»Rhinehold würde sich ebenfalls mit Gerald und mir gegen Louddon stellen, wenn es sein muß. Zusammen müßten wir über tausend Männer aufbringen können.«

»Du vergißt dein Bündnis mit den Schotten«, rief Edmond ihm in Erinnerung. »Catherines Gemahl sollte achthundert Mann zur Verfügung stellen können, vielleicht sogar mehr.«

»Das habe ich nicht vergessen, aber ich möchte Catherines Familie nicht in diese Fehde hineinziehen.«

»Aber was, wenn der König sich auf Louddons Seite schlägt?«

»Das wird er nicht tun.«

»Wie kannst du da so sicher sein?« fragte Edmond.

»Es gibt einige Mißverständnisse, was unseren König betrifft, Edmond. Ich habe viele Male an seiner Seite gekämpft. Es heißt, er sei unberechenbar und jähzornig. Aber einmal, während einer Schlacht, warf ihn einer seiner eigenen Männern versehentlich vom Pferd. Sofort war William von Vasallen umgeben, die alle den ungeschickten Soldaten töten wollten. Der König rappelte sich jedoch nur lachend wieder auf, klopfte dem armen Burschen auf die Schulter und sagte ihm, er solle besser wieder aufsteigen und kämpfen.«

Edmond dachte eine Weile über die Geschichte nach. »Man sagt aber auch, daß Louddon über unseren König eine ganz besondere Macht besitzt.«

»Ich bezweifle, daß der König es zulassen würde, daß jemand Macht über ihn besitzt.«

»Ich bete, daß du recht hast, Bruder.«

»Da ist noch etwas, das ich mit dir besprechen wollte, Edmond. Es geht um das Falcon-Lehen, um es genau zu sagen.«

»Was ist damit?« fragte Edmond stirnrunzelnd. Das Lehen, das Duncan gehörte, lag brach, war jedoch fruchtbares Ackerland. Es befand sich ganz im Süden der Wexton-Ländereien.

»Ich möchte, daß du es übernimmst, Edmond. Bau dir eine Festung. Ich würde es dir ja ganz übereignen, wenn es möglich wäre, aber der König wird es nicht zulassen. Es sei denn, wir gewinnen seine Gunst.«

Duncan brach ab, um über die Möglichkeiten nachzudenken.

Edmond war wie vom Donner gerührt. »Das, was ... was du da vorschlägst, ist ja unerhört«, stammelte er. Zum ersten Mal in seinem Leben war Edmond wahrhaft verstört. Und obwohl er wußte, daß er sich kindisch benahm, flammte eine zarte Hoffnung in seinem Herzen auf. Sein eigenes Land! Er, der sein eigener Herr sein konnte ... nein, das war zu überwältigend, um daran zu glauben.

»Warum willst du mir Falcon übereignen?« fragte er fast atemlos.

»Madelyne.«

»Bitte?«

»Meine Frau hat Gilard und mir zugehört, als wir über die Brüder des Königs sprachen. Als Gilard ging, wies mich Madelyne darauf hin, wie rastlos und unausgeglichen Robert und Henry seien. Sie war der Meinung, daß man den beiden Verantwortung übertragen müßte.«

»Grundgütiger. Robert hat die Normandie bekommen!« warf Edmond ein.

»Aye«, sagte Duncan lächelnd. »Aber der jüngere Bruder des Königs bekam nur Gold und unbedeutende Ländereien, und was ihn betrifft, hat Madelyne recht. Er ist unruhig und rastlos. Henry ist der geborene Anführer, aber durch seine Geburt ist ihm das Recht zu herrschen versagt worden.«

»Wenn du da einen Parallele siehst, dann laß sie mich hören«, meinte Edmond.

»Madelyne hat mich tatsächlich zum Nachdenken angeregt. Du bist mein und Rhineholds Vasall, und diese Verpflichtungen müssen bestehen bleiben. Aber wenn wir die Erlaubnis des Königs bekommen, dann könntest du aus Falcon Gewinn schlagen. Du weißt, wie man aus einer Münze zehn macht.«

Sein Bruder lächelte über das Kompliment.

»Wenn wir es nicht schaffen«, fuhr Duncan fort, »wirst du dich dort aber dennoch niederlassen und als Stellvertreter für mich agieren. Der König wird sich in jedem Fall über neue Abgaben freuen, ohne sich darum zu kümmern, welcher Bruder sie erwirtschaftet hat.«

»Dein Plan findet meine volle Zustimmung«, meinte Edmond und grinste.

»Gilard wird bald zu Baron Thormont zurückkehren, um seine vierzig Tage abzudienen«, sagte Duncan langsam.

»Gilard hat Talent, Männer anzuführen«, meinte Edmond. »Er wird bald oberster Befehlshaber werden.«

»Ja, aber er wird auch erst lernen müssen, sein ungestümes Temperament zu kontrollieren«, gab Duncan zu bedenken.

Edmond nickte zustimmend. »Du wolltest mir aber noch sagen, was Gerald dir bezüglich Madelyne erzählt hat«, rief er Duncan in Erinnerung.

»Gerald ist überzeugt, daß Henry, der Bruder des Königs, etwas im Sinn hat. Man hat ihn gebeten, sich mit Henry zu treffen.«

»Wann? Wo?«

»Henry wird Gast bei den Clares sein. Ich weiß nicht, wann das Treffen zustande kommen wird.«

»Glaubst du, daß Henry von Gerald Treue verlangen wird? Denkst du, er wird verlangen, daß sich Gerald gegen den König stellt?« fragte Edmond. »Und was ist mit dir? Bist du auch zu dieser Versammlung eingeladen?«

»Nay. Henry weiß, auf welcher Seite ich stehe.«

»Also meinst du, Henry wird sich gegen den König auflehnen?«

»Wenn dies meine Überzeugung wäre, dann würde ich mich vor unseren Herrscher stellen und ihn mit meinem Leben beschützen. Dies ist meine Pflicht als sein Untergebener.«

Edmond nickte beruhigt. »Gerald sagt, daß die Zahl derjenigen, die unzufrieden sind, stetig wächst. Es gibt mehr als einen Plan, ihn umzubringen. Das ist natürlich nicht außergewöhnlich. Schließlich hatte sein Vater mindestens genauso viele Feinde.«

»Gerald glaubt, daß er wegen seiner Freundschaft zu mir zu diesem Treffen gebeten wurde«, sagte Duncan nun. »Offenbar scheint Henry wissen zu wollen, ob ich ihn als König akzeptieren würde, falls William stirbt.«

»Wir sollten abwarten, was bei diesem Treffen herauskommt.«

»Aye.«

Edmond runzelte die Stirn. Doch bevor er noch etwas sagen konnte, wechselte Duncan das Thema.

»Sag mir eins, Edmond«, begann er. »Glaubt Gilard noch immer, daß Madelyne seine große Liebe ist?«

Edmond zuckte die Schultern. »Es ist ihm nicht ganz leicht gefallen, sich an den Gedanken zu gewöhnen, daß du sie geheiratet hast«, gab er zu. »Aber ich denke, er ist jetzt darüber hinweg. Er liebt sie zwar, aber sie nennt ihn beharrlich Bruder, was sein Feuer ganz erheblich dämpft. Dennoch überrascht es mich, daß du erkannt hast, was Gilard für deine Frau empfindet.«

»Gilards Gedanken lassen sich stets von seinem Gesicht ablesen«, bemerkte Duncan. »Hast du gesehen, wie er während der Zeremonie nach seinem Schwert griff, als er glaubte, ich wollte Madelyne zwingen?«

»Du *hast* sie gezwungen«, erwiderte Edmond grinsend. »Und, ja, ich habe es gesehen. Madelyne übrigens auch. Und ich glaube, nur Gilards heftiger Reaktion ist es zu verdanken, daß sie dich tatsächlich genommen hat.«

Nun grinste auch Duncan. »Gut beobachtet, Edmond. Madelyne wird wohl immer versuchen, die zu beschützen, die sie für schwächer hält. In jenem Moment glaubte sie, ich würde Gilard etwas antun, falls er mich angreifen sollte.«

Duncan begann, den Rücken seiner Frau zu streicheln. Edmond sah es und dachte bei sich, daß Duncan sich vermutlich nicht bewußt war, was er da tat. »Ich frage mich, ob Madelyne Gilard und mich lieber los wäre.«

»Nay, Edmond. Wenn ihr geht, wird sie sich bestimmt furchtbar aufregen und mir die Schuld daran geben«, antwortete Duncan. »Sie begreift nicht, daß deine Loyalität auch Rhinehold gehört.«

Edmond nickte nachdenklich, während Duncan fortfuhr. »Madelyne scheint sich zu sorgen, daß ich dir und Gilard keinen eigenständigen Gedanken zugestehe und euch für den Rest eures Lebens unter meiner Herrschaft halten will.«

»Deine Frau hat merkwürdige Ansichten«, sagte Edmond. »Doch sie hat dein Leben verändert, nicht wahr, Duncan? Deines . . . und unseres auch. Das ist das erste Mal, daß du mit einem von uns so lange über deine Pläne und Entschlüsse sprichst. Mir kommt es vor, als hätte Madelyne unseren Familienzusammenhalt gestärkt.«

Duncan gab keinen Kommentar. Edmond stand auf,

hob die Hand zum Abschied und ging auf den Ausgang zu. »Es ist eine echte Schande«, rief er über seine Schulter zurück.

»Was ist eine Schande?« fragte Duncan.

»Daß nicht ich sie entführt habe.«

Duncan grinste. »Nein, Edmond, es ist ein Segen. Denn ich hätte sie dir abgenommen.«

In diesem Moment erwachte Madelyne. Sie rappelte sich mühsam auf und lächelte ihren Mann scheu an. »Was hättest du deinem Bruder abgenommen, Duncan?« fragte sie verschlafen. Sie strich sich ihr Haar glatt, und Duncan wich ihrem Ellenbogen aus, bevor er ihr eine Antwort gab.

»Nichts, worüber du dir Gedanken machen solltest, Madelyne.«

»Man sollte immer mit seinen Geschwistern teilen«, tadelte Madelyne.

Offenbar hatte Edmond ihre Bemerkung noch gehört, denn er blieb stehen und lachte laut.

Im selben Moment kam Adela in die Halle gestürzt. Sobald Duncans kleine Schwester Madelyne sah, brach sie in Tränen aus. »Gerald besteht darauf, daß der Vertrag gültig ist, Madelyne. Was soll ich nur machen? Er will mich noch immer heiraten!«

Madelyne konnte gerade noch rechtzeitig von Duncans Schoß springen, als sich Adela auch schon in ihre Arme warf.

Duncan stand auf und seufzte verärgert. »Du solltest *mir* diese Fragen stellen, Adela«, fuhr er sie an. Er nahm Madelyne beim Arm, obwohl Adela sich an seine Frau klammerte, und zog sie zum Ausgang.

»Wir können deine Schwester in solchem Zustand nicht allein lassen«, protestierte Madelyne. Himmel, sie fühlte sich, als wäre sie mitten in ein Tauziehen geraten . . . mit ihr als Tau! »Duncan, du reißt mir den Arm aus.«

Nun kam auch Baron Gerald in die Halle gestürmt.

Duncan hätte am liebsten gebrüllt. Er wollte seine Frau nur mit sich ins Bett nehmen und hatte keine Lust mehr auf langatmige Diskussionen. Er stieß einen entnervten Seufzer aus. Diese Sache mußte so schnell wie möglich erledigt werden.

Bevor Gerald noch ein Wort sagen konnte, fragte Duncan: »Willst du Adela immer noch heiraten?«

»Ja«, sagte Gerald. Seine Stimme, genau wie seine Haltung, drückte Trotz aus. »Sie wird meine Frau werden.«

»Ich habe Adela mein Wort gegeben, daß sie so lange, wie sie möchte, bei uns wohnen darf, Gerald.«

Als er Geralds Verärgerung sah, fügte er knurrend hinzu: »Es war falsch, ein solches Versprechen zu geben, ich weiß.« Alle Anwesenden sahen ihn wie vom Donner gerührt an. Duncan grinste. Er hatte noch nie in seinem Leben einen Fehler zugegeben, und die Reaktion der anderen war überaus interessant anzusehen.

Er wandte sich an Madelyne und flüsterte: »Dein Hang, immer aufrichtig zu sein, scheint ansteckend zu sein, Frau. Und jetzt klapp den Mund wieder zu. Es wird schon alles gutgehen.«

Madelyne nickte, tat wie ihr geheißen und schenkte ihm ein Lächeln, das besagte, daß sie ihm vertraute. Das stimmte ihn so zufrieden, daß er noch immer lächelte, als er sich wieder Gerald zuwandte.

Gerald kannte Duncan gut genug, um abzuwarten, bis dieser ihm eine Erklärung gegeben hatte, bevor er ihn offen herausforderte. Duncan war kein Mensch, der leichtfertig sein Wort gab. Und schon gar nicht brach.

»Adela«, wandte Duncan sich nun an seine Schwester. »Hör auf, wie ein Huhn zu gackern, und sag Baron Gerald, was genau ich dir versprochen habe.«

Sein Tonfall besagte, daß es darum keine Diskussion geben würde. Adela machte sich verlegen von Madelyne los und straffte die Schultern. »Du hast gesagt, daß ich hierbleiben kann, bis ich sterbe, wenn ich es möchte.«

Gerald trat einen Schritt auf Adela zu, aber Duncan bremste ihn mit einem warnenden Blick.

»Nun, Gerald?« wandte er sich mit freundlicher Stimme an den Baron. »Und was habe ich dir versprochen?«

Gerald war nicht in der Lage, leise zu sprechen. »Du hast gesagt, ich könnte Adela mit dem Segen des Königs zur Frau nehmen.«

Edmond konnte sich nicht länger zurückhalten. »Ich bin wirklich gespannt, wie du beide Versprechen halten wirst«, sagte er.

Duncan ignorierte ihn. »Gerald, mein Wort, das ich Adela gegeben habe, bezieht sich auf ihren Wunsch, hierzubleiben. Ich denke, nun ist es an dir, sie umzustimmen.«

»Willst du damit sagen ...«

»Du bist als Gast willkommen. Bleib, so lange es nötig ist!«

Geralds Miene drückte erst Verblüffung aus, doch dann huschte plötzlich ein Lächeln über seine Lippen. Er drehte sich zu Adela um. »Adela, da Ihr nicht mit mir kommen wollt, werde ich eben bei Euch bleiben.«

»Ihr werdet was?«

Adelas Stimme war wieder schrill geworden, doch sie klang weniger verängstigt, als empört und ungläubig.

»Wie Euer Bruder es schon sagte, Adela. Ich bleibe hier, so lange es nötig ist, bis Ihr begreift, daß ich Euch wirklich heiraten will«, sagte Gerald. »Habt Ihr mich verstanden?«

Oh, und ob sie ihn verstanden hatte. Madelyne war sicher, daß der Wachmann an der Südmauer das Gebrüll gehört haben mußte.

Madelyne wollte auf Adela zugehen, doch Duncan griff nach ihrem Arm und zerrte sie an seine Seite. Als sie ihren Mund zum Protest öffnete, verstärkte sich sein

Griff, so daß Madelyne beschloß, lieber später mit ihm zu schimpfen.

Adelas Zorn hatte sich inzwischen gewaltig gesteigert. Sie raffte ihre Röcke und stürzte auf Gerald zu. »Ihr seid alt und grau und tatterig, bevor ich meine Meinung ändere, Gerald.«

Gerald grinste arrogant. »Ich denke, Ihr unterschätzt mich, Adela.«

»Ihr seid der sturste Mensch, den ich kenne«, entfuhr es Adela. »Ihr . . .Ihr *Plebejer*!« Abrupt wandte sie ihm den Rücken zu und stolzierte aus der Halle.

Alles würde gut werden. Madelyne konnte es tief in ihrem Herzen spüren. Adela war wütend, aber nicht entsetzt.

»Was ist ein Plebejer?« fragte Gerald, an Edmond gewandt.

Der zuckte die Schultern und warf Madelyne einen Blick zu. »Hat sie das von dir?« fragte er.

»Aye«, gestand Madelyne.

»Ist es so schlimm wie Polyphemus?«

Madelyne schütttelte den Kopf.

»Na, dann kann Adela dich ja nicht so verabscheuen, wie Madelyne mich, als wir uns zum ersten Mal begegnet sind«, meinte Edmond mit einem Grinsen.

Madelyne hatte keine Ahnung, wovon Edmond sprach, aber sie konnte nicht nachfragen, weil Duncan nun jedem eine gute Nacht wünschte und sie mit sich hinauszerrte.

Keiner von beiden sagte etwas, bis sie Duncans Kammer erreicht hatten. Madelyne sah mit Erstaunen, daß Duncan ihre Sachen aus der Turmkammer hatte herunterholen lassen. Die Stühle standen nun vor seinem Kamin, der Quilt lag über seinem Bett, und sogar der Wandteppich hing über der Feuerstelle.

Maude wollte gerade gehen und verkündete, daß das Bad für die Lady bereitet wäre, wie Duncan es angeordnet hatte.

Sobald die Dienerin das Zimmer verlassen hatte, sagte Madelyne: »Ich kann nicht vor deinen Augen baden, Duncan. Bitte geh, und schwimm in deinem See, während ich –«

»Madelyne, ich habe dich oft genug ohne deine Kleider gesehen«, sagte Duncan. Er knüpfte ihren Gürtel auf und warf ihn über einen der Stühle. Dann widmete er sich ihren anderen Kleidern.

»Aber doch nur im Bett, Duncan. Mit Decken und . . .« Ihre Stimme verklang.

Duncan gluckste. »Steig in den Zuber, Geliebte, bevor das Wasser kalt wird.«

»Du schwimmst sogar in eiskalten Seen«, sagte sie vorwurfsvoll. Ihr Mann zog ihr nun langsam das Hemd über den Kopf. Madelyne spürte, wie sie errötete. »Warum tust du das?« fragte sie. »Wie kann man in einer solchen Kälte nur schwimmen?«

Madelyne hatte gehofft, sie würde ihn vom Ausziehen ablenken können, aber sie hatte sich geirrt. Duncan konnte ihr durchaus antworten *und* ihre Kleider abstreifen.

»Es macht mir auch keinen besondern Spaß«, antwortete er, während er sich niederkniete, um ihr Strümpfe und Schuhe auszuziehen. Seine Hände waren warm und zärtlich, und sie seufzte vor Vergnügen. »Warum tust du es dann?« brachte sie mühsam hervor.

»Um meinen Willen und meinen Körper abzuhärten.«

Seine Hände ließen von ihr ab. Madelyne konnte nichts gegen das Gefühl der Enttäuschung tun. »Es gibt angenehmere Arten, den Körper abzuhärten«, flüsterte sie.

Sie versuchte, ihr Haar nach vorne zu ziehen, um ihre Brüste vor seinen Blicken zu schützen, stellte aber mit finsterem Blick fest, daß die Länge nicht ausreichte. Also begann sie, in ihrem Haar herumzuspielen, wodurch ihre Arme ihm die Sicht versperrten.

Duncan richtete sich auf und schob sanft ihre Hände fort. Dann streichelte er ihre Brüste und zog mit dem

Daumen sanfte Kreise um die Spitzen. Madelyne beugte sich instinktiv vor, um mehr von ihm zu spüren.

»Wenn ich dich jetzt küsse, Madelyne, dann kommst du nicht mehr zum Baden. Spürst du, wie sehr ich dich begehre?« flüsterte er.

Madelyne nickte langsam. »Ich begehre dich ständig, Duncan«, erwiderte sie leise. Widerwillig drehte sie sich um und ging die wenigen Schritte auf den Zuber zu.

Duncan versuchte, seinen Blick abzuwenden. Er hatte sich geschworen, es diese Nacht langsam angehen zu lassen. Er wollte sie heute nacht lieben, ohne seine Leidenschaft mit sich durchgehen zu lassen, wie stark auch immer sein Bedürfnis werden würde, sie aufs Bett zu werfen und über sie herzufallen.

Und er wollte sie mit zärtlichgen Worten einhüllen. Er hatte vor, sie zu einem Geständnis zu bringen . . . Er wollte hören, wie sehr sie ihn liebte, nun, da er sich selbst eingestanden hatte, daß er *sie* liebte.

Duncan lächelte in sich hinein. Es würde ihm schon gelingen. Er mußte sie nur sorgsam genug umgarnen, dann würde sie ihm nicht mehr widerstehen können. Zudem besaß sie die wundervolle Gabe, aufrichtig zu sein . . . ja, sein zu *müssen*, und das würde er schamlos ausnutzen.

Er streifte seine Tunika ab, kniete sich vors Feuer und warf ein paar neue Scheite in den Kamin.

Madelyne beeilte sich mit dem Waschen, denn sie fürchtete, er könnte sich umdrehen, bevor sie diese sehr intime Angelegenheit erledigt hatte. Plötzlich mußte sie jedoch lachen – wie albern, sich dessen zu schämen, wenn er sie schon bei weit intimeren Angelegenheiten gesehen hatte.

Duncan kam zu ihr und fragte sie, was sie so lustig fand.

Madelyne schaute zu ihm auf, und ihr Herz begann zu rasen. Er stand mit nacktem Oberkörper vor ihr, hatte die Hände in die Hüften gestemmt und sah einfach atemberaubend aus. »Ich schlafe jede Nacht ohne einen Fetzen am Leib neben dir. Ich sollte wirklich nicht mehr verlegen sein. Deswegen habe ich gelacht«, sagte sie mit einem Schulterzucken.

Als Duncan nichts erwiderte, stand Madelyne langsam auf. Dann stand sie vor ihm, nackt, wunderschön, mit kleinen Tröpchen auf ihrer weißen Haut. Ihre Miene war schelmisch. Duncan küßte sie einmal züchtig auf die Stirn, dann auf die Nase. Als sie schauderte, griff Duncan nach dem Tuch, das Maude über eine Stuhllehne gelegt hatte. Er schlang es um sie, hob sie aus dem Zuber und trug sie zum Feuer.

Madelyne stand mit dem Rücken zum Kamin. Sie schloß die Augen, als Duncan sie an seine Brust zog. Die Wärme des Feuers liebkoste ihren Rücken, die Zärtlichkeit in Duncans Blick wärmte ihr Herz.

Sie fühlte sich wundervoll. Als er begann, sie abzutrocknen, protestierte sie nicht. Duncan tupfte ihren Rücken mit dem Tuch ab, doch plötzlich zog er sie an sich, ließ das Tuch fallen, und packte ihre Hinterbacken. Seine Lippen legten sich auf ihre, und seine Zunge drang heiß und leidenschaftlich in sie ein.

Sie stöhnte vor Behagen und erwiderte seinen Kuß. Ihre Hände glitten über seinen Rücken, aber als ihre Fingerspitzen an seinem Hosenbund zupften, schob Duncan sie von sich.

»Komm ins Bett«, bat Madelyne. Sie versuchte, ihn zu einem weiteren Kuß zu verlocken, doch Duncan wich ihr aus.

»Alles zu seiner Zeit«, versprach er ihr mit einem heiseren Flüstern. Er küßte ihr Kinn und ließ seine Lippen langsam abwärts zu ihren Brüsten wandern. »Du bist so schön«, sagte er.

Er wollte sie schmecken, wollte alles von ihr haben. Während seine eine Hand ihre eine Brust liebkoste, nahm er die Spitze der anderen in den Mund und begann, sanft daran zu saugen.

Seine Zunge fühlte sich samtig und heiß an. Madelyne konnte kaum noch aufrecht stehen. Als Duncan sich niederkniete und heiße, nasse Küsse auf ihren Bauch plazierte, sog Madelyne scharf den Atem ein, vergaß aber, ihn wieder auszustoßen. Seine Hände glitten ihre Schenkel auf und ab und schoben sich schließlich zwischen sie, während seine Lippen die Narbe entlangfuhren. Die ganze Zeit über liebkosten und neckten seine Finger die Stelle zwischen ihren Schenkeln, bis sie glaubte, den Verstand zu verlieren.

Nun packte er ihre Hüften, und als sein Mund sich in das Dreieck aus weichen Locken wühlte, knickten ihre Knie tatsächlich ein.

Doch Duncan hielt sie fest, ließ nicht zu, daß sie sich bewegte. Seine Lippen und seine Zunge kosteten die feuchte Hitze, die er in ihr erzeugt hatte. Sie war süß wie Honig und betörend wie ein guter Wein.

Madelyne glaubte, vor Wonne sterben zu müssen. Ihre Finger gruben sich in Duncans Schultern. Die kleinen Laute, die sich ihrer Kehle entrangen, steigerten Duncans Begierde so sehr, daß er glaubte, es nicht mehr lange ertragen zu können.

Langsam und behutsam zwang er Madelyne zu Boden. Als seine Zunge in ihren Mund eindrang, schob er seine Finger gleichzeitig in die Höhle zwischen ihren Schenkeln. Madelyne schrie auf, als die Explosion ihren ganzen Körper erschütterte. Eine Woge nach der anderen schien sie zu überspülen, und während ihr Körper unkontrolliert bebte, hielt Duncan sie fest in seinen Armen und flüsterte ihr Worte der Liebe ins Ohr.

Madelyne fühlte sich wie flüssiges Gold in seinen Armen. Sie wollte ihm sagen, wie schön es gewesen war, schien aber nicht lange genug ihre Lippen von seinen nehmen zu können, um ein zusammenhängendes Wort herauszubekommen.

Dann löste Duncan sich von ihr und streifte rasch den

Rest seiner Kleider ab. Er legte sich auf den Rücken und zog Madelyne auf sich.

Er wußte, daß er gleich die Kontrolle verlieren würde. So schob er ihre Schenkel auseinander, hoffte, daß er nicht zu grob war, und drang langsam in sie ein, während seine Hände wild über ihren Oberkörper glitten.

Dann überließ er ihr die Führung. Madelyne bog ihren Rücken durch, bis sie ihn ganz in sich aufgenommen hatte und begann, sich langsam und rhythmisch zu bewegen, bis er glaubte, verrückt werden zu müssen. Schließlich packte er ihre Hüften, damit sie sich heftiger bewegte.

Er fand noch vor ihr Erfüllung, doch Madelyne erregten das Gefühl und sein Stöhnen so sehr, daß sie ihm kurz darauf folgte.

Erschöpft ließ sie sich auf seine Brust fallen. Duncan stöhnte auf, doch sie war zu glücklich und zu ausgelaugt, um sich zu entschuldigen.

Eine lange Weile verging, ohne daß einer sprach oder sich bewegte. Madelyne streichelte müßig Duncans Brust. Sie liebte das Gefühl seiner Behaarung, seiner heißen Haut, und sie liebte seinen wundervollen Duft.

Endlich rollte sich Duncan mit ihr in den Armen herum, bis sie unter ihm gefangen war. Dann ließ er sich auf die Seite gleiten und stützte den Kopf auf den Ellenbogen, während er ein Bein über ihre Schenkel drapierte.

Madelyne fand, daß seine Miene überaus arrogant wirkte. Er starrte sie wahrhaftig verschmitzt an! Eine kleine Locke war ihm in die Stirn gefallen, was den Eindruck noch verstärkte.

Madelyne wollte ihm die Locke gerade aus dem Gesicht streichen, als er endlich sprach. »Ich liebe dich, Madelyne.«

Ihre Hand blieb mitten in der Luft hängen.

Sie riß die Augen auf, und in diesem Augenblick begriff Duncan, was er gesagt hatte.

So hatte er es nicht geplant! Er hatte vorgehabt, sie dazu zu bringen, *ihm* ihre Liebe zu gestehen! Er grinste über seine eigene Dusseligkeit, während er in Ruhe abwartete, daß Madelyne sich von dem Schock über sein Geständnis erholte.

Madelyne brach in Tränen aus. Duncan sah verwirrt auf sie hinab. »Was ist? Weinst du, weil ich dir gesagt habe, daß ich dich liebe?«

Madelyne schüttelte den Kopf. »Nein«, flüsterte sie.

»Was ist es denn dann? Hat es dir eben nicht gefallen?«

Er hörte sich wirklich ein wenig besorgt an. Madelyne wischte sich die Tränen von den Wangen und rammte dabei mal wieder ihren Ellenbogen gegen Duncans Kinn. »Doch, es hat mir gefallen«, sagte sie leise. »Aber ich habe solche Angst, Duncan. Du sollst mich nicht lieben.«

Duncan seufzte. Er beschloß, noch ein paar Minuten zu warten, um eine vernünftige Erklärung aus ihr herauszubekommen. Sie zitterte im Augenblick noch zu sehr.

Er schaffte es wirklich, sich in Geduld zu üben, aber als er sie ins Bett getragen hatte und sie sich an ihn schmiegte, sagte sie immer noch nichts.

»Warum hast du denn Angst?« fragte er schließlich. »Was ist daran so schlimm, wenn ich dich liebe?«

Seine Stimme war voller Zärtlichkeit, so daß Madelyne wieder zu weinen begann.

»Es gibt doch keine Hoffnung für uns, Duncan. Der König wird –«

»Uns seinen Segen geben, Madelyne. Unser König wird diese Ehe anerkennen müssen.«

Seine Worte hatten überaus zuversichtlich geklungen, und das tröstete Madelyne ein wenig. »Wie kommst du darauf? Sag mir, wieso du so überzeugt bist. Ich will keine Angst haben müssen.«

Er seufzte wieder. »König William und ich kennen uns schon, seit wir klein waren. Er mag viele Fehler haben, aber er ist ein fähiger Herrscher. Du magst ihn nicht, weil dein Onkel dir verschiedene Dinge über ihn gesagt hat. Und dein Onkel wiederholt nur die Ansichten der Kirche. Der König hat die Unterstützung der Kirche verloren, weil er Klosterschätze an sich genommen hat. Die Kirche versucht, William vor dem Volk schlechtzumachen, weil er sich nicht ihrem Diktat beugt.«

»Aber wieso meinst du –«

»Unterbrich mich nicht, wenn ich dich belehre«, sagte Duncan. Er nahm seinem Befehl die Schärfe, indem er sie kurz drückte. »Ich möchte nicht unbedingt prahlen, aber ich habe dem König geholfen, die Schotten zu einen, so daß ein friedliches Miteinander möglich geworden ist. William weiß, was er an mir hat. Meine Armee besteht aus bestens ausgebildeten Kriegern, und diese stehen ihm zur Verfügung, falls er sie brauchen sollte. Der König verläßt sich auf meine Loyalität, Madelyne. Ich würde ihn niemals verraten, und das weiß er.«

»Aber Duncan, Louddon ist sein besonderer Freund«, warf Madelyne ein. »Marta hat mir das gesagt, und die Freunde meines Onkels haben von gewissen Gerüchten gesprochen.«

»Wer ist diese Marta?«

»Eine Dienerin meines Onkels.«

»Ah, dann ist sie gewiß so unfehlbar wie der Papst«, gab Duncan zurück. »Nicht wahr?«

»Nein, natürlich nicht«, murmelte Madelyne ein wenig beleidigt. »Aber mein Bruder prahlt selbst mit der Macht, die er angeblich über William hat.«

»Das erkläre mir doch bitte genauer«, befahl Duncan.

Madelyne schüttelte heftig den Kopf. »Nein, das kann ich nicht.«

Duncan seufzte entnervt. Er selbst wußte recht gut, welche Vorlieben der König besaß und hatte sich schon lange gedacht, daß Louddon nicht nur ein hoher Beamter an des Königs Hof war. Es überraschte ihn allerdings, daß seine Frau etwas darüber wußte.

»Ich kann dir nur soviel sagen, Duncan«, sagte sie nun. »Es ist eine sündige Verbindung, die zwischen meinem Bruder und deinem König besteht.«

»Schon gut«, erwiderte Duncan. »Sprechen wir nicht mehr darüber, wenn es dich so in Verlegenheit bringt. Ich weiß schon, was du meinst, Madelyne. Trotzdem wird der König seine Barone nicht verraten. In dieser Fehde geht es um eine Frage der Ehre, und da ist das Recht auf meiner Seite.«

»Sprechen wir möglicherweise von derselben Ehre, durch die du in Louddons Festung an einem Pfosten festgebunden worden bist?« fragte Madelyne. »Du besitzt soviel Ehre, daß du Louddon vertraut hast, daß du geglaubt hast, er würde den zeitweiligen Waffenstillstand einhalten, nicht wahr?«

»Es handelte sich um einen überaus sorgsam durchdachten Plan«, antwortete Duncan. »Ich habe deinem Bruder nicht einen Augenblick vertraut.«

»Er hätte dich töten können, bevor es deinen Männern gelungen wäre, über die Mauern zu klettern. Und im übrigen hättest du auch erfrieren können. Davor habe ich dich ja zum Glück gerettet. Und mit Ehre hatte dies alles nichts zu tun.«

Duncan hielt es für unnötig, sie zu berichtigen.

»Louddon wird mich benutzen, um dir zu schaden«, flüsterte sie.

Duncan schüttelte den Kopf. »Madelyne, es gibt wohl niemanden in England, der nicht weiß, was Adela zugestoßen ist. Wenn der König meint, er müsse die Tatsachen ignorieren, dann hat er seinen ersten dummen Fehler in seinem Leben begangen. Es gibt eine Menge treuer Barone, die sich auf meine Seite schlagen werden. Sicher, wir sind alle unserem Herrscher verpflichtet, aber wir müssen auch die Ehre des anderen respektieren, denn sonst ist unser Treueschwur wertlos. Hab Vertrauen in mich, Madelyne. Louddon kann diesen Krieg nicht gewinnen. Vertrau mir, Frau, denn ich weiß, was zu tun ist.«

Madelyne dachte einen Moment nach, dann flüsterte sie: »Ich habe dir immer schon vertraut, selbst in der Nacht, als wir zusammen in dem Zelt schliefen. Du hast mir versprochen, mich nicht anzurühren, während ich schlief, und ich habe dir geglaubt.«

Duncan lächelte, als er daran dachte. »Jetzt weißt du ja, wie absurd es war, zu glauben, ich könnte dich ausnutzen, ohne daß du es merken würdest.«

Madelyne grinste. »Ich habe einen sehr tiefen Schlaf, Duncan«, neckte sie ihn.

»Madelyne, ich habe keine Lust, unser anfängliches Thema einfach zu übergehen. Ich habe dir eben meine Liebe gestanden. Hast du dazu nichts zu sagen?«

»Vielen Dank, mein lieber Mann.«

»Vielen Dank?«

Er hatte die Worte herausgebrüllt. Er drückte sie auf das Bett zurück und ragte drohend über ihr auf. Man durfte ja wohl erwarten, daß sie ihm nach so einem Geständnis ihrerseits ihre ewige Liebe schwören würde. Aber statt dessen ... *vielen Dank*?

Madelyne war nicht im geringsten eingeschüchtert. Sie streichelte seine Arme und betrachtete ihn intensiv. Sein Körper war hart und angespannt. In seinen Augen lag etwas, das sie noch nie gesehen hatte, aber dennoch sofort erkannte. Es war Verletzlichkeit. Duncan war stärker betroffen, als er ihr gegenüber zeigen wollte.

Sie schenkte ihm ein zärtliches Lächeln. Duncans Stirn glättete sich augenblicklich. Seine Muskeln entspannten sich ein wenig, als er das Funkeln in ihren Augen sah.

»Machst du dich über mich lustig?«

»Nein«, sagte Madelyne. »Du hast mir soeben ein wundervolles Geschenk gemacht. Ich bin überwältigt.«

Er wollte mehr hören.

»Du bist der erste Mann, der mir gesagt hat, daß er

mich liebt«, flüsterte sie. Eine Falte bildete sich auf ihrer Stirn, und sie fügte hinzu: »Wie könnte ich dich da nicht ebenfalls lieben?«

Sie machte den Eindruck, als wäre ihr die Erkenntnis soeben erst in den Sinn gekommen. Sein entnervter Seufzer fegte ihr die Haare aus dem Gesicht. »Na, dann nehme ich an, ich darf mich verdammt glücklich schätzen, daß Gilard es dir nicht als erster gesagt hat.«

»Das hat er«, sagte Madelyne gelassen. Als sie seinen Gesichtsausdruck sah, lächelte sie. »Aber ich betrachte es nicht als erstes Mal, weil es nicht wirklich stimmte. Dein Bruder war nur vorübergehend ein wenig von mir eingenommen.«

Madelyne richtete sich plötzlich auf und küßte Duncan. Dann legte sie die Hände um seine Taille und drückte ihn. »O Duncan, ich liebe dich schon so lange. Was für eine Närrin war ich nur, das nicht viel früher begriffen zu haben. Allerdings muß ich gestehen, daß ich es heute abend erkannt habe, als wir mit deinem Gast zusammensaßen. Du hast mir gezeigt, daß ich nicht wertlos bin.«

Duncan schüttelte den Kopf. »Ich verstehe nicht, wieso ich es dir es erst zeigen mußte.«

Madelynes Augen füllten sich mit Tränen. »Deine Liebe für mich . . . sie ist ein Wunder. Du hast mich entführt, um dich an meinem Bruder zu rächen. Das stimmt doch, oder?«

»Aye«, gab Duncan zu.

»Und deswegen hast du mich auch geheiratet«, sagte Madelyne. Plötzlich sah sie ihren Mann mit gerunzelter Stirn an. »Hast du mich da schon geliebt?«

»Ich dachte, es sei Begierde«, antwortete Duncan. »Ich wollte dich in mein Bett kriegen«, setzte er mit einem Grinsen hinzu.

»Rache und Begierde«, gab Madelyne tadelnd zurück. »Was für jämmerliche Gründe für eine Heirat.«

»Du hast Mitleid vergessen«, teilte Duncan ihr mit.

»Mitleid? Du meinst, ich habe dir leid getan, ja? Ist es das, was du meinst?« fragte Madelyne, die immer gereizter wurde. »Guter Gott, du liebst mich aus Mitleid?«

»Süße, du hast gerade nur die Gründe aufgezählt, die ich mir selbst glaubhaft zu machen versucht habe.«

Sie fand sein Lachen unverschämt. »Wenn deine Liebe auf Begierde, Rache und Mitleid basiert, dann –«

»Madelyne«, unterbrach er sie. »Was habe ich zu dir gesagt, bevor wir Louddons Festung verlassen haben?«

»Auge um Auge. Das hast du gesagt.«

»Du hast mir gesagt, daß du zu Louddon gehörst. Weißt du noch, was ich darauf geantwortet habe?«

»Ja, obwohl ich es nicht verstanden habe«, meinte Madelyne. »Du sagtest, daß ich jetzt zu dir gehöre.«

»Und das habe ich auch so gemeint«, antwortete Duncan. Er küßte sie, um den mißtrauischen Blick nicht mehr sehen zu müssen.

»Ich verstehe aber immer noch nicht«, sagte Madelyne, als er sie wieder sprechen ließ.

»Ich habe es damals auch nicht verstanden«, gab Duncan zu. »Ich wollte dich nicht mehr gehen lassen, aber an Heirat habe ich nicht gedacht. Ich glaube, daß es ein Akt der Nächstenliebe war, der mein Schicksal besiegelt hat.«

»Wirklich?« In ihren Augen glitzerten schon wieder Tränen. Duncan sah sie so zärtlich an!

»Von dem Moment an, als du mir meine Füße wärmtest, war es um mich geschehen. Obwohl ich noch lange gebraucht habe, um es mir selbst einzugestehen.«

»Du hast mich einfältig genannt«, rief sie ihm lächelnd in Erinnerung.

Da war wieder das Funkeln in ihren Augen. Sie war nicht mehr wütend. Duncan tat, als hätte ihre Bemerkung Empörung in ihm geweckt. »Ich habe dich niemals einfältig genannt. Das war jemand anders. Ich werde ihn sofort zum Duell fordern.«

Sie brach in Gelächter aus. »Das wart Ihr, Baron. Aber

ich habe Euch schon vergeben. Im übrigen habe ich Euch auch ziemlich unflätig beschimpft.«

»Hast du? Das habe ich gar nicht mitbekommen«, sagte Duncan. »Wann denn?«

»Immer wenn du mir den Rücken zugekehrt hast, natürlich.«

Duncans Grinsen wurde breiter. »Dein Drang, immer die Wahrheit zu sagen, wird dich eines Tages noch in echte Schwierigkeiten bringen.« Er küßte sie noch einmal. »Aber ich werde immer bei dir sein, um dich zu beschützen.«

»Genau wie ich dich immer beschützen werde«, sagte Madelyne. »Das ist meine Pflicht als deine Frau.«

Sie lachte über seine ungläubige Miene. »Du jagst mir keine Angst mehr ein«, meinte sie. »Jetzt, wo ich weiß, daß du mich liebst, kannst du mir nichts mehr anhaben.«

»Ich weiß«, erwiderte er resigniert.

Madelyne mußte noch mehr lachen.

»Und jetzt will ich noch einmal hören, daß du mich liebst«, forderte Duncan.

»Du bist ein hochnäsiger Kerl, Duncan«, flüsterte sie. »Aber ich liebe dich mit meiner ganzen Seele.« Sie küßte ihn auf die Stirn. »Ich würde mein Leben für dich geben, Gemahl.« Mit ihrer Zungenspitze glitt sie über seine Unterlippe. »Ich werde dich ewig lieben.«

Mit einem zufriedenen Knurren zog Duncan sie näher und begann ein wunderbar langsames Liebesspiel.

»Duncan?«

»Ja, Geliebte?«

»Wann hast du erkannt, daß du mich liebst?«

»Schlaf, Madelyne. Es dämmert schon bald.«

Sie wollte nicht schlafen. Madelyne wünschte sich, daß diese herrliche Nacht niemals zu Ende gehen möge. Mit Berechnung rieb sie ihr Hinterteil an seinen Lenden.

Ihre Zehen glitten über seine Beine. »Sag mir bitte, wann genau es war.«

Duncan seufzte leise. Er wußte genau, daß sie keine Ruhe geben würde, bis er es ihr gesagt hatte.

»Heute.«

»Ha!« machte Madelyne.

»Ha was?«

»Jetzt endlich wird mir alles klar«, sagte Madelyne.

»Mir dafür aber nicht«, erwiderte Duncan.

»Du hast dich den ganzen Tag so unberechenbar benommen. Ich muß gestehen, daß ich mir schon langsam Sorgen gemacht habe. Wann heute?«

»Wann was?«

»Wann genau hast du heute erkannt, daß du mich liebst?« Madelyne dachte nicht daran, aufzugeben.

»Als ich dachte, daß mein Pferd dich töten würde.«

»Silenus? Du hast geglaubt, Silenus wollte mir etwas antun?« fragte sie ungläubig.

Er grinste, obwohl sie es nicht sehen konnte. Sie hatte tatsächlich keine Ahnung, was für einen Schrecken sie ihm – und den anderen im Hof – eingejagt hatte.

»Duncan?«

Er mochte die Art und Weise, wie sie seinen Namen flüsterte, wenn sie etwas von ihm wollte. Ihre Stimme klang dann sanft, lockend und fürchterlich sinnlich. »Du hast meinen Hengst ruiniert. Das habe ich dir vorhin schon erzählt, aber du bist auf meinem Schoß eingeschlafen.«

»Ich habe ihn nicht ruiniert«, antwortete Madelyne empört. »Ich war nur freundlich zu ihm. Zuneigung kann ja wohl keinen Schaden anrichten.«

»Zuneigung kann meinen Tod bedeuten, wenn du mich jetzt nicht schlafen läßt«, gab er mit einem lauten Gähnen zurück. »Du hast dich zu einer unersättlichen Dirne entwickelt.« Mit einem Grinsen setzte er hinzu: »Du hast mir all meine Kraft genommen.«

»Vielen Dank.«

»Du kannst Silenus haben.«

»Ich? Ich darf Silenus haben?« fragte sie begeistert.

»Das Tier ist ohnehin verdorben. Du hast aus einem großartigen Kampftier ein Lämmchen gemacht. Daß ich das überlebt habe!«

»Was? Wovon redest du?«

Duncan ignoriere ihre Frage. Statt dessen drehte er sich zu ihr um und sah ihr ins Gesicht. »Hör mir jetzt gut zu, Frau. Du wirst ihn nicht eher reiten, bis ich es dir beigebracht habe.«

»Wie kommst du darauf, daß ich es nicht kann?« Es war natürlich so, aber Madelyne hatte geglaubt, es wäre ihr gelungen, diesen Mangel an Können vor ihm zu verbergen.

»Versprich es mir einfach.«

»Na gut, ich verspreche es«, sagte sie. Sie nagte an ihrer Unterlippe, als ihr plötzlich ein Gedanke durch den Kopf schoß. »Du hast doch morgen früh deine Meinung nicht geändert, nicht wahr?«

»Natürlich nicht. Silenus gehört jetzt dir.«

»Ich habe nicht von Silenus gesprochen.«

»Wovon dann?«

Sie sah beunruhigt aus. Duncan bedachte sie mit einem finsteren Blick, bis sie ihm endlich flüsternd ihre Angst gestand. »Du wirst dir das mit der Liebe zu mir doch nicht noch einmal anders überlegen?«

»Niemals.«

Als Beweis küßte er sie noch einmal, dann rollte er sich auf den Rücken und schloß die Augen. Er wollte schlafen. Er war vollkommen erschöpft.

»Du bist heute gar nicht im See schwimmen gewesen. Du bist wirklich unberechenbar geworden.«

Als er nichts dazu sagte, versuchte Madelyne es noch einmal. »Warum hast du das heute nicht getan?«

»Weil es so verdammt kalt war.«

Das war eine aufrichtige Antwort, und doch seltsam, wenn man bedachte, von wem sie kam. Oh, wie sehr sie ihn liebte. »Duncan? Mochtest du es, mich vor dem Feuer zu lieben? Du weißt schon, als du mich ... an dieser Stelle da küßtest?«

Sie hörte sich schüchtern an, aber auch neugierig. »Aye, Madelyne. Du schmeckst süß wie Honig.«

Allein der Gedanke an den Geschmack erregte ihn schon wieder. Seine Augen waren geschlossen, aber ein zufriedenes Lächeln huschte über seine Lippen.

Ihre Hand wanderte langsam von seinem Hals zu seinem Bauch. »Ob ich deinen Geschmack auch mag?« fragte sie leise.

Bevor Duncan antworten konnte, beugte Madelyne den Kopf und küßte seinen Nabel. Sie lächelte, als sie sah, daß er unwillkürlich die Bauchmuskeln anspannte. Ihre Hand glitt weiter abwärts, ihr Mund folgte, dann spielte ihre Zunge über seinen Bauch.

Duncan hielt den Atem an, als ihre Hand sich um seine Erektion legte. »Du bist so hart und so heiß«, flüsterte sie. »Gib mir mehr davon.«

Duncan vergaß, daß er hatte schlafen wollen. Er ergab sich ganz der Hand und dem Mund seiner Frau. Plötzlich fiel ihm ein, daß er bestimmt der glücklichste Mann auf der Welt sein mußte. Seine Frau liebte ihn.

Und dann konnte er gar nicht mehr denken.

KAPITEL 18

»Ich behaupte nämlich, das Gerechte sei nichts anderes als der Vorteil«

Plato, Respublica

Der Winter schien nicht aufhören zu wollen. Die Tage waren bitterkalt. Ein eisiger Wind fegte heulend über das Land und ließ alles Lebende erstarren. Es war, als hätte ein haßerfüllter Dämon die ganze Welt in seinen grausamen Klauen, bis die zarte Jungfrau Frühling ihn dazu verführte, Erbarmen zu haben. Das Versprechen auf Wärme, neues Leben und Wiedergeburt nahm dem Wind seine Kälte und Grausamkeit und verzauberte ihn in eine leichte, laue Brise.

Die Bäume waren die ersten, die das Versprechen ankündigten. Die Äste waren nicht mehr starr, sondern biegsam, und wiegten sich anmutig, wenn der Wind mit ihnen spielte. Zarte Knospen und hellgrüne Blätter sprossen an den Zweigen. Samen, die die Herbstböen in alle Richtungen verstreut hatten, erblühten nun in einer überwältigenden Farbenpracht, die einen süßen Duft ausströmte und Bienen und anderes Kleingetier anlockte.

Für Madelyne war es eine Zeit voller Magie und Glück. Noch immer konnte sie kaum fassen, daß Duncan sie liebte. Die erste Woche nach seinem Geständnis hatte sie sich sogar ein wenig unbehaglich gefühlt, denn sie war ständig besorgt gewesen, Duncan könnte ihrer überdrüssig werden. Sie tat alles, um es ihm recht zu machen. Doch der erste Streit kam unvermeidbar.

Es war ein simples Mißverständnis gewesen, das sich durch Duncans schlechte Laune und Madelynes Erschöpfung zu einem waschechten Krach entwickelt hatte.

Madelyne wußte eigentlich schon gar nicht mehr, worum es gegangen war. Sie erinnerte sich nur noch daran, daß Duncan sie angeschrien hatte. Sie hatte sich augenblicklich hinter ihrer Maske der Selbstkontrolle zurückgezogen, doch es hatte Duncan nicht viel Mühe gekostet, sie aus der Reserve zu locken. Sie war in Tränen ausgebrochen, hatte ihn angebrüllt, er würde sie nicht mehr lieben, und war in ihre alte Turmkammer hinaufgestürmt.

Duncan rannte hinter ihr her. Er tobte noch immer, aber nahm nun ihre Angewohnheit, ständig voreilig Schlüsse zu ziehen, aufs Korn. Als sie erkannte, daß seine Wut inzwischen darauf basierte, daß sie behauptet hatte, er liebte sie nicht mehr, machten ihr plötzlich sein Brüllen und seine Drohungen nichts mehr aus. Immerhin schrie er ihr entgegen, daß er sie liebte!

An diesem Abend hatte sie eine wichtige Lektion gelernt. Sie durfte zurückschreien! Seit sie die Wextons kennengelernt hatte, war ihre Welt anders geworden. Die Freiheit, die ihr hier zugestanden wurde, öffnete die Tür zu ihren Gefühlen. Sie mußte sich nicht mehr ständig unter Kontrolle halten. Wenn ihr nach Lachen zumute war, dann lachte sie. Und wenn sie brüllen wollte, dann tat sie es eben, obwohl sie sich doch gelegentlich Mühe gab, sich so damenhaft und würdevoll zu benehmen, wie man es von ihrer Erziehung erwarten konnte.

Irgendwann bemerkte Madelyne, daß sie sich ein paar Wesenszüge ihres Gatten angeeignet hatte.

Berechenbarkeit wohnte eine gewisse Sicherheit inne, und sie fing an, Veränderungen genauso zu verabscheuen wie er. Als Gilard und Edmond sich zur Abreise zu ihren Oberherren bereitmachten, teilte Madelyne jedem, der sich in Rufweite befand, mit, wie sehr ihr das mißfiel.

Duncan wies sie immer wieder auf die Inkonsequenz

ihrer Ansichten hin. Diesmal rief er ihr in Erinnerung, daß sie sich bis vor kurzem noch beschwert hatte, er würde seinen Brüdern nicht genug Verantwortung zugestehen. Madelyne hatte jedoch überhaupt keine Lust, vernünftig mit sich reden zu lassen. Sie wollte alle Wextons unter einem Dach und ihren Fittichen haben, auch wenn Duncan sie spöttisch eine Glucke nannte.

Duncan verstand seine Frau weit besser als sie sich selbst. Seine Brüder und Adela waren zu ihrer Familie geworden. Sie war so viele Jahre einsam gewesen, daß das Glück, liebevolle Menschen um sich zu haben, ihr viel zu kostbar erschien, um es aufzugeben.

Madelynes Bestreben, Frieden zu stiften und zu vermitteln, zeigte sich immer ausgeprägter. Immer wenn sie glaubte, jemand hätte es nötig, sprang sie ihm zur Seite und verteidigte ihn. Sie beschützte jeden und war stets überrascht, wenn jemand sie beschützen wollte.

Und es war deutlich, daß sie immer noch nicht begriffen hatte, daß sie wirklich ein wertvoller Mensch war, der anderen etwas bedeuten konnte. Duncan wußte, daß sie seine Liebe für ein Wunder hielt. Er war kein Mann, der seine Gefühle ständig äußerte, aber er hatte rasch bemerkt, daß sie öfter von ihm hören mußte, wieviel sie ihm bedeutete. Sie hatte noch immer große Angst vor Verlust und Einsamkeit, was aus ihrer Vergangenheit heraus verständlich war, und Duncan akzeptierte, daß es einige Zeit dauern würde, bis sie echtes Selbstvertrauen erlangen würde.

Die Tage mit seiner jungen Frau hätten als idyllisch bezeichnet werden können, wenn Adela es sich nicht zum Ziel gemacht hätte, sie alle in den Wahnsinn zu treiben. Duncan gab sich alle Mühe, für seine Schwester Mitgefühl zu empfinden, doch sie gebärdete sich derart unmöglich, daß er nicht nur einmal insgeheim wünschte, sie zu erwürgen oder ihr wenigstens einen Knebel in den Hals zu stekken.

Er beging den Fehler, Madelyne von diesem Wunsch

zu erzählen. Madelyne war entsetzt. Sie setzte augenblicklich zu einer großartigen Verteidigungsrede an. Sie riet ihm, sich einmal in seine Schwester hineinzuversetzen – eine Sache, die Duncan enorm schwerfiel – und mehr Verständnis zu zeigen.

Dabei hatte Duncan durchaus Verständnis. Nämlich für Baron Gerald. Vor allem mußte er ihn einfach bewundern. Sein Freund bewies die Geduld eines Hiob und die Ausdauer eines Jagdhundes.

Adela tat alles, was sie konnte, um ihren Verehrer in die Flucht zu schlagen. Sie verspottete ihn, schrie, kreischte, heulte. Nichts half. Gerald ließ sich nicht von seinem Vorhaben abbringen; er wollte Adela für sich gewinnen. Duncan kam zu dem Schluß, daß Gerald entweder stur wie ein Esel oder dumm wie ein Ochse war. Vielleicht hatte er von beidem ein wenig.

Duncan hätte am liebsten die ganze Angelegenheit ignoriert, aber Madelyne ließ das natürlich nicht zu. Ständig zwang sie ihn, sich für die Familienstreitigkeiten zu interessieren, weil sie der irrigen Meinung war, es wäre seine Pflicht, diese zu schlichten.

Sehr bestimmt sagte sie ihm, daß er durchaus Bruder und Lord gleichzeitig sein konnte. Seine Angewohnheit, Abstand zu seiner Familie zu halten, sei ein grober Unfug, der in die Vergangenheit gehörte und mit dem jetzt nichts mehr zu tun habe.

Madelyne behauptete auch, daß er den Respekt seiner Brüder auch dann behalten könne, wenn er ihre Freundschaft gewänne. Duncan versuchte nicht einmal, sich mit ihr auf eine Diskussion darüber einzulassen. Gott allein wußte, daß er, seit sie verheiratet waren, aus keinem einzigen Streit als Sieger hervorgegangen war.

In dieser Sache hatte sie allerdings recht. Das sagte er ihr natürlich nicht – hätte er es getan, hätte sie ihm selbstverständlich sofort fünf weitere »Angewohnheiten« von ihm genannt, die er auch gleich ablegen konnte.

Irgendwann begann er wieder, mit seiner Familie zusammen zu Abend zu essen, weil er wußte, daß er Madelyne damit einen Gefallen tat. Zu seiner Überraschung gefiel ihm das recht gut. Anfangs erst zögernd, später jedoch häufiger schnitt er verschiedene Themen an und genoß sehr bald die lebhaften Gespräche, die sich daraus entwickelten. Seine Brüder waren beide aufmerksame Beobachter, die über einen scharfen Verstand und eine gute Redegabe verfügten, und nach kurzer Zeit hatte Duncan gelernt, ihre Meinungen zu schätzen.

So riß Duncan langsam aber sicher die Barrieren, die er zwischen sich und seiner Familie aufgebaut hatte, nieder. Und was dahinter zum Vorschein kam, gefiel ihm. Ja, er mußte sich eingestehen, daß sein Leben abwechslungsreicher und schöner geworden war, seitdem Madelyne bei ihm war.

Sein Vater hatte sich geirrt. Das wußte Duncan jetzt. Sein Vater war ein harter Mann gewesen, der nach einem strikten, starren Schema geherrscht hatte, weil er der Meinung gewesen war, nur so könne er seine Position als Oberherr halten. Wahrscheinlich hatte er geglaubt, er würde den Respekt seiner Kinder verlieren, wenn er sie liebte. Vielleicht hatte er sich auch aus einem anderen Grund so kalt gegeben – Duncan wußte es nicht genau. Er wußte nur, daß für ihn die alten Methoden nicht mehr gültig zu sein brauchten . . . nicht mehr gültig *waren.*

Und das war seiner Frau zu verdanken. Sie hatte ihm gezeigt, daß Angst und Respekt nicht zwingend Hand in Hand gehen mußten. Liebe und Respekt paßten genausogut zusammen – vielleicht sogar noch besser. Es war wirklich die reine Ironie. Madelyne dankte Duncan dafür, daß er ihr einen Platz in einer Familie gegeben hatte, wo doch genau das Gegenteil der Fall war: Sie hatte ihm einen Platz in seinem eigenen Haus geschenkt. Sie hatte ihm gezeigt, wie er für Adela, Gilard und Edmond ein Bruder sein konnte. Aye, sie hatte ihn genau in die Mitte des Familienkreises gezerrt.

Duncan behielt seine gewohnten Methoden und seinen Zeitplan bei, wenn es darum ging, mit seinen Männern zu üben, aber er nahm sich jeden Nachmittag eine Stunde frei, um Madelyne das Reiten beizubringen. Sie lernte rasch, und es dauerte nicht lange, bis sie mit Silenus außerhalb der Burgmauern bis zur niedrigen Hügelkette ritt. Natürlich folgte Duncan ihr als Vorsichtsmaßnahme. Und er brummelte stets fürchterlich über ihre alberne Angewohnheit, ihrem Wolf, der wahrscheinlich gar nicht existierte, Futter zu bringen.

Einmal fragte Madelyne ihn, warum die eine Seite des Hügels karg, die andere aber bewaldet und grün war. Duncan erklärte ihr, daß man auf der Seite, die der Festung zugewandt war, die Bäume gefällt und das Unterholz beseitigt hatte, damit der Wächter sehen konnte, ob jemand sich näherte. Denn nur über die untere Hügelkette konnte man den Sitz der Wextons erreichen. Und wenn es sich um einen Feind handelte, so hatten die Bogenschützen keine Probleme, ihre Ziele zu treffen.

Madelyne war erstaunt über seine Erklärung; es kam ihr vor, als ob alles, womit er sich beschäftigte, mit Schutz zu tun hatte. Duncan wies sie darauf hin, daß es seine Pflicht als Herr der Ländereien war, die Menschen und ihre Habe zu beschützen.

Duncan wußte, daß Madelyne sich über die Zukunft Sorgen machte. Sie wurde nicht gerne an ihren Bruder erinnert, und jeder gab sich Mühe, Louddon möglichst nicht zu erwähnen. Und da er sie nicht davon überzeugen zu können schien, daß alles gutgehen würde, mieden beide das Thema.

Für Duncan war der Frühling eine wundervolle Zeit. Zwar mußte er Madelyne wegen dringender Geschäfte für einen Monat verlassen, aber als er zurückkehrte, weinte seine Frau vor Freude. Sie blieben die ganze Nacht wach und liebten sich leidenschaftlich, und sie wären auch den folgenden Tag noch im Bett geblieben, wenn der Haushalt sie nicht gestört hätte.

Madelyne verabscheute es, wenn Duncan sie allein ließ. Er verabscheute es genauso, und obwohl er es ihr gegenüber nicht eingestanden hätte, so drehten sich seine Gedanken während seiner Abwesenheit doch immer nur darum, so schnell wie möglich zu ihr zurückzukehren.

Der Frühling kam und ging, und mit warmen Tagen und wunderschönen Düften hielt der Sommer Einzug.

Nun war das Reisen einfacher und bequemer. Duncan wußte, daß es nur noch eine Frage der Zeit war, bis der König ihn rufen lassen würde. Ohne Madelyne von seinen Gedanken etwas mitzuteilen, versammelte er ohne großes Aufsehen seine Soldaten.

In den letzten Junitagen kehrte Baron Gerald zur Festung der Wextons zurück, um sich erneut um Adela zu bemühen.

Duncan ging in den Hof, um Gerald zu begrüßen, doch seine Gedanken waren bei dem Schreiben mit dem Siegel des Königs, das ihm soeben ein Bote überbracht hatte. Baron Wexton war des Lesens mächtig – eine Tatsache, von der Madelyne bisher nichts wußte –, und der Brief, den er schon überflogen hatte, hatte seine Laune beträchtlich gedämpft. Er war nicht in der Stimmung, seinen Freund gebührend zu begrüßen.

Gerald schien es jedoch nicht anders zu gehen. Nach einer knappen Verbeugung reichte er Ansel die Zügel seines Pferdes und wandte sich an Duncan. »Ich bin soeben von den Clares zurückgekehrt«, sagte er leise.

Duncan winkte Anthony heran. »Wir haben viele Dinge zu besprechen, und ich hätte Anthony gerne dabei.«

Gerald nickte. »Ich sagte Duncan gerade, daß ich eben erst von der Clares zurückgekommen bin«, wiederholte er für den Befehlshaber. »Henry, der Bruder des Königs, war ebenfalls anwesend. Er hat viele Fragen über dich gestellt, Duncan.«

Die drei Männer gingen langsam aufs Haus zu und stiegen die Treppe zur Halle hinauf. »Ich glaube, er hat versucht, herauszufinden, wo du stehen würdest, wenn er König werden würde«, gestand Gerald.

Duncan runzelte die Stirn. »Was für Fragen hat er denn gestellt?«

»Das Gespräch war sehr verhalten. So, als wüßten alle über gewisse Dinge Bescheid, über die ich nicht informiert war. Wahrscheinlich drücke ich mich nicht sehr verständlich aus, hm?« fragte Gerald ein wenig kleinlaut.

»Wird es nötig werden, William zu verteidigen? Meinst du, Henry könnte den Thron beanspruchen?«

»Nein«, erwiderte Gerald. »Aber ich fand es dennoch merkwürdig. Du bist nicht zu dem Treffen gebeten worden, aber alle Fragen, die gestellt wurden, drehten sich um dich.«

»Gab es Fragen zu meiner Loyalität?«

»Nein, die war kein einziges Mal ein Thema«, erwiderte Gerald. »Aber du befehligst eine Armee der am besten ausgerüsteten und fähigsten Männer in England. Du könntest leicht eine Gefahr für den König werden, wenn dir der Sinn danach stünde, ihn anzugreifen.«

»Glaubt Henry etwa, ich würde mich gegen meinen obersten Herrn wenden?« fragte Duncan. Das Erstaunen über eine solche Möglichkeit war aus seiner Stimme herauszuhören.

»Nay, Duncan. Jeder weiß, was für ein Ehrenmann du bist. Dennoch begreife ich diesen Sinn der Zusammenkunft noch immer nicht. Die Atmosphäre weckte irgendwie . . . Unbehagen.« Gerald zuckte die Achseln, dann fügte er hinzu: »Henry bewundert dich, doch es war zu spüren, daß ihn irgend etwas beunruhigte. Gott allein weiß, was.«

Die drei Männer traten nun in die Große Halle. Madelyne stand am Eßtisch und arrangierte Wildblumen in einem großen Krug. Drei kleine Jungen saßen auf dem Boden neben dem Tisch und aßen Kuchen.

Madelyne schaute auf, als sie die Männer hörte. Sie lächelte und knickste, um die drei zu begrüßen. »Das Essen ist in einer Stunde fertig. Gerald, wie schön, Euch wieder bei uns zu haben. Nicht wahr, Anthony? Adela wird sich freuen.«

Die drei Männer lachten laut.

»Nein, bestimmt, ich sage die Wahrheit«, sagte Madelyne. Sie wandte sich den Kindern zu. »Lauft, und eßt draußen weiter. Willie, bitte such Adela, und sag ihr, daß sie Besuch hat. Kannst du dir das merken?«

Die Kinder sprangen auf und stürmten aus der Halle. Willie machte noch einmal kehrt, kam zurück, warf sich gegen Madelynes Beine und umarmte sie. Duncan beobachtete, wie Madelyne sich rasch am Tisch festhielt, während sie mit einer Hand Willies Kopf tätschelte.

Duncan durchströmte ein Gefühl der Wärme. Alle Kinder liebten Madelyne. Sie folgten ihr auf Schritt und Tritt, immer auf ein freundliches Wort oder Lob von ihr bedacht. Natürlich wurden sie niemals enttäuscht. Madelyne kannte den Namen eines jeden Kindes, was durchaus bemerkenswert war, denn innerhalb der Burgmauern lebten gut und gerne fünfzig davon.

Als Willie Madelyne schließlich losließ und auf den Ausgang zurannte, war ihr Kleid von den Flecken im Gesicht des Jungen beschmiert.

Sie blickte auf ihr Kleid und seufzte. Dann rief sie dem Kind hinterher: »Willie, du hast schon wieder vergessen, deinen Lord zu begrüßen.«

Der Kleine kam stolpernd zum Stehen, drehte sich um und verbeugte sich hastig. Duncan nickte, der Junge lächelte und stürmte endgültig davon.

»Zu wem gehören die Kinder?« fragte Gerald.

»Zu den Dienern«, antwortete Duncan. »Aber irgendwie sind sie dauernd bei meiner Frau.«

Ein empörter Schrei ließ alle zusammenzucken. Duncan und Gerald seufzten gleichzeitig. Offenbar hatte Willie gerade Adela gefunden und ihr mitgeteilt, daß Gerald da war.

»Ach, schaut nicht so böse, Gerald«, sagte Madelyne. »Adela hat sich zu Tode gelangweilt, seit Ihr das letzte Mal fortgeritten seid. Ich glaube, sie hat Euch vermißt. Meinst du nicht auch, Anthony?«

Man konnte Anthony ansehen, daß er anderer Meinung war. Duncan mußte lachen, als Anthony antwortete: »Wenn Ihr das denkt, dann bin ich bereit, es als Möglichkeit in Betracht zu ziehen.«

Gerald grinste. »Seit wann bist du denn so kompromißbereit, Anthony?«

»Ich möchte meine Herrin nicht unglücklich machen«, antwortete Anthony ehrlich.

»Ich hoffe nur, daß Ihr recht habt, Madelyne«, sagte Gerald und setzte sich neben Duncan und Anthony an den Tisch. Madelyne reichte ihm einen Pokal Wein, und Gerald trank durstig. »Sind Gilard und Edmond hier?«

Duncan schüttelte den Kopf. Er griff nach dem Wein, den Madelyne ihm anbot, ließ jedoch ihre Hand nicht los. Madelyne lehnte sich an ihn und lächelte.

»Duncan, Vater Laurence ist endlich in der Lage, die Messe für uns zu lesen«, verkündete Madelyne. Sie wandte sich an Gerald, um ihre Bemerkung zu erläutern. »Die Priester hat sich direkt nach unserer Hochzeit die Hände verbrannt. Es hat eine Ewigkeit gebraucht, bis die Wunden verheilt waren. Es muß ein schrecklicher Unfall gewesen sein, obwohl er uns nicht gesagt hat, wie genau das geschehen konnte.«

»Wenn er Edmond erlaubt hätte, sich die Verbrennungen anzusehen, dann hätte es nicht so lange gedauert«, bemerkte Anthony. »Aber er wollte ja nicht, und jetzt ist Edmond nicht mehr da.«

»Ich habe schon lange vor, mit Vater Laurence ein paar Worte zu reden«, murmelte Duncan.

»Du magst den Mann nicht?« fragte Gerald.

»Nein.«

Madelyne war überrascht. »Duncan, Vater Laurence läßt sich doch nie blicken. Wie kannst du ihn mögen oder nicht mögen? Du weißt doch gar nichts von ihm.«

»Madelyne, der Mann tut nicht das, was er tun sollte. Er versteckt sich in der Kapelle. Was habe ich davon?«

»Ich wußte gar nicht, daß du so ein religiöser Mensch bist«, warf Gerald ein.

»Ist er auch nicht«, meinte Anthony.

»Duncan meint nur, daß der Mann tun sollte, wofür er hergeschickt worden ist«, sagte Madelyne, während sie Geralds Weinkelch auffüllte.

»Die Tatsache, daß er sich von uns fernhält, ist beleidigend«, verkündete Duncan. »Heute morgen kam eine Nachricht aus seinem Kloster. Ich habe Ersatz für ihn verlangt. Madelyne hat den Brief für mich geschrieben.«

Madelyne stieß Duncan an. Er wußte, daß sie nicht mochte, wenn er jemandem erzählte, daß sie lesen und schreiben konnte. Es war ihr tatsächlich peinlich!

»Was stand denn in der Botschaft?« fragte Madelyne.

»Keine Ahnung. Ich hatte bisher zuviel zu tun, um mich darum zu kümmern. Aber es kann bis nach dem Essen warten.«

Wieder drang ein schriller Schrei in die Halle. Adela bereitete sich offenbar auf ihren Auftritt vor. »Madelyne, um Himmels willen, geh und sag Adela, sie soll mit dem Gezeter aufhören. Gerald, ich fange langsam an, deine Besuche zu fürchten.«

Madelyne beeilte sich, dem Kommentar ihres Mannes die Schärfe zu nehmen. »Duncan meint es nicht böse, Gerald. Er hat nur so viele wichtige Dinge zu tun, daß –«

Duncan stieß einen heftigen Seufzer aus. »Du brauchst dich nicht für mich zu entschuldigen, Frau. Jetzt geh zu Adela.«

Madelyne nickte. »Ich werde auch Vater Laurence zum Essen bitten. Er wird zwar nicht kommen, aber ich lade ihn dennoch ein. Und, Duncan, sollte er wider Erwarten doch erscheinen, dann sei bitte höflich zu ihm, bis wir gegessen haben. Danach kannst du ihn anbrüllen, wenn du magst.«

Sie hatte zwar mit sanfter Stimme gesprochen, aber in einem Tonfall, der keinen Widerspruch duldete. Duncan sah seine Frau düster an und erntete ein liebreizendes Lächeln.

Sobald sie die Halle verlassen hatte, sagte Gerald leise: »Unser König ist wieder in England.«

»Ich bin bereit«, antwortete Duncan.

»Ich werde mit dir gehen, wenn er dich zu sich ruft.«

Duncan schüttelte den Kopf.

»Duncan, du glaubst doch nicht ernsthaft, daß William deine Heirat einfach so übergeht. Du wirst dich rechtfertigen müssen. Und ich habe genauso viel Recht, Louddon herauszufordern wie du. Vielleicht sogar noch mehr. Ich will diesen Bastard tot sehen.«

»Halb England würde ihn gerne umbringen«, meldete sich Anthony zu Wort.

»William hat mir schon eine Nachricht gesandt«, sagte Duncan. Er hatte es so beiläufig bemerkt, daß die anderen einen Moment brauchten, um zu begreifen.

»Wann?« wollte Gerald wissen.

»Der Brief kam, kurz bevor du eingetroffen bist.«

»Wann reiten wir los?« fragte Anthony.

»Der König verlangt, daß ich sofort nach London komme«, erklärte Duncan. »Übermorgen ist früh genug. Anthony, du wirst dieses Mal hierbleiben.«

Der Vasall zeigte zwar äußerlich keine Reaktion, war aber irritiert. Er war bislang stets an der Seite seines Lords geritten.

»Wirst du Madelyne mitnehmen?« fragte Gerald.

»Nein. Sie ist hier sicherer.«

»Vor wem? Dem König oder Louddon?«

»Vor Louddon. Der König würde sie beschützen.«

»Dein Vertrauen möchte ich haben«, bemerkte Gerald.

Duncan wandte sich Anthony zu. »Ich lege meinen größten Schatz in deine Hände, Anthony. Bei dieser Sache könnte es sich um eine Falle handeln.«

»In welcher Hinsicht?« wollte Gerald wissen.

»Möglich, daß Louddon das Siegel des Königs benutzt hat. Die Botschaft hört sich nicht nach William an. Aber sie könnte auch in seinem Namen verfaßt sein.«

»Wie viele Männer wollt Ihr mitnehmen? Wie viele sollen hierbleiben, um Madelyne zu bewachen?« fragte Anthony. Er überlegte bereits, wie er die Festung am besten schützen konnte. »Es könnte ein Plan sein, um Euch von hier wegzulocken, so daß Louddon die Burg angreifen kann. Er kann sich denken, daß Ihr Madelyne nicht mitnehmen werdet.«

Duncan nickte. »Daran habe ich auch schon gedacht.«

»Ich habe nur hundert Männer bei mir«, warf Gerald ein. »Ich kann sie hier bei Anthony lassen, wenn du willst.«

Während Gerald und Anthony über die Anzahl der Soldaten sprachen, stand Duncan auf und wanderte zum Kamin hinüber. Als er einen Blick zur Tür warf, sah er Madelyne, die gerade vorbeiging. Wahrscheinlich wollte sie nun mit Vater Laurence sprechen. Willie hielt sich an ihrem Rockzipfel fest und rannte hinter ihr her.

Anthony und Gerald gesellten sich wieder zu ihm, und Duncan vergaß vorübergehend seine Frau, als nun eine hitzige Debatte über die besten Verteidigungsmethoden für die Festung entbrannte. Gerald und Anthony zogen sich Stühle heran, und auch Duncan ließ sich auf dem Stuhl nieder, den Madelyne als seinen deklariert hatte.

Auf einmal kam Willie in die Halle gestürzt. Als er

Duncan entdeckte, kam er schliddernd zum Stehen. Das Kind sah aus, als wäre es eben dem Teufel persönlich begegnet. Seine Augen blickten wild und entsetzt. Schüchtern trat der Junge näher heran, bis er neben Duncans Stuhl stehenblieb.

»Was ist los, Junge? Willst du mir etwas sagen?« fragte Duncan. Er sprach absichtlich ruhig und sanft, damit er den Jungen nicht noch mehr erschreckte.

Anthony wollte Duncan gerade eine Frage stellen, doch der Baron hob abwehrend die Hand, ohne seinen Blick von Willie zu nehmen.

Dann winkte Duncan das Kind heran. Willie begann leise zu wimmern, zwängte sich aber zwischen Duncans Knie, während er den Daumen in den Mund steckte und verängstigt zu seinem Lord aufblickte.

Duncan mahnte sich zur Geduld. Doch dann zog Willie plötzlich den Daumen aus dem Mund. »Er schlägt sie«, flüsterte er.

Mit einem Satz war Duncan auf den Füßen. Der Stuhl fiel krachend hintenüber. Die Köpfe der anderen Männer schossen herum, doch Duncan war schon fast an der Tür, bevor die beiden begriffen, was geschehen war.

Anthony fing sich als erster. Er sprang auf und folgte seinem Lord im Laufschritt. »Was ist los?« rief Gerald.

»Madelyne!« rief Anthony über die Schulter zurück.

Endlich reagierte auch Gerald. Mit gezogenem Schwert rannte er den beiden hinterher.

Duncan erreichte als erster die Kapelle. Die Tür war verriegelt, aber der Zorn und die Furcht verliehen Duncan Kraft. Kurz darauf zerbarst die Tür mit einem ohrenbetäubenden Krachen.

Als Duncan in die kleine Kirche stürmte, hatte Vater Laurence Madelyne gepackt und hielt sie nun wie einen Schild vor seinen Körper. Die Spitze eines Dolches lag an ihrem Hals.

Duncan sah Madelyne nicht an. Er wagte es nicht. Er

wußte, daß er vor Zorn explodieren würde, wenn er es tat. So konzentrierte er sich ganz auf den Mann, der seine Frau bedrohte.

»Kommt ja nicht näher, oder ich schlitze ihr die Kehle auf!« kreischte der Priester. Langsam wich er zurück, während er seine Geisel mit sich zerrte.

Für jeden Schritt, den er zurückging, trat Duncan einen vor. Der Priester stieß gegen einen kleinen Tisch, auf dem brennende Kerzen standen. Er warf einen raschen Blick über die Schulter, um das Hindernis abzuschätzen, und das war sein Fehler. Duncan nutzte die Chance augenblicklich.

In einem Sekundenbruchteil schoß Duncan vor, packte das Handgelenk des Priesters und riß den Dolch von Madelyne Kehle. Dann drückte er die Hand mit dem Dolch auf die Kehle des Priesters zu. Die stumpfe Seite der Klinge drang durch seinen Hals. Vater Laurence fiel rückwärts, als Duncan Madelyne aus seinem Griff zerrte. Bevor der Mann auf den Boden aufschlug, war er tot.

Als der Leichnam fiel, riß er den Tisch um. Die Kerzen fielen polternd zu Boden und begannen sogleich, an dem trockenen Holz zu lecken.

Duncan achtete nicht darauf. Er hob Madelyne auf die Arme und spürte ihr Beben. »Du hast so unendlich lange gebraucht, Duncan«, flüsterte sie, während ihr Tränen über die Wangen strömten.

Duncan holte tief Luft, um sich ein wenig zu beruhigen. Er mußte erst seinen Zorn niederkämpfen, damit er sanft mit ihr reden konnte. »Alles in Ordnung?« brachte er endlich heraus, doch seine Stimme klang gepreßt.

»Es ist nicht unbedingt mein Tag«, flüsterte Madelyne.

Der Versuch zu scherzen besänftigte Duncan tatsächlich ein wenig. Doch dann blickte Madelyne zu ihm auf. Als er ihr lädiertes Gesicht sah, stieg der Zorn erneut in ihm hoch. Ihr linkes Auge war zugeschwollen. Ihr Mundwinkel war blutverschmiert und ihr Hals mit Kratzern übersät.

Duncan hätte den Priester am liebsten noch einmal umgebracht. Madelyne konnte das Beben fühlen, das den Körper ihres Mannes durchlief. Seine Augen funkelten wild. Sie streckte den Arm aus und berührte seine Wange. »Es ist vorbei, Duncan.«

Endlich stürzten auch Gerald und Anthony in die Kirche. Gerald entdeckte das Feuer und rannte wieder hinaus, um Hilfe zum Löschen zu holen.

Anthony blieb neben seinem Anführer stehen. Als Duncan sich mit seiner Frau auf dem Arm umwandte und auf die Tür zuging, trat Anthony rasch das einzige Brett, das von der Tür noch übriggeblieben war, aus dem Weg.

Anthonys Besorgnis war nicht zu übersehen. Er blickte genauso düster wie Duncan. Madelyne fand, daß die beiden ein wenig Aufmunterung brauchten. »Ist dir aufgefallen, Anthony, daß mein Mann eine Abneigung gegen Türriegel zu haben scheint?« fragte sie.

Anthony sah sie einen Augenblick verdutzt an, dann erschien endlich ein kleines Grinsen auf seinem Gesicht. Duncan schwieg, bückte sich unter dem Türrahmen und trug Madelyne über den Hof zur Burg.

Als sie Duncans Kammer erreicht hatten, bemerkte Madelyne, daß sie noch immer weinte. Ihre Zähne schlugen klappernd aufeinander. Duncan hüllte sie in eine warme Decke ein, hielt sie auf seinem Schoß fest und untersuchte die Prellungen und Wunden in ihrem Gesicht.

»Duncan?« fragte Madelyne kleinlaut. »Hast du seinen irren Blick gesehen?« Sie schauderte bei der Erinnerung. »Er wollte mich ... Duncan? Würdest du mich noch immer lieben, wenn er mich vergewaltigt hätte?«

»Schsch, meine Geliebte«, sagte Duncan. »Ich werde dich ewig lieben. Was für eine dumme Frage.«

Seine fast ärgerliche Antwort tröstete Madelyne ein wenig. Sie legte den Kopf an seine Brust und saß eine

Weile ganz still da. Es gab vieles, das sie Duncan sagen mußte, und dafür mußte sie Kraft sammeln.

Duncan dachte schon, sie wäre eingeschlafen, als sie es plötzlich nicht mehr aushielt. »Er hatte den Auftrag, mich zu töten«, entfuhr es ihr.

Madelyne drehte sich in seinen Armen, bis sie ihn ansehen konnte. Der Ausdruck seiner Augen jagte ihr erneut einen Schrecken ein. »Er hatte den Auftrag?« wiederholte er ruhig, aber er konnte Madelyne nicht täuschen.

»Ich ging zur Kirche, um Vater Laurence zum Essen zu bitten. Er hatte wohl nicht mit mir gerechnet, denn er trug keine Priesterkleidung, sondern die eines Bauern. Aber das hast du ja sicher selbst bemerkt. Wie auch immer – er trug auch keinen Verband um die Hände.«

»Weiter«, sagte Duncan, als Madelyne ihn erwartungsvoll ansah.

»Keine Narben von Verbrennungen. Du weißt doch, er hat gesagt, er könne keine Messe abhalten, weil er sich beide Hände verbrannt hatte. Aber er hatte nichts an den Händen.«

Duncan nickte, daß sie fortfahren sollte. »Ich sagte nichts, ich tat sogar so, als würde ich es gar nicht bemerken. Ich sagte ihm allerdings, daß wir eine Nachricht aus seinem Kloster bekommen haben und du ihn nach dem Essen sprechen wolltest. Das war mein Fehler, obwohl ich das in dem Moment noch nicht wissen konnte.«

Sie holte tief Luft und fuhr dann fort: »Wahrscheinlich fühlte er sich in die Ecke gedrängt, denn plötzlich fing er an zu brüllen. Er sagte mir, daß Louddon ihn geschickt hat, damit er mich umbringt, falls sich herausstellen sollte, daß der König auf deiner Seite steht statt auf Louddons. Duncan, wie kann ein Mann Gottes nur die Seele eines Teufels haben? Er sagte, er würde nun verschwinden müssen, aber erst wolle er mich töten.«

Sie ließ sich wieder gegen seine Brust sinken. »Hattest du Angst, Duncan?« flüsterte sie.

»Ich habe niemals Angst«, fauchte Duncan. Er war so empört über den Verrat des Priesters, daß er sich kaum konzentrieren konnte.

Madelyne lächelte. »Ich meinte eigentlich auch, ob du besorgt gewesen bist«, korrigierte sie sich.

»Was?« fragte Duncan. Dann schüttelte er den Kopf und zwang seine Wut nieder. Madelyne brauchte nun seinen Trost. »Besorgt? Madelyne, ich war rasend!«

»Ja, das konnte man sehen«, meinte sie. »Du hast mich an meinen Wolf erinnert, als du ihn umgebracht hast.«

Madelyne schob sich von seinem Schoß und zog an seiner Hand, bis er aufstand und ihr folgte. Madelyne setzte sich aufs Bett und klopfte auf den Platz neben sich.

Duncan zog seine Tunika aus, die er inzwischen durchgeschwitzt hatte. Er hatte für Madelyne das Feuer geschürt, und es war sehr heiß in der Kammer.

Er setzte sich neben sie, legte ihr einen Arm um die Schulter und zog sie an sich. Er wollte sie nur halten, ihr sagen, wie sehr er sie liebte. »Madelyne, hattest du Angst?«

»Ein wenig«, antwortete sie. Sie hätte mit den Schultern gezuckt, aber das Gewicht seines Armes machte das extrem schwierig. Sie senkte den Kopf und zog mit dem Finger kleine Kreise auf seinem Oberschenkel. Er nahm an, sie wollte ihn ablenken.

»Nur ein wenig?«

»Nun, ich wußte, daß du kommen würdest, deswegen war ich nicht so entsetzlich ängstlich. Allerdings fand ich es ärgerlich, daß du nicht sofort in der Tür erschienen bist. Der Mann zerrte an meinem Kleid . . .«

»Er hätte dich umbringen können«, sagte Duncan mit zornbebender Stimme.

»Nein. Das hättest du nicht zugelassen«, sagte Madelyne überzeugt.

Gott, sie hatte so großes Vertrauen zu ihm!

Die Kreise, die Madelyne zog, bewegten sich nun weiter aufwärts. Duncan griff nach ihrer Hand und hielt sie auf seinem Schenkel fest. Wahrscheinlich war Madelyne so erschüttert, daß sie nicht merkte, was sie mit ihm anstellte.

»Es ist furchtbar heiß hier drin«, sagte Madelyne. »Warum machst du bei solch einem Wetter Feuer?«

»Du hast gezittert«, sagte Duncan.

»Jetzt geht es mir aber schon besser.«

»Dann gehe ich hinunter und hole den Brief vom Kloster. Ich möchte zu gerne wissen, was die Oberen über ihren Priester zu sagen haben«, meinte Duncan.

»Ich möchte noch nicht hinuntergehen«, sagte Madelyne.

»Sollst du auch nicht. Du ruhst dich jetzt ein wenig aus.«

»Nein, Duncan. Ich will mich nicht ausruhen«, sagte Madelyne. »Hilfst du mir aus meinen Kleidern heraus?« Ihre Stimme klang so unschuldig, daß Duncan augenblicklich mißtrauisch wurde.

Sie stand auf, stellte sich zwischen seine Schenkel und ließ sich wie eine Puppe ausziehen, ohne selbst einen Finger zu rühren. »Warum bist du eigentlich in die Kapelle gekommen?« fragte sie plötzlich.

»Maudes Junge sagte, der Mistkerl würde dich schlagen«, antwortete Duncan.

»Willie? Ich wußte gar nicht, daß er mir in die Kirche hinterhergelaufen ist. Er muß zurückgerannt sein, bevor der Priester die Tür verriegelte. Oh Gott, der arme Kleine. Er ist doch erst fünf! Du mußt ihn dafür belohnen, daß er dich geholt hat.«

»Verdammt, das ist alles meine Schuld«, sagte Duncan. »Ich muß mir die Leute in meinem Haushalt genauso gründlich ansehen, wie ich das mit meinen Kriegern mache.«

Madelyne legte ihre Hände auf seine Schultern. »Nein, denn das Haus obliegt *meiner* Pflicht. Obwohl . . . wenn ich jetzt so darüber nachdenke, wäre sicher nichts passiert, wenn –«

Sein Seufzen ließ sie verstummen. »Nichts wäre passiert, wenn ich dich richtig beschützt hätte«, beendete er den Satz für sie. Seine Stimme klang so gequält, daß Madelyne heftig den Kopf schüttelte.

»Das wollte ich überhaupt nichts sagen«, schimpfte sie. »Du sollst keine voreiligen Schlüsse ziehen. Das ist eine schlechte Angewohnheit, wirklich. Außerdem hast du wichtigere Dinge zu tun.«

»Du kommst vor allem anderen«, sagte er inbrünstig.

»Nun, was ich eigentlich sagen wollte, war, daß nichts von dem passiert wäre, wenn ich gewußt hätte, wie ich mich verteidigen kann.«

»Bitte?« fragte Duncan. Er hatte keine Ahnung, was in ihrem Kopf vorging, aber das war ja meistens so, wie er sich – halb resigniert, halb amüsiert – eingestand.

»Vater Laurence war nicht viel größer als ich«, meinte Madelyne und schwieg einen Moment nachdenklich. »Ansel hat genau meine Größe.«

»Aha. Und was hat Ansel jetzt plötzlich mit all dem zu tun?« fragte Duncan.

»Ansel lernt doch gerade, wie man sich verteidigt«, erklärte Madelyne. »Also kannst du es mir auch beibringen. Du siehst doch ein, wie sinnvoll das ist, nicht wahr?«

Das tat er nicht, aber er wollte nicht mit ihr streiten. »Wir reden später darüber.«

Madelyne nickte. »Dann mußt du dich jetzt um meine Bedürfnisse kümmern. Ich befehle es dir.«

Duncan versuchte, nicht zu grinsen. »Was genau befiehlst du?« fragte er.

Statt einer Erklärung zog Madelyne an dem Band, das ihr Unterhemd zusammenhielt. Der dünne Stoff rutschte über ihre Schultern. Duncan schüttelte den Kopf. »Du hast überall Prellungen und Schrammen. Du kannst doch nicht –«

»Dir fällt schon etwas ein«, unterbrach Madelyne. »Ich weiß, daß ich im Augenblick wahrscheinlich schrecklich aussehe. Nicht sehr anziehend, nicht wahr?«

»Nun, du hast im Augenblick tatsächlich Ähnlichkeit mit deinem Zyklopen. Dein Anblick ist kaum erträglich.«

Sie lachte, denn während er noch sprach, versuchte er sie auf seine Brust zu ziehen.

»Dann mußt du eben die Augen zumachen, wenn du mich liebst«, schlug sie ihm vor.

»Ach, ich werde es mit offenen Augen tapfer ertragen«, sagte er. »Ich bin ein Krieger.«

Plötzlich war Madelyne ganz still. Dann sagte sie sehr leise: »Ich kann immer noch seine Hand spüren. Duncan ... ich muß dich fühlen. Nur so kann ich vergessen. Bitte, Duncan, kannst du das verstehen?«

Duncan küßte sie als Antwort. Und bald schon vergaß Madelyne alles um sich herum, hörte, sah und fühlte nur noch ihn und sich selbst. Nur noch sie beide existierten.

Und er befreite ihr Herz und ihre Seele von jeglicher Furcht.

KAPITEL 19

»Und ihr werdet die Wahrheit erkennen, und die Wahrheit wird euch frei machen.«
Neues Testament, Johannes, 8.32

Obwohl es pure Ironie zu sein schien, half Madelynes schlimmes Erlebnis, Gerald und Adela zusammenzubringen.

Madelyne hatte darauf bestanden, das Abendessen mit der Familie und ihrem Gast einzunehmen. Als sie und Duncan die Halle betraten, saß Adela bereits am Tisch, während Gerald, anscheinend gedankenverloren, vor dem Kamin auf und ab ging.

Duncan seufzte, und Madelyne wußte, daß er nicht in der Stimmung war, eine von Adelas nervenaufreibenden Szenen ertragen zu wollen. Madelyne setzte schon an, ihm zu sagen, er solle bitte freundlich sein, als sie sich dagegen entschied. Auch sie hatte keine Lust auf Uneinigkeit.

Als Adela Madelyne sah, schrie sie voller Entsetzen auf. Auf einmal war Gerald vergessen. »Was ist denn mit dir passiert? Hat Silenus dich abgeworfen?« fragte sie.

Madelyne wandte sich zu Duncan um und sah ihn finster an. »Ich kann mich genau daran erinnern, daß du mir eben, bevor wir die Kammer verlassen haben, gesagt hast, mein Aussehen wäre in Ordnung«, zischte sie.

»Ich hab' gelogen«, sagte er grinsend.

»Oh, warum habe ich nur nicht in Adelas Spiegel gesehen;« sagte Madelyne. »Adela sieht aus, als würde ihr gleich schlecht werden. Vielleicht verderbe ich sogar allen den Appetit!«

Duncan schüttelte den Kopf. »Nicht mal eine Invasion könnte das bewirken. Außerdem habe ich unglaublichen Hunger. Es hat mich all meine Kraft gekostet, dich zu befriedigen und –«

Sie stieß ihn mit dem Ellenbogen in die Seite, damit er schwieg. Dann flüsterte sie ihm zu: »Ich brauchte deine Liebe, wirklich. Jetzt kann ich die ekelige Berührung des Priesters vergessen. Nur deswegen war ich ein wenig ... forsch.«

»Forsch?« Duncan gluckste vergnügt. »Madelyne, du verwandelst dich immer mehr in ein –«

Diesmal stieß sie kräftiger zu.

Gerald war gerade dabei, Adela zu erklären, was geschehen war.

»Oh, Madelyne, du siehst furchtbar aus«, brachte Adela hervor.

»Es ist eine Sünde, zu lügen«, zischte Madelyne ihrem Mann zu.

Duncan befahl, Vater Laurence während des Essens nicht zu erwähnen, woran sich jeder nur allzu gerne hielt. Adela kehrte wieder zu ihrer Gewohnheit zurück, Gerald zu ignorieren. Als er ihr beim Aufstehen ein Kompliment machte, bekam er eine patzige Antwort darauf.

Duncans Geduld war überstrapaziert. »Ich muß mit euch beiden reden«, sagte er barsch. Adela sah ihn verschreckt an, Gerald verwirrt, und Madelyne wirkte, als müßte sie ein Lächeln unterdrücken.

Alle trotteten hinter Duncan her. Er setzte sich in seinen Stuhl vor dem Kamin, doch als Gerald sich ebenfalls niederlassen wollte, sagte Duncan: »Nay, Gerald. Stell dich neben Adela.«

Dann wandte er sich an seine Schwester und sagte: »Ich will nur das Beste für dich. Glaubst du mir das?«

Adela nickte langsam, sah ihn aber mißtrauisch an.

»Dann erlaube Gerald, dich zu küssen. Jetzt.«

»Wie bitte?« fragte Adela entsetzt.

Duncan runzelte die Stirn. »Madelyne ist von Laurence angegriffen worden. Er hat sie angefaßt und ihr weh getan. Sie wollte eben, daß ich die Erinnerung daran auslösche. Adela, du bist noch nie von jemandem berührt oder geküßt worden, der dich liebt. Ich schlage vor, daß Gerald es jetzt einmal versucht, dann kannst du danach entscheiden, ob es dich anwidert oder erfreut.«

Madelyne fand den Plan phantastisch.

Adelas Gesicht nahm eine hochrote Farbe an. »Hier? Vor allen anderen?« Ihre Stimme kippte, so daß es sich wie ein Quieken anhörte.

Gerald lächelte und griff nach Adelas Hand. »Ich würde Euch vor der ganzen Welt küssen, wenn Ihr es mir nur erlaubtet«, sagte er sanft.

Duncan hielt es für ein wenig ungeschickt von Gerald, von Anfang an von Erlauben und Verbieten zu reden, behielt seine Meinung aber für sich.

Im übrigen wurde sein Befehl bereits ausgeführt. Bevor Adela zurückweichen konnte, beugte sich Gerald zu ihr und plazierte einen züchtigen Kuß auf ihre Lippen.

Duncans kleine Schwester sah den Mann vor ihr verwirrt an. Und er küßte sie noch einmal. Seine Hände berührten sie nicht, doch sein Mund hielt sie gefangen.

Madelyne kam sich ein wenig albern dabei vor, die beiden zu beobachten. Sie ging zu ihrem Mann, setzte sich auf die Armlehne seines Stuhls und betrachtete interessiert die Decke. Innerlich hoffte sie, daß die beiden bald aufhörten.

Als Gerald endlich einen Schritt zurücktrat, warf Madelyne Adela einen Blick zu. Das Mädchen hatte noch immer rote Wangen und war sichtlich verlegen, doch auch deutlich erstaunt.

»Er küßt ganz anders als Mor –« Sie brach ab und erbleichte. Hilfesuchend sah sie Madelyne an.

»Er muß es wissen, Adela.«

Gerald und Duncan sahen sich stirnrunzelnd an.

»Ich kann es ihm aber nicht sagen«, flüsterte sie. »Kannst

du das für mich übernehmen? Bitte, Madelyne, ich flehe dich an.«

»Wenn du es mich auch Duncan sagen läßt«, erwiderte Madelyne.

Adela musterte ihren Bruder verstohlen. Doch Duncans Miene drückte in erster Linie Besorgnis aus.

Schließlich nickte sie. Dann wandte sie sich wieder an Gerald. »Ihr werdet mich nie wieder küssen wollen, wenn Ihr wißt, was wirklich geschehen ist. Es tut mir leid, Gerald, ich hätte . . .«

Adela brach in Tränen aus. Gerald wollte sie in die Arme ziehen, aber sie schüttelte den Kopf. »Ich glaube, ich liebe Euch wirklich, Gerald. Und es tut mir entsetzlich leid.« Mit diesen Worten machte sie auf dem Absatz kehrt und stürmte hinaus.

Madelyne war wenig entzückt über die Aufgabe, der sie zugestimmt hatte. Sie wußte, daß sie Gerald und Duncan weh tun mußte. Beide Männer liebten Adela.

»Gerald, bitte setzt Euch und hört mir zu«, bat Madelyne gepreßt. »Duncan, du mußt mir versprechen, daß du nicht wütend auf mich wirst, weil ich es so lange für mich behalten habe. Adela hat mich schwören lassen, es niemandem zu verraten.«

»Ich bin nicht böse«, sagte Duncan.

Madelyne nickte und begann. Sie konnte es nicht ertragen, Gerald anzusehen, also starrte sie auf den Boden, während sie Adelas Geschichte erzählte. Sie betonte, wie enttäuscht Adela gewesen war, daß sie Gerald am Hof nicht angetroffen hatte, und daß ihre Enttäuschung sie leicht zu einem Opfer für Louddons Heimtücke hatte machen können. »Ich glaube, sie hat versucht, Euch für Eure Abwesenheit zu strafen«, schloß Madelyne. »Obwohl ich bezweifle, daß sie sich dessen bewußt war.«

Madelyne wagte es nun, zu Gerald hinüberzublicken, sah sein Nicken und erzählte schließlich weiter. Sie ließ nichts aus, und als sie schließlich von Morcar sprach, wartete sie auf einen zornigen Aufschrei, doch keiner der beiden Männer sagte ein Wort.

Als sie endete, stand Gerald auf und verließ mit langsamen Schritten die Halle.

»Was hat er vor?« fragte Madelyne. Sie bemerkte, daß sie weinte, wischte sich die Tränen von den Wangen und zuckte zusammen, als sie die Prellungen berührte.

»Ich weiß es nicht«, antwortete Duncan.

»Bist du böse, weil ich es dir nicht früher gesagt habe?«

Duncan schüttelte den Kopf. Dann fiel ihm plötzlich etwas ein. »Morcar ist der Mann, den du umbringen willst, nicht wahr?«

Madelyne runzelte die Stirn.

»Du hast mir gesagt, daß du jemanden töten willst, weißt du noch? Du hast Morcar gemeint, nicht wahr?«

Sie nickte. »Er darf mit seiner Schandtat nicht davonkommen. Aber ich hatte Adela mein Wort gegeben, nichts zu sagen«, flüsterte sie. »Duncan, ich wußte nicht, was ich tun sollte. Es ist die Pflicht Gottes, Sünder zu bestrafen, ich weiß. Ich sollte mir nicht wünschen, daß er sterben wird, aber ich tu's. Gott helfe mir, aber ich wünsche es mir aus ganzem Herzen.«

Duncan zog sie auf seinen Schoß und hielt sie fest. Er verstand die innere Qual seiner Frau.

Beide schwiegen eine ganze Weile. Madelyne mußte daran denken, was Gerald wohl tun würde. Würde er sofort davonreiten oder sich weiterhin um Adela bemühen?

Duncan nutzte das Schweigen, um seine Gefühle wieder unter Kontrolle zu bringen. Er konnte Adela nicht verübeln, daß sie sich in Louddon verliebt hatte. Sie war jung und naiv, sie hatte nichts getan, was man ihr zum Vorwurf machen konnte. Louddon jedoch hatte ihre Unschuld hinterlistig ausgenutzt.

»Ich kümmere mich um Morcar«, sagte Duncan schließlich.

»Nein, das wirst du nicht!«

Es war Gerald, der diese Worte herausgebrüllt hatte. Madelyne und Duncan hoben überrascht die Köpfe und sahen, wie Gerald auf sie zukam. Er bebte vor Zorn, als er vor ihnen stehenblieb. »Ich töte Morcar und dich auch, wenn du mir dieses Recht verwehren willst, Duncan.«

Madelyne erschrak. Sie sah ihren Mann an, konnte aber nicht sagen, ob er beleidigt oder wütend war.

Duncan starrte Gerald eine lange Weile schweigend an. Dann nickte er langsam. »Aye, Gerald, es ist dein Recht. Ich stehe hinter dir, wenn du ihn herausforderst!«

»So wie ich hinter dir stehe, wenn du Louddon zur Rechenschaft ziehst.«

Nach diesen Worten schien alle Energie aus Gerald zu weichen. Er setzte sich auf den Stuhl gegenüber. »Madelyne, könntet Ihr bitte Adela sagen, daß ich sie sprechen möchte?«

Madelyne nickte und sprang sofort auf die Füße. Als sie Adelas Kammer erreicht hatte, war sie krank vor Sorge. Was hatte Gerald vor?

Für Adela war das keine Frage. Gerald würde sie verlassen. »Es ist das beste für uns alle«, brachte sie zwischen Schluchzern hervor. »Ein Kuß ist eine Sache, aber ich könnte ihn nie in mein Bett lassen!«

»Das weißt du doch gar nicht«, erwiderte Madelyne. »Adela, es wird nicht leicht werden, aber Gerald ist ein geduldiger Mensch.«

»Das ist nicht mehr wichtig«, weinte Adela. »Er wird mich ohnehin verlassen.«

Adela irrte sich. Gerald wartete am Fuß der Treppe auf sie. Ohne ein einziges Wort nahm er ihren Arm und führte sie die nächste Treppe hinab.

Duncan kam zu Madelyne und hob sie auf den Arm. »Du siehst erschöpft auf, Frau. Zeit, ins Bett zu gehen.«

»Ich möchte warten, bis Adela zurückkommt. Vielleicht braucht sie mich«, protestierte Madelyne, als Duncan sie bereits hinauftrug.

»Und ich brauche dich *jetzt*, Madelyne. Gerald wird sich schon um Adela kümmern.«

Sie nickte, doch bevor sie etwas antworten konnte, fügte er hinzu: »Madelyne, ich muß dich morgen für eine Weile verlassen. Nicht für lange, versprochen.«

»Wohin willst du?« fragte sie. »Wichtige Geschäfte?« Sie gab sich Mühe, interessiert und nicht enttäuscht zu klingen. Sie konnte nicht erwarten, daß Duncan jede freie Minute bei ihr verbrachte. Er war schließlich ein wichtiger Mann.

»Ja, es gibt etwas, um das ich mich dringend kümmern muß«, sagte Duncan, ohne eine richtige Erklärung abzugeben. Madelyne hatte heute schon genug durchgemacht, und wenn er ihr von dem Befehl des Königs erzählen würde, dann würde sie vor Sorge kein Auge zumachen.

Maude kam gerade die Treppe herunter, als Duncan und Madelyne um die Ecke bogen. Die Dienerin sagte, sie würde sich sofort um das abendliche Bad kümmern, aber Duncan schüttelte den Kopf. Er würde es schon selbst tun, antwortete er.

Maude machte einen Knicks. Duncan lächelte. »Maude, dein Sohn hat heute sehr mutig gehandelt«, sagte er.

Die Frau strahlte vor Glück. Sie hatte natürlich schon von dem Vorfall in der Kirche gehört und war stolz auf Willie. Ja, der Junge hatte der Herrin das Leben gerettet!

»Seine Tat muß natürlich belohnt werden. Ich werde mir etwas überlegen!«

Maude blieb der Mund offen. Sie knickste noch einmal und stammelte dann: »Vielen Dank, Mylord. Mein Willie liebt die Baronin. Vielleicht ist es manchmal ein bißchen lästig, daß er immer hinter ihr herrennt, aber sie scheint das nicht zu stören. Sie hat immer ein nettes Wort für ihn.«

»Er ist ein kluges Kerlchen«, lobte Duncan.

Maude hätte vor Stolz platzen mögen. Nicht nur, daß der hohe Herr ein Wort an sie – sie, Maude, eine einfache Dienerin – gerichtet hatte! Nun hatte er auch noch ihren kleinen Willie gelobt! Sie knickste ein drittes Mal, raffte ihre

Röcke und stob die Treppe hinab. Das mußte sie unbedingt Gerty erzählen!

Madelyne streichelte die Wange ihres Gemahls. »Du bist ein lieber Mensch, Duncan«, flüsterte sie. »Ich liebe dich sehr dafür.«

Duncan zuckte die Schultern, so daß Madelyne sich hastig festklammerte, um nicht herunterzufallen. »Es ist nur meine Pflicht«, sagte er. Madelyne lächelte. Sieh an, ihr Mann war verlegen!

»Jetzt bekomme ich heute kein Bad«, stellte sie mit nekkendem Unterton fest. »Vielleicht sollte ich eine Runde im See schwimmen. Was meinst du?«

»Gute Idee, Frau. Ich gehe mit!«

»He, ich habe nur Spaß gemacht«, protestierte Madelyne. »Ich will nicht in deinem See baden.« Sie schauderte. »Als ich klein war, bin ich einmal in unseren Teich gesprungen. Es war nicht tief, und ich konnte auch schon schwimmen, aber meine Zehen sanken im Schlamm ein, und mein Kleid wurde immer schwerer, so daß es mich ziemlich viel Kraft kostete, mich wieder herauszuziehen. Und dann brauchte ich dringend ein Bad. Ich war von oben bis unten mit Schlamm verklebt.«

Duncan lachte. »Erstens hat mein See einen felsigen Boden«, sagte er. »Und du sollst ja auch nicht mit deinen Kleidern baden gehen, Madelyne. Ein Wunder, daß du damals nicht ertrunken bist.«

Madelyne sah nicht so aus, als würde sie seinen See zu schätzen wissen.

»Das Wasser ist herrlich klar«, meinte Duncan. »Man kann fast bis zum Grund sehen.«

Sie waren nun in der Kammer angelangt. Madelyne war ausgezogen und ins Bett geschlüpft, bevor Duncan noch seine Tunika abgestreift hatte.

»Kann ich davon ausgehen, daß du nicht im See schwimmen möchtest?« fragte er grinsend.

»Du kannst«, antwortete Madelyne. »Draußen laufen

Krieger herum. Guter Gott, Adela und Gerald sind schließlich auch draußen. Es schickt sich ja wohl nicht, wenn ich splitternackt vor ihnen herumstolziere. Ich weiß wirklich nicht, wie du auch nur vorschlagen kannst –«

»Madelyne, niemand geht nachts an den See. Im übrigen scheint der Mond nicht hell genug, um –«

Sie unterbrach ihn. »Duncan, was machst du da?«

Die Frage hätte sie sich sparen können. Duncan stand neben dem Bett und hielt ihr den Umhang hin.

»Komm, schlüpf rein. Ich trage dich zum See.«

Madelyne nagte unentschlossen an der Unterlippe. Sie hatte durchaus Lust zu schwimmen. Es war eine heiße und feuchte Nacht. Aber der Gedanke daran, gesehen zu werden, beunruhigte sie doch.

»Du hast gesagt, daß ich erschöpft aussehe«, versuchte Madelyne es noch einmal. »Vielleicht . . .«

»Ich habe gelogen.«

»Du sollst mich nicht anlügen«, sagte Madelyne gereizt. Sie zog sich die Decke schützend vor die Brust. »Meine Seife liegt in deiner Truhe!«

Duncan grinste. Sie wollte ihn ablenken, damit er nicht sah, wie sie sich in den Umhang hüllte. Sie hatte sich immer noch nicht daran gewöhnt, sich ihm nackt zu zeigen. Also ging er zur Truhe, holte die Seife heraus und drehte sich blitzschnell wieder um. Er sah noch genug, um zufrieden zu grunzen.

Anschließend kehrte er mit Seife und einem kleinen Spiegel zum Bett zurück. »Dein blaues Auge ist mindestens genauso prächtig wie das, das du Edmond verpaßt hast«, sagte er, als er ihr den Spiegel reichte.

»Ich habe Edmond doch kein blaues Auge gehauen«, widersprach sie empört. »Hör auf, mich zu necken.«

Sie nahm den Spiegel und blickte hinein. Der Aufschrei folgte sofort.

Duncan mußte lachen.

»Ich sehe ja wirklich aus wie ein Zyklop«, schrie sie. Hastig versuchte sie, ihr Haar ins Gesicht zu ziehen, um die verfärbte Schwellung zu verdecken. »Wie kannst du es bloß ertragen, mich zu küssen?« fragte sie. »Ich sehe . . . entsetzlich aus!«

Ihre Stimme klang derart unglücklich, daß Duncans Lächeln verblaßte. Er nahm ihr Kinn und zwang ihren Kopf sanft hoch, bis sie ihn ansah. »Ich liebe dich, Madelyne. Du bist alles, was ich mir je gewünscht habe, und noch viel mehr. Glaubst du, ein blaues Auge würde mich von meiner Liebe abbringen? Hältst du mich für so oberflächlich?«

Madelyne schüttelte den Kopf. Er hatte recht. Wie dumm sie war.

»Ich würde jetzt gerne zum See gehen, Duncan«, flüsterte sie. »Und am besten schnell, sonst flehe ich dich an, mich auf der Stelle zu lieben!«

Duncan küßte sie sanft. »Oh, ich werde dich lieben, Madelyne.«

Sein Versprechen wärmte ihr Herz, und sie seufzte. Duncan zog ihr den Umhang um die Schultern, hob sie auf die Arme und trug sie hinaus.

Sie begegneten niemandem auf dem Weg zum See. Duncan hatte auch recht gehabt, was den Mond betraf. Es war keine besonders helle Nacht.

Duncan trug sie ans gegenüber gelegene Ufer und setzte sie dort ab. Madelyne tauchte versuchsweise einen Zeh ins Wasser und verkündete, daß das Wasser zu kalt sei.

Duncan entgegnete, sie würde es schon überstehen. Während sie zweifelnd am Ufer stand, streifte er sich seine Kleider ab und sprang mit dem Kopf voraus ins Wasser. Madelyne tappte langsam hinter ihm her. Sie hätte ihren Umhang anbehalten, wenn Duncan nicht plötzlich neben ihr aufgetaucht wäre, ihr das Teil entrissen und es schwungvoll ans Ufer geschleudert hätte.

Madelyne brauchte eine Weile, um sich an das Wasser zu gewöhnen. Sie mußte zugeben, daß es herrlich war, ohne einen Fetzen Stoff am Leib zu schwimmen. Das Wasser streichelte ihre Haut wie ein Liebhaber, und Madelyne spürte die Erregung in sich aufkeimen.

Sie beeilte sich mit dem Waschen. Als sie ihre Haare eingeseift hatte, tauchte sie ein paarmal unter, um sie auszuspülen. Beim dritten Auftauchen stand Duncan vor ihr.

Er wollte ihr nur etwas sagen, doch Madelynes wissendes Lächeln verhexte ihn auf der Stelle. Das Wasser schwappte gegen ihre Brüste und ließ die Spitzen hart und verlockend hervorstehen. Als sie den Kopf in den Nacken legte und ihre Lippen öffnete, konnte er nicht mehr widerstehen. Seine Zunge stieß in ihren Mund, und sie reagierte augenblicklich.

Duncan wollte sie nur einmal küssen und dann rasch in die Kammer zurücktragen, um sie zu lieben, doch Madelyne rückte näher, rieb ihren Bauch an ihm und ließ ihre Hände abwärts wandern.

Duncan schlang seine Arme um sie und küßte sie erneut. Ihre Hände glitten aufwärts, umklammerten seine Schultern, schienen nicht ruhigbleiben zu können. Duncan hob sie aus dem Wasser, bis ihre Brüste sich gegen seinen Oberkörper preßten. Ihr leises, sehnsuchtsvolles Wimmern erregte ihn nur noch mehr.

Heiser flüsterte er ihr Anweisungen zu. Als Madelyne ihre Beine um seine Hüften schlang, drang er langsam und vorsichtig ihn sie ein.

Sie drückte sich gegen ihn, knetete fordernd seine Schultern. »Duncan«, bettelte sie.

Er küßte ihre Schläfe. »Ich versuche, sanft mit dir umzugehen, Madelyne«, wisperte er.

»Später, Duncan«, stöhnte Madelyne. »Sei später sanft!«

Duncan gab die Zurückhaltung auf und gehorchte. Als er spürte, wie ihr Körper sich anspannte, preßte er seine Lippen auf ihre. Sein Samen strömte in sie, und er hielt sie fest, während das Beben ihre beiden Körper erschütterte.

Madelyne ließ sich befriedigt gegen ihn sinken. Duncan lächelte. »Du bist ziemlich wild geworden, Madelyne.«

Sie lachte fröhlich, bis ihr wieder einfiel, wo sie sich befanden. »Guter Gott, hoffentlich hat uns keiner gesehen!«

Duncan gluckste leise. »Nein, bestimmt nicht«, flüsterte er.

»Bist du sicher?«

»Ja doch. Der Mond scheint nicht hell genug.«

»Puh, Gott sei Dank«, antwortete Madelyne.

Sie war so erleichtert . . . bis Duncan weitersprach! »Allerdings hast du genug Lärm gemacht, um die Toten aufzuwecken. Je wilder du wirst, desto lauter stöhnst du!«

»Oh, nein!« Madelyne versuchte, ins Wasser zu tauchen, aber Duncan hielt sie fest. Er lachte und beschloß, sie noch ein wenig länger zu necken. »Ich beschwere mich ja gar nicht, Liebste. Solange du dein Feuer an mich weitergibst, darfst du stöhnen, so laut du willst!«

Bevor sie ihm sagen konnte, was für ein Schuft er war, ließ er sich zurückfallen. Madelyne konnte gerade noch Luft holen, da riß er sie schon mit.

Unter Wasser küßte er sie noch einmal, doch Madelyne kniff ihn, als sie Luft holen mußte.

Kurz darauf entbrannte eine wilde Wasserschlacht. Duncan bespritzte sie, und sie wehrte sich heftig. Sie schubsten sich gegenseitig ins Wasser, tauchten einander unter, und Madelyne gelang es sogar, ihm einen Fuß wegzuziehen, so daß er, wild mit den Armen fuchtelnd, unterging.

Fast eine Stunde plantschten und tobten sie wie Kinder im Wasser umher. Duncan zeigte ihr auch, wie man richtig schwamm. »Dein Schwimmstil ist unmöglich«, hatte er sie beschimpft. »Du siehst aus, als würdest du jeden Moment ertrinken.«

Madelyne war nicht beleidigt. Statt dessen küßte sie ihn, bis er beschloß, sie nun doch lieber wieder nach oben zu tragen.

Als sie endlich wieder in ihrer Kammer waren, fühlte Madelyne sich zu Tode erschöpft. Duncan hatte jedoch noch etwas zu sagen. Er legte sich ins Bett, verschränkte die

Hände hinter dem Kopf und sah zu, wie seine Frau sich das Haar bürstete.

»Madelyne, der König hat mich zu einem Gespräch gebeten«, begann er. Er verlieh seiner Stimme einen gelangweilten Tonfall, um Madelyne nicht unnötig zu beunruhigen. »Deswegen muß ich morgen fort.«

»Gebeten?« Sie legte die Bürste weg und drehte sich mit gerunzelter Stirn zu ihm um.

»Befohlen, meinetwegen«, gab Duncan zu. »Ich hätte es dir schon eher gesagt, aber ich wollte nicht, daß du dir Sorgen machst.«

»Es geht um mich, richtig? Duncan, ich lasse nicht zu, daß man mich ignoriert oder beiseite schiebt. Ich habe das Recht, zu erfahren, was gespielt wird.«

»Ich will dich weder ignorieren noch beiseite schieben«, antwortete er. »Ich versuche nur, dich zu schützen.«

»Wird es gefährlich werden?« Bevor er etwas sagen konnte, beantwortete sie sich die Frage selbst. »Oh, natürlich wird es gefährlich werden. Wann reiten wir?«

»Nicht wir. Du bleibst hier, Madelyne. Das ist sicherer.«

Sie wollte protestieren, doch er ließ ihr keine Zeit. »Nein, Madelyne. Wenn ich mir Sorgen um dich machen muß, kann ich mich nicht voll auf das, was wichtig ist, konzentrieren. Wir werden nicht darüber diskutieren.«

»Und du wirst zu mir zurückkommen?«

Er sah sie überrascht an. »Selbstverständlich.«

»Wann?«

»Ich weiß nicht, wie lange es dauern wird, Madelyne.«

»Wochen, Monaten, Jahre?«

Er sah die Angst in ihren Augen und dachte wieder daran, wie lange sie von ihren Angehörigen vergessen worden war. Er nahm ihre Hand und zog sie auf seine Brust. »Ich werde immer zu dir zurückkommen, Madelyne. Du bist schließlich meine Frau!«

»Deine Frau«, flüsterte Madelyne. »Wann immer ich mich fürchte oder mir Sorgen um die Zukunft mache, rufe ich mir in Erinnerung, daß wir aneinander gebunden sind.« Duncan lächelte sie an. Sie runzelte die Stirn. »Wenn du dich umbringen läßt, dann finde ich dein Grab und spucke darauf!« drohte sie.

»Also gut, dann passe ich auf.«

»Versprichst du es?«

»Ich verspreche es.«

Madelyne nahm sein Gesicht in die Hände. »Meine Liebe wird mit dir gehen, geliebter Entführer.«

»Du bist es, die mich gefangengenommen hat«, flüsterte er.

Und dann liebte er sie noch einmal.

Duncan war angezogen, bevor die Sonne sich über den Horizont erhoben hatte. Er ließ Anthony rufen und wartete auf ihn in der Halle.

Als der Vasall den Saal betrat, brach Duncan gerade das Siegel der Nachricht des Klosters auf. Er hatte den Brief am Abend zuvor vollkommen vergessen.

Anthony setzte sich an den Tisch ihm gegenüber. Gerty kam mit einem Tablett mit Brot und Käse, und Anthony hatte bereits kräftig zugelangt, als Duncan den Brief zu Ende gelesen hatte. Was darin stand, schien seinem Lord nicht zu gefallen, denn Duncan warf das Pergament plötzlich auf den Tisch und ließ seine Faust niederkrachen.

»Was ist?« fragte Anthony behutsam.

»Ganz wie ich vermutet hatte. Es gibt keinen Vater Laurence.«

»Aber der Mann, den Ihr getötet habt . . .«

»Wurde von Louddon geschickt«, brachte Duncan den Satz zu Ende. »Das wußte ich zwar schon, aber für einen Priester habe ich ihn dennoch gehalten.«

»Nun, wenigstens müßt Ihr Euch dann nicht dafür rechtfertigen, einen Geistlichen umgebracht zu haben«, sagte Anthony achselzuckend. »Außerdem hat er Louddon nicht Bericht erstattet. Seit er angekommen ist, hat er die Festung nicht verlassen. Das wüßte ich.«

»Wenn ich nur etwas aufmerksamer gewesen wäre. Es hätte mir sofort auffallen müssen, daß mit diesem Mann etwas was nicht stimmt. Es hätte meine Frau fast das Leben gekostet.«

»Sie macht es Euch nicht zum Vorwurf«, behauptete Anthony im Brustton der Überzeugung. »Und außerdem ist es ja noch einmal gut ausgegangen, Duncan. Stellt Euch nur vor, wenn er Euch erst die Beichte abgenommen hätte.« Anthony erschauderte.

»Nur leider bin ich nicht verheiratet.« Wieder krachte Duncans Faust auf den Tisch. Die Botschaft hüpfte hoch und rollte gegen die Blumenvase.

»Lieber Himmel, daran habe ich nicht gedacht!«

»Madelyne auch nicht«, gab Duncan zurück. »Aber sie wird darauf kommen, verlaß dich drauf. Meine Güte, sie wird einen Anfall bekommen. Wenn ich nur irgendwo einen Priester finden und sie richtig heiraten könnte, bevor ich die Festung verlassen muß.«

»Das kann Wochen dauern . . .«

Duncan nickte resigniert.

»Habt Ihr Madelyne gesagt, wohin Ihr geht?« fragte Anthony.

»Ja. Aber ich will nicht, daß sie etwas über den vermeintlichen Priester erfährt. Wenn ich zurückkomme, bringe ich einen Geistlichen mit. Erst kurz bevor er uns wirklich traut, werde ich ihr erklären, daß wir gar nicht verheiratet waren. Teufel, was für ein verfluchter Ärger.«

Anthony lächelte. Duncan hatte recht. Madelyne würde einen Anfall bekommen.

Duncan zwang sich, die Sache mit dem falschen Priester erst einmal zu vergessen. Er mußte mit Anthony besprechen, wie dieser während seiner Abwesenheit vorgehen sollte.

»Ich habe volles Vertrauen in deine Fähigkeiten, Anthony. Du bist einer der Besten, von den Besten ausgebildet«, sagte Duncan, als er seine Anweisungen weitergegeben hatte.

Anthony grinste. Es war Duncan, der ihn ausgebildet hatte. Dennoch freute er sich über das Lob.

»Ihr laßt mir genug Krieger hier, um ganz England zu erobern«, bemerkte er.

»Hast du heute schon Gerald gesehen?«

Anthony schüttelte den Kopf. »Die Männer sammeln sich an den Ställen. Vielleicht wartet er dort auf Euch.«

Duncan stand auf und ging mit seinem Vasallen zu den Stallgebäuden. Dort hielt der Baron eine kurze Rede, in der er seine Krieger warnte, daß sie direkt in eine Falle laufen könnten. Dann wandte er sich an die Männer, die zurückbleiben würden. »Möglich, daß Louddon nur darauf wartet, daß ich die Festung verlasse.« Er faßte kurz zusammen, was er mit Anthony besprochen hatte, dann kehrte er ins Haus zurück.

Als er durch den Flur zur Großen Halle ging, kam Madelyne gerade die Treppe herunter. Sie lächelte ihn an, und er zog sie zu einem langen Kuß in die Arme.

»Vergiß nicht, daß du mir versprochen hast, vorsichtig zu sein«, flüsterte sie.

»Ich vergesse es nicht.« Er legte ihr den Arm um die Schulter und führte sie hinaus. Auf dem Weg zu den Ställen kamen sie an der Kirche vorbei. »Schon wieder abgebrannt«, bemerkte er. »Wir müssen sie wieder aufbauen.«

Plötzlich fiel Madelyne der Brief aus dem Kloster ein. »Duncan, hast du noch Zeit, mir den Brief von Vater Laurance' Vorgesetzten zu zeigen? Ich bin wirklich neugierig, was darin steht.«

»Ich habe ihn schon gelesen.«

»Du kannst lesen? Nun, ich hatte es mir ja schon fast gedacht. Immer wenn ich meine, ich würde dich schon recht gut kennen, tust oder sagst du etwas, das mich wieder vollkommen überrascht.«

»Also bin ich doch nicht so berechenbar?« fragte er lächelnd.

Sie schüttelte den Kopf. »In bestimmten Bereichen wirst du immer berechenbar bleiben. Oh, ich wünschte, du würdest nicht fortgehen. Du mußt mir doch auch noch beibringen, wie ich mich verteidigen kann. Wenn ich mich so gut selbst schützen könnte wie Ansel, dann würdest du mich bestimmt mitnehmen.«

»Nein, Madelyne«, antwortete Duncan. »Aber ich verspreche dir, ich bringe es dir bei, sobald ich zurück bin.« Sein Versprechen war ein bißchen halbherzig, aber in gewisser Hinsicht hatte sie recht. Es gab tatsächlich ein paar Dinge, die auch eine Frau wissen sollte. Schließlich konnte es nicht falsch sein, sich verteidigen zu können. Madelyne war nicht gerade kräftig, aber er mußte ihre Entschlossenheit bewundern.

Baron Gerald war noch immer nicht aufgetaucht, so daß Duncan das Zeichen zum Aufbruch noch nicht geben konnte. »Da ich noch ein bißchen Zeit habe, werde ich dir jetzt die erste Lektion geben. Paß auf: Du benutzt meistens deine rechte Hand, richtig? Also mußt du deinen Dolch auf der linken Seite tragen.« Er nahm ihren Dolch und schob ihn ihr links in den Gürtel.

»Warum?«

»Weil du ihn dann viel leichter herausziehen kannst. Manchmal zählt jede Sekunde.«

»Du trägst dein Schwert rechts, und ich weiß, daß du es am liebsten mit der linken Hand benutzt. Duncan . . . Die Treppe! Ist das der Grund, warum die Treppe links gebaut wurde, statt, wie überall, rechts?«

Er nickte. »Mein Vater bevorzugte ebenfalls seine Linke. Wenn ein Feind in die Festung eindringt, kommt er von unten, und mein Vater hatte durch die Treppe einen zusätzlichen Vorteil. Er konnte sich, da die Quartiere immer schon oben lagen, mit der Rechten an der Mauer abstützen, während er mit der Linken den Feind abwehrte.«

»Dein Vater war sehr klug«, bemerkte Madelyne. »Die meisten Männer kämpfen mit der Rechten, nicht wahr? Was für eine schlaue Idee, eine Festung nach den besonderen Fähigkeiten der Bewohner zu bauen.«

»Um ehrlich zu sein, hat mein Vater die Idee von einem meiner Onkel übernommen«, sagte Duncan.

Sollte Duncan gemeint haben, er hätte Madelyne erfolgreich von dem Brief aus dem Kloster abgelenkt, so hatte er sich geirrt. Nach einem kurzem Moment des Schweigens kam sie auf das Thema zurück.

»Duncan, nun sag mir doch, was stand denn in der Nachricht?«

»Nichts Wichtiges«, erwiderte er rasch. »Laurence hat das Kloster verlassen, um seinen Dienst bei Louddon zu versehen.«

Es gefiel ihm nicht, seine Frau anlügen zu müssen, aber er hatte keine Wahl. Madelyne sollte sich keine Sorgen machen müssen, während er fort war.

»Wahrscheinlich war er ein guter Mensch, bis mein Bruder ihn verdorben hat«, meinte Madelyne nachdenklich. »Ich werde dafür sorgen, daß sein Leichnam zum Kloster zurückgeschickt wird. Sicher möchten sie ihn dort begraben.«

»Nein«, brüllte er. Dann riß er sich zusammen. »Ich meine, es sind bereits alle Vorkehrungen getroffen worden«, verbesserte er sich hastig.

Madelyne war ein wenig überrascht von Duncans heftiger Reaktion, wurde jedoch von Baron Gerald abgelenkt, der gerade auf sie zukam.

»Adela und ich heiraten, sobald wir zurückkommen«, verkündete er. »Sie hat endlich eingewilligt.«

Madelyne lächelte, und Duncan schlug seinem Freund auf die Schulter. »Wo ist Adela jetzt?« fragte er.

»In ihrer Kammer und weint. Ich habe mich schon verabschiedet.« Gerald grinste breit.

»Bist du sicher, daß du sie haben willst? Meine Schwester heult fast den ganzen Tag!«

»Duncan!« schimpfte Madelyne.

Gerald lachte. »Ich hoffe, sie hat sich ausgeheult, bevor wir heiraten!«

Duncan drehte sich plötzlich um, packte Madelyne und zerrte sie an sich. Er küßte sie heftig. »Ich bin wieder zurück, bevor dir aufgefallen ist, daß ich fort bin«, flüsterte er.

Madelyne gab sich Mühe, ihr Lächeln aufrechtzuhalten. Sie würde jetzt *nicht* in Tränen ausbrechen. Sie würde ihre Würde bewahren und den vielen Kriegern zeigen, wie tapfer sie war.

Verloren stand sie im Hof und sah ihrem Mann hinterher. Fast lautlos stellte Anthony sich neben sie.

»Er kommt wieder, Anthony«, flüsterte sie. »Er hat es versprochen.«

»Er ist ein Mann von Ehre«, erwiderte Anthony. »Er bricht niemals sein Wort.«

Madelyne seufzte, dann straffte sie die Schultern. »Nun, ich werde mich bis dahin eben gut beschäftigen müssen«, sagte sie. »Duncan hat mir versprochen, mir beizubringen, wie man sich verteidigt.«

»Wie beliebt?« fragte Anthony verwirrt.

»Aye. Er möchte, daß ich weiß, wie ich mich selbst schützen kann«, erklärte Madelyne. Sie wußte, daß sie Anthony leichter dazu überreden konnte, sie zu unterstützen, wenn er meinte, es sei Duncans eigene Idee gewesen. »Vielleicht könntest du mich schon vorher ein wenig unterweisen. Was meinst du, Anthony? Könntest du täglich ein wenig Zeit abzwacken, um mich in die Kunst der Verteidigung einzuweisen?«

Kunst der Verteidigung? Anthony war eine Weile zu verdattert, um zu antworten. Er starrte Madelyne an, bis er erkannte, daß sie es ernst meinte.

Madelyne fand, daß Anthony nicht allzu begeistert aus seiner Tunika schaute. »Ich glaube, ich bitte Ned, daß er mir einen hübschen Bogen baut. Und natürlich auch die

Pfeile dazu. Wenn ich mich richtig darauf konzentriere, kann ich bestimmt im Handumdrehen eine gute Schützin werden.«

Anthony hätte am liebsten ein Kreuz geschlagen. Natürlich tat er es nicht, denn seine Herrin blickte mit soviel hoffnungsvoller Erwartung zu ihm auf, daß er sie nicht enttäuschen wollte. Ich habe wirklich ein zu weiches Herz, dachte er, halb verbittert, halb amüsiert. »Also gut. Ich rede mit Ned«, versprach er.

Madelyne dankte ihm überschwenglich. Der Vasall verbeugte sich und machte sich dann hastig davon.

Anthony stand also nun noch vor einem weiteren Problem. Seine erste Pflicht war es, Duncans Frau zu beschützen. Nun wurde er mit etwas weit Schwierigerem konfrontiert: Er mußte seine Männer vor Madelyne schützen.

Sein Sinn für Humor bewahrte ihn vor der Verzweiflung. Er begann leise vor sich hin zu kichern, und als er an der Hütte des Schmieds angelangt war, lachte er laut. Mochte der Himmel ihnen beistehen! Noch vor Ende der Woche würden vermutlich alle Krieger einen Pfeil im Hintern haben!

KAPITEL 20

»Und mit dem Maß, mit dem ihr meßt, werdet ihr gemessen werden.«
Neues Testament, Matthäus, 7.2

Duncan war der erste, der die Gefahr witterte. Er gab das Signal zum Halten. Die Soldaten stellten sich hinter ihm auf. Kein einziges Wort wurde gesprochen, und als die Pferde erst einmal stillstanden, legte sich ein unheimliches Schweigen über den Wald.

Baron Gerald befand sich an Duncans rechter Seite. Wie seine Männer wartete er ruhig ab. Er vertraute Duncans Urteil blind, denn dessen Ruf war legendär. Gerald hatte bereits mit dem Baron Wexton gekämpft und erkannte Duncans unglaubliche Fähigkeiten – oder war es ein Instinkt? – neidlos an. Obwohl sie in etwa dasselbe Alter hatten, betrachtete Gerald sich weniger als Ebenbürtiger denn als Schüler Duncans.

Als Duncan die Hand hob, schwärmten mehrere Krieger aus, um das Gebiet auszukundschaften.

»Es ist still. Zu still«, sagte Duncan leise.

Gerald nickte. »Das ist allerdings keine Stelle, die ich mir für einen Hinterhalt ausgesucht hätte«, gab Gerald zu.

»Das ist es ja.«

»Aber wie kommst du darauf? Ich habe nichts bemerkt«, sagte Gerald.

»Ich spüre es«, antwortete Duncan. »Sie sind hier. Warten.«

Aus dem Wald links von ihnen ertönte ein schwacher Pfiff. Duncan schoß sofort im Sattel herum. Er bedeutete seinen Männern, sich in Gruppen aufzuteilen.

Der Soldat, der den Pfiff ausgestoßen hatte, kehrte zu Duncan zurück. »Wie viele?« fragte Duncan.

»Schwer zu sagen. Aber ich habe einige Schilde ausgemacht.«

»Dann müssen wir es mit hundert malnehmen.«

»Unten. In der Talsohle«, präzisierte der Krieger. »Dort verstecken sie sich, Milord.«

Duncan nickte. Er griff nach seinem Schwert, aber Gerald hielt ihn auf. »Denk daran, Duncan. Wenn Morcar dabei ist . . .«

»Er gehört dir«, sagte Duncan. Seine Stimme war barsch, kontrolliert.

»So wie Louddon dir gehört«, setzte Gerald hinzu.

Duncan schüttelte den Kopf. »Louddon ist nicht dabei. Der Bastard versteckt sich entweder hinter seinen Männern oder an Williams Hof. Nun habe ich meine Antwort, Gerald. Der Brief war nicht vom König. Louddon hat ihn gefälscht. Aber das war der letzte Verrat, den dieser Schuft begangen hat, das schwöre ich.«

Duncan wartete, bis ein Drittel seiner Männer sich in einem Halbkreis in westlicher Richtung fortbewegte. Das zweite Drittel schwärmte, ebenfalls im Halbkreis, Richtung Osten aus. Das letzte Drittel wartete hinter seinem Anführer. Diese Männer waren diejenigen, die direkt angreifen würden.

Gerald erkannte Duncans Plan. »Wir fangen sie einfach in ihrer eigenen Falle«, sagte er stolz.

»Ja. Und nun schließen wir den Kreis, Gerald. Gib das Signal.«

Das war eine große Ehre, und Gerald war sich dessen bewußt. Gerald erhob sich im Sattel, stieß sein Schwert in die Luft und brüllte den Schlachtruf heraus.

Der Schrei hallte durch das ganze Tal. Aus allen vier

Himmelsrichtungen trieben die Krieger ihre Pferde die Hänge hinab.

Das Netz zog sich zusammen.

Die Männer, die sich hinter Bäumen und Felsen verbargen und darauf warteten, sich auf ihre ahnungslosen Opfer zu stürzen, waren plötzlich selbst zu welchen geworden. Die Beute hatte sich in Jäger verwandelt.

Duncans Männer nutzen ihre Überlegenheit voll aus. Der Feind hatte keine Chance. Schon sehr bald zeichnete sich ab, wer aus dieser Schlacht als Sieger hervorgehen würde.

Sie machten keine Gefangenen.

Der Kampf neigte sich schon dem Ende zu, als Gerald endlich Morcar entdeckte. Ihre Blicke trafen sich quer über das Tal hinweg. Morcar grinste höhnisch und wandte sich um, um sein Pferd zu besteigen. Er wußte, wann es an der Zeit war, das Feld zu räumen.

In Geralds Kopf explodierte etwas. Hatte er vorher entschlossen und überlegt gekämpft, um den Feind zurückzuschlagen, so waren seine Bewegungen plötzlich von einer Verbissenheit und Wildheit beseelt, die nichts mehr mit Können oder Taktik zu tun hatten. Gerald hatte nur noch ein Ziel vor Augen: Er mußte seinen Gegner erwischen, bevor dieser fliehen konnte. Duncan deckte Geralds Rücken, rettete ihn mehr als einmal vor einem Schwert und schrie ihn an, daß er wieder zu sich kommen sollte.

Duncan kochte vor Zorn. Er war ein Mann, der von sich und seinen Männern äußerste Disziplin forderte. Doch Baron Gerald, sein Freund und ein Gleichgestellter, hatte alle Regeln des Kampfes, all die langen Stunden der Übung, einfach über Bord geworfen. Er war nicht mehr er selbst!

Gerald hörte auch keine Warnungen mehr. Sein Gesicht war verzerrt. Der Zorn und der Haß waren so stark, daß seine Vernunft keinen Widerstand mehr aufbringen konnte.

Morcar saß reglos auf seinem Pferd und beobachtete, wie Gerald sich zu ihm durchzuschlagen versuchte. Er vergeudete wertvolle Sekunden, doch er fühlte sich sicher genug. Baron Gerald kämpfte zu Fuß.

Sein Grinsen wandelte sich zu lautem Hohngelächter, als Gerald stolperte und auf die Knie fiel. Dies war eine Gelegenheit, die selbst Morcar sich nicht entgehen lassen konnte. Er trieb sein Pferd an und jagte den Hang hinab. Im Reiten lehnte er sich seitlich aus dem Sattel und schwang sein gebogenes Schwert.

Gerald tat, als sei er vollkommen erschöpft. Er lag auf den Knien, hielt den Kopf gesenkt und wartete, daß sein Feind nah genug heran war.

Als Morcar sein Schwert niedersausen ließ, sprang Gerald zur Seite. Mit einer raschen Bewegung holte er aus und schlug Morcar mit der flachen Seite der Klinge aus dem Sattel.

Morcar stürzte seitlich zu Boden und rollte sich auf den Rücken, um sein Schwert zu packen und auf die Füße zu springen.

Er sollte keine Chance mehr bekommen. Geralds Fuß stemmte sich auf seine Hand. Als Morcar aufblickte, sah er den Baron über sich stehen. Die Schwertspitze seines Gegners zielte auf seine Kehle. Langsam senkte sich die scharfe Waffe herab. Als sie seine Haut durchdrang, wimmerte Morcar und kniff die Augen zu.

»Ich hoffe, du findest in der Hölle Frauen, die du schänden kannst«, sagte Gerald leise.

Morcars Lider flogen auf. Und in dem letzten Moment, bevor er starb, begriff er, daß Gerald die Wahrheit kannte.

Duncan hatte den Zweikampf nicht beobachtet. Die Schlacht war zu Ende, und er wanderte zwischen seinen Männern umher, zählte die Toten und kümmerte sich um die Verwundeten.

Erst einige Stunden später, als die Sonne bereits unterging, machte er sich auf die Suche nach Gerald. Er fand seinen Freund auf einem Felsen sitzend. Duncan sprach ihn an, bekam aber keine Antwort.

Duncan schüttelte den Kopf. »Was zum Teufel ist los mit dir?« Dann fügte er plötzlich hinzu: »Und wo ist dein Schwert?«

Gerald schaute schließlich auf. Seine Augen waren rot und geschwollen. Obwohl Duncan es niemals für möglich gehalten hätte, war er sicher, daß sein Freund geweint hatte. »Wo es hingehört«, antwortete Gerald nach einer Weile. Seine Stimme klang gefühllos, distanziert, fast so tot, wie es sein Gesichtsausdruck war.

Duncan begriff erst, was Gerald hatte sagen wollen, als er Morcars Leichnam fand. Geralds Schwert steckte tief in dessen Lenden.

Auf dem Hügelkamm oberhalb des Schlachtfeldes schlugen sie ihr Lager auf. Gerald und Duncan aßen nur wenig von ihrer Ration und sprachen kein Wort miteinander, bis es vollends dunkel geworden war.

Gerald nutzte das Schweigen, um die Fassung wiederzuerringen und sich von seiner blinden Wut zu befreien.

Duncan nutzte die Zeit, um seinen Zorn zu schüren.

Dann begann Gerald zu sprechen. »Ich habe mir und Adela etwas vorgemacht«, sagte er. »Ich dachte, ich könnte mit all dem, was ihr zugestoßen ist, zurechtkommen. Als ich schwor, Morcar umzubringen, tat ich es eher, weil es mein Ehrgefühl verlangte. Bis ich ihn sah, Duncan. Irgend etwas in mir ist zerrissen. Der Bastard hat gelacht.«

»Warum erzählst du mir das?« fragte Duncan sanft.

Gerald schüttelte den Kopf, dann lächelte er. »Weil ich das dumpfe Gefühl habe, daß du mir am liebsten das Schwert ins Herz stoßen möchtest.«

»Du hast gekämpft wie ein Idiot, Gerald. Wäre ich

nicht bei dir gewesen, wärest du jetzt nicht mehr am Leben. Dein Rachedurst hätte dich fast umgebracht.«

Duncan hielt einen Moment inne, um Gerald Zeit zu geben, darüber nachzudenken. Plötzlich erkannte er, daß sein Zorn über das undisziplinierte Verhalten seines Freundes noch einen anderen, weit tiefergehenden Grund hatte. Er konnte Gerald verstehen! Er hätte dasselbe getan. Er liebte Madelyne.

»Du hast recht, ich habe mich wie ein Narr benommen. Dafür gibt es keine Entschuldigung.«

Duncan wußte, wie schwer Gerald dieses Eingeständnis fiel. »Ich will keine Entschuldigungen, Gerald. Lerne daraus. Ich bin nicht besser als du. Auch ich habe zugelassen, daß mein Rachedurst mein Denken und Handeln beherrschte. Meinetwegen ist Madelyne im Kampf verwundet worden. Sie hätte sterben können. Wir haben uns beide wie alberne Anfänger benommen.«

»Aye, da hast du recht«, erwiderte Gerald. »Obwohl ich das niemand anderem als dir eingestehen kann, Duncan. Du sagst, du hättest Madelyne beinahe verloren. Das wäre ein schreckliches Unglück gewesen. Du hättest niemals ihren Zauber erleben, niemals wissen können, was du verschenkt hast.«

»Ihren Zauber?« Duncan schmunzelte. Es sah Gerald gar nicht ähnlich, so blumige Ausdrücke zu verwenden.

»Ich kann es auch nicht erklären«, sagte Gerald. Er errötete, deutlich verlegen über das, was er gerade gesagt hatte. »Sie ist so . . . so unverdorben. Und obwohl du bereust, daß du sie entführt hast, bin ich dankbar dafür. Nur sie hätte mir Adela zurückgeben können.«

»Ich habe noch kein einziges Mal bereut, Madelyne entführt zu haben. Es tut mir nur leid, daß ich sie in die Schlacht gegen Louddon hineingezogen habe.«

»Ach, meine süße Adela«, sagte Gerald seufzend. »Ich hätte heute sterben können. Dann würde Adela niemals die Wonnen erleben können, die nur ich ihr geben kann.«

Duncan grinste. »Ach, weißt du«, bemerkte er, »ich bin mir ehrlich gesagt noch nicht ganz sicher, ob Adela dein Ableben beweint oder auf deinem Grab getanzt hätte.«

Nun mußte auch Gerald lachen. »Ich sag' dir was, aber wenn du es weitererzählst, dann schneide ich dir die Kehle durch. Ich mußte Adela etwas schwören, bevor sie einwilligte, mich zu heiraten.«

Duncans Neugier war allein schon durch Geralds Verlegenheit geweckt.

»Ich mußte ihr mein Wort geben, nicht mit ihr zu schlafen.«

Duncan schüttelte den Kopf. »An dir ist ein Märtyrer verlorengegangen, Gerald. Und wirst du den Schwur halten?« fragte er und biß sich auf die Lippe, um nicht zu lachen.

»Ja«, antwortete Gerald.

Duncan riß überrascht die Augen auf.

»Du willst in deinem eigenen Heim wie ein Mönch leben?« fragte er entsetzt.

»Nein, aber ich habe von dir gelernt, Duncan.«

»Wovon redest du?« fragte Duncan.

»Du hast Adela gesagt, sie könnte bei dir bleiben, so lange sie will, weißt du noch? Dann hast du mir vorgeschlagen, in der Wexton-Festung zu wohnen, bis ich sie überzeugt habe, mich doch zu nehmen. Ziemlich klug, dein Plan, und ich werde ihn nachahmen.«

»Ich verstehe«, sagte Duncan mit einem Nicken.

Gerald lachte. »Nein, tust du nicht. Ich habe Adela geschworen, nicht mit ihr zu schlafen. Sie aber kann mit mir schlafen, so oft sie will.«

Ein Grinsen breitete sich über Duncans Lippen aus. Jetzt verstand er wirklich.

»Es wird natürlich seine Zeit dauern«, gab Gerald zu. »Sie liebt mich, aber sie traut mir noch immer nicht. Aber ich kann ihre Bedingungen akzeptieren, denn sie wird meinem Charme bestimmt nicht ewig widerstehen können.«

Duncan lachte laut.

»Wir sollten jetzt besser schlafengehen. Reiten wir morgen nach London, Duncan?«

»Nein. Wir reiten zu Baron Rhinehold. Ich brauche ihn. Seine Festung ist ein Bestandteil meines Planes.«

»Und wie lautet er, dein Plan?«

»Ich muß meine Verbündeten um mich sammeln, Gerald. Das Spiel ist aus. Von Rhineholds Burg schikke ich Boten zu den anderen. Wenn alles gutgeht, können wir uns in zwei, höchstens drei Wochen in London treffen.«

»Nur die Barone oder auch die Soldaten?« fragte Gerald und dachte an die riesige Armee, über die Duncan dann verfügte. Obwohl die Barone sich gerne gegenseitig bekämpften und ständig versuchten, mehr Macht zu bekommen, so machte doch keiner einen Hehl aus seiner Bewunderung und seinem Respekt für den Baron Wexton. Die meisten schickten ihre besten Krieger in die Wexton-Festung, damit sie dort ihre Ausbildung bekamen. Keiner war jemals abgewiesen worden.

Die Barone vertrauten sowohl Duncans Urteil als auch seiner Kampfkraft. Duncan hatte noch nie um Rückendeckung gebeten. Doch Gerald wußte, daß keiner der Barone ablehnen würde, sollte er es diesmal tun.

»Nein, ich will ihre Armeen nicht. Aber ich brauche die Barone. Ich habe nicht vor, unseren Herrscher herauszufordern, ich will mich ihm nur stellen ... oder sagen wir, ihn zum Handeln zwingen. Und das ist ein Unterschied, Gerald.«

»Ich werde auf deiner Seite stehen. Aber das weißt du ja.«

»Es ist höchste Zeit, daß Louddons verräterischem Treiben ein Ende gemacht wird. Ich glaube nicht daran, daß der König weiß, was sein Vertrauter für ein Bastard ist. Ich habe vor, ihn über dessen wahre Natur aufzuklären. Er kann diesen Streit nicht länger ignorieren.«

»Du willst unseren Herrscher vor allen Baronen aufklären?«

»O ja. Alle wissen, was mit Adela geschehen ist«, erwiderte Duncan. »Sie sollen auch die ganze Wahrheit hören.«

»Warum denn?« fragte Gerald fast ängstlich. »Muß Adela sich ebenfalls zum König –«

»Nein. Sie bleibt zu Hause. Es besteht kein Grund, sie zu quälen.«

Gerald wirkte erleichtert. »Aber warum willst du –«

»Es ist, wie ich sage. William und alle Baron sollen die Wahrheit über Louddon und Morcar erfahren.«

»Ich frage mich, wie unser König reagieren wird. Fair und ehrenvoll?« murmelte Gerald nachdenklich.

»Das werden wir bald herausfinden. Nicht wenige sind der Auffassung, daß William dazu nicht in der Lage ist, aber ich kann diese Ansicht nicht teilen«, sagte Duncan. »Mir gegenüber hat er sich stets ehrenhaft verhalten. Wir werden abwarten müssen, was geschieht.«

Gerald nickte. »Madelyne wird mit uns kommen müssen, nicht wahr?«

»Ja. Das ist notwendig.«

Gerald wußte, daß sein Freund wenig begeistert von dem Gedanken war, Madelyne mit an den Hof zu nehmen. Gerald konnte es nur allzu gut verstehen.

»Madelyne muß berichten, was geschehen ist. Sonst steht Louddons Wort gegen meins.«

»Das heißt, es hängt von Madelyne ab, wie die Sache ausgeht?« fragte Gerald mit gerunzelter Stirn.

»Nein, natürlich nicht. Aber sie war der Köder in diesem Spiel. Louddon und ich haben sie beide für unsere Zwecke benutzt. Und, ehrlich gesagt, Gerald, fällt es mir nicht leicht, das zuzugeben.«

»Du hast sie vor Louddon gerettet, als du sie entführtest«, führte Gerald zu Duncans Verteidigung an. »Adela hat mir ein wenig über Madelynes Vergangenheit erzählt.«

Duncan nickte. Er hatte Streit und Kampf so satt. Nun, da er wußte, wie herrlich es war, jemanden zu lieben, wollte er nur noch bei Madelyne sein. Aber es würde mindestens noch zwei Wochen dauern, bis er sie wieder in seinen Armen halten konnte. Er seufzte. Er fing langsam an, sich wie ein liebeskranker Schwächling zu benehmen. »Zumindest werden wir, bis wir London erreichen, genug Zeit haben . . .«

»Zeit wofür?« fragte Gerald.

Duncan hatte gar nicht bemerkt, daß er seine Gedanken laut ausgesprochen hatte. »Ich muß Madelyne heiraten«, antwortete Duncan und stand auf.

Gerald starrte ihm mit aufgerissenen Augen hinterher.

Während Duncans Abwesenheit vollzogen sich in seiner Festung kleine, sehr feine Veränderungen. Es handelte sich um notwendige Sicherheitsmaßnahemn, die alle mit der Baronin zusammenhingen.

Morgens lag der Hof nun stets wie ausgestorben da. Obwohl die Hitze die Dienstboten in den Quartieren der oberen Einfriedung normalerweise hinausgetrieben hätte, um draußen zu waschen oder frische Binsen zu schneiden, zogen alle es vor, im Haus zu arbeiten. Erst am Nachmittag kamen die Bewohner der Burg hervor, um ein wenig frische Luft zu schnappen.

Denn dann hatte Madelyne ihre Übungsstunden mit Pfeil und Bogen beendet.

Madelyne war entschlossen, den Umhang mit der Waffe zu lernen, und so übte sie sich unablässig im Zielschießen. Bald stand Anthony kurz vor einem Nervenzusammenbruch. Er hatte sich alle erdenkliche Mühe gegeben und begriff einfach nicht, warum seine Herrin nicht besser wurde. Ihre Entschlossenheit war bewundernswert, ihre

Zielgenauigkeit jedoch jämmerlich. Sie traf fast ständig drei Fuß über der Markierung. Obwohl Anthony sie permanent korrigierte, schien sie nicht in der Lage, es besser zu machen.

Ned versorgte Madelyne ständig mit neuen Pfeilen. Sie hatte gut fünfzig verschossen, bevor es ihr gelang, die Pfeile unterhalb der Mauerkrone zu plazieren. Nun konnte sie die, die in Bäumen, Hütten und trocknender Wäsche steckengeblieben waren, wiederholen und noch mehrmals benutzen.

Anthony war unendlich geduldig. Er wußte, was sie vorhatte. Sie wollte lernen, wie man sich verteidigte, ja, aber sie wollte auch, daß ihr Mann stolz auf sie war. Der Vasall mußte das letzte Motiv im übrigen nicht erraten – Madelyne erzählte es ihm mehrmals am Tag.

Anthony konnte sich denken, warum sie sich so oft wiederholte. Sie befürchtete, daß er von ihrer traurigen Darbietung genug haben und mit seinen Lektionen aufhören könnte. Sie unterschätzte sich jedoch. Der Vasall befand sich gar nicht in der Lage, ihr irgend etwas abzuschlagen.

Eines Nachmittags kam ein Bote des Königs in die Burg. Anthony empfing ihn in der Halle und erwartete eine mündliche Botschaft. Doch der Mann händigte ihm ein gerolltes Pergament aus. Der Vasall rief nach Maude und wies sie an, dem Boten etwas zu essen zu geben.

Madelyne kam gerade in die Halle, als der Soldat Maude in die Vorratskammer folgte. Sie entdeckte die Rolle sofort. »Was gibt es Neues, Anthony? Hat Duncan uns eine Nachricht geschickt?« fragte sie.

»Nein, der Brief ist vom König«, sagte Duncan. Er trat zu einer kleinen Truhe an der Wand der Halle. Darauf stand ein kleines geschnitztes Kästchen, das Madelyne bisher für reinen Schmuck gehalten hatte. Doch nun öffnete Anthony den Deckel und legte die Botschaft hinein.

Madelyne stand nah genug, um darin noch andere Pergamente zu entdecken. Das Kästchen war offenbar für wichtige Papiere gedacht. »Willst du ihn nicht sofort lesen?« fragte sie Anthony, als er sich wieder zu ihr umwandte.

»Ich werde warten müssen, bis Baron Wexton zurückkommt«, sagte Anthony.

Aus seiner Miene schloß Madelyne, daß es ihm nicht gefiel, warten zu müssen. »Ich könnte nach einem Mönch schicken lassen. Es sind welche in –«

»Ich lese es dir vor«, warf Madelyne ein.

Anthony sah sie mit offenem Mund an. Madelyne spürte, wie sie rot wurde. »Ja, es stimmt, ich kann lesen, aber ich würde es wirklich zu schätzen wissen, wenn du es niemandem weitersagst. Ich möchte nicht gerne ausgelacht werden.«

Anthony nickte.

»Duncan ist jetzt seit über drei Wochen fort«, rief Madelyne ihm in Erinnerung. »Und du hast mir gesagt, er könnte auch noch gut und gerne einen Monat fortbleiben. Glaubst du wirklich, es wäre gut, zu warten, bis ein Mönch kommt, der uns die Nachricht vorliest?«

»Nein, Ihr habt natürlich recht«, erwiderte Anthony. Er wandte sich um, öffnete das Kästchen und reichte Madelyne die Rolle. Dann lehnte er sich an die Tischkante, kreuzte die Arme vor der Brust und wartete ab.

Der Brief war auf Latein geschrieben, der bevorzugten Sprache für offizielle Mitteilungen.

Madelyne brauchte nicht lange, um die Worte zu übersetzen. Ihre Stimme war ruhig, doch ihre Hände bebten, während sie den Brief vorlas.

Der König hielt sich nicht mit freundlichen Begrüßungsworten auf. Sein Zorn ist so offensichtlich wie sein Mangel an Manieren, dachte Madelyne. Der ganze Brief war vom ersten bis zum letzten Satz ein einziger Befehl, der keinen Widerspruch duldete. Madelyne sollte sofort am Hof erscheinen.

Die Order war nicht einmal das, was sie beunruhigte. Schlimmer war der Zusatz, daß der König eigene Soldaten schicken würde, um sie zu holen.

»Wir werden also bald Besuch bekommen«, bemerkte Anthony betroffen. Er sah unglücklich aus.

Was kein Wunder ist, dachte Madelyne. Anthony stand zwischen zwei Stühlen. Seine Loyalität gehörte ganz und gar Duncan, doch sowohl Duncan als auch er waren dem König zu Treue verpflichtet. Williams Befehl mußte als oberste Weisung betrachtet werden.

»Steht noch etwas drin?« fragte Anthony.

Sie nickte langsam und bemühte sich tapfer um ein Lächeln. »Ich hoffte, du würdest nicht fragen«, flüsterte sie. »Wie es scheint, ist der König der Meinung, daß sich alles um zwei Barone und deren Schwestern dreht. William will, daß die Fehde beendet wird und schlägt vor, daß beide Frauen zu ihren Brüdern zurückgeschickt werden.«

Madelynes Augen schwammen in Tränen, als sie fortfuhr. »Die andere Möglichkeit wäre, daß Duncan mich heiratet.«

»Der König weiß offenbar nicht, daß Ihr bereits verheiratet seid«, warf Anthony hastig ein. Madelyne durfte nicht auf die Idee kommen, daß sie gar nicht wirklich an Duncan gebunden war.

Madelyne schien ihn jedoch nicht gehört zu haben. Sie starrte noch immer auf den Brief. »Und wenn Duncan mich heiratet, soll Adela Louddons Braut werden«, wisperte sie.

»Gott behüte«, murmelte Anthony angewidert.

»Adela darf nichts davon erfahren, Anthony«, stieß Madelyne plötzlich fast schrill hervor. »Wir sagen ihr nur, daß der König mich zu ihm zitiert.«

Anthony nickte. »Könnt Ihr auch schreiben, Madelyne?«

Als Madelyne das bejahte, fuhr Anthony fort: »Möglich, daß wir ein wenig Zeit gewinnen können, wenn der König seine Männer noch nicht losgeschickt hat.«

»Zeit? Wofür?« fragte Madelyne.

»Daß Euer Gemahl zu Euch zurückkommt«, sagte Anthony.

Der Vasall ging zur Truhe, nahm das hölzerne Kästchen und trug es zu Madelyne. »Dort drin ist Pergament und Tinte«, sagte er.

Madelyne setzte sich und bereitete alles vor. Anthony kehrte ihr den Rücken zu und begann vor dem Kamin auf und ab zu gehen, während er überlegte, was genau Madelyne schreiben sollte.

Als Madelyne das Kästchen durchwühlte entdeckte sie das gebrochene Siegel des Klosters, aus dem Vater Laurence stammte. Aus Neugier nahm sie die Schriftrolle heraus und begann zu lesen.

Gerade als sie mit dem Brief fertig war, wandte sich Anthony wieder zu ihr um. Er erkannte augenblicklich das Siegel und wußte, daß er ihr nichts mehr vormachen konnte. »Er wollte nicht, daß Ihr Euch Sorgen macht«, sagte er leise. Tröstend legte er ihr eine Hand auf die Schulter.

Madelyne sagte kein Wort, hob aber schließlich den Kopf und sah Anthony an. Der Vasall war überrascht, als er ihre ruhige, gelöste Miene sah. Und in diesem Moment begriff er, wie entsetzt sie war. Aye, sie trug dieselbe Miene zur Schau wie in den ersten Tagen, nachdem Duncan sie gefangengenommen hatte.

Anthony war im Zwiespalt. Was sollte er tun? Wenn er versuchte, ihr zu erklären, daß Duncan sie heiraten wollte, sobald er zurückkehrte, machte er vielleicht alles nur noch schlimmer. Duncan hatte sie angelogen. »Madelyne, Euer Gemahl liebt Euch«, sagte er hilflos.

»Aber er ist gar nicht mein Gemahl, nicht wahr, Anthony?«

Sie ließ ihm keine Zeit zu antworten, sondern senkte

wieder den Kopf. »Was soll ich dem König schreiben?« fragte sie mit sanfter, fast heiterer Stimme.

Anthony gab auf. Er würde es Duncan überlassen müssen, seiner Frau eine Erklärung abzugeben. Er mußte sich nun auf die richtigen Worte an den Herrscher konzentrieren.

Schließlich verfaßten sie eine schlichte Mitteilung, die dem König sagte, daß Baron Wexton noch nicht auf seine Burg zurückgekehrt war und daher nichts von dem Befehl des Königs wissen konnte.

Anthony ließ Madelyne die Nachricht zweimal vorlesen. Als er zufrieden war, fächelte sie das Pergament, bis es trocken war, dann ölte sie die Rückseite, bis das Papier sich aufrollen ließ.

Anthony gab die Rolle dem Boten des Königs und befahl ihm, in größter Eile nach London zurückzukehren.

Madelyne ging in ihre Kammer, um ihre Kleider einzupacken. Da sie nicht wußte, wann die Männer des Königs eintreffen würden, war es besser, daß sie darauf vorbereitet war.

Anschließend ging Madelyne zu Adela und erklärte ihr, was geschehen war. Sie bemühte sich jedoch, nur die Sätze aus der Botschaft zu wiederholen, die nichts mit Adela zu tun hatten. Madelyne würde ohnehin nicht zulassen, daß Adela zu Louddon geschickt wurde. Und sie würde auch Duncan nicht in eine Situation bringen, in der er wählen mußte.

Ohne ihr Abendessen einzunehmen, stieg Madelyne später in ihre Turmkammer hinauf. Fast eine Stunde stand sie am Fenster, blickte hinaus und ließ ihren Gefühlen – und ihren Tränen – freien Lauf.

Warum hatten sie Laurence' wahre Identität nur nicht früher erkannt! Es war ihre eigene Schuld – sie war zu sehr mit sich selbst beschäftigt gewesen, um die kleinen Unstimmigkeiten zu bemerken. Als nächstes gab sie Duncan die Schuld. Wenn er sie während der Hochzeitszeremonie nicht so eingeschüchtert hätte, dann wäre ihr bestimmt aufgefallen, daß der Priester gar keiner war.

Sie glaubte kein einziges Mal, daß Duncan es von vornherein gewußt hatte. Nein, sie war sicher, daß auch er gedacht hatte, Laurence sei ein echter Geistlicher gewesen. Dennoch war sie noch immer wütend. Duncan hatte sie schlichtweg angelogen, was den Inhalt der Nachricht aus dem Kloster von Roanne betraf. Und er wußte doch, wie sehr sie Lügen verabscheute. »Warte nur, bis ich dich in die Finger kriege«, murmelte sie. »Adela ist nicht die einzige, die weiß, wie man eine Szene macht.«

Doch ihr Zorn konnte ihre Furcht nicht lindern. Wieder begann sie zu weinen.

Gegen Mitternacht wollten keine Tränen mehr kommen. Sie lehnte sich ans Fenster. Draußen schien ein heller Mond, und sie fragte sich, ob er sein silbriges Licht auch über Duncan ergoß. Wo war er? Schlief er unter freiem Himmel? War er schon beim König?

Plötzlich nahm sie aus dem Augenwinkel eine Bewegung wahr. Madelyne blickte zum Kamm der unteren Hügelkette hinüber. Und da sah sie den Wolf den Hügel hinaufklettern.

Es war wirklich ein Wolf, sie war sich sicher. Vielleicht derselbe, den sie vor Monaten dort gesehen hatte. Sie wünschte sich, daß Duncan nun hier gewesen wäre, damit sie ihm endlich hätte beweisen können, daß das Raubtier nicht nur in ihrer Einbildung existierte. Atemlos beobachtete sie, wie das Tier den Knochen aufnahm, den sie dort liegengelassen hatte, und auf der anderen Seite des Hügels verschwand.

Das alles war so schnell gegangen, daß Madelyne sich fragte, ob sie es sich nicht doch wieder eingebildet hatte. Sie war müde, erschöpft, verängstigt. Vielleicht hatte sie einfach nur einen verwilderten Hund gesehen, vielleicht spielte ihre Phantasie einmal mehr verrückt.

Duncan war ihr Wolf. Er liebte sie. Madelyne zweifelte

daran nicht. Aye, er hatte sie angelogen, als es um den Brief ging, aber sie wußte tief in ihrem Herzen, daß er sie niemals in seiner Liebe belügen würde. Er würde sie niemals verraten.

Die Erkenntnis tröstete sie etwas.

Madelyne ging zum Bett und legte sich nieder, doch die wachsende Furcht ließ sie nicht schlafen. Wie schön war es gewesen, ihre Zukunft in Duncans Hände legen zu können. Sie hatte sich so sicher gefühlt, weil sie seinen Namen trug. Ja, sie hatte gewußt, daß sie niemals mehr allein sein würde. Sie war mit ihm verbunden.

Das hatte sie geglaubt.

Doch nun wußte sie, daß es nicht stimmte. Und sie hatte wieder Angst, schreckliche Angst. Der König wollte sie zu Louddon zurückschicken.

Madelyne begann zu beten. Sie flehte Gott an, auf Duncan aufzupassen. Sie bat ihn, sich um Adelas Zukunft zu kümmern, auch um Gerald, betete sogar für Gilard und Edmond.

Und dann flüsterte sie ein Gebet für sich selbst. Sie betete um Kraft und Mut.

Kraft und Mut, um dem Teufel gegenüberzutreten.

KAPITEL 21

»Antworte dem Toren nach seiner Torheit, daß er sich nicht weise dünke.«
Altes Testament, Sprüche, 26.5

In dem Augenblick, als Duncan in die untere Einfriedung ritt, wußte er, daß etwas nicht stimmte. Anthony war nicht gekommen, um ihn zu begrüßen. Auch Madelyne war nicht zu sehen.

Eine dumpfe Vorahnung krampfte sein Inneres zusammen. Er trieb sein Pferd an, galoppierte über die Brücke und donnerte in den Burghof.

Adela kam aus der Burg gerannt, als Duncan und Gerald gerade absaßen. Sie zögerte einen Moment, schien dann eine Entscheidung getroffen zu haben und warf sich in Geralds Arme. Gleichzeitig brach sie in Tränen aus.

Zwischen Schluchzern stammelte sie etwas hervor, aber es war unmöglich, eine vernünftige Information aus ihr herauszubekommen.

Duncans stellvertretender Befehlshaber, ein großer, gemütlich wirkender Mann namens Robert, kam herbeigehastet, um Bericht zu erstatten. Während Gerald versuchte, Adela zu beruhigen, erklärte Robert, daß die Soldaten des Königs gekommen waren, um Madelyne zu holen.

»War das Siegel des Königs auf der Nachricht?« fragte Duncan.

Robert runzelte die Stirn. »Ich weiß nicht, Baron. Ich habe den Befehl nicht gesehen. Und Eure Frau bestand darauf, den Brief mitzunehmen.« Robert senkte die Stimme zu einem Flüstern und fügte dann hinzu: »Sie wollte nicht, daß irgend jemand Eurer Schwester vorlesen könnte, was in dem Brief stand.«

Duncan war nicht sicher, wie er das verstehen sollte. Das wahrscheinlichste war, daß in der Botschaft irgend etwas stand, das Adela als Bedrohung hätte auffassen können. Offenbar hatte seine Frau einmal mehr versucht, Adela zu schützen.

Der König hätte keine Drohung ausgesprochen. Nay, William würde seine treuen Vasallen nicht auf diese Art und Weise behandeln. Duncan besaß genug Vertrauen in den Herrscher, um sicher zu sein, daß der König erst urteilen würde, wenn er von jedem Beteiligten eine zufriedenstellende Erklärung bekommen hätte.

Louddon hatte die Hand im Spiel. Darauf hätte Duncan sein Leben verwettet.

Augenblicklich rief Duncan seinen Männern die Befehle zum Aufbruch zu. Innerhalb kürzester Zeit steigerte sich sein Zorn derart, daß er kaum noch vernünftig denken konnte. Das einzige, was ihn beruhigte, war die Tatsache, daß Anthony Madelyne begleitet hatte. Sein treuer Befehlshaber hatte sich wenige, aber überaus fähige Männer mitgenommen. Robert erklärte ihm, daß Anthony es nicht gewagt hatte, zu viele Krieger mitzunehmen, weil der König dann vielleicht hätte glauben können, Anthony würde seinem Herrscher nicht trauen — eine unverzeihliche Beleidigung!

»Also glaubte Anthony daran, daß der Befehl direkt vom König kam?« fragte Duncan.

»Er hat sich mir nicht anvertraut«, erwiderte Robert.

Duncan ließ frische Pferde holen. Als der Stallmeister Silenus heranführte, stutzte Duncan. Warum war Madelyne nicht auf dem Hengst zum Hof geritten?

James, der es nicht gewohnt war, direkt mit seinem Lord zu sprechen, stammelte seine Antwort heraus. »Sie machte sich Sorgen, daß ihr Bruder das Pferd quälen könnte, wenn er erführe, daß es Euer Hengst ist. Wirklich, das war ihre eigenen Worte.«

Duncan nickte. Es sah Madelyne ähnlich, sich um das Pferd Gedanken zu machen. »Sie hat sich eines der königlichen Pferde geben lassen«, setzte James hinzu.

Adela flehte und bettelte, daß man sie mitnahm, aber Duncan blieb hart. Er schwang sich wieder in den Sattel, war aber gezwungen, noch einige kostbare Momente zu verharren, bis es Gerald gelungen war, sich aus der Umklammerung seiner hysterisch schluchzenden Schwester zu befreien.

Schließlich sah Adela ein, daß sie keine Chance hatte. Sie brachte Gerald dazu, auf das Grab seiner Mutter zu schwören, daß er unverletzt zurückkehren würde. Der Schwur war nichts wert, wie Duncan sehr gut wußte, denn Geralds Mutter erfreute sich bester Gesundheit. Doch er hütete sich, eine Bemerkung dazu zu machen. Adela war nämlich nun weit ruhiger.

»Werdet ihr die Lady einholen können?« wagte James seinen Herrn zu fragen.

Duncan wandte sich zum Stallmeister um und wollte ihn schon tadeln, doch der sorgenvolle Blick des Mannes stimmte ihn milde. »Sie haben höchstens eine Woche Vorsprung«, sagte er freundlich. »Ich werde deine Herrin zurückbringen, James.«

Und das waren die letzten Worte, die Duncan sprach, bis sie die Hälfte der Strecke nach London zurückgelegt hatten. Hätten die Pferde nicht eine Ruhepause gebraucht, hätte Duncan vermutlich gar nicht angehalten.

Sobald sie abgestiegen waren, entfernte sich Baron Wexton von seinen Männern. Gerald ließ ihn eine Weile in Frieden, ging aber dann zu ihm hinüber. »Ich hätte einen guten Rat für dich, mein Freund«, sagte er zu Duncan.

Duncan sah ihn aufmerksam an.

»Denk daran, wie ich reagiert habe, als ich Morcar sah.

Laß nicht zu, daß dein Haß die Kontrolle über dein Tun übernimmt. Doch wenn es geschieht, dann werde ich bei dir sein und dir den Rücken decken, das schwöre ich.«

Duncan nickte. »Sobald ich Madelyne gesehen habe, werde ich mich unter Kontrolle haben. Sie ist schon mindestens eine Woche am Hof. Wer weiß, was Louddon ihr angetan hat. Wenn er sie angerührt hat, Gerald, dann, so schwöre ich . . .«

»Louddon kann es sich nicht leisten, ihr etwas anzutun, Duncan. Er braucht ihre Unterstützung. Zu viele Leute beobachten ihn. Nay, Louddon wird ganz den liebevollen Bruder spielen, verlaß dich drauf.«

»Ich hoffe nur, daß du recht hast«, sagte Duncan. »Ich habe . . . mache mir Sorgen um sie.«

Gerald klopfte ihm tröstend auf die Schulter. »Teufel, du hast furchtbare Angst, sie zu verlieren, gib's doch zu. Mir ist es bei Adela nicht anders gegangen.«

»Meine Güte, wie arrogant wir beide sind«, bemerkte Duncan mit einem halben Grinsen. »Mach dir keine Gedanken, daß ich die Beherrschung verlieren könnte, Gerald. Wenn ich meine Frau gesund und munter wiedersehe, dann bin ich ganz der kühle und distanzierte Baron.«

»Tja, nun . . . da ist noch etwas, über das wir reden sollten. Adela hat mir von dem Brief aus dem Kloster erzählt.«

»Woher weiß Adela denn von dem Brief?« fragte Duncan.

»Madelyne selbst hat ihr davon erzählt. Offenbar hat sie ihn gelesen.«

Duncans Schultern sackten nach vorne. Seine Sorgen hatten sich soeben vervielfältigt. »Hat Adela auch erzählt, wie Madelyne reagiert hat? War sie wütend? O Gott, ich hoffe, sie hat getobt.«

Gerald schüttelte den Kopf. »Wieso wünscht du dir denn ausgerechnet so etwas?«

»Ich habe Madelyne angelogen, Gerald, und ich kann

nur beten, daß sie wegen der Lüge wütend ist. Ich will nicht, daß sie auf den Gedanken kommt, ich könnte sie getäuscht und ... mißbraucht haben.« Duncan zuckte die Achseln. Es fiel ihm schwer, seine Gefühle in Worte zu fassen. »Als ich Madelyne entführte, sagte sie mir, Louddon würde sie nicht holen kommen, weil sie es nicht wert sei. Madelyne hat nicht versucht, mir eine Geschichte aufzutischen, Gerald. Sie hat es wirklich und wahrhaftig geglaubt. Das ist Louddon zu verdanken, denn sie hat zwei Jahre unter seiner Herrschaft leben – und leiden! – müssen.«

»Zwei Jahre?«

»Ja. Nach dem Tod ihrer Mutter war Louddon ihr Vormund, bis sie zu ihrem Onkel geschickt wurde. Du weißt selbst, wie grausam Louddon sein kann. Zwar habe ich Madelyne jeden Tag stärker werden sehen, aber sie ist immer noch sehr verletzlich.«

Gerald nickte. »Ich weiß, daß du derjenige hast sein wollen, der Madelyne die Sache mit dem Priester erklärt, aber stell dir nur vor, sie hätte nichts gewußt und es stattdessen von Louddon erfahren!«

»Aye, das wäre schrecklich für sie gewesen«, gab Duncan zu. »Wußtest du, daß Madelyne mich gebeten hat, ihr zu zeigen, wie man sich verteidigt? Gott, es war keine Zeit mehr ... Nein, ich habe mir die Zeit einfach nicht genommen! Wenn ihr irgend etwas zustößt ...«

Duncan wagte nicht, es sich auszumalen. Reines Entsetzen stieg in ihm auf, als er daran dachte, daß seine unschuldige, zarte Frau in den Händen dieses schurkischen Kerls war. Nein, er mußte den Gedanken verdrängen!

Gerald wußte nicht, wie er Duncan Trost spenden sollte. »Der Mond ist hell genug, daß wir die Nacht durch reiten können«, schlug er schließlich zaghaft vor.

»Dann sollten wir es tun.«

Von da an schwieg Duncan. Er sprach erst wieder, als sie ihr Ziel erreicht hatten.

Madelyne versuchte zu schlafen. Sie war in eine Kammer neben dem Zimmer ihrer Schwester Clarissa eingesperrt. Die Wände waren hauchdünn, und Madelyne gab sich alle Mühe, das hitzige Gespräch zwischen Louddon und Clarissa zu überhören.

In der Tat hatte sie längst genug gehört. Madelyne war so empört über ihre Geschwister, daß ihr übel war. Ihr Magen wollte keinerlei Nahrung bei sich behalten, und in ihren Kopf hämmerte es wild.

Louddons Verhalten war vollkommen vorhersehbar gewesen. Er hatte sie vor den Augen des Königs freundlich begrüßt, hatte sie auf die Wange geküßt und sogar in den Arm genommen. Er hatte ganz den liebenden Bruder gespielt, besonders in Anwesenheit von Anthony. Sobald sie jedoch allein waren, hatte er sich ausgetobt. Er hatte sie angebrüllt, hatte ihr Anschuldigungen an den Kopf geworfen und sie schließlich mit einem Faustschlag gegen die Schläfe zu Boden gestreckt. Es war dieselbe Seite gewesen, die er kurz zuvor noch geküßt hatte.

Ihr Bruder bereute seinen Ausbruch sofort, denn nun würde Madelyne eine für jedermann sichtbare Prellung bekommen. Da er sich denken konnte, daß einige ihm nicht wohlgesonnene Leute sofort folgern würden, daß er dafür verantwortlich war, schloß er seine Schwester in der Kammer ein und erzählte am ganzen Hof, Madelyne habe in den Händen des Baron Wexton so Schreckliches durchmachen müssen, daß sie ein paar Tage benötigen würde, um sich davon zu erholen.

Doch während Louddons Verhalten berechenbar gewesen war und Madelyne nicht weiter überraschen konnte, so war sie doch nicht auf die entsetzliche Enttäuschung vorbereitet gewesen, die Clarissa für sie darstellte. Madelyne erkannte erst jetzt, daß sie ihre Schwester in ihrer Phantasie idealisiert hatte. Madelyne hatte die ganzen Jahre immer verzweifelt daran glauben wollen, daß ihre ältere Schwester sie liebte. Sie hatte Clarissa und Sara oft geschrieben, doch niemals eine Antwort erhalten. Jedesmal hatte sie Ausreden gefunden, warum die beiden Älteren sich nicht um sie kümmern konnten. Jetzt wußte sie die Wahrheit. Zumindest Clarissa war genauso selbstsüchtig und kalt wie ihr Bruder Louddon.

Sara war gar nicht erst nach London gekommen. Clarissa hatte ihre Abwesenheit damit erklärt, daß Sara schließlich gerade erst mit Baron Ruchiers verheiratet worden war und nicht von seiner Seite weichen wollte. Madelyne hatte noch nicht einmal gewußt, daß Sara irgend jemandem versprochen gewesen war.

Inzwischen hatte Madelyne den Versuch aufgegeben, einzuschlafen. Clarissa konnte kreischen wie ein Waschweib. Und offenbar war sie derart erbost, daß sie Madelyne im Nebenzimmer vergessen hatte. Lautstark beschwerte sie sich bei Louddon über die Demütigungen, die sie durch ihre Halbschwester hatte erleiden müssen.

Ein Gesprächsfetzen, der nun zu Madelyne herüberdrang, ließ sie aufhorchen. Neugierig schlich sie zu der Verbindungstür und legte ihr Ohr an das Holz. Clarissa redete von Rachael. Mit haßerfüllter Stimme spie sie Verleumdungen über Madelynes Mutter aus, die Madelyne erbeben ließen. Sie hatte gewußt, daß Louddon ihre Mutter gehaßt hatte, aber ihr war nicht klar gewesen, daß Clarissa auch so empfand.

»Du wolltest die Hure doch vom ersten Tag an, als sie durch die Tür hereinstolzierte«, schrie Clarissa.

Madelyne zog die Tür behutsam einen winzigen Spalt auf und spähte hindurch. Sie sah Clarissa auf der gepolsterten Bank in der Fensternische sitzen. Louddon stand neben ihr und hatte Madelyne den Rücken zugekehrt. Beide hielten Kelche in ihrer Hand.

»Rachael war eine wunderschöne Frau«, antwortete Louddon mit rauher Stimme. »Als Vater sie verstieß, war ich schlichtweg erstaunt. Rachael war so begehrenswert. Vater hat die Heirat erzwungen, Clarissa. Jeder war der Meinung, daß Baron Rhinehold sie nehmen würde.«

Clarissa schnaubte und nahm einen tiefen Schluck aus ihrem Kelch. Dunkelroter Wein tropfte auf ihr Kleid, doch Clarissa schien es nicht zu merken. Sie schenkte sich aus dem Krug auf der Fensterbank nach.

Ihre Schwester war genauso hübsch wie Louddon, hatte dasselbe weizenblonde Haar und dieselben haselnußbraunen Augen. Und ihr Gesicht sah wutverzerrt genauso abstoßend wie Louddons aus. »Nun, aber offenbar hatte Rhinehold ja keine Chance gegen Vaters Einfluß«, sagte Clarissa. »Aber letztlich war Vater ja doch der Dumme, oder etwa nicht? Rachael ist als Siegerin hervorgegangen. Glaubst du, Rhinehold wußte, daß sie sein Kind unter dem Herzen trug, als sie unseren Vater heiratete?«

»Nein«, antwortete Louddon. »Rachael durfte Rhinehold nie wiedersehen. Als Madelyne geboren wurde, sah Vater sie sich nicht einmal an. Und Rachael wurde für ihre Dummheit bestraft.«

»Und du hast gehofft, Rachael würde sich trostsuchend an dich wenden, nicht wahr?« Clarissa lachte höhnisch. »Du hast sie geliebt, so war es doch, oder? Doch Rachael fand dich widerwärtig. Wenn sie nicht ihre Bastardgöre gehabt hätte, dann hätte sie sich bestimmt wirklich selbst umgebracht. Gott weiß, ich hab's ihr oft genug nahegelegt. Tja, liebster Bruder, vielleicht ist Rachael ja gar nicht aus Versehen die Treppe hinuntergefallen. Vielleicht hat sie ja jemand gestoßen!«

»Du warst immer schon eifersüchtig auf sie, Clarissa«, fauchte Louddon. »Und nun bist du eifersüchtig auf ihre Tochter, illegitim oder nicht!«

»Ich bin nicht eifersüchtig«, kreischte Clarissa. »Das habe ich nicht nötig. Gott, ich bin heilfroh, wenn diese Sache ein für alle Male vorbei ist. Und dann, das schwöre ich, erzähle ich Madelyne von Rhinehold. Ja, vielleicht sage ich ihr auch, daß du ihre Mutter umgebracht hast!«

»Wag' es ja nicht!« brüllte Louddon und schlug seiner Schwester den Kelch aus der Hand. »Du bist ja vollkommen verrückt, Clarissa. Rachael ist auf der Treppe ausgerutscht, und das ist die Wahrheit!«

»Aber sie hat versucht, dir zu entkommen«, höhnte seine Schwester.

»Schweig jetzt endlich!« fuhr Louddon sie an. »Niemand darf je erfahren, daß Madelyne nicht von unserem Blut ist. Die Schande wird auch dich treffen! Vergiß das nicht, Clarissa!«

»Glaubst du denn, die kleine Dirne tut, was du von ihr verlangst? Wird Madelyne vor dem König das sagen, was du willst? Oder wird sie sich gegen dich wenden, Louddon?«

»Sie wird schon tun, was ich will«, sagte Louddon im Brustton der Überzeugung. »Sie hat Angst vor mir. Sie hat vor allem Angst, der kleine Feigling. Und außerdem weiß sie, daß ich Berton töte, wenn sie nicht gehorcht!«

»Es ist eine Schande, daß Morcar tot ist«, meinte Clarissa. »Er hat einen wirklich guten Preis für Madelyne geboten. Nun wird sie sicher niemand mehr wollen.«

»Du irrst dich, Clarissa. *Ich* will sie. Ich werde sie mit niemandem verheiraten.«

Madelyne schloß rasch die Tür, um Clarissas obszönes Lachen nicht hören zu müssen. Sie schaffte es gerade noch zum Nachttopf, als ihr Magen sich umdrehte.

Dann kamen die Tränen.

Madelyne weinte um ihre Mutter Rachael, die durch Louddon und seinen Vater soviel Elend hatte erleiden müssen. Und, ja, es entsetzte sie, daß Rachael mit dem Kind eines anderen unter dem Herzen ins Ehebett gekommen war. Doch nach einer Weile dämmerte ihr, was das bedeutete. Und plötzlich wich ihr Entsetzen einem überwältigenden Glücksgefühl. Sie war illegitim. Louddons Vater war nicht ihr Vater! Das bedeutete, daß sie mit Louddon doch nicht blutsverwandt war!

Sie hatte den Namen Rhinehold bereits von Duncan gehört und wußte, daß sie Verbündete waren. Ob er auch am Hof war? Sie hätte gerne gewußt, wie er aussah, ob er jemals eine andere geheiratet hatte . . .

Louddon hatte recht: Niemand durfte die Wahrheit erfahren. Und doch war Madelyne sich bewußt, daß sie es Duncan erzählen würde. Wahrscheinlich würde er sich genauso darüber freuen wie sie.

Dann, endlich, gelang es ihr, das Chaos der Gefühle in ihrem Inneren einzudämmen. Sie mußte bei klarem Verstand bleiben. Aye, sie mußte sowohl Vater Berton als auch Duncan zu beschützen versuchen. Louddon glaubte, sie würde den einen verraten, um den anderen zu retten. Zudem bot auch Adela ein Problem, doch Duncans Schwester war im Augenblick nicht ihre größte Sorge. Nay, Gerald würde Adela bald heiraten, und wenn das geschehen war, konnte der König schlecht drohen, Adela zu Louddon zu schicken.

Madelyne verbrachte fast die ganze Nacht damit, einen Plan auszuarbeiten. Sie betete, daß Louddon so berechenbar blieb, daß Duncan in Sicherheit war und daß Gott ihr die Kraft gab, die sie für den bevorstehenden Kampf brauchen würde.

Schließlich schloß sie erschöpft die Augen. Und dann verfiel sie instinktiv in die Angewohnheit ihrer Kindheit zurück. Immer wenn sie sich gefürchtet hatte, daß Louddon kommen und sie nach Hause holen würde, hatte sie sich vorgestellt, daß Odysseus sie beschützen würde. Doch heute dachte sie nicht an Odysseus, sondern an Duncan.

Sie hatte jemanden gefunden, der mehr Macht besaß als Odysseus. Nun konnte ihr Wolf sie beschützen.

Am nächsten Nachmittag führte Louddon Madelyne vor den König. Als sie sich den privaten Räumlichkeiten des Königs näherten, drehte Louddon sich zu ihr um und lächelte. »Ich verlasse mich auf deine Ehrlichkeit, Madelyne. Du mußt einfach nur erzählen, was mit der Festung geschehen ist und daß du entführt worden bist. Den Rest mache ich.«

»Und die Wahrheit wird Duncan verurteilen, ist es das, was du denkst?« gab sie zurück.

Louddons Lächeln schwand. Seit wann wagte es seine kleine Schwester, in so einem Tonfall mit ihm zu reden! »Sag bloß, du hast auf einmal Rückgrat bekommen, Madelyne! Solltest du dir das nicht noch einmal überlegen? Denk nur an deinen lieben Onkel. Ich habe ein paar Männer angewiesen, sich bereitzuhalten. Nur ein kurzer Befehl von mir, und sie reiten zu Vater Berton. Möchtest du dafür verantwortlich sein, daß ihm die Kehle durchgeschnitten wird?«

»Woher soll ich wissen, daß du ihn nicht längst hast umbringen lassen?« fragte Madelyne. Louddon packte ihren Arm, so daß es weh tat. »Aye«, fügte Madelyne hinzu. »Du kannst deinen Jähzorn nicht unter Kontrolle halten. Das hast du noch nie gekonnt. Sag es mir, Louddon, woher soll ich wissen, daß Vater Berton nicht bereits tot ist?«

Louddon stellte sofort unter Beweis, daß Madelyne mit der Einschätzung seines Charakters recht hatte. Er holte aus und schlug sie mit dem Handrücken ins Gesicht. Der juwelenbesetzte Ring an seinem Finger riß ihr die Lippe auf. Blut quoll heraus. »Sieh nur, was du mit mir machst«, brüllte Louddon. Er ballte die Faust, um erneut zuzuschlagen, wurde jedoch plötzlich zurückgerissen und krachte gegen die Wand.

Anthony trat rasch aus dem Schatten heraus, packte Louddon an der Kehle und drückte zu.

Madelyne hatte ihren Bruder mit Absicht provoziert. Sie hatte gewollt, daß er sich vergaß. Anthonys Einmischung kam ihr ganz und gar nicht gelegen. »Anthony, laß meinen Bruder los«, befahl sie. Ihre Stimme war barsch, doch sie milderte die Order ab, indem sie dem Vasallen die Hand auf die Schulter legte. »Bitte, Anthony.«

Widerwillig ließ Anthony Louddon los und beobachtete mitleidslos, wie der Baron die Mauer herabrutschte und sich am Boden hustend zusammenkrümmte.

Madelyne nutzte die vorübergehende Schwäche ihres Bruders sofort aus. Sie stellte sich auf Zehenspitzen und flüsterte Anthony ins Ohr: »Ich habe einen Plan. Egal, was ich tue oder sage, Anthony, versuch nicht, mich davon abzuhalten. Ich will nur Duncan schützen.«

Anthony nickte, wenn er auch nicht überzeugt war. Er hätte sie gerne gefragt, ob ihr Plan darin bestand, Louddon so weit zu reizen, daß er sie umbrachte. Und, Himmel, wieso wollte sie ausgerechnet Duncan schützen? Warum kümmerte sie sich nicht um ihre eigene Sicherheit?

Es kostetet Anthony enorme Willenskraft, nicht dazwischenzugehen, als Madelyne ihrem Bruder vom Boden aufhalf. Verdammt, mußte sie diesen Bastard auch noch anfassen?

»Louddon, ich glaube dir nicht, daß du Onkel Berton bisher noch nichts angetan hast«, sagte Madelyne, als ihr Bruder versuchte, sie von Anthony wegzuzerren. »Und ich will hier und jetzt die Wahrheit wissen.«

Ihre Unerschrockenheit verblüffte Louddon zutiefst. Seine Schwester zeigte sich weder eingeschüchtert noch feige. »Was willst du dem König denn sagen, wenn er mein Gesicht und die Schrammen sieht?«

»Du wirst gar nicht zum König gehen«, fauchte Louddon. »Ich habe meine Meinung geändert. Ich bringe dich jetzt zurück in deine Kammer. Dann rede ich mit dem König. Allein!«

Madelyne riß sich aus Louddons Griff los. »Er wird mich aber sehen und anhören wollen«, sagte sie beherrscht. »Heute, morgen oder nächste Woche, Louddon. Du kannst es nur aufschieben, das ist alles. Und weißt du, was ich dem König sagen werde, Louddon?«

»Die Wahrheit«, höhnte Louddon. »Du bist doch immer so entsetzlich ehrlich gewesen, und deine Aufrichtigkeit wird Baron Wexton den Garaus machen.« Er lachte laut auf. »Du kannst doch gar nicht anders.«

»Richtig. Wenn ich mit dem König sprechen würde, dann müßte ich ihm die Wahrheit sagen. Aber ich werde nicht mit ihm sprechen. Ich werde einfach nur dastehen und dich anstarren, wenn William mir Fragen stellt. Kein einziges Wort wird über meine Lippen kommen.«

Louddon geriet in solche Wut, daß er sie fast noch einmal geschlagen hätte. Doch als er die Hand hob, trat Anthony sofort drohend einen Schritt vor. Louddon überlegte es sich rasch anders.

»Wir werden uns später darüber unterhalten«, sagte er mit einem bedeutungsvollen Blick zu Anthony. »Und dann, glaub mir, wirst du dich schon eines Besseren besinnen.«

Madelyne gab sich Mühe, ihre Angst zu verbergen. »Wir werden jetzt darüber sprechen, Louddon, denn sonst schicke ich Anthony zu William, damit er ihm sagt, daß du mir drohst.«

»Und du glaubst, das interessiert William?« fragte Louddon mit einem höhnischen Lachen.

»Ich bin genauso sein Untertan wie du«, gab Madelyne zurück. »Ich werde Anthony auch anweisen, ihm zu berichten, daß ich befürchte, du könntest Onkel Berton etwas antun. Ich habe starke Zweifel, daß William die Empörung der Kirche über einen ermordeten Priester gleichgültig ist!«

»Der König wird dir nicht glauben. Und du weißt sehr gut, daß dein verdammter Priester am Leben ist. Doch wenn du dich weiter gegen mich auflehnst, dann lasse ich ihn töten. Reiz mich nur weiter, du kleine Dirne, und ich –«

»Und du wirst mich zurück zu Onkel Berton schicken. Das ist es, was du tun wirst!«

Louddon riß die Augen auf. Hektische roten Flecken erschienen auf seinen Wangen. Er konnte nicht fassen, was aus dem schüchternen, ängstlichen Kind geworden war. Madelyne wagte es zum ersten Mal in ihrem Leben, ihm zu trotzen, und das auch noch vor einem Zeugen. Eine dumpfe Ahnung beschlich Louddon, die Ahnung, daß er sich geirrt hatte. Es war absolut notwendig, daß Madelyne ihm gehorchte, wenn er den König dazu bringen wollte, gegen Duncan ins Feld zu ziehen. Madelyne mußte dem König berichten, wie Duncan seine Festung zerstört und sie gefangengenommen hatte. Louddon hatte geglaubt, daß sie sich ihm widerstandslos fügen würde, so wie sie es früher immer getan hatte. Doch nun war sie unberechenbar geworden.

»Du willst doch, daß ich nur die Wahrheit sage, nicht wahr?« fuhr Madelyne fort. »Was, wenn ich meinen Bericht damit beginne, wie du versucht hast, Baron Wexton zu töten?«

»Du wirst nur die Fragen beantworten, die man dir stellt«, fauchte Louddon.

»Gut, dann wirst du auf meine Bedingungen eingehen. Laß mich zu ihm zurückkehren, und sieh allein zu, was du gegen das Problem Baron Wexton unternehmen willst!«

Madelyne hätte am liebsten über ihre Wortwahl geweint. Problem Baron Wexton ... Oh Gott. Louddon wollte Duncan vernichten. »Ich schwöre dir, ich kann dir mehr schaden, als du glaubst, wenn ich vor dem König sprechen muß. Vielleicht wird die Wahrheit Duncan verurteilen, mein Schweigen aber wird dein Urteil bedeuten.«

»Wenn das hier vorbei ist, Schwester ...«

»Dann wirst du mich umbringen, nehme ich an.« Madelyne zwang sich zu einem gleichgültigen Achselzukken. Ihre Stimme war bar jeder Emotion, als sie hinzufügte: »Mach, was du willst, Louddon. Es kümmert mich nicht.«

Louddon gedachte nicht, das Risiko einzugehen, daß Madelyne ihre Drohung wahrmachte. Er war zu dem Schluß gekommen, daß er sie sofort vom Hof entfernen lassen mußte. Er hatte einfach keine Zeit, sie mit Schlägen zum Gehorsam zu zwingen.

Erst vor zwei Tagen hatte er erfahren, daß es Morcar nicht gelungen war, Duncan zu beseitigen. Das bedeutete, daß der Baron jeden Augenblick am Hof des Königs eintreffen mußte.

Vielleicht sollte er seiner Schwester ihren Willen lassen. Wenn sie fort war, konnte er sich allein um sein Anliegen kümmern. Das war immerhin besser, als daß sie seine Pläne zunichte machte.

»Du wirst in der nächsten Stunde abreisen«, sagte er also. »Doch meine Männer werden dich begleiten, Madelyne. Wextons Krieger«, setzte er mit einem Blick auf Anthony hinzu, »haben dir gegenüber keine Verantwortung mehr. Der Baron hat dich entführt, seine Männer haben dich zurückgebracht. Damit obliegt wieder mir die Vormundschaft! Du gehörst mir!«

Madelyne willigte ein, bevor Anthony noch protestiereen konnte. Der Vasall warf Madelyne einen raschen Blick zu und nickte dann widerwillig.

Allerdings hatte er keinerlei Absicht, sich tatsächlich herauszuhalten. Anthony würde Madelyne begleiten, wo auch immer sie hinginge. Doch Louddon sollte ruhig glauben, daß Anthony seine Pflicht für getan hielt, und deswegen verkündete er: »Dann werde ich noch heute zur Wexton-Festung zurückkehren.« Mit diesen Worten wandte er sich um und ging.

»Ich muß ein paar Worte mit dem König sprechen«, murmelte Louddon. »Er erwartet uns. Du hast Glück, Madelyne, ich werde dich gehen lassen. Aber wir beide wissen, daß du dich irgendwann den Fragen des Königs stellen mußt!«

»Ich werde sie ihm ehrlich beantworten«, gab Madelyne zurück. Als Louddon sie mißtrauisch betrachtete, setzte sie hastig hinzu: »Was natürlich dein Anliegen unterstützen wird.«

Nun entspannte er sich ein wenig. »Tja, nun, vielleicht ist es tatsächlich am besten, wenn du deinem Onkel einen Besuch abstattest. Du und er . . . ihr paßt ohnehin hervorragend zusammen!«

Und du wirst ständig daran erinnert sein, daß ich ihm etwas antun könnte, wenn du mir nicht gehorchst, setzte Louddon in Gedanken hinzu. Ja, es war wirklich nicht schlecht, wenn sie ihren geliebten Onkel wiedersah und begriff, daß sein Leben von ihrem Verhalten abhing. Der alte Mann war schutzlos. Und Madelyne würde wieder zu dem kleinen, verängstigten Mädchen werden, das er für seine Pläne brauchte.

»Nun, immerhin besteht die Möglichkeit, daß schon alles zu meiner Zufriedenheit geregelt ist, bevor man dich wieder an den Hof ruft«, sagte er. »Du gehst jetzt auf dein Zimmer und packst deine magere Habe zusammen. Ich schicke dir Soldaten, wenn alles soweit ist.«

Madelyne senkte den Kopf, um sich den Anschein der Fügsamkeit zu geben. Flüsternd dankte sie ihm. »Ich habe wirklich viel durchgemacht«, sagte sie leise. »Ich hoffe inständig, daß der König nichts gegen deine Bitte, daß ich den Hof wieder verlasse, einzuwenden hat . . .«

»Meine Bitte?« Louddon lachte auf. »Er wird gar nichts davon erfahren, Madelyne. Glaubst du etwa, ich muß William wegen so einer Kleinigkeit *bitten*?«

Nach diesen Worten wandte Louddon sich um und ging. Madelyne sah ihm nach, bis er um eine Ecke verschwunden war, dann setzte auch sie sich in Bewegung. Anthony wartete in den Schatten des Ganges. Als sie an ihm vorbei kam, hielt er sie auf. »Ihr geht zu viele Risiken ein«, murmelte er. »Euer Gemahl wird das nicht billigen.«

»Wir wissen beide, daß Duncan nicht mein Gemahl ist«, warf Madelyne ein. »Ich will nicht, daß du dich einmischst, Anthony. Louddon muß glauben, daß er seine Schwester zurückbekommen hat.«

»Madelyne, ich weiß, daß Ihr Adela beschützen wollte, aber es ist jetzt Geralds Pflicht –«

»Nay, Anthony«, unterbrach Madelyne. »Ich will nur Zeit gewinnen. Und ich muß wirklich zu meinem Onkel. Er ist für mich wie ein Vater, und Louddon wird ihn töten, wenn ich es nicht verhindere.«

»Herrgott, Ihr müßt Euch in erster Linie selbst schützen«, warf Anthony ein. »Aber nein, Ihr versucht ja ständig, die ganze Welt vor Unbill bewahren. Warum wollt Ihr denn nicht vernünftig sein? Wenn Ihr den Hof verlaßt, liefert Ihr Euch der Gefahr direkt aus!«

»Hier bin ich auch nicht sicherer«, flüsterte Madelyne. Sie tätschelte Anthony beruhigend die Hand und setzte hinzu: »Ich bin so lange verwundbar, bis Duncan diese Sache aus der Welt geschaffen hat. Du wirst Duncan sagen, wohin ich gegangen bin, Anthony. Er kann dann selbst eine Entscheidung treffen.«

»Was für eine Entscheidung?« fragte Anthony alarmiert.

»Ob er mich holt oder nicht.«

»Ihr zweifelt doch nicht ernsthaft –«

Madelynes Seufzen unterbrach ihn. »Nay, ich zweifle nicht daran«, sagte sie. »Er wird kommen, mich holen und Krieger zu Onkel Bertons Schutz dalassen. Ich hoffe nur, er beeilt sich.«

Anthony mußte zugeben, daß Madelynes Vorhaben nicht das schlechteste war. »Ich werde Euch nicht aus den Augen lassen«, schwor er. »Ihr müßt mich nur rufen, dann werde ich sofort an Eurer Seite sein.«

»Aber du mußt hierbleiben und Duncan sagen –«

»Ich werde einen meiner Leute dafür hierlassen«, sagte Anthony. »Ich habe dem Baron mein Wort gegeben, seine

Frau zu beschützen«, setzte er hinzu. Madelyne entging nicht, wie er das Wort *Frau* betonte.

Obwohl sie es nicht zugegeben hätte, fand Madelyne den Gedanken, Anthony bei sich zu haben, erleichternd. Sie packte rasch ihre Sachen zusammen und begab sich dann in den Hof, der neben den königlichen Stallungen lag. Drei Männer hatte Louddon für sie abgestellt. Sie warfen Madelyne nur einen kurzen, desinteressierten Blick zu, ohne in der Arbeit innezuhalten, ihre Pferde zu beladen.

Madelyne war froh, daß sie nicht noch einmal Clarissa über den Weg gelaufen war. Und Louddon war immer noch bei William. Wahrscheinlich würde er dem König eine Lüge nach er anderen erzählen.

Um die Abreisenden hatte sich eine kleine Anzahl Neugieriger versammelt. Die Schrammen in Madelynes Gesicht waren nicht zu übersehen, und sie schnappte einige der Kommentare auf, die die Umstehenden hinter ihrem Rücken äußerten.

Eine große, rothaarige Frau löste sich aus der Menge und kam auf Madelyne zu. Sie war sehr schön und hatte eine stolze Haltung. Sie überragte Madelyne ein gutes Stück, war jedoch auch etwas fülliger. Als sie vor Madelyne stehenblieb, bedachte sie sie mit einem feindlichen Blick, der Madelyne ein wenig überraschte.

Madelyne sah sie, ohne mit der Wimper zu zucken, direkt an und fragte: »Kann ich etwas für Euch tun?«

»Ich gehe ein Risiko ein, wenn ich mich öffentlich mit Euch blicken lasse«, sagte die Frau herablassend. »Ich muß an meinen Ruf denken.«

»Aha, und der könnte befleckt werden, wenn Ihr mit mir redet?« fragte Madelyne mit unverhohlener Geringschätzung.

Die Frau wirkte erstaunt. »Ja, natürlich«, antwortete sie. »Ihr werdet doch wohl wissen, daß Ihr keine begehrenswerte Partie –«

Madelyne unterbrach die Frau barsch. »Sagt, was Ihr zu sagen habt, dann laßt mich zufrieden!«

»Ich bin Lady Eleanor«, meinte die Frau, und Madelynes Augen weiteten sich. »Ihr habt offenbar von mir gehört. Vielleicht von Baron Wexton selbst?«

»Ja, ich habe von Euch gehört«, antwortete Madelyne, als sie sich wieder gefangen hatte. Ihre Stimme bebte, und sie konnte nicht verhindern, sich neben dieser Frau ein wenig minderwertig vorzukommen. Lady Eleanor war exzellent gekleidet, während sie nur ein einfaches, verblichenes Reisekleid trug.

Die Frau, die Duncan ursprünglich heiraten sollte, war all das, was Madelyne nie werden konnte. Sie wirkte gefaßt und würdevoll, und Madelyne bezweifelte stark, daß Lady Eleanor je etwas getan hatte, das andere als ungeschickt bezeichnen würden. Wahrscheinlich war sie selbst als Kind schon schrecklich damenhaft gewesen.

»Mein Vater hat noch kein offizielles Datum für meine Vermählung mit Baron Wexton bekanntgegeben. Ich wollte Euch nur mein Mitgefühl ausdrücken. Armes Kind.« Sie brach ab und musterte Madelyne von Kopf bis Fuß. »Ich kann meinem zukünftigen Gemahl natürlich keinen Vorwurf machen. Er hat sich ja nur gerächt. Ich wüßte allerdings gerne, ob er Euch mißhandelt hat.«

Der besorgte Tonfall in Lady Eleanors Stimme machte Madelyne wütend. »Wenn Ihr eine solche Frage stellt, dann kennt Ihr Baron Wexton nicht.«

Sie wandte der Frau demonstrativ den Rücken zu und stieg in den Sattel des Pferdes, das ein Soldat ihr gebracht hatte. Von oben sah sie auf Lady Eleanor herab. »Er hat mich nicht mißhandelt. Und da ich Euch eine Antwort gegeben habe, erlaubt nun mir eine Frage.«

Lady Eleanor nickte würdig.

»Liebt Ihr Baron Wexton?«

Nach einer Weile begriff Madelyne, daß die Frau ihr

keine Antwort geben würde. Allerdings zog sie eine Augenbraue hoch und sah Madelyne indigniert an.

Madelyne war noch immer wütend. »Übrigens bin ich kein armes Kind«, sagte sie, ohne sich die Mühe zu machen, ihren Zorn zu verbergen. »Duncan wird Euch nicht heiraten, verlaßt Euch drauf. Wenn er es täte, müßte er das aufgeben, was ihm das Wichtigste in seinem Leben ist.«

»Und was soll das sein?« fragte Lady Eleanor mit herablassender Sanftheit.

»Ich, Lady Eleanor. Ich bin sein größter Schatz. Er wäre ein Narr, mich aufzugeben. Und selbst Ihr müßt wissen, daß Duncan kein Narr ist.«

Madelyne trieb ihr Pferd an. Lady Eleanor mußte zur Seite springen, um nicht umgestoßen zu werden. Staub wirbelte auf und hüllte das Gesicht der Frau ein.

Nun sah sie gar nicht mehr würdevoll aus, wie Madelyne mit gewisser Häme bemerkte. Sie konnte sich kaum das Grinsen verkneifen, denn sie fühlte sich, als hätte sie gerade eine wichtige Schlacht gewonnen. Und wenn sie auch wußte, wie kindisch und albern sie sich benommen hatte, so genoß sie diesen Sieg doch in vollen Zügen.

Was für ein erhebendes Gefühl, es dieser »Lady« gezeigt zu haben.

KAPITEL 22

»Wir leben im Glauben und nicht im Schauen.«

Neues Testament, 2. Korinther, 5.7

Sie erzählte ihm alles.

Und es dauerte fast zwei volle Tage, bis ihr Bericht darüber, was geschehen war, seit sie sich das letzte Mal gesehen hatten, beendet war. Der freundliche Priester wollte jedes Wort, jede Einzelheit, alles, was Madelyne bewegt hatte, wissen.

Vater Berton hatte Freudentränen vergossen, als Madelyne in seine kleine Hütte getreten war. Er gestand ihr, daß er sie furchtbar vermißt habe und schien sich gar nicht mehr beruhigen zu können. Madelyne trug freilich mit ihren eigenen Tränen auch nicht gerade dazu bei, daß die Wiedersehensfreude sich rasch legte. Doch ihr Onkel meinte, daß man diese Disziplinlosigkeit durchaus hinnehmen könne, da sie beide ja ganz allein und unbeobachtet waren. Bertons Gefährten waren fortgeritten, um einen alten Freund zu besuchen, der plötzlich erkrankt war.

Erst als sie sich etwas zu essen gemacht hatten und nebeneinander in ihren Lieblingsstühlen saßen, war Madelyne in der Lage, mit ihrer Erzählung zu beginnen. Während der Priester aß, sprach Madelyne. Sie hatte beabsichtigt, ihm nur eine kurze Zusammenfassung des Geschehenen zu geben, aber ihr Onkel dachte nicht daran, sich so abspeisen zu lassen. Immer wieder fragte er nach, wenn ihm etwas nicht genau genug erschien.

Beim Wiedersehen mit ihrem Onkel nach so langer Zeit war Madelyne ein wenig erschrocken gewesen. Er war alt geworden, seine Schultern schienen weiter noch vorne gesackt, sein Rücken gebeugter, und er bewegte sich auch nicht mehr so flink wie früher durch seine Hütte. Madelyne begann augenblicklich, sich um seine Gesundheit Sorgen zu machen. Doch sobald sie sich mit ihm unterhielt, stellte sie erleichtert fest, daß sein Blick so lebendig, seine Bemerkungen so scharf und treffend wie eh und je waren. Als er ihr sagte, daß seine Freunde wohl nicht mehr zurückkehren würden, um die letzten Jahre ihres Lebens mit ihm zu verbringen, schloß Madelyne, daß es die Einsamkeit und nicht das fortgeschrittene Alter von fünfzig Jahren war, die die kleinen Veränderungen hervorgerufen hatte.

Madelyne war zuversichtlich, daß Duncan sie holen kommen würde. Doch als drei Tage verstrichen waren, ohne daß er sich hatte blicken lassen, schwand ihre Zuversicht langsam aber sicher.

Madelyne gestand ihrem Onkel ihre Ängste ein. »Vielleicht hat er sich eines anderen besonnen, als er Lady Eleanor wiederbegegnet ist«, sagte sie.

»Du redest Unsinn, mein Kind«, tadelte Vater Berton sie. »Ich glaube genauso fest wie du daran, daß Baron Wexton nicht ahnte, wer Laurence in Wirklichkeit war. Er hat ihn genauso wie du für einen echten Priester gehalten und war sicher, dich wirklich geheiratet zu haben. Und, Madelyne, dies ist ein Schritt, den ein Mann wie er nicht leichtfertig unternehmen würde. Du hast mir gesagt, er habe dir seine Liebe gestanden. Hast du kein Vertrauen in ihn?«

»Oh, doch, selbstverständlich«, gab sie rasch zurück. »Tief in meinem Herzen spüre ich, daß er mich liebt, Vater. Doch meine Verstand kann offenbar nicht anders ... ich muß mir einfach Sorgen machen, verstehst du? Ich bin letzte Nacht aufgewacht, und mein erster Gedanke war erschreckend. Ich fragte mich, wie ich wohl weiterleben sollte, wenn Duncan nicht kommt. Was soll ich nur tun, wenn er seine Meinung geändert hat?«

»Dann wäre er ein Narr«, antwortete Onkel Berton. Seine Augen blitzten schelmisch. »Und jetzt erzähl einem alten Mann doch bitte noch einmal, was genau du zu Lady Eleanor mit dem schönen roten Haar und der würdevollen Haltung gesagt hast!«

Madelyne lächelte, als er sie mit ihrer eigenen Ausdrucksweise neckte. »Ich sagte ihr, daß ich Duncans größter Schatz sei. Ich weiß schon, es war nicht gerade eine bescheidene Bemerkung, nicht wahr?«

»Du hast einfach nur die Wahrheit gesagt, Madelyne. Dein Herz weiß das durchaus, aber ich sehe ein, daß dein Verstand noch ein wenig überzeugt werden muß.«

»Duncan ist kein Narr«, sagte Madelyne als Antwort auf seine Bemerkung von kurz zuvor. »Er wird mich nicht vergessen.« Sie schloß die Augen und legte den Kopf an die hohe Lehne ihres Stuhls. So vieles war in so kurzer Zeit geschehen. Doch jetzt, wo sie friedlich neben ihrem Onkel saß, sich wie früher mit ihm unterhielt – nun kam es ihr vor, als hätte nichts davon wirklich Einfluß auf ihr Leben gehabt. Nichts schien sich verändert zu haben.

Leider betraf das auch ihre alten Ängste. Diese versuchten hartnäckig, sich in ihren Verstand zu schleichen und die Herrschaft zu übernehmen. Wenn sie sich nicht zusammenriß, würde sie bald in Tränen ausbrechen und sich selbst bemitleiden. Madelyne kam zu dem Schluß, daß sie Ruhe brauchte. Aye, sie war einfach schrecklich erschöpft und ausgelaugt. Machte man sich da nicht immer unnötige Sorgen? »Ich ... ich bin nicht wertlos«, entfuhr es ihr plötzlich. »Wieso habe ich so lange gebraucht, um das zu begreifen?«

»Es ist nicht wichtig, wie lange es gedauert hat«, sagte Onkel Berton sanft. »Wichtig ist nur, daß du es endlich erkannt hast.«

Das Grollen von nahem Donner ließ Onkel Berton aufhorchen. »Das hört sich an, als würde gleich ein anständiger Schauer herabgehen«, bemerkte er, während er aufstand und zum Fenster trat.

»Hoffentlich bleibt das Dach unversehrt«, sagte Madelyne schläfrig.

Vater Berton wollte gerade die Bemerkung seiner Nichte kommentieren, als er das Fenster erreicht hatte und hinausblickte. Das, was er dort sah, versetzte ihm einen solchen Schlag, daß er sich gegen die Mauer stützten mußte, um nicht in den Knien einzuknicken.

Der Donner schwieg, doch Berton sah die Blitze. Blitze überall, allerdings nicht am Himmel. Die Sonne warf ihre letzten Strahlen auf die Erde, und das Licht wurde von Metall zurückgeworfen. Eisen, so weit das Auge blickte.

Dort draußen stand eine ganze Legion. Bewaffnete Männer hatten sich hinter einem Krieger, offenbar ihr Anführer, versammelt. Sie saßen auf ihren Pferden, reglos, wartend.

Vater Berton blinzelte. Der Anblick war überwältigend. Dann nickte er kurz dem Anführer zu und kehrte zu seinem Stuhl zurück.

Während er sich wieder niederließ, breitete sich ein Lächeln auf seinem Gesicht aus, aber er zwang dies rasch nieder und bemühte sich, seine Stimme mürrisch klingen zu lassen. »Mir scheint, du hast Besuch bekommen, Kind. Tu mir den Gefallen und schau nach, was er will. Ich bin zu müde, um noch einmal aufzustehen.«

Madelyne schlug die Augen auf und runzelte die Stirn. Sie hatte niemanden klopfen hören. Um es ihrem Onkel jedoch recht zu machen, stand sie auf. Über ihre Schulter sagte sie: »Es wird wohl Marta sein. Vielleicht bringt sie uns Eier oder will nur ein bißchen tratschen.«

Der Laut, der aus der Kehle des Priesters kam, klang verdächtig nach einem Kichern. Madelyne fand das überaus merkwürdig und überlegte, ob er sich wohl verschluckt haben mochte.

Dann öffnete sie die Tür.

Madelyne brauchte einen Moment, bis sie begriff, was ihre Augen sahen. Sie war so verwirrt, daß sie wie versteinert einfach nur dastand und zu Duncan emporstarrte.

Er hatte sie also doch nicht vergessen. Langsam aber sicher drang die Erkenntnis in ihr Bewußtsein und vertrieb ihre Betäubung. Er war da, er war gekommen!

Und das nicht allein. Hinter ihm standen mindestens hundert Krieger. Alle saßen auf prächtigen Pferden, alle trugen blankpolierte Rüstungen. Und alle sahen sie an.

Dann ging ein wortloses Signal durch die Armee. Plötzlich rissen alle die Schwerter zum Gruß empor. Es war die unglaublichste Zurschaustellung von Loyalität, die Madelyne je gesehen hatte, und sie glaubte, in Tränen ausbrechen zu müssen.

Madelyne war überwältigt. Sie fühlte sich geliebt, geschätzt und so unglaublich wertvoll.

Und dann begriff sie den Grund, warum Duncan so viele Soldaten zusammengerufen hatte. Er wollte ihr zeigen, wie wichtig sie tatsächlich für ihn war. Er wollte ihr zeigen, welchen Wert sie besaß!

Duncan regte sich nicht. Er war zufrieden, auf Silenus' Rücken zu verharren und sie nur anzusehen. Duncan spürte, wie die Furcht und die Unsicherheit, die ihn in den letzten Tagen beherrscht hatten, von ihm abfielen. Seine wunderschöne Frau stand vor ihm. Er mußte wahrhaftig der glücklichste Mann der Welt sein.

Dann erst bemerkte er die Tränen, die über Madelynes Wangen strömten. Und endlich sagte er die Worte, die sie so dringend hören mußte: »Ich bin gekommen, um dich zu holen, Madelyne.«

War es Zufall, daß Duncan dieselben Worte gewählt hatte, die er bei ihrer allerersten Begegnung gesprochen hatte? Aber als Madelyne ihm in die Augen blickte, verwarf sie den Gedanken. Sie wußte, daß auch er sich erinnerte.

Madelyne straffte die Schultern, trat einen Schritt vor, warf ihr Haar zurück und stemmte die Fäuste in die Hüften. »Ich habe verflucht lange auf Euch warten müssen, Baron Wexton!«

Fast zu schnell, als daß sie seinen Bewegungen folgen konnte, sprang er von Silenus' Rücken, trat zu ihr und riß sie in die Arme.

Als er den Kopf senkte, um sie küssen, schlang Madelyne ihre Arme um seinen Nacken. Sie klammerte sich an ihn, während er seine Lippen auf die ihren preßte und seine Zunge wild in ihren Mund stieß. Es war, als wollte er zurückfordern, was ihm gehörte.

Madelyne fürchtete, daß die Woge der Erregung, die über ihr zusammenschlug, sie mitreißen würde. Sie tat alles, um ihm zu geben, was er forderte. Sie war genauso leidenschaftlich, genauso wild, denn auch sie wollte bestätigt wissen, daß er ihr gehörte – ihr, und niemand anderem.

Irgendwann drang ein Geräusch, eine Art Rauschen, an Duncans Ohren. Vermutlich hatte er es unbewußt schon länger wahrgenommen, doch in seinem Bewußtsein war nur Platz für Madelyne gewesen. Nur mühsam gelang es ihm, in die Wirklichkeit zurückzukehren. Er machte sich von Madelyne los, sah ihre geschwollenen Lippen und mußte sie augenblicklich noch einmal küssen.

Auch Madelyne hatte das Geräusch vernommen. Als Duncan es endlich schaffte, von ihr abzulassen, bemerkte sie, daß die Krieger jubelten und applaudierten. Guter Gott, sie hatte ganz vergessen, daß sie auch noch da waren!

Sie errötete, und Duncan küßte sie sofort wieder, rasch und fest, um ihr zu bedeuten, daß ihn das Publikum überhaupt nicht kümmerte.

Madelyne ließ ihre Arme zu seiner Taille gleiten. Dann

legte sie ihre Wange an seine Brust und drückte ihn an sich, so fest sie konnte.

Er seufzte zufrieden.

Dann fiel Madelyne wieder ein, daß sie eigentlich gut erzogen war. Anstoß dafür gab das diskrete Hüsteln, das aus der geöffneten Tür hinter ihr kam. Sie war sich klar darüber, daß sie Duncan ihrem Onkel vorstellen mußte. Das Problem war leider nur, daß ihre Stimme ihr nicht gehorchen wollte. Und als Duncan sich niederbeugte und ihr »Ich liebe dich« zuflüsterte, war sie zu beschäftigt mit den aufkommenden Schluchzern, um noch an Formalitäten zu denken.

Duncan gab das Signal zum Absitzen und wandte sich dann wieder um. Über Madelynes Kopf hinweg blickte er zu dem alten Mann, der im Türrahmen lehnte und abwartete. Duncan zog Madelyne an seine Seite und sagte dann: »Ich bin Baron Wexton.«

»Das kann ich nur hoffen«, sagte Vater Berton lächelnd. Dann wollte er sich verbeugen, wie es die Höflichkeit gebot, doch Duncan hielt ihn mit einer Geste zurück.

»Ich bin es, der vor Euch niederknien muß«, sagte Duncan. »Es ist mir eine Ehre, Euch endlich kennenzulernen, Vater.«

Peinlich berührt, versuchte der Priester rasch das Thema zu wechseln. »Sie ist in der Tat Euer größter Schatz, nicht wahr, Baron?« fragte er mit einem Blick auf Madelyne.

»Aye, das ist sie«, sagte Duncan. »Und ich werde mein Leben lang in Eurer Schuld stehen, Vater. Ihr habt diesen Schatz lange für mich behütet.«

»Noch ist sie nicht Euer«, mahnte Vater Berton. Erfreut über Duncans Erstaunen setzte er hinzu: »Ja, Ihr habt richtig gehört. Ich muß sie Euch erst noch geben. Ich rede von einer Heirat, diesmal eine richtige Heirat, Baron, und je eher es getan ist, desto besser für den Seelenfrieden eines alten Mannes.«

»Dann verheiratet uns gleich morgen früh«, befahl Duncan.

Vater Berton hattte den leidenschaftlichen Kuß zwischen dem Baron und seiner Nichte gesehen. Er war sich überhaupt nicht sicher, ob der kommende Morgen früh genug sein würde. »Ihr werdet diese Nacht aber nicht bei Madelyne schlafen«, warnte er. »Ich gedenke, meine Nichte auch noch weiterhin zu behüten.«

Duncan und Vater Berton starrten sich eine Weile ernst an. Dann huschte ein Lächeln über Duncans Lippen. Zum ersten Mal seit langer, langer Zeit war er jemandem begegnet, den er nicht mit einem Blick einschüchtern konnte. Tja, der Priester würde wohl auf seiner Entscheidung bestehen.

Also nickte er. »Gut. Dann heute abend.«

Madelyne hatte zugehört und von einem zum anderen geblickt. Sie wußte natürlich, worüber die beiden Männer sprachen. Das Glühen ihrer Wangen verriet ihr, daß sie feuerrot sein mußte. Immerhin wußte ihr Onkel ja, daß sie bereits mit dem Baron geschlafen hatte.

»Ich würde Duncan ja auch gerne schon heute abend heiraten, aber ich –« Sie brach ab, als sie Anthony sah, der nun auf sie zukam. Ihr Gesicht hellte sich auf. Sie hatte gewußt, daß Anthony die ganze Zeit in ihrer Nähe geblieben war, wie er es versprochen hatte, aber er hatte sich kein einziges Mal blikken lassen. Doch nun, da sein Herr, der Baron Wexton, endlich eingetroffen war, brauchte Anthony sich nicht mehr verborgen zu halten. »Vater, dies ist der Vasall, von dem ich dir erzählt habe«, sagte sie mit einem Lächeln.

»Ihr seid derjenige, der sich zwischen Louddon und meine Nichte gestellt hat, als Louddon sie schlagen wollte?« fragte der Priester und nahm begeistert Anthonys Hand.

»Ja«, erwiderte Anthony ein wenig verlegen.

»Was?« brüllte Duncan. »Sie stand nicht unter des Königs Schutz?«

»Ach, es war nichts«, wehrte Madelyne hastig ab.

»Er hätte sie umbringen können«, meinte der Priester.

»Ja, er wollte ihr wirklich weh tun!« behauptete Anthony.

Madelyne spürte Duncans Zorn an der Art und Weise, wie der Griff um ihre Taille sich verstärkte.

»Es war wirklich nichts«, wiederholte sie. »Nur eine kleine Ohrfeige . . .«

»Sie hat immer noch Prellungen im Gesicht«, behauptete Onkel Berton mit einem heftigen Nicken.

Madelyne runzelte die Stirn. Merkte ihr Onkel denn nicht, wie sehr er Duncan aufbrachte?

Als Duncan ihr Gesicht anhob, um sich die Prellungen anzusehen, schüttelte Madelyne den Kopf. »Er wird mich nie wieder anrühren, Duncan. Das ist alles, was zählt. Dein treuer Vasall hat mich beschützt.« Dann wandte sie sich wieder Vater Berton zu. »Onkel, warum versuchst du, Duncans Zorn zu schüren?«

»Sie hat auch noch sichtbare Stellen auf Schulter und Rücken, Baron«, fuhr der Priester fort, ohne sich um Madelynes Einwurf zu kümmern.

»Onkel!«

»Davon habt Ihr mir gar nichts gesagt«, meinte Anthony empört. »Ich hätte doch sofort –«

»Das reicht! Vater, ich kenne dich gut genug. Was bezweckst du damit?« fuhr Madelyne den Priester an.

»Du hast eben behauptet, du würdest den Baron auch gerne heute abend heiraten, hast den Satz aber nicht beendet, weil Anthony dich unterbrochen hat, nicht wahr? Und der Grund dafür ist«, er machte eine kunstvolle Pause und sah Duncan an, »daß meine Nichte versucht, mit allen Mitteln diese Heirat hinauszuzögern. Nun, Madelyne, ist es nicht so?« Er schenkte Madelyne ein zärtliches Lächeln. »Weißt du, mein Kind, ich kenne dich besser als du denkst!«

»Sagt er die Wahrheit?« fragte Duncan mit düsterer Miene. »Haben sich deine Gefühle für mich verändert?« Doch bevor sie dazu etwas sagen konnte, fuhr er schon fort: »Nun, das ist ohnehin nicht wichtig. Du gehörst mir, Madelyne, und an dieser Tatsache kannst du nichts ändern.«

Madelyne war überrascht, daß Duncan genauso unsicher zu sein schien wie sie. Erst jetzt erkannte sie, daß die Liebe auch ihn verwundbar gemacht hatte. Offenbar mußte auch er die Worte hören. »Ich liebe dich, Duncan«, sagte sie so laut, daß Anthony und Vater Berton es ebenfalls hören konnten.

»Dessen bin ich mir bewußt«, erwiderte Duncan hochnäsig. Doch sein Griff um ihre Taille lockerte sich, und er schien sich ein wenig zu entspannen.

»Baron, ich muß unter vier Augen mit Euch reden«, meinte Anthony. »Es gibt einiges zu besprechen.« Der Vasall drehte sich um und ging fort.

»Und Ihr braucht gewiß eine warme Mahlzeit«, setzte der Priester hinzu und machte kehrt, um zurück in die Hütte zu gehen. »Ich werde etwas zubereiten.«

»Zuerst ein Bad«, sagte Duncan und drückte Madelyne fest, bevor er sie endlich losließ. Er setzte sich in Bewegung, um ihrem Onkel zu folgen, als Madelynes Worte ihn verharren ließen. Auch Anthony und Onkel Berton blieben stehen.

»Wir können noch nicht heiraten, Duncan.«

Keiner der drei sah aus, als würde er ihre Worte ernstnehmen.

Madelyne rang die Hände, während sie hastig nach den richtigen Worten suchte. Duncan sollte verstehen, bevor er sie anbrüllte. »Wir müssen doch abwarten, bis Gerald Adela geheiratet hat, damit Louddon sie nicht als Druckmittel benutzen kann . . .«

»Ich wußte es«, murmelte Anthony. »Ihr versucht noch immer, die ganze Welt zu beschützen. Baron, dies ist einer der Punkte, die ich mit Euch besprechen wollte.«

»Sie hat immer schon versucht, die zu schützen, von denen sie glaubte, sie hätten es nötig«, bestätigte der Priester.

»Ja, wollt ihr denn nicht verstehen?« sagte Madelyne und lief zu Duncan. »Wenn wir jetzt heiraten, dann stellst du dich gegen deinen König, Duncan. Er will Adela zu Louddon schicken. Das stand in der Botschaft!«

Madelyne hätte weitergesprochen, wenn Duncans Blick sie nicht hätte verstummen lassen. Sie rang weiter die Hände, war aber immerhin in der Lage, den Mund zu schließen.

Duncan starrte sie eine lange Weile an, und es machte sie nervös, daß sie nicht wußte, wie sie seinen Blick deuten sollte.

»Ich will nur eines von dir wissen, Madelyne«, sagte er tonlos. »Hast du Vertrauen zu mir?«

Sie brauchte nicht erst darüber nachzudenken. Sie nickte rasch und heftig. »Aber ja.«

Das war die Antwort, die er hatte hören wollen. Duncan umarmte sie, küßte sie züchtig auf die Stirn und wandte sich dann wieder um. »Wir heiraten heute abend.«

Er hielt kurz inne, drehte sich jedoch nicht um. Madelyne wußte genau, was er von ihr hören wollte. »Ja, Duncan. Wir heiraten heute abend.«

Daß diese Antwort richtig war, merkte Madelyne am Kichern ihres Onkels und an dem Pfiff, den Anthony ausstieß. Duncan drehte den Kopf und nickte ihr zu. Er lächelte nicht, aber das kümmerte Madelyne nicht. Sie begriff, daß er nie daran gezweifelt hatte. Sein Nicken war nur Bestätigung dessen, was er erwartet hatte. Nichts weiter.

In der nächsten Stunde herrschte allgemeine Geschäftigkeit. Während Duncan und Anthony sich am Tisch in der Hütte niederließen, um zu Abend zu essen, ging Onkel Berton zum Earl of Grinsteade, um ihm die Situation zu erklären.

Obwohl der Earl schon steinalt war, hielt er noch immer am Leben fest. Er würde zwar der Zeremonie nicht beiwohnen können, doch Duncan ließ ausrichten, daß er ihm nach der Zeremonie einen offiziellen Besuch abstatten würde.

Schließlich wanderten Duncan und sein Vasall zu dem See hinter dem Haus des Earls, um zu baden und sich unter vier Augen zu unterhalten. Madelyne nutzte die Zeit, um sich umzuziehen. Sie bürstete ihr Haar, bis es sich lockte und glänzte. Sie wollte es offen lassen, auch wenn es der Mode nicht entsprach, denn sie wußte, daß Duncan es so am liebsten hatte.

Selbstverständlich trug sie auch wieder seine Farben. Schuhe und Chainse waren crèmefarben, der bestickte Bliaut darüber königsblau. Sie hatte fast einen ganzen Monat an der Verzierung des Halsausschnittes gearbeitet. Das Ergebnis war eine exquisite Stickerei, in deren Mitte die Umrisse ihres Wolfes zu sehen waren.

Duncan wird es vermutlich nicht einmal bemerken, dachte sie ohne Groll. Krieger von seinem Format achteten nicht auf derartige Dinge. »Um so besser«, sagte sie laut. »Sonst neckt er mich nur wieder.«

»Wer neckt dich?« fragte Duncan vom Türrahmen her.

Sie drehte sich lächelnd zu ihm um. »Mein Wolf«, antwortete sie, ohne zu zögern. »Stimmt etwas nicht, Duncan? Du siehst so . . . merkwürdig aus.«

»Du wirst mit jedem Tag schöner«, flüsterte Duncan. Seine Stimme klang wie eine Liebkosung.

»Und du immer umwerfender«, gab sie zurück. »Allerdings wundert es mich, daß mein Zukünftiger zur Hochzeit Schwarz trägt. Ist das nicht die Farbe der Trauer, Mylord?« sagte sie und verbiß sich das Grinsen. »Solltet Ihr gar Euer Schicksal betrauern?«

Duncan war die Empörung anzusehen. »Es ist sauber, und das ist alles, was dich interessieren sollte, Madelyne. Ich habe einfach nichts anderes dabei.« Er zuckte die Achseln und setzte sich in Bewegung. Seine Absicht war im Aufblitzen seiner Augen zu erkennen. »Ich werde dich jetzt küssen, daß dir Hören und Sehen vergeht, und dann denkst du nicht mehr an meine Kleider.«

Madelyne stob zur anderen Seite des Tisches. »Du darfst mich erst küssen, wenn wir verheiratet sind«, sagte sie bemüht würdevoll. »Und wieso hast du dich nicht rasiert?«

Duncan wanderte langsam um den Tisch herum, doch Madelyne hastete wieder auf die andere Seite.

»Danach«, sagte er.

Was sollte denn das heißen? Madelyne blieb stehen und runzelte die Stirn. »Danach?«

»Aye, Madelyne. Danach.« Sein glühender Blick verwirrte sie noch mehr als seine seltsame Bemerkung.

Sie zögerte absichtlich lange genug, daß er sie einfangen konnte. Duncan zog sie in seine Arme und wollte sie gerade wieder küssen, als ein lautes Husten sie unterbrach.

»Wir können dann anfangen«, verkündete Vater Berton, der im Türrahmen stand. »Allerdings gibt es da ein Problem.«

»Was denn, Onkel?« fragte Madelyne, nachdem sie sich aus Duncans Umarmung gewunden und ihr Kleid glattgestrichen hatte.

»Ich würde dich gerne zur Zeremonie führen, aber ich kann ja schlecht an zwei Orten gleichzeitig sein. Und dann fehlt uns noch ein Zeuge«, meinte er stirnrunzelnd.

»Könnt Ihr Madelyne nicht zum Altar bringen und dann die Messe lesen?« fragte Duncan.

»Und wenn ich dann in der Funktion als Priester frage,

wer diese Frau in den heiligen Stand der Ehe geleitet, soll ich dann wieder an ihre Seite hasten und mir selbst antworten?« fragte der Priester gereizt.

Duncan grinste, als er sich die Szene vorstellte.

Onkel Berton seufzte. »Na gut, es wird zwar etwas seltsam aussehen, aber es wird schon gehen.«

»Meine Soldaten können alle als Zeugen auftreten«, sagte Duncan jetzt. »Und Anthony wird hinter Madelyne stehen. Ist das ausreichend, Vater?«

»Ja, das ist es wohl«, antwortete Onkel Berton. »Geht jetzt, Baron. Wartet an dem provisorischen Altar, den ich draußen errichtet habe. Ihr sollt unter den Sternen und dem Mond vermählt werden. Unter einer wahrhaft prächtigen Kuppel, meiner Meinung nach.«

»Fein, dann laßt es uns hinter uns bringen.«

Madelyne fand seine Wortwahl ausgesprochen unpassend. Sie hastete hinter ihm her und griff nach seiner Hand, um ihn aufzuhalten. »Hinter uns bringen?« fragte sie drohend.

Als er auf sie herabblickte, wurden Madelynes Knie weich. Seine nächsten Worte taten ein übriges. »Wir sind aneinander gebunden, seit wir uns das erste Mal sahen, Madelyne. Gott weiß es, ich weiß es, und wenn du darüber nachdenkst, dann wirst du es auch zugeben. Wir sind einander angelobt, und obwohl Laurence kein Priester war und uns somit keinen echten Segen hat geben können, so sind wir doch längst verheiratet.«

»Von dem Augenblick, in dem ich deine Füße wärmte«, flüsterte Madelyne.

»Aye, von jenem Augenblick.«

Sie wirkte, als würde sie gleich in Tränen ausbrechen. Lieber Himmel, was war seine Frau doch gefühlsbetont geworden. Und obwohl er ihre Reaktion wundervoll fand, wußte er doch, daß es ihr entsetzlich peinlich wäre, vor all seinen Männern die Beherrschung zu verlieren.

Er mußte ihr etwas sagen, das die Situation entschärfte. »Du solltest wirklich dankbar sein.«

»Dankbar? Wofür denn?« fragte sie und tupfte sich die Augenwinkel.

»Daß wir uns nicht im Sommer getroffen haben.«

Zuerst sah sie ihn nur verblüfft an. Dann begriff sie und lachte fröhlich auf. »Also ist das Wetter daran schuld, daß wir einander gefunden haben? Meinst du das?«

»Sicher. Im Sommer hättest du mir wohl kaum die Füße zu wärmen brauchen«, sagte er und zwinkerte ihr zu.

»Bah«, sagte Madelyne, die seine Miene viel zu arrogant fand. »Dir wär' schon eine andere Ausrede eingefallen.«

Duncan wollte gerade eine passende Bemerkung zurückgeben, als Onkel Berton ihm einen sanften Schubs in Richtung Tür gab. »Die Männer warten, Baron.«

Duncan ging, und Vater Berton wandte sich Madelyne zu. Die nächsten Minuten erklärte er ihr die Aufgaben einer Ehefrau, wie die Bibel sie festlegte. Als er seine Pflicht als Geistlicher getan hatte, ließ er sein Herz sprechen. Er sagte ihr, wie stolz er wäre, sie als seine Nichte zu haben.

Mit einem zärtlichen Blick auf das Mädchen, das er getauft und erzogen hatte und wie seine eigene Tochter liebte, bot er ihr seinen Arm und führte sie hinaus zu den wartenden Kriegern.

Die Zeremonie war wundervoll, und als der Priester fertig war, stellte Duncan Madelyne offiziell seinen Vasallen vor. Die Männer knieten sich einer nach dem anderen vor Madelyne nieder und schworen ihr ewige Treue.

Duncan war nicht nur erschöpft, sondern auch ungeduldig. Er verließ seine Frau, um dem Earl of Grinsteade seine Aufwartung zu machen, und kehrte nur kurze Zeit später wieder zurück.

Vater Berton hatte sich schon zur Ruhe begeben. Seine

Pritsche stand an einer Wand, die Madelynes, nur mit einem Vorhang getrennt, an der anderen.

Duncan fand seine Frau auf der Bettkante sitzend. Sie trug noch das Kleid, in dem sie geheiratet hatte. Nachdem er seine Sachen abgestreift hatte, streckte er sich auf der schmalen Pritsche aus, zog seine Frau auf seine Brust und küßte sie zärtlich. Dann schlug er ihr vor, sich zum Schlafengehen bereit zu machen.

Madelyne ließ sich Zeit. Immer wieder spähte sie dabei um den Vorhang herum, um zu sehen, ob ihr Onkel auch wirklich schlief. Schließlich beugte sie sich zu ihrem Gemahl hinab, um ihm zu sagen, daß sie besser draußen nach einem einsamen Plätzchen suchen sollten. Schließlich war es ihre Hochzeitsnacht, und es war schon so lange her, seit sie einander das letzte Mal berührt hatten. Bestimmt konnte er das doch einsehen, nicht wahr, denn wenn sie erst einmal anfangen würde, ihn zu küssen, dann würde sie verrückt werden und sich nicht mehr zusammennehmen können. Sie wußte, daß sie laut werden würde, ja, verflucht, sie wollte am liebsten schon jetzt schreien, und . . .

Duncan versuchte nicht einmal, ihr zu widersprechen. Es dauerte eine Weile, bis sie bemerkte, daß sie sich die ganze Litanei hätte sparen können. Ihr Gatte schlief tief und fest.

Resigniert schmiegte Madelyne sich an ihren Mann, biß die Zähne zusammen und gab sich Mühe, einzuschlafen.

Duncan erwachte, als er hörte, wie Vater Berton im Zimmer umherlief. Sofort spürte er, daß etwas nicht stimmte, wußte jedoch nicht gleich, was es war.

Er richtete sich auf, schwang die Beine aus dem Bett und wäre fast auf Madelyne getreten. Duncan grinste über das Bild, das sich im bot. Seine Frau schlief auf dem Boden zu seinen Füßen.

Guter Gott, er hatte seine Hochzeitsnacht verschlafen!

Duncan sah auf seine wunderschöne Frau, bis er hörte, wie sich die Tür öffnete und wieder schloß. Er schaute aus dem Fenster und sah, wie Vater Berton in seinem Priestergewand und mit einem silbernen Kelch in der Hand zur Burg hinüberging.

Duncan kniete sich vor seine Frau, hob sie auf und legte sie aufs Bett. Madelyne drehte sich sofort auf den Rükken und trat die Decke von sich.

Darunter war sie nackt. Das Licht der Dämmerung, das durch das Fenster hereindrang, verlieh ihrer Haut einen goldenen Schimmer und ihrem Haar die Farbe von Feuer.

Duncans Begierde wuchs, bis er das Gefühl hatte, es nicht mehr aushalten zu können. Er setzte sich neben seine Frau und begann, sie zu liebkosen.

Madelyne erwachte mit einem Seufzen. Sie fühlte sich herrlich träge. Duncans Hände glitten über ihre Brüste. Madelyne stöhnte und begann, ihre Hüften zu bewegen, um stumm mehr zu fordern.

Endlich schlug sie die Augen auf. Duncans glühender Blick jagte ihr einen angenehmen Schauder über den Rücken. Sie streckte die Hand aus, versuchte, ihn zu sich zu ziehen, doch Duncan schüttelte leicht den Kopf.

»Ich gebe dir, was du willst«, flüsterte er. »Und noch viel, viel mehr.«

Bevor Madelyne ihm antworten konnte, beugte Duncan den Kopf und nahm eine Brustwarze zwischen die Lippen. Er begann zu saugen, während seine Hand langsam ihren Bauch hinabglitt.

Madelynes Stöhnen wurde lauter, atemloser. Die Laute, die aus den Tiefen ihrer Kehle kamen, erregten ihn, doch ihr Geschmack war noch viel besser.

Duncan schob seine Hand zwischen ihre Beine. Er fand den Schatz, den er suchte, stieß seine Finger hinein und verlor fast den Verstand, als sie heftig und wild reagierte.

Er wollte alles von ihr.

Abrupt ließ Duncan von ihr ab und legte sich neben

sie, seine Beine neben ihrem Kopf. Madelyne wandte sich ihrem Mann zu. Ihre Wange lag an seinem warmen Schenkel.

Sein Mund verursachte ihr eine süße, schier unerträgliche Qual. Sie konnte kaum noch atmen und zog den Bauch überall dort ein, wo Duncan seine feuchten Lippen plazierte. Seine Finger liebkosten sie noch immer. Madelyne wimmerte leise, als Duncan ihre Schenkel sanft auseinanderdrückte. Sie wußte, was er wollte und spreizte die Beine, damit er sie dort küssen konnte.

Duncan rutschte ein Stück tiefer, bis er ihre feuchte Hitze kosten konnte. Seine Zunge neckte, quälte sie, und seine Bartstoppeln rieben sich an der empfindlichen Haut ihrer inneren Oberschenkel.

Sie wollte ihn auch.

Duncan bekam keine Warnung, keine zarten Küsse, die auf ihre Absicht hinwiesen. Sie bog ihm ihre Hüften entgegen, als sie sich streckte und ihn in den Mund nahm.

Duncan belohnte sie mit wildem Stöhnen. Ja, sie wußte, daß sie ihm genauso viel Vergnügen bereitete, wie er ihr, als seine Hüften sich zu bewegen begannen.

Dann machte er sich plötzlich von ihr los. Rasch drehte er sich um, schob sich zwischen ihre Schenkel und stieß in sie hinein. Sein Samen ergoß sich augenblicklich in sie, und seine Erfüllung kam so heftig, daß Madelyne allein durch sein Stöhnen die ihre fand.

Dann lagen sie erschöpft aufeinander. Madelyne war zu schwach, um sich zu bewegen. Sie klammerte sich an Duncans Schultern und genoß den Frieden, der sie einhüllte.

Duncan hätte seiner Frau gerne gesagt, wie zufrieden er war, aber er bekam kein Wort heraus. So lagen sie einander in den Armen, schwiegen und schwelgten in dem Gefühl der Nähe. Endlich hatten sie sich wieder.

Madelyne kam als erste wieder zu sich. Ihr fiel nämlich plötzlich wieder ein, wo sie sich befanden. Als ihr Körper sich verspannte, konnte er sich denken, warum. »Vater Berton ist fortgegangen, um die Messe zu lesen«, flüsterte er.

Sie entspannte sich wieder. »Allerdings warst du laut genug, daß meine Armee dich gehört haben wird«, setzte er hinzu.

»Du warst auch nicht gerade leise«, flüsterte Madelyne zurück.

»Und jetzt rasiere ich mich.«

Madelyne begann zu lachen. »Jetzt verstehe ich auch, was du gestern abend meintest, als du sagtest, du würdest dich danach rasieren. Du wußtest, daß dein Stoppelbart mich verrückt machen würde.«

Duncan stützte sich auf die Ellenbogen und blickte in Madelynes Augen. »Weißt du, wie wundervoll du bist, Frau?«

»Ja«, flüsterte sie. »Ich liebe dich, Duncan. Für immer und ewig.«

»Hast du mich auch geliebt, als du herausfandest, daß Laurence kein echter Priester war und ich dich angelogen habe?«

»Ja, obwohl ich dich am liebsten gewürgt hätte, weil du es mir nicht gesagt hast. Himmel, ich war entsetzlich wütend.«

»Gut«, sagte Duncan und grinste über ihren verdutzten Gesichtsausdruck. »Ich hatte Angst, du würdest glauben, ich hätte dich auch in anderen Bereichen angelogen«, gab er zu.

»An deiner Liebe habe ich keinen Moment gezweifelt, Duncan«, sagte sie leise.

»Aber an deinem eigenen Wert durchaus«, rief er ihr in Erinnerung.

»Jetzt nicht mehr«, flüsterte sie. Sie zog ihn an sich, küßte ihn und verlangte, daß er sie noch einmal lieben sollte.

Diesmal ließen sie sich mehr Zeit; ihr Liebesspiel war

nicht so wild wie das erste Mal, doch nicht minder befriedigend.

Als Vater Berton in seine Hütte zurückkehrte, waren Duncan und Madelyne angezogen. Der Baron saß am Tisch und beobachtete seine Frau, während sie das Frühstück bereitete.

»Ich brauche einen Priester, Vater«, sagte Duncan. »Würdet Ihr die Aufgabe übernehmen, Euch auf meiner Burg um mein Seelenheil zu kümmern? Ich könnte sofort alles in die Wege leiten.«

Madelyne war so entzückt über den Vorschlag, daß sie in die Hände klatschte.

Vater Berton lächelte, schüttelte aber den Kopf. »Ich war so lange bei dem Earl, daß ich ihn nun nicht allein lassen kann, Duncan. Verzeiht, aber der alte Mann braucht meinen Beistand.«

Madelyne wußte, daß dies für ihren Onkel eine Frage der Ehre war. »Ich würde mich freuen, wenn du zu uns kämst, nachdem der Earl zur letzten Ruhe gebettet worden ist, obwohl ich fast sicher bin, daß er uns alle überlebt.«

»Madelyne«, sagte Onkel Berton tadelnd. »Sprich nicht solche lästerlichen Worte.«

Madelyne senkte zerknirscht den Kopf. »Tut mir leid, Onkel. Ich verstehe ja, daß du dich dem Earl gegenüber verpflichtet fühlst!«

Duncan nickte. »Wir werden Euch besuchen kommen. Und wenn Ihr Eure Pflicht erfüllt habt, dann kommt Ihr zu uns.«

Onkel Berton nickte lächelnd. Madelyne seufzte in Gedanken. Duncan hatte gelernt, umgänglich zu sein und Kompromisse zu schließen – während sie es offenbar verlernt hatte.

»Wie lange werden wir hierbleiben?« fragte sie.

»Wir müssen heute schon fort«, antwortete Duncan.

»Warum können wir nicht einfach bleiben, bis der

Sommer vorbei ist?« fragte Madelyne, bevor sie sich bremsen konnte.

»Wir reiten heute.«

Madelyne seufzte. Duncans Blick besagte, daß er keinen weiteren Widerspruch duldete. »Also gut. Wir reiten heute«, sagte sie endlich.

Vater Berton gab vor, etwas erledigen zu müssen, und verließ die Hütte. Sobald die Tür hinter ihm zufiel, marschierte Madelyne zu ihrem Mann und baute sich vor ihm auf. »Du wirst mir eine eigene Meinung zugestehen müssen, *Gemahl.* Ich werde mich nicht immer deinen Befehlen unterordnen.«

Duncan grinste. »Glaubst du, das wüßte ich nicht? Du bist meine Frau und herrschst an meiner Seite. Aber dein Vorschlag, hierzubleiben, ist höchst –«

»Unvernünftig«, beendete Madelyne den Satz seufzend. Sie setzte sich auf Duncans Schoß und schlang die Arme um seinen Hals. »Ich versuche doch nur, daß Unvermeidliche etwas vor uns herzuschieben. Und du kannst ebenso gut die volle Wahrheit über deine Frau erfahren, Duncan. Gelegentlich bin ich ein wenig feige.«

Duncan fand das Geständnis ziemlich komisch und lachte laut, ohne sich um Madelynes indignierte Miene zu kümmern. Als er sich wieder gefaßt hatte, sagte er: »Du hast mehr Mut in dir als all meine Männer zusammengenommen. Wer hätte schon sein Leben aufs Spiel gesetzt, um den Feind seines Bruders zu befreien?«

»Na ja, ich hab's getan, aber doch nur –«

»Wer hat Gilard in der Schlacht den Rücken gedeckt?«

»Ja, schon, aber ich hatte solche Angst, daß ich –«

»Wer hat sich den Wutausbrüchen meiner Schwester gestellt? Wer hat aus einem feurigen Hengst ein Lamm gemacht?«

»Ja, ich weiß, ich war's«, sagte Madelyne. Sie legte ihre Hände an seine Wangen. »Aber du verstehst noch immer nicht. Jedes Mal, wenn ich etwas von dem getan habe, das du gerade aufgezählt hast, hatte ich entsetzliche Angst! Ja, ich habe mich sogar gefürchtet, mich gegen dich aufzulehnen.«

Duncan schob ihre Hände weg und zog sie zu sich herab, um sie zu küssen. »Angst zu haben, hat nichts mit Feigheit zu tun, Madelyne. Jeder Mensch hat Angst. Nur Dummköpfe vergessen alle Vorsicht.« Und dann mußte er sie noch einmal küssen.

»Du mußt mir sagen, was ich tun soll, wenn wir an den Hof zurückkehren, Duncan«, sagte Madelyne, als er sie wieder sprechen ließ. »Ich will nicht, daß du böse auf mich wirst. Ich will dem König nicht die falschen Antworten geben. Er wird mich doch befragen, nicht wahr?«

Er hörte die Furcht in ihrer Stimme und schüttelte leicht den Kopf. »Madelyne, nichts, was du tust, könnte mich verärgern. Und wenn der König dich fragt, dann mußt du einfach nur die Wahrheit sagen. Mehr verlange ich nicht.«

»Das war es auch, was Louddon wollte. Er glaubt, daß die Wahrheit dich ins Unrecht setzen wird«, murmelte Madelyne.

»Dies ist meine Schlacht, Madelyne. Sag nur die Wahrheit, und überlaß mir den Rest.«

Madelyne seufzte. Sie wußte, daß er recht hatte.

Duncan versuchte sie abzulenken. »Ich muß mich jetzt rasieren, Madelyne.«

Sie errötete schon, bevor sie die Worte noch ausgesprochen hatte. »Mir wäre es am liebsten, wenn du dich nie wieder rasierst. Ich weiß jetzt deinen Bart . . . zu schätzen.«

Duncan wußte ihre Aufrichtigkeit zu schätzen. Sein wilder Kuß bestätigte ihr das.

Zwei Tage später kamen Duncan und Madelyne in London an. Gilard, Edmond und Gerald warteten an den Toren auf sie. Ihre Mienen waren ernst.

Nachdem er Madelyne als Willkommensgruß umarmt hatte, teilte Edmond Duncan mit, daß die anderen Barone bereits in ihren Quartieren waren.

Als nächstes drückte Gilard Madelyne an sich. Er tat es ausgiebig, und als er sich an Duncan wandte, ließ er seinen Arm um Madelynes Taille liegen. »Wirst du heute abend mit dem König reden?«

Duncan zog seine Frau demonstrativ an seine Seite, bevor er seinem Bruder antwortete. »Nein. Ich werde sofort zu ihm gehen.«

»Louddon geht davon aus, daß Madelyne bei ihrem Onkel ist. Vermutlich erfährt er gerade erst von ihrer Rückkehr, Duncan«, meldete sich Gerald zu Wort. »Louddon weiß, daß ihr nicht verheiratet seid. Daran denkst du hoffentlich.«

»Wir *sind* verheiratet«, sagte Duncan. »Vater Berton hat uns getraut, meine Vasallen sind Zeugen gewesen.«

Ein breites Grinsen verzog Geralds Gesicht.

»Das wird dem König nicht gefallen«, prophezeite Edmond mit finsterer Miene. »Man wird es als persönliche Beleidigung werten, daß du sie geheiratet hast, bevor diese Sache geklärt ist.«

Duncan wollte darauf gerade eine Antwort geben, als seine Aufmerksamkeit abgelenkt wurde. Angeführt von Henry, Williams Bruder, marschierten Soldaten des Königs im Gleichschritt auf sie zu und blieben direkt vor ihnen stehen.

Henry bedeutete den Soldaten, sie sollten ein Stück abseits warten, dann wandte er sich ohne Umschweife an Duncan. »Mein Bruder schickt seine Wache, um Lady Madelyne zu ihrem Quartier zu geleiten.«

»Ich habe vor, direkt zu William zu gehen und ihm Bericht zu erstatten, Henry. Es behagt mir nicht, Madelyne aus den Augen zu lassen.« Er brach ab und setzte mit grimmiger Stimme hinzu: »Das letzte Mal, als sie unter dem vermeintlichen Schutz des Königs stand, ist sie mißhandelt worden.«

Henry schien sich gut unter Kontrolle zu haben. Er zeigte keinerlei Reaktion auf Duncans fast schon beleidigenden Worte. »Ich bezweifle, daß der König überhaupt von ihrer Anwesenheit wußte, Duncan. Louddon ...«

»Ich will keinerlei Risiko eingehen, Henry«, unterbrach Duncan ihn.

»Dann möchtet Ihr diese bezaubernde Lady tatsächlich in diese Streitigkeiten mit ihrem Bruder hineinziehen?« fragte Henry. Bevor Duncan jedoch antworten konnte, setzte er hinzu: »Kommt mit mir. Ich habe Euch etwas zu sagen.«

Aus Ehrerbietung dem Bruder des Königs gegenüber zögerte Duncan nicht, sondern gehorchte. An seiner Seite ging er mit ihm zu einem abgeschiedenen Platz des Innenhofs.

Henry redete die meiste Zeit. Madelyne konnte nicht verstehen, was gesagt wurde, aber sie schloß aus der Miene ihres Gatten, daß Duncan nicht allzu erfreut war über das, was er zu hören bekam.

Sobald Duncan und Henry wieder zu den Wartenden stießen, sagte Duncan: »Madelyne, geh mit Henry. Er wird dafür sorgen, daß du alles hast, was du brauchst.«

»In deinen Gemächern, Duncan?« fragte Madelyne, wobei sie sich Mühe gab, nicht allzu beunruhigt zu klingen.

Henry antwortete an Duncans Statt. »Ihr werdet Eure eigenen Zimmer bekommen, meine Liebe. Bis diese Sache geklärt ist, ist es weder Duncan noch Louddon erlaubt, Euch zu sehen. Es ist eine Tatsache, daß mein Bruder zum Jähzorn neigt. Es wäre unklug, ihn jetzt gleich zu reizen. Wenigstens bis zum Abend sollten wir warten.«

Madelyne warf Duncan einen Blick zu. Als er ihr zunickte, verneigte sie sich vor Henry. Dann nahm Duncan sie beiseite und flüsterte ihr etwas ins Ohr.

Alle Anwesenden reckten die Hälse und spitzten die Ohren, doch sie konnten nichts hören. Als Madelyne sich wieder zu Henry wandte, schienen ihre Wangen zu glühen und ihre Augen zu strahlen.

Gilard sah Madelyne nach, als sie Henrys Arm nahm und an seiner Seite auf den Eingang zuging. »Was hast du gerade zu ihr gesagt, Duncan? Eben noch sah unsere Madelyne aus, als wollte sie in Tränen ausbrechen, und im nächsten lächelte sie zufrieden wie ein satter Säugling.«

»Ich habe sie nur an den Ausgang einer gewissen Geschichte erinnert«, meinte Duncan mit einem Achselzukken.

Da nicht mehr aus ihm herauszubekommen war, gab Gilard es bald auf. Edmond legte Duncan nahe, sich nach dem langen Ritt frischzumachen und noch ein wenig zu schlafen.

Obwohl Duncan den Gedanken an Schlaf absurd fand, wollte er dem Rat seines Bruders, was das Waschen und Umziehen betraf, folgen.

»Ich denke, ich werde mal schauen, wie es um Madelynes Quartier bestellt ist«, sagte Edmond. »Es würde mich nicht wundern, wenn ich Anthony vor ihrer Tür vorfände. Sollte er dort ausharren wollen, bleibe ich bis heute abend bei ihm.«

Duncan nickte. »Aber sieh zu, daß Henry nicht den Eindruck gewinnt, du könntest an der Wirksamkeit seiner Wache zweifeln«, warnte er.

Mit diesen Worten gingen die beiden Brüder in unterschiedliche Richtungen.

Gilard wandte sich zu Baron Gerald um. »Ich glaube, wir haben gerade einen Krieg verhindert. Duncan wäre doch am liebsten sofort in des Königs Kammer gestürmt, um Gerechtigkeit zu fordern.«

»Nenn es lieber einen zeitweiligen Aufschub«, antwortete Gerald. »Die Schlacht wird noch stattfinden, verlaß dich drauf. Die anderen Barone werden Duncan heute nachmittag ihren Besuch abstatten. Er wird ausreichend beschäftigt sein. Aber du hast recht – Henrys Einmischung war eine gute Sache. Duncan wird ihm eines Tages dankbar dafür sein.«

»Ich frage mich bloß, was Henry diese Sache angeht«, überlegte Gilard laut.

»Er braucht Duncans Loyalität«, antwortete Gerald. »Komm, Gilard, spendier mir ein kühles Ale. Trinken wir auf die baldige Hochzeit mit deiner Schwester.«

Gilard sah ihn erfreut an. »Soll das heißen, sie hat eingewilligt?«

»Ja, das hat sie. Und ich werde sie heiraten, bevor sie es sich anders überlegt.«

Gilard lachte, und Gerald grinste. Er hatte Gilard erfolgreich von seinen Überlegungen zu Henry und dessen Motivation abgelenkt. Gerald hielt es für besser, wenn Gilard nichts von dem geheimen Treffen und Henrys seltsamen Fragen zu Duncans Loyalität wußte. Gilard war jung und ungestüm und handelte manchmal so unüberlegt, daß er versuchen könnte, bei den falschen Leuten Informationen einzuholen. Das würde nur Ärger geben, den niemand im Augenblick gebrauchen konnte. Aye, die Wexton-Brüder hatten schon genug Probleme, die es zu bewältigen galt.

»Wenn wir einen getrunken haben, werde ich mal nachsehen, was Edmond macht«, sagte Gilard schließlich.

»Dann dürfte ja bald in dem Gang vor Madelynes Zimmer ein ziemliches Gedränge herrschen«, bemerkte Gerald trocken. »Was meinst du, Gilard – was wird Louddon wohl unternehmen, wenn er erfährt, daß seine Schwester zurück ist?«

Der fragliche Baron war zur Zeit gerade im Wald des Königs jagen. Erst am späten Nachmittag kehrte Louddon zur Burg zurück. Natürlich informierte man ihn augenblicklich über die Rückkehr seiner Schwester.

Und ebenso natürlich geriet Louddon augenblicklich

in Rage. Kurz darauf war er zur Kammer seiner Schwester unterwegs.

Anthony stand allein vor Madelynes Tür. Gilard und Edmond waren in ihr Quartier gegangen, um sich zum Abendessen und für die bevorstehende Konfrontation mit dem König umzuziehen.

Als der Vasall Louddon kommen sah, lehnte er sich gelassen an die Mauer und bedachte Madelynes Bruder mit einem angewiderten Blick.

Louddon ignorierte Anthony. Er klopfte an die Tür und verlangte lautstark, eingelassen zu werden.

Henry öffnete die Tür. Er begrüßte Louddon höflich und erklärte ihm dann, daß niemand zu Lady Madelyne vorgelassen werden würde.

Bevor Louddon protestieren konnte, wurde ihm die Tür vor der Nase zugeschlagen.

In Inneren der Kammer hatte Madelyne mit Verwunderung die Szene beobachtet. Sie wußte nicht, was sie von Henrys Verhalten halten sollte. Williams Bruder hatte sie noch keine Minute allein gelassen, außer für den kurzen Moment, als sie sich in ihre Schlafkammer zurückgezogen hatte, um sich für das Treffen mit dem König umzukleiden.

»Das Gesicht Eures Bruders war so rot, wie das meines Bruders meistens ist«, verkündete Henry, nachdem er die Tür zugeschlagen hatte. Er nahm Madelynes Hand und führte sie zum Fenster, das ein gutes Stück von der Tür entfernt lag. »Die Wände haben Ohren«, erklärte er ihr flüsternd, und Madelyne stellte mit Erstaunen fest, daß seine Stimme freundlich klang.

Und das war der Moment, in dem sie beschloß, ein für alle Male alle Gerüchte zu vergessen, die über Henry im Umlauf waren.

Henry war nicht besonders gutausehend und, verglichen mit Duncan, recht klein. Es hieß, Henry sei machtgierig und ein Ränkeschmied, und sein Hang, hinter jedem Weiberrock herzusteigen, war allgemein bekannt – er hatte mindestens fünfzehn Bastarde gezeugt. Doch offenbar hatte er auch gute Seiten, denn seine Freundlichkeit schien echt. Madelyne beschloß, nicht mehr anhand von Klatschgeschichten zu urteilen.

»Ich möchte Euch noch einmal danken, daß Ihr heute meinem Gemahl geholfen habt«, sagte Madelyne, als Henry sie erwartungsvoll anblickte.

»Wißt Ihr . . . es gibt etwas, das meine Neugier schon den ganzen Nachmittag wach hält«, sagte er. »Wenn es nicht zu persönlich ist, dann würde ich gerne wissen, was Duncan Euch gesagt hat, bevor Ihr mit mir gingt. Ihr saht so zufrieden aus.«

»Er meinte zu mir, ich sollte daran denken, daß Odysseus zu Hause ist.«

Da sie es offenbar dabei belassen wollte, drängte Henry sie, ihr eine Erklärung zu geben.

Madelyne hatte nichts dagegen. »Ich erzählte meinem Mann einmal eine Geschichte über einen Krieger namens Odysseus. Er war eine sehr lange Zeit auf Reisen, und als er endlich zurückkehrte, mußte er feststellen, daß Schurken versuchten, seiner Frau etwas anzutun und seinen Schatz zu rauben. Odysseus ließ seiner Frau ausrichten, er sei wieder zu Hause und säuberte sein Heim von diesen widerlichen Verrätern. Duncan wollte mich daran erinnern, daß er sich schon um Louddon kümmern wird.«

»Dann ist das Bestreben Eures Gemahls ähnlich wie das meine«, sagte Henry nachdenklich. »Aye, es ist endlich an der Zeit, dieses Haus zu säubern.«

Madelyne wußte nicht, was er damit sagen wollte. »Ich habe Angst, daß Duncan etwas tut, das den König verärgern könnte«, flüsterte sie. »Ihr habt ja selbst gesagt, wie jähzornig der König ist.«

»Es gibt etwas, wofür ich Euch brauche«, verkündete Henry plötzlich. Seine Stimme klang nun hart.

Madelyne gab sich Mühe, ihre Überraschung nicht zu

zeigen. »Seid Ihr sowohl Freund als auch Verbündeter meines Mannes?« fragte sie.

Henry nickte.

»Dann werde ich alles tun, um Euch zu helfen«, schloß Madelyne.

»Ihr seid genauso loyal wie Duncan«, bemerkte Henry mit einem zufriedenen Gesichtsausdruck. »Wenn ich mich für Euch einsetze, müßt Ihr tun, was immer beschlossen wird. Selbst wenn es Euer Exil bedeutet. Versucht, Euren Gemahl davon zu überzeugen.«

Madelyne sah ihn einen Moment mißtrauisch an. Was sollte sie darauf antworten? »Ich werde tun, was immer erforderlich ist«, sagte sie schließlich.

»Gut, aber vergeßt es nicht! Ihr werdet mir genauso vertrauen müssen wie Eurem Gatten«, sagte Henry.

Madelyne nickte. »Mein Mann meint, daß Ihr der Klügste von den –« Sie brach ab, als ihr klar wurde, was sie da gerade gesagt hatte.

Henry lachte auf. »Er weiß also, was ich wert bin, ja?«

Madelyne spürte die Hitze in ihren Wangen. »Ja«, sagte sie. »Und ich tue alles, um meinem Mann zu helfen. Wenn ich mein eigenes Leben geben muß, um seines zu retten, dann soll es so sein.«

»Ihr wollt Euch opfern? Das wird Eurem Mann aber nicht gefallen,« sagte Henry. Er klang nun wieder so freundlich, daß Madelyne verwirrt zu ihm aufsah. Sein Lächeln machte sie nur noch unsicherer.

»Diese Sache ist schrecklich kompliziert«, flüsterte sie.

»Ihr habt gesagt, daß Ihr mir vertrauen wollt. Ich werde Euch helfen, meine Liebe, glaubt mir.«

Madelyne nickte. Sie setzte zu einem Knicks an, beschloß dann aber, niederzuknien. »Vielen Dank!«

»Steht auf, Madelyne. Ich bin nicht der König.«

»Ich wünschte, Ihr wäret es«, murmelte Madelyne. Sie hielt den Kopf gesenkt, ließ sich jedoch von Henry aufhelfen.

Henry sagte nichts dazu. Er ging zur Tür, zog sie auf, drehte sich jedoch noch einmal um. »Manche Wünsche werden wahr, Madelyne.«

Was bedeutete dies nun schon wieder? Madelyne runzelte die Stirn.

»Wenn wir in die Halle kommen, dann zeigt keine Reaktion. Laßt Euch nicht anmerken, auf welcher Seite Ihr steht. Die Leute sollen ruhig spekulieren. Wenn man Euch ruft, werde ich bei Euch sein.« Mit diesen Worten verließ Henry die Kammer.

Zwei Stunden verstrichen, bevor der Bruder des Königs zurückkehrte, um sie zu holen. Sie ging neben ihm her, die Hände an die Seiten gepreßt, den Rücken steif. Sie konnte nur hoffen, daß sie gelöst und ruhig wirkte. Wenn sie Duncan nicht bald sehen durfte, würde es um ihre Beherrschung geschehen sein, das wußte sie. Sie brauchte die Gewißheit, daß er in ihrer Nähe war.

Als sie und Henry in die Haupthalle traten, sah sie auf den ersten Blick, daß sie zu spät kamen. Die meisten Gäste hatten gegessen, und die Diener räumten bereits die Tische ab.

Alle Köpfe wandten sich zu ihnen um. Madelyne begegnete den neugierigen Blicken so ruhig, wie es ihr möglich war. Währenddessen sah sie sich verzweifelt nach Duncan um. Wo war er nur? Sie konnte ihn nirgendwo entdecken.

Duncan stand an der gegenüberliegenden Wand zwischen Edmond und Gilard. Er sah, wie seine Frau an Henrys Seite hereinkam. Sie wirkte gelassen und sah wunderschön aus. Madelyne trug das Kleid, in dem sie geheiratet hatte, und diese Erinnerung bewahrte ihn davor, sofort auf sie zuzustürzen.

»Sie hält sich wie eine Königin«, flüsterte Gilard.

»Sie wirkt ja gar nicht ungeschickt«, beklagte sich Edmond.

»Sie ist vollkommen verängstigt.«

Kaum hatte Duncan diese Worte ausgesprochen, setzte er sich schon in Bewegung. Gilard und Edmond traten ihm augenblicklich in den Weg. »Sie wird schon zu dir kommen, Duncan. Gib Henry Zeit.«

Louddon näherte sich den Neuankömmlingen. Henry hatte sich abgewandt, um mit einem Bekannten zu reden. Louddon nutzte diesen Moment aus, um sich zu Madelyne zu beugen.

»Ich stoße dir mein Messer in den Rücken, wenn du auch nur einen Schritt auf Baron Wexton zugehst«, zischte er. »Und ich gebe sofort den Befehl, deinen geliebten Priester umzubringen.«

»Ach ja?« gab Madelyne mit zorniger Stimme zurück. »Sag mir doch, Bruder, wirst du auch Duncan, seine Brüder und ihre Verbündeten töten, ja?«

Louddon konnte sich nicht zurückhalten. Er packte ihren Arm. »Laß es nicht darauf ankommen, Madelyne. Ich habe mehr Macht als jeder andere in England!«

»Mehr Macht als Euer König?« fragte Henry.

Louddon zuckte deutlich zusammen. Er wandte sich zu Henry um, ohne Madelynes Arm loszulassen. »Ich bin der bescheidene Ratgeber Eures Bruders, Henry. Nicht mehr und nicht weniger.«

Henry sah ihn herablassend an. Er nahm Madelynes Hand und schlug Louddons weg. Auf Madelynes Arm zeichneten sich rote Male ab, auf die Henry einen Moment lang schweigend starrte. Als er wieder zu Louddon aufblickte, gab er sich keine Mühe, seinen Abscheu zu verbergen. »Ich werde Eure Schwester nun einigen von unseren treuen Freunden vorstellen.«

Seine Stimme klang hart und herausfordernd. Louddon wich unwillkürlich zurück. Er bedachte seine Schwester noch mit einem drohenden Blick, dann nickte er Henry zu.

»Was hat er zu Euch gesagt?« wollte Henry wissen.

»Er hat mir gedroht, meinen Onkel, Vater Berton,

umzubringen, falls ich nur einen Schritt auf Duncan zugehe.«

»Er will Euch nur einschüchtern, Madelyne. In Gegenwart der Barone kann er überhaupt nichts tun. Und morgen wird es zu spät sein. Vertraut mir, ich weiß, wovon ich spreche.«

Clarissa hatte offenbar beobachtet, wie Louddon von Henry abgefertigt worden war. Wie beiläufig, schlenderte sie herbei, um Madelyne zu begrüßen.

Henry nickte ihr zu. »Ich wollte Eurer Schwester gerade Williams beeindruckende Gärten zeigen«, sagte er.

Madelyne begriff zwar überhaupt nichts, hatte aber beschlossen, nicht zu protestieren.

»Oh, die Gärten?« zwitscherte Clarissa nun. »Die würde ich auch schrecklich gerne sehen.«

Ihr Plan, Madelyne nicht aus den Augen zu lassen, war leicht zu durchschauen. Henry lächelte sie bedauernd an. »Ein anderes Mal, vielleicht«, sagte er freundlich.

Clarissa starrte ihn einen Augenblick hart und kalt an. Dann, ohne Madelyne eines Blickes zu würdigen, wandte sie sich um und ging fort.

Madelyne ging an Henrys Seite auf die Türen zu, die zur Terrasse führten. »Wer ist der Mann, der dort hinten mit Edmond spricht?« fragte Madelyne. »Der mit dem leuchtenden Haar. Er sieht ziemlich beunruhigt aus.«

Henry warf einen Blick auf die beiden und antwortete dann: »Das ist Baron Rhinehold.«

»Ist er verheiratet? Hat er eine Familie?« fragte Madelyne. Dann biß sie sich erschrocken auf die Zunge. Sie durfte ihre Neugier nicht so offen zeigen.

»Nein, er hat sich nie eine Frau genommen«, antwortete Henry. »Wieso interessiert Ihr Euch so für Rhinehold?«

»Er kannte meine Mutter«, gab Madelyne zurück. Sie fuhr fort, Baron Rhinehold anzusehen, und als er schließlich zu ihr herüberschaute, lächelte Madelyne ihn an.

Natürlich wußte sie, daß es nicht möglich war; dennoch hätte sie sich gewünscht, eine Weile mit dem Baron allein sein zu können. Ihr Vater . . . wenn es denn stimmte, was Clarissa behauptet hatte!

Madelyne war ein Bastard. Doch das störte sie nicht. Niemand würde jemals die Wahrheit erfahren. Mit Ausnahme von Duncan natürlich . . . lieber Himmel! Sie hatte vergessen, es ihm zu sagen!

»Nennt Duncan Baron Rhinehold seinen Freund?« fragte Madelyne.

»Ja«, antwortete Henry. »Warum fragt Ihr?«

Madelyne fiel darauf keine Antwort ein, also versuchte sie, das Thema zu wechseln. »Ich wünschte, ich könnte einen Moment mit meinem Gemahl sprechen. Mir ist gerade eingefallen, daß ich vergessen habe, ihm etwas mitzuteilen. Es ist sehr dringend. Wirklich.«

»Nun, Ihr scheint Glück zu haben, Madelyne. Louddon ist gerade eben mit seinen Freunden hinausgegangen. Ohne Zweifel versucht er noch einmal, den König auf seine Seite zu ziehen, bevor die Anhörung stattfindet. Wartet auf der Terrasse – ich schicke Duncan zu Euch.«

Madelyne mußte nicht lange warten. Kurz darauf tauchte Duncan auf.

»Es ist bald vorbei, Madelyne«, sagte er zur Begrüßung. Er zog sie in seine Arme und küßte sie zärtlich. »Bald, Geliebte, ich verspreche es dir. Hab Vertrauen zu mir, meine –«

»Hab Vertrauen zu *mir*, Duncan«, flüsterte Madelyne. »Das hast du doch, oder?«

»Natürlich«, antwortete Duncan. »Komm rein, und bleib an meiner Seite, wenn wir mit dem König sprechen. Er muß jeden Moment kommen.«

Madelyne schüttelte den Kopf. »Louddon denkt, daß meine Aussage dein Untergang sein wird, und Henry will, daß Louddon sich bis zum letzten Moment in Sicherheit wiegt. Wenn ich mich jetzt in aller Öffentlichkeit auf deine Seite stelle, dann kann sich Louddon darauf einstellen. Vielleicht würde er behaupten, ich würde lügen, um dich zu schützen. Hab Geduld, Duncan, es ist wirklich bald vorbei. Nun schau mich nicht so böse an. Ich habe dir etwas Wundervolles mitzuteilen. Ich weiß es schon ein paar Tage, aber es ist soviel geschehen, daß ich noch keine Zeit hatte –«

»Madelyne!«

Er hatte ja recht! Dies war wohl kaum der richtige Zeitpunkt für langatmige Reden. Sie beschloß, zum Punkt zu kommen. »Ich bin ein illegitimes Kind. Was sagst du dazu?«

Duncan sah sie verdutzt an.

»Ich bin ein Bastard, Duncan. Findest du das nicht auch wunderbar? Wahrhaftig, ich freue mich so sehr. Denn das heißt doch, ich bin überhaupt nicht mit Louddon verwandt!«

»Wer hat dich Bastard genannt?« sagte Duncan mit ruhiger Stimme, ohne jedoch das zornige Beben darin unterdrücken zu können.

Madelyne hätte am liebsten laut gelacht. »Niemand. Ich habe gehört, wie Clarissa und Louddon sich unterhielten. Ich habe mich immer schon gefragt, warum Louddon und sein Vater meine Mutter verstoßen haben. Nun weiß ich es. Sie war schwanger, als sie heiratete. Mit mir.« Duncan starrte Madelyne nur an. Plötzlich fürchtete sie, daß er die Nachricht ganz anders aufnehmen würde, als sie gedacht hat. »Macht es dir etwas aus, daß ich nicht legitim bin?«

»Rede nicht solch einen Unsinn«, sagte Duncan. Endlich erschien ein Lächeln auf seinen Lippen, und Madelyne seufzte erleichtert.

»Weib, du bist die einzige Frau auf der Welt, die über solche Nachrichten jubeln kann.« Nun konnte er sein Lachen auch nicht mehr unterdrücken.

»Louddon wird es niemandem erzählen«, flüsterte

Madelyne. »Er hat mich befreit und weiß es nicht einmal. Sag doch, Duncan, macht es für dich einen Unterschied?«

»Wie kannst du nur eine solche Frage stellen?«

»Weil ich dich liebe«, sagte Madelyne mit einem gespielten Seufzen. »Im übrigen ist es auch egal, ob es dich stört oder nicht. Du mußt mich bis in alle Ewigkeit lieben. Du hast es mir versprochen.«

»Aye, Madelyne«, antwortete Duncan. »Ich breche niemals mein Wort.«

Als Duncan sich herabbeugte, um seine Frau noch einmal zu küssen, ertönten die Fanfaren hinter ihnen. Der König wurde angekündigt. »Und weißt du zufällig auch, wer dein Vater ist?« fragte er rasch, als er sah, daß erneut Furcht in Madelynes Augen trat.

»Rhinehold«, sagte Madelyne. Als sie Duncans Lächeln sah, nickte sie heftig. »Ich sehe, daß dir das gefällt. Es gefällt dir doch, oder?«

»Sehr«, sagte Duncan leise. »Rhinehold ist ein guter Mann.«

Henry tauchte hinter Duncans Rücken auf. »Es ist Zeit«, sagte er. »Kommt, Madelyne. Der König wartet.«

Duncan spürte, daß Madelyne wieder zu zittern begann. Er drückte sie kurz, bevor er sie losließ. Als sie sich von ihm entfernte, suchten seine Gedanken nach etwas, das sie ein wenig ablenken konnte.

Seine Frau hatte soeben die Tür erreicht, als ihm etwas einfiel. »Madelyne«, rief er ihr hinterher. »Rhinehold hat rotes Haar. Feuerrotes Haar!«

Sie drehte sich nicht herum. »Es ist viel eher braun als rot. Das sieht doch schließlich jeder!«

Als der Klang ihres Lachens zu ihm drang, wußte er, daß sie es überstehen würde.

KAPITEL 23

»Das Andenken des Gerechten bleibt im Segen; aber der Name der Gottlosen wird verwesen.«

Altes Testament, Sprüche, 10.7

Schweigen senkte sich über die Menschenmenge, als William II. sich langsam zu seinem Stuhl begab, den man auf eine Plattform gestellt hatte. Als der König sich setzte, senkten alle demütig ihre Köpfe.

Madelyne war nun nicht mehr zum Lachen zumute. Sie stand allein mitten im Saal. Henry hatte sie stehenlassen und sprach jetzt mit seinem Bruder.

Was auch immer Henry ihm sagte, es schien dem König nicht besonders gut zu gefallen. Sie sah, wie William den Kopf schüttelte und Henry mit einer eindeutigen Geste entließ.

Madelyne schloß die Augen und betete um den nötigen Mut. Henry hatte ihr gesagt, daß Louddon der erste war, der seine Sache vertreten durfte, als nächstes würde Duncan an die Reihe kommen und ganz zuletzt sie.

Sie öffnete die Augen und entdeckte Duncan auf der anderen Seite des Saales. Er blickte sie unverwandt an, während er sich langsam seinen Weg durch die Menge auf sie zu bahnte. Als er sie erreicht hatte, sahen sie einander eine lange Weile schweigend in die Augen. Madelyne spürte, wie seine Kraft auf sie überfloß. Vor den Augen aller Anwesenden stellte sie sich auf Zehenspitzen und küßte ihren Mann auf die Wange. Es kümmerte sie nicht mehr, ob jemand daraus Schlüsse zog oder nicht. Selbst für Louddon war es nun zu spät, sich noch eine neue Strategie einfallen zu lassen.

Oh, Himmel, wie sehr sie Duncan liebte. Er wirkte so zuversichtlich, so unbekümmert. Er blinzelte ihr sogar zu, als ein Soldat seinen Namen rief.

»Bleib hier, bis man dich aufruft«, sagte Duncan. Er streichelte ihr sanft die Wange, dann drehte er sich um und ging zum König.

Madelyne dachte nicht daran, ihm zu gehorchen. Sie setzte sich in Bewegung, um hinter Duncan herzulaufen, war jedoch erst ein paar Schritt weit gekommen, als Edmond, Gilard, Gerald und eine Reihe von Baronen, die sie nicht kannte, von allen Seiten auf sie zukamen. Sie bildeten einen Kreis, und plötzlich war sie gefangen.

Die Menge teilte sich, um Duncan und Louddon durchzulassen. Beide kamen aus unterschiedlichen Richtungen und blieben in einem Abstand von einigen Schritten vor ihrem König stehen.

Der König begann zu sprechen. Seine Worte waren an die Zuhörer gerichtet. Er ließ seinem Unmut freien Lauf, sagte, wie sehr er sich über diese beiden gegnerischen Barone ärgerte, die ihn Nerven und Soldaten gekostet hatten, berichtete, wie viele unterschiedliche Informationen ihn erreicht hätten und endete damit, daß er endlich die Wahrheit hören wolle. Dann nickte er beiden Baronen zu und bedeutete Louddon mit einer Geste, er möge beginnen.

Louddon wies als erstes jedes Fehlverhalten weit von sich. Er beschuldigte Duncan des Verrats und berichtete, daß der Baron Wexton seine Festung niedergebrannt, über zweihundert brave, treue Männer getötet, seine Schwester entführt und sie beinahe zu Grunde gerichtet hatte.

Dann erklärte Louddon, daß Duncan ihn einer Sache beschuldigte, die ein anderer Mann seiner Schwester Adela angetan hatte. Er spann ein Netz aus Lügen für den König, behauptete in selbstgerechter Empörung, er habe nicht einmal gewußt, daß Duncan zu seiner Festung marschiert war, um die vermeintliche Rache auszuführen. Wie hätte er, Louddon, es ahnen sollen? War er nicht hier am Hof gewesen, als Duncan und seine Krieger die Festung gestürmt hatten? Und gab es nicht genug Zeugen dafür?

Louddon schloß seine Rechtfertigung mit der Bemerkung, daß Duncan keinerlei Beweise für seine Anschuldigungen hätte, er jedoch um so mehr.

Madelynes Bruder log mit der Gewandheit einer Schlange und der Unverfrorenheit einer Dirne. Und er war noch nicht fertig. Natürlich wüßte er, fuhr er fort, wie schwierig es für den König sein mußte, nur aus Aussagen die Wahrheit herauszufinden. Daher habe er, Louddon, drei Männer aufzurufen, die seine Angaben bezeugen könnten.

Als der König nickte, kniete jeder der drei Männer vor seinem Herrscher nieder und bestätigte Louddons Lügen. Madelyne kannte sie nicht, doch sie wußte sehr gut, wie sie hießen. Ja, ihr Name war dreimal derselbe. Alle hießen Judas.

Der letzte Zeuge hatte seine Aussage gemacht, stand auf und stellte sich zu den anderen beiden hinter Louddon. Madelyne packte einen Zipfel von Edmonds Tunika und begann, ihn verzweifelt zu zwirbeln. Edmond drehte sich um, zerrte sein Kleidungsstück frei und nahm ihre Hand. Gilard packte ihre andere.

Sie wußten beide, daß Madelyne ihren Trost brauchte. Keiner hatte erwartet, daß der König Zeugen zulassen würde. Die Brüder waren sowohl wütend als auch beunruhigt darüber, versuchten jedoch, sich Madelyne gegenüber nichts anmerken zu lassen.

Nun trat Louddon noch einmal vor. Er verbeugte sich vor William, fügte noch ein oder zwei Lügen hinzu und beendete dann seinen Bericht mit einem dramatischen Appell an die Gerechtigkeit des großen Herrschers.

Nun war Baron Wexton an der Reihe. Der König schien keinen Hehl daraus machen zu wollen, daß er mit seinem treuen Vasallen auf freundschaftlichen Fuß stand, denn er nannte ihn Duncan, als er ihn bat, nun seine Version der Geschichte vorzutragen.

Duncan war kein Mann vieler Worte. Rasch gab er die Tatsachen wieder. Er verzichtete auf Zeugen und erklärte ohne Ausschmückung, wie Louddon Adela mißbraucht hatte, wie er versucht hatte ihn, Duncan, zu töten, und wie er sich im Gegenzug dafür gerächt hatte. Jedem der Anwesenden wurde bewußt, daß der Baron Wexton nicht um Gerechtigkeit bat. Er forderte sie.

»Habt Ihr Zeugen, die Eure Worte bestätigen können?« fragte der König.

»Ich habe Euch die reine Wahrheit berichtet«, sagte Duncan mit harter, kontrollierter Stimme. »Ich brauche keine Zeugen, um meine Ehrlichkeit zu beweisen.«

»Jeder von Euch hat gegen den anderen schwere Anschuldigungen vorgebracht. Doch es gibt noch einige Fragen, die offengeblieben sind.«

»Er sitzt zwischen zwei Stühlen«, flüsterte Gilard Edmond zu.

Edmond nickte. Es stand Aussage gegen Aussage. Die Barone widersprachen sich. Edmond war der Ansicht, daß der König normalerweise zu Duncans Gunsten geurteilt hätte, aber Louddon war schlau genug gewesen, drei Zeugen anzubringen, die das Gleichgewicht wiederhergestellt hatte. Dem König konnte es nicht leichtfallen, ein Urteil zu fällen: Duncan war ein treuer Vasall und ein Krieger, der zu einer Bedrohung für den König werden konnte, sollte er glauben, er sei verraten worden. Louddon und seine Zeugen einfach zu ignorieren, war jedoch undenkbar; die Zuhörerschaft – die Barone, das Volk! – hätten dies als Schlag gegen die Gerechtigkeit gewertet, selbst wenn die meisten Anwesenden auf Duncans Seite waren.

Und doch: Es war eine Beleidigung gewesen, Duncan

nach Zeugen zu fragen. Er hatte die Wahrheit gesagt. Entweder der König glaubte ihm – oder aber nicht.

Edmond stieß einen zornigen Seufzer aus. Duncan würde das genauso sehen – er würde stur darauf bestehen, daß sein Wort als Ehrenmann nicht anzuzweifeln war, folglich würde er ein Urteil zu Louddons Gunsten ganz gewiß als Verrat ansehen. Doch Louddons Lügengeflecht mußte erst einmal entwirrt und zerstört werden. Und Duncan hatte in der Tat Louddons Festung geschleift und zweihundert Männer getötet. Das war eine Tatsache, die auch Duncan nicht bestreiten konnte – und wollte!

Mochte Duncan auch behaupten, daß Louddon ihn zweimal in eine Falle gelockt hatte – er hatte keinen Beweis dafür. Gilard war bei einer Schlacht dabeigewesen, aber auch er konnte nicht beweisen, daß Louddon dahintergesteckt hatte. Dasselbe galt für Geralds Aussage: Es war Morcar gewesen, der die Männer beim zweiten Hinterhalt angeführt hatte. Von Louddon war keine Spur gewesen.

Edmond tauchte aus seinen beunruhigenden Gedankengängen auf, als Madelynes Name aufgerufen wurde. Er wandte den Kopf, um sie anzusehen.

Madelyne straffte die Schultern, zwang sich zu einer ruhigen Miene und setzte sich langsam in Bewegung. Sie hielt vor der Plattform an und kniete mit gesenktem Kopf nieder.

»Euer Bruder hat mich überzeugt, daß Ihr schon zuviel Schreckliches durchgemacht habt, um mir jetzt Bericht zu erstatten«, verkündete der König. »Daher entbinde ich Euch von dieser Pflicht.«

Madelyne kam auf die Füße und starrte den König an. Nun begriff sie, warum Louddon eine derart zufriedene Miene gemacht hatte. Er hatte im Vorfeld dafür gesorgt, daß man sie gar nicht erst anhören würde.

So nicht, dachte Madelyne.

»Ich bin eine ergebene Untertanin Eurer Majestät«, begann Madelyne mit lauter Stimme. Zufrieden bemerkte sie, daß William, der sie bereits gedanklich entlassen hatte, zusammenzuckte und seine Augen sich weiteten. Beherzt fuhr Madelyne fort: »Auch wenn ich keine Armee besitze, die Euch unterstützen könnte, so würde ich doch alles tun, was in meiner Macht steht, um Euch zu dienen. Und so möchte ich auch Eure Fragen beantworten.«

Der König nickte langsam. »Ihr scheint mir auch gar nicht so arg mitgenommen, wie Euer Bruder es mich glauben machen wollte.« Er beugte sich ein wenig vor und sagte mit gesenkter Stimme: »Möchtet Ihr, daß ich den Saal räumen lasse, bevor Ihr mir berichtet, was Euch zugestoßen ist?«

Madelyne war überrascht von dem freundlichen Ton, in dem William mit ihr sprach. »Nein«, flüsterte sie. »Das ist nicht nötig.«

»Nun denn. Sagt mir, was Ihr wißt!«

Madelyne gehorchte. Sie verschränkte die Hände vor ihrem Körper und holte tief Atem. Im Saal war es so still, daß man ein Mäuschen am Käse hätte nagen hören können.

»Ich würde gerne mit dem Abend beginnen, an dem die Festung meines Bruders angegriffen wurde«, sagte Madelyne.

Der König nickte. »Ich weiß, daß es nicht leicht für Euch sein kann, edle Lady, aber mir würde es helfen, Licht auf die Widersprüchlichkeiten zu werfen«, setzte er hinzu.

Madelyne wäre es tatsächlich lieber gewesen, wenn der König nicht soviel Verständnis für sie gezeigt hätte. Es machte ihre Aufgabe nur schwieriger. »Ich war auf dem Weg in meine Kammer, als einer der Soldaten meines Bruders Louddon meldete, daß Baron Wexton ihn zu sprechen wünschte.«

»Louddon war dort?« fragte der König.

»Ja«, antwortete Madelyne. »Ich hörte, wie er seinem Soldaten sagte, er möge Duncan ausrichten, man schlösse einen vorübergehenden Waffenstillstand, und ihn einlassen. Aber das war eine Falle, denn sobald Duncan hereingeritten war, nahmen die Soldaten ihn gefangen. Mein Bruder erklärte seinem Vasallen, er würde Duncan töten. Und er hatte es sich klug ausgedacht – Duncan sollte erfrieren.«

Louddon schnappte hörbar nach Luft. Er setzte sich in Bewegung, wollte offenbar auf Madelyne zugehen, hielt jedoch inne, als er sah, wie Duncans Hand zum Schwertgriff glitt. »Sie weiß doch nicht, was sie da redet«, stammelte Louddon. »Sie ist erschöpft und hat viel durchmachen müssen. Erlaßt ihr diese Qual!«

Der König bedeutete ihm mit einer ungeduldigen Geste zu schweigen. Louddon holte tief Luft und zwang sich zur Ruhe. Der Rest von Madelynes Geschichte konnte nur für ihn sprechen!

»Es wird keine Unterbrechungen mehr geben«, sagte der König barsch, dann wandte er sich wieder Madelyne zu. »Bitte fahrt fort. Erklärt mir diesen klugen Plan, den Baron erfrieren zu lassen. Ich verstehe das nicht ganz.«

»Louddon wollte keine Waffe benutzen – an Duncans Körper sollten keine Male zu sehen sein. Wenn der Baron erfroren sein würde, sollten die Soldaten seinen Leichnam an irgendeine abgelegene Stelle bringen, so daß wilde Tiere sich über ihn hermachen konnten oder jemand ihn finden würde. Niemand hätte Louddon etwas beweisen können. Also zogen sie ihm seine Kleider aus und banden ihn an einen Pfahl in der Mitte des Hofes.«

Madelyne machte eine Pause, um neue Kraft zu schöpfen. »Louddon ritt kurz darauf nach London davon. Er ließ ein paar Männer zur Bewachung dort, aber sie ertrugen die eisige Kälte bald nicht mehr und zogen sich in ihre warmen Quartiere zurück. Als sie alle weg waren, band ich Duncan los.«

»Und dann griffen die Krieger die Festung an?«

»Sie kletterten nacheinander über die Mauern. Sie wollten ihren Herrn nur befreien.«

»Aha.«

Madelyne wußte nicht, was sie mit diesem »Aha« anfangen sollte. Sie warf Louddon einen Blick zu, sah sein höhnisches Grinsen, dann blickte sie zu Duncan hinüber. Er nickte ihr ermutigend zu.

»Also drangen sie in die Festung ein, ist das richtig?« wiederholte der König, als sie eine Weile geschwiegen hatte.

Sie nickte. »Dann entbrannte ein Kampf.«

»Und danach hat man Euch gefangengenommen?«

»Nun, es war eher so, daß man mich befreit hat. Mein Bruder hat mich stets schlecht behandelt, und – Gott sei mein Zeuge! – ich *wollte* fort! Ich hatte meine Flucht bereits geplant!«

Ein erstauntes Murmeln ging durch die Halle.

»Baron Wexton nahm mich mit. Ich fürchtete mich vor Louddon, und ich muß Euch gestehen, daß ich mich zum ersten Mal in meinem Leben plötzlich sicher fühlte. Duncan ist ein Mann von Ehre. Er hat mich gut behandelt. Ich hatte kein einziges Mal Angst, daß er mir etwas antun würde. Nicht einmal!«

Des Königs Blick wanderte zu Louddon und verharrte eine lange Weile auf seinem Vasallen. Schließlich wandte er sich wieder Madelyne zu. »Wer hat die Festung in Schutt und Asche gelegt? Oder ist dies vielleicht auch gar nicht geschehen?«

Seine Stimme war erheblich lauter geworden.

»Duncan hat meine Festung vernichtet«, rief Louddon.

»Ruhe!« brüllte der König. »Eure Schwester hat das Wort, und sie ist die einzige, deren Stimme ich jetzt hören will!« Etwas sanfter befahl er Madelyne: »Beantwortet meine Frage.«

»Louddon vernichtete seine Festung selbst, indem er

den Waffenstillstand mißachtete«, sagte Madelyne mit fester Stimme.

Der König seufzte und wirkte plötzlich sehr, sehr müde. »Darf ich also annehmen, daß Eure Tugend Euch nicht geraubt wurde?«

Madelyne schrie ihre Antwort fast heraus. »Er hat mich nicht angerührt!«

Wieder ging ein Raunen durch die Menge. Die seltsame Geschichte hielt die Zuhörer in einem Bann.

Bis zu diesem Moment hatte Madelyne nur die Wahrheit gesagt, und sie wollte dies jetzt nicht ändern. »Er hat mich nicht angerührt, aber ich muß Euch gestehen, daß ich meinerseits versucht habe, ihn auszunutzen. Ich fürchte, ich habe ihn verführt.«

Die Menge stöhnte auf. Madelyne glaubte, Duncan seufzen zu hören. Der König sah aus, als wollte er laut aufschreien. Und plötzlich stand Duncan neben ihr und preßte ihr eine Hand auf den Mund. Madelyne kam zu dem Schluß, daß er sie zum Verstummen bringen wollte.

Sie stieß ihn mit dem Ellenbogen in die Rippen, bis er die Hand widerstrebend von ihrem Mund nahm und sie ihr auf die Schulter legte.

»Erkennt Ihr nicht, daß Ihr Euch selbst verleumdet, gute Frau?« fauchte der König.

»Ich liebe Duncan«, antwortete Madelyne. »Und ich schaffte es gar nicht, ihn zu verführen. Erst als wir verheiratet waren.«

Der König warf Louddon erneut einen finsteren Blick zu. »Eure Klage, daß Eure Schwester geschändet wurde, ist abgewiesen. Ich muß diese Frau nur ansehen, um zu sehen, daß sie die Wahrheit spricht.«

Dann stellte er Madelyne die nächste Frage: »Was ist mit der Beschuldigung, daß Louddon die Schwester Eures Gatten mißbraucht hat?«

»Sie ist wahr«, antwortete Madelyne. »Adela hat mir berichtet, was man ihr angetan hat. Es war Morcar, der sie mißbraucht hat, aber Louddon war dabei. Er hat Morcar die Gelegenheit gegeben, und daher ist er genauso schuldig.«

»Ich verstehe.« Der König fuhr fort, ihr Fragen zu stellen, und Madelyne beantwortete diese zwar selten direkt, doch stets aufrichtig und ohne zu lügen.

Als sie endlich fertig war, ließ sie sich erschöpft gegen Duncan sinken.

»Habt Ihr noch etwas zu sagen?« fragte der König Louddon.

Louddon brachte kaum ein Wort heraus. Sein Gesicht war verzerrt vor Zorn. »Mein Schwester ist eine Lügnerin!« preßte er schließlich hervor.

»Ist dies nicht dieselbe Schwester, von der Ihr gestern noch behauptet habt, sie würde stets die Wahrheit sagen?« brüllte der König.

Louddon ersparte sich eine Antwort. Der König wandte sich wieder Madelyne zu. »Ihr seid Eurem Gemahl treu ergeben. Ein bewundernswerter Zug. Sprecht Ihr die Wahrheit, oder wollt Ihr nur Euren Mann beschützen?«

Bevor sie darauf antworten konnte, richtete William das Wort schon an Duncan. »Habt Ihr den Worten Eurer Frau etwas hinzuzufügen?«

»Nur, daß es sich um eine gegenseitige Verführung handelte«, sagte Duncan gelassen. »Und es war durch und durch befriedigend.«

Die Menge im Saal brüllte vergnügt auf. Der König lächelte.

Dann stand er auf, um seine Entscheidung bekanntzugeben. »Louddon, Ihr habt mein Vertrauen in Euch schmählich verraten! Ich entlasse Euch hiermit aus all Euren Pflichten! Und ich will Euch nie wieder an meinem Hof sehen!«

Als nächstes wandte er sich an Duncan. »Mein Bruder Henry hat vorgeschlagen, Euch die Möglichkeit zu geben, Euren Zorn verrauchen zu lassen. Ich bin wenig entzückt über den Schaden, den Ihr angerichtet habt, und die Menschenleben, die es gekostet hat, aber ich will akzeptieren, daß Ihr Euch für die Schändung Eurer Schwester rächen wolltet. Ich denke, einen Monat bei den Schotten wird ausreichen.«

Madelyne spürte, wie Duncan sich versteifte, und drückte fest seine Hand, um ihm wortlos um Schweigen zu bitten.

»Falls Ihr, wenn Ihr zurückkehrt, Louddon immer noch herausfordern wollte, dann sei es Euch erlaubt, gegen ihn zu kämpfen! Wie und wann sollt Ihr selbst entscheiden!«

Duncan regte sich nicht, gab weder seine Zustimmung noch protestierte er. Er hatte überhaupt keine Lust, einen Monat zu warten, bis er Louddon in seine Finger bekommen konnte.

Doch dann spürte er Madelynes Beben. Und er entschied sich. »Ich werde sofort nach Norden reiten.«

Der König nickte. »Ich habe Louddon von seinen Aufgaben entbunden. Damit habe ich ihm einen Monat Zeit gegeben, sich vor Euch zu verstecken«, gab er zu.

»Ich werde ihn finden.«

Der König lächelte. »Ja, daran zweifle ich nicht.«

Duncan verneigte sich. William stand auf und verließ die Halle. Louddon rannte hinter ihm her.

»Ich würde gerne ein paar Takte mit dir sprechen, Frau«, flüsterte Duncan.

Madelyne wollte ihn anlächeln, aber seine Miene verriet ihr nicht, ob er zornig oder milde gestimmt war. »Ich bin sehr müde, Duncan. Und du hast dem König doch gesagt, wie würden sofort abreisen.«

»Wir?«

»Du willst mich doch nicht zurücklassen, oder?« fragte sie, deutlich entsetzt.

»Nein, will ich nicht.«

Madelyne bedachte ihn mit einem finsteren Blick. »Du

sollst mich nicht so erschrecken«, murmelte sie. »Ich habe Entsetzliches durchgemacht!«

Baron Rhinehold unterbrach das Paar. »Eure Frau, Duncan, ist genauso tapfer wie Ihr. Wie sie dem König ihre Geschichte vorgetragen hat, ohne daß ihre Stimme nur einmal bebte, war recht bemerkenswert.«

»Und was hat sie ihm gesagt?« fragte Duncan. Seine Stimme klang sehr mild.

Rhinehold grinste breit. »Tja, das ist die Frage, nicht wahr? Ich habe zwar jedes Wort vernommen, bin mir aber trotzdem noch immer nicht im klaren darüber, wer was niedergebrannt, wer wen angegriffen und wer sich zurückgezogen hat ... Eigentlich habe ich nicht die leiseste Ahnung, was eigentlich passiert ist!«

»Da habt Ihr gerade mein Leben mit Madelyne beschrieben!« sagte Duncan, dessen Stimme sich plötzlich gequält anhörte.

Duncan blickte auf seine Frau hinab. Diese hatte den kurzen Austausch offenbar gar nicht mitbekommen. Sie starrte den Baron wie betäubt an. »Verzeiht, ich vergaß Euch vorzustellen«, sagte Duncan. »Baron, dies ist meine Frau Madelyne. Wie ich gehört habe, kanntet Ihr ihre Mutter?«

Der Baron nickte. »Eure Frau sieht ganz wie Rachael aus«, meinte er. »Ich freue mich, Euch kennenzulernen, Baronin!«

Er hatte ein so nettes Lächeln! Plötzlich überkam Madelyne eine wunderschöne Melancholie, und in ihrer Kehle bildete sich ein dicker Klumpen. Sie zwang sich zu einem Lächeln und sagte: »Ich würde gerne mit Euch über meine Mutter sprechen, Baron. Vielleicht könnt Ihr uns besuchen kommen, wenn wir aus unserer Verbannung zurückkommen.«

»Es ist mir eine Ehre«, gab Rhinehold zurück.

Nun kamen auch die anderen Verbündeten herbei, um Duncan zu dem Ausgang der Verhandlung zu gratulieren.

Madelyne stand schweigend neben ihm, hielt seine Hand und wünschte sich, er würde ihr sagen, was er von diesem kurzen Gespräch hielt.

Duncan tat so, als wäre sie nicht mehr da. Gilard kam, stellte ein paar Fragen, und Duncan teilte ihm mit, daß sie in einer Stunde reiten würden.

»Duncan? Ist noch Zeit genug, daß ich meine Sachen aus meiner Kammer holen kann?« fragte Madelyne.

»Nein.«

Madelyne seufzte. »Also bist du doch böse auf mich.«

Duncan schaute sie an. Ihre Augen wirkten verschleiert, und sie kaute auf ihrer Unterlippe. Er schüttelte langsam den Kopf. »Mich verführen! Himmel, du hast dem König gesagt, du hättest mich verführt! Wenn du schon beschließt, ihm eine Lüge aufzutischen, dann machst du es gleich richtig, nicht wahr?« Er konnte nicht anders – er mußte grinsen.

»Das war keine Lüge«, protestierte sie. »Ich wollte ja, daß du mich küßt, und ich fand es immer ärgerlich, wenn du damit aufgehört hast. Das ist doch ein wenig Verführung, oder etwa nicht? Und ich *habe* dich in dieser ersten Nacht geküßt, Duncan. Du hast bloß reagiert!«

»Wenn du die ganze Wahrheit gesagt hättest, wenn du all die Scheußlichkeiten berichtet hättest, die Louddon dir angetan hat, dann hätte ich ihn sofort herausfordern können«, sagte Duncan.

»Oh, ich weiß, wie so etwas geht«, erwiderte Madelyne heftig. »Ihr beide habt Euch widersprochen. Keiner hatte echte Beweise. Der König hätte Eure Hände und Füße an Steine gebunden und Euch in einen See verfrachtet. Und wärest du zu Boden gesunken, dann wäre jedem klar gewesen, daß du die Wahrheit gesagt hast. Du wärst natürlich ertrunken, aber deine Ehre wäre gerettet gewesen. Weißt du, ich möchte nicht mit deiner Ehre ins Bett gehen, Duncan. Ich will, daß du lebendig und gesund bist. Und wenn du das nicht begreifst, dann bist du selbst schuld.«

Obwohl sie es versuchte, konnte sie die Tränen nicht unterdrücken.

Duncan starrte sie an.

»Madelyne!« Er zog ihren Namen in einem übertriebenen Seufzer in die Länge. »Krieger müssen sich solchen Prüfungen nicht unterziehen. Das ist die Kirche, die derartige Methoden anwendet, nicht der König.«

»Oh.«

Duncan verbiß sich nur mit Mühe das Lachen. Er nahm sie auf die Arme und grinste, als er sie murmeln hörte: »Ich habe Entsetzliches durchgemacht.«

»Du bist einmalig«, sagte er. »Komm, Frau. Ich habe das dringende Bedürfnis, mich von dir verführen zu lassen.«

Madelyne fand die Idee hervorragend.

Vier Stunden später schlugen sie ihr Lager auf. Madelyne war erschöpft. Clarissa hatte sie abgefangen, als sie gerade die Burg verlassen wollten. Die bösen, zornigen Worte, die ihr die Frau entgegengeschrien hatte, klangen ihr noch in den Ohren.

Duncan ließ sie an einem Bach, den sie entdeckt hatten, allein, und kümmerte sich darum, sein Lager zu sichern. Dennoch sorgte er dafür, daß Madelyne die ganze Zeit in seinem Blickfeld blieb. Solange Louddon am Leben war, würde Duncan nicht von Madelynes Seite weichen.

Madelyne wusch sich, so gut es unter den Umständen ging, und kehrte dann zum Lagerplatz zurück. Duncan hatte soeben ein Zelt für zwei errichtet. Es stand ein wenig abseits von den Zelten der Männer, die sie begleiteten.

»Und du meinst, Vater Berton ist wirklich in Sicherheit? Oder sollen wir nicht doch besser noch mehr Männer zu seiner Bewachung hinschicken?« fragte sie.

»Das ist nicht nötig«, sagte Duncan. »Ich habe die besten Männer dagelassen. Mach dir keine Sorgen, Liebes.«

Madelyne nickte, halbwegs beruhigt. »Erinnerst du

dich noch an die erste Nacht, die wir zusammen verbracht haben?«

»O ja, sehr gut sogar.«

»Ich hatte Angst, daß das Zelt abbrennt, weil das Feuer so nah war«, sagte sie.

»Du hattest vor allem Angst«, sagte Duncan. Er band den Gürtel auf, der um ihre Hüften lag. »Und du hast in jener Nacht in deinen Kleidern geschlafen.«

»Ich habe nur meine Tugend zu beschützen versucht«, sagte Madelyne. »Da wußte ich ja noch nicht, daß ich dich lieber verführen wollte.« Sie lachte über seine säuerliche Miene.

»*Ich* habe deine Tugend beschützt«, verbesserte Duncan sie.

Madelyne ließ sich auf dem weichen Fell nieder. Es war ein kühler, angenehmer Abend. Eine erfrischende Brise wehte, und der helle Mond tauchte die Landschaft in ein weiches Licht.

»Zieh deine Kleider aus, Madelyne«, befahl Duncan, während er schon seine Tunika abstreifte und seine Stiefel auszog.

Madelyne hätte es zu gerne getan, aber der Gedanke an die Soldaten ließ ihr keine Ruhe. Sie zupfte an Duncans Hand. Als er sich über sie beugte, flüsterte sie: »Wir können uns heute nacht nicht lieben. Deine Soldaten würden uns sehen.«

Duncan schüttelte den Kopf. »Niemand wird uns sehen, Frau. Ich will dich. Und zwar jetzt.« Er bewies es ihr mit einem heißen Kuß, und Madelyne legte ihm seufzend die Arme um den Nacken. Ihre Reaktion zeigte Duncan, daß es mit ihrer Schamhaftigkeit nichts allzu weit her sein konnte.

»Du machst zuviel Lärm«, sagte Madelyne, als Duncan sich mit ihrem Ohrläppchen beschäftigte. Sie erschauerte vor Behagen.

Duncan gluckste. »Du bist doch diejenige, die immer

schreiend um Erlösung fleht«, neckte Duncan sie. »Ich bin viel zu diszipliniert, um einen Laut von mir zu geben.«

»Ist das wahr?« fragte Madelyne. Ihre Hand wanderte langsam an seinem Körper herab, bis sie auf seiner harten Erektion liegenblieb.

Duncan vergaß, worüber sie eben noch gesprochen hatten. Er zerrte ungeduldig an dem Saum ihres Kleids, und kurz darauf flogen ihre Kleider beiseite. Duncan wollte sich nicht beherrschen – er brauchte sie jetzt! Und ihr hemmungsloses Aufstöhnen sagte ihm, daß auch sie im Augenblick keine Zärtlichkeit wollte. Aye, sie beide mußten die Stunden der Beherrschung, die Zeit der fast unerträglichen Anspannung vergessen, wollten fühlen, daß sie einander hatten.

»Ich liebe dich, Frau«, flüsterte Duncan, als sie später dicht aneinandergeschmiegt auf dem Fell lagen.

»Ich liebe dich auch«, erwiderte sie. Eine Weile genoß sie es nur, schweigend in seinen Armen zu liegen, dann fragte sie schließlich: »Habe ich dich am Hof in Verlegenheit gebracht, als ich sagte, ich hätte dich verführt?«

Duncan grinste oberhalb ihres Scheitels. Madelyne wandte sich um und stieß mit dem Kopf gegen sein Kinn.

»Ich gerate nicht in Verlegenheit«, verkündete er hochnäsig. »Nur Frauen werden verlegen.«

Madelyne lächelte. »Und was werden Krieger?«

»Müde«, sagte er. »Besonders, wenn sie von ihren Frauen dauernd gefordert werden, sich körperlich zu verausgaben.«

»Willst du damit sagen, ich sollte jetzt schlafen?«

»Genau.«

»Dann werde ich dir natürlich gehorchen. Eine Frage aber noch.« Sie hörte ihn seufzen, ging aber großzügig darüber hinweg. »Wer waren diese Männer, die für meinen Bruder gelogen haben? Barone?«

»Nein, keine Barone. Es waren Männer, die sich mit deinem Bruder gegen mich verbündet haben.«

»Also Männer ohne Gefolge? Sie haben keine eigenen Armeen?«

Duncan zögerte eine lange Weile. Schließlich sagte er ernst: »Nein, sie haben keine eigenen Armeen. Aber es gibt genug skrupellose Männer, die sich Louddon anschließen würden, wenn sie genug Anreiz bekommen. Doch natürlich hat Louddon im Moment nicht genug Gold in seiner Schatzkammer, um eine großartige Bedrohung darzustellen.«

Madelyne war beruhigt. Sie beschloß, Louddon aus ihren Gedanken zu verbannen. »Duncan? Wenn wir in Schottland sind, kannst du meine Base Edwythe kennenlernen. Ich wollte eigentlich zu ihr reisen, bevor ich dich getroffen habe.«

»Und du wirst meine Schwester Catherine kennenlernen«, sagte Duncan. Seine Stimme klang schläfrig.

»Deine Schwester ist mit einem Schotten verheiratet?« fragte Madelyne ungläubig.

»Ja.«

»Und weißt du, ob ihr Mann zufällig –«

»Nein, er hat kein rotes Haar«, murmelte Duncan.

»Das wollte ich ja gar nicht fragen«, sagte Madelyne beleidigt. »Ich frage mich nur, ob Catherine und ihr Mann vielleicht Edwythe kennen.«

Duncans tiefe, gleichmäßige Atemzüge ließen sie vermuten, daß er bereits eingeschlafen war. Als er zu schnarchen begann, war auch der letzte Zweifel beseitigt. Madelyne schmiegte sich an ihn.

In jener Nacht hatte sie wundervolle Träume. Es waren die Träume der Unschuld.

KAPITEL 24

Liebe und Ehre – Schätze unvergleichlichen Wertes . . .

Der folgende Monat war für Duncan und Madelyne eine wundervolle Zeit. Duncan bekam tatsächlich Gelegenheit, seinen Zorn verrauchen zu lassen, und Madelyne genoß die Ruhe nach der Anspannung der letzten Monate und die Möglichkeit, mit ihrem Mann soviel Zeit wie möglich zu verbringen.

Madelyne war entzückt von den Schotten. Diese Leute waren wirklich die erstaunlichsten Krieger der Welt – mit Ausnahme ihres Gemahls selbstverständlich. Die Schotten erinnerten Madelyne in gewisser Hinsicht an die Spartaner aus der Antike, denn ihr Leben schien genauso karg, ihre Loyalität genauso unerschütterlich.

Sie behandelten Duncan wie einen der ihren. Und Catherine freute sich sehr, Madelyne willkommen zu heißen. Duncans Schwester war sehr hübsch und sehr, sehr verliebt in ihren Mann.

Leider bekam Madelyne keine Gelegenheit, Edwythe zu besuchen, aber Catherine versprach ihr, ihrer Base einen Gruß von Madelyne senden zu lassen. Edwythe lebte in den Highlands, die weit von der Burg, auf der sie sich befanden, entfernt war. Die Zeit reichte nicht, um für ein paar Tage hinüberzureiten.

Sie blieben ganze dreißig Tage bei Duncans Verwandten. Duncan hatte sein Versprechen, seiner Frau beizubringen, wie man sich selbst schützte, nicht vergessen. Er gab sich sehr geduldig und sparte nicht mit Lob – bis sie nach Pfeil und Bogen griff. Rasch erkannte er, daß es besser war, wenn er sie bei *diesen* Übungsstunden allein ließ, denn er befürchtete, daß er einen Tobsuchtsanfall bekommen würde, wenn er noch länger zusehen mußte, wie sie immer wieder denselben Fehler machte. Seine Frau schoß permanent daneben. Stets lag sie ungefähr drei Fuß über dem Ziel, das sie anvisiert hatte.

Ende August kehrten Duncan und Madelyne zur Wexton-Festung zurück. Erst dort erfuhren sie vom Tod Williams II. Die Informationen über sein Dahinscheiden waren recht verworren, doch jedermann, der Zeuge des Vorfalls gewesen war, schwor, daß es sich tatsächlich um einen Unfall gehandelt hatte. Offenbar war William mit seinem Bruder und seinen Freunden im Wald auf der Jagd gewesen. Ein Soldat hatte einen Rothirsch anvisiert, doch irgendwie war des Königs Hals in die Schußlinie gekommen. William sei sofort tot gewesen, hieß es.

Der populärste Bericht über die Ereignisse stammte von einem Mann, der beschwor, den Vorfall von Anfang bis Ende gesehen zu haben. Seiner Erzählung nach hatte der Soldat tatsächlich auf den Hirsch gezielt. Doch als der Pfeil durch die Luft gesaust war, war die Hand des Teufels aus dem Boden gekommen, hatte den Pfeil eingefangen und in die Richtung des Königs gelenkt.

Die Kirche mochte solche Geschichten natürlich. Sofort hielt man diese Zeugenaussage schriftlich fest. Satan war es gewesen, der das kurze Leben des Königs beendet hatte, und selbstverständlich war keiner der Männer, die bei der Jagd dabeigewesen waren, für diese scheußliche Tat verantwortlich.

Kurz darauf wurde Henry zum König gekrönt.

Madelyne war froh, daß sie und Duncan den Hof schon verlassen hatten, als sich die Tragödie ereignet hatte. Ihr Mann dagegen war wütend darüber. Seiner

Meinung nach hätte er sich vielleicht in der Lage befunden, das Leben des Königs zu retten.

Niemand hätte jemals laut ausgesprochen, daß Henry möglicherweise bei diesem »Unfall« seine Hand im Spiel gehabt hatte.

Wenn Madelyne, was Staatsaffären betraf, auch nicht soviel Wissen besaß wie Duncan, erinnerte sie sich doch recht gut daran, daß Henry es gewesen war, der dem König nahegelegt hatte, Duncan für einen Monat nach Schottland zu schicken. Es fiel nicht schwer, auf den Gedanken zu kommen, daß er Duncan aus dem Weg hatte haben wollen. Doch wenn es so war, hatte Henry Duncan auf diese Art und Weise auch möglicherweise das Leben gerettet. Natürlich hütete Madelyne sich, Duncan ihre Vermutungen mitzuteilen.

Gerald und Adela heirateten am ersten Sonntag im Oktober. Vater Berton war gerade erst mit Sack und Pack eingetroffen, um sich in Zukunft um die Seelen der Wextons zu kümmern. Der Earl of Grinsteade war fünf Tage nach Madelynes Eheschließung gestorben.

Duncan hatte Soldaten ausgesandt, die in ganz England nach Louddon suchten. Da Henry nun König war, war Louddon ein Ausgestoßener. Henry hatte sich keine Mühe gegeben, seinen Abscheu gegenüber Louddon zu verbergen.

Madelyne war der Ansicht, daß Louddon klug genug gewesen war, um England zu verlassen. Duncan hatte keine Lust, ihr zu widersprechen, doch er war sicher, daß ihr Bruder sich irgendwo verbarg und nur auf seine Chance wartete, sich für die erlittene Schmach zu rächen.

Bald kam der Befehl, Duncan solle vor dem neuen König erscheinen, vor ihm knien und ihm Treue schwören. Duncan konnte sich natürlich nicht weigern, war jedoch ganz und gar nicht glücklich, Madelyne allein lassen zu müssen.

Er saß in der Großen Halle, die Nachricht von König Henry noch in der Hand, als Madelyne zum Frühstück herunterkam. Duncan hatte schon seine Mittagsmahlzeit eingenommen.

Seine Frau wirkte ausgeruht, aber er wußte, daß sie schon in wenigen Stunden wieder ein Nickerchen brauchen würde. In letzter Zeit ermüdete Madelyne sehr schnell. Sie versuchte, es vor ihm zu verbergen, aber er hatte durchaus bemerkt, daß sie sich jeden Morgen übergab.

Ihre Übelkeit beunruhigte ihn ganz und gar nicht. Er fragte sich nur, wann sie begreifen würde, daß sie schwanger war. Madelyne lächelte, als sie ihren Mann in seinem Stuhl vor der Feuerstelle entdeckte. Es war kalt geworden, und das Feuer war anheimelnd. Duncan zog sie auf seinen Schoß.

»Duncan, ich muß mit dir reden. Es ist fast Mittag, aber ich bin eben erst aufgewacht. Ich möchte dich zwar nicht beunruhigen, aber ich glaube, ich bin krank. Ich habe Maude gestern gefragt, ob sie mir ein Mittel geben kann.«

»Und? Konnte sie?« fragte Duncan, obwohl er sich die Antwort denken konnte.

Madelyne schüttelte den Kopf. Sie warf die Haare zurück, wobei sie mit dem Ellenbogen seinen Brustkorb rammte. »Nein«, sagte sie. »Sie hat nur gegrinst und mich stehenlassen. Was soll ich davon halten?«

Duncan seufzte. Er würde es ihr sagen müssen. »Wärest du schrecklich betrübt, wenn dein Sohn rote Haare hätte?«

Madelyne riß die Augen auf, und ihre Hand flog instinktiv zu ihrem Bauch. Ihre Stimme bebte, als sie ihm endlich antwortete. »Sie wird braunes Haar haben. Wie ihre Mutter. Und ich werde eine wunderbare Mutter sein, Duncan.«

Duncan lachte und küßte sie. »Du hast dir meine Arroganz angewöhnt, Weib. Du gebierst mir einen Sohn, und darüber gibt es keine Diskussion mehr.«

Madelyne nickte brav und tat, als würde sie sich ihm fügen, während sie schon an das entzückende kleine Mädchen dachte, das sie bald in ihren Armen wiegen würde. Und plötzlich war die Freude so groß, daß sie glaubte, weinen zu müssen.

»Du kannst deine wilden Tiere jetzt aber nicht mehr füttern. Ich will nicht, daß du dich außerhalb der Mauern bewegst.«

»Und mein Wolf?« neckte Madelyne ihn. Sie hatte ihm immer noch nicht gestanden, daß sie selbst eher an einen wilden Hund als an einen echten Wolf glaubte. »Also gut. Aber heute muß ich noch ein letztes Mal hinaufgehen«, sagte sie. »Kannst du damit leben?«

»Warum ausgerechnet heute?«

»Weil es nun genau ein Jahr ist, daß ich hierhergekommen bin. Wenn du willst, kannst du ja mit mir und Anthony hinaufgehen.« Sie seufzte gespielt. »Ich werde meinen Wolf vermissen. Und ich höre mit der Fütterung nur deswegen auf, weil du es befiehlst!«

Duncan sah das lustige Funkeln in den Augen. »Das nehme ich dir nicht ab«, erwiderte Duncan. »Du gehorchst mir nur, weil du gerade Lust dazu hast.«

Duncan willigte schließlich ein, Madelyne und Anthony zu begleiten. Sie wollte auf ihn warten, aber als sie ihre Schießübungen beendet hatte und die Sonne schon langsam unterging, hatte Duncan immer noch verschiedene Dinge zu erledigen.

Madelyne sammelte ihre Pfeile ein, steckte sie in den Köcher, den Ned für sie angefertigt hatte, und hängte sich den Köcher auf den Rücken.

Anthony schwang sich den Rupfensack, den sie immer für die Essensreste benutzte, über die Schulter. Madelyne trug ihren Bogen und prahlte dem Vasallen gegenüber, daß sie bestimmt noch ein Kaninchen zum Abendessen erlegen würde.

Anthony hielt das zwar für unmöglich, schwieg aber.

Als sie den Hügelkamm erreicht hatten, übernahm Madelyne den Futtersack. Sie kniete sich hin und legte die Nahrung für die Tiere auf einen Haufen. Da sie wußte, daß sie heute zum letzten Mal heraufgekommen war, hatte sie es besonders gut gemeint und ein paar fette Brocken aus der Küche mitgehen lassen.

Anthony hörte als erster das Geräusch. Er drehte sich um und wollte die Bäume hinter sich absuchen, als auch schon der erste Pfeil durch die Luft sauste und sich in seine Schulter bohrte. Der Vasall wurde zurückgeworfen, verlor das Gleichgewicht und stürzte zu Boden. Während er noch versuchte, wieder auf die Füße zu kommen, entdeckte er den Feind. Und er legte gerade den nächsten Pfeil an den Bogen.

Der Wachmann in der Festung sah Anthony fallen und brüllte eine Warnung. Augenblicklich stellten sich Krieger an der Mauer auf und spannten die Bogen, bereit, sofort zu schießen, wenn der Feind sich zeigte.

Duncan war soeben auf sein Pferd gestiegen. Er hatte vorgehabt, hinter Anthony und Madelyne herzureiten, da er ihr ja versprochen hatte, dieses letzte Mal mitzukommen. Als er den Ruf der Wache hörte, trieb er seinem Pferd die Fersen in die Flanken. Sein Wutgebrüll hallte von den Festungsmauern wider. Krieger hasteten zu ihren Pferden, um ihrem Anführer zu folgen.

Madelyne wußte, daß keine Zeit blieb, wegzulaufen. Ungefähr zwanzig Männer kamen hinter Baumstämmen aus dem dichten Wald hervor und näherten sich langsam in einem Halbkreis. Madelyne wußte auch, daß die Soldaten auf der Burgmauern die Männer noch nicht sehen konnten. Sie würden erst ein Ziel abgeben, wenn sie den Hügelkamm erreicht hatten.

Sie hatte keine Wahl. Madelyne zog einen Pfeil aus dem Köcher, legte ihn an den Bogen und zielte.

Dann erkannte sie den Mann, der ihr am nächsten war.

Es war einer der drei Zeugen, die für Louddon ausgesagt hatten. Und in diesem Moment wußte sie, daß auch Louddon nicht weit sein konnte.

Das Wissen machte sie eher wütend, als daß es sie ängstigte. Sie schoß den Pfeil ab und griff schon nach einem weiteren, als der erste Mann zu Boden fiel.

Duncan ritt den Hang gar nicht erst hinauf. Er lenkte sein Pferd um den Hügel herum und bedeutete seinen Kriegern, die andere Richtung einzuschlagen. Er hatte vor, den Angreifern den Weg abzuschneiden, indem er sich zwischen sie und Madelyne drängte.

Kurz darauf entbrannte ein Kampf zwischen seinen und den feindlichen Soldaten. Madelyne ließ den Bogen fallen und blickte sich suchend nach Anthony um. Der Vasall war ein ganzes Stück den Hügel hinabgerollt, stand aber schon wieder auf den Füßen und bewegte sich nun auf sie zu.

Plötzlich brüllte er: »Madelyne! Runter!«

Sie hörte seinen Ruf, wollte gehorchen, wurde jedoch im selben Moment von hinten gepackt. Madelyne schrie auf, wirbelte herum und sah Louddon in die Augen.

Sein Gesicht wirkte seltsam verzerrt, und sein Griff tat ihr weh. Madelyne trat ihm mit aller Kraft auf den Fuß. Louddon mußte das Gewicht verlagern, und Madelyne nutzte den Augenblick aus. Wie sie es von Duncan gelernt hatte, riß sie ihr Knie hoch und rammte es Louddon zwischen die Beine. Louddon brüllte auf, verlor das Gleichgewicht und riß Madelyne mit sich zu Boden.

Madelyne rollte sich rasch zur Seite, als Louddon sich schwankend auf die Knie erhob. Doch sie war nicht schnell genug – Louddon holte aus und schlug Madelyne mit der Faust gegen das Kinn. Der grelle Schmerz schien alle Sinne zu umfassen, und sie sackte bewußtlos zusammen.

Louddon sprang auf die Füße. Mit einem raschen Blick zum Hang stellte er fest, daß seine Männer vor Duncans

Kriegern kapituliert hatten und davonrannten. Und er begriff, daß er Duncan diesmal nicht entkommen könnte.

»Sieh her, Wexton!« brüllte er. »Ich bringe sie um!«

Duncan war abgestiegen und rannte den Hügel hinauf. Louddon wußte, daß ihm nur Sekunden bleiben würden. Panisch suchte er den Boden nach seinem Messer ab. Er würde Madelyne töten, bevor Duncan ihm den Garaus machen konnte.

Dann entdeckte er seinen Dolch auf einem Haufen Abfälle. Triumphierendes Gelächter entrang sich seiner Kehle. Er machte einen Satz in die Richtung, ging in die Knie und griff nach dem Messer.

Ein tiefes Knurren ließ ihn erstarren, als seine Hand schon den Griff des Dolches berührte. Das Knurren war erst leise, bedrohlich, wurde jedoch lauter, immer lauter, bis die Erde zu vibrieren schien.

Auch Duncan hörte es. Als er den Hügel erreichte, sah er gerade noch, wie Louddon die Hände abwehrend hochriß. Dann flog ihm ein dunkelbrauner, pelziger Schemen an die Kehle.

Louddon fiel auf der Rücken. Blut schoß aus seiner Kehle, während er gurgelnde Geräusche ausstieß. Unkontrolliert griff er sich mit den Händen an den Hals, bis seine Bewegungen schließlich schwächer wurden, immer schwächer, und schließlich ganz aufhörten.

Er war tot.

Duncan bedeutete seinen Männern, stehenzubleiben. Ohne den Blick von dem riesigen Wolf zu lassen, nahm er lautlos einen Pfeil aus dem Köcher und spannte den Bogen. Der Wolf stand über Louddon. Er hatte die Lefzen hochgezogen, so daß sein gewaltiges Gebiß entblößt war. Sein drohendes Knurren war das einzige, das in der tödlichen Stille zu hören war.

Duncan betete, daß Madelyne nicht aufwachen würde. Langsam bewegte er sich vorwärts, um genau zielen zu können.

Plötzlich wandte sich der Wolf von Louddon ab und trottete zu Madelyne. Duncan stockte der Atem.

Das Tier senkte den Kopf, schnupperte an Madelyne, und wandte sich dann wieder ab. Offenbar war ihm ihr Geruch vertraut. Der Wolf trabte zu dem Haufen mit Essenresten zurück, schnappte nach dem dicksten Knochen und war einen kurzen Augenblick später verschwunden.

Duncan ließ Pfeil und Bogen fallen und stürzte zu seiner Frau. Madelyne erwachte gerade aus ihrer Ohnmacht, als er neben ihr auf die Knie fiel. Sanft zog er sie in seine Arme.

Langsam rieb sich Madelyne ihr Kinn und bewegte vorsichtig den Kiefer. Offenbar war nichts gebrochen, denn es funktionierte. Plötzlich fiel ihr wieder ein, daß Louddon eben noch neben ihr gewesen war.

»Sind sie weg?« flüsterte sie.

»Louddon ist tot.«

Madelyne schloß die Augen und sprach ein Gebet für seine Seele. Sie glaubte zwar nicht, daß es viel nützen würde, aber sie tat es dennoch.

»Wie geht es Anthony? Er ist verletzt worden! Wir müssen uns darum kümmern!«

Sie versuchte, sich aus Duncans Armen zu winden, doch er hielt sie fest. »Er hat einen Pfeil in die Schulter bekommen.«

Langsam hörte Duncans Körper auf zu zittern. Madelyne sprach unablässig weiter, denn sie wußte, daß Duncan Zeit brauchte, um sich von dem Vorfall zu erholen. Als sie spürte, wie seine Anspannung nachließ und sein Griff etwas lockerer wurde, schaute sie zu ihm auf und lächelte. »Ist es jetzt vorbei?« fragte sie.

»Jetzt ist es vorbei«, sagte Duncan. »Dein Wolf hat dir das Leben gerettet.«

»Daran hätte ich nie gezweifelt, Geliebter. Ich weiß, daß du mich immer beschützen wirst.«

»Madelyne, du mißverstehst«, sagte Duncan und runzelte die Stirn. »Dein Wolf hat Louddon getötet.«

Madelyne schüttelte den Kopf. Typisch für Duncan, daß er seine Witze immer dann reißen mußte, wenn er glaubte, daß sie verschreckt war. Er wollte sie immer von ihrer Furcht ablenken.

»Kannst du aufstehen?« fragte Duncan. »Ist alles –«

»Alles in Ordnung, Duncan. Mir . . . *uns* geht es gut!« Sie tätschelte sich den Bauch. »Ich kann sie zwar noch nicht spüren, aber ich weiß, daß ihr nichts geschehen ist.«

Als Duncan ihr auf die Füße half, versuchte sie, einen Blick auf Louddons Leichnahm zu werfen, aber Duncan trat rasch in ihr Gesichtsfeld. »Tu's nicht, Madelyne. Der Anblick ist nicht besonders schön«, sagte Duncan. Der Wolf hatte Louddon die Kehle aufgerissen, und Madelyne würde vielleicht Alpträume davon bekommen, wenn sie es sah.

Anthony gesellte sich zu ihnen. Falls Madelyne eine schmerzverzerrte Miene erwartet hatte, so wurde sie enttäuscht. Anthony wirkte eher fassungslos.

»Anthony, deine Schulter –«

»Nur eine Fleischwunde«, antwortete er rasch. »Baronin, Ihr habt dem einen da einen Pfeil direkt durchs Herz geschossen!«

Duncan sah seinen Vasallen mit aufgerissenen Augen an. »Bist du sicher, daß es ihr Pfeil war?«

»Ganz sicher.«

Beide Männer sahen sie erstaunt an, und das ärgerte Madelyne. Diese Kerle hatten wahrhaftig nicht das geringste Vertrauen in ihre Schießkünste. Einen Moment überlegte sie, ob sie den Mund halten sollte, doch dann siegte ihr Hang zur Ehrlichkeit. »Eigentlich hatte ich auf seine Füße gezielt«, gab sie gereizt zu.

Duncan und Anthony sahen aus, als müßte sie sich das Lachen verbeißen. Dann hob Duncan seine Frau auf die Arme und machte sich an den Abstieg zur Burg hinab.

»Der Wolf hat dir das Leben gerettet«, sagte er noch einmal, um ihr deutlich zu machen, was wirklich geschehen war.

»Ich weiß, Lieber.«

Duncan gab es auf. Er würde es später noch eimmal versuchen. Sie war überzeugt, daß er sie gerettet hatte, und davon würde sie sich im Augenblick nicht abbringen lassen.

»Du wirst nie wieder Futter hinaufbringen. Aber ich werde mich darum kümmern. Der Wolf hat es sich verdient.«

»Hörst du jetzt endlich auf, dich über mich lustig zu machen?« sagte Madelyne. »Ich habe Entsetzliches durchgemacht!«

Duncan grinste. Sie war wirklich ein rechthaberisches Ding. Und eine wahre Freude dazu. Er rieb sein Kinn an ihrem Scheitel, während sie über ihre neuerworbene Prellung jammerte.

Baron Wexton hatte es eilig, Madelyne nach Hause zu bringen. So ähnlich mußte es Odysseus ergangen sein, als er nach der langen Reise zu seiner Frau heimgekehrt war.

Die Zukunft gehörte ihnen. Madelyne nannte ihn zwar gerne ihren Wolf, aber er war nur ein Mensch. Ein Mensch, der jedoch weit geschickter und glücklicher war als der legendäre Krieger Odysseus.

Denn obwohl Duncan nur ein Sterblicher war, der Fehler und Schwächen besaß, war ihm eine sagenhafte Tat gelungen. Er hatte sich einen Engel eingefangen. Und der Engel gehörte ihm ganz allein.

Band 12539

Judith McNaught

Für immer und ewig, mein Herz

Plötzlich verwaist, reist Victoria Seaton von New York nach England, um ihr verlorenes Erbe zurückzufordern. Der Herzog von Atherton, ein entfernter Cousin, nimmt sie bei sich auf, obgleich er im Gegensatz zu seinem angeblichen Neffen ziemlich verarmt ist. Lord Jason, ein vielbegehrter Gast auf allen Empfängen und Bällen der Londoner Society, bleibt für Victoria ein Rätsel. Sein arrogantes Auftreten irritiert sie. Dennoch fühlt sie sich magisch zu ihm hingezogen und spürt, daß ihn etwas bedrückt. Kann sie Jason von der Last, die auf seiner Seele liegt, befreien und sein Herz für sich gewinnen?

BASTEI
LÜBBE

Band 12549

Jude Deveraux
Judith McNaught
Arnette Lamb
Jill Barnett

Im Paradies der Liebe

Vier hinreißende Liebesgeschichten von renommierten Autorinnen

Lassen Sie sich entführen in eine Welt, in der die Liebe immer siegt:

- ins New York des späten 19. Jahrhunderts, wo ein wunderschöner, jedoch tollpatschiger Engel das Leben eines einsamen Mannes gehörig durcheinanderwirbelt;
- ins mittelalterliche Schottland, wo Intrigen während einer Weihnachtsmesse zwei Liebende in Gefahr bringen;
- ins London des frühen 19. Jahrhunderts, wo ein lebensmüder Lord ein unerhörtes Angebot bekommt;
- ins heutige Colorado, wo ein schlauer und mutiger Zwölfjähriger den Kuppler für seine Mutter spielt...

BASTEI
LÜBBE

Band 12542

Barbara Cartland

Zwei Herzen in Ungarn

Der Duke von Buclington hat seiner Tochter versprochen, sie nach Ungarn mitzunehmen. Als Aletha erfährt, daß ihr Vater die Reise ohne sie antreten muß, ist sie natürlich enttäuscht. Das eigensinnige Mädchen will auf den Besuch im Land ihrer Träume nicht verzichten. Also macht sie sich allein auf den Weg, muß aber schon bald feststellen, daß ihre Jugend und ihre Schönheit sie in höchste Gefahr bringen.

Zum Glück ist Aletha nicht nur eigensinnig, sondern auch klug und tapfer, und so wird ihre Reise voller gefährlicher Abenteuer schließlich zu einem Ausflug ins Land der Liebe und des Glücks...

BASTEI LÜBBE